国家社会科学基金项目
"媒体化语境下新世纪文学的转型研究"
（批准号：10BZW103）最终成果

媒体化语境下新世纪文学的转型研究

凤/鸣/丛/书

杨立平 徐剑东◎主编

张邦卫 吴利民◎执行主编

张邦卫◎著

中国社会科学出版社

图书在版编目(CIP)数据

媒体化语境下新世纪文学的转型研究/张邦卫著. —北京:中国社会科学出版社,2017.6
(凤鸣丛书)
ISBN 978 - 7 - 5161 - 9742 - 4

Ⅰ.①媒… Ⅱ.①张… Ⅲ.①中国文学—当代文学—文学研究 Ⅳ.①I206.7

中国版本图书馆 CIP 数据核字(2016)第 322264 号

出 版 人	赵剑英
责任编辑	熊 瑞
责任校对	季 静
责任印制	戴 宽

出 版	中国社会科学出版社
社 址	北京鼓楼西大街甲 158 号
邮 编	100720
网 址	http://www.csspw.cn
发 行 部	010 - 84083685
门 市 部	010 - 84029450
经 销	新华书店及其他书店

印刷装订	北京君升印刷有限公司
版 次	2017 年 6 月第 1 版
印 次	2017 年 6 月第 1 次印刷

开 本	710×1000 1/16
印 张	30.25
插 页	2
字 数	439 千字
定 价	138.00 元

凤鸣丛书编委会

学术支持

浙江传媒学院文学院

浙江省桐乡市文化广电新闻出版局

浙江传媒学院茅盾研究中心

浙江传媒学院网络文学创作与研究中心

主　　编

杨立平　　徐剑东

执行主编

张邦卫　　吴利民

副　主　编

赵思运　　吴赟娇

谱博雅诗篇　迎凤凰涅槃

——凤鸣丛书总序

大雅今朝，凤鸣桐乡。我们的灵魂在倾听：文化创造的源泉在充分涌流，民族文化创造的活力在持续迸发，中华民族文化复兴的脚步，近了！

2016年5月17日，习近平总书记在哲学社会科学工作座谈会上的讲话中指出："坚持和发展中国特色社会主义，统筹推进'五位一体'总体布局和协调推进'四个全面'战略布局，实现'两个一百年'奋斗目标、实现中华民族伟大复兴的中国梦，我国哲学社会科学可以也应该大有作为。"为了迎接中华民族新一轮凤凰涅槃，浙江传媒学院文学院、桐乡市文化广电新闻出版局联袂奉献"凤鸣丛书"，作为我们的献礼！

"凤鸣丛书"作为浙江传媒学院文学院的最新学术成果和创作成果，是浙江传媒学院博雅学术在人文积淀厚实的桐乡文化土壤中绽放的文明之花。风雅桐乡，人杰地灵，曾经涌现了一大批文化名人，如朱子学家张履祥、学者吕留良、廉吏严辰、太虚大师、文学巨匠茅盾、艺术巨匠丰子恺、艺术大师木心、摄影大师徐肖冰、篆刻大师钱君匋、漫画大师沈伯尘、编辑家沈苇窗、出版家陆费逵、著名画家吴蓬、著名新闻工作者金仲华、著名女将军张琴秋等。这些文化名人，构成了桐乡的"城市符号"，凝聚成桐乡文化的"魂"。桐乡的优秀文化传统，理所当然地成为浙江传媒学院丰富的学术资源和教育资源，同时，也滋养了浙江传媒学院学子的精神文化肌理。

文学院是浙江传媒学院设立最早、办学历史最久的院部之一，拥有戏剧影视文学、汉语言文学、汉语国际教育、秘书学4个本科专业及戏剧影视文学（编剧与策划）、汉语言文学（涉外文秘）2个本科专业方向。现有浙江省"十一五"重点学科戏剧戏曲学，"十二五"省重点学科戏剧与影视学（戏剧戏曲学方向），"十三五"省一流学科戏剧与影视学（影视艺术理论与批评方向、影视编剧与创作方向）；"十二五"校级重点学科中国语言文学（文化与传播），"十三五"校级一流培育学科中国语言文学和艺术学理论。戏剧影视文学是浙江省重点专业和浙江省新兴特色专业。中国语言文学大类是校级重点专业。文学院现拥有省级研究基地"浙江省非物质文化遗产研究基地"。学院学术实力强，科研成果丰富，近年来承担了国家级项目10余项、省部级项目50余项、厅局级项目60余项，各级教改项目近20余项；出版学术专著40余部、文学作品10余部。学院教学水平高，育人业绩好。文学院学生近年在柏林华语电影节、威尼斯电影节"青年电影人培养计划"、全球华语大学生短诗大赛等国际赛事以及北京大学生电影节、环保部剧本征集、全国大学生征文大赛等国家级、省部级大赛中获奖30多项。

　　浙江传媒学院非常重视政产学研合作。近年来，由文学院自主创作的影视剧《明月前身》、《盖世武生》、《孝女曹娥》、《长生殿》、《梦寻》、《七把枪》等已在中央电视台播出。为了促进政产学研全方位深度合作，文学院成功申报了两个校级研究机构：茅盾研究中心和网络文学研究与创作中心，凝练了茅盾研究团队、木心研究团队、网络文学研究与创作团队、张元济影视剧创作团队等，展开了大量务实工作。"凤鸣丛书"即是文学院在桐乡文化土壤深耕细作收获的第一批文化作物。第一辑包括《茅盾研究年鉴（2014—2015）》、《媒体化语境下新世纪文学的转型研究》、《艺术现代性与当代审美话语转型》、《百年汉诗史案研究》、《汉语饮食词汇研究》、《图像、文字文本与灵视诗学》、《唐代园林与文学之关系研究》。茅盾是我国现代文学史上杰出的作家、文艺理论家、文学翻译家，是我国现代进步文化的先驱者、中国革命文艺的奠基人，茅盾研究已经成为中国现当代文学的显学。浙江传媒学院茅盾研究中心作为茅盾研究的重要阵地，编撰的《茅盾研究年鉴》已经连续出版4年，今后还会持续下去。木心作为中国当代文学大师、诗人、画家，在台湾和纽约华人圈被视为深解中国传统文化的精英和传奇人物，一直是浙江传媒学院和桐乡市学者的用心之处，木心研究成果理所当然将是"凤鸣丛书"持续关注的对象。

2014年5月4日，习近平总书记在同北京大学师生座谈时指出："人类社会发展的历史表明，对一个民族、一个国家来说，最持久、最深层的力量是全社会共同认可的核心价值观。核心价值观，承载着一个民族、一个国家的精神追求，体现着一个社会评判是非曲直的价值标准。"习近平总书记还指出："中华文明绵延数千年，有其独特的价值体系。中华优秀传统文化已经成为中华民族的基因，植根在中国人内心，潜移默化影响着中国人的思想方式和行为方式。今天，我们提倡和弘扬社会主义核心价值观，必须从中汲取丰富营养，否则就不会有生命力和影响力。"培育和弘扬社会主义核心价值观，必须立足中华优秀传统文化。"凤鸣丛书"将致力于优秀传统文化的挖掘以及文艺精品的创作，为"中国梦"的实现提供文化自信力。我们将关注昆曲剧本、动画片剧本、张元济影视剧本、杭嘉湖文艺精品等，策划更多创作活动，去讴歌桐乡、讴歌杭嘉湖、讴歌浙江省21世纪的新面貌，坚守我们的核心价值体系和核心价值观，利用好中华优秀传统文化蕴含的丰富的思想道德资源，使其成为涵养社会主义核心价值观的重要源泉。

正如木心在《诗经演》里写道："遵彼乌镇。迴其条肆。既见旧里。不我遐弃。"桐乡文化是常新的，游子木心把她视为自己的精神归宿。同时，桐乡又是中华文明的一个美丽缩影，博大精深的中华文明乃是中国人的安身立命之所。置身于桐乡大地上，我们感同身受，瞩目着中华文明孕育的新一轮凤凰涅槃。黎明正喷薄而出，我们正跨步在金光大道上！

凤鸣丛书编委会

2017 年春

目　　录

引论　媒体化语境下的新世纪文学

当岁月的年轮转过 1999 年这个所谓的"千禧之年"的最后那抹夜色之后，我们告别了不能忘却也无法忘怀的 20 世纪，又满怀憧憬地走进了一个新的世纪——21 世纪。就中国文学而言，20 世纪中国文学已成为一种名副其实的过去式，而 21 世纪中国文学也就是我们所谓的"新世纪文学"，不管它是一个真命题还是假命题，也不管它是一种学术考量还是现实考量，更不管它是一种暂时性命名还是权益性策略，无论如何，"新世纪文学"都已成为我们指称当下文学的一种没有多少选择余地的命名。从 2000 年到 2014 年，经过十五年的孕育、积淀、淘洗、推进与演变，"新世纪文学"早已成为一种货真价实的现在式，或者说是一种当下状态，一种实在与实存。所谓"存在就是合理的"（海德格尔语），不管承认与否，也不管赞同与否，在新世纪，文学还在，文学的繁荣景象还在，文学的进化景观还在，文学边缘化与泛化景致也在，只不过我们所谓的"新世纪文学"与 20 世纪中国文学相比似乎有着更多的异质性存在，它虽在承前，却也在启后。

一　"表意焦虑"：新世纪文学的新命意

所谓"新世纪文学"，是指新世纪以来的中国文学，也就是指起于 2000 年以来的中国文学。雷达认为："如果说，几年前文学理论界还在为'新世纪文学'的概念正名的话，那么，在新世纪走过十年的今天，人们似乎打算放弃对这一概念的费力争辩了，因为它已经成为一个没有多少选择余地却又不得不交付使用的概念。"① 在雷达看来，"新世纪文学"是对 2000 年以来的中国文学的一个"没有多少选择余地的'命名'"。命名的学理性已不重要，重要的是存在的合理性与使用的合理性。毕竟进入新世纪以来的中国文学，不断呈现出大量新的质素，发生了巨大的变化，尽管它与传统文学血肉相连，尽管它与新时期各阶段文学有扯不断的关联，尽管它仍处在打开自己的过程中，但是，谁也无法否认，它已经嬗变为一种具有新质的文学阶段了。邵燕君认为："在现当代文学的梳理研究中，十年一小结是一个惯用的方法。除了整理和归纳的方便之外，我们看到年代更替和文学变迁之间似乎总有某种暗示性的偶合，特别是在当代文学进入'无主潮'阶段后，年代特征成为文学发展最显著的特征，一如'70 后'、'80 后'、'90 后'的称谓虽是'自然叫法'，却成为命名一代一代新作家的最有效方式。"② 所以，"新世纪文学"准确来说是一个自成系统的独立单元，也是一个兼容并包、承前启后的开放单元。

近代著名学者王国维在 1922 年所写的《宋元戏曲考·序》中曾经说过："凡一代有一代之文学：楚之骚，汉之赋，六代之骈语，唐之诗，宋之词，元之曲，皆所谓一代之文学，而后世莫能继焉者也。"王国维重点聚焦的是中国古代文学史在文体上的"代有所擅"现象，并意在推崇元曲，但他的"一代有一代之文学"却集中体现了他的文学观与文学发展观。事实上，王国维的"一代有一代之文学"与刘勰的"文学通变论"与"文学时序论"有着极深的渊源与传承。马克思关于古希腊神话与史诗的经典论述也与王国维的"一代有一代之文学"有异曲同工之妙，即认为古希腊神话与史诗只能出现在人类的童年时代，不仅是古希腊艺术的"武库"，而且是整个西方文学的"土壤"。文学因时顺变、趁势通变，换言之，文学是一种过程，是一种历史的存在，也是一种文化语境的存在。每一个时代的文学总是处于特定的历史文化语

---

① 雷达：《新世纪十年中国文学的走势》，《文艺争鸣》2010 年第 2 期。

② 邵燕君：《新世纪文学脉象》，安徽教育出版社 2011 年版，第 3 页。

境之中，有政治的、经济的、伦理的、道德的、法律的、文化的、传播的等差异性存在，但无论身处何种语境，有一点是颠扑不破的，那就是"凡语境转变，则文学转型"。历史文化语境的代代递嬗，文学从一代走向另一代，从一种形态走向另一种形态，从一批经典走向另一批经典，从一股潮流走向另一股潮流，这本是文学的应有之义。

文学是社会生活的反映，并随着社会生活的发展而发展。刘勰在《文心雕龙·通变》中说："通变则久"，"通变无方，数必酌于新声"，"变则可久，通则不乏"，这充分说明了穷变通久的思想。在《文心雕龙·时序》中，刘勰还说："时运交移，质文代变"，"歌谣文理，与世推移"，"文变染乎世情，兴废系乎时序"，这充分说明了时代推移、世情演变和文学的内容、形式的内在关联。马克思、恩格斯说："历史的每一阶段都遇到有一定的物质结果、一定数量的生产力总和，人和自然以及人与人之间在历史上形成的关系，都遇到有前一代传给后一代的大量生产力、资金与环境，尽管一方面这些生产力、资金和环境为新的一代所改变，但另一方面，它们也预先规定新的一代的生活条件，使它得到一定的发展和具有特殊的性质。"① 这说明了发展的社会生活有历史继承性。恩格斯说："每一个时代的哲学作为分工的一个特定的领域，都具有由它的先驱者传给它而它便由此出发的特定的思想资料作为前提。"② 这说明了发展的文学艺术也有历史继承性。文学随社会生活的发展而发展，没有一成不变的社会生活，也就没有一成不变的文学；但文学的发展不是抛弃，而是扬弃。

鉴于此，我们认为，"新世纪文学"只是悠长中国文学发展中的一个历史节点，它不仅有它的"前世今生"，也有它的"来世来生"。"新世纪文学"并不是一个孤立封闭的文学阶段，它不仅有一个预备期或过渡期，即大约指从1993年算起的七八年间，而且它还有一个发展期

---

① 〔德〕马克思、恩格斯：《德意志意识形态》，《马克思恩格斯选集》（第1卷），人民出版社1972年版，第43页。

② 〔德〕恩格斯：《致康·施米特》，《马克思恩格斯选集》（第4卷），人民出版社1972年版，第485页。

或延宕期，直至 2099 年我们可以仿效"20 世纪中国文学"一样称之为"21 世纪中国文学"。从这个角度来说，"新世纪文学"是一个开放性的命名与命题，有着陶东风所谓的"移动的边界"和"延宕的节点"。按雷达的观点，新世纪文学有一个预备期或过渡期，可以上溯到 1993 年。诚如此，那么新世纪文学迄今为止已有近 20 年的文学行动与文学空间。张末民认为，新世纪文学可以上溯到 20 世纪 90 年代甚至 80 年代，因而新世纪文学也并非特指固定在"新世纪"这一单纯时间维度的文学，它在 20 世纪最后 20 年间已有了相当程度的发展，标志着一种具有"文学新世纪"意义的大不同于 20 世纪中国文学主潮的新的文学，只不过到了新世纪这些年，面对新世纪中国社会和文化氛围以及文学面貌的巨大改观，人们才仿佛突然"发现"一种新的文学生态和形态已然成型。他说："言说和使用'新世纪文学'，并以此来考察新世纪 10 年来的中国文学进程，其意义就在于，一是力图表述新时期 30 年来文学演进的实质，即 30 年来的变迁最终历史地形成了一个什么样子的文学；二是期望深入地阐释这种当代文学的新形态，并展望这个文学的未来。"①

"新世纪文学"除了有着属于自己的时间界定之外，还有着属于自己的本质规定，这种本质规定可以指认其合理存在。从整体上说，五四时期的文学是以启蒙主义为主的文学，20 世纪 30 年代的文学是以民族主义为主的文学，20 世纪 40 年代的文学是以新民主主义为主的革命文学，20 世纪 50 年代至 70 年代末的文学是以意识形态为主的革命文学，20 世纪 70 年代末至 80 年代的文学是以改革主义为主的"泛政治"文学，20 世纪 90 年代的文学是以经济主义与市场主义为主的商业文学，2000 年以来的文学是以技术主义、商业主义、消费主义、媒介主义为主的媒介文学。相比较而言，"新世纪文学"确实呈现了令人眼花缭乱的变化与变迁。对此，有人曾描述说：小说改编影视的多了，经得起阅读的少了；作品的种类、印数和网上的点击量增加了，艺术质量与思想

---

① 张末民：《新世纪以来的文学进程》，《当代文学研究资料与信息》2010 年第 6 期。

分量却减少了；各式各样的写法多了，佳作力构却少了；大作多了，大师少了；期刊的时尚味儿浓了，文学味儿却淡了；作家的人数比过去多了，影响却比过去小了；各类奖项和获奖的作者多了，能记得住的作品却少了。同样，习近平总书记在 2014 年 10 月《北京文艺工作座谈会上的讲话》也概述说：在文艺创作上，存在着有数量缺质量、有"高原"缺"高峰"的现象，存在着抄袭模仿、千篇一律的问题，存在着机械化生产、快餐式消费的问题；存在着想一夜成名、不脚踏实地搞创作的"浮躁风"；存在着文艺作品沾满铜臭气、做市场的奴隶的问题。一句话，众声喧哗，花样百出，形态各异，各领风骚。由是观之，新世纪文学是有着新质素、新内涵、新形态、新生态的复合体。

由于新世纪文学的当下性，对新世纪文学的关注与研究早已成为学界热点。2005 年《文艺争鸣》第 2 期《新世纪新表现》首开新世纪文学研究的先河。2005 年 6 月，"文学新世纪与新世纪文学五年"研讨会召开，扩大了新世纪文学的话语影响。2006 年，张末民倡议"开展新世纪文学研究"。2006 年《文艺争鸣》第 4 期刊发了雷达等人的一组"新世纪文学研究"的文章，2007 年第 2 期又刊发了於可训、程光炜、孟繁华、吴思敬、白烨等人的集中论述。2006 年《文学评论》第 5 期所刊惠雁冰的文章是一种理性的反映。张末民、张颐武、欧阳友权、高楠与王纯菲、孟繁华的专著《新世纪文学研究》、《对新世纪中国文学的思考》、《数字化语境中的文艺学》、《中国文学跨世纪发展研究》、《文学革命终结之后——新世纪文学论稿》是颇具分量的阶段性成果，其中特别值得一提的是欧阳友权的《数字化语境中的文艺学》（中国社会科学出版社 2005 年版）于 2007 年 10 月获"第四届鲁迅文学奖"之"文学理论批评奖"、高楠与王纯菲的《中国文学跨世纪发展研究》（人民文学出版社 2008 年版）于 2010 年 10 月获"第五届鲁迅文学奖"之"文学理论批评奖"、孟繁华的《文学革命终结之后——新世纪文学论稿》（现代出版社 2012 年版）于 2014 年 8 月获"第六届鲁迅文学奖"之"文学理论批评奖"。还有，由中国社会科学院白烨研究员从 2000 年至今主编的《中国文情报告》与《中国优秀作品选》是颇具慧眼的选家备料。另外，钱中文、张

炯、贺绍俊、陈思和、王一川、白烨、南帆、张末民、刘跃进、张冬梅、
李思屈、龚善举、周海波、邵燕君、欧阳文风、胡友锋、张邦卫、单小
曦、黎扬全、苏晓芳等的相关论述已触及到了媒体化语境下新世纪文学
转型的问题。尽管如此，对新世纪文学的关注尚缺乏对"媒体化语境下
新世纪文学的转型"的系统研究、"新世纪文学十五年"的整体概观和新
世纪文学的未来走向及核心价值体系的建构的研究。

二 "文与境谐"：新世纪文学的新语境

自从 2001 年美国批评家希利斯·米勒在《文学评论》上发表《全
球化时代文学研究还会继续存在吗》一文以来，文学在电子媒介时代
能否继续存在下去就成了中国文论界所关心和争论的一个新话题，"文
学终结"似乎成了对电子媒介时代文学现状的归纳与未来走向的预测。
然而，进入新世纪以来，文学并没有听命于文学研究的权威话语和裁判
指令，依然在"文学终结论"的巨大阴影中走过了第一个十五年，新
世纪文学以多态化的存在大大地讽刺了"文学终结论"的臆测与妄断。
十五年生聚，十五年教训，透过新世纪文学第一个十五年的繁华景象与
喧嚣气象，我们不难发现：文学依然还是我们诗意的栖居所之一，文学
还是文学，但文学又已经不是记忆中的文学与理想中的文学，文学正以
裂变、畸变的姿态建构着"泛化"的文学行动、文学阵营、文学存在、
文学空间与文学场域。正是如此，希利斯·米勒也不得不于 2003 年 9
月在《论文学》一文中申明他的辩证答案："文学的终结就在眼前。文
学的时代几近尾声。该是时候了。这就是说，该是不同媒介的不同纪元
了。文学尽管在趋近它的终点，但它绵延不绝且无处不在。它将于历史
和技术的巨变中幸存下来。文学是任何时间、地点之任何人类文化的标
志。今日所有关于'文学'的严肃的思考都必须以此相互矛盾的两个
假设为基点。"① 在希利斯·米勒看来，不同媒介的文学应该有不同的

---

① J. Hillis Miller, *On Literature*, London and New York: Routledge, 2002, p. 1.

纪元，他所讨论的"终结的文学"应该是基于文字这种表达媒介和基于书籍、报纸、杂志等机械印刷媒介这种传播媒介的传统文学，而不是那些基于图像为主、文字为辅这种表达媒介和基于电影、电视、网络、手机等电子媒介这种传播媒介的新世纪文学，他甚至认为新世纪文学将会在新媒介的修正、支撑与庇护下"绵延不绝且无处不在"。

正是如此，我们认为新世纪文学是在媒介制导下的文学，在这些媒介族群与媒介部落当中，对新世纪文学影响最深、制导最重的莫过于以广播、电影、电视为主的电子媒介和以网络、手机为主的数字媒介，一些新的文学样式如广告文学、影视文学、网络文学、博客文学、手机短信文学纷至沓来、争奇斗艳，这就是王一川所说的"没有媒介就没有文学"、南帆所谓的"新媒介新文学"，转生的旧媒介与新生的新媒介大大地修改着我们固有的文学观念、文学规则、文学惯例、文学思想、文学价值、文学行动、文学空间、文学形态、文学样式以及文学审美。新世纪文学身处新世纪特定的历史文化语境中，有着浓郁而厚重的媒介文化、技术文化、市场文化、消费文化、大众文化、娱乐文化、全球同质文化等的烙印，而在这中间又以大众媒介生产、推介与引领的媒介文化最为显著，毕竟无处不在、无所不能的媒介文化蕴含着诸如技术文化、市场文化、消费文化、大众文化、娱乐文化、全球同质文化的质素。具体地说，新世纪文学受到以影视为主的影像文化、以网络为主的网络文化、以手机为主的拇指文化的施控与受控。正如张邦卫所说的："在媒介自身地位由依附走向操纵、由受控走向施控转换的基础之上，文学的媒介诸如报刊、出版、影视、因特网等摆脱了作为工具和载体的附属地位，转而以文化资本的形式成为文学的'恩主'与'掌门'，媒介的文化指令成为媒介文学的主要法则。媒介的推衍，极大地拉动了文学的进步；媒介的革命，深深地引发了文学的革命。"① 所以，新世纪文学是新世纪大众媒介的后果之一，媒介制导不仅是新世纪文学的生存境遇与生态语境，也是新世纪文学抹之不去的基调与基色。这样，曾经

---

① 张邦卫：《媒介诗学——传媒视野下的文学与文学理论》，社会科学文献出版社 2006 年版，第 126 页。

主体化的文学不得不让位于客体化的文学，文学不可避免地走向了媒介化的新世纪转型，这不仅是文学在新世纪对媒体霸权的一种适存策略，也是文学在新世纪的一种求生方略。所以，媒介制导下的新世纪文学，准确地说，就是媒体化语境下的新世纪文学。

在新世纪，媒介与生活的关系越来越密切，生活既是媒介的内容，媒介也是生活的内容。这样就产生了一种新的现实，即媒介现实。这也许就是现代传播媒介高速发展与迅速变迁之后最大的后果，即媒介的后果之一。这并不是说我们的现实就只是媒介现实，而是说我们的现实更多地表现为媒介现实。"现实不是一堆无言的物质，它对我们说话，也就是说惟其出现于我们眼前、我们的意识中时，它才是对于我们而言的现实。常常不是现实沉默不语，而是我们自己的聋哑状态，听而不闻，视而不见。"① 媒介现实正向我们锐步逼来，如德国的存在主义大师海德格尔曾将其概括为"图像的世界"，法国境遇主义者居伊·德博尔将其描述为"景观社会"，约翰·伯杰名之为"影像社会"，让·波德里亚名之为"超现实"或"拟像"，马克·波斯特称之为"第二媒介时代"，杰姆逊称之为"后文字时代"，道格拉斯·凯尔纳称之为"媒介景观"，约西·德·穆尔（Jos de Mul）称之为"后历史与后地理的赛博空间"等，都十分精确地概括了媒介现实的存在。

马克思认为："物质生活的生产方式制约着整个社会生活、政治生活与精神生活的过程。不是人们的意识决定人们的存在，相反，是人们的社会存在决定人们的意识。"② 列宁也认为："我们的感觉、我们的意识，只是外部世界的映象；不言而喻，没有被反映者，就不能有反映，被反映者是不依赖于反映而存在的。"③ 毫无疑问，新世纪的社会现实从某种意义上说已成为一种事实化的媒介现实。所谓媒介现实，既可以表征大众媒介无处不在、无所不能的现实性与实存性，也可以表征大众

① 金惠敏：《媒介的后果——文学络结点上的批判理论》，人民出版社 2005 年版，第 3 页。
② ［德］马克思：《〈政治经济学批判〉序言》，《马克思恩格斯选集》（第 2 卷），人民出版社 1972 年版，第 82 页。
③ ［苏］列宁：《列宁选集》（第二卷），人民出版社 1972 年版，第 65 页。

所认知、所接受的社会现实根本上是由大众媒介所提供与建构的"拟现实",这正如加拿大社会学家克楼克与库克所说的:"凡是没有进入电视的真实世界、凡是没有成为电视所指涉的认同原则、凡是没经由电视处理的现象与人事,在当代文化的主流趋势里都成了边缘,电视是'绝对卓越'的权利关系的科技器物,在后现代的文化里,电视并不是社会的反映,恰恰相反,'社会是电视的反映'"。①"社会是电视的反映",换言之,就是说在新世纪大众所知晓的社会是由电视所呈现的,比如海湾战争、科索沃战争、伊拉克战争、中东局势、利比亚冲突、叙利亚局势、次贷危机、钓鱼岛争端、南海局势、朝核危机以及北京奥运会、底层苦难、"疆独与藏独"、汶川大地震、西部开发、中部崛起、大部制改革、习近平的强力反腐与强势"打虎"等,无一不是大众媒介的表达与过滤的"仿真现实"。事实上,克楼克与库克的"社会是电视的反映"与鲍德里亚的"电视就是世界"既惊似又精辟。

媒介现实的生成与定型,从某种角度来说是一种渐变的动态过程,而在新世纪由于旧媒介的维新与新媒介的创新,如商业出版、大众读物、广告标牌、影视传媒、网络媒介、移动手机等,大众媒介的工具理性得以恣意的彰显,从而华丽转身为对物质生活、精神生活与审美文化等掌控性与制导性极强的功能主体,媒介现实的霸权也就实至名归了。媒介现实的霸权必然导致对植根于媒介社会、媒介现实的新世纪文学的制导。所以,从这个角度来说,新世纪文学从根本上说是媒介制导的文学,这一点与"五四文学"的启蒙制导、"20世纪30年代文学"的民族制导、"20世纪40年代文学"的革命制导、"十七年文学"的政治制导、"新时期文学"的改革制导有着截然不同的禀性。

媒介制导下的新世纪文学,必然会情难自禁地步入"媒介化"的发展路径,这既是一种屈从,也是一种依附,还是一种合流,更是一种攀附。进入新世纪,大众媒介对文学的劝服早已转变为一种情难反抗、势难抵抗的征服。考察一下新世纪的文学现象,我们就不难发现:文学

---

① 转引自〔英〕汤林森《文化帝国主义》,冯建三译,上海人民出版社1999年版,第116页。

与传媒的联姻早已转换为传媒对文学的统治，文学只有依循传媒的商业法则、消费原则与文化指令才能拥有苟延残喘、生聚延续的曲径。对此，德国社会学家马克斯·韦伯有深刻的论述，他说："我们这个时代，因为它所独有的理性化与理智化，最主要的是因为世界已被祛魅，它的命运便是，那些终结的、最高贵的价值，已从公共生活中销声匿迹，它们或者遁入神秘生活的超验领域，或者进入了个人之间直接的私人交往的友爱之中。"① 被祛魅了的世界已经走向世俗化与消费化，被祛魅了的文学也已经走向媒介化。

在新世纪文学走向媒介化的动力过程中，新媒介如影视、网络、手机等担当了幕后推手的角色，有着"顺我者昌，逆我者亡"的定位权。其实，所谓的新媒介其实是一个相对发展的概念。20世纪加拿大著名学者马歇尔·麦克卢汉在《理解媒介——论人的延伸》一书中将电视看作新媒介，法国著名学者皮埃尔·布尔迪厄在《关于电视》一书中也将电视看作新媒介。而在新世纪，电视已经很难说是新媒介了，更多地我们把计算机网络、移动电话、智能手机等看作新媒介。当然那些在高科技支撑下的、升级换代的旧媒介，其实也是广义的新媒介。以网络为例，由于电脑与网络越来越成为当代人生活中不可或缺的一部分，网络成为人们驰骋遐想、表达自我的天地，当代人在网络上便捷地查阅资料、浏览新闻、发送电子邮件、发表作品、表达见解、QQ对话、视频点播、视频聊天、博客播客、电子政务、电子商务、远程教学等，已形成了一种与人们新的生活方式相关的网络文化，以往报纸杂志发表文章的审查制度在网络上基本没有了制约力，反对权威性、追求自由表达成为网络文化的基本特征，随意性、粗鄙化也成为网络文化的某种倾向。随着网络与移动手机的无缝对接，当代人曾经炫耀过的"你上电视了吗"、"你上网了吗"渐被为"你博客了吗"、"你微博了吗"、"你微信了吗"所一次又一次刷新。这样，新世纪文学在媒介的翻新中便有了一次又一次的涅槃新生。

---

① ［德］马克斯·韦伯：《学术与政治》，生活·读书·新知三联书店1998年版，第193页。

对新世纪文学而言，媒介的最大后果就是新世纪文学的媒介化，它既存在于文学的终结点上，也存在于文学的起始点上，新世纪的文学花园不过是媒介文化的一隅。这样，新媒介如影视、网络、手机等对我们的文学和文学研究产生了新的意味、新的形式。新媒介已经进入了我们的日常生活，也进入了我们的审美生活，并引起了其从外到内的量变与质变。例如与商业出版相关的"青春文学"，与影视相关的"影视文学"、"影视小说"，与网络相关的"网络文学"、"博客文学"，与手机相关的"手机文学"、"短信文学"等，无不都是新媒介的直接后果。这样，新世纪的审美创造也因媒介的"外爆"而出现了文学的"内爆"。可见，媒介绝非物性与技术性，它内蕴着诗性的基因，有着审美创造的功能质素。正如麦克卢汉所说的，"我们自身变成我们观察的东西……我们塑造了工具，此后工具又塑造了我们。"① 诚如此，新世纪的新媒介不仅塑造了我们，也塑造了我们的日常生活与审美生活。

三 "鼎足三分"：新世纪文学的新格局

到 2014 年，新世纪文学已经走过了整整十五个年头。十五年，在历史的长河中，只是短短的一瞬，也只是沧海之一粟，但新世纪文学却宛如登上了一辆快速行驶的列车，在多个方面取得了超乎想象的拓展与进取，在主要形态与基本格局上发生了前所罕见的变化。如影视文学的繁荣，网络文学的勃兴，博客文学的流行，手机文学的普及，这些带有鲜明的时代性与媒介性的新媒体文学，均是新世纪文学的绚丽标牌。经过十五年积淀的新世纪文学，不仅成长得有模有样，而且极大地改变了当代文学的基本格局。

新世纪的文学格局在变异。我们过去的文坛，大致上是以专业作家为主体队伍，文学期刊为主要阵营，文联、作协为基本体制的一个总体格局。进入新世纪之后，因为文学赖以存身的经济基础、文化环境和传

---

① ［加］马歇尔·麦克卢汉：《理解媒介——论人的延伸》，周宪、许钧译，商务印书馆 2000年版，第 2 页。

播手段等都发生了前所未有的剧烈变动，加之市场化、商品化、消费化、大众化、娱乐化、全球化、部落化和传媒化联袂而来，在被动应变和主动求变的双重推动下，文坛发生了结构性的变化。白烨主编的《中国文情报告（2009—2010）》一书认为，"新世纪文学在新的变异中逐步形成新的格局，对此人们有各种各样的概括与描述，我的'三分天下'，即以文学期刊为主导的传统型文学、以商业出版为依托的市场化文学（或大众文学）和以网络媒介为平台的新媒体文学（或网络文学）的'三足鼎立'的观察与看法，现在看来，已是越来越确定也越来越明晰的一个现实存在。"① 可见，白烨主张新世纪文学的格局已不像中国传统文学的"雅俗二分"，也不像20世纪中国文学的"士民二分"，而是借由不同传播媒介的传统型文学、市场化文学与新媒体文学的"鼎足三分"。

其实，"三足鼎立"的文学格局与"三足鼎立"的文坛格局是相对应的。在新世纪，传统文坛体制出现了前所未有的裂变，并呈现着"一分为三"的重组：一是以文学期刊为依托的国家体制文学文坛；二是以市场图书出版为依托的流行文学文坛；三是以网络电子信息为依托的新媒体文学虚拟文坛。当然，新世纪文坛虽然是"一分为三"，但由于中国特色的社会主义体制的优势以及国家意识形态的掌控性，依托于体制文坛的主流文学由于有着各种文学资源的支撑与扶持仍在新世纪文学总体格局中处于主导地位。

在体制文坛上生成的是主流文学，从总体上看可细分"纯文学"（或曰"雅文学"）和"主旋律文学"两种亚文学。假如说"主旋律文学"推崇的是政治意识形态和"文以载道"的社会功用的话，那么，"纯文学"推崇的则是审美意识形态和文学自身规律以及"有意味的形式"。事实上，自20世纪末党和国家领导人提出"弘扬主旋律，提倡多样化"的文艺主张之后，"主旋律文学"便成为国家意识形态工程（如所谓"马克思主义理论研究与建设工程"或简称为"马工程"）和

---

① 白烨主编：《中国文情报告（2009—2010）》，社会科学文献出版社 2010 年版，第 6 页。

国家文化战略的当然构成。于是，"爱国主义"、"民族精神"、"中国特色社会主义"、"共产主义"、"集体主义"、"八荣八耻"、"三个代表"、"科学发展观"、"中国梦"等社会主义核心价值要义作为"主旋律"元素被纳入新世纪的文学建设之中。这样，神舟飞天、奥运情结、革命历史、"三农"问题、社会主义新农村建设、社会问题等世纪之交及新世纪出现的重大社会、历史性事件以宏大叙事的方式在主流文学中得到积极反映，作品所体现出来的社会使命与文化担当为新世纪文学增添了一抹意识形态的底色。

在市场文坛上生成的是市场化文学（或曰流行文学、大众文学），从总体上看主要包括青春文学、影视文学、都市畅销书、类型小说、休闲散文、名人传记等。市场化文学面向市场而写、为市场消费而写、为码洋与利润而写，有着浓厚的商业性与消费性。新世纪以来，党和国家政府审时度势，在深化文化体制改革、加快文化产业发展方面做出了一系列重大部署、推出了一揽子重大举措，特别是对出版社、报纸期刊、广播电视、网络网站、剧团剧院等实行"断奶"或"半断奶"政策，将这些文化单位从原来的事业单位转变为商业单位，从原来的官场主体转变为市场主体。值得一提的是，一批又一批的出版单位通过改制、重组、上市，既做大又做强，既做精又做细，既做特又做全，纷纷扰扰，熙熙攘攘，恰如过江之鲫。这样，市场文坛得以迅速形成，而且不断地扩大、不停地增容，既追求文学生产最大化，也追求文学消费最大化，在数量与质量之间更强调产量与销量，从而形成了属于它自己的商业性、消费性以及大众性、通俗性等个性化特性。市场文坛凭借商业力量，将新世纪文坛变成了巨大的文学贸易市场，烘托出经济时代特有的文学繁荣。比如，在新世纪初，每年超过一千部的长篇小说，绝大部分都是由市场文坛推出的，其中体制外作家在文学市场上的份额远远超出体制内作家。

在网络文坛上生成的是新媒体文学，从总体上看主要包括网络文学、博客文学、手机短信文学、手机微信文学等。所谓新媒体，主要是相对于传统的机械印刷媒体、电子媒体而言的，之所以"新"就在于它依托的是高科技的计算机网络、移动通信网络、无线 WiFi 网络，以数字化取代物态化。媒体的革命与传播手段的革命，总会或快或慢地启动媒体化语境下的文学革命。毋庸置疑，网络是技术的产物，技术和文学的联姻产生了网络文学。可以说，网络文学是最具技术性，也是最具科技含量的文学样式。互联网的存在既让文学发表变得轻而易举，也让文学传播变得四通八达，还让文学致富变得轻轻松松，这样极大地刺激了个体写作与集体写作的能量，网络文学呈现出一派繁荣景象。据统计，目前全国文学网站签约作者的人数已突破百万，约 5000 万读者通过网络、手机和电子阅读器阅读文学作品。随着网络在技术上的升级换代，从 2G 网络到 3G 网络再到当下热门的 4G 网络，网络文学也渐次向博客文学、手机短信文学、手机微信文学等新变，而且共生共荣。目前国内最活跃的手机阅读阵地"空中网小说频道"，每天有超过 100 万用户参与掌上阅读。从整体上看，新媒体文学在数量上完全可以用"海量"来形容，在质量上虽然是良莠不齐、良少莠多，但还是有一批质量好、水平高的作品既得到了网络文坛的认同，也得到了市场文坛、体制文坛的认可。例如，在 2008 年的第七届鲁迅文学奖评选之际，有一部网络小说《网逝》（作者：文雨）入围。在 2011 年的第八届茅盾文学奖评选之前，茅盾文学奖公布新修订的《茅盾文学奖评奖条例》，其中首次注明："将向持有互联网出版许可证的重点文学网站等征集参评作品。"这也意味着网络文学作品的资格化授权，被看成是主流文学对网络文学的破冰之举。此次参选的网络文学作品有 7 部，分别是《成长》、《遍地狼烟》、《青果》、《从呼吸到呻吟》、《国家脊梁》、《办公室风声》和《刀子嘴与金凤凰》。尽管网络文学离中国当代最权威的茅盾文学奖还有一定的距离，但参选则肯定是一个蓄能与崛起的信号。

当然，"一分为三"的新世纪文学，虽然有着共同繁荣的态势，但绝不是并驾齐驱、等量齐观的。三者之中，主流文学依然是新世纪文学的引领者与掌旗者。之所以如此，就在于以下因素：一是主流文坛的队伍主要由当代知名作家构成。例如作为国家级的全国性人民团体，中国作家协会有团体会员 39 个，个人会员 91000 多名。它不仅几乎囊括了当代的知名作家，还从行政上掌控着新世纪文学的格局与走向。二是主流文坛占据着文学发行的主要渠道和重要的文学资源。在新世纪文学的生产机制下，文学期刊仍是重要环节。毕竟绝大多数专业作家仍是通过文学期刊发表作品获得文坛的确认，而且新世纪文学的主流面貌也是通过文学期刊呈现的。这些文学期刊有《收获》、《人民文学》、《十月》、《当代》、《北京文学》、《大家》、《萌芽》等，它们不仅承担着新世纪文学的刊发职能，也发挥着新世纪文学的守护与引导职责。还有，中国作协将中国社会科学院重点科研项目"中国文情报告"列为重点扶持项目，自 2003 年起每年连续出版一部年度《中国文情报告》，并配套出版一部年度《中国优秀作品选》，逐年记录年度文学足迹，清点年度文学成果，盘点年度文学热点，聚焦年度文学的得失，还对年度文学进行分门别类的追踪与考察。准确地说，《中国文情报告》实质上就是体现国家意志的文学行动。三是主流文坛把持着国家权威文学奖项。在新世纪，国家级的权威文学大奖有五个，分别是茅盾文学奖、鲁迅文学奖、国家图书奖、中国图书奖、"五个一"工程奖。按照法国学者皮埃尔·布迪厄的观点，文学评奖是文学作品获得象征资本的主要途径。这样，把持着文学评奖的主流文坛也就有了培育主流文学的最宽口径与最佳平台。所以，有学者认为："由于主流文坛拥有当代知名作家、权威文学期刊、权威文学奖项等重要的文学生产力和文学资源以及主流文坛对市场文坛与网络文坛的有效介入，传统主流文学事实上被史学家默认为正宗文学。"①

"一分为三"的新世纪文坛改变了当下文学的运作方式，包括文学的生产方式、文学的传播方式、文学的消费方式以及文学的附魅方式。具体地说：一是改变了文学生产途径，人们不必获得作家身份也可以自由写作；二是改变了文学传播途径，人们不必经过审批也可以自由发表作品；三是改变了文学的认证标准，作家作品不必通过文坛体认也能获得文学声誉；四是颠覆了以往的文学观念，文学出现了有目共睹的

① 焦守红、李明：《徘徊与突围：新世纪头十年文学发展鸟瞰》，《湘南学院学报》2011 年第 6 期。

"泛化"。对此，白烨认为："传统文学依然有影响，有活力，这自不待言，但影响在缩小，活力不及别的新兴板块，却是一个事实。传统文学不是一切都好，新兴文学也不是一切都坏，两个方面都需要互相学习长处，弥补短处，以适应新的读者、新的环境、新的时代。如何在挑战中寻求新的机遇，在坚守中获得新的成长，或者说进而增强应变的积极性与主动性，已是一个必然面对的严峻问题。"①

四　"传媒为王"：新世纪文学的新驱动

尽管任何时代的文学都是众声喧哗的话语组合，但我们依然可以透过历史的迷障与文化的迷雾捕获到那个时代的最强音。从整体上说，由于受到新世纪多元文化语境的影响与制约，新世纪文学有着许多不同于20世纪中国文学的新变化，如写作化、生活化、民间化、商业化、市场化、大众化等都是进一步强化，而如技术化、消费化、全球化、媒介化等则更多是新世纪文学的"这一个"。不管我们承认还是不承认，在新世纪的十五年期间，文学与大众传播媒介的关系比任何时代都要密切，而最为吊诡的是二者关系的错置与颠倒，大众传播媒介体现的不仅是一种生活方式，也是一种审美方式，新世纪文学在大众传播媒介的"帝国主义霸权"的制导与掌控之下，走向了既有危机又有生机的"媒介化"之路。

从理论上说，文学自身必须依赖特定的表达媒介与传播媒介才能有它的静态存在与动态存在，况且文学本身也是许多他者如社会现实、思想意义、文化价值等的媒介。王一川明确宣称："没有媒介就不存在文学。"② 在新世纪，无论是文学的表达媒介还是文学的传播媒介都发生了变迁与更新，除传统的报纸、期刊、杂志、电影、电视之外，新的媒介如计算机网络、移动电话、手机通信等在全方位地主导着新世纪文学存在的物化形态、文本形式及与此相关联的文学活动和文学观念，文学

---

① 白烨主编：《中国文情报告（2009—2010）》，社会科学文献出版社2010年版，第5页。
② 王一川：《文学理论》，四川人民出版社2003年版，第111页。

从此进入了马克·波斯特所谓的"第二媒介时代"。这些新媒介对新世纪文学的革命性影响十分显著。正如麦克卢汉所说的："一切传播媒介都在彻底地改造我们，它们对私人生活、政治、经济、美学、心理、道德、伦理和社会各方面的影响是如此普遍深入，以致我们的一切都与之接触，受其影响，为其改变。媒介即信息。"他还说："媒介即讯息只不过是说：任何媒介（即人的任何延伸）对个人和社会产生的影响，都是由新尺度引起的，这种新尺度是被我们的每一次延伸或每一种新技术引导进我们的事务中的。"① 新媒介的产生不仅仅意味着一种新工具、一种新技术，而是一种群体社会的新尺度。这种新尺度必然形塑与规范着文学活动、文学机制、文学形态、文学文本、文学话语以及相关的文学观念，文学的社会意识、经济意识、文化意识、受众意识、品牌意识、经营意识、策划意识等也必然会发生深刻的嬗变。

新世纪既是一个由媒介启蒙与传播的社会，也是一个由媒介掌控与操纵的社会，可以说，媒介的影响无处不在。换言之，不是我们走向媒介，而是媒介大踏步地走向我们，甚至我们就生活在媒介之中而浑然不觉。对此，加拿大学者克楼克与库克对电视的描述能给我们很好的启示："凡是没有进入电视的真实世界、没有成为电视所指涉的认同原则、凡是没有经由电视处理的现象与人事，在当代文化的主流趋势里都成了边缘，电视是'绝对卓越'的权力关系的科技器物。在后现代的文化里，电视并不是社会的反映，恰恰相反，'社会是电视的反映'。"② 尼克·史蒂文森也反复重申着所谓"麦克卢汉的问题"："传播媒介的发展在当代社会里已怎样重塑了对时间和空间的感知？"③ 迈克·费瑟斯通更是断言："在关于后现代感受问题的种种讨论中，媒体逐渐成为讨论的焦点（这使我们想起鲍德里亚关于仿真世界的例子，'电视就是世界'）。"④ 斯诺也指出："在当代社会，公众往往接受媒体所呈现的社

---

① 　[加] 马歇尔·麦克卢汉：《理解媒介——论人的延伸》，何道宽译，商务印书馆 2000 年版，第 33 页。

② 　引自 [英] 汤林森《文化帝国主义》，冯建三译，上海人民出版社 1999 年版，第 116 页。

③ 　[英] 尼克·史蒂文森：《认识媒介文化》，王文斌译，商务印书馆 2001 年版，第 127 页。

④ 　[英] 迈克·费瑟斯通：《消费文化与后现代主义》，上海译文出版社 2000 年版，第 7 页。

会现实，因此，当代文化实际上就成了'媒体文化'。"① 因此，切特罗姆认为："文化与传播的范畴不可避免地会重合。现代传播已成为文化，特别是大众文化的观念和现实这一整体的组成部分。"② 所有这些名家的论述，其实都指向一个结论："电视就是世界。"如果推而广之，那就是"媒介就是世界"。

当大众传播媒介已成为一种生活、一种现实、一种观念、一种文化之后，依托于大众传播媒介固有的工具理性、技术霸权与话语生产、风尚宣推，媒介文化的汇聚与漫漶不仅是水到渠成，而且也是理所当然，特别是像报纸、影视、网络、手机等拥有高密度的受众群及高幅度的覆盖面，从而助推媒介文化走向"文化帝国主义"的顶端。周宪、许钧认为，"媒介文化"是一种全新的文化，"它构造了我们的日常生活和意识形态，塑造了我们关于自己和他者的观念；它制约着我们的价值观、情感和对世界的理解；它不断利用高新技术，诉求于市场原则和普遍的非个人化的受众……"并进一步明确指出，"媒介文化把传播和文化凝聚成一个动力学过程，将每一个人裹挟其中。于是，媒介文化变成我们当代日常生活的仪式和景观。"③ 在新世纪，丛生迭存的媒介既是我们的当下生活，也在改变着我们的当下生活。报纸无处不在，影视无处不在，网络无处不在，手机无处不在，它们无时无刻不在改变着我们的听说读写知，甚至是关于社会、政治、经济、伦理、道德、法律、生态、文化与文学的观念。这样，媒介文化浩浩荡荡，势难阻挡，以"帝国主义"的强者姿态对他者进行着肆意的文化侵略与文化殖民。

新世纪十五年是影视文化、网络文化、手机文化等媒介文化恣意狂欢的十五年。当我们不得不承认所谓的"出名靠演戏上镜"、"举报反腐靠网络发帖"、"交友靠 QQ 微信"等有相当的合理性与影响度时，

---

① 引自〔美〕戴安娜·克兰《文化生产：媒体与都市艺术》，赵国新译，译林出版社 2001 年版，第 4 页。

② 〔美〕切特罗姆：《传播媒介与美国人的思想》，中国广播电视出版社 1991 年版，第 2 页。

③ 参见周宪、许钧《文化与传播译丛·总序》，出自〔美〕马克·波斯特《信息方式——后结构主义与社会语境》，范静晔译，商务印书馆 2000 年版，第 2—3 页。

我们似乎可以断言"传媒出文化"或曰"文化出自传媒"。当然，从本质上说，媒介文化更多是一种大众文化与通俗文化，而非精英文化与高雅文化。但是所谓的精英文化与高雅文化，如果拒绝传媒的介入，无异于画地为牢、自断"清流"、自毁"生门"。在当下的媒介社会，精英文化与高雅文化也是媒介文化的有机构成，它们所代表的不过是与大众文化与通俗文化相对应的另一个维度。毕竟精英文化与高雅文化如果不为传媒所化，那不过是孤独者的自说自话、自生自灭，绝难达到春风雨人、以文化人的境地。

在新世纪，许多高雅文化如"四大名著"、《史记》、《清史》、《明史》、金庸小说、二王书法、敦煌壁画、京剧、昆曲、黄梅戏等均通过中央电视台的《百家讲坛》、《艺术人生》、《国宝档案》等影视传媒得到了极大的弘扬。拒绝影视传媒，无异于萎缩与灭亡；携手影视传媒，无异于壮大与再生。所以，无论是大众文化与通俗文化，还是精英文化与高雅文化，都难脱"传媒出文化"或曰"文化出自传媒"的定律。

诚如此，我们可以进一步类推："传媒出文学"或曰"文学出自传媒"。毕竟植根与置身于潮涌不息的媒介文化的新世纪文学，不但无法逃避媒介文化的规训与指令，还得主动适应与自觉执行媒介文化的规训与指令，这就是新世纪"文学媒介化"的"超级文化问题"。就新世纪文学而言，大众媒介既是它的外在物质传输渠道，也是它的内在审美现代性的修正器与生成阀；媒介文化既是它的启蒙者，也是它的领导者，毕竟大众媒介及媒介文化除了具有强大的启蒙意义之外，还是一个隐蔽的文化权力中心，而且是新世纪文学无法遁逃的文化权力中心，甚至是新世纪文学不得不恭奉与遵命的文化权力中心。正是这种"隐蔽的文化权力中心"的无处不在与无时不在，曾经高高在上的文学不得不为之"摧眉折腰"、"低头修身"、"移形换位"甚至是"为媒而容"，换言之，化身为新世纪的另一种工具性命名——即"媒介文学"或"新媒体文学"。无论是文学的生产方式与再生产方式，还是文学的出版方式、传播方式与改写改编方式，甚至是文学的消费方式与再消费方式，无不因为媒介的楔入而有着厚重的媒介因子与影子，"文学媒介化"在不断地推衍。新世纪的"文学媒介化"是一个动态过程，它从最初的文学与媒介的联姻向媒介的文学化变迁再向文学的媒介化迁移，表征的是从"内容为王"向"媒介为尊"再向"传媒为王"的后现代转型。

第一章　语境转型:从"政治化"到"媒体化"

　　法国著名的文艺理论家丹纳在《艺术哲学》中提出文艺发展的"三要素说",即文学艺术的发展同种族、环境、时代密切相关。丹纳所谓的"种族"指的是种族特性,它来源于天生的遗传性,是一个种族区别于其他种族的独有特性,这是一种不会随着时代环境的发展变化而改变的原始印记,是文艺发展的原动力或"内部主源"。丹纳所谓的"环境"既指地理、气候等自然环境,也指社会文化观念、思潮制度等社会环境,是文艺发展的"外部压力"。丹纳所谓的"时代"内容较为广泛,包括精神文化、社会制度、政治经济状况等,这些因素影响当时的时代精神和风俗习惯,形成一个时代独有的"精神的气候",时代是影响文艺发展的"后天动力"。如果将丹纳的种族、环境、时代置于当下文化研究的视域之下,我们似乎可以用另外一个词来进行统括,那就是语境。

　　所谓语境(Context),也可称之为社会语境(Social Context),按照约翰·费斯克的观点,包括两个方面:"第一,它可能指某种社会情景或环境的直接而具体的特征,某种特定的互动行为或传播交流就处于这种情景或环境之中;第二,在某种包罗万象的意味上,它可能用于描述更大的社会、政治与历史的情势与条件,某些行为、过程或事件就处于这些情势与条件之中,并被赋予意义。"① 从理论上说,文学是对社会

---

① ［美］约翰·费斯克等编撰:《关键概念:传播与文化研究辞典》(第二版),李彬译注,新华出版社 2004 年版,第 58 页。

生活的形象反映，作为反映者的文学总是生存于特定的社会语境与历史文化语境之中，语境的变换必然会导致文学的变迁。马克思认为，文学作为社会上层建筑中的意识形态，其发展无论如何丰富多样，都"必须从物质生活的矛盾中，从社会生产力和生产关系之间的现存冲突中去解释"①。丹纳曾经论倡导过"环境生产作品"的观点，他认为："每一个形势产生一种精神状态，接着，产生一批与精神状态相适应的艺术。因为这个缘故，每个新形势都要产生一种新的精神状态，一批新作品。也因为这个缘故，今日正在酝酿的环境一定会产生它的作品，正如过去的环境产生了过去的作品。"② 刘勰在《文心雕龙·时序》中强调说"歌谣文理，与世推移"、"文变染乎世情，兴废系乎时序"，这恰与中国文学史上渐次呈现的先秦散文、诗经楚辞、汉赋、唐诗、宋词、元曲、明清小说以及"春秋笔法"、"汉唐气象"、"建安风骨"、"宋元话语"、"明清韵味"、"民国印象"等相吻合。可见，文学是随社会的发展而发展的，也是随语境的转换而转换的。无论是对文学发展的解释还是对文学转型的阐释，我们必然要从社会历史文化语境去挖掘，从语境之维去掘进。概言之，就是所谓的"新语境，新文学"。

一 "政治化"：20 世纪中国文学的语境

如果要对 20 世纪中国文学的语境给一个定性命名，"政治化"也许是一个能为绝大多数人所能接受的经典概括。所谓"政治化"（Politicalization），也可称为政治语境（Political Context），是指在文学与政治的关系中更多表现为一种文学为特定的政治而不是泛政治服务，文学成为特定政治的附庸与粉饰、奴仆与"传声筒"，具体表征就是文学政治化，极端表征就是文学党性化。如果我们不将政治简单归结为狭隘的党性的话，那么，我们就能很清楚地看到属于 20 世纪中国文学的独特现

---

① ［德］马克思：《〈政治经济学批判〉序言》，《马克思恩格斯选集》（第 2 卷），人民出版社 1995 年版，第 33 页。

② ［法］丹纳：《艺术哲学》，傅雷译，人民文学出版社 1986 年版，第 66 页。

象：在 20 世纪中国文学的时空中，政治的五彩祥云总是一朵接一朵地飘过，似乎从未间断也从未飘散，寄居于强大政治语境的 20 世纪中国文学也就不可避免、身不由己甚至是主动攀附政治的权威与革命的强势，政治话语的彰显与革命术语的播撒成为了 20 世纪中国文学的首选与必择。这样，"政治化"也就成了对 20 世纪中国文学语境的最好概括。

关于文学与政治的关系，我们知道，文学与政治同属于上层建筑范畴，但它们与经济基础的关系不是等距离的。政治是经济的集中表现，与经济基础的关系比较近，因而对经济的作用较大较直接。在上层建筑各个领域中，政治是最活跃的因素，起着主导作用。文学与政治相比，它是更高地飘浮于经济基础之上的社会意识形态，它与经济的关系不是直接的，而是要通过政治的中介，才能对经济发生作用，因而相对来说作用比较小、比较缓慢。正如恩格斯所说的：文学与宗教、哲学一样，是一种"更高地悬浮于空中的意识形态"，"同自己的物质存在条件的联系，越来越混乱，越来越被一些中间环节弄模糊了"[①]。文学与政治在上层建筑领域中地位和作用的不同，决定着它们相互关系的特点：一是政治对文学的影响是巨大而又深刻的，二是文学对政治的影响是较为间接的。

在 20 世纪中国文学的历史长河中，文学从来就没有脱离过政治，文学与政治始终纠缠在一起并相互渗透，只不过有些是显在的"阳光下的共舞"，有些是隐在的"夜幕下的私语"。毛泽东认为："在现在世界上，一切文化或文学艺术都是属于一定阶级，属于一定的政治路线的。为艺术的艺术，超阶级的艺术，和政治并行或互相独立的艺术，实际上是不存在的。"[②] 纵观 20 世纪的中国文学，有两个关键词值得关注：一是"革命"（包括"文学革命"与"革命文学"），二是"改革"（包括"伤痕文学"、"反思文学"、"改革文学"、"寻根文学"等）。如

---

① 《马克思恩格斯选集》（第 4 卷），人民出版社 1972 年版，第 249 页。
② 毛泽东：《在延安文艺座谈会上的讲话》，《毛泽东选集》（第 3 卷），人民出版社 1953 年版，第 887 页。

果我们按照"改革也是一种革命"来推论的话，那么 20 世纪中国文学最鲜明的烙印与标志其实就是一个词——即"革命"（Revolution）。事实上，在 20 世纪，革命成为了最宏大的政治话语与最神圣的政治命题，也成了文学书写的最厚重的生成语境。对此，毛泽东明确指出："革命文化，在革命前，是革命的思想准备；在革命中，是革命战线中的一条必要和重要的战线。"① 如开始于五四运动前的新文学运动，实际上是为五四运动作了思想上的准备；在五四运动中，它正是整个革命战线中的一条重要战线。还如 20 世纪 30 年代无产阶级文学的提倡，它对"新月派"、"自由人"、"第三种人"文学以及"民族主义文学"等的斗争，也是服务于当时的新民主主义革命运动的。针对文学寄生于政治的现象，我们应该有规避纯粹化"政治文学"的清醒，以及规避以牺牲审美性、艺术性的代价而彰显政治性、党性的误区。对此，毛泽东指出："我们的要求则是政治与艺术的统一，内容和形式的统一，革命的政治内容和尽可能完美的艺术形式的统一。缺乏艺术性的艺术品，无论政治上怎样进步，也是没有力量的。因此，我们既反对政治观点错误的艺术品，也反对只有正确的政治观点而没有艺术力量的所谓'标语口号式'的倾向。我们应该进行文艺问题上的两条战线斗争。"② 尽管如此，毛泽东的政治与艺术的"统一论"，却被他自己的"政治标准第一，艺术标准第二"的"层级论"所消解与颠覆，这也许就是毛泽东文艺思想的内在吊诡与悖逆吧。从以《讲话》为标志的"解放区文学"，到以第一次文代会肇始的"十七年文学"，再到以《评〈海瑞罢官〉》肇始的"文革文学"，随着多极化政治文化语境向单极化政治文化语境的转换，"政治标准第一"转变为"政治标准唯一"，文学的政治化就像滚雪球似的越积越重、越重越猛，以至于出现了"文革十年"只有所谓的"一个作家（浩然）、一部作品（《金光大道》）、十部样板戏"的文学格局。

---

① 毛泽东：《新民主主义论》，《毛泽东选集》（第 2 卷），人民出版社 1952 年版，第 680 页。

② 毛泽东：《在延安文艺座谈会上的讲话》，《毛泽东选集》（第 3 卷），人民出版社 1953 年版，第 891 页。

当然，20世纪中国文学的政治文化语境也不是铁板一块的，有着前期与后期的差异性存在。假如我们以1949年7月的"中华全国文学艺术工作者第一次代表大会"（简称"第一次文代会"）为分水岭，那么前期可以称为"多极化政治文化语境"，后期可能称之为"单极化政治文化语境"。之所以将前期称为"多极化政治文化语境"，从政治思想上有三民主义、封建专制主义、资本殖民主义、无政府主义、共产主义等的多极，从政治空间上有国统区、日占区、解放区等的多极，从政治党派上有国民党、共产党、汪伪、日本侵略者等的多极。之所以将后期称为"单极化政治文化语境"，在政治思想上只有共产主义（含社会主义）的单极，在政治空间只有中国内地（港澳台除外）的单极，在政治党派上只有共产党领导下的政治协商。当然，后期的"单极化政治文化语境"以1978年的"十一届三中全会"为分水岭，可以分为20世纪80年代的"强单极化政治文化语境"与20世纪90年代的"弱单极政治文化语境"两个大同小异的阶段。但无论如何，单一性政治文化与单极性政治语境还是十分明显的，毕竟所谓的商业文明、市场观念、产业思想、消费意识、全球理论等始终是臣服在中国特色社会主义的政治权威之下的。

在20世纪中国，单一性政治文化绝不是舶来品，它有深厚的历史因缘及强烈的现实应答性。儒家的"经世致用"与"修身齐家治国平天下"实际上就是一种政治文化，"诗教化说"与"兴观群怨论"实际上也是一种政治化的召唤与应召。随着传统社会向现代社会的转型，内忧外患一并袭来，儒家政治文化中伦理之维逐渐衰落，政治之维得以张扬，现代文化因此向政治之维发展，这就催生了单一性政治文化。在这一过程中，苏联经验的影响也不容忽视，20世纪中国的政治文化在对苏联的趋同与疏离中获得自身的规定。除了本土资源与苏联经验之外，现代启蒙者、起义者、革命者、建设者、改革者、普通群众对"盛世中国"的憧憬以及对清明政治的吁求，也加速了单一性政治文化的内驱与内爆。当然，单一性政治文化一旦形成，又会反过来作用于社会历史及相关的建制。相比较而言，文学艺术领域是单一性政治文化作用最明显的领域之一，文学观念、文学形态、话语思维、创作方法、批评标准与审美原则等无不体现着单一性政治文化的内在制约。这一点，在"十七年文学"与"文革文学"中表现最为典型。对此，王建刚认为："20世纪50年代中国的文艺思想具有典型的政治形态，我们称之为政治形态文艺学。作为对一种主流左翼文艺思想的集约化称谓，政治形态文艺学启动于二三十年代的左翼文艺运动时期，延安时期被赋予明确的政治化指向，政治形态文艺学的主要范式与架构在50年代基本完成，60年代初期文科教材编撰工程使之得以系统化，并具有了相对稳定的学科形态。"① 王建刚关于"政治形态文艺学"的命名与论述，诚然已从另一个角度精确陈述和高度概括了"十七年文学"、"文革文学"与"新时期文学"的语境事实了，即我们所说的"政治化语境"。

　　以"十七年文学"为例，"单一性政治化语境"的生成肇始于1949年7月的"第一次文代会"。郭沫若的总报告在重申毛泽东新民主主义理论及统一战线思想时，明确了新中国、新时代的"政治化"诉求与"卡里斯马"诉求，这两种诉求既体现在周扬关于解放区文艺的分报告中，也体现在对毛泽东《在延安文艺座谈会上的讲话》、《关于正确处理人民内部矛盾的问题》、《实践论》和《矛盾论》四本著作的"经典化"之中。从总体上看，新中国的文艺界主要在四个层面上贯彻与落实毛泽东文艺思想：一是"思想改造"，通过思想批判运动促成文艺工作者在组织上与思想上的归队，使作家成为"政治化了的人"（丁玲语）。二是"话语制造"，通过社论、文艺批评与检讨书等形式，发布新话语，整饬旧话语，使话语政治化、革命化，从而建构起一整套体现政府意志与党派理念的政治话语与革命话语，并使之主流化与权威化。三是"观念打造"，大力宣扬革命现实主义与革命浪漫主义以及社会主义现实主义，造就一种革命的、政治化的文学观念。四是"作品创造"，通过新思想、新话语、新观念创作了一大批政治化、革命化的文艺作品，即所谓的"红色经典著作"，如包括《红日》、《红岩》、《红

---

　　① 王建刚：《政治形态文艺学——50年代中国文艺思想研究》，中国社会科学出版社2004年版，第1页。

旗谱》、《创业史》、《保卫延安》、《山乡巨变》、《青春之歌》、《林海雪原》等所谓的"三红一创保山青林"。经过这种强力整合,文艺界被改造成一个"同质体",文艺工作者也被改造成"拿笔的战士"和社会主义事业的建设者。

纵观处于"政治化语境"中的 20 世纪中国文学,其文学与政治的关系有两种典型范式。其一是"政治——文学范式",或曰"政治文学化",即由政治而文学,从政治的视角来观察文学,表现的是政治的"化文学"功能。比如列宁的《党的组织与出版物》、斯大林的《论无产阶级文化》、毛泽东的《在延安文艺座谈会上的讲话》、邓小平的《在中国文学艺术工作者第四次代表大会上的祝词》、江泽民的《在中国文联第六次全国代表大会、中国作协第五次全国代表大会上的讲话》、胡锦涛的《在中国文联第八次全国代表大会、中国作协第七次全国代表大会上的讲话》等,本身就是一种政治对文学的指导与规训,或者是一种"化"。在政治家看来,凡文学皆政治,凡文学皆从属于政治,文学斗争从属于政治斗争并服务于政治斗争,正是如此,重视乃至规范文学工作,从文学组织的打造到文学内容与形式的规范再到特定文学理念的倡导以及特定文学作品的宣扬,都成为政治家们必然关注的政治领域。其二是"文学——政治范式",或曰"文学政治化",即由文学而政治,从文学的视角来观察政治,表现的是文学的"化政治"功能。鲁迅曾经说:"一切文学,是宣传,只要你一给人看,即使个人主义的作品,一写出,就有宣传的可能,除非你不作文,不开口。那么,用于革命,作为工具的一种,自然也可以的。"鲁迅还说:"但我以为当先求内容的充实和技巧的上达,不必忙于挂招牌。……我以为一切文学固是宣传,而一切宣传却并非全是文学,……革命之所以于口号,标语,布告,电报,教科书……之外,要用文学者,就因为它是文学。"①可见,对于有政治情结的作家而言,尽管他们认同文学是一种政治宣传,但却是一种特殊的政治宣传。他们强调文学的相对独立性,政治只

---

① 鲁迅:《三闲集》,人民文学出版社 1973 年版,第 65 页。

是他们文学世界中追求的一项内容。他们强调文学的审美性，而且力图艺术地干预政治方针与策略，审美地配合政治环境，诗意地营构政治语境。从"政治——文学范式"与"文学——政治范式"的比较分析中，我们可以确认：文学与政治的关系问题事实上就是 20 世纪中国文学最沉重的母题与最炫目的主题，只是前者强调政治对文学的规定性，后者强调文学对政治的依附性，但无论如何，"政治化"既是 20 世纪中国文学的生存策略，也是 20 世纪中国文学的发展引擎。即使像所谓的"多谈些风月，少谈些主义"、"只谈风月，不谈国事"的"去政治化"以及"准风月谈"的"隐政治化"，从本质上说依然还是一种引而不发的"政治化"，换言之，就是以一种政治去规避或抵抗另一种政治的"政治化"。

亚里士多德在《政治学》一书中曾经说过："人是天生的政治动物"，而高尔基也曾经说过："文学是人学。"可见，文学的政治属性是文学的应有之义，不仅是与时俱来的，也是无可厚非的。只是 20 世纪中国文学在经由"五四文学"的"革命化"、"左联文学"的"左翼化与无产阶级化"、延安文学的"斗争化与工农兵化"、"十七年文学"的"新中国化"、"文革文学"的"党性化"等几次一浪高过一浪的"政治化"洗礼之后，以牺牲审美性与艺术性为代价来极力彰显党派性与政治性，从而滑进"政治化"的泥淖而难以自拔。那么，植根于"政治化语境"中的 20 世纪中国文学又有什么样的共同症结呢？关于这一点，我们可以从周扬在"第一次文代会"的报告《新的人民的文艺》中窥出端倪。在报告的开篇部分，周扬指出："毛主席的《在延安文艺座谈会上的讲话》规定了新中国的文艺的方向，解放区文艺工作者自觉地坚决地实践了这个方向，并以自己的全部经验证明了这个方向的完全正确，深信除此之外再没有第二个方向了，如果有，那就是错误的方向。"① 这段提纲挈领、不容置辩的文字，表明了新中国文艺的总方向就是毛泽东文艺方向。在报告的主体部分，周扬以"新的主题、新的

---

① 周扬：《新的人民的文艺》，《纪念文集》，新华书店 1950 年版，第 69 页。

人物、新的语言、新的形式"为题,结合解放区文艺的成就,论述了新的人民的文艺应有的特点:其一,在主题方面,"民族的、阶级的斗争与劳动生产成为了作品中压倒一切的主题"。其二,在人物方面,"产生了各种英雄模范人物","这种情况正表现了新的人民时代的特点"。其三,在语言方面,"解放区文艺作品的重要特色之一是它的语言做到了相当大众化的程度",这是以往"始终没有得到实际的彻底的解决的问题"。其四,在形式方面,解放区文艺"和自己民族的,特别是民间的文艺传统保持了密切的血肉关系","选择了群众所熟习的所容易接受的形式"。周扬的报告从某种角度说既是国家意志的体现,也是党派意识的呈现,这些新的人民的文艺"应有的"特点,在经过"十七年文学"的强化与"文革文学"的固化之后,戴着"政治的枷锁"的20世纪中国文学出现了一系列的偏执与偏颇,如主题的斗争化、人物的英雄化、语言的大众化、形式的民族化、叙事的宏大化、话语的革命化、创作的模式化、题材的应景化、作家的官僚化、读者的盲从化等,所有这些,都是20世纪中国文学"政治化"的症结。虽然这种"政治化"的症结在20世纪80年代与90年代有所缓解、稀释与纠偏,但改革开放的大政治与市场经济的小政治依然是20世纪中国文学不得不寄居的客观语境与事实语境。远离政治束缚与政治干涉的个别作家与个别作品确实存在,但超脱"政治化语境"的时代文学却只能是"痴人说梦",毕竟个别与局部的审美化始终也遮挡不了集体与全部的"政治化"洪流。

二　"媒体化":新世纪文学的语境

当我们用"政治化"来概括20世纪中国文学的语境,那么,针对历史车轮的转动与文化语境的转换,我们却只能用"媒体化"来概括新世纪文学的语境。"政治化",所探讨的是文学与政治的关系问题,特别是"文学政治化"史实;而"媒体化",所探讨的是文学与媒体的关系问题,特别是"文学媒体化"事实。史实,我们无法遮蔽;事实,我们也无法忽视。正如张光芒所说的："20 世纪 90 年代末 21 世纪初，无论在大的文化语境还是文学思潮上，都有一系列的新变化。尽管其新变往往非常微妙乃至容易被论者忽略，但其嬗变律动与实质指向都与90 年代的文化/文学思潮表现出本质的区别。"① 从"政治化"走向"媒体化"，也许就是新世纪文学与 20 世纪中国文学的本质区别。当然，我们这么说，并不是说新世纪没有政治的元素与政治的影响，而是在新世纪政治被"弱化"了，也被"他者化"了。换言之，就是"集权社会"隐藏在"市民社会"之中、"党派政治"隐蔽在"平民政治"之中。具体地说，就是"政治的媒体"化而为"媒体的政治"。从"政治化"走向"媒体化"，文学在摆脱政治的硬力束缚之后，却又不得不屈从于媒体的软力控制。

所谓"媒体化"（Medialization），或曰"媒介化"，也可称之为媒体语境（Media Context），是指在文学与媒体的关系中更多表现为媒体对文学的诱导性、支配性、掌控性与霸权性，文学为媒体所趋、为媒体所制、为媒体所化，审美性更多地让位于由传媒话语、传媒指令所共构下的媒介性，具体表征就是文学媒体化。作为一种文化现象，"媒体化"是与媒体社会的生成、建构、拓展与漫漶密切相关的。而作为一种社会现象，媒体社会是与媒体的层出不穷、更替递嬗与众态纷呈密切相关的，这些媒体至少包括报纸、杂志、出版、广播、电影、电视、音像、计算机、网络与手机等现代传播媒介。"一般来说，媒介是一种能使传播活动得以发生的中介性公共机构（Agency）。具体点说，媒介就是拓展传播渠道、扩大传播范围或提高传播速度的一项科技发展。……每一种媒介都能通过一条信道或各种信道传送符码。这一术语的这种用法正在淡化，如今它越来越被定义为技术性媒介，特别是大众媒介。"② 正是媒介的这种内在的技术性延展与革新，一次又一次带来了文化性的拓展与创新，诚如麦克卢汉所表明的，一种新技术媒介本

---

① 张光芒：《论中国当代文学的第三次转型》，《当代作家评论》2004 年第 5 期。
② ［美］约翰·费斯克等编撰：《关键概念：传播与文化研究辞典》（第二版），李彬译注，新华出版社 2004 年版，第 161 页。

身所包含的个人意义与社会意义大于对于它的实际使用：电视的存在比起电视节目的内容，意义更为重大。麦克卢汉认为："一切传播媒介都在彻底地改造我们，它们对私人生活、政治、经济、美学、心理、道德、伦理和社会各方面的影响是如此普遍深入，以致我们的一切都与之接触，受其影响，为其改变。媒介即讯息。"他还指出："媒介即讯息只不过是说：任何媒介（即人的任何延伸）对个人和社会产生的影响，都是由新尺度引起的，这种新尺度是被我们的每一次延伸或每一种新技术引导进我们的事务中的。"① 可见，新媒介的产生不仅仅意味着一种新工具、新技术、新延伸，而且是一种群体社会的新尺度，概言之，就是"新媒介，新尺度"。正是受着这种"新尺度"的有意或无意、有形或无形、显在或隐在的规约与规训，媒介社会应运而生。对此，张邦卫一针见血地指出："现代社会是一个为现代传播媒介所覆盖的社会，也是一个为现代传播媒介所呈现的社会，从这个意义上说，现代社会可称之为媒介社会。媒介社会是对我们所生活其中的这个现代与后现代社会的文化生产、传播、接受与消费模式的一种命名，说得直白一点，就是说我们现代的文化运作方式与文化生活形态主要是由媒介的呈示与观看构成的。"② 这样，来源于生活并对社会进行形象反映的文学，不可能超脱于媒介社会进行"空心化"书写，文学的"媒体化"也就在所难免，包括文学活动、文学机制、文学形态、文学文本、文学话语以及相关的文学观念，文学的社会意识、经济意识、文化意识、受众意识、品牌意识、经营意识、策划意识等也必然会发生深刻的嬗变，行进在"媒体化"的路上。

毋庸置疑，新世纪中国文学的"媒体化"语境的生成必然与新世纪媒体的多样化、多态化、多维化息息相关。那么，这些以合力共融的形式制造新世纪"媒体化"语境的媒体到底有哪些呢？威尔伯·施拉

① ［加］麦克卢汉：《理解媒介——论人的延伸》，何道宽译，商务印书馆 2000 年版，第33 页。

② 张邦卫：《媒介诗学——传媒视野下的文学与文学理论》，社会科学文献出版社 2006 年版，第 1 页。

姆（Wilbur Schramm）认为："媒介就是插入传播过程之中，用以扩大并延伸信息传送的工具。"① 具体地说，传播学意义上的媒介，是指传播信息符号的物质载体，也包括与媒介相关的媒介组织，具体包括书籍、杂志、报纸、广播、电影、电视、计算机网络、智能手机等。对于这些媒介，我们可以从不同的角度来进行区别与界别。如加拿大传播学大师麦克卢汉在《理解媒介——论人的延伸》一书中将它们分为"热媒介"与"冷媒介"两大类②；美国文化学家戴安娜·克兰在《文化生产：媒体与都市艺术》一书中将它们分为"核心媒介"（Core Media）、"边缘媒介"（Peripheral Media）与"都市文化"（Urban Culture）三大类③；美国传播学者菲德勒在《媒介形态变化——认识新媒介》一书中将它们分为"口头语言与第一次媒介形态变化"、"书面语言与第二次媒介形态变化"与"数字语言与第三次媒介形态变化"三大类④；美国传播学者马克·波斯特在《信息方式——后结构主义与社会语境》一书中将它们分为"面对面的口头媒介"、"印刷的书写媒介"与"电子媒介"三大类⑤。还如王一川将它们分为"口语媒介"、"文字媒介"、"印刷媒介"、"大众媒介"与"网络媒介"五大类；南帆将它们分为"印刷形式"与"电子形式"两大类。当然，在新世纪，最经典的分类法莫过于将它们分为印刷媒介、电子媒介、网络媒介与通讯媒介四大类；也可以从时间线性的角度将之分为"旧媒介"与"新媒介"两大类，当然"新媒介"的出现并不意味着"旧媒介"的消失，"新媒介"的狂欢也并不意味着"旧媒介"的消遁。正是这些多形态、多样态、多

① ［美］威尔伯·施拉姆、威廉·波特：《传播学概论》，陈亮等译，新华出版社1984年版，第144页。

② 参见［加］麦克卢汉《理解媒介——论人的延伸》，何道宽译，商务印书馆2011年版，第51—52页。

③ 参见［美］戴安娜·克兰《文化生产：媒体与都市文化》，赵国新译，译林出版社2001年版，第6—7页。

④ 参见［美］菲德勒《媒介形态变化——认识新媒介》，明安香译，华夏出版社2000年版，第46页。

⑤ 参见［美］马克·波斯特《信息方式——后结构主义与社会语境》，范静晔译，商务印书馆2000年版，第13页。

状态的媒介成员，它们共同构成了一个无所不在、具有巨大影响力与强劲革命力的媒介场，换言之，就是一个多元并存、多元共呈的文化空间。

在新世纪中国的媒介场内，各成员媒介与各要素媒介对新世纪中国文学"媒体化"的推进与建构所起的革命性作用是一种差异性存在。由于新世纪大众对信息方式的便捷、信息内容的便利等的选择性认同甚至是倾向性认可，从而导致诸如印刷、出版、影视、网络、手机等传媒在新世纪文化语境中具有举足轻重的地位，它们在引领一次次信息革命、社会革命之后必然创造一次次文化革命与文学革命。正是如此，我们似乎可以将印刷、出版、影视、网络、手机五大媒介视为新世纪中国的"核心媒介"。当然这五大媒介并非泾渭分明、分庭抗礼，而是以"跨界"、"跨体"的形式进行着前全方位的"跨媒互涉"与"媒介融合"，如印刷网络化、出版网络化、网络视像化、手机的音影文化等，它们有的是主动融合，有的是被动融合，但不管如何，都极大地彰显了印刷、出版、影视、网络、手机五大媒介在新世纪媒介社会的核心性、主流性与主导性。事实上，基于技术创新的传播媒介都在彻底地改造我们以及我们的社会与我们的文学，这就是麦克卢汉所说的"媒介的革命"，也是金惠敏所说的"媒介的后果"。正如施拉姆所说的："媒介一经出现，就参与了一切意义重大的社会变革——智力革命、政治革命、工业革命，以及兴趣爱好、愿望抱负和道德观念的革命。这些革命教会我们一条基本格言：由于传播是根本的社会过程，由于人类首先是处理信息的动物，因此，信息状况的重大变化，传播是重大牵连，总是伴随着任何一次重大社会变革的。"① 加拿大学者英尼斯（Harold Adams Innis）曾以"传播的偏斜"（Bias of Communication）闻名，他认为，一种传播媒介对于知识在空间和时间中的传播会产生重要的影响，而对这种时间或空间因素的相对注重，将意味着被植入其中的文化出现一种意义的偏斜，他甚至主张："一种新媒介的优势将成为导致一种新文明诞生

① ［美］威尔伯·施拉姆、威廉·波特：《传播学概论》，陈亮等译，新华出版社1984年版，第18—19页。

的力量。"① 那么，相对于 20 世纪中国文学而言，哪些是新世纪中国文学依凭、依赖甚至于依附的"新媒介"呢？概言之，就是经过商业化改造的印刷与出版、经过大众化与娱乐化洗礼的影视、经过产业化与平民化侵蚀的网络、经过消费化与自媒体化浸润的手机。印刷、出版、影视、网络、手机的作用取决于它们所造成的信息情境与文化语境，这种信息情境与文化语境犹如谈话的地点场所一样，可以影响信息的传播，进而影响人的观念与行为，甚至影响文学的理念与行动以及文学的存在方式、生产方式、传播方式、消费方式等。

这样，我们就不得不承认，新世纪的现实是媒介现实，新世纪的社会是媒介社会。这绝不是说我们的现实就只是媒介现实，我们的社会就只是媒介社会。毕竟我们所知道的现实与社会是由电影、电视给我们呈现的，是由报刊、网络给我们传达的。换言之，只有对我们"说话"的现实，同我们"对话"的社会，才是对我们而言的现实与社会。当然，我们对现实与社会的认知，既来源于直接的经验与感知，也来源于间接的阅读与观看，相比较而言，却更多地来源于我们对报刊、电影、电视、网络的"读"与"看"。从这个角度来说，社会就是"仿真社会"，现实即是"拟现实"，这事实上道出了新世纪的某种本质与真义。这样，媒介现实正向我们锐步逼来并且肆意合围，在新世纪已然就是一种事实性存在。对此，法国境遇主义者居伊·德博尔将其描述为"景观社会"，波德里亚名之曰"超现实"或"拟像"，马克·波斯特称之为"第二媒介时代"，杰姆逊视之为"后文字时代"，道格拉斯·凯尔纳目之为"媒介景观"，约西·德·穆尔（Jos de Mul）概之为"后历史与后地理的赛博空间"等。

"媒体化"语境的生成与漫漶，与新世纪媒体在社会中举足轻重的特殊地位有关，换言之，与新世纪媒体在社会中的"文化指令"甚至是"文化霸权"有关。新世纪的媒体不再是单纯的传播信息的工具，而是营造一个有别于现实世界的媒体世界的"作俑者"与"缔造者"。

---

① ［加］英尼斯：《传播的偏斜》，多伦多大学出版社 1951 年版，第 34 页。

媒体世界，既虚拟又实存，既无形又有形。媒体世界在相当程度上已经成为人们观察世界、认识社会与了解生活的重要途径，它既影响人们的思想意识与价值取向，也影响人们的生活方式与审美方式，从某种角度说，其作用有时甚至超过了现实世界。在强大的现代电子技术、图像技术、网络技术与通信技术的支撑下，由报纸杂志、出版物、广播电影电视、网络、手机等共构的媒体空间已经成为我们当下最庞大的文化空间。

在这个庞大的媒体空间中，最值得关注的还是由网络媒介所营构的虚拟而在的网络空间。尼葛洛庞蒂（Nicholas Negroponte）认为："计算不再只和计算机有关，它决定我们的生存。庞大的中央计算机——所谓'主机'（Mainframe）——几乎在全球各地，都向个人电脑俯首称臣。我们看到计算机离开了装有空调的大房子，挪进了书房，放到了办公桌上，现在又跑到了我们的膝盖上和衣兜里。"① 事实上，尼葛洛庞蒂的精辟论述道出了这样一个真谛：随着计算机技术日新月异的发展，人们越来越生存在数字化的世界中，通过各种便捷的技术手段，尤其是借助于互联网的普及化，开始感受着与以往时代迥然不同的生存体验，并逐步营构一种新型的社会结构。我们生存在数字化的时代之中，正如麦克卢汉（Marshall Mcluhan）所说的："数字是我们最亲密的、相互关系最深的活动（即触觉）的延伸与分离。"② 尼葛洛庞蒂也说："我们无法否定数字化时代的存在，也无法阻止数字化时代的前进，就像我们无法对抗大自然的力量一样。"③ 看来，在数字化时代，数字化生存（Digital Being）既是我们的单选也是我们的必选，毕竟新世纪形形色色的"影视迷"、林林总总的"网瘾症"以及人人皆醉的"手机控"等已成为数字化生存的具体诠释与生动写照。可见，数字化生存是数字化对当代人类多层面影响的结果或者是一种当下状态的描述，威廉·J. 米切尔认

---

① ［美］尼葛洛庞蒂：《数字化生存》，胡泳、范海燕译，海南出版社1997年版，第15页。

② ［加］马歇尔·麦克卢汉：《理解媒介——论人的延伸》，何道宽译，商务印书馆2000年版，第146页。

③ ［美］尼葛洛庞蒂：《数字化生存的四大特征》，胡泳、范海燕译，《党政论坛》1999年6月号。

为："数字化时代新兴的城市结构和空间组合将会深刻地影响我们享受经济机会和公共服务的权力、公共对话的性质和内容、文化活动的形式、权力的实施以及由表及里的日常生活体验。"① 所以，数字化生存是指数字化技术与人的生存方式密切关联而建构的一种人类社会的存在状态，它具有技术性本质与技术建构的文化本质。那么，数字化生存的特征又有哪些呢？概括地说，就是尼葛洛庞蒂所概括的"分散权力"、"全球化"、"追求和谐"与"赋予权力"四个特征。这种基于信息化、数字化、网络化的新生存，体现出一种新型的社会形态、生活方式、审美方式，表现出一种新的精神追求与价值判断。

南帆认为："互联网的意义之所以远远超过了一般的通信工具，一个重要的原因是：它提供了一个虚拟空间。"并且还说："人们可以和这个虚拟空间互动。网民可以投入其中，成为虚拟空间内部的一份子，表达自己的观点和情绪。这种表达不是一种徒劳的单向活动；相反，这种表达将某种程度地改变——哪怕是极为微小的改变——虚拟空间的构成；另一方面，虚拟空间的反馈也将某种程度地触动网民，或多或少地影响他的言行举止。"② 正是这种语境的"虚拟化"与"空心化"，也从而极大地促进了新世纪中国文学的网络化递嬗。马克·波斯特也认为："新的传播系统往往被呈现为一把钥匙，有望打开通往一种更美好的生活或更平等的社会的大门。"③ 不可否认，网络不管是有线网还是无线网甚或是所谓的"三网融合"，就是打开新世纪中国文学的"金钥匙"。毕竟网络具有一种催生文学的实力，也具有一种促进文学的效力，还具有一种引领文学的魅力。诚如欧阳友权在《网络文学论纲》一书中所说的，网络对文学产生了革命性的意义，"在本体论意义上，计算机网络的媒介模式带来了文学存在方式的根本改变"，"在价值论的意义上，兼容而无垠的网络空间切合了文学的自由本性"④。可以说，

---

①　[美] 威廉·J. 米切尔：《比特之城》，范海燕、胡泳译，生活·读书·新知三联书店1999 年版，第 2 页。

②　南帆主编：《网络与社会文化》，海潮摄影艺术出版社 2009 年版，第 2 页。

③　[美] 马克·波斯特：《第二媒介时代》，范静晔译，南京大学出版社 2000 年版，第 33 页。

④　欧阳友权：《网络文学论纲》，人民文学出版社 2003 年版，第 4—5 页。

以网络为主体的数字化生存改变了过去技术与文学的矛盾性对立,催生了一种技术与文学共生的生存方式,换言之,就是网络语境中的文学存在方式,具体表现就是新世纪蔚为大观、海量杂陈的网络文学。事实上,新世纪以来,网络在现代传媒中的作用越来越不容低估甚至成为传媒帝国的"中军",无论是"报纸网络化"、"期刊网络化"、"视频网络化"还是生活中的网购与物联网,都能充分地印证朦胧派诗人北岛所说的"生活,网"的天才预言,所谓的"一网情深"、"移动改变生活"等也恰恰生动阐释了新世纪的"网状生活"与"网样生活"。从这个角度讲,在新世纪中国文学的创作/生产过程中、传播/流通过程中、接受/消费过程中,作为传播载体与方式的网络已成为文学发展的"第五极"之一或曰文学活动的"第五要素"之一。

所以,在新世纪,诸如影视、网络、手机等新媒介已经进入我们的日常生活,而且正在引发其质的变化,特别是它们所生成的影视文化(或曰视觉文化、图像文化)、网络文化以及手机文化(或曰"拇指文化")共同建构了新世纪中国文学所赖以安身立命的"媒体化"语境,新世纪中国文学走上了不同于 20 世纪中国文学"政治化"的新路径——即"媒体化"。金惠敏曾经指出新媒介对新世纪文学至少有两个方面的意义,"其一是新媒介通过改变文学赖以存在的外部条件而间接地改变文学;其二是新媒介直接地就重新组织了文学的诸种审美要素。"① 对于新世纪的审美构筑,刘自力指出:"新媒体的交互性交流与现代媒体单向性的传播相比,把美的生产者和消费者更紧密地联系在一起,使其共同参与美感体验,甚至难分彼此。这样的审美不是静观与沉思,也不是单向性的,而是多元的和动态的,是无边的和开放的。"② 可见,"媒体化"对于新世纪文学而言,既可能是"狼来了"的危机,也可能是"喝狼奶"的生机。

---

① 金惠敏:《媒介的后果——文学终结点上的批判理论》,人民出版社 2005 年版,第 32 页。
② 刘自力:《新媒体带来的美学思考》,《文史哲》2004 年第 5 期。

三 "媒体化"的五副面孔：新世纪文学的语境呈现

对于新世纪文学"媒体化"语境的考察，如果仅止于物质载体与传播媒介的集合化、集群化、集团化显然是不够的，而应该更多地考察它的文化基因、文化属性、文化构成与文化形态。美国的社会学家马泰·卡林内斯库在《现代性的五副面孔》一书中，曾将"现代性的五副面孔"概括为"现代主义"、"先锋派"、"颓废"、"媚俗艺术"与"后现代主义"，他说："我们在此讨论的是一个重要的文化转变，即由一种由来已久的永恒性美学转变到一种瞬间性与内在性美学，前者是基于对不变的、超验的美的理想的信念，后者的核心价值观念是变化与新奇。"① 事实上，新世纪"媒体化"语境既是一种多样化、多态化的动态语境，也是一种"多元会谈"的语境，它有着基于共同的"媒体眼"、"媒体心"与"媒介性"的五副面孔，即市场化、消费化、技术化、网络化与图像化。它们作用于人，再通过人作用于新世纪文学，从而使新世纪文学也呈现出多面性的症状。

（一）市场化："媒体化"的第一副面孔

所谓市场化，是指在开放的市场中，以市场需求为导向，以竞争的优胜劣汰为手段，实现资源充分合理配置，效率最大化目标的机制。换言之，市场化是指用市场作为解决社会、政治、经济与文化问题等基础手段的一种状态，意味着政府对经济的放松管制和工业产权的私有化的影响。市场化的工具有好多种，低程度的市场化是外包，高程度的市场化是出售。简言之，利用价格机制达到供需平衡的一种市场状态叫市场化。

20 世纪 90 年代，中国的经济体制已从计划经济走向市场经济为主、计划经济为辅的时代；而在新世纪十多年里，中国的经济体制却是全面市场经济的时代，市场成为调节、运行、控制的最权威杠杆，国家

---

① ［美］马泰·卡林内斯库：《现代性的五副面孔》，顾爱彬、李瑞华译，商务印书馆 2002 年版，第 9 页。

强权、国家意志只是一个宏观的调控者，"让市场说话"似乎成了新世纪最权力的经济法则。"竞争"是市场经济的铁律和法则。在成功与失败的选择面前，"利益"成为首当其冲的问题。在竞争中全方位与高标格胜出，梦想成为利益最大化的成功者与掌控者，已成为市场经济语境下人们心照不宣的目标与愿景。人们对金钱的攫取、名利的捞取以及欲望的放纵，几乎成为全面市场经济时代不可逆转的潮流。名是为了利，利是为了更大的利，"三观尽毁，惟有钱观"，崇拜的绝不是"孔夫子"而是"孔方兄"，金钱在这个时代成了一个无处不在、无往不胜的衡量一切的尺度。于是，"唯利是图"、"一切向钱看"、"一切为了钱"、"为了钱什么都可以商品化"、"为了钱可以牺牲一切"，成了市场经济条件下世风的显在表征。这样，市场化催生了一种新型的文化形态——市场文化。

市场文化是市场经济的必然产物，既有着独特的市场与商业性，也有着鲜明的大众性与通俗性。对这一文化的认同与接受早已不仅限于普通民众，甚至已波及所谓的知识精英阶层和传媒从业人员。事实上，新世纪的市场文化已经完全普泛化与普适化。对此，孟繁华不无担心地指出："市场文化有巨大的解构力、浸染力和吞噬力。它以中性的面目出现，没有自己坚持的固定立场，它只有在市场规律支配下的利益原则。它使日常生活变得亲近可感，无论什么趣味和爱好的人，都可以在今日的文化市场上找到自己的读物或音像制品。市场文化的无所不有，无形中解构了'一体化'的文化专制，它分散了人们对政治意识形态的关注和热情，使'一体化'的文化霸权在无意中被分解。"① 市场文化的源动力是利益，在利益的驱动下，追名逐利势所必然，不惜将所有的文化资源都纳入文化消费的轨道，成为掘金的矿场，甚至像中国传统经典名著、"红色经典"、严肃文学作品、主旋律文学作品等都被无一例外地转化为可以消费、可以获利的商品。张荣翼认为："当前的市场已经广泛地拓展到文化领域，形成了一个从产品生产、营销、售后服务到品

---

① 孟繁华：《市场经济条件下的大众文化及生产》，《海南广播电视大学学报》2003 年第 1 期。

牌塑造的配套的体系。在这样的一个文化语境中，市场的文化部分或者曰文化市场，已经是进行文化研究工作不能绕开和回避的重要场域；更积极的方面来说，对于文化市场的研究，是了解相应的文化领域工作的一个助推器。这种助推器在一定程度上也是文学研究发挥功能的一个方面，即不只是在认识角度切入文学，而且要在实践领域干预文学。"①

伴随着市场化进程的是中国当代文学生产机制的转型。该转型如果上溯最早可推至 1984 年的"断奶政策"的颁布。所谓"断奶政策"，是指国务院在 1984 年发布的《国务院关于对期刊出版实行自负盈亏的通知》中要求，除少数指导工作、推动科学技术进步，以及少数民族、外文等类别期刊外，其余一律"独立核算，自负盈亏"，这就是俗称"断奶政策"的开始。但真正发生实质性变化是在 1998 年有关部门再次重申"三年断奶"之后。从 1999 年文学期刊大规模改版潮的发生，至 2009 年出版社和文学期刊全面"转企"的启动，市场化的进程虽然在各级行政拨款的延续输血下有所延宕，但仍不动摇地进行到底。在此期间，"市场原则"越来越深度地折射进文学场，期刊发表原则、文学出版原则、批评和评奖原则以及新人培养机制，都发生了本质变化。

伴随着文学生产机制市场化转型的有文学媒介的转型，或曰文学媒介革命，主要是"网罗天下"的网络与"沟通无处不在"的手机这两个新媒介的通行化与主流化。新世纪的第一个十年也是网络文学发展的十年。从 1999 年原创文学网站"榕树下"正式成立，到 2009 年"榕树下"被"盛大文学"收购（此前，"盛大文学"已收购了"晋江文学城"和"红袖添香网"，此后又收购了"小说阅读网"和"潇湘书院"，2010 年"盛大文学"官网宣称已占国内网络原创文学 90% 以上的市场份额），网络文学从自发自觉、自娱自乐走进付费写作、收费阅读、出售版权、出售影视改编权，从分散化写作迈进流水线式生产，从个体经营跨进集团化经营，其幕后的"太极推手"就是市场化。对此，邵燕君认为："在强力发展的过程中，网络文学不但逐渐形成了独立的

---

① 张荣翼：《市场化语境中的文化市场叙事》，《湖北大学学报》2012 年第 7 期。

运营模式、写作——阅读模式和快感机制，更形成了独特的意识形态。而资本不但在网络文学内部一统江湖，更有力地撬动了主流文坛，改变了文学的格局。由此开启的网络文学与传统文学之争，也将不仅是文学体制、文学功能和审美原则之争，背后更有千年以来的纸质文明与数字化革命之间的媒介战争。"①

伴随着文学生产机制转型的还有文学新人群体的崭露头角、割据文坛。这些文学新人群体主要包括"80后"作家群、"90后"作家群与新世纪网络写手群。以"80"后作家群为例，这个新人群体"萌芽"于老牌青年文学期刊《萌芽》的市场转型之举——"新概念作文大赛"（1999），其后更迅速地被畅销书出版机制所捕获，文学新人被冠之以"80后"的命名，并被打造成以"80后"读者为特定消费群体的"青春写作"的明星。更引人注目的，2006年之后，郭敬明、张悦然、饶雪漫、蔡骏、韩寒等几位最有号召力的明星作家相继创办杂志。具体地说，郭敬明主编《最小说》（长江文艺出版社2006年版），张悦然主编《鲤》（江苏文艺出版社2008年版），饶雪漫主编《最女生》（万卷出版公司2008年版），蔡骏主编《谜小说》（新世纪出版社2009年版），韩寒主编《独唱团》（山西出版集团·书海出版社2010年版）。不同于"60后""断裂作家"的"杀人放火受招安"和"70后""美女作家"的以文学之名奔向市场，"80后""青春作家"仅经过很短一个时期的"携市场之威叩击文坛"，便有机会和实力自立门户。之所以如此，就在于"80后"作家群有着巨大的市场号召力和高量的市场份额，它们几乎垄断性地拥有庞大的青年读者群，换言之，它们拥有了读者，拥有了市场，拥有了舞台，于是便拥有相当的话语权。

（二）消费化："媒体化"的第二副面孔

所谓消费社会（Consumer Society），是指生产相对过剩，需要鼓励消费以便维持、拉动、刺激生产的一种社会形态。在生产社会，人们更

---

① 邵燕君：《新世纪文学脉象》，安徽教育出版社2011年版，第4页。

多关注的是产品的物性特征、物理属性、使用与实用价值；而在消费社会，人们则更多的关注商品的符号价值、文化精神特性与形象价值。消费社会始于美国，然后影响其他西方发达国家，接着又影响发展中国家。大卫·理斯曼在《孤独的人群》一书中指出，中世纪以来西方社会已有两次革命，第一次包括文艺复兴以来诸多运动的工业革命，而"在最发达国家，尤其在美国，这次革命正让位于另一种形式的革命——随着由生产时代向消费时代过渡而发生的全社会范围内的变革"，"许多人仍然拘泥于第一次革命，尚未为讨论第二次革命确立多种论点"①。杰姆逊曾经对消费社会的历史状况做过精要的描述：作为一种新型的社会——消费社会开始出现于第二次世界大战之后的某个时期，在这个被冠以"后工业社会"、"跨国资本主义"、"消费社会"、"媒体社会"等名称的社会里，"人为的商品废弃；时尚和风格的急速变化；广告、电视和媒体迄今为止无与伦比的方式对社会的全面渗透；城市与乡村、中央与地方的旧有的紧张关系被市郊和普遍的标准化所取代；超级公路庞大的和驾驶文化的来临——这些特征似乎都可以标志着一个与战前社会的根本断裂……"据此，我们认为西方发达国家在20世纪六七十年代开始形成消费社会。依照杰姆逊对消费社会的描述，当代中国已进入准消费社会。诚如刘方喜所说的："西方发达国家已进入消费社会，中国等国家也正经历着消费社会的转型。"②

消费社会是一种新的社会形态，也是一种后工业化社会。在这样的社会里，消费成为社会生活和生产的主导动力和目标，价值与生产都具有了文化的含义。传统社会的生产只是艰难地满足生存的必需，而消费社会显然把生活和生产都定位在超出生存必需的范围。费瑟斯通认为，"这一切都发生在这样的社会中：大批量的生产指向消费、闲暇和服务，同时符号商品、影像、信息等的生产也得到急速的增长"。当然，对消费社会论述最为深刻的莫过于让·波德里亚的《消费社会》一书。在《消费社会》中，波德里亚认为，作为新的部落神话，消费已成为

---

① ［美］大卫·理斯曼：《孤独的人群》，王昆、朱虹译，南京大学出版社2002年版，第6页。
② 刘方喜：《导读》，刘方喜选编《消费社会》，中国社会科学出版社2011年版，第1页。

当今社会的风尚。消费社会的主要内涵包括：一是物的包围和意义的完备；二是消费生产力：浪费与增长；三是消费的社会逻辑；四是否定享受与个性化的消费；五是消费文化，包括消费文化中的"身体"与其他，消费文化是一种新的社会规训；六是大众传媒文化；七是最美的消费品：身体；八是休闲的悲剧或消磨时光之不可能性；九是丰盛社会的混乱；十是消费之消费。① 至于消费社会的基本特征，刘方喜在《消费社会》一书的《导读》进行了很好地概括：一是阶级关系的重组，包括巨型公司与"新阶级"即"服务阶级"的兴起，美国化与全球化。二是物质需求与文化需求之间关系的重组，包括免于匮乏与奢侈消费的大众化，消费需求的非迫切性及被制造性、被操纵性。三是经济与文化之间关系的重组，包括商品与符号的差异趋于缩小、经济与文化日趋交融，电子传媒的规模扩张与信息的高速流动、符号的极度爆发。四是生产与消费之间关系的重组，包括社会重心的转移：由"生产"而"消费"，艺术审美活动与日常生活的差异趋于缩小：日常生活的审美化，过度娱乐化。五是"人——人社会关系"与"人——物自然关系"之间关系的重组，包括人——人社会关系的凸显。② 以上五大方面十个要点，大致概括了当代消费社会的新特征，在这些特征中又有一个共同的特征，那就是"重组"。

消费社会有着属于它自己的文化形态——"消费文化"和自己的文化范式——"消费主义"。对于"消费文化"（Consumer Culture），费瑟斯通认为有双层的含义，他指出："首先，就经济的文化维度而言，符号化过程与物质产品的使用，体现的不仅是实用价值，而且还扮演着'沟通者'的角色；其次，在文化产品的经济方面，文化产品与商品的供给、需求、资本积累、竞争及垄断等市场原则一起，运作于生活方式领域之中。"他还说："消费文化，顾名思义，即指消费社会的文化。它基于这样一个假设，即认为大众消费运动伴随着符号生产、日

---

① 参见［法］让·波德里亚《消费社会》，刘成富、全志钢译，南京大学出版社2001年版。

② 参见刘方喜《导读》，刘方喜选编《消费社会》，中国社会科学出版社2011年版，第2—34页。

常体验和实践活动的重新组织。"① 事实上，让·波德里亚认为消费文化是一种新的社会规训，是"一种更加非官方、非制度化的系统"。对于"消费主义"，玛丽·道格拉斯、贝伦·伊舍伍德在《物品的用途》一文指出，"消费是一个积极有效的过程，所有社会范畴都在消费过程中不断被重新定义"②；西蒙·弗里思在《通俗文化：来自民粹主义的辩护》一文也指出，"如果当代文化恰恰在消费行为中存活，那么，当代文化的价值也就一定存在于消费的过程之中"③。可见，"消费主义"是与"生产主义"不同的文化范式，"关心的是消费时的情感快乐及梦想与欲望等问题"。

在消费社会中，为适应消费社会的社会逻辑与文化逻辑，新世纪文学必然会随之发生巨大的变化，形成新的面貌、新的格局、新的生态与新的特质，简言之就是基于消费需求的消费化。比如文学活动日益深入的市场化、商业化与产业化；文学产品的生产无不受制于消费社会的无形的手操控和拨弄。进入消费市场的文学，将越来越显露出商品性。文学既可以为作家赚钱，也可以为出版商、书商盈利，这一切都需要作为商品的文学有卖点，毕竟只有被消费者购买的文学才能成为真正意义的商品。故此作家在写作时就必须考虑作为购买者的读者的需要，考虑读者的阅读趣味与审美诉求，并始终作为写作的第一考量。这样，文学越来越迎合大众、越来越走向通俗，文学的深度模式终被打破、浅表模式得以畅行。事实上，越来越多的作家已经意识到这一点，他们的创作虽还不能被称为是通俗文学，但越来越具有通俗性。拒绝通俗，无异于拒绝市场与消费，无异于自断销路与自关"店门"。这样，文学从曾经诗意十足的象牙塔中走出，成为物性十足的生意场的选手与"起哄者"，成为广大受众的日常消费品之一。从受众的角度来看，购买文

① ［英］迈克·费瑟斯通：《消费文化与后现代主义》，刘精明译，译林出版社 2000 年版，第 165 页。

② ［英］玛丽·道格拉斯、贝伦·伊舍伍德：《物品的用途》，罗钢、王中忱主编《消费文化读本》，中国社会科学出版社 2003 年版，第 64 页。

③ 西蒙·弗里思：《通俗文化：来自民粹主义的辩护》，罗钢、刘象愚主编《文化研究读本》，中国社会科学出版社 2000 年版，第 252 页。

学作品与购买时装、汽车、住房、日常生活用品毫无两样。文学作为精神产品的特殊性已在消费者的购买过程中消失，它同其他任何商品一样，只有被购买消费了才能产生价值和实现价值。而且越来越多的作家将摆脱体制的束缚，进入市场，运用规则，成为市场化的"写手"与"高手"，而不必再承担一些空泛的所谓的社会责任与义务，这也就是为什么"让作品说话，让专家说话"被"让市场说话，让读者说话"所取代的原因。

（三）技术化："媒体化"的第三副面孔

科学技术的突飞猛进，给世界生产力和人类社会经济的发展带来了极大的推动，毕竟工具是器官的延伸、社会是身体的延伸、工具是技术的结晶。科学技术是先进生产力的集中体现和主要标志，可从以下几个方面理解：一是科学技术对生产力诸要素起倍增作用；二是科学技术是生产力发展的先导；三是当代高科技技术集中体现先进生产力的发展水平；四是以高科技为基础的先进生产力与现代化管理相结合，将生产力的各个要素更好地组合起来，极大地提升了当代生产力的水平。正是如此，邓小平有一个著名的论断："科学技术是第一生产力。"这种生产力至少有以下三个维度：一是科学技术是物质生产的第一生产力；二是科学技术是艺术生产的第一生产力；三是科学技术是社会关系的第一生产力。R. 舍普认为："技术就是不懈地改造世界和人类以便它们能相互适应。这样的改造发挥着随时代和地点而变化的知识、技能和人的作用，并且以同样不断变化的社会准则为依据。"① 目前，现代科学技术进入了大科学和高技术时代，科学技术的发展呈现出一系列新趋势和特点，如科学技术的整体化趋势、科学技术的数字化趋势、原创性创新成为科技竞争的制高点、科技成果转化为直接生产力的周期大为缩短等。

新世纪十五年，是高科技快速发展的十五年。在这十五年中，诸如高技术、通信技术、电子计算机技术、网络技术、微电子技术、多媒体技术、自动控制技术、航空航天技术、军事科学技术、生物工程、克隆

---

① ［法］R. 舍普等：《技术帝国》，刘莉译，生活·读书·新知三联书店1999年版，第3页。

技术、干细胞技术、新材料技术、纳米技术、新能源技术、激光技术、交通运输技术、海洋技术、水资源利用技术、农业科学技术、环境科学和环境保护技术等都是高科技领域，以技术化与产业化的方式在全方位地影响和改造着新世纪。所以，我们认为新世纪十五年意味着技术帝国的合围、知识经济新时代的到来及其无孔不入的渗透。这不是说以前的科技就不发达、不高级、不渗透，而是说，对于中国社会特定情景而言，人们从未像新世纪这样深刻地感受到科学的高度发展带给传统生活方式的改变之剧烈，其触角伸向生活的方面之广泛。诚如王岳川所说的，高科技"以超速的方式改变着人类的存在方式、思维方式和价值传递方式"，而它造成的直接后果是"使技术成为一种霸权，任何艺术、宗教、文化不与技术联姻，不成为技术中心的附庸，就将不具有价值。"①

　　随着技术帝国的合围，工具理性和技术主义也随之蔓延。这既令人欣喜，也令人焦虑。莱维·斯特劳斯曾经说过："技术既是文化的一个组成部分，又是文化的产物和条件。"尽管海德格尔曾经说过，"技术的本质与技术毫不相干"，但是我们依然要说，技术不仅存在于工具之中、物品之中，而且技术还存在于我们看问题的方式之中。比如网络技术与信息技术的高度发展，让我们对"数字化生存"有了清晰的认识。尼葛洛庞蒂在《数字化生存》一书中就明确认为，"计算不再只是和计算机相关，它决定我们的生存"，并把这种生存称之为"数字化生存"，"数字化生存"所代表的是一种生活方式、生活态度以及每时每刻都与电脑为伍的生活状态。再如图像技术的高度发展，让我们对"新图像"（或曰"虚拟图像"）有了清晰的认识。按照 R. 舍普的观点，"新图像"主要是指合成图像，也就是计算机制作的数字图像，随着"新图像"的出现，人们确实又跃上了一个新台阶，现在研究人员、医生和艺术家都在使用这种图像。"随着新图像的出现，人们终于可以进入到图像中去，它变成了一个场所，人们可以在里面探寻，与别的人相遇，

---

① 王岳川：《中国镜像——90 年代文化研究》，中央编译出版社 2001 年版，第 51 页。

有虚拟的经历。由于这些原因,我可以说今天人们正在经历真正的飞跃。数字图像不只是图像制作史上的又一项新技术,它还是一种新的书写方法,可以与印刷技术的发明和字母表的诞生相提并论。"① 还如通信技术与传播技术的高度发展,让我们对"地球村"与"全球化"有了清晰的认识。麦克卢汉在《理解媒介——论人的延伸》一书中认为,电子媒介使信息传播瞬间万里,地球上的重大事件借助电子传媒已实现了同步化,空间距离和时间差异不复存在,整个地球在时空范围内已缩小为弹丸之地;电子媒介的同步化性质,使人类结成了一个密切的相互作用、无法静居独处的、紧密的小社区。正是由于传播媒介的高技术化,从而导致信息的同步化、文化的同质化、经济的一体化,因而也有了"重新部落化"的"全球化"。从上述案例分析中,我们不得不佩服麦克卢汉的真知灼见和深谋远虑:"我们自身变成我们观察的东西……我们塑造了工具,此后工具又塑造了我们。"② 高科技也是如此。

但是,高科技并不等于高艺术,技术进步并不等于文学进步,技术优势也不等于文学优势。说到底,文学是源于人的精神而不是源于技术,技术只是文学借助和依凭的工具,它不应该凌驾于文学之上,而应该受驭于文学的艺术目的与精神目标,为创作者遵循艺术规律插上创造的翅膀,为文学的发展拓宽放飞的空间,而不是以技术优势替代艺术规律的创造与创新。毫无疑问,文学艺术的发展离不开技术的进步,但艺术的价值命意又是超越技术的。无论高科技有多么巨大的生产力,也无论高科技有多么神奇的创造力,它仍然只是技术而不是艺术。技术可以具有"艺术性",而艺术则不能"技术化",因为技术作为艺术的道具,它永远代替不了艺术的创造。所以,我们要避免新世纪文学对高科技的过度依赖与过分膜拜。欧阳友权认为:"技术的进步会给未来文学艺术生产增设更多的技术含量,但新世纪的中国文学转型最需要的并不在技术媒介的升级换代,而在于借助新技术、新媒介提升作品的艺术水准与

---

① ［法］R. 舍普等:《技术帝国》,刘莉译,生活·读书·新知三联书店 1999 年版,第 98 页。
② ［加］马歇尔·麦克卢汉:《理解媒介——论人的延伸》,何道宽译,商务印书馆 2000 年版,第 17 页。

审美价值。"①

（四）网络化："媒体化"的第四副面孔

新世纪十五年是计算机网络高速发展的十五年，人们习惯称之为"网络时代"。在新世纪，计算机网络已经进入其发展阶段的第四代，即"信息高速公路时代"，有着高速、宽带、多业务、大量数据、交互性等特点。这样，网络成为继报纸、广播、电视之后的"第四媒介"（也称"e媒体"），网络传播也在短短的时间内迅速成为大众传播的主流甚至主导形态。与其他传播方式不同，网络传播的优势明显、特征鲜明，如它的全球性、交互性与超文本链接方式，还如它的信息数字化、传播的双向互动性、传播权利的普及和平等参与以及传播的个性化和个人性，都是其他传播方式所无法比拟的。事实上，具有信息海量、形态多样、迅速及时、全球传播、易于复制、便于检索、超文本链接、自由、交互、易逝性、易改性等特点的网络媒介，"已为人类信息传播提供了一个崭新的天地，它是相对于现实世界而存在的人类精神交往的第二世界，而不只是所谓的'第四媒体'而已"。②

尼葛洛庞蒂（Nicholas Negroponte）在《数字化生存》一书的前言中开宗明义地写道："计算不再只和计算机有关，它决定我们的生存。"在这本书中，尼葛洛庞蒂始终贯穿着一个核心思想，即认为"比特"，作为"信息的DNA"，正迅速取代原子而成为人类社会的基本要素。尼葛洛庞蒂强调说："数字化生存所代表的是一种生活方式、生活态度以及每时每刻都与电脑为伍……数字化生活，将把人类带入一个后信息时代（Post-information Age）。现行社会的种种模式正在迅速转变，形成一个以'比特'为思考基础的新格局。比特，作为信息DNA，正迅速取代原子而成为人类社会的基本要素。"③ 正是这种数字化生存方式与数字化生存语境的客观性诉求，人类步入后现代转型的以计算机与网络为主体的"数字化时代"。法国著名思想家雅克·德里达是这样描述这个

---

① 欧阳友权主编：《网络文学概论》，北京大学出版社2008年版，第258页。

② 张允若：《关于网络传播的一些理论思考》，《国际新闻报》2002年第1期。

③ ［美］尼葛洛庞蒂：《数字化生存》，胡泳、范海燕译，海南出版社1997年版，第3—4页。

时代的："一个划时代的文化变迁在加速，从书籍时代到超文本时代，我们已经被引入了一个可怕的生活空间。这个新的电子空间，充满了电影、电视、电话、录像、传真、电子邮件、超文本以及国际互联网，彻底改变了社会组织结构：自我的、家庭的、工厂的、大学的，还有民族国家的政治。"①

　　基于电子计算机网络与多媒体技术的网络媒介对后现代社会的影响也是全方位的。美国学者约书亚·梅罗维茨认为：新媒介产生新场景，新场景产生新行为。"新媒介不仅影响了人们行为的方式，而且它们最终影响人们觉得自己应该怎样行为的方式。正如下面所说，行为和态度的这种变化，在'更新'共享媒介环境内容时对系统进行了'反馈'，这加强了电子媒介的整体影响。"② 作为文化环境的网络，是一种普适性极强的新媒介，承载着更多的民主性、平民性、公共性与全球性，因而有人认为网络是"没有中心的中心"。中心化的网络媒介具有无与伦比的传播优势，"它以空前的方式消除了空间与时间的距离。它能够使每一个信息的接受者生产一个信息，每一个个体向大众散布信息"③。网络媒介在传承现代文明的同时也在对现代文明进行超越，人类以数字化、网络化的"箭载方式"步入"第二次现代化"的轨道。有学者认为"互联网也许是后现代主义状态的最完美的说明书"④，还有学者认为"文明社会终于迎来了向文明后社会转换的第二个转折点"⑤。

　　从理论上说，新的媒介方式或媒介语言在不断地重构我们的当代生活，也在不断重构我们的当代文化。就文化发展本身而言，它既有文化

　　① 转引自［美］J. 希利斯·米勒《论全球化对文学研究的影响》，《当代外国文学》1998 年第 1 期。

　　② ［美］约书亚·梅罗维茨：《消失的地域：电子媒介对社会行为的影响》，肖志军译，清华大学出版社 2002 年版，第 166 页。

　　③ Mark Poster, "National identities and communication's technologies", in *Information Society*, 1999, Vol. 15, Issue 4.

　　④ 李河：《得乐园·失乐园——网络与文明的传说》，中国人民大学出版社 1997 年版，第 45 页。

　　⑤ ［日］林雄二郎：《信息化社会》，张国良主编《20 世纪传播学经典文本》，复旦大学出版社 2003 年版，第 389 页。

传承的一面，也有因为一种新的传播技术的兴起和媒介工具的介入而造成的文化断裂与文化转型的一面。有生气与生机的文化绝不是在封闭的环境中生长的，而是在人们的社会活动和公共交往中动态生成的。一成不变的文化，绝非"活文化"而是"死文化"，或者说是文化的"木乃伊"与"干尸"。从本质上说，人们的社会活动、公共交往及获取信息的方式，如沙龙、读书会、新闻发布会、作品研讨会、文人雅集等，这本身就是一种文化，而且是文化构成中的最核心部分，它决定着文化发展的方向，或继承或断裂，或传承或分裂。当一种社会交往或信息方式被另一种社会交往或信息方式替代时，整个文化也在逐渐转换。这恰如马克·波斯特所说的，"在信息方式下，一套新的'语言——实践'冲击了印刷文字语境下各种面对面的原有'语言——实践'形式。"① 这样，当文化载体由大众媒介向网络媒介递嬗时，网络文化便成了人们耳熟能详的文化物质与文化现实。

不可否认，网络文化是依附于现代科学技术特别是多媒体技术的一种现代文化，是网络这个质料因和动力因驱动与漫漶的结果。雪莉·特尔克（Sherry Turkle）说："在电脑的压力下，大脑与机器的关系问题成了文化关注的焦点。"② 马克·波斯特说："因特网预示着人类文化的基本因素的重构。"③ 尼尔森（Theodor Hollm Nelson）认为："计算机的目的就是自由。"④ 这表明，网络与文化有着内在的关联，这种内在关联改变了技术文明与文化对立的尴尬境况，从而形成了一种新型的文化形态——网络文化。美国微软公司总裁比尔·盖茨说过，信息高速公路将打破国界，并有可能推动一种世界文化的发展，或至少推动一种文化

---

① Mark Poster, *The mode of information*, Polity Pressinassoiation with Basil Blackwell, 1990, p. 1.

② 转引自［美］克劳迪亚·斯普林格《性、记忆和愤怒的女人》，王逢振等编译《网络幽灵》，天津社会科学院出版社 2000 年版，第 41 页。

③ Mark Poster, "National identities and communication's technologies", in *Information Society*, 1999, Vol. 15, Issue 4.

④ Theodor Holm Nelson, "Opening Hypertext: A Memoir", in M yron C. Tuman, ed. *Literacy On-line: The Promise (and Peril) of Reading and Writing with Computers*, Pittsburgh: University of Pittsburgh Press, 1992, p. 51.

活动、文化价值观的共享。

那么,什么是网络文化呢?对此,学界虽众说纷纭,但有一点是相同的,即普遍认为网络文化是一个网络技术与文化的一种新型的整合,它是在网络信息技术基础上形成的一种富有精神性的文化形态。爱瑞克·戴维斯(Erik Davis)认为,网络信息空间是以人们的想象力与技术的表达来调节的,"电脑化空间不仅仅是一个虚拟的数据库,而且是一个宇宙,如同但丁的《神曲》"[①]。按欧阳友权的观点,网络文化有广义和狭义之分,从广义上说是指借助计算机网络所发生的政治、经济、军事、社会、学术、文学艺术、娱乐等广泛的社会文化活动;从狭义上说是包括在计算机互联网上进行的教育、宣传、文学艺术、娱乐等侧重人文精神性的文化活动。[②] 那么,作为一种新型文化形态,网络文化的特征有哪些呢?

一是数字性。网络文化是以电子为介质的高科技文化,是以比特为叙事的数字文化。从其所依附的载体来说,网络文化表面似乎是技术网络,但归根到底却是数字比特。事实上,载体与文化是密切相关的,而且载体本身就是一种文化形态。随着载体的迁移与嬗变,计算机技术与网络技术不仅成为了主流的文化载体,也催生与更改了文化的存在形态,这就是数字化,即以信息化为特征的高容量、高技术的文化特征。

二是虚拟性。虚拟性首先表现为网络营构了一种虚拟现实(Virtual Reality),如虚拟社区、虚拟会场、虚拟商场、虚拟情爱、虚拟游戏等,在这些与物理空间相对的网络空间里,人们可以进行自由的虚构与想象、随心所欲的放纵与狂欢,所以马克·德里说:"网络里将真正有一个'彼地'在。"[③] 在这种乌托邦式的"彼地",人们不仅得到了极致的身临其境的安慰与满足,也借网上冲浪获得了不同的文化体验。虚拟性还表现在文化主体的务虚、求假与崇伪。网民身份的错位与伪装,使网

① 〔美〕爱瑞克·戴维斯:《技术真知、魔法、记忆和信息天使》,王逢振等编译《网络幽灵》,天津社会科学院出版社 2000 年版,第 123 页。

② 参见欧阳友权《网络传播与社会文化》,高等教育出版社 2005 年版,第 21 页。

③ 〔美〕马克·德里:《火焰战争》,王逢振等编译《网络幽灵》,天津社会科学院出版社 2000 年版,第 8 页。

络世界像雾像雨又像风，每一次读屏都不过是在亦真亦假、亦虚亦实之间漫游。因此，网络文化的主体可以自由地虚构，如虚构性别、虚构年龄、虚构地位、虚构种族、虚构语言风格等，甚至是以"无名"或"过客"的身份恣意飘荡，这必然导致文化主体的多样性与不稳定性，诚如马克·波斯特所说的，在电子传播阶段，"持续的不稳定性使自我去中心化、分散化和多元化"①。

三是超文本性。网络文化的超文本性是基于超文本（Hypertext）技术，有学者认为："超文本是一种按照信息之间关系非线性地储存、组织、管理和浏览信息的计算技术。"② 超文本是美国学者纳尔逊（Theodor Holm Nelson）于 1965 年自造的新词。对纳尔逊来说，超文本意为"非相续著述"（Non-sequential Writing），即分叉的、允许读者做出选择、最好在交叉屏幕上阅读的文本。就《牛津英语词典》来说，超文本是"一种并不形成单一系列、可按不同顺序来阅读的文本，特别是那些以让这些材料（显示在计算机终端等）的读者可以在特定点中断对一个文件的阅读以便参考相关内容的方式相互连接的文本与图像。"但总的来说，超文本有高度灵活的交互性、高度发达的交叉性、高度自由的动态性，则是毋庸置疑的。在当代社会，超文本技术的动态呈现是万维网（www）。在万维网中，主页与主页、主页与副页、副页与附件之间可以任意链接，文字与图片之间可以任意切换，声音、文字与图像之间可以同步播撒，从而建立起一个又一个的大型或超大型的网络。这样，超文本具有使文本从直线性解放出来的潜能，逻辑性被切割，任意性与不可预测性大大加强，线态阅读为网态阅读所替代，固定路径为动态路径所覆盖。韦尔斯（Deborah Wills）在研究超文本的本质说："考虑到超文本的弹性，一组文本能够形成一种非常复杂的环境，这种环境带有多种阅读和理解的路径。个体性文本之间的界限在印刷环境中是如此确定，现在失去了意义。超文本影响了使

---

① ［美］马克·波斯特：《信息方式——后结构主义与社会语境》，范静晔译，商务印书馆2000 年版，第 13 页。

② 匡文波：《网络媒介概论》，清华大学出版社 2001 年版，第 124 页。

用者阅读、写作与思考信息的方式。"① 不仅如此,超文本还打破了现实文本的时空限制,创造了一种无限时空的信息文化。这样,作为一种技术文化形态,超文本表明了网络文化的多元性、丰富性、动态性、诗意性等特征。

四是交互性。网络文化的交互性,源于网络的双边甚至是多边的互动,网络可以实现一对多、多对多、一对一的互动关系,是一种典型的互动文化。泰普斯科特指出:"新的青年文化正在兴起。它不仅仅涉及音乐、MTV(音乐电视)及电影等流行文化,更广泛地说,它是一种全新的文化教育,包括社会上普遍流行的共同的行为、习惯、态度、默许符码、信念、价值、艺术、知识及社会形式等。这种新文化主要根植于身为青年与有史以来最大多数世代的经验。但更重要的是,它是由网络世代使用互动式数字媒体而产生的文化。"② 事实上,网络文化的交互性,是通过 BBS 网上论坛、在线聊天、电子邮件等同步与非同步的方式展开的。通过这些互动的展开方式,网络互动形成了一种独特的虚拟社区(Virtual Community),网民们可以自由进出、轻松讨论、恣意臧否、肆意狂欢,以达到思想交流、情感沟通、舒缓焦虑与性爱交媾的目的。随着网络的普遍化,参与者越来越多,互动活动越来越多,网络文化的交互性便越来越彰显,这构成媒介时代一种独特的亚文化景观。当然,网络文化的交互性有助于展现参与者的平等性与主动性,参与者可以发表自己的观点并得到批评与赞同的反响,有助于获得自身的文化权力。在互联网上,每个人都是文化的制作者与参与者,况且国际网络的目的就是建立传播沟通的桥梁,因而反馈不断在使用者之间循环,正如泰普斯科特所说的,"网络世代的文化核心就是互动"③。就网络文学艺术而言,交互性也是十分昭然的:"互联网结束了艺术审美的秘密空间,却创造了大众参与、交互共享的行动美学;网络文学终止了文学传

---

① Deborah Wills, "The nature of hypertext: background and implications for librarians", in *Journal of Academic Librarianship*, 1999, Vol. 25, Issue 2.

② [美]唐·泰普斯科特:《数字化成长:网络世代的崛起》,陈晓开、袁世佩译,东北财经大学出版社 1999 年版,第 78 页。

③ 同上书,第 111 页。

统认同过去的时间美学，而开辟出在线空间的'活性'美学。"①

五是全球性。网络文化是基于电子数字技术形成的一种文化形态，而科学技术是普适性的，这种普适性的网络技术使之通行全球而为全球认同。随着网络的普遍化，世界上的不同地区、不同的人可以共享互联网上的信息资源，可以共同参与网络活动，可以共同建构和分享有着网络媒介性的网络文化。作为一种文化形态，网络文化有着全球性的显著特征，它可以跨越时空、地域、国度、种族、语言的界限，让不同的文化相互吸收、相互融合而趋于一体化与同质化。这样，雷蒙·威廉斯（Ramond Willians）所谓的"共同文化"（Common Culture）在互联网这个技术平台与文化平台上得以形成。随着国际化与全球化整合现实的扩大化，一种新的、独特的文化空间——"全球"——它侵蚀和动摇了古老的、既定的种种民族文化与民族认同，如今地域性的日常文化无所不在地浸润着全球化的意味，这一进程的核心在于传播技术与网络媒介的出现。在媒介时代，全球性网络文化的兴起，是文化全球化与一体化的显著表征，但由于民族文化的事实性存在，这种文化的全球建构只能是一种"和而不同"的众态纷呈。所以，全球性的网络文化虽以西方文化的殖民、扩张为主，但"全球——地方"的向度（Global-local Dimension）却是不可抹杀的。

正是如此，基于网络传播的网络文化，实现了存在论意义上的文化转向。按照欧阳友权的观点，这些文化转向主要包括以下几个方面：一是"从现代走向后现代"；二是"从理性走向感性"；三是"从精英走向大众"。② 当然，这种转向意味着我们获得了一种观察文化发展与人类自身的新窗口，也意味着我们也获得了一种观察新世纪文学特别是新世纪网络文学的新视窗。

（五）图像化："媒体化"的第五副面孔

新世纪十五年是图像技术高速发展的十五年，人们称之为"读图时代"。如果说照相术的问世还只是现代文化图像化、视觉化的肇始的

---

① 欧阳友权等：《网络文学论纲》，人民文学出版社 2003 年版，第 90 页。
② 参见欧阳友权《网络传播与社会文化》，高等教育出版社 2005 年版，第 32—40 页。

话，那么虚拟技术的出现则为图像文化成为时代艺术的主流提供了无论是理论上还是现实中的可能性。事实上，在新世纪十五年，除了传统的图绘技术、照相技术、摄影技术、摄像技术之外，新的数码影像技术、高清数字影像技术、电子网络技术、多媒体技术等高速维新，并且迅速普及从而促使图像的生产、流通、消费甚至是再生产、再流通、再消费变得触手可及和轻而易举。诚如雷吉斯·德布雷所说的，"图像技术带来的首先是直接性占统治地位，换句话说就是拒绝抽象和中介：重要是具体，是图像，而在这个充斥着图像的世界上消失的是想象"。图像技术是直接的技术，然而只有在时间的差距中才会有文化的存在。另外文化通常所具有的区域性同图像技术的全球性也形成了对比。从区域性即特定的象征体系相关联的某种经验出发，人们创作出了意欲征服全世界的艺术品。

然而可以说实现了世界大同的图像技术彻底改变了这一切，"我发现文化（无论其确切含义是什么）想要在图像技术统治的世界中找出自己的位置真是越来越困难。"① 于是，"世界成为图像"，成为当下社会现实的一种显在表征；"图像化生存"，也成为当下大众的一种生活与生存方式。正是如此，雷吉斯·德布雷说得好，"我们以前是站在图像前面，现在进到了图像里面，就好像走进生活一样。以前有距离所以才有希腊戏剧、现代戏剧、电影、读物存在的可能性。可是如果我们不再从图像里走出来，就不再有可能将生活搬上舞台：不是舞台把生活变成了殖民地，相反，是生活把舞台变成了殖民地，有趣的是，技术的胜利伴随着生活的胜利，生活战胜了一切，特别是文化。"② 这样，海德格尔当年预言的"世界图像时代"已然生成，并且还在进一步强化。

伴随着图像技术的推陈出新，古已有之的图像文化在新世纪华丽转身为包括图像、影像、视像与拟像的综合文化形态。美者学者约翰·伯杰认为："历史上也没有任何一种形态的社会，曾经出现过这么集中的

---

① ［法］R. 舍普等：《技术帝国》，刘莉译，生活·读书·新知三联书店1999年版，第196页。
② 同上书，第205页。

影像、这么密集的视觉信息。"① 在图像社会，无处不在、无时不在的图像深刻地改变了我们的文化生存方式与文化生活方式。世界不再是世界，甚至人也不再是人——它们都以图像的方式（真实影像的方式）成为人类掌握世界、认识自身、交流信息、表达思想、显示世界观、进行意识形态竞争与交锋的一种符号编码或话语言说，成为人类感情生活、政治生活、文化生活甚至日常生活、人际交往等的方式与习惯。在新世纪十五年，由于电影电视、动画漫画、网络视像与视频、智能手机与3G手机的视像嵌入，图像文化主要是影视图像、网络影像、手机影像在大众生活中所占的比例相当大。人类文化的传统格局、轻重比例、主次关系、空间分布、互动状态因此发生了根本性的改变。这几乎是一种不可逆转的文化潮流，也日益现实化、主流化。对此，阿莱斯·艾尔雅维茨在《图像时代》一书中将之概括为"图像转向"，他认为图像正在成为后现代社会最日常的文化现实，学术史上的所谓的"语言学转向"迅速地被"图像转向"所取代，后现代社会的最大特征就是"图像统治"。W.J.T.米歇尔也主张"图像转向"，他说："无论图像转向是什么，我们都应该明白，它不是向幼稚的摹仿论、表征的复制或对应理论的回归，也不是一种关于'图像'的玄学的死灰复燃；它更应该是对图像的一种后语言学的、后符号学的再发现，把图像当作视觉性（Visuality）、机器（Apparatus）、体制、话语、身体和喻形性（Figurality）之间的一种复杂的相互作用。我的认识是，观看行为（观看、注视、浏览，以及观察、监视与视觉快感的实践）可能与阅读的诸种形式（解密、解码、阐释等）是同等深奥的问题，而基于文本性的模式恐怕难以充分阐释视觉经验或'视觉识读能力'。"② 这样，"看的方式"挤压了"读的方式"，新世纪的图像文化有着属于它自己的特质。

其一，新世纪的图像文化是没有阻隔、没有隔膜、没有障碍的超越

---

① ［美］约翰·伯杰：《视觉艺术鉴赏》，戴行钺译，商务印书馆1999年版，第153页。

② ［美］W.J.T.米歇尔：《图像转向》，见《文化研究》（第3辑），天津社会科学出版社2002年版，第17页。

语言、超越民族、超越国家的通行的大众文化。具体地说，图像的方式是视觉形象的方式，也就是"看的方式"。从横的方向看，不同民族语言的阻隔被打破；从纵的方向看，同一个国家和社会中，文字的垄断被打破，社会进入到了一个"音影文三位一体"大众文化时代。这样，全球一体化的经济和没有语言文字隔膜的图像文化，促进文化传播进入无障碍的共享化时代，从而更加紧密和有效地把人类连为一体，文化等级的高低与文化地位的贵贱由于图像的植入而淡化、削平。这正如赫尔马斯·根舍姆在1962年所说的："摄影是世界各地都能够理解的唯一'语言'，它在所有民族和文化之间架起桥梁，维系着人类大家庭。它超越于政治影响——在人们享有自由的地方——真实地反映生活的事件，使得我们分享别人的希冀和期望，阐明政治和社会环境，成为人类的人道和非人道的见证。"① 这样，图像打破了印刷文化时代的文化等级的界限，甚至打破了国界。作为视觉文化的图像是一种淡化了文化等级、淡化了国家区域的全民的甚至世界的共同语言。

其二，新世纪的图像文化是一种借助于图像的直接性、观看性的消费文化。具体地说，文化活动的属性发生了很多变化，由传统文学艺术借助文本对人世的间接性和想象性体会和感悟，转变为借助图像对现实的记录、展示和消费，"直接观看"成为流通形式。图像不仅走遍四方，而且还促进不同文化领域的交流与共享，甚至改变了文化活动的样式。传统的文化活动主要借助于歌、舞、乐、文的形式来进行，也有图文并茂的形式，但传统艺术的图是依附于文的，或者说图不过是文的陪衬，不仅应用范围小，而且图文之间、图图之间缺少水乳交融的关联。现在不同了，图像应用表现在社会生活和生产的各个领域、各个层面上。日常生活离不开图像，世界成为图像中的世界，大众跟着图像狂欢。在图像生产者看来，绘图、摄影、摄像是一种方式，任何东西都可以确切地通过这种方式说出来，任何目的都可以通过这种方式达到，现实中的孤立现象可以由图像结合起来。在图像消

---

① 转引自李树峰《图像文化的时代特征》，http://art.people.com.cn/GB/41123/41124/3835808.html。

费者看来，图像是获取知识、了解社会、掌握世情等的迅捷方式。传统文化活动中听评书、读小说、诵诗歌以及表演，都必须借助一个语音或文字的链条构成的文本，通过想象来间接性地认识外界社会，读者得到的是体验和领悟；而图像时代，文化活动借助于现实的形象印迹直接呈现在视觉中，在读者和观众那里引起新奇（陌生化）的感觉，利用从众心理引导消费。可见，在新世纪，我们以机械复制与电子拷贝的方式大量生产图像，以直接观看与浏览扫瞄的方式大量消费图像，图像意识与图像霸权已然畅行。德国学者洛伦兹·恩格尔认为："视觉哲学的主要发现是，思想并不独立于视觉。……口头语言并不是思想交流的唯一工具，在口头语言的框架内发展出的各种概念的逻辑思维也并不是我们唯一的思维方式。""图像不仅仅影响到思考的过程，它们就是思维本身。"①

其三，新世纪的图像文化是一种大众传媒造就的图像符号文化。在新世纪，图像符号取代文字符号成为一种主流符号。与文字符号相比，图像符号的传播与消费要便捷轻松许多。这样，诚如费瑟斯通所说的，"真实的实在转化为各种影像；时间碎片化为一系列永恒的当下片断。"② 于是，大众传媒造就的图像文化便有了诸如詹明信所说的"后现代文化特征"，从而导致了平面化、薄写化、浅尝化，"宣告了元叙述的终结"，甚至由于影视文化与消费文化的加盟产生了一个"仿真的世界"和"拟像的世界"，这个世界实际上成了一个飘浮的、游移的能指所构成的世界。"高强度、高饱和的能指符号，公然对抗着系统化及其叙事性"，挣脱了理性束缚的感官刺激、欲望放纵，不仅成为消费文化的基本表征，而且消解了语言文化及其历史叙事的逻各斯中心，显示"一种由话语文化形式向形象文化形式的转变"。丹尼尔·贝尔在《资本主义的文化矛盾》一书中认为："当代文化正在变成一种视觉文

---

① ［德］洛伦兹·恩格尔：《不可见之见——从观念时代到全球时代的德国视觉哲学》，见《图像时代：视觉文化传播的理论诠释》，复旦大学出版社 2005 年版，第 4 页。
② ［英］迈克·费瑟斯通：《消费文化与后现代主义》，刘精明译，译林出版社 2000 年版，第 7 页。

化而不是一种印刷文化，这是千真万确的事实。"[①] 他还说："现代美学如此突出地变成一种视觉美学……甚至连水坝、桥梁、地下仓库和道路格式——建筑与环境的生态学关系——都成了与美学有关的问题。"[②] 阿莱斯·艾尔雅维茨认为："无论我们喜欢与否，我们自身在当今都已处于视觉成为社会现实主导形式的社会。"[③] 经由"视觉转向"所形成的视觉社会，其本质就是通过语言把握世界转向通过图像把握世界，换言之，就是从语言范式转向图像范式。当然，需要说明的是，图像范式的普适得益于电影电视、网络视频等大众传媒的普及与助推。随着大众传媒对社会生活的渗透与掌控，图像符号借助大众传媒对人们的生活方式、审美趣味、情感状态、道德观念产生广泛而深刻的影响。

其四，新世纪的图像文化是一种兼具生活性与审美性的虚拟文化。在新世纪，世界成为图像，或被把握为图像。日常生活既被图像化，也被审美化，审美化的图像成为日常生活的主体。图像无处不在，无时不在，人们置身于图像的世界中而不自知甚至还乐此不疲、津津乐道，图像成为世界的表征，图像生活成为人们的第二生活，图像现实成为人们的第二现实。这样，"虚拟空间"介入现实空间，图像成为对现实的阐发、复制、仿真或变形，人们虽然也生活在现实空间中，但却更多地沉浸于虚拟空间里，并在两种空间的调整转换中演绎着拒斥真实、拥抱虚拟的后现代焦虑。大众传播媒介是图像生产的魔法器，置身于海量图像的人们必须要用最大的心思与精力来挣脱图像世界的魔咒与诱惑。在第一现实中，人们总是憧憬第二现实的慰藉；在第二现实中，人们又会渴望第一现实的清醒。这种在第一现实与第二现实的挣扎与纠葛，本身就是图像社会的生活写真。事实上，我们所认识的社会是电视、网络给我们呈现的社会。网络使图像以无差别的方式存贮、共享和无穷尽地生产，网络本身的虚拟性更加助推与深化了图像的虚拟性，也使图像的虚

---

① ［美］丹尼尔·贝尔：《资本主义文化矛盾》，赵一凡等译，生活·读书·新知三联书店1989年版，第156页。

② 同上书，第155—156页。

③ ［斯］阿莱斯·艾尔雅维茨：《图像时代》，胡菊云、张云鹏译，吉林人民出版社2003年版，第25页。

拟性呈倍级增长与增容。苏珊·桑塔格认为:"摄影业最为辉煌的成果便是赋予我们一种感觉,使我们觉得自己可以将世间万物尽收胸臆——犹如物象的汇编。"还有学者认为:"形象或类象与真实之间的界限已经内爆,与此相伴,人们从前对'真实'的那种体验以及真实的基础也均告消失。"①

---

① [美]道格拉斯·凯尔纳、斯蒂文·贝斯特:《后现代理论:批判性的质疑》,张志斌译,中央编译出版社 1999 年版,第 154 页。

第二章　观念转型:从"纯文学"到"泛文学"

从理论上说，文学的观念往往在具体的文学活动中发生演变，从古至今已有两种有代表性的文学观念，分别是作为文化活动的广义的文学和作为审美活动的狭义的文学，分别表征的是文学的文化意义与审美意义。事实上，文学的观念常常发生复杂的演变。正是在这种演变中，通常意义上的非文学有可能会变成文学，通常意义上的文学有可能会变成非文学，曾经的文学可能是现在的非文学，曾经的非文学可能是现在的文学。这正显示了文学观念的不确定性与不断变化的特点。每个时代都有自己的文学观念，人们常常会按这种观念去创造新的文学，或者把以往的非文学界定为文学、非经典确定为经典。可见，文学的观念总在演变中，总处在过程中，需要历史地和具体地对待。文学观念的动态演变，充分说明了文学没有绝对的本质、只有相对的现象，没有绝对的一以贯之、只有相对的约定俗成。在新世纪，什么是文学？什么是"纯文学"？什么是"泛文学"？新世纪文学又是如何从"纯文学"走向"泛文学"的？原因何在？表现何在？从"纯文学"到"泛文学"的观念转型又将怎样建构我们未来的文学观念？所有这些问题，其实都指向了德里达在分析卡夫卡的《在法的面前》时所提出的"文学的法"的问题。法无定形，文学也无定论。任何"文学的法"并不等于对文学的最后的或唯一正确的解答，而只是多种可能的解答之一种而已。对此，古今中外的文艺理论家无不主张"文学发展论"，发展的不仅是外在的文学现象，还有内在的文学观念。于是，王一川在《文学理论》一书中主张"以属性论代本质论"。费勇更是认为:"'文学'与'诗'这两个词在当代中国往往成为一个空洞的语符,一个形而上的想象物,或者,成为一种习见,一种惯例,然而,它们决非只是概念,我们必须把它们置于与它们对应的现实事物之中去,我们才能理解它们到底为何物。"①

一 环化:"纯文学"与"泛文学"的迭变

纵观文学的发展历程,文学本来就存在一个从"泛文学时代"到"纯文学时代"再到"泛文学时代"的转变过程。换言之,文学有着一个颇有意味的演变轨迹,即"泛文学——纯文学——泛文学"的循环往复。这不仅是指文学既是"纯文学"与"泛文学"的合称,也是从历时的角度上指"纯文学"与"泛文学"是不断更替与不断迭变的。文学的发展过程,既是文学的"纯化"过程,也是文学的"泛化"过程。无论是文学的"纯化",还是文学的"泛化",总是同特定社会历史时期的文学观念与文学惯例息息相关。也就是说,是与"文学是什么"的本质性陈述相关联的。诚然文学是审美的语言艺术,包括诗歌、小说、散文、戏剧文学、影视文学、网络文学、手机短信文学等样式,但从古至今,却至少有两种不同的文学含义,即广义的文化含义和狭义的审美含义。在当下,通行的还是文学的审美含义:文学主要被视为审美的语言作品。但是,在"媒介为王"、"传媒至上"的新世纪,由于传播学与文化研究的渗透,以及层出不穷的文学新样式、新形态与新质素,"文学的泛化"与"泛化的文学"成为了一个无法忽视的事实性存在。

在中外文学史上,早期的文学是一种泛指,是所有书面文化的统称,是广义的文化过程的合集。文学是指一切口头或书面语言行为和作品,包括今天所谓的文学,以及政治、哲学、历史、宗教等一般文化形

① 费勇:《什么是我们这个时代的文学》,《文学评论》2003 年第 5 期。

态。清代著名学者章炳麟认为："文学者，以有文字著于竹帛，故谓之文；论其法式，谓之文学。"① 在章炳麒看来，文学是指由竹帛媒介传输的任何文字。美国学者韦勒克与沃伦认为："文学研究不仅与文明史的研究密切相关，而且实在和它就是一回事。在他们看来，只要研究的内容是印刷或手抄的材料，是大部分历史主要依据的材料，那么，这种研究就是文学研究。"② 在韦勒克与沃伦看来，文学研究的对象是所有印刷或手抄的文字材料，与文明史的研究是一回事。

　　在中国，文学最初是泛指一切文章。《论语》把文学归结为孔门四科（德行、言语、政事和文学）之一，如"文学，子游，子夏"。春秋时期的"诗"，实质上是歌、舞、乐的三位一体，如"诗以言志"、"陈诗以观民风"强调的是借诗歌发现民俗与民风，还如"诗可以兴，可以观，可以群，可以怨"、"兴于诗，立于礼，成于乐"强调的是文化建构功能。汉代的"文章"，本身就包括有韵之文和无韵之文，是一个十分宽泛的概念，如"文章者，仍经国之大业，不朽之盛事"。刘勰的《文心雕龙》所讨论的许多文体，其中如祝盟、颂赞、铭箴、诔碑、哀吊、诏策、檄移、封禅、章表、奏启、议对、书记等按"纯文学"的观念来审视的话，其实都不是文学，而只是文章。自魏晋南北朝之后，文学进入属于自己的"自觉时代"，文学则主要指称为诗词歌赋、神话传说、散文小品、小说话本、戏曲戏剧等。不管是文学的"三分法"，还是文学的"四分法"与"五分法"，其实都是在纯文学的观念上来进行划分与界别的。进入近现代之后，文学作为"启蒙"、"民主"、"革命"甚至是"政治"的工具，虽然在功能上偶有拓新，但从本质上说并没有出现真正意义的泛化。直到20世纪80年代，由于受到俄国形式主义的影响，以"先锋派小说"与"朦胧诗派"、"实验诗派"为代表，纯文学的观念似乎达到了一种前所未有的高度。在经过20世纪90年代的酝酿，进入新世纪之后，文学观念似乎出现了一次翻天覆地的转变与

---

① 章炳麟：《国故论衡·文学总略》，中华书局2008年版。
② ［美］韦勒克、沃伦：《文学理论》，刘象愚等译，生活·读书·新知三联书店1984年版，第7页。

还原，即再次泛化。从"纯文学"到"泛文学"的展开过程，昭示了文学进入了一个新的"泛文学时代"。

二 泛化：新世纪文学的"滥用"与"他用"

在新世纪，文学在人们的关注下发生了一系列引人注目、惹人深思的变化，文学场域内的景观与 20 世纪中国文学大有不同。学者徐亮在《泛文学时代的文艺学》一文中，曾将新世纪文学的泛化概括为四个方面：一是小说、诗歌等"纯文学"的衰微；二是文学的产业化与商业化；三是虚构的游戏；四是文学的转移或"滥用"。① 概言之，就是纯文学的衰微与泛文学的强大。在这四个方面中，最值得关注的也是最能体现新世纪文学泛化的是"文学的转移或'滥用'"。

其实，文学的转移或"滥用"并非自新世纪中国文学始。纵观源远流长的中国文学史，文学被转移或"滥用"于政治、经济、文化、历史、军事、音乐、舞蹈、绘画、雕塑、壁画、宗教、哲学、伦理、心理、道德、科技等之中，文学在与他者的融合时，合体处依然盛开了令人瞩目的"鲜花"。如《诗经》、《论语》、《尚书》、《礼记》等与政治教化相关；《离骚》、《上林赋》、《桃花源记》等与政治诉求相关；《左传》、《战国策》、《史记》、《汉书》、《资治通鉴》等与历史相关；《封神演义》、《三国演义》、《水浒传》等与军事相关；《易经》、《西游记》等与宗教相关；《本草纲目》、《千金方》与中药相关；《水经注》、《徐霞客游记》与水利相关；《天工开物》与农业相关等。所谓的"文以载道"，假如我们对所谓"道"作最宽泛的理解，既有形而上之"道"也有形而下之"道"的话，那么，文学被"滥用"实质上本就是文学的常态与常规。至于 20 世纪中国文学，文学被"滥用"于革命领域、解放斗争以及政治权谋之中，甚至曾几何时，文学沦为革命、解放、政治的工具而不自知，甚至使"革命文学"、"政治文学"成为 20 世纪中国

---

① 参见徐亮《泛文学时代的文艺学》，《浙江大学学报》（人文社会科学版）2002 年第 1 期。

文学的时代印记。尽管我们可以从不同的角度去解构它们，但是像鲁迅、郭沫若、茅盾、巴金、老舍、曹禺以及"三红一创，保山青林"等"红色经典"依然散发出跨越时代的魅力。可见，文学的转移或"滥用"并非坏事，只要语境契合，有时这种转移或"滥用"可能就是文学新生新荣的契机或支点。从理论上说，从来就没有绝对独立、自主自律的文学，或者说从来就没有真正意义的"纯文学"，文学的他者化，以及文学转移至他者的领域以至于为他者服务，依凭他者并借助于他者来彰显自己，这本就是文学的真谛。我们所要关注的是文学在何种语境下向何处转移、如何转移以及转移后的生态景观，这才是最重要的。

假如说 20 世纪中国文学的文学转移或"滥用"主要表现在政治领域，那么新世纪中国文学的文学转移或"滥用"主要表现在媒体领域。按照戴安娜·克兰的观点，当代的文化依存于三种文化组织：一是"全国性的核心媒体"，包括电视、电影、重要报纸；二是"边缘媒体"，包括图书、杂志、其他报纸、广播、录像；三是"都市文化"，包括音乐会、展览、博览会、游行、表演、戏剧。① 事实上，在新世纪，除了上述三种文化组织之外，作为审美文化的文学还更多地寄寓于"新媒体"之中，包括计算机网络、移动电话、手机、商业广告、秀场等。在新世纪，媒体正日益成为一个"超级文化问题"。就新世纪文学而言，"媒体与文学的关系问题"同样早已成为一个"超级文学问题"。事实上，"媒体与文学的关系"可以按媒体的形态细分为杂志与文学、报纸与文学、出版物与文学、广播与文学、电影与文学、电视与文学、网络与文学、手机与文学等关系，透过这些联合关系的设置我们完全可以感知一种偏正关系的隐含：大众媒体既在改写文学传统，也在扩张文学经验，还在建构新的文学体系，这恰恰是确认"什么是我们这个时代的文学"的历史坐标与文化维度。媒体走进文学之后必然导致文学走向媒体，这就是文学向媒体转移与迁移的事实，即所谓的"媒体化"，就是文学走向、走近、走进媒体，为媒体所用、为媒体所化。

---

① ［美］戴安娜·克兰：《文化生产：媒体与都市艺术》，赵国新译，译林出版社 2001 年版，第 6—7 页。

这样，文学就变成了一个需要重新理清的模糊概念，排他性的"纯文学"不得不让位于融他性的"泛文学"。"纯文学"的"乌托邦化"与"泛文学"的"现实主义化"形成鲜明的对比，"纯文学"的寂静寂寞与"泛文学"的狂放狂欢形成强烈的反差。这也许就是在新世纪商业出版文学、广告文学、影视文学、网络文学、手机文学等得以被广泛认同的原因吧。毕竟，随着文学向媒体转移与迁移，容纳着我们这个时代的文学的媒体空间就成为了我们这个时代不可或缺的文学空间，可能是大部，但也许是全部。诚如麦克卢汉所说的："媒介并非工具，技术的影响不是发生在意见和观念的层面上，而是要坚定不移、不可抗拒在改变人的感觉比率和感知模式。"① J. 希利斯·米勒也指出："我们必然承认，现在，诗歌已经很少再督导人们的生活了，不管是以不公开的还是其他别的形式。越来越少的人受到文学阅读的决定性影响。收音机、电视、电影、流行音乐，还有现在的因特网，在塑造人们的信仰和价值观（Ethos and Values），以及用虚幻的世界填补人们的心灵和情感的空缺方面，正在发挥着越来越大的作用。这些年来，正是这些虚拟的现实诱导人们的情感、行为和价值判断方面发挥着最大的述行效能（Performative Efficacy），而不是严格意义上的文学世界。"② J. 希利斯·米勒的这段话，虽然主要是阐述"严格意义上的文学世界"让位于"媒体世界"的"文学之殇"，但也暗示了文学须向媒体联通、迁移的进化路径。几千年来文学不死，就在于文学不停于寄寓于政治、经济、伦理、宗教、艺术等之中。新世纪的文学不死，就在于文学主动向媒体的迁移，并得到了媒体的庇护与荫泽。

在传统文学不景气的媒介社会，大众却能从各种非文学领域中触摸到文学或浓或淡的身影，感觉到文学或深或浅的诗意，最典型的案例就是广告。一般说来，广告是一种促销的商业手段，目的性与功利性很

① ［加］麦克卢汉：《理解媒介——论人的延伸》，何道宽译，商务印书馆 2001 年版，第49 页。

② ［美］J. 希利斯·米勒：《论文学的权威性》，国荣译，出自陶东风、金元浦、高丙中编《文化研究》（第 4 辑），中央编译出版社 2003 年版，第 66 页。

强，本来与纯审美的文学无关。但是，随着媒介社会的消费观念的转变，也就是说从物质消费更多地步入符号消费，广告却是文学想象和描写的广阔天地，到处在滥用文学的手法和效果。如为药物疗效所作的动人叙述，不仅有曲折的情节，而且悬念丛生；食品广告往往会将童年的记忆、家庭的快乐、爱情的甜蜜、朋友的温暖、身体的健康等纳入叙事与抒情的结构之中；节约用水的公益广告如"不要让人类的眼泪成为地球上最后一滴水"充满着浓郁的诗意与哲理，既叫人为之一震，也令人怦然心动，还惹人深思。在新世纪，文学似乎成为了一个谁都可以拿捏、谁都可以打扮的"大众情人"，不仅在传统媒体的文化空间中变换着面目登场，也在新媒体的文化空间中改变着面貌出场。可见，文学早已不是文学的专利，而是文学他者的"红利"。这样，最火爆的抒情不是诗歌而是流行歌曲的歌词，因为它最大限度地表现了现代人的生活与生存、情感与情绪、感触与感悟；最热门的叙事不是小说而是新闻故事，因为新闻故事是一种"新闻事实＋虚构"的文体，可以在过程的描写、悬念的设计、心理的揭示等方面进行虚构，既有新闻的新鲜性，也有故事的趣味性。此外，新世纪还出现了过去不曾有过的文体形式，如因特网上的网络文体、与影视剧同步的"影视同期书"以及依托于手机的"短信文学"，这些非纯文学的文学现象无论在发展势头上还是大众的关注程度上，比传统的纯文学更引人注目。

　　对此，徐亮认为："文学所依附的载体发生了转移，文学生活在别处，这说明的是文学顽强的生命力，而且还说明现代生活及传媒对文学的依赖和需求。因此，种种迹象表明，文学并未开始消亡，它只是泛化了。高度的抹平，游戏化，文学的'滥用'及转移，都是泛化的表现。我们面对的眼花缭乱的变化只是显示了文学既不会窒息在某些既定的文体中，也不会为广告、大众传媒或网络文体所挤兑和取代。它活在比过去远为广阔的文化场景中。我们正在走向一个没有张扬的形式的泛文学时代。"① 事实上，徐亮的"我们正在走向一个没有张扬的形式的泛文学时代"只是新世

---

① 徐亮：《泛文学时代的文艺学》，《浙江大学学报》（人文社会科学版）2002 年第 1 期。

纪初的一个预言，而经过新世纪十多年的演变与推进，早已是"我们寄居和寻租于大众传媒的泛文学时代"的断言了。

三 具化：新世纪文学"泛化"的表象与表征

纵观新世纪十五年的文学现象，"文学泛化"已是不争的事实。学者徐亮曾在《泛文学时代的文艺学》［《浙江大学学报》（人文社会科学版）2002年第1期］一文中指出，文学显要地位的失缺（如小说和诗歌的式微）、运作方式与自身估价的变化（如文学的产业化与商业化）、文学向大众传媒的转移（如文学的转移或"滥用"），表明我们已进入到一个泛文学时代。并且还指出"文学泛化"的原因主要有三点：一是"全球化进程的推动"；二是"元语言的暴露"；三是"作者神话的破灭"。徐亮所谓的"我们已进入到一个泛文学时代"的论断虽然发声于新世纪初，但早已是有理有据、有根有源，甚至是言之凿凿。经过新世纪十五年的推进与演绎，已经"泛化"的文学走向进一步"泛化"的异变与涅槃。正是如此，新世纪十五年是基于"泛文学的时代"的"文学泛化"的十五年。事实上，在新世纪，文学与非文学并非壁垒森严、泾渭分明，而是你中有我，我中有你，传统文学虽然在媒介文化的语境中式微式弱，但是传统文学的苟延残喘恰恰是其生命力不死不灭的生动写照，还有拥有文化霸权的大众传媒并没有拒绝文学的象征资本，反而时时处处倚重、借用文学的象征资本来维护它的"媒介帝国主义"。除此之外，文学不再仅仅局限于文学之上，而是经由大众传媒的诱导大量播撒于文学之外的他者，如商业广告、文化产业、影视剧、综艺节目、新闻报道、旅游、纪录、美容、日常生活等。新世纪的文学"泛化"，既是对"文学终结论"的一种印证，也是对"文学终结论"的一种反拨。传统的"纯文学"的被稀释，恰恰说明在新世纪"泛文学"的无处不在与风生水起。

（一）文学边界的移动

曾经有作家戏称，诗写得不像诗只要诗的形式存在那还是诗，但小说写得不像小说那还是小说，散文写得不像散文也还是散文。像文学还是不像文学，文学与非文学，雅文学与俗文学，纯文学与泛文学，都不过是相对的概念。从来没有一成不变的文学，也没有一成不变的文学边界，文学的边界总是随着时代语境不断移动的，有时"失地"，有时"拓疆"，文学边界的移动既是文学发展的要义，也是文学泛化的本义。

从理论上说，从来就没有一成不变的学科。学科以及学科规范都是文化的复杂建构物，并非永恒的金科玉律，而且学科边界的移动实际上也是当今整个社会科学界的普遍现象。对此，著名的社会学家华勒斯坦极力主张"开放社会科学"。他认为，一个有生命力的学科应以现实中的问题为核心而不是以既有的学科规范为准绳，这样，社会科学各学科相互渗透，学科的边界也越来越模糊，学科的重合与交叉产生的结果是双重的："一方面，无论依据对象还是依据处理数据的方法，要想为这几门学科找到明确的分界线都越来越困难；另一方面，由于要接受的研究对象有范围上的扩大，每一门学科也变得越来越不纯粹。"[1] 对此，华勒斯坦等便在《开放社会科学》一书中既标举"开放社会科学"又主张"重建社会科学"，因为毕竟"社会科学作为一种知识形态是历史地建构起来的"。

与华勒斯坦等的"重建社会科学"相呼应，德国哲学家沃尔夫冈·韦尔施（Wolfgang Welsch）积极倡导"重构美学"。在《重构美学》一书中，沃尔夫冈·韦尔施批判性地思考了当代全球的审美化现象，阐释了美学和伦理学、哲学的关系，特别是阐释了现代建筑和艺术中的审美问题，还探讨了美学的新问题、新建构和新使命。他认为，当今审美过于泛滥，过度追求时尚，美学必然重构，美学必然超越艺术和哲学问题，必然涵盖日常生活、感知态度、传媒文化；美学也必须关注当今科技的发展，重视听觉文化和视觉文化的巨大变化。所以，沃尔夫冈·韦尔施主张建立"超越美学的美学"或者说是"超学科的设计"，"建议扩展美学，使之波及美学之外的问题，由此来重构美学"，他认为：

① ［美］华勒斯坦等:《开放社会科学》，刘锋译，生活·读书·新知三联书店、牛津大学出版社1997年版，第50页。

"美学在它的历史上已经经历了重要的范式转变。当然，这些转变不是每天都发生的，但有理由说，它们哪一天都有可能发生。对于未来一代人来说，超越美学的跨学科结构，很可能是不证自明的。在美学学科之外，这情势似乎已经在发生了。"① 仔细地分析，沃尔夫冈·韦尔施的"重构美学"，是基于"审美泛化"或者说是"哲性美学向生活美学的迁移"的现实语境。美学的新问题层出不穷，美在美之外，审美在审美之外，正是如此，只有所谓的"超越美学的美学"才能涵括无处不在的审美现象。当然，"重构美学"不仅说明了美学的范式在转变，也表明了美学的边界在移动。

法国著名理论家莫里斯·布朗肖在《文学空间》一书中认为："写作现在成了永无止境，永不停歇的了。作家不再属于这个庄重的领域：自我表达意味着根据事物和价值所限定的意思来表达它们的准确性和确实性。正在写着的东西把应写作的人交付给了一种断言，对此，他毫无权威可言，这种断言自身也无稳定性，它不肯定任何东西，它不是安息，那种宁静的尊严，因为它在一切全已说出来之时仍在说着，它是那种不先于话语的东西，因为它阻止他成为起始的话语，正如它剥夺他中断的权利和能力那样。……另外，这是使言语脱离世界的流程，使言语从把它变成某种权力的东西中摆脱出来，而正是通过这种权力，当我说话时，是世界在自言自语，是每日通过劳作、活动和时间在构建起来。"② 莫里斯·布朗肖的"写作就是永无止境，永不停歇"的观点，从本质上说已蕴含着文学空间的无限性与非边界性。换言之，就是文学边界的可移动性、可游移性和变动不居性。事实上，不管是文学的空间，文学的时间，还是文学的话语，这一切都是游移的，因为它们总是在自身之外，它们表示着无限膨胀的外表，这外表取代了它们的内在性。

正是如此，文学作为一种学科，它没有永恒的规范与固定的边界；

---

① ［德］沃尔夫冈·韦尔施：《重构美学》，陆扬、张岩冰译，上海译文出版社 2002 年版，第 138 页。

② ［法］莫里斯·布朗肖：《文学空间》，顾嘉琛译，商务印书馆 2003 年版，第 8 页。

作为一种审美，它没有永恒的范式与固定的对象。陶东风认为："一个有生命力的学科应该具有积极而开放的胸怀，一种积极突破、扩展疆域的心态。我们可以从中外文学理论的历史中发现一个基本规律：文学理论的飞跃式发展常常发生在边界被打破，其他学科的研究积极'侵入'的时候，这些开创性的大师恰好常常是文学研究的'外人'。只有开放文学理论才能发展文学理论。"① 事实上，从 20 世纪 90 年代以来直至新世纪十五年的文学/文艺活动新状况直接导致了文学观念的改变，这些新状况至少包括有产业结构的变化、文化的大众化与商品化、大众传播方式的普及、日常生活的审美化、消费化、全球化、泛娱乐化等，所有这些新状况无不在打破文艺审美与日常生活的界限：审美活动已经超出所谓纯艺术/文学的范围而渗透到大众的日常生活中。占据大众文化生活中心的已经不是传统的经典文学艺术门类，而是一些新兴的泛审美/艺术现象，艺术活动的场所也从与大众的日常生活严重隔离的高雅艺术场馆深入到大众的日常生活空间。我们知道，意识总是物质的反映，观念总是社会实践的产物。新世纪关于文学的观念，必然也是无可避免地反映泛文学、泛审美的现象。陶东风认为："无论是诉诸历史还是现实，西方还是中国，我们都不难发现文学研究的角度、范式、旨趣从来是多种多样的。自主自律的文学研究只是一个历史并不太久的社会文化建构而已，我们没有理由认为它一定是文学理论研究的正宗。"正是如此，陶东风进一步强调指出："其实，文艺学的学科边界也好，其研究对象与方法也好，乃至于'文学'、'艺术'的概念本身，都不是一成不变的，而是移动变化的，它不是一种'客观'存在于那里等待人去发现的永恒实体，而是各种复杂的社会文化力量的建构物，不是被发现的而是被建构的。社会文化语境的变化必然要改写'文学'的定义及文艺学的学科边界。"②

进入新世纪，社会文化语境的转变与社会文化格局的变动早已是一种客观存在，不管你承认还是不承认，它都在那里。特别是大众传播媒

① 陶东风：《移动的边界与文学理论的开放性》，《文学评论》2004 年第 6 期。
② 同上。

介尤其是新媒体的普及甚至是生活化，改写文学的定义、修正文学的观念、修定文学的边界，已是势所必然。德国存在主义哲学家海德格尔认为，面对当代工具理性的泛滥必将有一种新的美学和文艺学形态应动而生。他说："一旦我们始终去沉思这一点，就会产生一种猜度，即：在那种促逼的暴力中，亦即在现代技术无条件的本质统治地位中，可能有一种嵌合的指定者（Verfugende Einer Fuge）起着支配作用，而从这种嵌合而来，而且通过这种嵌合，整个无限关系就适合于它的四重之物，这就是'天'、'地'、'人'、'神'，这四才游戏及由此形成的'诗意的生存'便为当代形态的美学提供了新的可能。"① 存在就是合理的，作为工具理性与文化综合体的代表之一的大众传播媒介的客观性存在甚至是霸权性生成，就必然使本来就内含"动态性"与"过程性"的文学与文艺学相应地建构当代的新形态与新边界，这是毋庸置疑的。正是如此，曾繁仁认为："社会文化的转型就意味着当代社会对文艺学学科的需要发生了根本的变化，文艺学学科应适应这种需要与变化，而不是不闻不问，更不是去抵制，当然也抵制不了。"② 所以，现有的习惯，包括文学习惯，将会打破；现有的边界，包括文学边界，将会突破。因为这些习惯与边界设置了严格的界限，常常阻碍了我们对界限之外的鲜活的事物（如动态的文学现象、新兴的文学现象等）的认识，然而，界限之外的、不在现在法则之下的暧昧存在、隐性书写与民间写作，往往指示着未来的方向，指示着一种新的法则、新的观念的萌芽。

（二）文学资本的播撒

在传统文学或者说纯文学不景气的新世纪，我们却发现文学从各种非文学领域（通常不是以整篇，而是以片段的形式）破土而出甚至是化茧成蝶，最明显的例子就是广告，包括各种商业广告与旅游广告。广告是一种商业促销的手段，目的性很强，本来与纯审美的文学无涉。但是，广告撰写者、制作者、生产者为了遮蔽广告的功利目的与赚钱取向，而大量盗用文学叙事的手法，以想象化的审美面纱去吸引受众，让

---

① 转引自曾繁仁《当代社会文化转型与文艺学学科建设》，《文学评论》2004年第2期。
② 同上。

受众在不知不觉中认同、接受甚至是消费。现在，广告的文案部分却是文学想象与描写的广阔天地，到处在滥用文学的手法与效果。为宣传药物疗效做的动人的叙述，不仅有曲折的情节，而且悬念丰富；食品广告与童年的记忆、亲情的渲染融为一体；关于节约用水的广告充满诗情画意与深刻哲理，令人动容。这就是所谓的"商业广告中的文学叙事"。例如，"娃哈哈纯净水"的广告词是"我的眼里只有你"；画面是"我说我的眼里只有你，只有你让我无法忘记"，一位美妙少女扑进景岗山的怀里，对异性的爱移情到纯净水身上，美妙少女幻化为晶莹剔透的娃哈哈纯净水；寓意是市场上那么多纯净水，而"我"只钟情于娃哈哈。再如某眼镜店广告，"眼睛是心灵的窗户，为了保护你的心灵，请为你的窗户安上玻璃"。还如某房地产广告，"专业心，爱家情。经过多年努力，功成名就后，该是同家人分享生活甜美的时刻了。欢喜成为1700平森林城堡的主人。实现永和森林住宅的梦想。1700平城廊，大树成林，心灵养生。拥抱庭院。山。水。树。花。全家天天享受健康欢乐！"这恰如精美的散文诗，极富煽情的效果与畅想的空间，情感认同后必然会是购买行为的实施。

除了"商业广告中的文学叙事"我们可以触手可及之外，大众传媒的文学叙事也是比比皆是。文学在报纸、广播、电视等大众媒体的各个角落都变换着面目出场。在新世纪，当那些获了"鲁迅文学奖"等象征资本的诗歌被嘲讽为所谓的"梨花体"、"羊羔体"、"打油体"、"新闻体"之余，诗歌最佳的载体不是诗刊、诗集，而是流行歌曲的歌词，这些歌词被广泛引用来表现现代人的生活、爱情或烦恼。如周杰伦演唱的《菊花台》、《兰亭序》等不仅歌词典雅优美，仅从诗性诗味诗境的角度赏析，不是经典却化自经典，诗意宛然，而且其叙事魅力也堪称绝唱。再如韩红演唱的《天路》、《青藏高原》等不仅歌词切情切意，而且风格大气、气韵生动、意境灵动。还如宋祖英演唱的《小背篓》、《龙船调》等则情真意切，情趣盎然。另外，在新世纪，随着网络、手机等新媒体的崛起与普及，曾经在新世纪初备受争议的网络文学到如今已经实至名归、登堂入室，甚至是连当下中国最权威的"茅盾文学奖"

也能坦然接受网络文学的代表作参评，从而表明主流文坛对非主流文学（即网络文学）的顺从。另外，在网络的虚拟世界中，文学的身影也是无处不在，如聊天室里的匿名表演、话语狂欢、角色更换等，还如个人博客的日志、随笔、游记等。当手机这种当下最为便捷、最可移动的通信工具与3G、4G网络联通时，短信与微信也就成为了现代人最时常的心情表达与审美传达。事实上，时至今日，手机文学也已是名正言顺了。对于那些有一定文学素养的人来说，他们"玩微信"实质上就是"玩文学"，当然这种"玩"是一种"轻玩"，或者说更多是一种心情日志、文化考察、旅游散记等。

在新世纪，网络游戏十分发达，很多网络游戏借用了文学资源特别是中国古典文学名著以抬高其文化品位与文学意义，所以有人认为中国古典文学名著是影响最大的网络游戏改编文本。如改编自《三国演义》的有《QQ三国》、《三国群英传》、《三国策 on-line》、《三国杀》等。改编自《水浒传》的有《幻想水浒传》、《水浒Q传》。改编自《西游记》的有《梦幻西游 on-line》、《大话西游Ⅱ》。另外，像金庸的武侠小说被改编成网络游戏的也很多，如《倚天Ⅱ》、《江湖风云》等。至于新世纪走红的网络小说，也有很多被改编成网络游戏，如《盗墓》、《魔兽世界》、《洛神》等。

不管是"商业广告中的文学叙事"，还是"大众传媒中的文学叙事"，抑或是"网络游戏中的文学资源"，这都表明了文学所依附载体发生了转移，文学生活在别处，这说明的是文学顽强的生命力，而且还说明现代生活及传媒对文学的依赖与需求。因此，种种迹象表明，文学并未开始消亡，它只是泛化了。文学将自己的象征资本进行最大范围的播撒，让文学的种子在其他的场域中播种绽放，只不过有的是"鲜花朵朵"，有时是"繁花似锦"。

（三）文学叙事在新闻报道中的运用

新闻报道终究是对最近发生的人与事进行及时性报道，让受众知道、知晓与知了。在新世纪由于媒体所宣扬的知道主义、趣味主义的深入人心，受众对新闻报道的消费便有着一种"消费故事"的期待视野。

故事的传播总是需要叙述的介入，如何写好"5 个 W"（即什么时间、什么地点、什么人、什么事、什么结果），如何更好地抓人眼球与摄人心魄，新闻叙事便更多地引进了文学叙事。文学叙事在新闻报道中的运用，从某种角度说，既是新闻报道方式的创新，也是文学泛化的表现。

著名的新闻人穆青先生曾经提倡用散文的笔法来写新闻，萧乾先生曾自谦地说过："纵观我一生，可以说是介入文艺与新闻的双栖动物。"我们知道，新闻报道的主流方式是以客观、真实、公正的手法去反映社会真实事件与百态人生，它追求真实反对虚构。但是随着新闻事业的发展，新闻报道的方式也发生着变化：用小说的笔法来写新闻故事，在报道方式上融合小说的创造想象力以及新闻记者的采访技巧；用散文的笔法来写新闻，将散文写作中那种自由、活泼、生动、优美、精练的表现手法运用到新闻通讯中。这些手法渐渐被人们所接受、喜爱、认同并广为传播，新闻作为一种文学体裁早已没有什么疑义。可以说，新闻是文学中的一种类型或文本，只要排除那些虚构的部分，就可以说新闻报道是以特有的文学叙事在记录着社会的万千现象与人生的百样形态。哈贝马斯认为："最终新闻报道不得不装扮起来，从形式到风格都近似于以故事叙述新闻。事实和虚构之间的严格的界限日趋消失了。新闻和报道，甚至于编者评论，都以休闲文学的行头粉饰起来，同时，纯文学文章则一心一意瞄准着，以严格的'现实主义'方式，复制完全成为陈词滥调的现实，于是，从这一方面来看，小说和报道之间的界限也消失了。"① 哈贝马斯的这一观点不仅有助于我们理解"新闻的故事化"，也有助于我们理解新闻叙事与文学叙事的异质同构性，换言之，所谓的"异质"是指在文体上的异质，所谓的"同构"是在"讲故事"或"叙事"上的同构。对此，本雅明也曾经认为："不论新闻报道的源头是多么久远，在此之前，它从来不曾对史诗的形式产生过决定性的影响；但现在它却真的产生了这样的影响。事实表明，它和小说一样，都

---

① ［德］哈贝马斯：《公共领域的结构转型》，曹卫东等译，学林出版社 1999 年版，第 186 页。

是讲故事艺术面对的陌生力量，但它更具威胁。"① 可见，新闻报道与小说由于大众传播媒介而在叙事方式上达成了异质同构的关系，都是"讲故事的艺术"，而且小说及小说性借由新闻报道与新闻媒体获得了存在的物质基础，或者说小说或小说性有了新的家园。

正是如此，各种媒体的各色记者总是千方百计、想方设法让"实话实说"的新闻借助文学叙事的"实话巧说"，使之更加深刻、精致、感人并富有文采，以达到吸引更多眼球和引起更多共鸣的传播效果。目前许多发行量较大的综合性大报的新闻版也都在试图通过深度报道、焦点透视、背景分析、新闻述评来加大新闻的涵盖面；通过增强这些栏目的文学性来加大新闻的渗透力，以此吸引更多的读者群。如向来以深度报道、调查性报道见长的《南方周末》，在它们所刊发的有影响力的报道文章之中，细心的读者都会看到记者其实是一个事件的叙述者，或者说是一个新闻故事的讲述者与复述者。在叙述的过程中，记者往往会使用各种各样的文学叙事的方法来强化叙述效果。如开头设置悬念，吸引读者；中间抽丝剥茧、层层递进；大量使用直接引语，通过个性化的语言来彰显人物的性格与心理活动；通过环境来烘托气氛；虽然从整体上采用的是倒叙法，即以事件的结果去还原事件的过程、细节、原因与真相，或曰"还原法"，但在还原事件的整体框架之下依然有着矛盾冲突的发生、发展、高潮、结局、尾声的线性叙述。许多文章都有记者的真情实感、主观倾向，既长于叙事，也擅于抒情，不仅让人知道，还让人感动。尽管记者的叙事距离时近时远，但记者总会采用不同的叙事视角与叙事人称去接近以致揭开新闻事实的真相。除了报纸之外，许多电视台的电视节目也十分擅长运用文学叙事的手法，如中央电视台的《新闻调查》、《法治在线》、《东方之子》，湖南卫视的《变形计》、江苏卫视的《南京零距离》等，这些节目的策略套用一句广告词就是"讲述老百姓自己的故事"，在坚持新闻真实的前提下，让镜头、画面、解说词参与叙事和抒情，使原本枯燥的新闻变得有血有肉、有趣有味。

---

① ［德］瓦尔特·本雅明：《讲故事的人》，《本雅明文选》，中国社会科学出版社1999年版，第296页。

诚然，文学叙事在普通的党政新闻、时政新闻、经济要闻中运用不太多，但在社会新闻特别是灾难新闻、突发新闻、文化新闻中运用却很多。比如灾难新闻，其报道的是那些使人震惊、悲痛、凄惨的苦难事件，虽然其强调客观写实的手法与悲剧不同，但如果它忽略戏剧美学所追求的那种悲悯情怀与人文关怀以及在逆境中崛起的精神，漠视灾难事件所暴露出来的种种社会问题，那么这样的灾难新闻最多不过是灾难表象的呈现，顶多不过是视觉冲击，绝难达到心灵冲击与灵魂震撼的境界。也许大家还清晰地记得美国"9·11"事件中，飞机撞入双子大厦的镜头；还有在SARS（引起非典型肺炎的病原体）病毒威胁下那空旷的大街、白衣天使与呼啸而过的救护车、奔跑的人群、迷茫的眼神、悲痛的泪水、枯萎的鲜花、半落的国旗、成片的废墟、熊熊的火焰和连片的焦土等一系列的画面都会在我们头脑中得以再现。为何这些画面在相隔那么久之后还有如此的述行效果与情感再现的功能？这实际上与记者的叙事手法有着紧密的联系。媒体如果在这些涉及人们生命财产安全的重大事件中不采用更为感性的、更富有情感的报道方式的话，就绝难引起受众的情感互动，其传播效果也将大打折扣。

　　当然，文学叙事之所以能在新闻报道中广泛运用，是因为文学叙事与新闻叙事有着相一致的地方：其一，文学叙事与新闻叙事都是对一个事件进程进行封闭性再现。无论文学叙事还是新闻叙事，关注的都是生活的过程与事件的进程，而绝非相对静止的"点"或"片断"。任何事件都是有起有落、有始有终的，任何事件都会和其他事件关联形成一定的"事件簇"，并由一种意义或多种意义将一系列意义串联起来，形成一个相对封闭性的时空框架，或者说是一个有意义和有张力的"圆"。其二，文学叙事与新闻叙事都为叙事对象的形象展示提供了可能，都需要一个叙事者、叙事对象、叙事过程。文学叙事的叙事者可以是作家本身，使叙事者成为一种隐型叙事人，文学叙事可以是文学作品中的一个人物，甚至可以是一个未出场的人物。新闻叙事的叙事者虽必须是新闻记者，必须是新闻的记录者或复述者，但是随着新闻叙事的日益拓新，叙事者也在日益丰富。既有第一人称叙事，也有第三人称叙事，还有第一人称叙事、第二人称叙事、第三人称叙事混搭的交替叙事（如电视专题片）。其三，文学叙事与新闻叙事都必然借助相应的语言形式才能得以完成，也就是说，接受者必须借助语言所指，形成接受形象，从而感受外在事物。文学是语言的艺术，语言既是文学的表达媒介也是传播媒介，语言既是诗意的栖居场所也是存在家园。文学叙事的语言有口头语言与书面语言两种形态，但不管何种语言，它们都有着共同的特征，那就是形象化、凝练含蓄、新鲜多样、音乐性等。新闻叙事同样依赖语言这个媒介，只是新闻语言除了口头语言与书面语言之外，还有符号语言、画面语言、图像语言、镜头语言等。然而，不管使用什么语言，与文学叙事一样，新闻要想完成自身的叙事，借助语言这个媒介却是不容置疑的。

由于文学叙事与新闻叙事的一致性，从而使文学叙事走进新闻叙事成为可能，甚至是一种有意义、有价值的选择。那么，文学叙事是怎样走向新闻叙事的？新闻叙事是如何运用文学叙事的？文学叙事与新闻叙事又是如何借力共荣的呢？概括地说，主要有四点值得关注：一是"新闻故事化"是新闻叙事获得文学叙事的魅力的有效途径；二是利用文学叙事的叙事者多重复调叙事来强化新闻叙事的"真实度"；三是运用文学叙事惯用的形象化描写及细节刻画等手段，使新闻叙事同样获得"细节的生动"；四是运用文学叙事的感性与感情叙述，使新闻叙事获得"情感的共鸣"。①

（四）文学碎片在广告中的运用

在新世纪，"什么是文学，什么是新闻，什么是艺术，什么是广告"，这些以往泾渭分明的问题，都变得有点模糊混沌。"你中有我，我中有你"的跨学科的纠结与交叉，似乎已成了新世纪文体与文本的典型性症状。这一点，我们可以从广告中频频闪现与屡试不爽的文学碎片中得到答案与印证。文学碎片在广告中的运用，或者说广告中的文学性，从某种角度来看，其实也是文学"泛化"的表征。恰如卡勒

---

① 参见杨芳芳《从文学叙事到新闻叙事》，《江西社会科学》2006 年第 8 期。

所说的："文学可能失去了其作为特殊研究对象的中心模式，但文学模式已经获得了胜利，在人文学术与人文社会科学中，所有的一切都是文学性的。"①

美国著名的社会学家丹尼尔·贝尔曾经认为，"广告术改造着城市中心的面貌"，它"突出了商品的迷人魅力"，它"是新生活方式展示新价值观的预告"，"人们所展示、所炫耀的，都是成就的标志"，"这些都标志着人们是消费社团的成员"。除了消费层面，贝尔还分析了广告对改变社会习惯的作用。"在迅速变化的社会里，必然会出现行为方式、鉴赏方式和穿衣方式的混乱。社会地位变动中的人往往缺乏现成的指导，不一定获得如何把日子过得比你们更好的知识。于是，电影、电视和广告就来为他们引路。""妇女杂志、家庭指南以及类似《纽约客》这种世故刊物上的广告，便开始教人们如何穿着打扮，如何装潢家庭，如何购买对路的名酒———一句话，教会人们适应新地位的生活方式。最初的变革主要在举止、衣着、趣尚和饮食方面，但或迟或早它将在更多根本的方面产生影响：如家庭权威的结构，儿童和青年怎样作为社会上的独立消费者，道德观的形式，以及成就在社会上的种种含义。"② 因此，贝尔认为，"当代文化正在变成一种视觉文化，而不是一种印刷文化"，并且进一步认为，"这一变革的根源与其说是作为大众传播媒介的电影和电视，不如说是人们在 19 世纪中叶开始经历的那种地理和社会的流动以及应运而生的一种新美学。"③ 正是由于地理空间、历史时间、社会流动、文化差异、生产者与消费者隔离的客观存在，广告便成了一种必不可少的当然楔入，成为商业社会与消费社会抹平距离、消弭陌生的工具。所谓的"酒香也怕巷子深"，其焦虑的是不知道与陌生感，毕竟再香的酒如果无人知晓那也是白搭，"花自飘零水自流"，自生可能就是自灭，自闭可能就是自亡。广告不仅仅是让人走向"知道

----

① 转引自［法］雅克·德里达《一种疯狂守护着思想———德里达访谈录》，何佩群译，上海人民出版社 1997 年版，第 76—77 页。

② ［美］丹尼尔·贝尔：《资本主义文化矛盾》，生活·读书·新知三联书店 1989 年版，第 115—116 页。

③ 同上书，第 156 页。

主义"，还会在有形与无形之中倡导"价值主义"，改变社会习惯与文化规约，引导人们的生活方式、行为方式、消费方式、鉴赏方式、时尚方式与审美方式等。

之所以如此，就在于广告以塑造特定的审美氛围来吸引消费者，让人在不知不觉中受到诱导。德国著名的美学家沃尔夫冈·韦尔施认为："审美氛围是消费者的首要所获，商品本身倒在其次。……当80年代直接的烟草广告在英国被禁之时，它发明的广告形式既不提及产品名称，也不提及公司名称，惟一的诱惑力就是审美上的点。"① "倘若广告成功地将某种产品同消费者饶有兴趣的美学联系起来，那么这产品便有了销路，不管它的真正质量究竟如何。你实际上得到的不是物品，而是通过物品，购买到广告所宣扬的生活方式。"② 融合了审美的广告，其影响是深远的，其传播的不仅仅是产品、商品与消费品，而是思想观念、社会习惯与生活方式。正是如此，沃尔夫冈·韦尔施断言："广告在今天已经取代了昔日艺术的功能：它将审美内容传播进了日常生活。"③

在新世纪，随处可见的广告总是有着或显或隐的文学性，它既可能是流动的文学性，也可能是飘移的文学性，主要从广告的语言、形象、体裁等方面呈现出来。概括地说，在语言上主要体现为广告对修辞和陌生化手法的运用并激发联想，在形象上主要体现广告对典型形象、象征形象、意象、意境的运用，在体裁上主要体现为广告对诗歌作品、叙事作品、戏剧作品的借用。具体地说，随着审美日常生活化与文学性泛化，越来越多的广告开始将文学性作为工具，为自己添彩增魅，事实也印证了文学性向非文学领域如广告领域的渗透。如"三人行必有我师，三人行必穿我鞋"（鹤鸣皮鞋）、"今年流行第五季"（百事可乐）、"晶晶亮，透心凉"（雪碧）、"我们不生产水，我们只是大自然的搬运工"（农夫山泉）、"人类失去联想，世界将会怎样"（联想电脑）、"播下幸福的种子，托起明天的太阳"（种子酒）、"往事越千年，陈酿白云边"

① ［德］沃尔夫冈·韦尔施：《重构美学》，陆扬译，上海译文出版社2002年版，第7页。
② 同上书，第8页。
③ 同上书，第166页。

（白云边酒）等耳熟能详的广告语，第一则借用古诗句，第二则运用陌生化法，第三则运用叠音、通感手法，第四则运用欲扬先抑、反语、拟人手法，第五则运用双关、反问的手法，第六则运用借代的手法，第七则化用白居易的诗。再如电视广告的形象代言人与形象符号也极具象征意义与审美意蕴，像麦当劳叔叔是欢乐、活力的象征，周杰伦是活力、年轻、时尚、青春的象征，央视广告宣传片中的长城、龙、华表等则是民族性、高端、正统、厚重、历史悠久的象征。还如有些广告或以诗歌的形式出现，或在讲述一个小故事，或以戏剧、微电影的形式展现。像旅行者保险公司的广告《幸运的寡妇》讲述了一个失去了丈夫之后又因丈夫生前买了保险而不致生活发愁的寡妇的故事；像铁时达表的广告演绎了一个"不在乎天长地久，而在乎曾经拥有"的爱情戏剧。

总之，文学碎片在广告中的运用，或者说文学性在广告作品中的呈现，一方面是对文学性内涵的补充，是对文学泛化的有力佐证，另一方面也是对广告特性的补充，是对广告美化的生动阐释。文学性的存在对于广告而言，有利于广告信息与商业符号的传播，文学性手法的精致、精练与精彩有利于消弭广告的功利性、消费性与商业性，拉近与消费者的距离，让容易走向拒斥感的"硬广告"转化为容易走向亲近感的"软广告"，进而提高广告的商业价值与文化资本。广告作为传统意义上的非文学有着文学性的特点，文学在广告语言中寄存着，在广告形象中寄寓着，在广告体裁中寄托着。文学性在广告场域的泛化存在，使得文学有了新空间、新对象、新类型、新形态、新样式、新作品，这足以证明在商业广告时代文学没有消亡也不会消亡。当然，就目前状况而言，文学性终究不是广告的本质特性，而只是一个具有边缘性的特性。

四 活化:"泛文学时代"的文学观

经过新世纪十五年的文学实践，传统意义的文学在大众传播媒介的制导下出现了层出不穷的异质性驱动，加之传播技术的推陈出新，特别是影视传播技术、网络传播技术、通信传播技术等的普世化与日常生活化，新的文学形态与文学样式已完全以事实性存在否定了传统的文学惯例与文学观念，也突破了传统文学的边界与视域。在新世纪，文学性既在扩散也在消散，文学既在外移也在他用，文学与非文学的界限越来越模糊。存在就是合理的，新世纪文学的新形态与新景观足以让曾经神圣化的"纯文学观"捉襟见肘。在新世纪，文学"泛化"已是不争的事实，事实远胜于所有精神贵族们对传统文学惯例、规范与范式的孤傲坚守，尽管他们令人尊敬，但仍免不了落下唐·吉诃德大战风车或西绪弗斯推巨石上山的徒劳与悲壮。这一点，在 20 世纪中国文学史的早期，桐城派古文终究挡不住白话文的燎原说明了一个道理："文学的平民化、大众化是不可阻挡的。"同样，在新世纪这个媒介融合的"全媒体时代"，当然也是一个"自媒体时代"，文学与大众期刊、商业出版、影视传媒、网络媒介、手机媒介等构成了多维的互动关系，媒介的文化指令强力渗透进文学领域甚至成为文学的"新宗主"与"新掌门"，于是乎文学的媒介化进程被迅速地推进，新世纪文学事实上已存在于一个名副其实的"泛文学时代"。所以，新世纪文学的发展现状与未来趋势，已迫使我们不得不反思旧的文学观的局促而建构一种开放的、同"全媒体时代"或"自媒体时代"相适应的文学观。那么，我们应该如何来建构新世纪的文学观呢？

（一）摒弃狭隘的"纯文学观"，建构开放的"泛文学观"

文学观念是文学行动的产物，也是文学实践的结果。在新世纪初，由于文学行动与文学实践的嬗变拓新，直接导致了关于"纯文学"的讨论。2001 年，《上海文学》第 3 期刊发李陀的谈话录《漫说"纯文学"》，发起了关于"纯文学"的讨论，先后发表意见的有薛毅、张闳、葛红兵、韩少功、吴炫、南帆、罗岗等人。2002 年，《北京文学》第 2 期刊发周政保的《从文学的存在理由说起》，引起了关于"文学存在的理由"的讨论，参与讨论的先后有李洁非、雷达、残雪、邓刚等人。2003 年年底至 2004 年，《华夏诗报》、《诗刊》、《诗探索》等展开了

"新诗有无传统"的讨论等。之后，关于"纯文学"的讨论在新世纪十五年中此起彼伏、绵延不断，甚至延续至今余音绕梁。这些讨论既表达了对文学新现象的困惑，也传达了对文学新观念的期待，特别是主张以更具开放性和包容性的态度消除诸如"纯与不纯"、"文学与非文学"、"通俗与严肃"、"可读性与艺术性"之间的界限。

我们知道，所谓"纯文学"概念形成于20世纪80年代，这个概念的提出原本包含了对"文学为政治服务"、"文学从属于政治"、"政治标准第一，艺术标准第二"等观念的抵制，是对文学自身审美属性、文学活动内部规律、文学形式技巧等张扬，20世纪80年代至90年代文学的诸多"新潮"、"实验"、"先锋"给这个概念提供了可观的对象与坚实的基础，因而也使这个概念一度成为当时文学创作的重要圭臬。但是，随着20世纪90年代的社会变迁、文化发展与语境转型，"纯文学"却越来越表现出它自身的局限性，其中尤其突出的是："在这么剧烈的社会变迁中，当中国改革出现新的非常复杂和尖锐的社会问题的时候；当社会各个阶层在复杂的社会现实面前，都在进行激烈的、充满激情的思考的时候，90年代的大多数作家并没有把自己的写作介入到这些思考与激动当中，反而是陷入到'纯文学'这样一个固定的观念里，越来越拒绝了解社会，越来越拒绝和社会以文学的方式进行互动，更不必说以文学的方式（我愿意在这里再强调一下，一定是以文学的方式）参与当前的社会变革。"① 李陀的反思引起了诸多呼应。如薛毅的《开放我们的文学观念》认为"纯文学"由自律与自由逐步走向死胡同；张闳的《文学的力量与"介入性"》指出"纯文学"观念由反叛走向保守，暴露出纯文学的精神无力；葛红兵的《介入：作为一种纯粹的文学信念》认为五四时期的纯文学具有介入性，而20世纪90年代的文学（主要是纯文学）不再介入人们的经验世界，自说自话、自娱自乐，以文字游戏为围墙、为城堡，既阻住了自己的走出也挡住了他者的走进，成了不介入的文学；韩少功的《好"自我"而知恶》分析了"纯文学"

---

① 李陀：《漫说"纯文学"》，《上海文学》2001年第3期。

中"自我"的逃避性等。①

在剖析"纯文学"的局限性之时，许多评论家还对"纯文学"的重要基石——如"向内转"、"个人化写作"进行了批评。如李建军认为"向内转"对文学发展的消极影响是十分显著的，他说："正是'向内转'导致了文学与外部世界、与底层农民的疏离与隔绝……事实是，它至少从两个方面对中国现当代文学造成的消极的后果：一是只关心作家个人的缺乏意义感的内心生活，从而导致私有形态的'个人化写作'、'反文化写作'等'消极写作'的泛滥；二是把技巧、形式当作'内部研究'的内容，把意义、价值、主题等因素当作'外部研究'的内容，导致文学与生活、与社会的脱离，导致作家的责任感和使命感的瓦解。在这种观念的影响下，关注苦难与拯救，关注底层人的生存境况，通常被当作与文学无关的事情。于是，文学顺理成章地被界定为'纯文学'，被时髦化为一种高深莫测的'先锋'游戏。"② 再如南帆对"个人化写作"的消极后果也有深刻的认识，他说："个人化、边缘化写作或者对现实的整体发言，这都可能出现在文学之举中。但是如果只有个人化写作或者只有整体性发言，那就不正常了。""许多作家不想费力地与这些难题进行顽强的搏斗，他们只想用'个人化写作'的名义掩饰空洞的内心。其实，这恰恰从另一面糟蹋了'个人化'曾经具有的革命意义。"③ 事实上，"个人化写作"过分关注生活琐事，太过注意技巧，而忽略基本价值和道义上的担当，没有对时代、对现实作出整体性发言的气度与勇气，"个人"叙述的成功极有可能带来了部分作家的幻觉——"文学'写出自己'就是目的"。

正是如此，在商业主义、消费主义、享乐主义盛行的新世纪，"纯文学"越来越像作家个人的玩物，成为回避作家社会责任的托词和精神萎缩的理由。韩少功曾经指出："小说出现了两个极为普遍的现象。

---

① 参见南帆主编《二十世纪中国文学批评99个词》，浙江文艺出版社2003年版，第211—212页。

② 李建军：《当代文学亟需向外转》，《文艺报》2004年2月26日。

③ 南帆：《南帆：大众不是无须论证的尺度》，《文学报》2004年2月5日。

第一，没有信息，或者信息重复。吃喝拉撒，衣食住行，鸡零狗碎，家长里短，再加点男盗女娼，一百零一个贪官还是贪官，一百零一次调情还是调情，无非就是这些玩意儿。第二，信息低劣，信息毒化，可以说是'叙述的失禁'。很多小说成了精神上的随地大小便，成了恶俗思想和情绪的垃圾场，甚至成了一种看谁肚子里坏水多的晋级比赛。自恋、冷漠、偏执、贪婪、淫邪……越来越多地排泄在纸面上。"① 林贤治也曾经认为："所谓'零度写作'、'纯客观'、'冷叙述'之类，都不能抹杀作家作为创造主体在作品中表现出来的道德立场、品质、人格结构的真实面貌。不能把一个作家的思想意向和道德倾向同文学的创造截然分开。文学精神永远处于领先的、主导的地位，这是毋庸置疑的。即便承认美学的独立性，反人类的观念仍将对作品的价值造成重大的损害。在中国文坛，以腐朽为美，以残酷为美，以淫秽为美的例子多得很。无论在显示诸种事项方面具有怎样的认识价值，其中的思想观念和审美趣味，对读者来说仍然是摧毁性的，与被普遍说成'以丑恶为美'的波德莱尔《恶之花》那种旨在暴露社会罪恶的严肃而充满人性的写作相去甚远。"② 在此，林贤治表达了他对文学的理解，批判了许多在所谓的"纯文学"的旗帜与口号下的文学病变，以精辟的文字为真正的文学招魂。

反思"纯文学"，一是为了找出病症，二是为了对症下药找出疗救的方子，三是要为文学在新世纪打开一扇自新的大门。在新世纪，由于语境的转型特别是媒体化语境的生成，偏执于"纯文学"观念无异于加速文学走进博物馆的进程。反思"纯文学"，与其说是要遗弃这个提法，还不如说是要恢复被"纯文学"所挤压、所割裂、所抛弃的文学价值和文学精神，以及恢复文学反映生活、介入社会、干预现实的功能，这恰如李陀所说的："对社会发言，对百姓说话，以文学独有的方式对正在进行的巨大社会变革进行干预。"③ 这也许是文学观念在其千

---

① 韩少功:《个性》,《小说选刊》2004 年第 4 期。
② 林贤治:《一种文学告白》,《天涯》2004 年第 1 期。
③ 李陀:《漫说"纯文学"》,《上海文学》2001 年第 3 期。

变万化中应当守护的东西。鲁迅先生曾经说过："世界日日改变，我们的作家取下假面，真诚地，深入地，大胆地看取人生并写出他的血与肉来的时候早到了；早就应该有一片崭新的文场，早就应该有几个凶猛的闯将。"① 所以，反思"纯文学"，是为了走向"泛文学"，也是为了拥抱"泛文学"。

事实上，无论是在中国还是在西方，最早占主导地位的都是"泛文学观"，只是后来因审美属性的彰显而为"纯文学观"所取代。而今，我们强调树立开放的"泛文学观"，实质上是一种还原与回归，并非无迹可探、无章可循。值得一提的是，新世纪的文学事实让所谓的"纯文学"经常"Hold 不住"，如音、影、文的三位一体的"泛语言"解构了语言艺术的"单语言"，作品的俗世化、生活化解构了纯文学的"审美的意识形态"，作品的"纸载"更多地被"网载"、"屏载"所替换，作家的权威被大众的全民写作所消解，精英话语被平民话语所替换，作者的低头迎合与作者的主动介入，抵制崇高、娱乐至死，商业化与产业化的突显，"读的方式"为"看的方式"无情挤压，等等。新世纪的文学空间得以大大拓展，新世纪的文学活动也用自己的实绩将"纯文学"的界碑挖得摇摇欲坠。于是乎，"泛文化观"正是到了呼之欲出的时候了。

从理论上说，从来就没有一成不变的学科，也就没有一成不变的文学。文学就是特定时代的集体认同与约定俗成，它随历史文化语境的推演而推演，是因时而变的。如刘勰在《文心雕龙》中就特别强调文学的"通变观"，认为"通变则久"，还说"文律运周，日新其业。变则可久，通则不乏。趋时必果，乘机无怯。望今制奇，参古定法。"② 还认为"文变染乎世情，兴废系乎时序"③，文学要因"世情"与"时序"而变。华勒斯坦在《开放社会科学》一书中主张"重建社会科

---

① 鲁迅：《坟·论睁了眼看》，《鲁迅全集》（第一卷），人民文学出版社 1973 年版，第 240—241 页。

② 刘勰：《文心雕龙·通变》。

③ 刘勰：《文心雕龙·时序》。

学",沃尔夫冈·韦尔施在《重构美学》一书中主张"重构美学"。陶东风明确认为:"其实,文艺学的学科边界也好,其研究对象与方法也好,乃至于'文学'、'艺术'的概念本身,都不是一成不变的,而是移动变化的,它不是一种'客观'存在于那里等待人去发现的永恒实体,而是各种复杂的社会文化力量的建构物,不是被发现的而是被建构的。社会文化语境的变化必然要改写'文学'的定义以及文艺学的学科边界。"① 可见,文学作为一种知识形态与话语系统是历史地建构起来的。新世纪的"泛文学观",必然与新世纪文学的文化语境相关联,这既是一种实时改写,也是一种动态建构。

(二)调整对文学的理解方式,建构数字媒介语境下的文学观

法国著名理论家布尔迪厄曾经指出,"文学场域"正在发生变化——包括它的规则系统和观念系统。就文学观念而言,它不仅是对文学实践和文学现状的"反映",而且它自身就是一个关于文学的规导系统和指称系统,"诸如'这根本不是诗歌'或'这根本不是文学'这样的论断,实际上意味着拒绝这些诗歌或文学的合法存在,把它们从游戏中排除出去,开除它们的教籍"。② 可见,任何文学观念都有着与生俱来的排他性。例如当提升文学作品的审美性成为普遍自觉的时候,紧贴主流意识形态或追随、迎合大众趣味的作品,其文学的"合法性"就会受到质疑与排斥;同样,单纯以自娱自乐为目的的创作、一味追求商业利润而不惜践踏道德底线、人文关怀的作品,其文学的"合法性"也会受到怀疑与排挤。但是,任何文学观念都有着与时俱进的兼容性与开放性,毕竟文学观念终究是文学实践的反映,它是动态的、过程的、发展的,从来就没有一成不变的文学,也没有一成不变的文学观念,只有开放文学观念才能发展文学观念,毕竟文学观念是历史建构的产物,可见,文学与非文学,雅文学与俗文学,好文学与差文学,纯文学与泛文学,其实都不过是一种相对的概念,它们相互界别、相互印证的依据仅仅只是

---

① 陶东风:《移动的边界与文学理论的开放性》,《文学评论》2004 年第 6 期。

② [法]布尔迪厄:《知识分子场域:一个分裂的世界》,转引自《文学理论批评术语汇释》,高等教育出版社 2006 年版,第 842 页。

建立在现有的规导、规训与规则之上。现有的规导、规训与规则，绝不是永久的规导、规训与规则。常规总是用来打破的，而常态也总是用来突破的。正是如此，当数字媒介（含数字化影视、网络、手机）成为新世纪日常生活的构成，文学的"数字化生存"与文学的新文本形态（如出版文学、影视文学、网络文学、博客文学、手机短信文学、手机微信文学等）必然会召唤和建构与之相配套的观念系统。

新世纪十五年，是数字媒介蓬勃发展的十五年，数字媒介迅速成为新世纪的"元媒体"（Metamedia）和"宏媒体"（Macromedia）并对文学强势覆盖和敏锐渗透，成为催动新世纪文学转型的引擎。尼葛洛庞蒂曾经说过，"计算不再只和计算机有关，它决定我们的生存"。① 现在看来，数字媒介决定的不仅是我们的生存，还有文学艺术的生存。当"数字化生存"成为人类不可逆转的生存方式时，文学的数字化存在就将成为新世纪文学的现实存在。这时候，最需要做的就是高扬文学变通的理念与睿识，重塑与之相适应的文学观念。电脑艺术、网络文学、手机短信文学、微博等，是与知识经济时代的高科技环境相适应的，是这个时代环境的文化表达。例如在网络文学社区，创作已不是作家的专利，阅读已不是读者的专利，传播已不是媒体的专利，批评已不是专家的专利，一切都变得界限模糊和是非难定。再如在微信文学社区，信息与话语难以区分，新闻与文学难以区分，日记与传记难以区分，记事与叙事难以区分，点赞与点评难以区分。这些数字化语境下的文学问题，都让我们深感传统文学观念的捉襟见肘与力所难逮。所以，我们只有立足现实，超越传统，实现知识视野和观念模式的更新，才会有文学的进步与创新活力。

在新世纪，数字媒介的技术力量，已经使文学的存在方式、功能方式、创作方式、传播方式、欣赏方式，文学的使用媒介和操作工具，以及文学的价值取向和社会影响力等，都发生或正在发生许多新变，因而传统的文学观念也必须在思维方式、概念范畴、理论观点、思想体系和

---

① ［美］尼葛洛庞蒂：《数字化生存》，胡泳、范海燕译，海南出版社 1997 年版，第 15 页。

学理模式等进行变革与创新,以适应新世纪文学的新变,以包含新世纪
文学的新质。在这种新变层出与不断适新的动态过程中,完成对数字
媒介语境下文学观的新构。当然,在这个新构的过程中,我们既要承
认数字媒介的丰富资源性与巨大革命力,也要赓续传统文学的精神原
点与审美内涵,强调"变中的不变"与"不变中的变",换言之,数
字媒介只能给文学传统以新鲜的血液,而不能成为它的掘墓者。作家
张抗抗曾经认为:"网络文学会改变文学的载体和传播方式,会改变读
者阅读的习惯,会改变作者的视野、心态、思维方式和表现方式,但它
究竟在多大程度上能改变文学本身?比如说,情感、想象、良知、语言
等文学要素?"① 作家赵丽宏也认为:"只要人性没有变,只要人类对
美、对爱、对理想和幸福的追求没有改变,那么,文学的本质就不会改
变。不管科技如何革命,不管书写的工具和传媒如何花样翻新,文学仍
将沿着自身的规律走向未来。"② 可见,建构数字媒介语境中的文学观,
在面对传统的文学观时,采取的科学办法应该是辩证的否定,是扬弃而
不是抛弃。

至于如何建构数字媒介语境下的文学观,欧阳友权的著作《网络
文学论纲》、《数字化语境中的文艺学》以及论文《数字媒介与中国文学
的转型》、《数字媒介下的文艺转型》等给我们提供了很好的观念试
验。概括地说,有三点是值得关注的:其一,文学研究的对象发生了变
化,主要包括文学的面貌、形态、存在方式等,如语言艺术日渐被音像
艺术所挤占、文学存在方式由书面向电脑网络转变、文学表现与传达由
单媒介向多媒介延伸、文学的新形态层出迭现等。换言之,文学研究所
面对的将不只是传统意义的"硬载体"文本(如纸介印刷品、画布、
宣纸、音像制品等),还应包括"软载体"的电子符号作品、多媒体作
品和网络上发布和传播的艺术品。其二,文学研究的内容发生了变换。
这一点,可以从网络文学得到充分的印证。一般说来,网络文学是一种

---

① 张抗抗:《网络文学杂感》,《中华读书报》2001 年 3 月 1 日。
② 赵丽宏:《网络会给文学带来什么?》,《2000 年度中国最佳网络文学·序》,漓江出版社
2001 年版,第 3 页。

借用电脑创作、在互联网上传播、供网络用户浏览或参与的新型文学样式。欧阳友权明确指出："由于网络文学所呈现的作家的匿名化、创作方式的交互化、文本载体的'比特'化、流通方式的网络辐射化和欣赏方式的鼠标点击化等，形成了对传统文学基本理论的整体变革与观念挑战，可以说，它带给文学理论的将是一次理论范畴的'换血'、理论观点的嬗变和理论体系的重塑。"① 其三，文学研究的方法发生了变革。数字化语境中，文学研究的方法不再仅仅局限于传统的作品细读法、文本考据法、作家生平法、版本考证法等，而像定量研究法、计量分析法、统计分析法、定性分析法、谱系分析法、信息跟综法、关键词搜索法、即时访谈法、"百度"法等大行其道、耳目一新。正是有了变化了的对象、变换了内容、变革了的方法等，数字媒介语境下的文学观就必然在思维方式、概念范畴、理论观点、思想体系和学理模式等总体构架上，由理论创新达到理论创新体系，只有这样才能构筑出数字化时代的文艺理论新体系。

（三）转变对文学的认知方式，建构技术文化语境下的文学观

技术远不只是技术，技术的延伸在现代化的进程中甚至被"帝国主义化"或曰所谓的"技术帝国"。人制造了技术与技术工具，反过来技术与技术工具也可以说制造了人，并进而制造了关于人的文学。新世纪是一个高科技十分发达的时代，像摄影技术、摄像技术、电子技术、网络技术、通信技术等，无不深深地推动着社会的变革与文学的变异。如 A. 芬基尔克罗就曾以图像技术为例一针见血地指出了文化和现代技术的冲突与矛盾，他说："图像技术带来的首先是直接性占统治地位，换句话说就是拒绝抽象和中介：重要是具体，是图像，而从这个充斥着图像的世界上消失的是想象。图像技术是直接的技术，然而只有在时间的差距中才会有文化的存在。另外，文化通常所具有的区域性同图像技术也形成了对比。从区域性即与特定的象征体系相关联的某种经验出发，人们创作出了意欲征服全世界的艺术品。然而可以说实现了世界大

---

① 欧阳友权：《数字化语境中的文艺学》，中国社会科学出版社 2005 年版，第 81 页。

同的图像技术彻底改变了这一切,我发现文化(无论其确切意义是什么)想要在图像技术统治的世界中找到自己的位置真是越来越困难。"① 尽管如此,随着新的"新图像"即数字图像的出现,人们确实又跃上了一个新台阶。"随着虚拟图像的出现,人们终于可以进入到图像中去,它变成了一个场所,人们可以在里面探寻,与别的人相遇,有虚拟的经历。由于这些原因,我可以说今天人们正在经历真正的飞跃。数字图像不只是图像制作史上的又一项新技术,它还是一种新的书写方法,可以与印刷术的发明和字母表的诞生相提并论。"② 这种对图像技术的认可,事实上蕴含了对整个技术文化的高度认同。除了人跃上了一个新台阶,技术化语境中的文学也跃上了一个新台阶。这样,装上了"技术引擎"的新世纪文学最终实现了自己的"技术救赎"。

在新世纪,书写工具与传播媒介的不断翻新,从根本上来说,都有科学技术的结晶。在新世纪的文学场域中的种种话语中,科技理性的话语权力是最显著的。在文学改编、商业出版、影视文学、网络文学、博客写作、短信文学、微博等文学活动身上,我们时时感受到科学技术无处不在的影响,从概念的发展到创作的实践,科技理性正是通过控制如此这般的概念生成与样式形塑而染指人文叙事与文学叙事,从而控制了整个社会的表征领域,最终使得大众充当了它的信奉者和代言人,而这正构成了新世纪文学特别是网络文学、博客文学、手机短信文学、微博文学等产生发展的语境。技术对人们的影响是全方位的,对文学的影响也是多维度的。可以说,技术已经成为当今的形而上学,它"以超速的方式改变着人类的存在方式、思维方式和价值传递方式",而它造成的直接后果就是"使技术成为一种霸权,任何艺术、宗教、文化不与技术联姻,不成为技术中心的附庸,就将不具有价值"。③ 这样,在新世纪,文学艺术同技术的结合,文学发展受到技术理性的浸染与左右,既是一种顺理成章的趋势,也是一种客观存在的事实。

---

① [法] R. 舍普等:《技术帝国》,刘莉译,生活·读书·新知三联书店 1999 年版,第 196 页。

② 同上书,第 98 页。

③ 王岳川:《中国镜像——90 年代文化研究》,中央编译出版社 2001 年版,第 51 页。

以网络文学为例，网络文学的交互性、多媒体性、超文本性和数字化等，其实都是建立在网络的技术特点之上，是根源于互联网这种新载体的媒介技术特性。"真正的网络文学只能存活于网络之中，同时高新媒介技术也成为它艺术生命的一部分，所以科技与文学艺术的关系在网络文学中体现为亲密无间、不可分割，而在更高的精神层面上，两者更是互为引导、相互补充的，不仅媒介的技术特征决定了网络文学的审美精神，种种文本的弥散也使网络这个技术世界具有了一种统一而独特的氛围。"① 对网络文学而言，既依存于技术又充分利用技术，既有技术的审美化又有审美的技术化。在网络文学中，既能看到新技术对文学的技术改造，又能体验到寄生于新技术的新的审美方式和审美感受。因此，建构技术文化语境下的文学观，技术与科技理性是需要关注的，也是值得重视的，关键是摆正科技理性在文学场的位置，处理好科技理性与人文理性的矛盾关系。

可见，网络技术既为人类营造了新的诗化境界，也消解了既有的文学惯例。"如果说互联网技术是一个'移动的能指'，那么在艺术价值层面上首先指向旧有的艺术体制和审美成规；在对原有艺术成规在线技术化消解遭遇传统的艺术逻各斯理论的顽强抵抗以后，网络演绎的艺术裂变又将使自己身成为撬动艺术新生的技术杠杆，以'数字牛仔'凌历的锐气在传统艺术体制的铁壁合围中凿开一个豁口，并试图据此卓立文场，横制颓波，用技术（比特）墨水书写新文艺的神话。"② 事实上，依托网络技术上诞生的网络文学，其存在方式的易位、创作模式的变异、传播形式的革命等，早已是一种人所共知的"此在"。具体地说，"读书"转向"读屏"，印刷文明延伸至电脑文明，物质实存转变为数字虚拟，线性叙事转变为超文本链接，纯文本转变为杂文本，纯文学转变为泛文学，书面传播转变为电子传播等。这就要求我们以网络化的思维重新认识文学，重新审视既有的文学惯例和文学观念，建构网络技术

---

① 于洋、汤爱丽、李俊：《文学网景——网络文学的自由境界》，中央编译出版社 2004 年版，第 30 页。

② 欧阳友权：《数字化语境中的文艺学》，中国社会科学出版社 2005 年版，第 81 页。

语境中的文学惯例和文学观念。

（四）创新对文学的阐释方式，走向"媒介文学"与"媒介诗学"

新世纪文学植根于报纸、杂志、出版、电影、电视、网络、手机等共同营构的媒体化语境之中，这既是现实依据也是事实铁律。随着媒体化语境的日益彰显与形构，媒介法则成为新世纪文学的最大法则，媒介化成为新世纪文学的最大趋向。文学既是虚的，因为它飘移在语言之外；文学也是实的，因为它凭附于媒介之中（包括表达媒介与传播媒介）。"媒介一经出现，就参与了一切意义重大的社会变革——智力革命、工业革命，以有兴趣爱好、愿望抱负和道德观念的革命。这些革命教会我们一条格言：由于传播是根本的社会过程，由于人类首先是处理信息的动物，因此，信息状况的重大变化，传播的重大牵连，总是伴随着任何一次重大社会革命的。"① 媒介的影响是通过传播来实现的，为了实现传播效果的最大化必然会在传播过程中改变被传送的内容以达到震惊，如新闻中的"标题党"、文学中的"书名党"与"题材派"及"神话流"便是如此。"在当代社会，公众往往接受媒体所呈现的社会现实，因此，当代文化实际上就成了'媒体文化'。"② 除此之外，在新世纪，传统媒介不断改革、完善、融合，新媒介不断兴起递嬗，人们的生存方式、生活方式以及审美方式都不约而同地出现了"数字化转型"，恰如尼葛洛庞蒂所说的："计算不再只和计算机有关，它决定我们的生存。"还如尼葛洛庞蒂所说的："人类的学习方式、工作方式、娱乐方式，一句话，人类的生存方式都变成了数字化。"③

布迪厄认为，每个时代的文化都会创造出特定的关于艺术的价值观念，这些观念支配着人们看待艺术品甚至艺术家的看法。他说："艺术品及其价值的生产者不是艺术家，而是作为信仰的空间的生产场，信仰的空间通过生产对艺术家创造能力的信仰，来生产作为偶像的艺术品的

---

① ［美］威尔伯·施拉姆、威廉·波特：《传播学概论》，陈亮等译，新华出版社1984年版，第18—19页。

② ［美］戴安娜·克兰：《文化生产：媒体与都市艺术》，赵国新译，译林出版社2001年版，第4页。

③ ［美］尼葛洛庞蒂：《数字化生存》，胡泳、范海燕译，海南出版社1996年版，第3页。

价值。因为艺术品要作为有价值的象征物存在，只有被人熟悉或得到承认，也就是在社会意义上被有审美素养和能力的公众作为艺术品加以制度化，审美素养和能力对于了解和认可艺术品是必不可少的，作品科学不仅以作品的物质生产而且以作品价值也就是对作品价值信仰的生产为目标。"① 在布迪厄看来，艺术品的价值并不单纯地在于它自身，而在于艺术品的价值或信仰的生产场。随着生产场的改变，艺术的价值观念以至艺术的法则都会相应地发生改变，毕竟生产场决定了"我们所知道的东西和我们所信仰的东西"。这一点，就新世纪文学而言，媒介生产场、媒体化语境以及数字化时代制导了我们关于文学的认知方式、理解方式与阐释方式，以及关于文学的信仰。所以，新世纪的"媒体文化"必然会创造出与之契合匹配的关于文学的观念与关于文学的信仰。

正是如此，我们不妨将基于"媒体文化"、有着强烈的"媒介化"趋动、有着鲜明的"媒介性"表征的新世纪文学赋予另一种工具理性式的命名——那就是"媒介文学"。事实上，我们耳熟能详的纸质文学、广播文学、电影文学、电视文学、网络文学、博客文学、手机短信文学、微信文学等基于文学的传播媒介工具的命名，我们将它们统称为"媒介文学"，是在语言符号的能指与所指的文化逻辑上成立的。当然，关于"媒介文学"还是一个集合式概念，它既可以泛指"媒介时代的文学"，也可以类指"媒介形态的文学"，还可以代指"媒介属性的文学"。在"媒介文学"的视野下，我们还可将诸如广告、歌词、新闻故事、深度报道、人物访谈、人物传记、社论、编者按、纪录片、影视脚本、影视剧、舞台剧、微电影、连环画、动画、漫画、卡通、网络文学、聊天记录、心情日志、博客、微博、短信、微信等纳入到整体观照之中。

米兰·昆德拉认为："小说（和整个文化一样）日益落入传播媒介的手中。这些东西是统一地球历史的代言人，它们把缩减的进程进行扩展和疏导；它们在全世界分配同样的简单化和老一套的能被最大多数，

① ［法］皮埃尔·布迪厄：《艺术的法则：文学场的生成和结构》，刘晖译，中央编译出版社2001年版，第276页。

被所有人，被整个人类所接受的那些玩意儿。""被大众传播媒介主宰的时代精神与真正的小说精神是背道而驰的。"① 文学虽然在传媒的压迫与冲击下奄奄一息，但文学又在传媒的诱导与制导下泛化衍生。当然，前者是传统文学，后者是媒介文学。与传统文学相比，"媒介文学"的异质性十分明显，这主要表现在"媒介文学"的各个构成要素与活动环节之中，主要表现在以下几点：一是写作泛化而为生产；二是作者泛化而为生产者；三是作品泛化而为商品；四是读者泛化而为消费者；五是阅读泛化而为视听；六是批评泛化而为广告式的"泛批评"。鉴于文学在媒体化语境下的异质性存在，张邦卫在《媒介诗学——传媒视野下的文学与文学理论》一书中主张"走向媒介诗学"，并且认为："所谓媒介诗学，是指关于媒介/媒介文化的诗学，换言之，就是从文化传播/媒介文化的视域来研究文学的话语体系，或曰是一种媒介形态的文艺学。'媒介诗学'这一术语，旨在突出文学的媒介性，关注媒介时代传媒的文化霸权与帝国主义性，关注媒介时代的文学形构，建构媒介时代的文学场。"②之所以如此，一是因为传统的文学神话正在远去，新世纪的神话是影视文化、网络文化、手机文化为主导的大众文化；二是因为现行的文学观念是历史积淀与建构的产物，客观现实可以形成观念也可以改变观念，随着媒体化语境的生成与"媒介文学"的事实性存在，我们似乎已经很难固守原有的文学观念，特别是所谓的"纯文学"观念；三是因为"走向媒介诗学"虽是新世纪文学及理论冲出困境的一种被动选择，但也许是一种能够与新世纪文学实践从容相对的理智选择。

---

① ［法］米兰·昆德拉：《小说的艺术》，生活·读书·新知三联书店1992年版，第159页。
② 张邦卫：《媒介诗学——传媒视野下的文学与文学理论》，社会科学文献出版社2006年版，第375页。

第三章　属性转型:从"文学性"到"媒介性"(上)

　　商品、消费与传媒是现代社会的核心要素,特别是现代传媒以文化资本的形式成为文学的"恩主"与"掌门"后,传媒的文化指令成为文学的主要法则。现代传媒的文化性、公共性、商品性、消费性、平民性与娱乐性必将渗透到文学的方方面面,并以"霸权话语"方式诱导甚至是逼迫文学走上"媒介化"的新途。文学属性的后现代生成无不与现代传媒息息相关。所以,考察新世纪中国文学的转型,一个无法回避的问题就是"媒介化"的加速与"媒介性"的加剧。概言之,在新世纪这个媒介社会,文学不过是大众传媒的"媒介",或者说文学不过是大众传媒的内容生产之一,大众传媒借用文学不过是利用文学、倚重文学,不过是为了让文学更高效地提供服务。假如我们一旦搁置对新世纪文学的文学性的追问,那么我们就不得不投入对新世纪文学的媒介性的拷问之中。王一川曾经说过:"没有媒介就没有文学","新媒介,新文学",这确实切中了新世纪文学的命门与命脉,也透出了工具主义、技术主义以及媒介主义在新世纪的"此在"。当我们一旦关闭形而上的文学性的视窗时,我们就只能打开形而下的媒介性的视窗,毕竟"此在"的媒介性远比"彼在"的文学性更容易让我们这些被媒体教化、训导与驯服的普通大众所接受。这样,新世纪文学在媒体化语境全面生成之际,必然会在阵痛中蜕变又也会在阵痛中新生,既承传着前 20 世纪的文学旧影又播撒着后 20 世纪的文学新象,属性转型势所必然。纵观新世纪文学,从"文学性"走向"媒介性",似乎是一个符合"第二媒介时代"(马克·波斯特语)、后现代主义文化逻辑的话语策略。

一 走进文学内部的"文学性"

"文学性"(Literariness),是俄国形式主义提出的一个概念,意指使文学成为文学的那些东西。罗曼·雅各布森(Roman Jackbson)在《现代俄国诗歌》一书中指出,"文学科学的对象不是文学,而是'文学性',也就是说使一部作品成为文学作品的东西"。[①] 可见,文学性指向文学文本区别于其他文本的特性(文学特异性),也即文学本质问题。俄国形式主义以文学性对文学本质进行界定,使其限定在文学文本以内,文学研究"向内转"而指向文学文本自身。不过,随着文学及文学研究的发展,文学研究逐渐泛化,溢出文学文本,从文本内部延伸到文本外部甚至是非文学领域。但是,从走进文学文本内部的文学性到走出文学的文学性,一定意义上都可归属为狭义的诗学意义上的文学性,即主要关注点在于语言修辞和形式技巧。若从文学本质的角度来理解文学性,不仅应关注文学形式因素,还应关注文学的审美及精神向度,并以此引导文学研究从泛文化研究回归到对文学自身的关注。可见,文学性是对文学本质追问的一种应答。

关于文学本质问题,就是探讨"文学是什么"的问题。对此,国内外学术界的认识颇多分歧,立论的角度也很不相同,可谓仁者见仁、智者见智。从这个角度来说,文学的本质与美的本质一样,是一个难以言说的存在,是一个"司芬克斯之谜",按柏拉图的"美是难的"的文化逻辑,我们认为"文学也是难的"。狄德罗认为:"我和一切在这方面有所论述的作者一样,首先发觉的是:人们谈论最多的事物,像命运安排似的,往往是人们最不熟悉的事物;许多事物如此,美的本质也是这样……为什么差不多所有人都同意世界上存在着美,其中许多人还强

---

① [俄]罗曼·雅各布森:《现代俄国诗歌》,转引自[法]茨·托多罗夫编《俄苏形式主义文论选》,蔡鸿滨译,中国社会科学出版社1989年版,第24页。

烈地感觉到美之所在，而知道什么是美的人又是那样的少呢?"① 黑格尔曾经说过:"乍看起来，美好像是一个很简单的观念，但是不久我们就会发现:美可以有许多方面，这个人抓住的是这一方面，那个人抓住的是那一方面;纵然都是从一个观点去看，究竟哪一方面是本质的，也还是一个引起争论的问题。"② 可见，美的本质是有维度之分的，同样，文学的本质也是有维度之分的。所以，俄国形式主义用"文学性"来探讨文学的本质及本体存在，其实也只是一种言说而已。

除俄国形式主义首倡"文学性"之外，英美新批评与结构主义文论也特别强调文学的独立自主性，将社会、思想、宗教等与文学区分开来，致力于寻找文学之所以为文学的特殊性。什克洛夫斯基 (Viktor Shklovsky) 就曾指出，文学不是对外部世界的模仿，要研究的是文学的内部规律，"在文学理论中我从事的是其内部规律的研究。如以工厂生产来类比的话，则我关心的不是世界棉布市场的形势，不是各托拉斯的政策，而是棉纱的标号及其纺织方法"，或者说，"都是研究文学形式的变化问题"。③ 这样，在什克洛夫斯基看来，文学性只存在于文学文本以内的形式范畴，主要是语言技法问题。英美新批评则更关注文学文本所运用的具体方法技巧，集中研究文学"肌质"，注重细读，更多地从修辞学角度对文学进行解读，如兰色姆的"肌质——构架说"，瑞恰兹的"语境论"，维姆萨特和比尔兹利的"意图谬见" (Intentional Fallacy) 和"感觉谬见" (Affective Fallacy) 等。结构主义致力于在众多文学作品中寻找共通之处，或者说是支配文学实践的法则系统，试图挖掘文学的整体性，建构文学的系统，力图以语言学模式为参照构建一种"元语言"，张扬文学的自主与自足。他们认为文学的本质在于文学各要素之间的关联，如共时与历时、语言与言语、代码与信息、能指与所指和意指等，结构即本质，更关注文学的符号学特征，如普洛普

---

① [法] 狄德罗:《狄德罗美学论文选》，人民出版社 1984 年版，第 1 页。
② [德] 黑格尔:《美学》(第 1 卷)，朱光潜译，商务印书馆 1979 年版，第 21 页。
③ [俄] 什克洛夫斯基:《散文理论·前言》，刘宗次译，百花洲文艺出版社 1994 年版，第 3 页。

（Vladimir Propp）的"民间故事叙事功能结构的分析"，列维－斯特劳斯（Cloude Levi-Strauss）的"神话中内在不变的结构形式的研究"，格雷马斯（Glgirdas Julien Greimas）的"作为意义基本构成模式的符号学矩阵"，托多罗夫（Tzvetan Todorov）的"叙事语法研究"，罗兰·巴特（Roland Barthes）的"叙事作品的层次分析"等。

总之，将文学的本质界定为"文学性"，将文学研究的范围限定于"纯文学"的文本内部，这是俄国形式主义、英美新批评、结构主义的共通点。那么，文学文本的"文学性"又如何得以体现呢？按照金永兵等著的《当代文学理论范畴导论》一书的观点，走向文本内部的文学性主要存在于三个方面：一是"文学性存在于语言结构"；二是"文学性存在于形式本体"；三是"文学性存在于普遍结构"。① 所以，金永兵认为："从雅各布森提出'文学性'开始，文学研究走向了一条反观自身，探求科学性与客观性，建构起内部研究的路径。从对文学的外部剥落，到语言修辞的细微解析，到对文本潜在结构的抽象与提取，文学研究逐渐规范化、系统化，这对促进文学及文学理论研究的独立和发展做出很大的贡献。"②

二　走向文学外部的"文学性"

随着文本内部研究的技巧化、程式化甚至日益僵化，也随着解构主义与文化研究的兴起，文学性的范围、意义发生了转折性变化，即"走进文学内部的'文学性'"为"走向文学外部的'文学性'"所替代。其原因有二："首先是文学性存在场域的变换，与之前向文学文本领域的收缩相反，此时的文学性开始向非文学领域扩张蔓延，由文学内部游荡到一切可以视为符号的文本中，或者也可以说在文学之外发现了文学性要素，造成了文学性无处不在的幻象。其次是其作用发生了变化，在形式学派那里，文学性具有自指意义，目的在于自身，作为文学

---

① 参见金永兵等《当代文学理论范畴导论》，北京大学出版社 2011 年版，第 2—11 页。
② 同上书，第 11 页。

的本质而存在，而在解构主义及文化研究中，本质被消解，文学性从文学中流溢独立出来，开始指向外部，成为意识形态及政治、商业社会的工具。"① 这样，文学性从指代文学本质到非文学中的文学性成分，走上了"泛化"之路。

在解构主义看来，文学性这个文学的本质是不存在的，文学不再有本质，与其他文本不再有界限，具有文学本质的文学不再存在。换言之，解构主义消解了文学本质。一是解构主义强调多元和差异，反对逻各斯中心主义，主张突破传统二元对立模式，否定终极意义和本质的存在。他们认为文学是话语建构的历史产物，文学的本质就是没有本质，致力于揭示文本内部的隐含的差异，对文本进行自我颠覆，不再关注文本的静态结构，而着眼于文本的"可写性"，并消解文本原来的文化意义建构。二是认为文学性只是一种修辞手段，开始溢出文学走向一切文本，像哲学、历史、法律等都脱离不了文学性。如罗兰·巴特的"可写性文本"，其文本的意义不再固定，而存在于不同的读者的理解之中，成为相对的、流动的存在。又如德里达所创的"延异"，就表现了意义的表达在时间之流中被不断延搁的过程，它被无目的地向无限播撒，无可追寻。文学成为能指的游戏，文学性也不再是一种自然本质，不再是文本的内在物。三是强调新形态的文学的出现是对文学本质的否定与颠覆。美国学者希利斯·米勒认为："传统的'文学'和其他的这些形式，它们通过数字化进行互动，形成了一种新形态的'文学'，我在这里要用的词不是'Literature'（文学），而是'Literality'（文学性），也就是说，除了传统的文字形成的文学之外，还有使用词语和各种不同符号而形成的一种具有文学性的东西。"② 可见，新形态的文学的出现以及全社会的约定俗成的认同，这本身就说明了文学性并非传统文学专用，文学性存在的形态翻新了，文学性存在的场所拓新了，文学的本质绝不是一成不变的。

---

① 金永兵等：《当代文学理论范畴导论》，北京大学出版社 2011 年版，第 13 页。
② 希利斯·米勒的观点，参见周玉宁《我对文学的未来是有安全感的——希利斯·米勒访谈录》，《文艺报》2004 年 6 月 24 日。

在文化研究看来，文学性是一种语言修辞手段的代称，此时的文学性不再单单是文学的属性。文化研究是解构主义将文本颠覆并播撒到社会历史文化中的必然发展，它趋向跨学科的无限开放，涉及宗教、种族、性别、殖民、权力、文化身份等。一方面，它关注文学文本中被传统文学忽视了的失声的弱势群体，通过语言模式、文学性发掘那些被遮蔽了的历史和被遮蔽了的人。文学不再是文学，而重新成为研究历史政治的材料，从字里行间的断裂中揭示出文学之外的信息。另一方面，它直接绕开文学本身而关注种族、权力等其他因素，在其他非文学文本及社会现象中分解出文学性成分。文学研究中经典文学不再存在，而文学性又无处不在。在这种情况下，一种有趣的现象就是认为文学在后现代图像冲击下走向终结或者至少是被边缘化，而文学性则得以扩张，插入了其他领域，影响了其他领域。美国后现代理论家大卫·辛普森（David Sinpson）在《学术后现代与文学统治》一文中指出"后现代使文学性成为高奏凯歌的别名"。他认为，文学终结只是一种假象，它已经渗透到生活的各个角落。比如一些学科已习惯了借用文学研究的术语，史书重新成为故事讲述，哲学、人类学和种种"主义"理论热衷于具体性和特殊性，传统的非文学话语开始迷恋修辞，这都显示了文学性已经实现了后现代的统治。① 美国学者乔纳森·卡勒（Jonathan D. Culler）在《理论的文学性成分》一文中认为："文学可能失去了其作为特殊研究对象的中心性，但文学模式已经获得胜利：在人文学术和人文社会科学中，所有的一切都是文学性。"② 可见，在现代社会，失去"中心性"的文学已伪装成别的事物而存在。

　　当然，从整体上说，走向文学外部的"文学性"有三种状态值得关注：一是文学性的扩张；二是文学性的消散；三是文学性的扩散。文学性的扩张主要是指文学语言形式技巧与修辞因素的扩张；文学性的消

---

　　① ［美］大卫·辛普森：《学术后现代与文学统治》，参见余虹等主编《问题》（第一辑），中央编译出版社2003年版，第132—148页。
　　② ［美］乔纳森·卡勒：《理论的文学性成分》，参见余虹等主编《问题》（第一辑），中央编译出版社2003年版，第128—129页。

散主要是指文学审美精神的沦落；文学性的扩散主要是指文学形式美学在其他领域中的发现与再生成。不管是扩张、消散还是扩散，都充分说明了在后现代文化语境中，作为理式的文学性必然为作为现象的文学性所替代，其动态化的演进与推移恰恰证明了曾经本质化的文学性其实只是文学属性之一种而已。

三　"文学已死"：新世纪文学对自身的取消

在新世纪初，美国著名的批评家 J. 希利斯·米勒在《全球化时代文学研究会继续存在吗》一文中认为："照相机、电报、打印机、电话、留声机、电影放映机、无线电收音机、卡式录音机、电视机，还有现在的激光唱盘、VCD 和 DVD、移动电话、电脑、通信卫星和国际互联网……几乎每个人的生活都由于这些科技产品的出现而发生了决定性变化……文学在这个时代里可谓生不逢时。"① 那么，"生不逢时"的文学肯定不是当下的文学，而是那些具有经典意义的传统文学，如古希腊文学、古罗马文学、文艺复兴时期的文学、古典主义、浪漫主义、现实主义、自然主义、唯美主义、现代派文学以及 20 世纪中国文学之"八十年代文学"等，概言之，就是那些有着经典范式的文学，或曰文学性十足的文学。可见，在基于科技产品、媒介技术的全球化时代，文学的"苟延残喘"、"溃而不败"以致"边缘化"已是不争的事实。文学的"桃花源"或"乌托邦式"的文学，早已随着物质主义、技术主义、消费主义以及媒介帝国主义的冲击而变得难以实现。对此，J. 希利斯·米勒借用雅克·德里达的《明信片》的一段话表明了他的预言："在特定的电信技术王国中（从这个意义上说，政治影响倒在其次），整个的所谓文学的时代（即使不是全部）将不复存在。哲学、精神分析学都在劫难逃，甚至连情书也不能幸免……"② 这就是 J. 希利斯·米勒在

_____

① ［美］J. 希利斯·米勒：《全球化时代文学研究会继续存在吗》，国荣译，《文学评论》2001 年第 1 期。

② 同上。

新世纪初引起轩然大波并惹人深思的所谓的"文学终结论"或"文学死亡论"。

事实上,J. 希利斯·米勒的"文学终结论"或"文学死亡论"与他的"文学权威性的偏移论"是一脉相承的。在《论文学的权威性》一文中,他认为,文学不是"自在权威",而是"他成权威":"文学的权威性源于对语言的艺术性的述行使用(Performative Use of Language Artfully),对语言的这种使用使读者阅读一部作品的时候对它所营构的虚拟世界产生一种信赖感。"① 正是由于借助于语言所营造的审美距离、想象空间与虚拟世界,才使文学具有了膜拜价值而被赋予了权威性,正如 J. 希利斯·米勒所说的:"隐藏起一些永远不为人知的秘密,也是文学作品权威性的一个基本特点。"② 但是,在基于媒介技术与传播媒介的全球化时代,当语言为图像所替代,虚拟世界为图像事实所替代,想象为直观所替代,审美距离为趋零距离所替代,许多不为人知的秘密在电视的镜头前变得一览无余,许多山重水复的神秘在网络的"人肉搜索"下变得一清二白时,秘密与神秘就完全被祛魅了,文学的权威性必然走向偏移以致消解、消除。所以,J. 希利斯·米勒明确指出:"在我们的文化传统中,文学被赋予了极大的权威性,尽管这种权威性仍然被或明或暗地承认着……但是在现实生活中,它却再也发挥不了那么大的作用了,这一点任何一位坦诚的观察家都不会怀疑。"③ 不仅如此,J. 希利斯·米勒还说:"我们必须承认,现在,诗歌已经很少再督导人们的生活了,不管是以不公开的还是其他别的形式。越来越少的人受到文学阅读的决定性影响。收音机、电视、电影、流行音乐,还有现在的因特网,在塑造人们的信仰和价值观(Ethos and Values)以及用虚幻的世界填补人们的心灵和情感的空缺方面,正在发挥着越来越大的作用。这些年来,正是这些虚拟的现实诱导人们的情感、行为和价值判断方面

---

① [美] J. 希利斯·米勒:《论文学的权威性》,国荣译,出自陶东风、金元浦、高丙中编《文化研究》(第4辑),中央编译出版社2003年版,第79页。

② 同上书,第81页。

③ 同上书,第65页。

发挥着最大的述行效能（Performative Efficacy），而不是严格意义上的文学世界。"① 这样，当文学的"述行效能"都被质疑时，文学的权威性也就荡然无存了。

其实，关于"文学死亡"的宣言或"文学终结"的论断，从古至今有许多哲人都论述过，可谓不绝如缕，德里达与 J. 希利斯·米勒既不是最初的预言者也不是最后的预言人。柏拉图曾反对荷马的存在，瞧不起"摹仿者"，"不愿做歌颂英雄的诗人"，而且还认为诗是"摹仿的摹仿"，诗与诗人是最不可靠的。黑格尔曾预言艺术必然走向终结，不过那将取代艺术的"绝对精神"远未修成正果，因而艺术仍然走在其漫漫的征途上。尼采宣称"上帝已死"，包括缪斯女神在内的众神难以安在。马克思也论断过资本主义生产对于艺术和诗的敌对，而事实上资本主义生产并未消灭掉艺术和诗。罗兰·巴特宣称"作者已死"，但"读者的诞生"并没有完全清空作者在文学行动中的话语权。阿多诺宣称"文化产业"的勃兴必然导致"审美性"的缺失；马尔库塞从"单向度的人"出发论断了"单向度的文化"，故而强调"审美之维"的救赎功能；本雅明认为在机械复制时代的艺术作品早已丧去了"韵味"或"光韵"（Aura），艺术的"膜拜价值"受到抑制，"展示价值"却得到加强，在"韵味"衰竭之后，本雅明把"观看的震惊"作为机械复制艺术的一种正式原则。概言之，所有这些论断，都是对文学本质或文学性的解构与拆除。

德里达曾经指出："应该首先宣布没有——或几乎没有，或一直少有——文学；应该宣告，无论如何都没有文学的本质，文学的真理，文学性之物或者文学之作为文学。"② 之所以持这样的观点，德里达解释说："没有内在的标准能够保证一个文本的本质的'文学性'。没有可确认的文学本质或文学存在。如果您去分析一件文学作品的所有要素，

① ［美］J. 希利斯·米勒：《论文学的权威性》，国荣译，出自陶东风、金元浦、高丙中编《文化研究》（第4辑），中央编译出版社2003年版，第66页。

② Jacques Derrida, *Acts of Literature*, ed. Derek Attridge, New York and London：Routledge, 1992, p. 177.

您将永远见不到文学本身，您只能遇上一些它分享或借取的、您在其他文本中也可以发现的特点，无论是在语言、意义方面或是在被指示物（'主观的'或'客观的'）方面。甚至那允许一个共同体就此一或彼一现象之文学地位达成一致的惯例也仍然是不可靠的、不稳定的，并总是有待于修订的。"① 可见，文学无处不在，而又无处常在、独在、裸在；文学的惯例总是不可靠、不稳定的；文学属性总是处于动态的修订与动态的建构之中。"文学不具有纯粹的独创性。一篇哲学的或新闻的或科学的话语，可以按照'非超越的'方式进行阅读。'超越'在此是说超出对能指、形式、语言（请注意我不说'文本'）的兴趣而指向意义或被指示物（这是萨特对于散文所作的简单而恰当的定义）。对于任何文本都可以作'非超越'的阅读。再者，没有任何文本其自身就是文学性的。文学性不是一种天然的本质，不是文本的一种内在属性。它是对于文本的一种意向关系的关联物。这种意向关系将自身整合成为一个部件，或一个意向沉积层，即对于规则的或隐或显的意识，这些规则是惯例性的或体制性的——总而言之，是社会性的。"② 德里达所谓的"文学性是对于文本的一种意向关系的关联物"以及"意向关系是社会性"的论断，事实上透出了这样两个观点：其一，文学没有绝对的本质，没有界线分明的属地，也没有一以贯之的属性，任何文本只要接受者愿意都可以读作文学的或者非文学的。其二，文学是某一共同体的集体意向对象，是一历史的或临时的因而必然将接受修订的想象契约。正是如此，德里达主张用"文学行动"来取代"文学本质"，用"行动"的介入性否定"本质"的被发送性即距离性，或者用德里达的原话，就是："文学的本质，如果我们坚持本质一词的话，就是在刻写和阅读'行动'的历史渊源处被作为一套客观的规则而生产出来的。"③ 这就是说，文学的"本质"就是它的"行动"，进而言之就是它的非本质，就

① Jacques Derrida, *Acts of Literature*, ed. Derek Attridge, New York and London: Routledge, 1992, p. 73.

② Ibid. , p. 44.

③ Ibid. , p. 45.

是它的在时空性。所以，德里达宣称，"文学以其无限定性（Limited-lessness）而取消了自身"。①

那么，"取消了自身的文学"是不是就意味着在后现代社会或全球化时代的完全终结与彻底死亡呢？答案当然是否定的。从古至今，文学总是在一次次对自身的取消中完成了一次次蜕变与一次次递嬗。文学既在与时俱变，也在与时俱进。有死了的文学，也依然有活着的文学。有一种文学死了，必然有另一种文学新生。如果考察当下文学行动的存在性与文学活动的现实性的话，我们无法否定这样一个事实："文学还活着"，当然"活着的文学"与"死去的文学"有着新世纪的隔断，这就是所谓的"媒介墙"。一句话，文学在新世纪的媒体化语境中呈现的是一种"溃而不败"、"终而不断"、"死而不僵"的格局与状态。换言之，在新世纪的媒介社会，文学到了该"变换门庭"、"改头换面"、"易帜换装"、"重新打扮"的时候了。陶东风认为："其实，文艺学的学科边界也好，其研究对象与方法也好，乃至于'文学'、'艺术'的概念本身，都不是一成不变的，而是移动变化的，它不是一种'客观'存在于那里等待人去发现的永恒实体，而是各种复杂的社会文化力量的建构物，不是被发现的而是被建构的。社会文化语境的变化必然要改写'文学'的定义以及文艺学的学科边界。"② 可见，每一个时代文学都是由特定的历史文化语境所建构的产物，这就是所谓"一代有一代之文学"之谓也。

德国哲学家沃尔夫冈·韦尔施（Wolfgang Welsch）在《重构美学》一书认为，当下审美过于泛滥，过度追求时尚，美学必然重构，美学必然超越艺术和哲学问题，必须涵盖日常生活、感知态度、传媒文化；美学也必须关注当今科技的发展，重视听觉文化和视觉文化的巨大变化。所以，他主张建立"超越美学的美学"或者说作为"超学科的设计"，"建议扩展美学，使之波及美学之外的问题，由此来重构美学"，他说："美学在它的历史上已经经历了重要的范式转变。当然，这些转变不是

---

① Jacques Derrida, *Acts of Literature*, ed. Derek Attridge, New York and London：Routledge, 1992，p.177.

② 陶东风：《移动的边界与文学理论的开放性》，《文学评论》2004年第6期。

每天都发生的，但有理由说，它们哪一天都有可能发生。对于未来一代人来说，超越美学的美学的跨学科结构，很可能是不证自明的。在美学学科之外，这情势似乎已经发生了。"① 沃尔夫冈·韦尔施的"重构美学"的思想对于"重构文学"特别是"重构新世纪媒介时代的文学"有着极大的启示作用与"开窗"意义。"重构文学"，一则是新世纪中国文学存在于媒体化语境之中有"重构"的必要，二则是"文学还活着"有"重构"的可能。

金惠敏十分敏锐地指出："德里达并非要宣布电信时代一切文学的死亡，他所意指的确实只是某一种文学：这种文学以'距离'为其存在前提，因而他的文学终结论之所终结者就是以'距离'为生存条件，进而以'距离'为其本质特征的那一种文学。情书、哲学以及精神分析之所以与文学一起殉于'距离'，从理论上讲，均源于其与'距离'有关，甚至以'距离'为前提，因'距离'而生、而延续，并因'距离'之消失而消失；并且更根本地说，由于我们已经揭示的'距离'的形而上学性，终止那'距离'的文学即意味着终止一切形式的形而上学。"② 在金惠敏看来，德里达的"文学终结论"所探讨的是那些有"距离"的文学，或者是那些有形而上学性的文学，即"文学性"的文学。那么，随着"文学性"文学的终结，因之而新生的将会是什么样的文学呢？概言之，就是"媒介性"的文学或"媒介文学"。毕竟在新世纪由于媒介与媒介文化的勃兴与繁荣，文学的存在方式、活动与行动、空间与场域、样式与形态都不可避免地萦绕着媒介的阴影，并且为媒介所支配和控制。这就是金惠敏所谓的"媒介的后果"，即新媒介对于文学与文学研究生产出的新的意味，包括"趋零距离"、"图像增殖"和"球域互动的全球化"，这三点径直指向文学的生命内蕴，即"距离"、"深度"和"地域性"。③

---

① ［德］沃尔夫冈·韦尔施：《重构美学》，陆扬、张岩冰译，上海译文出版社2002年版，第138页。
② 金惠敏：《媒介的后果——文学终结点上的批判理论》，人民出版社2005年版，第27页。
③ 同上书，第3页。

对于"终结"之后"幸存"的新文学到底栖居于什么地方，J. 希利斯·米勒在《全球化时代文学研究会继续存在吗》一文中有十分形象的论断："文学研究的时代已经过去，但是，它会继续存在，就像它一如既往的那样，作为理性盛宴上一个使人难堪或者令人警醒的游荡的魂灵。文学是信息高速公路上的沟沟坎坎，因特网之神秘星系上的黑洞。虽然从来生不逢时，虽然永远不会独领风骚，但不管我们设立怎样新的研究系所布局，也不管我们栖居在一个怎样新的电信王国，文学——信息高速公路上的坑坑洼洼、因特网之星系上的黑洞——作为幸存者，仍然急需我们去'研究'，就是在这里，现在。"① J. 希利斯·米勒的"文学是信息高速公路上的沟沟坎坎，因特网之神秘星系上的黑洞"的论断，一语中的地道出了新世纪文学与"信息高速公路"、"因特网"等新媒介的依存关系。

四 "依媒新生"：新世纪文学对自身的救赎

通过"走进文学内部的'文学性'"、"走向文学外部的'文学性'"以及"文学终结论"的分析，我们可以得出一个结论：文学本质的认定是困难的，人们对文学本质的认知永远是"渐近"的，永远没有抵达文学本质的终点。事实上，我们总是通过不同时代的文学属性去感知与冥想文学本质，如文学性、审美性、人性、意识形态性、阶级性、政治性、民族性、人民性、党性、媒介性等。正是如此，许多睿智的学者就主张以"文学属性论"替代"文学本质论"，如童庆炳主编的《文学理论教程》就避开了"文学本质"的探究而大力开掘"文学活动论"，再如王一川的《文学理论》则明确主张以"文学属性论"取代"文学本质论"，还有南帆、曹卫东、欧阳友权、黄鸣奋等也多持此精论。值得一提的是，这些学者虽未直面文学本质论，但又处处在接近、剖析文学的本质，他们处于窥探文学本质的过程之中。可见，对文学属

---

① ［美］J. 希利斯·米勒：《全球化时代文学研究会继续存在吗》，国荣译，《文学评论》2001 年第 1 期。

性的探究其实是对文学本质的一种追问,一种属性其实就是一面窥探文学本质的视窗,多种属性其实就是窥探文学本质的多面视窗,当文学本质可以从不同的角度去窥探的时候,我们就不得不叹服胡适所说的"文学是一个可以任意打扮的姑娘",也更加深信德里达所谓的"文学的本质其实就是它的非本质"。

正是如此,进入新世纪,经典意义上的文学确实边缘化了,但文学又在现代传媒的诱导下在重构中渐次新生。这就是所谓的"依媒新生",新世纪文学推进了文学对自身的救赎。例如,与精英文学相对的大众文学就充分利用现代传媒这座桥梁迎合大众读者阅读趣味和寻找最广泛的市场,大众文学走向了与电子传媒、网络传媒、通信传媒相互合作的新道路,从而促使新闻故事、广播剧、音乐剧、影视文学、网络文学、数字文学、手机文学等在全媒体时代的"逆袭"式繁荣。张末民认为:"当代中国文坛包含了在 20 世纪 80 年代和 90 年代形成的文学主流传统的最新演变,并且还在快速扩容,今天的文坛之广阔盛大,如果不包括基于现代互联网技术的'网络写作',不包括所谓'80 后'、'青春写作'等我称之为'新表现写作'的现象,不包括打工者文学的'在生存中写作',那就不是一种符合今日文学社会趋势的真实文坛,这种主流写作加若干边缘写作的文坛格局,其盛大性表征乃是新世纪以来中国文坛的最大变化。"① 当然,张末民的"盛大性表征"的概括有点夸张之嫌,但依然可以清晰地透出新世纪文学"依媒而生"的欣欣向荣之态。同样,关于新世纪文学的新格局,白烨也有十分精到的概括,他说:"新世纪文学在新的变异中逐步形成新的格局,对此人们有各种各样的概括与描述,我的'三分天下',即以文学期刊为主导的传统型文学、以商业出版为依托的市场化文学(或大众文学)和以网络媒介为平台的新媒体文学(或网络文学)的'三足鼎立'的观察与看法,现在看来,已是越来越确定也越来越明晰的一个现实存在。"② 仔细分析,白烨所概括的三种文学的划分依据是媒介形态的不同,即

---

① 张末民:《呼吁开展新世纪文学研究》,《文艺报》2007 年 4 月 12 日第 3 版。
② 白烨主编:《中国文情报告(2009—2010)》,社会科学文献出版社 2010 年版,第 6 页。

"传统型文学"对应的媒介是"文学期刊"、"市场化文学（或大众文学）"对应的媒介是"商业出版"、"新媒体文学（或网络文学）"对应的是"网络媒介"。所有这些，无不清楚地表明了新世纪文学"依媒而生"的事实性存在与本质性存在。

所谓"近朱者赤，近墨者黑"，走向传播媒介（含新媒介与新变后的旧媒介）、"依媒新生"和"与媒共舞"的新世纪文学就不可避免地镌刻上了传播媒介的烙印，从而有了它浓得化不开的"媒介性"属性。那么，什么是"媒介性"？为什么说"媒介性"是新世纪中国文学最显著的属性？新世纪中国文学"媒介性"彰显是否意味着其他属性的阙如？新世纪中国文学的"媒介性"有哪些具体的表征？所有这些问题，都是值得深加思考的。就文学本身而言，一是文学有着表达媒介、传播媒介的内在构成与区别，即由表达媒介来物态化作品、由传播媒介来传播作品，并以此来联结世界、作者、作品与读者而建构有意味的文学空间；二是文学本身就是一种媒介，媒介着他者，是他者的媒介，文学在媒介他者之际，又同时被他者所媒介。这样，为大众传播媒介所媒介的文学就不可避免地带有大众传播媒介的特性与底色，如依附于影视传媒的影视文学的"影像性"，依附于网络媒介的网络文学的"网络性"，依附于手机媒介的短信文学的"短信性"等。这一点，在新世纪这个传媒张扬的时代，媒介与媒介文化以及所内蕴的媒介性成为了我们透视新世纪文学的一扇最佳视窗。事实上，人自身也生活于传媒之中，毕竟转型后的传统媒介与不断涌现的新媒介已经进入我们的日常生活，并正在引发其质的变化。这是新世纪的媒介现实，也是媒介的后果。从这个角度说，扎根于新世纪媒介现实的新世纪文学也是或深或浅、或浓或淡地存在于传媒之中。张邦卫认为："媒介不仅是一种技术发明，而且还代表了一种理念。这种理念的基本精神，就是凭附在现代传播媒介之上的媒介性，并且与当代各种社会思潮存在着千丝万缕的关系。毕竟知识是一种社会产物，也是有背景的历史传承。我们针对事件的意义总是在一个特定的社会环境中，一个特定时间与地点内发生的相互作用的产物，我们对于事件的认识随时间的变化而变化。同样，媒介话语也是一种社会性建构，其中包括现实的、自我的、情感的社会性建构。在这样的社会建构中，媒介话语的价值便突显出来了，文学文本不可避免地负载着媒介文本的驱动。"① 所以，对新世纪文学而言，媒介性是新世纪文学最显著的属性。就新世纪文学而言，因传播载体与方式的不同，媒介性也会因媒介的不同而呈现出不同变本的媒介性，如报刊文学的"报刊性"、广播文学的"广播性"、出版文学的"出版性"、影视文学的"影视性"、网络文学的"网络性"以及短信文学的"短信性"等。

当然，在新世纪的文学王国，最值得关注的是基于"网络性"的网络文学，换言之，就是文学在网络媒介的技术优势与文化霸权下进行"寻租"。网络文学在新世纪的"出场"、"在场"与"控场"，足以说明"异化"了的文学正在延续着文学的"异化"。这些"异化"主要包括四种情况：其一，文学存在方式的转化。包括媒介方式的变化、文学类型方式的变化，一句话就是"文学网景"，即文学存在于网络之上、栖居于网络之中。其二，文学创作模式的变异。包括创作手段、构思方式和叙述方式的变异，一句话就是"网络写作"，即开放性、平民性、交互性、互动性、草根性、大众性、通俗性、娱乐性等。其三，文学价值观念的调整。包括在价值取向上，由艺术真实向虚拟现实变迁；在价值尺度上，由社会认同向个人会心转换。其四，文学研究方法的变化。以现代高科技为依托的计算机和互联网催生了一些新的行之有效的文学研究方法，如定量化研究、计量分析、定性分析、实时研究、网络调查等。尽管如此，我们知道，任何有规模有影响有革命力的异态不可能是永远的异态，它总会因时间的淬火与岁月的打磨以及新的约定俗成的惯例的生成而成为一种常态。这一点，在网络文学上表现尤其如此。我们知道，网络文学风起于1998年，这一年有被誉为网络文学开山之作的痞子蔡（即蔡智恒）的《第一次亲密接触》。其后，网络文学借助于网络（含计算机网络与移动通信网络）的迅速普及而进入风生水起、长袖善舞的黄金时期，出现了一大批难以从网民与读者的阅读快感与审美

---

① 张邦卫：《媒介诗学——传媒视野下的文学与文学理论》，社会科学文献出版社2006年版，第37页。

记忆中抹去的佳作，如慕容雪村《成都，今夜请将我遗忘》、天下霸唱的《鬼吹灯》、萧鼎的《诛仙》、今何在的《悟空传》、南派三叔的《盗墓笔记》、流潋紫的《后宫：甄嬛传》、当年明月的《明朝那些事儿》等。从 1998 年到 2014 年，经过近十六年的积淀与洗礼，以及 2011 年第八届"茅盾文学奖"向网络文学敞开大门允许参评，还有就是近年来许多改编自网络文学的电视剧的"热播"与"爆红"，从某种意义上说也意味着网络文学逐渐被传统文学接纳，或者说对网络文学的合法性追问显得多此一举，网络文学的海量存在与被大众追捧、热议以及影视机构的青睐掘金，本身就是一种存在展示与合法呈现。欧阳友权认为："如果说艺术与非艺术的界限在 20 世纪的西方变得'愈来愈模糊'的话，那么，在 21 世纪这个越来越走向数字化生存的信息时代，文学与非文学的界限已经被网络文学作了本体论上的颠覆。由'读书'向'读屏'、由印刷文明向电脑文明、由书面传播向电子传播的历史性转变，不仅使高科技文学生态成为新时代文学活法的必然选择，而且要求我们以网络化的思维方式重新认识文学，重新审视既有的文学惯例与文学观念。"①

事实上，"网络性"对网络文学来说至关重要，它既是建构网络文学的基石也是塑造网络文学的"黄金刀"，从某种角度说，"网络性"甚至决定了网络文学的本质与特质。这可以从以下几点中得到具体的阐释与充分的印证：

其一，自由性：空间开放与自由表达。网络是一个虚拟的公开空间，也是一个自由的开放空间。文学在网络空间获得了前所未有的自由表达与自由发言的机会，诚如契诃夫所谓的"大狗与小狗都有权利发出自己的声音"论断一样，网络写作者们在网上自由地飞翔着，"我是网虫我怕谁"的宣言在网络空间得到了极大的回响。正如知名网络写手李寻欢所说的："在过去的文化体制里，文学是属于专业作家、编辑、评论家们的事情。它们创作、发表、评论，津津有味，却不知不觉

---

① 欧阳友权：《网络文学论纲》，人民文学出版社 2003 年版，第 44 页。

离开'普通人'越来越远。""现在我们有了这个网络，于是不必重复深更半夜爬格子，寄编辑，等回音，修改等复杂的工艺了。想到什么打开电脑输入、发送——就 OK 了。"① 网络媒介不仅取消了文学的准入证，拆除了文学的门槛，大大降低了"把关人"的门禁权，而且让文学在民间这块广袤而肥沃的土壤上自由生长。写作无须听任何人指令，发表无须看任何人脸色，评论无须揣摸任何人的身份、地位与意图，优劣无须忐忑，对错无须惶恐，高低无须纠结，在网络这个自由与平等的虚拟世界，网络文学获得了最难得也是最珍贵的自由感，要知道这可是传统文学奋斗了 2000 多年都没有得到过的殊荣。在这里，传统文学的枷锁被鼠标击得粉碎，自然空间的限制也被键盘的轻舞飞扬轻轻跨越。"榕树下"网站创始人 Will（朱威廉）说得好："现在的网络文学追求的就是一种写出来就爽了、就舒服了的感觉，是一种非常自由的状态。"②

其二，平等性：平台共享与平等言说。网络是一个共享的公共平台，本身就是对于权力与等级制度的拒绝，它是对个人的解放。在网上，一切都是平等的，不管你是什么权威也不管你是什么领导。事实上，所谓的权威与领导绝对不是穿着"马甲"的草根与网民们所要膜拜的偶像，反而是想要扳倒的对象。如"韩白之争"事件中，著名评论家白烨先生就是被韩寒的"粉丝们"打倒，并不得不关掉自己的博客。再如"方韩之争"事件中，所谓的"80 后偶像"韩寒同样被方舟子的"粉丝们"摘掉了"新概念作文比赛奇才"的光环。可见，网络是一个没有权威的国度，网络时代是一个没有英雄的时代。这是一个重新分配话语权、消解知识权威与精英的场所：人人都可上网写作，发表作品，网络使文学创作前所未有地走近了大众，写作成为一种日常行为，而不再是什么"经国之大业、不朽之盛事"了；许多受到权威及固定文学体制压抑的声音得到了释放，自由的发言机会使传统文学中的

---

① 李寻欢：《我的网络文学观》，http：//deptcyu. edu. cn/zwx/jiaoxuezhiliao/wdewangluowen-guan. htm。

② 《热效应：出书与评奖》，载《文学报》2000 年第 1120 期。

个人宣讲变成了网络文学中真正的"众声喧哗";而匿名注册的方式则使写作者们大大减少了社会约束,非功利的自由倾向使网络真正成为"畅所欲言"的空间;互动即时的跟帖和回帖彻底推翻了传统的话语评论体系,双向交流使作者在最短的时间内得到读者的反馈,极大地调动着读者的鉴赏能动性。"我可能不同意你的看法,但我坚决捍卫你说话的权力"。网络给大众带来了思想和言论的自由,同样也给文学带来了自由、宽容的语境与公平、平等的话语权。《悟空传》的作者今何在曾经说过:"感谢网络,它使我有一个自由的心境来写我心中想写的东西,它完全是出于自己的一种表达的欲望,如果我为了稿费或者发表来写作,就不会有这样的《悟空传》。因为自由,文字变得轻薄,也因为自由,写作真正成为一种个人的表达而不是作家的专利。"① 这样,基于自由表达与平等言说的网络文学在新世纪有力地推动了精英意识的瓦解,大力地推进了平等意识的彰显,"一言堂"的文学格局在自由平等的网络空间里被击得支离破碎,这是一个意味深长的现象。换言之,在网络时代由于发言权的变迁与均平,从而实现了从精英文化到大众文化的复原与回归。

其三,交互性:信息交互与粉丝为王。网络是一个技术与人文交互的平台,也是一个信息生产者与信息消费者以及信息传播者交互的公共领域,或者说是多方会谈的"圆桌语境"。网络的交互性不仅使文化民主成为可能,也改变了传统的文化生产方式、文化传播方式与文化消费方式。马克思所谓的"生产即消费,消费即生产"论断在网络空间似乎需要修正为"生产中有消费,消费中有生产"或曰"生产式消费,消费式生产"。就文学创作而言,作家的"闭门式写作"为"开门式写作"所取代、"一个人的单向写作"为"一群人的互动写作"所替代。换言之,一部作品的诞生不再是作家独立的创造过程,而是在写作过程中与读者互动、由读者参与的共同结晶。以当红网络作家崔曼莉的《浮沉》为例,《浮沉》的成功缘于网上读者的热爱、跟帖与点击。崔

---

① 转引自于洋、汤爱丽、李俊《文学网景:网络文学的自由境界》,中央编译出版社 2004 年版,第34—35页。

曼莉说:"没有他们对《浮沉》的热爱,没有他们的跟帖,没有他们的点击,就没今天的这本《浮沉》。应该说《浮沉》是我一个人的创作,但是也是我和网友们分享的一个结果。"① 事实上,在《浮沉》的写作过程中,喜欢这部小说的读者借助网络集聚成了一个个 QQ 群和 MSN 群,各城市还有群主,如同歌迷一样形成一大帮"《浮沉》迷"。而居住在北京的"北京《浮沉》群"还能直接与作者面对面交流,讨论小说该怎么写才更好。对此,崔曼莉说:"因为《浮沉》是在线创作的小说,《浮沉》给创作者最大的来源就是互动。"② 正是如此,作为在网络中生产的文学,网络文学不可或缺的互动性催生了"粉丝为王"的奇观。尽管传统文学尚可以宣称以所谓的"束之于高阁,传之于后世"自勉,但网络文学在海量的"文本海"如果没有粉丝们的发烧、点击、跟帖、点赞、置顶的话,任何网络文学作品只能是胎死腹中或者石沉大海或者无法冒泡。在这里,互动性是至关重要的。在互动性的生产过程中,粉丝的要求、欲望、趣味与看法占据最核心的位置。换言之,粉丝就是万千网络文学的上帝。文学网站经营很大程度上利用了"粉丝经济",有人称之为"有爱的经济学"。粉丝既是"过度的消费者",又是积极的意义生产者。他们不仅是作者的衣食父母,也是智囊团和亲友团,和作者形成一个"情感共同体"。每一部热门的网络小说在它连载一两年或更长的时间里,都会有大量的铁杆粉丝日夜跟随。他们的"指手画脚"时时考验着作家的智力和定力,也给予其及时的启迪刺激。网络作家之所以能够长期保持如此"非人"的更新速度,不仅是迫于压力,也是因为很多时候处于激情的创作状态。而相比起金庸时代的报刊连载,网上的交流空间更像古代的说书场。一部吸引了众多精英粉丝跟帖的小说是集体智慧的结晶,作者像是"总执笔人"。邵燕君认为:"以粉丝为中心的网络写作彻底颠覆了传统意义上作家和读者的关系,作家不再是被膜拜者,而是服务者。网络作家境界的高下其实取决于其影响的粉丝群体,可以说,有几流读者就有几流作者。当然,这也

① 转引自胡野秋《作家曰》,海天出版社 2009 年版,第 94 页。
② 同上书,第 96 页。

是相辅相成的，一旦有金庸这样的大师出现，读者文学素质都会得到普遍提高。"①

其四，娱乐性：娱乐至死与快感优先。网络是一个人人可以参与的游戏平台与狂欢广场。在网络空间以及相关的虚拟社区，网民们想嬉戏就嬉戏、想玩就玩，有的甚至"玩的就是心跳"（王朔语），既有话语的狂欢，也有身体的狂放。既以自娱的方式娱乐自己，又以娱他的方式娱乐别人。既在娱乐中释放压力，又在娱乐中播撒活力。这也许就是为什么网络游戏、网络视频、网络文学能够与网络新闻、网络资讯并驾齐驱的原因所在。事实上，网络的这种游戏性直接吻合了文学说到底其实是一种文字游戏、故事迷宫与情感撒欢的本质属性，毕竟文学从一开始就有着游戏的基因与质素。关于文学产生于游戏，意大利哲学家马佐尼在《〈神曲〉的辩护》一文中认为："诗按照三种不同的观点来看，可以有三种定义，这就要把诗看作摹仿，单纯的游戏，还有须受社会的功能制约的游戏。"②德国美学家康德认为，摹仿并不是艺术产生的真正动机，在摹仿冲动的背后，还有推动摹仿产生的原动力，这种原动力就是游戏。德国美学家席勒明确认为，游戏是艺术生产的动因，这就是席勒名之于后世的"游戏说"。英国哲学家斯宾塞发挥了席勒的观点，认为游戏与艺术都是人剩余力量的发泄，是非功利性的生命活动；美感起源于游戏的冲动，艺术在实质上也是一种游戏。伽达默尔认为，"艺术作品就是游戏"。③就网络文学而言，它和"游戏"有着千丝万缕的联系。首先，从旨趣上看，网络写手处于一种自由、自在、自足的状态，对于一切社会当作规范的东西，他们更容易以游戏的态度来化解这些规范铁板一块的权力意识；其次，自20世纪80年代以来，文坛上新潮流、新写实、新状态、新生代纷纷粉墨登场，它们以游戏的姿态、反讽的力量冲击着文学的"为人生"的严肃面孔，这股潮流不可避免地影

① 邵燕君：《媒介新变与"网络性"：网络文学再认识》，《人民日报》2014年4月8日14版。

② ［意］马佐尼：《〈神曲〉的辩护》，伍蠡甫主编《西方文论选》（上卷），上海译文出版社1979年版，第199—200页。

③ ［德］伽达默尔：《真理与方法》，上海译文出版社1992年版，第158页。

响着网络文学的审美取向;最后,作为超越社会、娱乐自我的有效方式,网络文学在快速的阅读和消费中以游戏的面貌出现,更能快速地在网络文本的海洋中取得让大众阅读的优先权。所以,"游戏"是网络文学大家族的重要相似性或曰"家族性",纵然网络文学浩如烟海,但依然可以透过形态各异、类型不同的网络作品找到具体的游戏成分。如在游戏的文本中,至少包括游戏语言、游戏修辞、游戏叙事、游戏结构等;在游戏的情趣中,至少包括游戏主题、游戏审美、游戏世界、游戏人生等。一句话,在网络文学中,游戏无处不在,既有游戏的仪式也有游戏的精神。麦克卢汉认为:"如果把游戏看作是复杂社会情景的活生生的样子,游戏就可能缺乏道德上的严肃性,这一点是必然承认的。也许正是这个原因,使高度专门的工业文化迫切需要游戏,因为对许多头脑而言,它们是惟一可以理解的艺术形式。"① 可见,网络文学是最盛行游戏精神也最能体现游戏精神的艺术形式,是一个无边的狂欢场,它让现代人找到了一条通向游戏与狂欢的阳光大道。这样,网络文学就必须尊重"快感机制",禀行"快感优先"的原则。对于网络文学而言,文学性更多地体现在故事设定、情节架构、矛盾冲突、人物塑造上,而非体现在寓意象征性、叙述技巧等方面;语言更重视对话的机锋和幽默的机趣,一般来说,只要对话漂亮,描写性的文字够表意就行,比较能容忍俗套和煽情,言简意赅、惜墨如金等传统标准在此处基本上不适用。相对于"纯文学"艺术至上的标准,网络文学的核心价值是"爽",优秀的网络作家虽然也追求主题深刻、文化丰厚、意境高远,但这一切必须建立在"爽"的基础上,也就是对快感机制的尊重。在网文的世界里,"好看"是最大的道德,在此基础上才谈得上"好书"。

五 "与媒共荣":新世纪文学对自身的实践性建构

新世纪是一个媒体十分繁荣的时代,不仅有着"第一媒体"的报

---

① [加]麦克卢汉:《理解媒介——论人的延伸》,何道宽译,商务印书馆 2000 年版,第 299 页。

纸杂志，还有着"第二媒体"的广播、"第三媒体"的影视、"第四媒体"的互联网络，还有着"第五媒体"的移动网络，甚至还有人所谓的"第六媒体"——新媒体。特别是所谓三大核心媒体——电视、网络、手机，更是有着超强的普适性与共有性，它们不仅是新世纪生活的必需品，甚至本身就是新世纪生活本身。这些媒体共生共荣，甚至在数字化、信息化、技术化的推动下互为媒体，从而大大推进与改变了新世纪的物质生产与精神生产，新世纪文学也不例外。事实上，新世纪文学诞生了许多新的生力军，如影视小说、网络文学、手机短信文学等，并迅速地成为新世纪文学的新势力与新权贵。

（一）青春文学的出版性建构

在新世纪，不管是体制内文坛还是体制外文坛，文学中的新秀风起云涌，以"青春化"或曰"年轻化"的姿态共同撑起了青春文学的天空。青春文学是新世纪文学创作的亮点，也是新世纪文学发展的一股新势力。长期以来，中国现当代文学史上只有成人文学和儿童文学两大板块，直到2000年所谓的"80"后青春文学崭露头角之后，中国现当代文学才演变成三大板块。青春文学由一批在校的中学生创作，聚焦于中学生阅读群体，题材、写法、主题、话语甚至出版风格都趋青春化。青春文学的潮涌不仅得益于《萌芽》杂志所举办的"全国新概念作文比赛"，也得益于日趋成熟的商业策划与商业出版，从而打造了一大批青春文学的偶像，如郭敬明、韩寒、安妮宝贝、张悦然、李傻傻、明晓溪等，他们的作品一直在图书市场上保持着骄人的销售成绩。当然，高销量并不代表高质量，但是在文学产业化的知识经济时代，数字肯定是衡量文学发展、文学繁荣的硬指标之一，毕竟没有数量的积累哪来质量的提升呢？值得一提的是，2000—2014年的十五年里，青春文学的内部也呈现着不同的写作维度，如韩寒由反叛而"作家"，郭敬明因文学而"新贵"，安妮宝贝因忧伤而"宝贝"，张悦然因回归而"成熟"，但无论如何，有一点是相同的，那就是他们都是市场与文坛的双栖明星，有着属于自己的庞大的"铁杆粉丝团"，他们既在文坛上轻歌曼舞，也在市场上长袖善舞；他们既收获着名，也收获着利。青春文学凭借在图书市场的占有份额与销售总量,证明了自己的爆发力与冲击力,并且将"独一代"的精神结构、忧伤心理压缩到青春话语之中,以全新的写作、出版、传播、销售、阅读、评论改变了主流文学几乎所有安身立命的传统要素,显示了社会转型期当代文学生产机制、传播机制、消费机制、批评机制的变化。

以"80后"为主力、辅之以"90后"的青春文学,用写作追求与阅读兴趣的整体互动介入了新世纪的文学活动,他们把他们的喜好与个性,用写作与阅读的方式一并显现出来,并对整体的文学添加了新异的成分。这些新异包括:一是这个写作群体的"年轻化"与"明星化";二是这个群体作品的"个性化"与"主体化";三是强调文学功能的"宣泄为主、宣教为次";四是这个群体读者的"粉丝化"与"感性化"。白烨认为:"他们在出道之初,普遍为初中、高中在校学生,或相同学历的同龄人,这种新异中更为重要的,是他们在写作中的以'我'为主,张扬个性,追求真实,在注重宣教的文学功能之外,又彰显了以宣泄为主的文学功用。因为他们以校园为背景,以成长为主题,并在写作中追求与同龄读者的密切互动,使得青春文学如雨后春笋般在文坛疯长,一直牢牢占据文学图书市场的销售前列,于今已成为当代文学类型中最为大量的重要构成。"① 对于"80后"、"90后"的萌生与涌现、成长与成熟,我们不能单看郭敬明、韩寒等几个影响大的偶像型明星作者,而要看到他们既有一个个性鲜明又整体丰繁的写作群体,还有一个注重质感与热衷阅读的读者群体。这样一个庞大的文学群体的介入,以及市场的助推,新世纪文坛诚然给人以一种"年轻无极限"与"青春不会老"的冲击和震撼。

青春文学动摇了当代文坛的出版机制,也一定程度上动摇了主流文坛的意识形态话语机制。对此,主流文坛不得不正视青春文学及青春文学所拥有的巨大市场和庞大粉丝,从此改弦易辙,从被动关注走向主动关心,从被动默认走向主动扶持,具体措施有以下五点:一是推介新

---

① 白烨主编:《中国文情报告(2009—2010)》,社会科学文献出版社2010年版,第9页。

人；二是举办赛事；三是推进研讨；四是培训新人；五是作协纳新。值得一提的是，在 2007 年度，以"80 后"为主的青春文学再度引起了人们的广泛关注，成为文坛内外各种媒体的新热点。这种关注分为两种情形：一是来自主流文坛的走近与研讨又有新的动向。最典型的是 2007 年第 4 期的《南方文坛》的"'80 后'写作评论专辑"，对张悦然、春树、李傻傻、笛安、郑小琼等"80 后"代表作家进行了具体的文本评析。二是因为其中一些"80 后"作者申请加入中国作协，敏感的媒体进行了跟踪性的报道，引起了各方面的关注与反响。加入作协的"80 后"作家有郭敬明、张悦然、蒋峰、李傻傻等。对于加入作协，张悦然说："写作是很孤独的事情，如果作协能提供一个周围有做同样事情的朋友的环境，真的很重要的"，"重要的不是找到组织，而是通过组织找到更多想找的人。如果'80 后'除了我之外没有一个人入作协，我会很恐慌的。我感觉加入作协是大势所趋"。李傻傻认为："我觉得，加入作协就跟加入一个 QQ 群差不多。有的人潜水，有的变成管理员，有的还可以在上面做生意。"他还说："在无所不在的体制之中，我们总说体制的不是，却也不得不寄生其中。这种时候批评'80 后'加入作协，是对体制问题的避重就轻，是批评中国文学不怎么样是找错了对象；也含着一种看客心理，自己东临碣石，以观沧海，捡个软柿子让这群年轻人去打先锋。"对于加入作协，韩寒却是"不屑加入"，他在自己的博客上说："关于作协一直是可笑的存在。""为什么我们中国一直没有特别好的文学作品出现，我一直认为作协是罪魁祸首。他们号称主流文坛，号称纯文学，其实干的事从来都是背道而驰。""我会不会加入作协？如果我去了就能当主席，我就去，我下一秒就把作协给解散了，把这些国字号马甲都扒了，这是中国文学的出路之一。"①

新世纪崛起的青春文学，填补了中国文学史上半成年人文学的空白，表明当代青春文学以独立姿态登上了文学历史舞台。诚如中国作协主席团成员、著名作家陆天明所说的，"我非常赞成作协吸收'80 后'

---

① 参见白烨主编《中国文情报告（2007—2008）》，社会科学文献出版社 2008 年版，第 142—145 页。

作家,他们绝对是中国文学未来不可忽视的力量。他们一定会长大,会成熟,会挑起重担。中国文坛肯定有一天是属于'80后'的。"① 著名作家陈村也说:"'80后'与所谓文坛并不存在那么大的矛盾冲突。文坛本来就是老的退下去,新的站起来,每一代都是这样,不存在他们出来了我们就一定不存在的说法。"②

(二)影视小说的影像性建构

在新世纪,由于影视传媒及影视剧的高度繁荣,影视小说作为一种新生力量也得到了迅速的发展,成为新世纪文坛一种不可忽视的文学形态。所谓"影视小说",依托电影、电视而发展起来的一种杂体文学或曰跨体文学,它与传统小说的区别在于:传统小说是独立于影视剧而存在的居于主导地位的文学形态,影像生产是由小说到影视剧的改编过程;而影视小说是从影视剧到小说,是依附于影视剧而存在的新的文学形态。新世纪影视小说的兴起,不仅切合了影视当家、影视狂欢的媒介语境,而且也附和了影视这种最广泛、最时沿、最强劲、最市场的大众传播形式。事实上,影视小说在服务影视及影视剧的进程中,也为新世纪小说增添了一道新的风景。

准确地说,影视小说是影视剧特征向小说文体渗透的结果。时下,在许多大型的书店都设有"影视小说"专柜,表明它是文学畅销书的一种新类型。这些作品中,既有由影视剧改写的小说,也有影视文学脚本,还有搭影视车的原创小说。由于搭影视车的原创小说不具有文体学上的"新意",而纯粹的影视文学脚本目前大多出版社认为不便于读者阅读,出版数量很少。从这个角度来看,所谓"影视小说"主要是指由电视剧和故事片改编而来的小说,它们通常又被称为"电视小说"和"电影小说",或者"影视同期书"。

作为一种有自觉意识的小说类型,影视小说进入读者市场可以上溯至1999年。1999年年初,当电视剧《还珠格格》第一部一炮走红时,

---

① 转引自白烨主编《中国文情报告(2007—2008)》,社会科学文献出版社2008年版,第146页。

② 同上书,第147页。

琼瑶迅速地推出了同名小说；在电视剧《还珠格格》创下了年度收视率纪录新高的同时，小说《还珠格格》也迅速窜入畅销书的行列。这一年接踵跟进的还有王海鸰的《牵手》、莫言的《红树林》、谢丽虹的《姐妹》、胡闽江的《老房有喜》等，由此共同演绎出据影视剧改写为影视小说的第一波潮流。随后，全国各大出版社纷纷蹚水，都或多或少地推出了自己的影视小说。尤其是现代出版社推出的"梦剧场"系列影视小说，包括《庭院里的女人》、《刮痧》、《大腕》、《一见钟情》、《皇宫宝贝》、《白领公寓》、《梧桐雨》、《真情告别》、《吕布与貂蝉》、《海洋馆的约会》、《情有千千劫》、《背叛》、《经典爱情》、《绝对情感》等，竟达百余部之多。

纵观新世纪的影视小说，主要有两种类型：一类是以影视剧本为本体而衍生的影视小说，或曰"剧本小说"。它在文体上介于影视剧本与小说之间，并主要依附于相应的影视剧的播放而存在。如郭宝昌的《大宅门》、赵琪的《最后的骑兵》、万方的《空房子》、钱林森与廉声的《大宋提刑官》等属于这一类的典型代表作，这一类影视小说中剧本的痕迹十分明显。另一类是以影视剧本为支体而进行小说化还原的影视小说，或曰"剧本小说化"。它在文体上介于影视剧本与小说之间，强调以小说为本位，剧本的痕迹比较淡化。它既打影视播映与图书出版互动这张王牌，又不放弃追求独立的小说价值。像王海鸰的《牵手》与《中国式离婚》，张欣的《生活秀》，李冯的《英雄》与《十面埋伏》，刘震云的《手机》，都梁的《血色浪漫》，都是这一类影视小说的代表。比如王海鸰的《中国式离婚》作为一部由电影剧本改编而成的小说，曾被评为"2004年《当代》杂志文学拉力赛"第四站的最佳小说，其小说品质由此可见一斑。王海鸰曾经说过她由剧本改编成小说的整体原则是："戏剧的思想、人物、故事不推翻，但文本全面进行格式转换。把小说不需要的戏剧因素大量地删除、小说所需要的心理轨迹尽量丰满。"① 正是如此，著名评论家雷达是这样评价的："我对影视和文

① 术术：《王海鸰：我承认搭了影视的车》，《南方都市报》2004年9月20日。

学的互换始终心存疑虑……但是《中国式离婚》我看了以后，改变了原来认为不可能先有电视剧后有长篇小说的观点。在现代艺术发展中，小说家能兼容一些其他艺术的成分，才能使自己的小说写得更好。"①还有如刘震云的小说《手机》，无论在主题上，还是在叙事时空上，其发挥小说文体之长对电影叙事进行的再拓展，甚至引来了一边倒的"小说比电影好看"的评价。刘震云曾经说过："《手机》不是把剧本变成小说体。小说《手机》的结构极其后现代，三个部分是三个不同时期'说话'的故事，而电影《手机》只是小说的第三部分——主持人严守一在话语喧嚣的都市的故事。我把电影当作一个台阶，小说创作是顺着台阶往上走的。电影在短短的一个半小时之内可能只能激发观众的第一反应，但小说要的是读者的第二反应、第三反应。如果一开始就写小说，有可能出来的就是第一反应，但现在电影已经激发出第一反应了，小说就可能走得更深入。"② 在这里，小说充当的不是影视作品的"底本"，而是反其道而行之，影视作品成为小说的铺垫，小说在更高层次上成为影视作品的深入与拓展。

新世纪影视小说的勃兴，充分说明了我们确实已经进入了一个"影视带领文学走"的时代。诚如刘震云所说的："当下文坛排名前10位的作家，哪一个是没有与影视发生关系的？哪一个不是靠着影视声名远播？"③ 作家衣向东也说："我每年都会写两三部中篇小说，而且反响很好，也得了很多奖，甚至有人称我是'得奖专业户'，这……也许与我有比较多的小说被改编成电视剧有关。"④ 这些都是"影视带领文学走"的例证。无论是"求同性"的影视小说，还是"存异性"的影视小说，或者无论是"剧本化"的影视小说，还是"小说化"的影视小说，或者无论是"拟影视体"影视小说，还是"超影视体"影视小说，

① 参见《文艺沙龙：白烨陈晓明名家谈2004年几部小说》，http：//cul. sina. com. cn/2005/01/11。

② 鲍晓倩：《作家纷纷触电影视，创作心态各不相仿》，《中华读书报》2003年11月26日。

③ 董彦：《刘震云　莫言　王朔　苏童　北村：让电影给我打工》，http：//www. southcn. com/ENT/yulefirst/200404200127. htm。

④ 衣向东：《"触电"可以改善生活》，《羊城晚报》2005年7月21日。

都印证了影视与小说的互动关系由从前的"小说驮着影视走"向"影视牵着小说走"的转型。这种转型，既扩大了影视剧的产业链，也丰富了小说的生存域。换一个角度说，影视化生存是新世纪小说的一种存在方式，工业化生产是新世纪小说的一种创作方式，"共读"是新世纪小说的一种接受方式，影视元素是新世纪小说的一种艺术基质。承认这一点，我们有理由相信：影视时代的降临为小说开创了一个前所未有的新阶段。

（三）网络文学的网络性建构

新世纪十年，是网络文学风生水起的十年，也是网络文学繁荣昌盛的十年。事实上，网络文学已成兴盛之势。否认这一点，无异于自欺欺人、一叶障目。金元浦认为："今天，电子媒质引起的传播革命，又一次引起了文学自身的变化。文学面临着又一次越界、扩容与转向。大批新型的文学样式，如网络文学、电影文学、电视文学，甚至广告文学、手机文学，一大批边缘文体，如大众流行文学、通俗歌曲（歌词）艺术、各种休闲文化艺术方式，都已进入文学创作和研究的视野，由文学而及文化，更多的新兴的文化艺术样式被创造出来，成为今日文学——文化学关注和研究的对象。"[1] 按照欧阳友权的观点，"所谓网络文学是指由网民在电脑上创作，通过互联网发表，供网络用户欣赏或参与的新型文学样式，它是伴随着现代计算机特别是数字化网络技术发展而来的一种新的文学形态。"[2] 与传统文学相比，网络文学最明显的区别是：媒介载体不同，文本形态不同，主体身份不同，创作模式不同，传播方式不同，功能价值不同。换言之，就是作家身份的网民化，创作方式的交互化，文本载体的数字化，流通方式的网络化，欣赏方式的机读化。与传统文学相比，网络文学有着属于它自己的特征，如"新民间文学"精神、虚拟世界的自由性与后现代文化逻辑等。事实上，网络文学已成为与传统文学相提并论的一种文学形态。

从 1998 年蔡智恒的《第一次亲密接触》开始，到 2012 年网络文学

---

① 转引自雷达《新世纪十年中国文学的走势》，《文艺争鸣》2010 年第 2 期。
② 欧阳友权主编：《网络文学概论》，北京大学出版社 2008 年版，第 4 页。

对传统文学的冲击在量上越来越多、在质上越来越好,站稳了自己的阵地,形成了自己的气候,并最终于 2010 年有 1 部作品入围第五届鲁迅文学奖、2011 年有 7 部作品入围第八届茅盾文学奖,都充分说明了网络文学的成熟与成就。值得一提的是,2009 年 6 月 25 日,在中国作家协会的指导下,中国作家出版集团、长篇小说选刊杂志社和中文在线共同举办的"网络文学十年盘点"揭晓,共有 21 部网络文学作品胜出。它们分别为:《此间的少年》(作者:江南);《成都,今夜请将我遗忘》(作者:慕容雪村);《新宋》(作者:阿越);《窃明》(作者:大爆炸);《韦帅望的江湖》(作者:晴川);《尘缘》(作者:烟雨江南);《家园》(作者:酒徒);《紫川》(作者:老猪);《无家》(作者:雪夜冰河);《脸谱》(作者:叶听雨);《狼群》(作者:刺血);《天行健》(作者:燕垒生);《琴倾天下》(作者:宁芯);《都市妖奇谈》(作者:可蕊);《原始动力》(作者:出水小葱水上飘);《电子生涯》(作者:范含);《回到明朝当王爷》(作者:月关);《官商》(作者:更俗);《曲线救国》(作者:无语中);《真髓传》(作者:魔力的真髓);《凤凰面具》(作者:蘑菇)。① 这次盘点以主流文学价值观和传统审美标准审视网络文学,在网络文学批评领域树立了公正、公开、公信的形象,在读者和作家中引起强烈反响,同时也是新世纪网络文学的优质展览与合法确认。

经过新世纪十多年的培育,网络文学已从"垃圾文学"变为"市场传奇"。从当年的痞子蔡、安妮宝贝、宁财神、李寻欢等少数人的独领风骚,到现在的大批写手风起云涌;从当年《告别薇安》、《旧同居时代》、《智圣东方朔》等几部作品的红火,到今天大量作品的热火;从当年主流文学同网络文学的分道扬镳,到今天的转角相遇与认同接纳。网络从写手娱乐交流之地,成为文学出版市场巨大的掘金场。这些畅销的网络文学主要有:《诛仙》(作者:萧鼎);《鬼吹灯》(作者:天下霸唱);《盗墓日记》(作者:南派三叔);《明朝那些事儿(1—

---

① 参见蘑菇《网络文学十年盘点:21 部作品胜出》,http://book.sina.com.cn。

6)》（作者：当年明月）；《小兵传奇》（作者：玄雨）；《职场战争》（作者：黄仁胜）；《俺见过的极品女人》（作者：月黑砖飞高）；《家园》（作者：酒徒）等。畅销总是与消费接轨，总是与市场接通，意味着市场广、消费大，从而有高额利润的赚取。所以，网络文学看起来就像是一台高产出的"掘金机"，为摇摇欲坠、日薄西山的中国出版业不断注入保命的"强心针"。网络文学从一开始就有着显在的网络性建构，像游戏性、反讽性、互动性、娱乐性等这些传统文学难以承载的风格在网络上得到了最大限度的张扬；主要属于网络的类型文学开始由网上走向网下冲击传统的文学出版市场，像当年明月、天下霸唱、南派三叔、唐家三少等的作品，在转换为纸媒之后都成为了年度最畅销的作品；随着网络技术的更新以及网络消费环境的改善，网上付费阅读成为网络文学产业的一种新的盈利模式。

文学始终是作为商品的艺术，网络文学的"市场传奇"肯定会打造属于它的"经典传奇"。我们有理由期待网络文学能给中国文学带来新鲜与创造，诞生属于这个时代的经典。毕竟，在过去的十多年，传统文学也并没有产生让人无法不提的经典之作。网络作家月黑砖飞高自信地说："网络文学一定会产生它的经典！说不定还是出自我手。"慕容雪村客观地说："我一直期待可以在网络上看到中国文学的复兴，期待重见唐诗宋词的光辉。但现在还差得多。十年来网络创作进步巨大，有人写旧诗词，有人写先锋作品，作品类型和数量都越来越多，但还没有一部真正优秀的作品（真正的大师之作应该好得'令人发指'）。"① 可见，为网商与版商掘取金子的畅销网络文学，必然存在着一个让自己成为金子的火炼与涅槃。事实上，从新世纪十多年的后期，许多畅销的网络小说被大幅度地改编为热播的影视剧，也充分地证明了畅销网络小说的市场号召力、读者欢迎度与质量的攀升。

新世纪网络文学既不乏现实性也不乏草根性。网络文学诞生于虚拟世界，但它与现实生活的关系却十分密切。南方冰灾、汶川大地震、

---

① 参见蒲荔子、王丰收、李建春《中国网络文学十年盘点：从垃圾文学到市场传奇》，《南方日报》2009 年 1 月 5 日。

2008 年奥运会等重大自然和社会事件均在网络民间写作中得到抢眼的表现。例如，汶川大地震前后网络上发表的诗歌逾 10 万首，有十多种诗集、诗选相继问世，被称之为"汶川大地震引发网络诗歌风潮"，成为最珍贵的援助方式之一。白烨认为："草根作者用诗歌表达自己的震憾和悲伤、深思和困惑，表达对遇难的孩子们的痛惜之情，表达对老师们舍身救助学生们的颂赞，表达对母亲们临难时护佑儿女的敬仰，表达对丈夫背妻子遗体回家的感动，表达对营救者的感激和对全民爱心的喜悦，等等，这些语言朴实、情愿真挚的作品，在网上迅速传播，激起全体民众的强烈共鸣，从而进一步引发了网络诗歌风潮。"① 在这些备受关注的网络诗歌中，有一首《孩子，快抓住妈妈的手》，通过手机传播创造了单位时间阅读量的吉尼斯纪录之后，又被近百家报刊刊登。网络草根写作在国家突发事件面前爆发的惊人能量，使日见寂寞的专业写作也得到了不同程度的激活。

（三）短信文学的短信性建构

手机也叫"移动电话"（Mobile Phone）或"蜂窝式便携无线电话"（Cell Phone），是继报纸、广播、电视、网络之后的"第五媒介"。根据媒介理论家莱文森的说法，"手机本身就是对互联网无意之间酿成的后果的一种补偿。互联网替代了相当多的文牍工作（Stationery），同时又使我们困守在电脑前不能移动（Stationary）"，正是针对电脑这种非移动性的革命，于是便有了手机。② 它具有最强的普及力和超强的渗透力，它全方位地融入了我们的日常生活，让"沟通无处不在"，也让"移动改变生活"，令人不可抗拒地改变了我们的生存方式与生活状态。据全球电信巨头爱立信公司的调查显示，截至 2010 年 7 月，全球手机注册用户已超过 50 亿万，普及率为 74.4%，而且用户数正以每天新增200 万的速度增长，年短信发送量达到 2 万多亿条。③ 据统计，截至

---

① 白烨主编：《中国文情报告（2008—2009）》，社会科学文献出版社 2009 年版，第 111 页。
② ［美］保罗·莱文森：《手机：挡不住的呼唤》，何道宽译，中国人民大学出版社 2004 年版，第 10 页。
③ http://www.chinanews.com.cn/it/2010/07 - 14/2402668.html.

2010 年 7 月，中国手机注册用户数则已突破 8 亿，普及率为 61.5%，年短信发送量达到近 8000 亿条。① 据报道，2013 年中国手机用户总数首次超过 10 亿，达到 10.75 亿部，普及率为 80%，而且中国的计算设备市场进入到以智能手机和平板电脑为中心的时代，其中智能手机为首选、平板电脑为次选。② 当然，随着智能手机的升级换代以及 "3G 手机时代"、"4G 手机时代" 的到来，作为通信工具的手机的媒介功能与传播功能愈益显著。截至 2014 年，以 "苹果"、"三星" 等智能手机在迅速发展的移动网络、移动通信、移动电视的助推下，由于融合了电话、通信、照相、摄影、上网、视频等功能，而大有 "一机在手，什么都无忧" 的态势。

麦克卢汉认为："媒介将重新塑造它们所触及的一切生活形态。"③作为最为便捷、最为方便、最可随手、最可移动的新媒介，手机在改变我们的生活形态之时，也为我们提供了一片文学空间，并催生了一种新的文学形态——"手机短信文学"。"在任何时代，文学艺术的精神成果都必然依赖这个时代所能提供的传播媒介得以传播，同时，文学艺术的精神成果构成传播媒介的重要活动内容，媒介的传播活动连接起精神产品的生产与消费的两端。"④ 手机短信作为一种新媒介已在新世纪获得爆炸式的发展，而 "任何技术都逐渐创造出一种全新的人的环境，环境并非消极的包装用品，而是积极的作用进程。"⑤ 网络作家千夫长曾一针见血地指出："凭借人们对短信已经形成的习惯和依赖，手机已经成了和人体不可分割的一个电子器官，这个器官每天在创作、述说我们内心的情愫。"⑥ 李存认为："随着手机功能的日益完备，短信已成为文学新阵地。它的出现在一定程度上会改变人们对文学的认知，甚至短

---

① http://henan.people.com.cn/news/2010/07/23/495391.html.

② http://tech.ifeng.com/telecom/detail_ 2014_ 01/21/33214374_ 0.shtml.

③ ［加］马歇尔·麦克卢汉：《理解媒介——论人的延伸》，何道宽译，商务印书馆 2007 年版，第 86 页。

④ 陈霖：《文学空间裂变与转型》，安徽大学出版社 2004 年版，第 15 页。

⑤ ［加］马歇尔·麦克卢汉：《理解媒介——论人的延伸》，何道宽译，商务印书馆 2007 年版，第 25 页。

⑥ http://media.people.com.cn/GB/40606/3124629.html.

信文法还可能影响文学创作，比如短句方式、数字文学等。短信文学也必将带来一个新的文学研究领域。"① 于是，短信文学不仅风起云涌，而且文学百花园新添一簇簇别致风景，成为文坛内外不可迂绕的文学话语与文学事实。

对手机短信文学的乍现与崛起，各方聚讼不一。欧阳文风认为："随着手机的大范围普及，在这些全国性的短信事件和大型短信文学赛事的推波助澜下，短短几年时间，短信文学就迅速成长为一种有别于传统文学和网络文学的新型文学样式，成为文学界不可忽视的文学现象。"② 事实上，手机短信文学的出现决不是偶然的，它是高科技移动网络与新兴媒体手机合力的革命性产物，并且承受了后现代主义文化的侵袭与洗礼，诚如史蒂文·康纳所说的，"后现代文学不仅使时间成为主题，而且使'媒介'自身成为'信息'。"③ 在此，我们精选10篇优秀的手机短信文学作品，从中似可窥到后现代主义文化的背影以及短小精悍、通俗易懂、情趣生动、寓意深刻、机智幽默、戏仿诙谐、讽刺搞笑、尺水兴波、凝练蕴藉的文学魅力与审美感受。

作品一：贪官不怕喝酒难，千杯万盏只等闲。鸳鸯火锅腾细浪，生猛海鲜加鱼丸。桑拿洗得浑身暖，麻将搓到五更寒。更喜小姐肌如雪，三陪过后心开颜。

作品二：鱼说：我时时刻刻张开眼睛，就是为了让你永远在我眼中。水说：我时时刻刻流淌不息，就是为了能永远把你拥抱。锅说：都他妈快熟了，还这么贫！

作品三：中秋节快到了，买辆奔驰送你——太贵；请你出国旅游——浪费；约你海吃一顿——伤胃；送你一枝玫瑰——误会；给你一个热吻——不对；只好短信祝你快乐——实惠！

作品四：单位是一棵爬满猴子的大树，高处的往下看全是笑

---

① 李存:《试论"短信文学"》,《文艺评论》2005年第1期。
② 欧阳文风:《短信文学论》,中国社会科学出版社2011年版,第10页。
③ [英]史蒂文·康纳:《后现代主义文化》,严忠志译,商务印书馆2004年版,第175页。

脸，低处的往上看都是屁股，左右一看，到处是耳目。

作品五：年轻时的小云聪明漂亮，一直以来，追求者络绎不绝，最后，小云选择和家境贫寒的林枫结婚，众人闻之，纷纷为小云叹息。十年后，林枫小有成就，众人听闻，皆艳羡小云的眼力。又过去了十几年，林枫已名扬一方，而小云也不再年轻貌美，众人每谈于此，都相视而笑，暗地为林枫惋惜。

作品六：在小孙退休欢送会上，局长高度评价了小孙的工作，然后说："小孙，退休后有什么要求，尽管提出来。"小孙犹豫良久，说："我……有一个请求。"局长笑道："你说吧。"小孙鼓足勇气，说："请领导能否……叫我老孙！"局长呵呵笑道："你这个要求并不过分嘛，小孙。"

作品七：两只青蛙恋爱多日，婚后却生了一只蛤蟆，公青蛙大怒，掐着母青蛙的脖子问：告诉我怎么回事！母青蛙哭着说：认识你之前我整容了。

作品八：一餐厅里，婴儿哭闹，少妇赶紧掀衣准备喂奶，服务生立即过来制止，少妇大怒：难道这也不行吗？服务生：露胸可以，但不可自带饮料！

作品九：一男家养一猫，烦，遂将此猫抛弃。然此猫认家，几次弃之均未成功。一日此男驾车弃猫，当晚致电其妻：猫回家了吗？妻曰：回来了。男吼到：让它接电话，我迷路啦！

作品十：这年头，警察横行乡里，参黑涉黄，越来越像流氓；流氓各霸一方，敢做敢当，越来越像警察。医生见死不救，草菅人命，越来越像杀手；杀手出手麻利，不留后患，越来越像医生。教授摇唇鼓舌，周游赚钱，越来越像商人；商人频上讲坛，著书立说，越来越像教授。明星风情万种，给钱就上，越来越像妓女；妓女楚楚动人，明码标价，越来越像明星。谣言有根有据，基本属实，越来越像新闻；新闻捕风捉影，夸大其辞，越来越像谣言……

这些代表之作，虽然难免有"段子化"、"小黄文"的嫌疑，但无论如何我们无法抹杀它们内外兼备的文学价值。网络作家慕容雪村虽然对短信文学是"文学新品种"持怀疑态度,但对短信文学的存在却是持宽容态度的。《天涯》杂志主编李少君认为,短信文学是信息时代的特殊产物,是文学的新形式、新品种。子聪在《短信文学的幸福生活》一文中认为,"短信文学的出现绝对是革命性的,它抛出了针对传统文学短处的七种武器,就足以'革'了这位老大哥的'命'",并指出"七种武器"分别是短小精悍性、民间世俗性、流通便捷性、密集覆盖性、传播迅捷性、创作互动性与廉价普及性,还强调说:"短信文学,它当然不是纯文学,它是文学 + 商业、痛快口水 + 民间狂欢的混合产物。它迎来的是新的技术经济背景下春光灿烂的幸福生活,哪怕这在纯文学卫道士眼里来得有些暴发户似地不太正经。"① "中国第一短信写手"戴鹏飞认为:"运用多种文体,多种文学形式,具有短(70 字以内)、'不信'(区别于传统服务类信息)、幽默或言情三个特点,揭示社会现象或内心活动的一种新文学形式。"作家王小山认为:"短信体应该是人们有目的创作的文学作品,……短信这种文体有这么几种特点:短、不信、幽默、批判现实。"② 葛红兵认为,短信文学是"以手机发送为传播形式,以格言体为基础的短小精悍,时效性、文学性并具的文学新样式。"③

短信文学既行走在文学与商业之间,也行走在文学与技术之间。对此,我们对短信文学作如下概括:"它是借助手机为传播媒介,以表达情感、交流思想为目的,以短小精悍为文本样式,以情意绵绵、幽默诙谐和哲理意蕴为文本风格,体裁多样,具有真正文学品质和文学欣赏性的一种新型文学。"④ 这种概括之所以公允在理,就在于它充分考虑了短信文学的手机性(短信性)建构,为文学的"适媒性"作了最好的诠释。作为国内第一部研究短信文学的专著,欧阳文风的《短信文学

① 参见子聪《短信文学的幸福生活》,《潇湘晨报》2004 年 8 月 6 日第 C6 版。
② 参见《短信写手从幕后走向前台》,《北京日报·文艺周刊》2003 年 8 月 24 日。
③ 葛红兵:《拇指文化·短信文学》,《文学报》2003 年 7 月 10 日。
④ 李存:《试论"短信文学"》,《文艺评论》2005 年第 1 期。

论》在明确指出短信文学是新世纪中国文学的新景观之后，高度概括了短信文学的美学特征主要有三点：一是"自由本性"；二是"民间本色"；三是"娱乐旨归"。① 欧阳文风说："短信文学，仿佛流行了数千年的唐诗宋词小品文，在骨子里渗透着一种古老的休闲文化的气息，更是为'民间语文'插上了一对高科技的翅膀，方便快捷地让忙碌的现代在随意自由的诙谐幽默中，充分体验着'游戏'的语言的快感。……短信文学是一种具有鲜明东方色彩的文学新样式。"②

　　作为一种新的文学样式，短信文学既是短信的，也是文学的，而且其文学性的获得更多源于手机短信的功能转换与价值因缘。作为手机上特有的文学现象，短信文学是继网络文学之后的另一种基于通信网络的电子文学形态。这种文学，有灵动的情思与幽默的睿智，有段子化的凝练表达，有无障碍的生产与传播，同时代与社会默契，满足了后工业社会大众对情感、娱乐与"轻文学"的渴求。就其短小精悍、民间世俗而言，它是一种文学的复古与还原；就其无障碍的生产与传播、创作互动、廉价普及而言，它是现代与后现代的榍生结晶，所以，短信文学既引领了新世纪文学的"后复古化"，又推进了新世纪文学的以"媒介主义"为引擎的"后现代化"。

　　总而言之，新世纪文学"触媒而生"、"依媒新生"、"凭媒勃兴"、"与媒共荣"，"媒介性"既是它不可或缺的特质也是它水到渠成的特性。在新世纪的媒介社会，传统的文学性虽有扩张与游移，但更多的是扩散与消散，而后现代的媒介性却在不断崛起、恣意张扬。正如陶东风所说的，"我们在新世纪所见证的文学景观是：在严肃文学、精英文学、纯文学衰落、边缘化的同时，'文学性'在疯狂扩散。所谓'文学性'的扩散，可以从两个方面来理解（或者说有两个方面的表现），一是文学性在日常生活现实中的扩散，这是由于媒介社会或信息社会的出现、消费文化的巨大发展及其所导致的日常生活的审美化、现实的符号化与图像化等造成的。二是文学性在文学以外的社会科

---

① 参见欧阳文风《短信文学论》，中国社会科学出版社 2011 年版，第 25—59 页。

② 同上书，第 194 页。

学其他领域渗透。"① 随着传播媒介的发展与时代精神的需求,一方面文学性走向生活、走向边缘、走向泛化,另一方面媒介走向文学、走向中心、走向强化。文学除了要完成"华丽变身",还需要"重塑金身",实现基于媒介革命的语言表达、叙事手法、文体结构与审美风格的重塑。这样,新世纪文学的属性就出现甚至是完成了从"文学性"向"媒介性"的转型。

---

① 陶东风:《文学性的扩散和文学的"祛魅"》,《文艺争鸣》2006 年第 1 期。

第四章 属性转型:从"文学性"到"媒介性"(下)

假如我们用"媒介性"来概括新世纪文学的总体属性的话,那么,"媒介性"还只是一种集体性、集合性的表达与传达,它还不是一种要素化、个体化的陈述与归纳。事实上我们在上文中曾经将新世纪文学的"媒介性"按媒介形态分为"报刊性"、"出版性"、"广播性"、"影视性"、"网络性"与"手机短信性",其实这种划分还没有触及到"媒介性"的真正内涵或曰"家族性"。在新世纪这样的"媒体化"语境中,文学被媒体所化而呈现出的"媒介性"肯定有一些共同的可以细分的二级属性。当然对"媒介性"的关注虽依附于媒介的工具理性、技术理性与霸权话语,但媒介只是"物质因"而不是"目的因",换言之,媒介只是我们审视新世纪文学的起点,而文学本身才是我们审视新世纪文学的终点。美国社会学家马泰·卡林内斯库在《现代性的五副面孔》一书中,曾将"现代性的五副面孔"概括为"现代主义"、"先锋派"、"颓废"、"媚俗艺术"与"后现代主义"。在此,我们依照马泰·卡林内斯库的思路将"媒介性"的最突出的二级属性如意识形态性、商业性、类型性、娱乐性等概括为"媒介性的四副面孔"。

一 "媒介性"的第一副面孔:新世纪文学的意识形态性

马克思说:"物质生活的生产方式制约着整个社会生活、政治生活和精神生活的过程。不是人的意识决定人们的存在,相反,是人们的社会存在决定人们的意识。"① 每个时代都有其特有的意识形态，新世纪也不例外。与 20 世纪那种鲜明的政治意识形态不同，新世纪的意识形态更多表现的是一种"泛意识形态"，即隐藏在日常生活、工作行动、文化活动、消费行为与审美艺术之中的那种相对宽泛自由甚至是主流包容下有点多元化的意识形态。从理论上说，作为强力工具的现代传播媒介（包括报纸、杂志、广播、电影、电视、网络等）不可能不受所在国家与党派的控制与制约。只要是由人所从事的传播以及关于人的传播就不可能不受人的文化偏见、政治倾向与情感好恶的影响与感染，说到底意识形态早就已经深入传播的活动之中甚至是骨髓深处，只不过表现程度有强弱之分、呈现形态有浓淡之别而已。这种根植于媒介的意识形态，我们不妨称之为"媒介意识形态"，即媒介表面的公正与公平掩饰着深层意识形态的偏爱与偏向。

在新世纪，我们既无法否认现代传播媒介的"霸权性存在"，也无法排除日常生活对诸如影视、网络、手机等的"依赖症"时，那些杂糅着政治意识、法律意识、宗教意识、哲学意识、民族意识、商品意识、艺术意识等意识形态的形式的"媒介意识形态"就自动上位为新世纪的主流意识形态（Dominant Ideology）。正如马克思和恩格斯所说的："构成统治阶级的各个个人也都具有意识，因而他们也思维；既然他们正是作为一个阶级而进行统治，并且决定着某一历史时代的整个面貌，不言而喻，他们在这个历史时代的一切领域中也会这样做，就是说，他们还作为思维着的人，作为思想的生产者而进行统治，他们调节着自己时代的思想的生产和分配；而这就意味着他们的思想是一个时代的占统治地位的思想。"② 当然，占统治地位的思想不过是占统治地位的物质关系在观念上的表现，不过是以思想的形式表现出来的占统治地位的物质关系。在新世纪的中国，不管是事业性的新闻媒体，还是商业

---

① ［德］马克思：《〈政治经济学批判〉序言》，见《马克思恩格斯选集》（第二卷），人民出版社 1972 年版，第 82 页。

② ［德］马克思、恩格斯：《费尔巴哈：唯物主义观点和唯心主义观点的对立》，见《马克思恩格斯选集》（第一卷），人民出版社 1972 年版，第 52 页。

性的新闻媒体，或者不管是官方媒体还是民间媒体，或者不管是由政府"供养"还是市场"放养"，我们都能深切地感受到国家意志、政府指令的无处不在，具体表现为中宣部、国家广播电影电视新闻出版总局（包括原国家广播电影电视总局与国家新闻出版总署）、工信部的"红头文件管理"，只不过有些是刚性的领导，有些是柔性的指导，否认这一点，无异于"睁眼说瞎话"与"闭眼说白话"。正因为如此，新世纪的传播媒介既是主流意识形态的接受者，也是主流意识形态的传播者，还是主流意识形态的生产者，毕竟"为谁说话"、"谁在说话"（福柯语）与"谁在选择性传播说话"具有举足轻重的地位与至关重要的意义。进而言之，"媒介意识形态"不是一组事物，而是一种能动的实践，这种实践或是致力于改变社会活动的环境，以再生产那种熟知而受控的意识，或是进行斗争以抵制既定的、自然化的意识，从而将意义生产方式转变为新的、另外的或相反的形式，这些形式将产生针对不同社会利益而进行调整的意义。

诚如此，植根于传播媒介之上的新世纪文学又将如何呢？很显然，一个不能摆脱与超越传播媒介的新世纪文学是绝不可能摆脱与超越意识形态的。这样，意识形态性就成为新世纪文学既内化又外化、既有内涵又有外延的属性之一，毕竟"所有的语言都被视为意识形态化的东西，而真相属于语言的产物而非语言的动因。由此可见，没有什么特殊话语（包括马克思主义本身）可以脱离意识形态。相反，任何时候都有许多意识形态话语在某个全面的社会形构（Formation）中互相抗争，而当它们被产生、使用、控制、制度化与遭遇抵制时，成问题的不仅是知识，而且也包括权力"①。事实上，关于文学的倾向性、文学的党性、文学的革命性等意识形态性已有许多经典的论述为人所熟知。如恩格斯在《致敏·考茨基》一文中主张文学的倾向性，他说："我决不是反对倾向诗本身。悲剧之父埃斯库罗斯和喜剧之父阿里斯托芬都是有强烈倾向的诗人，但丁和塞万提斯也不逊色；而席勒的《阴谋与爱情》的主

① ［美］约翰·费斯克等编撰：《关键概念：传播与文化研究辞典》（第二版），李彬译注，新华出版社 2004 年版，第 130—131 页。

要价值就在于它是德国第一部有政治倾向的戏剧。现代的那些写出优秀小说的俄国人和挪威人全是有倾向的作家。"① 再如列宁在《党的组织与党的文学》一文中提倡文学的党性，他说："对于社会主义无产阶级，写作事业不能是个人或集团的赚钱工具，而且根本不能是与无产阶级总的事业无关的个人事业。无党性的写作者滚开！超人的写作者滚开！写作事业应当成为无产阶级总的事业的一部分，成为由全体工人阶级的整个觉悟的先锋队所开动的一部分巨大的社会民主主义机器的'齿轮与螺丝钉'。写作事业应当成为社会民主党有组织的、有计划的、统一的党的工作的一个组成部分。"② 还如毛泽东在《延安文艺座谈会上的讲话》一文强调文学的革命性，他说："革命文艺是整个革命事业的一部分，是齿轮与螺丝钉，和别的更重要的部分比较起来，自然有轻重缓急第一第二之分，但它是对于整个机器不可缺少的齿轮和螺丝钉，对于整个革命事业不可缺少的一部分。如果连最广义最普通的文学艺术也没有，那革命运动就不能进行，就不能胜利。不认识这一点，是不对的。还有，我们所说的文艺服从于政治，这政治是指阶级的政治、群众的政治，不是所谓少数政治家的政治。……革命的思想斗争和艺术斗争，必须服从于政治的斗争，因为只有经过政治，阶级和群众的需要才能集中地表现出来。"③ 事实上，20 世纪中国文学不管是"五四时期"新文学、抗战文学、解放区文学、17 年文学、"文革文学"还是"80年代新时期文学"，都有着浓得化不开的政治情结与意识形态属性，所走的逼仄路径就是从"文学的革命"走向"革命的文学"。

　　当然，我们也必须承认 20 世纪末是一个意识形态淡出的时代，苏联的解体、柏林墙的倒塌、东欧的剧变、冷战的结束、中国特色社会主义理论的建构与市场经济体制的建立，"姓资姓社"的对立性争论在邓

---

　　① ［德］恩格斯：《致敏·考茨基》，见《马克思恩格斯选集》（第四卷），人民出版社 1972年版，第 454 页。

　　② ［苏］列宁：《党的组织与党的文学》，见《列宁选集》（第一卷），人民出版社 1972 年版，第 647 页。

　　③ 毛泽东：《在延安文艺座谈会上的讲话》，见《毛泽东选集》（第三卷），人民出版社 1979年版，第 823 页。

小平"白猫黑猫论"的务实性阐释中变得可以搁置和不那么重要，不管国外还是国内一大批所谓的自由主义者发出了像美国学者福山一样的"意识形态终结"的断言。正是在这样意识形态淡出的语境中，20 世纪末的中国文学也出现了意识形态的淡漠。如所谓的"现实主义冲击波"、"新写实主义"与"零度写作"；最有代表性的是中产阶级趣味的崛起并迅速占据文坛，像浸润在物质崇拜中的"白领文学"，搔首弄姿、宣泄欲望的"美女作家"，以及泛滥成灾的各种伪"文化散文"和伪"生活散文"等。在这些作品中，文学不过是现实的点缀物、粉饰者，而不是像鲁迅先生所说的"引起疗救的注意"的反映者、批判者。文学离开了现实，逃离了艰难，失去了"文以载道"的传统，从而也失去了自己的政治立场与价值判断。

尽管如此，我们依然要说，意识形态其实是一个不散的幽灵、不死的幽灵，意识形态的"淡出"不是清出，"淡漠"不是清空，曾经的意识形态与新兴的意识形态依然在潜滋暗长、伺机反扑，并在 21 世纪初实现了意识形态的回归。诚如贺仲明所说的："当时序进入到 21 世纪初，文学界呈现出与 20 世纪末明显不同的思想局面，意识形态色彩重新回归到文学之中。"① 从新世纪初迄今，越来越多的作家开始本着强烈的"问题意识"关注现实生活中的问题，如"上学难"、"治病难"、"住房难"等以及制假贩假、官商勾结、腐败、懒政、涉黑、卖淫嫖娼等丑恶现象，许多作品大量描写了社会中的弱者生活，凸显了社会中严重的分配不均、贫富差距，并以明确的立场表达了对弱者的深切同情，对社会腐败和为富不仁者进行了揭露和鞭挞，而且作家们还真实再现了社会分化所导致的矛盾、仇恨以致罪恶，思考了这些社会问题产生的深层原因，表现出强烈的现实主义批判精神。那么，纵观新世纪文学，有哪些具体形态的文学有着鲜明的意识形态属性呢？概言之，主要有底层文学、"三农"文学、反腐文学、"红色经典热"等，它们既有着意识形态的回归，也有着意识形态的张扬。对此，我们特分述如下。

---

① 贺仲明：《意识形态的回归——转型中的新世纪初中国文学思潮》，《山东社会科学》2006年第 5 期。

（一）底层文学及其意识形态性

所谓底层文学，是指新世纪写社会底层与底层生活的作品。从理论上说，底层与上层、中产相对，是一个社会学的阶层性概念。不可否认，任何一个社会都有着阶层分布的"金字塔形结构"。关注底层，就是关注那些生活在社会最底层与深层处的最广大的人民群众与最普通的老百姓的生存现状与生存困境。从某种角度讲，书写底层实际上是毛泽东《在延安文艺座谈会上的讲话》思想如"文艺为群众以及如何为群众"在新世纪的一种赓续与传承。所以，底层文学的意识形态性既鲜明也浓厚。

在新世纪，涌现了一大批书写底层社会、底层生活、底层人物、底层情绪的佳作。如鬼子的《被雨淋湿的河》、《上午打瞌睡的女孩》，孙惠芬的《民工》系列作品，以及以胡传永的《血泪打工妹》、陈桂棣与春桃的《中国农民调查》为代表的真实再现底层百姓苦难和辛酸的报告文学，他们或者将笔触指向贫困家庭中青少年的生存不幸，或者描写生活在城市边缘的农民工的艰难生计，或者摹写底层生命的被漠视、被畸变、被摧残，以写实的笔墨、带泪以致带血的文字再现了底层人物的底层生活。再如梁晓声的《贵人》、王祥夫的《花落水流红》、吴玄的《发廊》、荆歌的《计帜英的青春年华》等则是以直面现实的勇气、揭露了繁华背后的堕落与光鲜背后的肮脏，这些作品或者写底层知识分子生活焦虑、人格分裂与无奈堕落，或者写农村打工妹与城市下岗女工的生存困境、生计无着与肉体堕落，或者写贫困地区农村女性在道德、伦理与肉体上的集体堕落，他们共同构成了一幅当代中国底层人物（主要是女性）的堕落图画，这些作品不能不让人去反思"改革开放三十年"所带来的道德滑坡与肉体狂欢。又如苏童的《蛇为什么会飞》、方方的《奔跑的火光》、铁凝的《谁能让我害羞》、白连春的《我爱北京》等，则是将笔触聚集于在城市打拼的乡村人与生活在城市的边缘人，揭示了他们社会地位与社会身份的独特性，以及被轻视、被忽视、被蔑视、被无视的现状以及所带来的痛苦。还如尤凤伟的《泥鳅》，则将笔触聚焦于不堪忍受农村腐败的农村青年，满怀憧憬来到城市，却不料掉进了一个更胜于农村腐败的城市腐败之中，他们的悲惨、他们的屈辱、他们的痛苦、他们的堕落，直接导致了他们走向了畸变与犯罪之路，这部作品深刻地显示了一个"还乡"与"进城"皆不可能的吊诡与尴尬。

在新世纪，还涌现了一大批描写底层社会分配不公、贫富差距所导致的矛盾与冲突的力作。如王方晨的《乡村火焰》，描写一个乡村村长滥用手中的权力，不仅伤害了底层的农民，也伤害了基层组织的公信力，受伤害的农民怀着强烈的不满和仇恨，恰如地底的"怒火"在积蕴着爆发的能量。再如王世孝的《出租屋里的磨刀声》，叙述的是从农村来到城市讨生活的贫困青年在被逼到生活边缘之后对城市、对富人的仇恨，那令人心惊肉跳的磨刀声恰恰是潜在罪恶与社会暴力的隐喻。又如赵德发的《杀了》、阎连科的《三棒槌》、彭兴凯的《保镖》等，则是将因贫富差距所引发的不满与仇恨心理转发为报复的行动，将贫富分化的矛盾与冲突推向极端。最值得关注的是陈应松的《马嘶岭血案》，小说将城与乡、贫与富之间的心理隔阂和精神冲突揭示得相当深刻，其凝结着复杂社会矛盾的杀人血案更使人触目惊心。事实上，在这些代表性作品中，表现仇恨其实不是最终目的，反思仇恨与溯源仇恨才是最终的旨归，借用恩格斯在《致玛·哈克奈斯》中的话就是"表现了真正艺术家的勇气"。换言之，就是作家敢于面对现实，对现实作出忠实描写的无所畏惧的精神，大胆进行艺术革新、艺术创造的精神，它是作家现实主义特别是批判现实主义精神的表现，是作家的高度社会责任感的表现，是作家艺术独创性的表现。对此，贺仲明认为："这些书写社会矛盾和仇恨的作品，并不是简单地否定那些仇恨者和报复者，而是寄予了一定的理解和同情，显然，作家们更着意的，不是仇恨本身，而是试图思考它所产生的社会原因，对社会中的不平等状况予以警示和批判。"①

之所以说新世纪的底层文学有着浓厚的意识形态性，就在于底层文学不仅吻合了中国特色社会主义的群众基础与党派属性，也切合了

---

① 贺仲明：《意识形态的回归——转型中的新世纪初中国文学思潮》，《山东社会科学》2006年第5期。

"为人民服务"、"为万民代言"以及"下以讽谏上"的政治倾向性与审美功利性指归。这就像尤凤伟为弱者代言一样,他认为自己的作品"表面上写了几个打工仔,事实上却是中国农民问题"。[①] 韩少功也说过:"不管是宗教,还是哲学、文学,从来都离不开一种悲世情怀,都需要向下看,看到弱者的生存。"[②] 也正是如此,张韧对新世纪的底层文学提出了殷切的希望:"底层小说所刻画的不仅仅是下岗者、农村进城打工仔的窘困和无奈,更要展示这一阶层的生存状态、生活方式、价值信念和道德理想。拥有阶层意识的新视角,底层小说才有可能超越新写实,走进底层文学博大、深远的隧道。"[③] 我们知道,所谓的新写实执着日常叙事与纠结于生活琐事,就像刘震云的小说《一地鸡毛》一样,缺乏应有的价值信念、道德理想,从某种角度说,是"一切左拉"(恩格斯语)所代表的自然主义的幽灵复活。而底层文学却不同,它系于问题、敏于热点、精于时事,有着自觉的社会批判意识、强烈的社会参与精神、鲜明的政治诉求立场与价值判断标准,是"老巴尔扎克"(恩格斯语)的代表的批判现实主义的英灵回归。

(二)"三农"文学及其意识形态性

所谓"三农"文学,是指新世纪写农业、农民、农村题材与问题的小说与报告文学,具体是指 2000 年以后反映中国"三农"问题的文学作品。新世纪以来,随着"三农"——农业、农民、农村问题成为国家政治生活中的大事,以"三农"为题材的文学,也成为新世纪文学创作的一大热点。2002 年,李昌平的报告文学《我向总理说实话》出版;2003 年,陈桂棣、春桃的报告文学《中国农民调查》;2004 年,一些重要的文学期刊如《人民文学》、《收获》、《花城》、《十月》、《上海文学》、《钟山》、《大家》、《山花》、《萌芽》等纷纷推出了一批"三农"题材的文学作品。正是在这些主流期刊的引导与推波助澜下,一大批活跃在当今文坛的作家,用他们的政治热情与社会责任感、良知与

① 尤凤伟:《我心目中的小说》,《当代作家评论》2002 年第 5 期。
② 韩少功:《文学要改革,眼睛须向下》,《文学报》2001 年 8 月 30 日。
③ 张韧:《从新写实走进底层文学》,《文艺争鸣》2004 年第 3 期。

道义，通过现实主义的创作方法，对中国的"三农"问题进行了文学性与审美化的反映。小说方面，有贾平凹、迟子建、关仁山、孙惠芬、陈应松、刘震云、罗伟章、尤凤伟、王祥夫、周大新、雪漠等；报告文学方面，有李昌平、陈桂棣、春桃、何建明、朱凌、魏荣汉、董江爱、梅洁、海默、杨守松等。这种声势浩大的文学行动，究其本身其实就是一种意识形态的推进与实践，是国家意识形态的召唤、期刊意识形态的引导以及作家意识形态的应召。一句话，不管是文学期刊，还是作家作品，在关涉"三农"问题上，均有着意识形态的高度自觉与主动献祭。

之所以说"三农"文学具有意识形态性，是因为"三农"问题是中国革命和中国社会的根本问题。"三农"作为一个概念，最早由经济学家温铁军于1996年正式提出。2000年3月2日，湖北省监利县棋盘乡党委书记李昌平写了《给朱镕基总理的信》，在信中他讲了"农民真苦、农村真穷、农业真危险"的实情，引起了中国政府高层的高度重视，中央专案组立即到当地调查，将实际情况上报给中央。中国政府于2003年正式将"三农问题"引入政府工作报告，并随之迅速成为中国政府需要解决的头号问题。2007年，中共中央、国务院出台中央一号文件《中共中央、国务院关于积极发展现代农业扎实推进社会主义新农村建设的若干意见》开篇提出："农业丰则基础强，农民富则国家盛，农村稳则社会安。加强'三农'工作，积极发展现代农业，扎实推进社会主义新农村建设，是全面落实科学发展观、构建社会主义和谐社会的必然要求，是加快社会主义现代化建设的重大任务。"在九届全国人大第五次会议上，胡锦涛强调指出："一定要从全局和战略的高度，充分认识解决农业、农村、农民问题的极端重要性。"可见，从某种意义上说，"三农"问题是中国社会的头等大事，是中国社会的最大政治。

新世纪的"三农"文学的确在以审美的方式为中国社会的头等大事与最大政治服务，这是不可否认的事实。周新民认为："这些作品大都描写了农民的生存状况、农民工的生存际遇、农村的法律现状以及农村基层政权的'潜规则'等，多方位多角度地展现了文学题材中的农村领域。"他还说:"为农业的前途担忧,为农民、农民工的生存境遇担忧,为农村现状担忧,成为作家创作三农文学的重要动力和三农文学的主要价值取向和作品支撑。毫无疑问作家关注现实,具有强烈的责任感和使命感是难能可贵的,但是文学毕竟不仅是单一的道德诉求,它有着更为深广的历史和文化价值评判。因此,作家应该更理性地审视三农问题所蕴含的复杂的历史和文化背景,从单一的诉求中走出来,深层次地思考产生三农问题的文化和历史根源,寻找在现实深处跃动着的历史脉搏。"① 如罗伟章的《我们的路》、陈应松的《马嘶岭血案》、白连春的《静脉血管》、荆永鸣的《北京候鸟》、尤凤伟的《泥鳅》、迟子建的《世界上所有的夜晚》、贾平凹的《高兴》等,这些作品所反映的正是新世纪中国社会矛盾的焦点:"三农问题"、"城乡差别"、"农民工"。特别值得一提的是, "农民工"是一个集合了农民与工人的合成式指称,是一个最有时代色彩的"跨阶层命名"。"农民工"是无根的漂泊者和异乡人,既不能进入城市,也无法回归农村,他们既是农村的叛逆者,又是城市的边缘者,然而他们却又实实在在存在着,而且数量巨大,据统计已达3亿多人。所以,新世纪"三农"文学关注生活在社会底层的"农民工"以及"农民工"的苦难(包括物质的贫苦与精神的贫苦),这本身就是一种意识形态的立场宣示。铁凝认为:"作为生活在当代中国的作家,你可以不写农村,但是你的文学还是应该根植于这块土地。当下文坛,一边是城市文学的鼓噪,一边是这样的农民工问题小说。在这种城市和乡村的分裂、对峙中,作家应该有自己的精神选择。……关注三农问题,将给中国文学提供一个广阔的空间。"② 铁凝的这段话,虽然出自她2006年11月当中国作协主席之前,但我们依然可以认为是作为体制内的中国作协某种文化指令的表达,是自觉坚持党的文艺方针政策的表现。

以"三农"小说为例,新世纪"三农"小说内容主要有五点:一是农民命运的凄惨。如陈应松的《马嘶岭血案》,罗伟章的《大嫂谣》、

---

① 周新民:《透视文学作品中的三农题材》,《中国文化报》2005年3月9日。
② 转引自张言《文学创作农民工成焦点》,《石家庄日报》2006年4月18日。

《我们的路》、《故乡在远方》等，这类作品对农民悲惨的命运及其根源进行了深度的挖掘与探索。二是农村的凋敝。如贾平凹的《秦腔》，孙慧芬的《歇马山庄》，雪漠的《大漠祭》、《白虎关》，马步升的《道光三年的地契》、《至尊宝柳瘌子》、《软村庄》等，这些作品描绘了农村的凋敝，并且深刻地揭示了造成农村凋敝的原因：村庄青壮年劳动力的集体外出；土地的荒芜；务农种田一年不及外出打工一月；农民家庭的离散（包括空巢老人、留守儿童、单边夫妻等）。三是乡村政治的批判。如胡学文的《在路上行走的鱼》，夏天敏的《好大一对羊》等，这些作品不同侧面揭示出乡村政治权力对农民的侵害。四是农民的觉醒、反抗及农村的新气象。如孙慧芬的《歇马山庄》，周大新的《湖光山色》等，这些作品全面地描写了新一代农民的觉醒、反抗以及新农村的新气象与新面貌。五是农民进城的问题。如贾平凹的《高兴》，尤凤伟的《泥鳅》，荆永鸣的《北京候鸟》，罗伟章的《我们的路》，迟子建的《踏着月光的行板》等，这些作品书写了农民怀着渴望与不安进城务工、寻找生路的重重坎坷与种种心曲。① 如果从叙事的角度来审视，新世纪"三农"小说主要有四种叙事：一是苦难叙事，如罗伟章的《我们的成长》、《我们的路》、《大嫂谣》等。二是暴力叙事，如陈应松的《马嘶岭血案》、尤凤伟的《泥鳅》、马步升的《被夜打湿的男人》等。三是温情叙事，如迟子建的《踏着月光的行板》等。四是悲剧叙事，如贾平凹的《高兴》、《秦腔》等。② 所以，彭青认为："在新世纪，'三农'文学的启蒙意识渐渐淡化，更多的是对现实的揭露与批判，是对农民的同情与怜悯。"③ 之所以如此，是因为创作"三农"小说的作家们深切地知道一个亘古不变的道理——"无农不稳"，"三农"问题事关国家富裕、社会稳定、民族强大与执政牢固。

"三农"文学的作家们用审美的方式积极响应着党和政府的号召以及主流报纸、权威期刊的召唤，与主流的意识形态保持着高度的一致，

---

① 参见彭青《新世纪文学视野中的"三农"》，中国社会科学出版社 2012 年版，第 27—29 页。
② 同上书，第 29—30 页。
③ 同上书，第 31 页。

为社会主义新农村建设呐与喊、鼓与呼、写与宣,这不仅仅是意识形态的回归,更是意识形态的自觉。强烈的意识形态性不仅在创作时,也在作品中,还在传播处。许多作品不仅得到政府的首肯、领导的圈点,也得到群众的认可、社会的认同,还得到体制的眷顾、评奖的青睐,如《秦腔》、《湖光山色》等。究其原因,就在于"'三农'文学热切关注中国农业的历史处境、深刻反思中国农村的贫弱原因、考问中国农民的现实出路,它承担了反映乡村现实、认识农民主体性、吁问社会公平正义、促进共享发展成果、反思乡村历史和文化、提供独特的美学形态等任务。这是文学的良知和时代对'三农'题材文学内在的深层呼唤,这就要求作家必须直面'三农',用文学的方式朴素而诚恳地反映现实。这不是社会学意义上的解决问题,是文学场中永恒的精神魅力。面对社会现实问题,社会各阶层的人们都有各自的责任与义务,文学有自己的立场和承担,那就是启示的承担和坚守人道的承担。"①

(三)反腐文学及其意识形态性

所谓反腐文学,是指以"反腐倡廉"为主题的文学的通称。新世纪的反腐文学,承继了20世纪90年代的热点效应,在新世纪更是由于清明政治与整顿史治的需要、商业出版的策划与影视传媒的介入而呈现出一种"双响炮"与"多响炮"的轰动效应。众所周知,反腐败是关系到党和国家生死存亡的头等大事,既是传统政治的延续,也是当下政治的亟需。比如以习近平同志为首的新一届领导集体在履新100天后就有着十句深入人心的反腐语录:第一句是"理想信念是共产党人精神上的'钙'";第二句是"干部清正、政府清廉、政治清明";第三句是"愤怒的是扶贫款项被截流和挪作他用";第四句是"不允许在执行中央部署上打折扣、做选择、搞变通";第五句是"让人民群众在每一个司法案件中都能感受到公平正义";第六句是"反腐倡廉必须常抓不懈,拒腐防变必须警钟长鸣";第七句是"把权力关进制度的笼子里";

---

① 彭青:《新世纪文学视野中的"三农"》,中国社会科学出版社 2012 年版,第 31 页。

第八句是"要坚持'老虎'、'苍蝇'一起打";第九句是"踏石留印、抓铁有痕";第十句是"以治标为主,为治本赢得时间"。① 对腐败的"零容忍",实质上就是新世纪中国的政治立场、政治原则与政治路线。所以,以"反腐倡廉"为主题的反腐文学,从某种角度上说,都是揭示文学与政治关系的典范文本。

反腐文学大多紧扣新世纪的时代脉搏,既正面表现官场的腐败与黑暗,如张平、陆天明、周梅森等;也侧面透露官场的腐败与黑暗,如王跃文、阎真、田东照、李唯、祁志、阿宁等。在新世纪,反腐文学成为文学创作、文学出版、文学改编的热点这是一个不争的事实,如《人间正道》、《绝对权力》、《国家公诉》、《我主沉浮》、《抉择》、《十面埋伏》、《苍天在上》、《大雪无痕》、《中国制造》、《至高利益》、《红色康乃馨》、《走私档案》、《大法官》等,出一部火一部,销量看好,反响强烈,而且大都被改编拍摄成影视剧,收视率看高,形成出版与影视互动的强劲态势。之所以如此,一则在于反腐文学有意地承欢于政府、听命于政治;二则在于反腐文学有意地迎合于民众、听命于民声;三则在于反腐文学对重大社会问题的深沉思考和反映、对人民群众切身利益的维护、对民众疾苦和心声的表达;四则在于反腐文学熠熠生辉的人物形象与独具魅力的艺术呈现;五则在于反腐文学的影像化书写、小说与影视剧的联动传播的温室效应。

从理论上说,能否有意识地反映重大社会现实问题,揭示社会的发展规律,自觉追求与时代同步,从来就是检验作家立场的一条重要标准。创作反腐文学的作家们均有意地践行着当年鲁迅先生所说的"听将令",只不过有些作家是用主张直言宣告,有些作家是用作品谏言宣示,但无论如何,作家们以强烈的写作责任感与使命感,自觉地将创作生命同国家的前途和民族的命运联系在一起,责无旁贷地维护共和国的利益,反映群众的心声,做时代前进的代言人。张平曾经说过:"从社会底层走过来的我,和大家一样,几乎无时刻不在企盼着自己的祖国能

---

① 参见《新领导集体反腐:100 天的 10 句话》,http://www.chinapeace.org.cn/。

更加自由、更加民主、更加繁荣。所以要让我放弃对社会的关注、对政治的关注，那几乎等于要让我放弃生命一样不可能。作为现实社会中由于共同物质条件而相互联系起来的人群中的一分子，放弃对社会的关注，也就等于放弃了对人民利益和自己利益的关注。……面对着国家的改革开放，人民的艰苦卓绝；面对着泥沙俱下，人欲横流的社会现实，一个有良知的作家，首先想到的也只能是责任，其次才可能是别的什么……"① 陆天明也说过："作为一个作家，就是要参与社会的变革，参与社会的轰轰烈烈，甚至要走到生活的漩涡中，无论别人怎么看，我永远是这个观点。"② 从具体作品来看，周梅森的《人间正道》、《中国制造》、《至高利益》与张宏森的《车间主任》、《西部警察》、《大法官》等，就是以强烈的社会责任感，营造宏大的叙事架构，渲染广阔的社会时代背景，把当下政治、经济、文化的整体面貌呈现给读者和观众，有着浓郁的意识形态情结与症结。"这些作品直面现实、关注焦点，大胆而真实地揭露了权力腐化的社会现实，艺术而形象地展示了权力中心统摄之下的人性沉浮之景象，实现了文学性与政治性的结合，一定意义上讲它们堪称揭示文学与政治关系的典范。"③

从政治诉求上讲，反腐文学通过民族、命运、国家、社会、人民等宏大叙事凸显其意识形态性，通过一个个生动的反腐故事将现实政治、社会人生、理想追求和意识形态整合起来。这既是对 20 世纪 50 年代文学将文学和政治缝合起来，追随政治、服务政治的突破，又是对 20 世纪 90 年代文学将文学和政治对立起来、淡化政治、清空政治的决绝。在这种文学行动中，多数作家凭着社会责任、政治良知、生活理想和人文情怀在书写反腐与叙述腐败及惩恶扬善之中"观照政治和评判政治"。如陆天明在小说《大雪无痕》中写道："腐败绝不仅仅是个人品质的问题，而是与体制、思想伦理道德、深化经济体制改革等一系列问

---

① 转引自《反腐败题材文学创作：态势与思考》，http：//www.chinawriter.com.cn。

② 同上。

③ 苏金刚：《反腐小说：揭示文学与政治关系的典范文本》，《广播电视大学学报》（哲学社会科学版）2006 年第 2 期。

题紧密相连。""统观中国几千年的沉重教训,'庙'穷的最根本原因不在于对小和尚们管制不严,而是从来就缺乏一个有效的体制约束那些管不住自己,也不想管自己的'方丈'。"这种对腐败的"机制化反思"有着相当自觉的政治理性。还如张宏森的《大法官》中那位被腐蚀的原春江市委书记孙志,东窗事发后对法官杨铁如说,他本想当个好官、清官,但官当大了、当长了,情况就发生了变化,"在春江,我只管别人,没有人来管我。人、财、物,春江市的大大小小的权力都集中在我手中……如果有人吆喝一声,约束一下,那道德可能还会跑回来……可没人对我吆喝,也没有给我制止。"这种对腐败的"监督缺失"的陈述有着相当难得的政治解剖,从而让我们深知与洞明"让权力在阳光下运行"与"将权力关进制度的笼子里"的必要性与合理性。一部优秀的反腐文学,不仅要有动人的故事、感人的形象,还要有震人的思想、惊人的理念。以法治代人治,公权仍是国家的公器,绝不能沦为个人或小团体的私器。这种理念本就是新世纪全体公民的政治共识,反腐文学只是先行一步地推进了对这种政治共识的审美呈现而已。

从创作心理的角度来看,所谓"恨铁不成钢",其实就是因为创作主体对"铁"寄予了更高的期望——那就是"成钢",故而才有了所谓的"恨",其实这种"恨"从本质上说是一种更高层次的"爱"。新世纪反腐文学亦是如此。新世纪反腐文学对官场的披露,对权力的聚焦,对政治的拷问,这不是抹黑当下政治,也不是妖魔当下政府,而是一种以解构的方式以达到更高层次的建构的意识形态的归附,是对当下政治政府的皈依。敢于正视恶疾毒瘤,而不是讳疾忌医;面对体制与机制的不完善,敢于"亡羊补牢";面对腐败与黑暗,敢于"壮士断腕"。这是一种政治的勇气,也是一种艺术的勇气,诚如恩格斯在《致玛·哈克奈斯》信中高度称赞哈克奈斯的小说《城市姑娘》所说的:"您的小说,除了它的现实主义的真实性以外,最使我注意的是它表现了真正艺术家的勇气。"① 所谓"真正艺术家的勇气",一般来说,是指作家敢于

---

① [德]恩格斯:《致玛·哈克奈斯》,见《马克思恩格斯选集》(第四卷),人民出版社1972年版,第461页。

面对现实、对现实作出忠实描写的无所畏惧的精神,大胆进行艺术革新、艺术创造的精神,它是作家的现实主义精神的表现,是作家的高度社会责任感的表现,是作家艺术独创性的表现。正是因为有了这种"真正艺术家的勇气",新世纪的反腐文学就是一批值得阅读、耐人寻味的有倾向性的作品。

所谓"文章合为时而著,歌诗合为事而作",新世纪的反腐小说也有着强烈的"为时为事"、"为国为民"的主体性追求,有着鲜明的新世纪的时代精神与品格,这是十分难得的。如《抉择》、《大雪无痕》、《红色康乃馨》、《大法官》等作品的突出特点,就是大张旗鼓地让精神出场,用锐利的笔触,深刻揭示出着力于塑造民族精神的迫切性,通过艺术的描写让人们反思,身处巨大变革时代的每一个人,人生目标应该如何定位,面对种种诱惑应该怎样活着,应该做出怎样的人生选择,从而帮助人们把握今天、认识明天。这些作品对社会上存在的个人主义、极端利己主义、拜金主义进行了毫不留情的鞭挞,对私欲膨胀、损公肥私、权钱交易进行了深刻揭露,从另一个侧面警示全社会,加强理想信念教育的突出意义,树立正确的世界观、人生观和价值观的特殊急迫性。事实上,在对政治的观照与评判中,新世纪反腐文学较好地处理了文学与政治的关系,使得文学与政治性呈现一种理性、真实、和谐的主流态势。就其发展而言,大体经历了从"主要把笔墨放在对社会普遍存在的腐败现象的揭露上,展示了腐败斗争的艰巨性和尖锐性"到"力图通过反腐败题材去揭示更深层次的社会问题"的历程。① 但无论如何,新世纪反腐文学的基本叙事模式无外乎"正邪搏斗,邪不压正"、"善恶对抗,惩恶扬善"、"清浊对撞,激浊扬清"三种形态。所谓的"正"与"邪"、"善"与"恶"、"清"与"浊"等,无非都是新世纪最深入人心的意识形态话语;所谓的"邪不压正"、"惩恶扬善"、"激浊扬清"等,无非都是新世纪最通俗易懂的社会主义核心价值观。从这个角度说,新世纪反腐文学代表了新世纪的先进文化的方向

---

① 贺绍俊:《现实题材小说的社会学批判》,《文艺报》2001 年 5 月 22 日。

与维度，至少充分展示了政治与文学关系中那种"召唤——应答"的功能性关系。诚如张开焱所说的："文学的政治性是在特定历史语境中文学对特定政治应答中生成的。……文学对政治作出或认同，或者抵制或者逃逸，或者漠视等，而不一定是简单的认同。"① 当然，从整体上看，新世纪反腐文学对政治召唤的应答可以分为三种情况：一是肯定性应答，如《人间正道》、《抉择》、《苍天在上》、《国家公诉》、《大法官》等；二是否定性应答，如《国画》、《卖官》、《买官》、《跑官图》、《贪污指南》；三是沉默性应答，如《沧浪之水》、《人性与财富》、《阿文的时代》、《好爹好娘》、《二号首长》、《驻京办主任》等。不管是哪种形式的应答，其实从根本上说都彰显或隐含着政治的良知与立场，是一种意识形态的书写。贺仲明宣称："21世纪初中国文学正在走向一个意识形态化的时代，虽然它的到来只有短短的几年时间，但是，它强烈的批判性和现实关注意识，它激烈的参与现实态度，以及作家们不同文化立场、不同政治文化态度的剧烈冲突和巨大裂隙，都显示出它正走出20世纪末的'告别革命'潮流，在逐步回归80年代之前的激进意识形态思潮——这当然不可能是简单的回归，而是一种蕴涵着新的特征和变异的新文学思潮，从它的身上，我们看到了中国文学进入一个新的大转型的契机。"②

（四）"红色经典热"及其意识形态性

所谓"红色经典"本是一个"后文革"词汇，却蕴含着与现实相连的文革记忆。在20世纪80年代，"红色经典"被用来指称文革中出现的样板戏，如《红色娘子军》、《白毛女》、《红灯记》、《智取威虎山》、《沙家浜》、《奇袭白虎团》、《海港》、《龙江颂》、《杜鹃山》、《平原作战》等，这十部作品被合称为"十大样板戏"。在20世纪90年代之后，"红色经典"则泛指在毛泽东《延安文艺座谈会上的讲话》（1942年）精神指导下创作的反映中国共产党领导下的社会政治运动和

---

① 张开焱：《召唤—应答：文学与政治关系的理论表述》，《文艺报》1999年12月9日。
② 贺仲明：《意识形态的回归——转型中的新世纪初中国文学思潮》，《山东社会科学》2006年第5期。

普通工农兵生活的典范性作品,如《红岩》、《红日》、《红旗谱》、《创业史》、《山乡巨变》、《青春之歌》、《保卫延安》、《林海雪原》等,这八部小说被合称为"三红一创,山青保林",除此之外,还有《上海的早晨》、《太阳照在桑干河上》等。"红色经典",是新中国成立前后几代人的记忆和情感,是"17 年文学"的中流砥柱。在经历"文革"的"洗礼"后,它们衍生为"红色摇滚"、"红色影视"、"红色恶搞"、"红色经典再版"、"红色经典改编与翻拍"以及"红色原创小说与影视剧"等"红色文化现象"。在新世纪,"红色经典"再度升温走热,形成最耐人寻味、引人深思的"红色经典热",主要包括"红色恶搞"、"红色经典再版热"、"红色经典改编与翻拍热"等。

之所以说新世纪的"红色经典热"具有鲜明的意识形态性,就在于"红色经典"内在的"红色"以及经岁月与记忆放大刷新的"红色",我们不妨称之为"红色规定性"。概括地说,至少包括以下几点:一是题材上的"革命历史化";二是方法上的"革命现实主义与革命浪漫主义结合化";三是主题上的"革命英雄主义化";四是形象上的"革命英雄膜拜化";五是主旨上的"爱国主义教育化",六是表达上的"人民群众大众化";七是批评上的"政治标准化"等。关于这一点,毛泽东在 1942 年的《在延安文艺座谈会的讲话》中就有着明确的"红色规定性"。如毛泽东认为:"我们的文学艺术都是为人民大众的,首先是为工农兵的,为工农兵创作,为工农兵所利用的。"并且对革命文艺的服务对象作了具体的分析,指出:"我们的文艺,第一是为工人的,这是领导革命的阶级。第二是为农民的,他们是革命中最广大最坚决的同盟军。第三是为武装起来的工人农民即八路军、新四军和其他人民武装队伍的,这是革命战争的主力。第四是为城市的小资产阶级劳动群众和知识分子的,他们也是革命的同盟军,他们是能够长期地和我们合作的。"① 这些话语,以明确革命文艺的服务对象来明确了延安时期及后延安时期文艺的意识形态性。准确地说,在毛泽东的《在延安文

---

① 毛泽东:《在延安文艺座谈会上的讲话》,转引自畅广元主编《马克思主义文艺理论》,高等教育出版社 2006 年版,第 287—288 页。

艺座谈会上的讲话》中对意识形态有着政治化的律令。如毛泽东认为："按政治标准来说，一切有利于抗日和团结的，鼓励群众同民同德的，反对倒退、促成进步的东西，便都是好的；而一切不利于抗日和团结的，鼓动群众离心离德的，反对进步、拉着人们倒退的东西，便都是坏的。"还指出："任何阶级社会中的任何阶级，总是以政治标准放在第一位，以艺术标准放在第二位的。……我们的要求则是政治和艺术的统一，内容和形式的统一，革命的政治内容和尽可能完美的艺术形式的统一。"① 当然毛泽东在《讲话》中所建构起来的"红色规定性"在解放之后得到进一步的强化与固化。对于"红色规定性"的强化与固化，有两个文艺事实是必须提及的：一是1949年7月召开的第一次中华全国文艺工作者代表大会（简称"第一次文代会"）；二是1958年在社会主义现实主义的基础之上明确了革命现实主义和革命浪漫主义相结合的创作方法。这两个文化政治事件直接推进了"红色规定性"的合法性与权威化，也开创了20世纪中国文学史上的"红色经典"热潮。

　　不管是20世纪的"红色经典"还是新世纪"红色经典热"，其最大的魅力不在于别的而恰恰在于它的"红色"，是因"红色"而经典，因"红色"而走热，毕竟按照《现代汉语词典》的解释，"红色"是指"象征革命或政治觉悟高"。一是"红色经典"有栩栩如生的"红色人物"，如李向阳、杨子荣、王成兄妹、潘冬子、江姐、朱老忠、林道静等，他们是大写的人，他们的机智、勇敢、沉着、忠诚、舍生取义等品质令人赞赏和敬佩，浓缩了千千万万革命前辈的精神和品格。二是"红色经典"有引人入胜的"红色故事"，如《红日》、《红岩》、《红旗谱》、《保卫延安》、《林海雪原》、《野火春风斗古城》等故事简单但是充满趣味，情节引人入胜，深入人心。三是"红色经典"有动人心弦的"红色情感"，如《地道战》、《地雷战》、《铁道游击队》、《平原游击队》、《虎胆英雄》、《小兵张嘎》、《51号兵站》、《鸡毛信》等表现出来的军人情操、军民鱼水情以及家人之间的亲情都质朴动人，没有太多

---

① 毛泽东：《在延安文艺座谈会上的讲话》，转引自畅广元主编《马克思主义文艺理论》，高等教育出版社2006年版，第294—295页。

的渲染和拔高,而真挚是最能打动人的。四是"红色经典"有摄人心魄的"红色精神",绝大多数作品都传递出丰富的精神内涵,其核心是对民族的热爱和对信仰的执着,这样的精神不仅是他们在枪林弹雨的年代克服重重困难取得胜利的法宝,而且对新世纪的"和平崛起"与"强国梦"也有着启示和示范作用。

新世纪的"红色经典热"主要包括以下四个方面的构成:一是"红色经典"再版热。1997年,人民文学出版社重印了20世纪五六十年代的一批长篇小说,包括《林海雪原》、《野火春风斗古城》、《平原枪声》等经典作品,他们把这套丛书定名为"红色经典丛书",后来他们又推出了《经典红诗》。这不仅引领了"红色经典"的再版热,也使"红色经典"这个新创词频繁在各大媒体传播,为广大读者所认同。二是"红色经典"改编热。从新世纪初开始,影视界掀起了一股改编"红色经典"的热潮,像《林海雪原》、《红色娘子军》、《红日》、《红岩》、《红旗谱》、《烈火金刚》、《闪闪的红星》、《长征》、《十送红军》、《保卫延安》等纷纷被改编为同名电视剧,并在中央电视台及主流的省级电视台的黄金时段热播。据统计,在影视界,仅2002—2004年的两年间就有近40部"红色经典"改编电视剧列入规划批准立项,共约850集。尽管在2004年5月25日国家广电总局发布《关于"红色经典"改编电视剧审查管理的通知》之后,"红色经典"改编热虽有所下降,但依然有一批改编电视剧获准拍摄并播出,如《小兵张嘎》、《野火春风斗古城》、《敌后武工队》等。到2007年,一部长达26集的根据"红色经典"改编的电视剧《51号兵站》在中央电视台黄金时段播出,引起了极大的轰动。三是"红色经典"综艺热。如中央电视台开办了"电影传奇"与"重走长征路"等怀旧节目,以回忆的方式再现当年人、事、剧。如江西电视台开办"中国红歌会",倾力打造品牌栏目,并从某种程度带动了江西的"红色旅游"。还有重庆电视台开办的"天天红歌会"(后改为"周末红歌会")栏目,有意识地打造所谓的"红色频道"。四是"红色经典"原创热。新世纪"红色经典"改编影视剧的热播,带动了"红色经典"原创小说与原创影视剧的繁荣,像

《激情燃烧的岁月》、《历史的天空》、《亮剑》、《狼毒花》、《士兵突击》、《我的团长我的团》、《我的兄弟叫顺溜》、《利剑》、《借枪》、《暗算》等，这些作品不仅创造了一个个阅读传奇与收视奇观，而且也较好地做到了政治性、娱乐性、效益性的统一。

张法认为："'红色经典'的核心意义在于它代表着共和国前期的一种文艺模式，一个时代的心灵和主调，一种历史此在性的原汁。'红色经典'作为共和国前期的一种文艺模式，集中体现了中国现代性进程中的理想主义和英雄主义。一方面，理想构成了作品的强光；另一方面，为了高扬这种理想主义和英雄主义，它把矛盾冲突作为主旋律。矛盾冲突是中国现代性的主题，也是中国革命史的主题，因而构成'红色经典'戏剧性情节的主调，敌我的对立斗争和敌我分明的道德评价构成作品人物塑造和性格刻画的既定方式。"① 在新世纪，"红色经典"是人们回望历史的一个意味深长的路标，"红色经典热"是人们重寻革命历史、重温革命理想、重树革命旗帜、重塑革命英雄与重造革命精神的有意味的文化现象。一句话，"红色经典热"既是对新世纪政治意识形态的一种俯首式的应召与献祭，也是对新世纪政治意识形态的一种振臂式的召唤与呐喊。

二　"媒介性"的第二副面孔：新世纪文学的商业性

新世纪文学是植根于自 20 世纪 80 年代以来日渐繁荣、规范的市场经济与商品社会之中，这样新世纪文学及文学活动就不可避免地有着浓郁的市场基因与商业属性，生产、产品、流通、消费等就成为审视新世纪文学的一扇扇视窗。沉浸于商业化语境中的新世纪文学，特别是现代传媒、新媒体对商业法则的推崇，以及对文化产业、知识经济的引导与扩大化、聚焦化宣传，作为文化产业与知识经济的内构之一的新世纪文学就不可避免、理所当然地彰显着商业性的时代特征与时代烙印。

---

① 张法：《"红色经典"改编现象解读》，《文艺研究》2005 年第 4 期。

马克思早在《1844 年经济学哲学手稿》中就明确地将艺术视为一种生产，他说："私有财产的运动——生产和消费——是迄今为止全部生产运动的感性显现，就是说，是人的实现或人的现实。宗教、家庭、国家、法、道德、科学、艺术等，都不过是生产的一些特殊的方式，并且受生产的普遍规律的支配。"① 1845 年，马克思、恩格斯在合写的《德意志意识形态》一文中进一步发展了关于艺术生产的思想。在谈到"一般意识形态"时，他们专门研究了意识生产的问题，明确提出了"精神生产"的概念，并将艺术创作称为"艺术劳动"②。在《〈政治经济学批判〉导言》中，马克思明确使用了"艺术生产"的概念，他指出："就某些艺术形式，例如史诗来说，甚至谁都承认：当艺术生产一旦作为艺术生产出现时，它们就再不能以那种在世界历史上划时代的、古典的形式创造出来；因此，在艺术本身的领域内，某些有重大意义的艺术形式只有在艺术发展的不发达阶段上才是可能的。"③ 至此，马克思的艺术生产理论已明确形成。对于马克思的艺术生产理论，英国学者柏拉威尔（S. S. Prawer）在《马克思与世界文学》一书中评论说，马克思"把主要用于经济学的术语也用于文学和其他艺术的历史上，如生产等。他把诗人叫作'生产者'，把艺术品叫作'产品'，显然是一种独特的、有别于其他种类的'产品'。马克思通过使用这种术语叫我们不要忘记把艺术放在其他社会关系的框子来观察，特别是应该放在物质生产关系和生产手段的框子里。只有明确了这一点，他才能独立在、抽象在研究艺术，才有余暇观察一下艺术领域自身。"④ 应当说，柏拉威尔的评论是抓住了马克思艺术生产理论的精髓的。

　　当然，马克思艺术产理论还包括艺术生产与艺术消费的辩证理解。

---

　　① ［德］马克思：《1844 年经济学哲学手稿》，见《马克思恩格斯全集》（第三卷），人民出版社 2002 年版，第 298 页。

　　② ［德］马克思、恩格斯：《德意志意识形态》，见《马克思恩格斯全集》（第三卷），人民出版社 1960 年版，第 459 页。

　　③ ［德］马克思：《〈政治经济学批判〉导言》，见《马克思恩格斯选集》（第二卷），人民出版社 1995 年版，第 28 页。

　　④ ［英］柏拉威尔：《马克思和世界文学》，生活·读书·新知三联书店 1980 年版，第 383 页。

在马克思看来，仅有艺术生产是不科学的，还有与之相辅互动的艺术消费，艺术生产与艺术消费之间存在着一种中介运动，即互为对象、互为目的与互为价值。马克思认为："生产直接是消费，消费直接是生产。每一方直接是它的对方。可是同时在两者之间存在着一种中介运动。"① 马克思在这里讲的虽然是一般生产与消费，但同样适合于文学生产与文学消费，特别是在市场经济条件下的文学活动。具体地说，文学生产与文学消费的互动关系有两个方面的表现：一方面，文学生产规定着文学消费。文学生产不仅为文学消费提供消费的对象——文学作品，规定文学消费的方式，而且也规定文学消费的需要，或者说，生产着新的消费者。马克思说："艺术对象创造出懂得艺术和具有审美能力的大众——任何其他产品也都是这样。因此，生产不仅为主体生产对象，而且也为对象生产主体。"② 一个社会、一个时代或一个民族的文学消费者的文化层次、艺术修养、审美趣味和精神追求是靠文学产品自身创造出来的。另一方面，文学消费也制约着文学生产。马克思说："消费在观念上提出生产的对象，把它作为内心的图像、作为需要、作为动力和目的提出来。消费创造出还是在主观形式上的生产对象。没有需要，就没有生产。而消费则把需要再生产出来。"③ 马克思的这一见解表明，文学消费制约着文学生产，首先表现在文学产品在消费中才得到最后实现，只有经过读者的消费，文学产品才能成为现实的产品。从这个意义上说，文学消费是文学生产过程的最后一个要素，缺少这个要素，生产不仅没有完结，也不是真正完整意义的生产。其次表现在文学消费体现了文学生产的目的和动力，文学生产是为了文学消费，只有高幅度的文学消费才能促进高密度的文学生产。正是读者的文学消费需求，不断推动文学生产的变化与发展，如果脱离了读者的消费需求，文学生产就失去了目的和意义。

---

① ［德］马克思：《〈政治经济学批判〉导言》，见《马克思恩格斯选集》（第二卷），人民出版社 1995 年版，第 9 页。

② 同上书，第 10 页。

③ 同上书，第 9 页。

如果我们用马克思的艺术生产理论来观察新世纪文学十五年，我们可以这样认为：新世纪文学活动从本质上说就是一种与经济社会、消费社会、市场规约、媒介指令密切相关的商业活动、产业活动。事实上，新世纪对"生产"的关注，虽源自于经典马克思主义、传承于西方马克思主义，但却获得了更丰富的内涵。文化领域是知识生产，精神领域是欲望生产，政治领域是权力生产，社会变成一个巨大的生产机制——而所谓"消费社会"不过是它的一个反讽性注释。"生产"成为诊断当代社会特别是新世纪的关键词。而生产直接是消费，消费直接是生产。在"生产——消费"的互媒流程中，我们似乎可以用"商业"来进行修辞化概述。假如说20世纪中国文学更多表征为一种启蒙活动、革命活动、政治活动与准商业活动的递嬗，那么新世纪文学则更多表征为一种后革命语境下以经济建设为中心的商业活动与产业活动。正是如此，我们借用 M. H. 艾布拉姆斯在《镜与灯——浪漫主义文论及批评传统》一书中的"文学四要素说"，即认为文学作为一种活动总是由世界、作者、作品、读者四个要素组成的，并以新世纪文学的"要素商业性"来解释新世纪文学的"过程商业性"、"环节商业性"，并进而阐释新世纪文学的"整体商业性"。

（一）作为市场的世界

世界是文学活动的基本要素之一，主要是指文学活动所反映的社会生活或社会现实。这中间不可避免地存在着一种摹仿与被摹仿、再现与被再现、表现与被表现、反映与被反映的关系，从某种角度说，被摹仿者、被再现者、被表现者、被反映者甚至尤其重要，毕竟文学的精神家园始终建构于所谓的"世界"与"大地"之上。古希腊哲学家德谟克利特说得好："从蜘蛛我们学会了织布与缝补；从燕子学会了造房子；从天鹅和黄莺等歌唱的鸟学会了唱歌。"① 这种所谓的"物象摹仿论"被柏拉图改造为"理念摹仿论"，即认为宇宙间的事物有三类：第一类是永恒不变的"理式"，它代表着绝对真理，可以用思维来把握，但并

---

① 伍蠡甫、蒋孔阳编：《西方文论选》（上卷），上海译文出版社1979年版，第5页。

不直接呈现在感觉和经验中；第二类是反映第一类的，它呈现为感觉世界中的各种事物；第三类又是摹仿第二类的，如镜中的映像和艺术品中描写的故事等。柏拉图强调艺术是"影子的影子"、"摹仿的摹仿"。亚里士多德十分推崇"摹仿"，并敏锐地指出因摹仿所用的媒介、所取的对象、所采的方式的差别而有不同的"摹仿"及"摹仿的艺术"，他说："史诗和悲惨、喜剧和酒神颂以及大部分双管箫乐和竖琴乐——这一切实际上是摹仿，只是有三点差别，即摹仿所用的媒介不同，所取的对象不同，所采的方式不同。"① 亚里士多德认为，艺术摹仿可以抵达真理的境界即"绝对理念"，并认为"艺术是理念的感性显现"。"诗人既然和画家与其他造型艺术家一样，是一个摹仿，那么他必然摹仿下列三种对象之一：过去有的或现在有的事、传说中的或人们相信的事、应当有的事。这些通过文字来表现，文学还包括借用字和隐喻字；此外还有许多起了变化的字，可供诗人使用。"② 在这里，亚里士多德既点明了文学摹仿的本质，也分析了文学摹仿的对象世界主要有三种：即已有的事，或有的事和应有的事，还指出了文学摹仿的媒介是文字。对此，亚里士多德进一步说："诗人的职责不在于描述已发生的事，而在于描述可能发生的事，即按照可然律或必然律可能发生的事。历史家与诗人的差别不在于一用散文，一用'韵文'；希罗多德的著作可以改写为'韵文'，但仍是一种历史，有没有韵律都是一样；两者的差别在于一个叙述已发生的事，一个描述可能发生的事。因此，写诗这种活动更富于哲学意味，更被严肃地对待；因为诗所描述的事带有普遍性，历史则叙述个别的事。"③ 所有这些"摹仿说"以及与"摹仿说"一脉相承、渊源关联的"摹写论"、"再现论"、"反映论"等，都不同角度地强调了文学与世界的关系。

马克思、恩格斯在《德意志意识形态》一文中认为："不是意识决定生活，而是生活决定意识。""意识一开始就是社会的产物，而且只

① ［古希腊］亚理斯多德：《诗学》，罗念生译，人民文学出版社 2002 年版，第 3 页。
② 同上书，第 78 页。
③ 同上书，第 24—25 页。

要人们还存在着,它就仍然是这种产物。"① 列宁也认为:"物、世界、环境是不依赖于我们而存在的。我们的感觉、我们的意识只是外部世界的映象;不言而喻,没有被反映者,就不能有反映,被反映者是不依赖于反映者而存在的。"② 在这里,列宁的"没有被反映者,就不能有反映"论断是十分科学的,它至少给我们明确点明了新世纪文学作为一种"映象"所具有的新世纪的现实生活性。

那么,作为新世纪文学的"被反映者"的现实生活又是怎样的呢?一言以蔽之,就是商业社会与市场经济的同在。进入新世纪,随着社会主义市场经济体制的初步建立和逐步完善,我国经济发展迅速,充满活力,日益开放。截至2013年,中国的经济总量跃居世届第二。如果从整体上概括2008—2013年的五年经济,我们不难发现:中国经济保持年均9%以上的增长速度,经济总量从26万亿元增加到约52万亿元,按现价计算翻了约一番。中国经济总量跃居世界第二。新增就业达到5870万人。财政收入从5.1万亿元增加到11.7万亿元,也翻了一番。应对危机中加快实施区域发展战略,推动东中西部协调发展,中西部和东北地区经济增速快于东部地区,长期以来区域发展差距扩大的趋势初步得到遏制。具体地说,有几项成就是值得关注的:一是"强农惠农":粮食"九连增",农民增收"九连快"。二是"上天入海":以创新锻造发展新篇章。三是"老有所养":织就世界最大养老保障网。四是"病有所医":破解世界13亿人医保的世界级难题。五是"住有所居":启动史上最大规模保障房建设。六是"政务公开":让权力在阳光下运行。当然,这些成就都是建立在社会主义市场经济体制的完善与繁盛之上,以及雄厚的商业资本与经济总量。

新世纪十五年,是中国经济快速发展与强盛的十五年。当下的中国不仅已成为世界第二大经济体,同时也成为世界上最大的劳动力市场、

---

① [德]马克思、恩格斯:《德意志意识形态》,《马克思恩格斯选集》(第一卷),人民出版社1972年版,第31、35页。

② [苏]列宁:《唯物主义和经济批判主义》,《列宁选集》(第二卷),人民出版社1972年版,第65页。

最大的消费品市场、最大的加工贸易生产市场、最大的奢侈品消费市场。特别是社会主义市场经济观念与价值规律深入人心，计划经济为市场经济所替代，粗放型经济为创新经济所替代，资源浪费型经济为资源节约型经济所替代，特别是胡锦涛同志的可持续发展观的践行以及党的十八大报告的"稳增长、调结构"、"经济转型升级"、"政府权力下放"、"文化产业"、"中国软实力"的推进，不仅让我们深知了市场经济的特征，即市场经济是自主经济、平等经济、竞争经济、效益经济、服务经济、网络经济、开放经济、动态经济等；也让我们通晓了市场的作用，即市场可以分配收入、传递信息、刺激生产、调节供求等。一句话，市场，只有市场才是最终的利益分配者、信息传播者、生产助推者、资源配置者、价值调节者。换言之，市场既是新世纪中国的晴雨表，也是新世纪中国的映象。在新世纪中国这样一个市场经济的共同体中，每个人既是市场的建构者，也是市场的参与者，还是市场的受益者与受损者。这样，市场规律、经济观念、商业意识等，已成为我们日常生活中内化了的，甚至有点普适性的意识形态。无视市场的存在与运行规律，无异于痴人说梦或者说是提着自己的头发想要离开地球。

诚如毛泽东在《延安文艺座谈会上的讲话》中所说的："一切种类的文学艺术的源泉是从何而来的呢？作为观念形态的文艺作品，都是一定的社会生活在人类头脑中的反映的产物。革命的文艺，则是人民生活在革命作家头脑中的反映的产物。人民生活中本来存在着文学艺术原料的矿藏，这是自然形态的东西，是粗糙的东西，但也是最生动、最丰富、最基本的东西；在这点上说，它们使一切文学艺术相形见绌，它们是一切文学艺术的取之不尽、用之不竭的唯一源泉。"[①] 正是如此，作为观念形态的新世纪文学，不可能不对新世纪的市场经济进行观照与审视，或者说从某种角度上说，新世纪文学是新世纪市场经济的审美化映象。一句话，新世纪文学的"世界之维"，从本质上说是作为市场的世界。毕竟在新世纪，市场经济为文艺生产的繁荣提供了有利条件，文艺

---

① 毛泽东：《在延安文艺座谈会上的讲话》，转引自畅广元主编《马克思主义文艺理论》，高等教育出版社 2006 年版，第 290 页。

自身也正在或事实上已成为文化产业或市场的一部分。伴随着市场经济的发展，市场经济的法则也必然会渗透到文化或文艺等领域，使它们的表现形态发生了重大的变化。比如，市场这只"看不见的手"对文艺生产的支配和驱使，大众传媒对文艺传播的诱惑，商品经济条件下文艺的娱乐化现象，全球文化产业对中国文化生产的压力等。於可训在《新世纪文学的困境与蜕变》一文中对市场经济的利弊有着辩证的分析，他说："市场经济体制一方面将所有大众媒体包括文学媒体，都纳入自己的运作机制，进一步扩大了舆情的传达通道和表现的自由度，文学的表达方式，只是其中之一，其传播媒体，所占市场份额极小，已丧失了世袭的文化领地；另一方面，市场经济同时又以商品的流通和消费刺激起来的感官欲望，将文学的形象异变为感官化的符号，使得文学本已日益强化的消遣娱乐功能，再变而为即时的感官消费品。"① 这样，新世纪文学就有了鲜明的市场化、商业化、消费化、娱乐化表征。

孟繁华曾经认为："当代中国文艺的现状主要由三种文化类型构成，主流文化统治地位依然存在，精英文化不断地跌落，市场文化不断地崛起。"② 在新世纪十五年中，基于市场文化的商业文学已成为一道亮丽的风景。所谓商业文学，是指一切与商业活动有关的文学作品，既包括描写商业都市、贸易活动、商人形象的诗文作品，也包括反映文人与商界交往、相互影响的有关篇章，还包括渗入商品经营、为商业经济服务的各种载体的文学表现形式，记载商业经济思想的典籍等。所谓的经济小说、商小说、商贸小说、商史小说、商贾小说、商界小说、商战小说等，都是商业文学的应有之义。新世纪商业文学的代表作有《圈子圈套1》、《圈子圈套2》、《输赢》、《基金经典》、《股殇》、《操盘》、《阴谋》、《狼》、《对手》、《通关》、《商人的咒》、《富人俱乐部的狼》、《灰商》、《地产战争》、《资本巨鳄》、《中关村倒爷》、《正道诡道》、《算计》、《浮沉》、《绝对权利》等，还有商贾历史小说的代表作有

---

① 於可训：《新世纪文学的困境与蜕变》，《江汉论坛》2009年第9期。
② 转引自雁子《市场经济与当下文艺——"2005·北京文艺论坛"综述》，白烨主编《2005中国文坛纪事》，文化艺术出版社2006年版，第143页。

《乔家大院》、《胡雪岩全传》、《大宅门》、《大盛魁商号》、《白银谷》、《大染坊》、《大清徽商》、《龙票》、《天下第一楼》、《古街》等。所有这些作品，以小说化的形式展示了新世纪商业社会的众生相与市场经济的百态人生。换言之，就是以小说形式做商场指导，以审美的形式传播商业文化、传授经商之道、传颂商界英雄。对此，陈晓明对新世纪的市场语境与商业文学给予了肯定性的阐释，他说："商品经济迅速转化为更具有后工业化社会特征的'消费社会'，消费社会中的文艺的审美构成发生变化，这使文艺的社会功能发生深刻的变化。文艺的社会功能与文艺的审美功能构成一个动态关系，只有在这一动态结构中来理解当代文艺功能的演变才能抓住实质。在消费社会中，文艺不再行使民族国家斗争的武器功能，而是转向适应于消费社会的审美原则，建构更为精细的审美感知方式，建立社会消费的想象关系，促使社会完成感性的大解放。"① 可见，在新世纪文学十五年的历程中，作为市场的世界，不仅是由大众传媒所呈现的世界，也是内置了市场法则、商业意识、消费观念的世界。

（二）作为生产者的作者

文学活动不仅与世界有关，也与作者的表现活动相关，作者也是文学活动的基本要素之一。早在古希腊时期，柏拉图就特别重视创作主体即作者的作用，具体表现在他的"灵感说"与"天才说"。柏拉图提倡天才，并把天才与神助相联系。他说，作家若想成为出色修辞家，必须有三个条件，"第一是生来就是语文的天才"。还说："诗人写诗并不凭智慧，而是凭一种天赋与神助"，"诗人制作都是凭神力而不是凭技艺"。之后，亚里士多德在《诗学》中的推崇"神灵凭附论"与"陶冶说"，古罗马贺拉斯在《诗艺》中更是充分强调了诗人的基本修养，特别是人格修养与天才禀赋。如贺拉斯说："苦学而没有丰富的天才，或者有天才而没有训练，都归无用；两者应该相互为用，相互结合。"他还说："诗人和诗歌都被人看作是神圣的，享受荣

---

① 转引自雁子《市场经济与当下文艺——"2005·北京文艺论坛"综述》，白烨主编《2005中国文坛纪事》，文化艺术出版予2006年版，第145页。

誉和美名。"① 还有古罗马的郎加纳斯在《论崇高》中认为作品的崇高是作者"伟大心灵的回声"，强调作家的想象对艺术创作的重大作用。其后在"文艺复兴"时期由于人文精神的召唤与主体性的诉求，到18、19世纪之交的浪漫主义思潮强调文学是作者心灵的表现，作者的"附魅"与"卡里斯马化"也渐次强化。"最初是模仿诗人，他们只是些举起自然之镜的微不足道的角色；继而是实用诗人，他们的天赋无论怎样，最终必须看他迎合公众趣味的能力大小来论其高低；最后是卡莱尔的诗人，他是英雄，是上帝的选民，由于他具有'造化之神力'，所以他必须写作，又因他受人尊崇，所以是其读者的虔诚和情趣的衡量尺度。"② 在许多时候，"天才"是作家的称谓，也是作家的象征资本。康德关于"天才"的释义也能说明这点，他说："天才是替艺术定规律的一种才能（天然资禀），是作为艺术家的天生的创造功能。才能本身是属于自然的，所以我们也可以说，天才就是一种天生的心理能力，通过这种能力，自然替艺术定规则。"③ 正是这种"定规则"的文学行动，作家便有了一种与生俱来的权威性与话语权。从此，作者凭借对话语权的掌控与建构而"崇高化"与"神圣化"，所谓的"作家中心主义"也就水到渠成。苏珊·朗格指出："一个艺术家表现的是情感，但并不是像一个大发牢骚的政治家或是像一个正在大哭或大笑的儿童所表现出来的情感。艺术家将那些在常人看来混乱不整的和隐蔽的现实变成了可见的形式，这就是将主观领域客观化的过程。"④

然而，在新世纪十五年中，由于社会主义市场经济体制的完善，文化产业的勃兴与产业流程的分工，以及后现代主义思潮特别是解构主义的潮涌，作者曾经华丽的宫殿被拆除，作者曾经神圣的光环被摘除，作者曾经播撒的权威被消除。这样，曾几何时端居于诗性天空的作者不得不被贬凡尘俗世，在"美义"与"商利"的双重纠缠与折磨之中突围，

---

① ［古罗马］贺拉斯：《诗艺》，人民文学出版社1962年版，第158页。

② ［美］艾布拉姆斯：《镜与灯——浪漫主义文论及批评传统》，郦稚牛译，北京大学出版社1989年版，第30—31页。

③ ［德］康德：《判断力批判》（上卷），宗白华译，商务印书馆1989年版，第152—153页。

④ ［美］苏珊·朗格：《艺术问题》，中国社会科学出版社1983年版，第23页。

从拒绝市场走向迎合市场，从被贬身价走向自贬身份，作者不得不接受作为市场参与者与商业合谋者的身份定位，否则游离于市场之外、清高于商业之上的作家注定是一种无可奈何的悲怆。这样，在强大的市场经济的语境之下，作家虽然还是作家，但更多则是名副其实的生产者，准确地说是精神生产的生产者。对此，张邦卫在《媒介诗学——传媒视野下的文学与文学理论》一书中称这种情形为"作者的蜕变"，还强调说："从前附在作家身上的神圣性已悄然隐去、荡然无存，作者的神话也就破灭了。"①

作家身份，不仅关系到作家的社会组织形式，也关系着作家对创作客体的想象方式，甚至影响着作家的创作理念、创作技法和审美意识。在新世纪十五年中，作家的生产者化，并非突如其来。早在 20 世纪 90 年代初期，著名作家王朔就宣称"作家不过就是码字匠"，作家何顿也曾坦言"写作不过是养家糊口与体面地打麻将、玩高档游戏的手段"。进入新世纪，"青春文学"或"80 后"主将韩寒更是不耻于作家身份、并以叛逆的姿态拒绝加入任何作协，甚至在同评论家白烨的"韩白之争"中爆粗口说——"文坛算个屁，谁也别装逼"。在网络文学的天空中，更是有着"在网上没有人知道你是一条狗"这样的论断来指称作者的匿名性、无名性、草根性、民间性与低俗性。这样，"随着作者虚拟和主体性缺失，写作的责任和良知、作家的使命感和作品的意义链也就无根无依或无足轻重，文学的价值依凭和审美承担成了被遗忘的理念、被抛弃的概念或不合时宜的信念。"② 换言之，在新世纪，网络文学的作者不再是"灵魂的工程师"或"社会良知的代言人"，而是网上灌水的"闪客"和"撒欢的顽童"，甚至在"匿名化"与"化名化"的网名的掩体下摈弃了价值担当与审美担当。事实上，网络文学的作者从来不以作家自居，他们均自称为"写手"，他们为写而写，为自己和粉丝而写，为点击率与跟帖数而写，为影视改编与游戏动画而写，为稿

---

① 参见张邦卫《媒介诗学——传媒视野下的文学与文学理论》，社会科学文献出版社 2006 年版，第 225—230 页。

② 欧阳友权：《网络文学论纲》，人民文学出版社 2003 年版，第 116 页。

酬与版税而写。一句话,为金钱而写、为谋生而写。英国著名短篇小说大师杰克·伦敦在《我的生活观》(1906)一文中说得好:"我找到了光怪陆离文明社会中赤裸裸的真理。所谓生活不外乎吃和住两大问题。为了有东西吃,有地方住,人们就出卖东西。商人出卖鞋子,政客出卖人格,人民的代表——自然也有例外,出卖人们对自己的信任,而几乎所有的人都出卖自己的节操。女人也罢,妓女也罢,已婚妇女也罢,都难免要出卖自己的肉体。普天之下无一不是商品。每个人都既是买主又是卖主。"他称自己是"智力商人"或"作为一个贩卖脑力的商人"。①"作家是'智力商人'",这不仅是资本主义社会的赤裸真理,也是新世纪社会主义市场经济社会的真实写照。当新一代的网络写手实行流水线写作,甚至一夜可以更新一万字,一部高人气的作品持续数年动辄数百万字的时候,他们不过是"技巧高超的商人"。尽管网络写手也有"大神"、"中神"、"小虾"等的层级式称呼,但事实上他们都不过是庞大的商业生产机器中的一个齿轮或螺丝钉,是文化产业领域中挣扎沉浮的"打工者"或"雇佣生产者"。

在新世纪的市场经济语境下,作为"智力商人"或作为"生产者"的作者,有着属于商业生产、市场机制的生产策略与模式。从表面来看,作为"智力商人"或作为"生产者"的作者是"个体户",但在新世纪的市场经济语境及高度先进的工业化生产条件下,他们都是"集体户"。一是写作的"集体化"。有些大名鼎鼎的作家及特别有市场号召力的作家,由于精力有限,他的作品供不应求;另一些作家由于名不见经传,他的作品找不到出路,但他们又不甘于贫困和寂寞。于是前者用低价把后者的作品购买过去,加工后贴上自己的商标,或者联名,高价出售,以应市场急需。这种合作一开始往往是买卖故事或素材,后来发展为分工合作,成立"写作企业"或"文学工厂"。在新世纪,一大批栖身于影视文学与影视编剧的作家,如王朔、麦家、刘恒、苏童、海岩、流潋紫等,他们的作品特别是影视剧本,绝大多数都是出自以他们

---

① 参见李淑言选编《杰克·伦敦研究》,漓江出版社1988年版。

为旗帜的团队的手笔，所以从这个角度来说，所谓的王朔、麦家、刘恒、苏童、海岩、流潋紫等已成为一个"写作团队"或"创作工作室"的指称符号。当然，这种情况在网络文学的写作视域中更是十分明显，如一个大故事框架下由多个写手分章节、分阶段、分时序来写，还如所谓的"接龙小说"等也是如此。二是经营的"集群化"甚至是"集团化"。这里的经营主要包括文学作品的编辑、出版、流通、传播、改编、评奖等。就传统文学而言，书稿的完成就意味着创作的完成、生产的完成，而就新世纪文学而言，书稿的完成只是意味着一个阶段性环节的结束，大生产流程才刚刚起步。事实上，在新世纪，一部文学书稿的选择到作品出版的过程就是一个多环节的构成：作家——书稿——经纪人——编辑——营销经理——社长——出版社——作品。一部作品走进读者的阅读视野的过程也是一个多环节的构成：作品——出版社——媒体宣传——发行公司——书市与书展——总经销商——个体经销商——排行榜与评奖——读者。另外，一部作品的跨媒体改编生产过程也是一个多环节的构成：作品——剧本——导演和演员与制作人——推广发行——影院和电视台与视频网站——观众与听众。这种无法忽视的众多环节与繁杂流程，恰恰是"集群化"甚至是"集团化"的鲜明表征，准确地说，这个"集群"或"集团"的具体构成者从本质意义上说无非是一个个媒体从业者与传播参与者。

当然，新世纪文学这种"集体化"进程与症状，从而使作者独享文学的话语权走向了集体分享与分摊文学的话语权，在削弱了作者的话语权之后，集体的聚合总会诞生新的权力中心与意见领袖。这就是新世纪必须正视的"传媒参与创作"的集体文学生产模式。我们知道，在新世纪，媒体不仅完成一个作者的打造、一部书稿的选择、一部影视剧的改编，除了版面设计、印刷装帧、出版发行、广告宣传、经销出售、改编播映等物质性工作，而且直接参与作品内容的创作活动，这不仅体现了媒体的霸权性，也透露了媒体在文学的动态活动（主要是商业活动）与存在方式上的构成性意义。对此，单小曦认为："新世纪是一个大众文学高唱凯歌的时代，大众文学场应该是这个时代影响范围最大的文学生产场。现代传媒场中的行动者在各个层面和全过程参与大众文学生产是媒体参与创作向纵深发展突出的表现。大众文学生产的目的十分明确,就是为了满足大众的需要。只有做到这一点,作者和媒体才能达到双赢的目的。而在这一过程中,作者(比使用作家一词更准确)已经降到了十分次要的地位。一个由各种编辑组成的媒体行动者队伍逐渐走向了大众文学场的中心。"① 这样,传统的以作者为中心的生产作业链终被新世纪的以编辑为中心的生产作业链所取代,而编辑虽然有一定的文学价值的考量,但他更多代表的却是以报纸杂志、出版社、书商、影视公司、栏目、剧组等为利益共同体的商业资本和市场攫利。

正是这种在商业化语境中的生产者化转型,在新世纪,对一个作者的考量与评估似乎不再是"美学的观点"与"历史的观点"及主流意识与主流价值的认同,而是版税与稿酬的量化考核。对此,从 2006 年开始制作并发布的《中国作家富豪榜》(当然这本身就是一个典型的媒介事件),最能说明在商业生态下作为生产者的作者的价值定位与体现。在此,仅以《2010 年度中国作家富豪榜》为例可以看出,杨红樱、郭敬明、郑渊洁分别以 2500 万元、2300 万元、1950 万元的年版税收入成为 2010 年度作家富豪榜的前三甲。值得一提的是,他们三人均已连续三年位居中国作家富豪榜的三甲之列,并且轮流占据这三年作家富豪榜的榜首位置。从《2010 年度中国作家富豪榜》中我们似乎可以透出以下几点变化:

一是传统作家的市场号召力与商业吸金力持续趋弱走低。据统计,在 2006 年度的榜单中,传统作家在前十位中占据了五席,掌握半壁江山;在 2007 年度的榜单中,传统作家在前十位中降到了四席;在 2008 年度的榜单中,传统作家已跌出前十位,但仍在前 25 位保持一定比例,在 11—25 位中,占据八席;2009 年度的情况与 2008 年度相似;在 2010 年度的榜单中,在前 25 位中虽然还能看到麦家、周国平、王蒙、贾平凹的身影,但他们四人的总版税不到 1000 万元,还敌不过《明朝那些事儿》的网络作家"当年明月"。

---

① 单小曦:《现代传媒语境中的文学存在方式》,中国社会科学出版社 2008 年版,第 209 页。

二是少儿作家的市场号召力与商业吸金力持续趋强走高。据报道，少儿作家的领军人物杨红樱在新世纪的第一个十年完成了一个奇迹，十年间作品的销量达到了 4000 余万册，时至今日，杨红樱的作品平均每天的销量就高达 1 万多册，这样也就使杨红樱轻易地占据了"2010 年度中国作家富豪榜"的榜首。在坚挺的发行数与版税面前，有评论家中允地认为，杨红樱是改写中国儿童文学历史的里程碑式的人物，是实现真正意义上"中国儿童文学走出去"的优秀原创儿童文学作家，她所创造的"马小跳"和"笑猫"已成为新世纪中国儿童文学的品牌。

三是青春作家的财富之路越走越宽。青春作家们是中国作家富豪榜的常客，他们的模式不仅在改变出版界，也搅动着文坛的格局，代表人物有郭敬明、饶雪漫、韩寒、张悦然、春树等。如郭敬明在创办《最小说》时，就有明确打造作者团队的想法。《最小说》的存在使得郭敬明将其在青春文学的影响力升至了最大化，多了一个老板的身份，而且《最小说》也有着惊人的销量。还如饶雪漫的个人经营之路与作品推广模式显得更具有前瞻性。最值得重视的是饶雪漫多年前就创造了"书模"这个概念，她请来少男少女担任图书的模特。她还尝试用多媒体的方式让自己的作品更容易被读者接受，在出版《离歌》的时候，她甚至还自己掏钱来拍电影。

四是网络写手的致富之路越来越火。调查显示，各路网络作者近年来在起点中文网改版和 VIP 计划、盛大文学和商业运营模式等刺激下，迸发出了惊人的创作热情，一批作者也成为玄幻等各类小说"网络写手"明星，而网名为"唐家三少"（张威）的 80 后作者是这些明星中最夺目的"光之子"。"光之子"的名号来自"唐家三少"创作的第一部网络小说《光之子》，同时，也是对他每月 30 万字的创作速度最为贴切的形容词。如今，以 5 年 3300 万元收入荣登"中国作家富豪榜·网络作家之王"。网络写手的致富路径已趋多元化，主要包括付费阅读与出售版权，从而最大程度地把作品的影响力转化为真金白银。比如知名网络作家"当年明月"，他的《明朝那些事儿》通过网络付费阅读每年大概能挣 20 万元，实体书则每年都能为他带来 200 多万元的版税收入。这也许就是为什么一个"当年明月"在中国作家富豪榜上比麦家、周国平、王蒙、贾平凹四个人还"值钱"的缘由吧。

（三）作为商品的作品

在文学活动的构成要素中，作品是最为重要、最为焦点、也最为中心。它不仅反映世界，还可反观反推反制世界，并且联结着作者与读者，是文学传播的客体，从而使文学活动成为一种环式的过程流。所以，传统的文学史从本质上说是一部关联着世界、作者、读者的作品史。正是如此，这也就是为什么从古到今所谓的"作品中心主义"与"文学本体论"十分盛行的原因。美国的新批评派的代表人物兰塞姆（J. C. Ransom）曾创造了一个术语："文学本体论"。所谓"文学本体论"是指文学活动的本体在于文学作品而不是外在的世界或作者或读者。作为本体的作品并不是指传统意义上的内容或内容与形式的统一，而是仅仅指作品形式，即所谓"肌质"、"隐喻"、"复义"、"含混"、"语境"、"反讽"等语言学或修辞学因素。之后，20世纪60年代盛极一时的结构主义将作品结构提高到一种自主地位，强调作品的独立性与自足性，从而使作品本体论达到一种偏激的高度。当然参与作品本体论建构的还有诸如俄国形式主义、文本主义、后结构主义、内容为王主义等。所有这些主张，都共同地认定文学活动的根本只在作品。从某种角度说，这种被中心化、注经化、阐释化、崇高化、神圣化与膜拜化的作品，事实上已被"圣品化"了。

然而这种"圣品化"的作品，却在马克思的艺术生产思想的视野下转换为产品，从而为艺术商品化历程准备了理论基础。马克思在《1844年经济学哲学手稿》、《德意志意识形态》、《共产党宣言》、《〈政治经济学批判〉导言》、《政治经济学批判大纲》、《资本论》第1卷和第4卷等著作中，把主要用于经济学的术语也用于考察文学艺术领域。马克思明确把诗人叫作"生产者"，把艺术品叫作"产品"，当然这是一种独特的、有别于其他种类的"产品"，这种视作品为"产品"的思想，在普列汉诺夫、卢卡契、房龙、阿诺德·豪泽尔、罗伯特·埃斯卡皮、特里·伊格尔顿、马克斯·韦伯、丹尼尔·贝尔、伊恩·P. 瓦特、雷蒙德·威廉斯等有关著作与论述中得到了进一步的延续与彰显。如丹尼尔·笛福（Daniel Defoe）在 1725 年就敏锐地指出："写作——变成了英国商业的一个相当大的分支。书商是总制造商或雇主。若干文学、作家、撰稿人、业余作家和其他所有以笔墨为生的人，都是所谓的总制造商雇用的劳动者。"①

在市场经济语境下，任何产品都是可供买卖的商品。"艺术作品自古以来就是作为商品而创造的"，阿诺德·豪泽尔（Arnold Hauser）如是说，"因为它们主要是为了出卖，而不是为艺术家自己所使用。"② 豪泽尔认为艺术作品"自古以来"就是"商品"有失偏颇，毕竟忽视了艺术作品在奴隶社会的祭祀之用、在封建社会的教堂之用与宫廷之用，换言之就是所谓的"祭品"或"贡品"。如中国古代的《诗经》中的"风"主要是为了"察民意、观风俗"，"雅"和"颂"主要是为了祭祀祖先、天地与鬼神。还有如古希腊的神话与史诗，以及悲剧、喜剧、酒神颂与雕塑等，都有着厚重的"祭品性"。但是，豪泽尔的观点还是值得重视的，因为他看到了艺术作品的"他用性"。艺术作品的"他用性"一旦在市场经济语境中以"出卖"来展示与实现的话，那么艺术作品就是名副其实的商品。乔治·卢卡契（Georg Lukacs）认为："资本主义的生产制度——和以前所有一切生产制度不同——客观上不断地加强和加深某些人的命运对社会潜在的运动法则的依附，而同时赋予某些人（商品交换的主体）以从前任何社会都未曾见过的表面独立。虽然在上古时代和中古时代也有过商品交换，但商品交换作为人与人之间关系和人与社会之间关系的决定者，在历史上还是一种新的东西。"③ 可见，艺术作品成为商品，其前提是资本主义的确立与商品交换依托。诚如丹尼尔·贝尔（Daniel Bell）所说的："资本主义是一种经济——文化系统：经济上它是围绕着财产制度和商品生产组织起业的；文化上它

---

① ［美］伊恩·P. 瓦特：《小说的兴起》，高原、董红钧译，生活·读书·新知三联书店 1992 年版，第 252 页。

② Arnold Hauser, *The Sociology of Art*, London：Arnold Hauser, The Sociology of Art, London Routledge, 1982, p. 598.

③ ［匈］卢卡契：《卢卡契文学论文集》（第一册），中国社会科学出版社 1981 年版，第 381—382 页。

是以交换关系和买卖活动为基础的。这一特点几乎渗透到整个社会。"①
随着以交换关系和买卖活动为基础的商业经济体制与文化产业机制的全
面建构，文艺作品作为商品成为越来越普遍的社会存在。对此，特里·
伊格尔顿（Terry Eagleton）在《马克思主义与文学批判》中指出："文
学可以是一件人工制品，一种社会意识的产品，一种世界幻象（World
Vision）；但同时也是一种工业（industry）。书籍不仅是有意义的结构，
而且是出版商为了赚钱在市场上出卖的商品。戏剧不仅是文学文本的集
成，而且是一种资本主义商业；雇用一些人（作家、导演、演员、舞台
管理员）生产为观众所消费的、能赚钱的商品。批评家不仅是分析文
本，而且（常常）是国家雇用的大学教师，从意识形态方面培养能在
资本主义社会尽职的学生。作家不仅是超个人思想结构的换位者，而且
是出版社雇佣的工人，去生产能出售的商品。"②

在新世纪的中国，社会主义市场经济与资本主义市场经济虽然有着
本质的不同，但市场经济却是相同的。美国经济学家杜和克洛认为：
"市场经济的特征是，生产要素的私人所有制，由利润动机引导生产经
营的生产积极性，以及家庭关于支出决策与储蓄决策的选择自由。"美
国经济学家汤普逊认为："市场经济最重要的特征是：经济资源与生产
资料私人所有制，个人选择自由，竞争，利润动机，以及市场需求和供
给条件所决定的价格。"当然，社会主义市场经济有别于资本主义市场
经济，其个性化特征诚如美国经济学家博恩斯坦在《比较经济制度》
一书中所说的四个方面，即"集体所有制与国家所有制；经济利润作
为生产决策的指导力量而居于支配地位；利用市场和价格配置资源和分
配产品；收入分配中的有限的不平等"。不可否认，社会主义市场经济
是新世纪文学的经济基础，那么新世纪林林总总的文学行动、形形色色
的文学关系、纷纷扰扰的文学事件、光怪陆离的文学现象都只能寄托在
市场经济的厚土之上，不可避免地烙上了"市场"与"商业"的印记。

---

① Daniel Bell, *The Culture Contradiction of Capitalism*, New York：Macmillan Education UK,
1976, p. 14.

② Terry Eagleton, *Marxism and Literary Criticism*, London：Routledge, 1977, pp. 59 – 60.

这样，在新世纪，文艺作品在商品化的阵痛中终究无法拒绝"商品"的被命名。这样，从圣品——祭品——贡品——产品——商品，作品的文化身份的因时而变意味着作品神圣性的消解与世俗性的张扬，崇高化作品终于完成了商业化作品的"变脸易容"与"移形换位"。

作为商品的作品，与作为祭品的作品、作为贡品的作品、作为革命武器的作品有着本质的不同。作为祭品的作品与作为贡品的作品，采取的评价方法是"伦理定性"，注重的是"好"与"坏"，如孔子所谓的"尽善尽美"。作为革命武器的作品，采取的评价方法是"政治定性"，注重的是"积极"与"消极"、"进步"与"落后"，如毛泽东所谓的"政治标准第一，艺术标准第二"。作为商品的作品，采取的评价方法是"商业定量"，注重的是"畅销"与"滞销"、"赚钱"与"赔钱"、"赚多"与"赚少"，如邓小平所谓的"不管黑猫白猫，抓到老鼠的就是好猫"。新世纪文学作品的商品化，虽然诚如张邦卫在《媒介诗学——传媒视野下的文学与文学理论》一书所说的"文本（作品）的畸变"①，但这种"畸变"未必没有孕育着新世纪文学的新方向、新选择与新质变。

在新世纪的十五年中，由于市场意识与市场方式在文学领域中得到前所未有的开掘与发展，加之大众传媒的强势介入、全力加盟与极力控股，这样大大推进了文学作品商品化的转换进程，甚至是一种耳熟能详的存在与表现。如商业出版中的文学畅销书现象。"文学畅销书（Literary Bestseller）的命名实质上就是当代文学经济化的具体展现，与工业社会与后工业社会息息相关，是服务于出版、营销的一块金字招牌，是在市场化、经济化进一步深化的进程中追求出版理念、经济指标、销售码洋的操作化、运作化的结果，是文学在经济化营运过程中制造、操作的产物，文学畅销书的成功往往通过'畅销书排行榜'（Bestseller List of Literature）来体现，它的游戏规则是以销量和码洋来论资排辈和排名排序的。"② 文学畅销书只同销量密切相关，与质量却无太大关联，故

---

① 参见张邦卫《媒介诗学——传媒视野下的文学与文学理论》，社会科学文献出版社 2006 年版，第 222—223 页。

② 同上书，第 284—285 页。

文学畅销书的真义是"务实与趋利"，是为"为畅销而文学"、"为趋利而文学"、"为赚钱而文学"，而不是为"为艺术而文学"。可见，让作品畅销不过是商业出版群体（含出版社、杂志、策划人、编辑、书商、作者等）的生财之道与逐利之器。对于商业出版群体来说，畅销书意味着读者认可、金钱收益和社会影响。对于作家而言，畅销书的意义尤为重要，一旦作家的某部作品成为畅销书，那么他的下一部新作品出版时，无论是起印量、版税、媒体报道，都会比非畅销书作家优厚得多，有调查结论——"谁都希望自己的书卖得好"——便是最好的作家心声。对于出版社而言，畅销书的意义更为重要，据统计，畅销书只占出版社出版书品种的20%左右，但产生的销售收入和利润却可高达80%左右。

　　在新世纪的十五年中，有一大批畅销的文学作品取得了社会效应与经济效应的双丰收。如《诛仙》、《明朝那些事儿》、《盗墓笔记》、《藏地密码》、《狼图腾》、《梦里花落知多少》、《杜拉拉升职记》、《山楂树之恋》、《驻京办主任》、《离歌》、《黑道风云》、《苍黄》、《风声》、《后宫·甄嬛传》、《省委书记》、《绝对权力》、《沧浪之水》、《黑雾》、《三重门》、《文化苦旅》、《我的野蛮女友》等。伴随着文学畅销书的捷报频传，一大批幕后的"金牌出版人"也浮出水面，如"磨铁图书"总裁沈浩波、长江文艺出版社副总编金丽红、长江文艺出版社副社长黎波、"读客图书"董事长华楠、《最小说》主编郭敬明、《中国作家富豪榜》制作人吴怀尧等。

　　通过作品畅销的成功案例与"金牌出版人"的披露，我们似乎可以看出作为商品的作品畅销的几个关键：一是"精选卖点"。一般来说，新世纪的文学畅销书多以美貌、情色、身体、隐私、青春、官场、反腐、黑幕、玄幻、野史、小资、闲适等作为卖点。二是"精练书名"。书名对图书至关重要，要将有力的关键词植入书名中去，还要用最快的速度向读者介绍这是一本什么样的书，换言之，精练书名就是抓人眼球。三是"精制封面"。封面的设计要注重差异化，要从眼花缭乱的书架、报摊、展拒中跳出来，让读者或行人一眼就能看到，换言之，就是醒目与夺目。四是"精写文案"。这里所谓的文案就是作品的内容简介,文案写作要解决读者为什么买这本书的动机问题,不是把出版人的心里话说给购买者听,而是把购买者的心里话说给购买者听,既要凝练,更要抵达心灵以求共鸣。五是"精推名人"。名人本身就有相当的社会轰动效应,精推名人之作,让名人之名为名人之作烘托服务,从而使作品畅销最大化,如白岩松的《痛并快乐着》与《幸福了吗》、崔永元的《不过如此》、吴小莉的《足音》、余秋雨的《行者无疆》、刘震云的《手机》、冯小刚的《把青春献给你》等。六是"精复名作"。当一部作品畅销后,可以将这部作品进行复制化书写、推介与出版。这种复制可以是同题复制,也可以是类型复制。如当市场上有了《第一次的亲密接触》之后,随即也就有了《第二次的亲密接触》、《第三次的亲密接触》、《第 N 次的亲密接触》,以至《最后的亲密接触》等。七是"精分读者"。一部畅销之作不可能对所有读者都有吸引力,只可能对某一类读者有畅销度,强调作品的对象化与针对性,所以做好读者分群对一部作品的畅销十分重要。一般来说,当下购书人有三大类,第一类是 12—18 岁的青春阅读群体,第二类是 19—36 岁的青年白领读者,第三类是 55—70 岁的银发读者。只有精分了读者的作品,其销量才会大,才有可能步入畅销的行列。八是"精择平台"。一部作品出来后,选择什么样的推广平台对作品的畅销尤其重要,毕竟"酒香还怕巷子深"。只有推广平台选准选好了,才能对症下药,事半功倍。如《明朝那些事儿》首选的平台是博客,《诛仙》首选的平台是文学网站;《手机》与《后宫·甄嬛传》首选的平台是影视。这样,把作品当成商品进行市场化操作,当然是为了把作品转化为经济资本,并且以畅销而求最大化,诚如马尔库塞所说的"资产阶级的艺术作品都是商品;它们也许甚至是作为上市销售的商品而被创作出来的",这样的行动与事件难道真的是与文学无关吗?

(四)作为消费者的读者

读者是文学活动的基本要素之一,毕竟只有经过读者的阅读,作者创作的文本才有可能实现其价值。读者的地位与作用有着一个由忽视到正视再到重视的转换过程，这恰恰与文学思想史上从"作者中心主义"到"作品中心主义"再到"读者中心义"的流变过程是相契合的。接受美学创始人姚斯（H. R. Jauss）认为："一部文学作品并不是一个自身独立、向每一个时代的每一个读者均提供同样观点的客体。它不是一尊纪念碑，形而上学地展示其超时代的本质。它更多地像一部管弦乐谱，在其演奏中不断获得读者新的反响，使本文从词的物质形态中解放出来，成为一种当代的存在。"① 应该说，接受美学的观点适应了文学活动在历史上的演变趋势：由被动的活动上升为主动的、创造性的活动。接受美学将读者接受活动看作文本含义的再创造过程是有其积极意义的。对此，接受美学对"第一文本"和"第二文本"的区别也是很有启迪意义的。所谓"第一文本"是艺术家创造的艺术制品（Art Effect），所谓"第二文本"是与读者直接发生关系、进入读者阅读视野与接受过程的审美对象（Aesthetic Object）。换言之，"第一文本"是作者创造的，"第二文本"是读者再创造的。或者说，没有与读者发生关系的文本是"第一文本"，是一种"自在"的存在；与读者发生了关系的文本是"第二文本"，是一种"自为"的存在。诚如伊塞尔所说的："文学文本具有两极，即艺术极与审美极。艺术极是作者的文本，审美极是由读者来完成的一种实现。"② 此外，伊塞尔还借用 R. 英伽登的"不确定性"与"空白"，自创了"召唤结构"（Appellstruktur）来说明文本与读者接受的关系问题。正是因为文本的"不确定性"，就必须有读者的"确定"；正是因为文本的"空白"，就必须有读者的"填空"；正是因为文本的"召唤"，就必须有读者的"应召"。没有读者的"确定"，"填空"与"应召"，文本的意义则无从实现。所以，姚斯认为，作品的意义来源于两个方面：一是作品本身，二是读者的赋予，而从本质上说作品的意义仍然是读者的赋予。G. 格林也指出，一部作品

---

① ［德］姚斯：《走向接受美学》，见《接受美学与接受理论》，周宁、金元浦译，辽宁人民出版社 1987 年版，第 26 页。
② ［德］伊塞尔：《阅读活动——审美反应理论》，金元浦、周宁译，中国社会科学出版社 1991 年版，第 29 页。

的意义，主要是读者赋予的。梅拉赫更是认为，在作者——作品——读者所构成的"动力过程"中，读者实现挖掘与发挥作品潜力的功能，在阅读与批评活动中，读者始终处于中心地位。接受美学对读者的高度重视直接催生了"读者中心主义"的深入人心，并以读者接受与反应理论中得到进一步强化。

在新世纪的十五年，读者依然处于中心，但在市场经济语境及媒体播撒的消费主义思潮中，这时的读者已发生的本质性的转变或曰变质，它们不再是真正意义的阅读文学作品的读者，而更多表现为作为消费文学商品的消费者，或者说读者已经消费者化了。张邦卫认为："读者的文化身份向消费者转化，读者的共同体所共构的是一个利润丰厚的消费市场，读者在网络时代虽然依然处于中心地位，但其作用与功能早已面目全非。前媒介时代，按接受美学的观点，读者是作品意义的赋予者，而在网络时代，读者是文学产品商品化的生成器与转换者。对具体的文本来说，读者所赋予的不是意义，而是码洋与利润。"① 所以，从这个角度说，新世纪的"读者中心主义"实质上是"消费者至上主义"或曰"消费者上帝主义"。当然，读者的消费者化有两种基本情况：一是主动的消费者化，二是被动的消费者化。但不管何种情况，它们都是作为文学商品的消费对象与购买主体而存在的。正是如此，在新世纪存在着这样一种怪象，即购买文学书籍的人未必是阅读文学书籍的人，特别是那些价格高昂的、精装的中外经典文学名著更是如此。也许更多的购买者只是为了购买而购买、为了消费而消费、为了炫富而购买、为了装饰身份而购买、为了捧星而购买、为了追风而购买，一句话，是一种没有阅读的收藏与馆藏。对此，童庆炳认为："读者接受的能动性在当代文化工业和大众传媒的运作中已受到了很大销蚀。当人们面对充满商业营销气息的大众文化产品时，被要求的是'消费'而不是'再创造'，因此，在文学阅读的地位得以提高的另一面，则也存在着重新被贬低的趋向。"②

---

① 张邦卫：《媒介诗学——传媒视野下的文学与文学理论》，社会科学文献出版社 2006 年版，第 233 页。

② 童庆炳主编：《文学理论教程》（修订本），高等教育出版社 1998 年版，第 32—33 页。

在新世纪的大众传媒时代,当新媒体带来更多花样繁多的文化形态与娱乐形式之后,不仅国民阅读的现状令人担忧,而且国民的消费购买并不意味着国民的阅读接受。据 2014 年 4 月公布的"第十一次全国国民阅读调查报告"显示:国民人均纸质图书阅读量为 4.77 本,比上年增加 0.38 本,我国国民数字化阅读方式接触率首次超过半数,超五成的成年国民认为自己的阅读数量较少。具体地说,有两点是值得关注的:一是"纸质图书和电子书阅读量上升,报纸期刊阅读量双降"。据中国新闻出版研究院出版研究所所长徐升国分析,虽然我国国民的阅读量曾有过下降,但近年来还是呈现出稳步上升态势,"但也必须承认,我们与法国、日本、韩国等国家的人均阅读量比,还有不小差距"。二是"超七成成年国民认为阅读重要,超五成人认为自己阅读量较少"。据调查结果显示,有 70.5% 的国民认为当今社会阅读对于个人的生存和发展来说"非常重要"或"比较重要",有超五成的成年国民认为自己的阅读数量较少,"工作忙"成为我国成年人不读书的最主要原因。除此之外,2013 年我国成年国民的家庭藏书量平均为 34.51 本。其中,有读书行为国民的家庭藏书量高出近一倍,城镇居民家庭平均藏书量为 47.08 本,显著高于农村居民的 19.93 本。[1] 在这个调查报告中,有两个数据是颇有意味也值得推敲的:一是国民人均纸质图书阅读量为 4.77 本;二是国民的家庭藏书量平均为 34.51 本。这两个数据一比较,我们不难看出:新世纪国民的藏书量远远高于读书量,购书的消费力远高于读书的阅读力。换言之,买不一定是为了读,藏也不一定是为了读,一切不过是作为消费者的读者的消费形式而已。

在新世纪,读者的消费者化最极端的表现就是读者的"粉丝化"。我们知道,新世纪十五年,是大众传媒为了扩大"消费神话"而不断"造星"和推销偶像崇拜的时代,这一点,在青春写作中特别扎眼。青春写作主要以"80 后"为主体,"大体可能概括为两种样式,一种是偶像明星式的畅销书写作,以韩寒、郭敬明为代表;另一种是流行经典式

---

① 参见《第十一次全国国民阅读调查》,http://news.xinhuanet.com/book/2014-04/22/c_126417791.htm。

的长销书写作，以安妮宝贝为代表。"① 不管是韩寒、郭敬明还是安妮宝贝，最初的成名是靠作品，而其后的发展与持续蹿红更多的是靠偶像魅力。这样，他们都有属于他们的高人气的粉丝群体，如所谓的"韩粉"、"四迷"、"安迷"。事实上，不管是"韩粉"、"四迷"还是"安迷"，他们已经不是传统意义的读者，而是支持者。所谓"粉丝"，按照约翰·费斯克（John Fiske）的观点，是作为大众读者的"过度的读者"（Excessive Reader），是以"为我所用"的实用主义态度对待文本的。他们不但能从阅读中创造出与自身社会情境相关的意义及快感，更能主动参与相关文化符号的生产，创造出一种拥有自己的生产及流通体系的"粉丝文化"。② 粉丝对偶像的崇拜中更多的不是敬，而是爱，是喜爱、宠爱与疼爱，有时甚至是一种无原则、无底线的爱，如"四迷"们对郭敬明剽窃的包容与护短。粉丝们支持偶像最实际的行动就是买书，每买一本书就是捐助一次版税。所以韩寒、郭敬明每年都有新书出版，书写得怎样不是最重要的，书的文字内容可以从网上获得，也可以从盗版书中获得，但真正的粉丝一定要购买正版书，为了纪念，更为了支持。所以说，韩寒、郭敬明这样的青春写作明星，其文学生产、传播、消费方式，已经非常接近于张国荣、刘德华、周星驰、周杰伦、李宇春这样的演艺明星了。他们的流行非常依赖于各自粉丝群体的存在，或者准确地说，他们是粉丝们的消费行为供奉起来的"消费王子"与"吸金符号"。正是如此，这也就是为什么郭敬明能够多次荣登中国作家富豪榜首富的原因所在。据郭敬明自己透露，从他的《幻城》、《梦里花落知多少》、《小时代》，到他主编的青春文学杂志如《最小说》、《岛》等，销量都达到了百万以上，其"固定读者群"或者说是"粉丝"大概在一百万人左右。国内知名书商、"万榕书业"总经理路金波曾经指出，郭敬明有着"百万粉丝"，并从他们身上取得财富。"百万

---

① 邵燕君：《新世纪文学脉象》，时代出版传播股份有限公司、安徽教育出版社 2011 年版，第 17 页。

② 参见［美］约翰·费斯克《粉丝的文化经济》，陶东风主编《粉丝文化读本》，北京大学出版社 2009 年版，第 17 页。

粉丝"们年轻，充满幻想，喜欢物质生活和完美偶像，也许还有些青春期的小情绪，最重要的是，他们易于被鼓动，是郭敬明及其"最世文化"的"铁杆"与"死党"，郭敬明则是他们那个世界里的"教主"与"国王"。①

在新世纪，读者的消费者化最典型表现就是读者在媒介文学事件中的"观众化"，即所谓的"看热闹"、"凑热闹"。在"消费就是一个神话"（波德里亚语）的新世纪，除文学书写的内容可以消费之外，如消费青春、消费女性、消费身体、消费历史、消费美丽、消费政治、消费情感、消费腐败等，最主要的是文学本身也成为消费的对象。在媒体帝国主义之下，媒体消费文学的最主要策略就是"事件化"，或曰"媒介文学事件"。在丹尼尔·戴扬和伊莱休·卡茨的《媒介事件》一书中，将电视直播的重大事件命名为"媒介事件"。所谓"媒介事件"一般都是经过组织者事先策划、由媒体呈现并在受众中产生影响；媒介事件的意义产生不仅仅是事件本身，而且在事件之外。② 所谓"媒介文学事件"，就是媒体视域下的文学事件，有着浓郁的"营构"与"制造"的因素，其中，商业策划与大众传媒是最重要的营构力与制造者。在新世纪，比较轰动的媒介文学事件有"女性'个人化'写作事件"、"美女作家群和70后事件"、"80后事件"、"《马桥词典》事件"、"韩白之争事件"、"九丹与《乌鸦》事件"、"赵丽华与梨花体事件"、"木子美与《遗情书》事件"等。在这些事件中，媒体传播的不是作品本身，而是与作品之某一点或作品之外的那些能够引起受众欲望化想象的"热点"与"焦点"。仔细分析，这些点怎么也逃不脱诸如对女性、身体、性、青春、叛逆等放大化书写。这种聚点式的媒体传播策略，其功利指向就是受众的消费热情和由此及彼的选择性购买，最终就是消费者的钱包。所以，在对媒介文学事件的消遣与消费之中，或者说娱乐、狂欢、意

---

① 参见王烨、陈永恒《揭秘青春文学首富郭敬明：一座文学工厂的生产力》，http：//www.zcom.com/article/48802/。

② 参见［美］丹尼尔·戴扬、伊莱休·卡茨《媒介事件》，麻争旗译，北京广播学院出版社2000年版。

淫、身份区分、自我消费，传统的读者已经消费者化了。换言之，"知道主义"取代了"知识主义"，消费取代了审美。毕竟"当文学事件在媒介文学事件中被转化成为消费文化的一种形式时，媒介文学事件所需要的，不再是文学的读者，而是文化的消费者"。① 事实上，在新世纪，作为受众，对文学的期待可以分成三种类型：一是传统意义上文学作品的读者；二是在读者与消费之间进行协商性解读的人；三是完全的媒介文学事件中的文化消费者。而后两者在媒介文学事件中，作为大众传媒的接受者和消费者，其群体数量远远大于文学作品的读者的数量。

三 "媒介性"的第三副面孔：新世纪文学的类型性

新世纪文学的"媒介性"的第三副面孔就是它的类型性，这种类型性源于新世纪大众传媒在形态上的类型化，更源于大众传媒在内容上的类型化与同质化。对新世纪文学类型性的归纳与概括，我们既可以从新世纪文学的整体观中得到十足的印证，也可以从新世纪文学的具体形态如青春文学、网络文学、反腐文学、官场文学、女性文学、影视文学、商场文学、职场文学等中得到充分的印证。

（一）媒介的类型性

人类社会的媒介史是一部不断变动与日维日新的发展史。威尔伯·施拉姆（Wilbur Schramm）认为："媒介就是插入传播过程之中，用以扩大并延伸信息传送的工具。"② 具体地说，传播学意义上的媒介，是指传播信息符号的物质载体，也包括与媒介相关媒介组织，具体有书籍、杂志、报纸、广播、电视、电影、网络、手机等多种形态。按照约翰·费斯克（John Fiske）等人的定义："媒介是一种能使传播活动得以发生的中介机构（Intermediate Agency）。""广义上说，说话、写作、姿

---

① 钟琛：《当代文学与媒介神话——消费文化语境中的"媒介文学事件"研究》，华夏出版社 2008 年版，第 146 页。

② ［美］威尔伯·施拉姆、威廉·波特：《传播学概论》，陈亮等译，新华出版社 1984 年版，第 144 页。

势、表情、服饰、表演和舞蹈等,都可被视为传播的媒介。每一种媒介都能通过一条信道或多种信道传送符码,但此概念的这一用法正在淡化。如今它越来越被定义为技术性媒介,特别是被定义为大众媒介(Mass Media)。"① 从这些定义中,我们可以看出:大众媒介是一个被新的媒介形式不断填充的开放性概念。比如,在 20 世纪,人们谈到大众媒介只会想到报纸、杂志、广播、电影、电视等;而在新世纪,人们谈到大众媒介显然已需要把互联网、手机、数码相机、数码摄像机等新媒介包括进来。所以,大众媒介的发展与变化显然与科学技术成果的运用密切相关;而由于高科技会不断催生出新的媒介形式,大众媒介也应该处于一个不断膨胀的过程之中。比如,新世纪所谓的新媒介,就包括诸如门户网站、电子邮箱、搜索引擎、虚拟社区、网络游戏、博客、维客、播客、手机短信、手机电视、网络电视、数字电视、手机报、网络杂志、手机微信等。它们之中有的属于新的媒介形态,有的属于新的媒介软件、媒介硬件、媒介服务等亚形态。一句话,媒介的形态是多种多样的。

面对着多样化与多态化的媒介家族,我们有必要对媒介形态进行类型化划分。对媒介形态的类型划分,可以根据不同的标准进行归队。其一,以媒介的历史发展为标准,将媒介分为传统媒介、现代媒介、新媒介三种类型。传统媒介是人类历史上出现较早、使用时间较长的一些传播媒介,包括语言、文字、印刷等媒介;现代媒介是以电子技术为核心、具有全新传播形式的一些传播媒介,包括广播、电视、电影、电话等媒介;新媒介指的是在信息化时代出现的新兴传播技术,包括网络媒介、其他实时信息传播媒介以及传统媒介的数码化形式——电子报刊等。其二,以传播媒介的物质形态为标准,将媒介分为语言媒介、文字媒介、电子媒介三种类型。语言媒介是以各种不同语言为信息载体的媒介;文字媒介是以各种书写或印刷符号与材料为信息载体的一种传播媒介,可以分为手抄文字媒介和印刷文字媒介;电子媒介指一切用电磁波

---

① [美] 约翰·费斯克等编:《关键概念:传播与文化研究辞典》(第二版),李彬译注,新华出版社 2004 年版,第 161 页。

或电子技术产品为信息载体的传播媒介。其三，以是否使用特定的工具技术为标准，将媒介分为亲身媒介、技术媒介两种类型。其四，以传播规模和传播媒介所针对的受众对象为标准，将媒介分为个人媒介和大众媒介两种类型。个人媒介是传播者针对特定的个体受传者进行信息传递时使用的媒介，传播规模小，如电话、书信以及面对面交流的口语等；大众媒介是面对公众性受传者进行信息传递时使用的媒介，传播规模大，如报纸、电视、杂志、电影等。其五，以传播媒介作用于人的感官的方式，将媒介分为听觉型媒介、视觉型媒介、视听结合型媒介三种类型。听觉型媒介是指符号信息作用于人的听觉器官的传播媒介，如口语、广播、钟鼓等；视觉型媒介是指符号信息作用于人的视觉器官的传播媒介，如文字、摄影、烽火狼烟等；视听结合型媒介是指符号信息同时作用于人的视觉和听觉器官的媒介，如电视、电影等。① 其六，以媒介的历史发展及中心化程度为标准，将媒介分为第一媒介（指报纸杂志）、第二媒介（指广播）、第三媒介（指电视）、第四媒介（指互联网）、第五媒介（指移动网络、手机）五种类型。

同一类型的媒介都有着相同的类型性，这种类型性不仅表现在传播力方面，而且表现在文化力方面。如以电子媒介为例，电子媒介深刻地影响了整个社会，导致了一系列的新现象。第一，电子媒介加速了全球化和本土化的进程。通过时空分离或时空凝缩，"地球村"应运而生。一方面是本地生活越来越受到远处事件的"远距作用"；另一方面本土化和民族化的意识异常凸显。我们/他者、本土/异邦、民族性/世界性等范畴，不再是抽象的范畴，而是渗透在我们的日常生活中。第二，电子媒介在促进文化的集中化的同时，又造成了不可避免的零散化和碎片化。第三，电子媒介一边在扩大公共领域的疆界和范围，将越来越多的人卷入其中，但同时它又以单向传播、信息源的垄断以及程序化等形式，在暗中萎缩和削弱潜在的批判空间。第四，电子媒介以其强有力的"符号暴力"摧毁了一切传统的边界，文化趋向于同质化和类型化，但

---

① 参见田中阳主编《大众传播学理论》，岳麓书社2002年版，第110—111页。

它又为各种异质因素的成长提供了某种可能。第五,电子媒介与市场的结合,必然形成消费主义意识形态以及被动的文化行为。① 再以新媒介为例,新媒介既创造了新景象,也生产新问题。这些新景象至少包括全时传播、全域传播、全民传播、全速传播、全媒体传播、全渠道传播、全互动传播、去中心化传播、去议题设置传播、自净化传播等。这些新问题至少包括信息超载、色情泛滥、价值多元与众声喧哗、消解权威与去中心化、知识产权无法保障、新闻失真与信息失范、片面追求轰动效应、草根英雄与网络大 V、社会责任感缺失与突破道德底线、情绪宣泄、叛逆盛行、批判主义与胡言乱语、正能量缩水与负能量涨水、媚外媚俗、国际传播中的文化侵略等。

(二) 媒介文化的类型性

所谓"媒介文化",或曰"媒介化的文化",按照周宪、许钧的观点,"是一种全新文化,它构造了我们的日常生活和意识形态,塑造了我们关于自己和他者的观念;它制约着我们的价值观、情感和对世界的理解;它不断利用高新技术,诉求于市场原则和普遍的非个人化的受众……总而言之,媒介文化把传播和文化凝聚成一个动力学过程,将每一个人裹挟其中。于是,媒介文化变成我们当代日常生活的仪式和景观。"② 蒋原伦在《媒介文化十二讲》一书中,对"媒介文化"是这样解释的:媒介文化不是传统意义上的大众文化,而是媒介技术与文化工业不断扩展的文化,是当代人文化实践的产物,是现代媒体强大的传播功能与社会流行趣味相结合的产物。③ 赵勇在《大众媒介与文化变迁——中国当代媒介文化的散点透视》一书中,对"媒介文化"有这样的阐释:一是媒介文化是大众文化发展到一个新阶段之后出现的文化形式。媒介文化与大众文化存在千丝万缕的联系,同时也呈现出一些新特征。而这些特征很大程度上是由新媒介本身的特征决定的。二是媒介文化是一种全

① 参见周宪、许钧《文化与传播译丛·总序》,〔美〕马克·波斯特《信息方式——后结构主义与社会语境》,范静晔译,周宪校,商务印书馆 2001 年版,第 2—3 页。

② 同上书,第 3 页。

③ 参见蒋原伦《媒介文化十二讲》,北京大学出版社 2010 年版。

面抹平的文化。大众媒介有一种全面抹平的魔力，而任何文化只要经过媒介文化机器的再生产，就具有某种趋同性与匀质性。三是媒介文化是一种杂交文化。媒介文化既非纯粹的商业文化，也非纯正的主流意识形态文化，而是商业文化与主流文化的杂交文化。四是媒介文化是一种不断生成的文化。政策因素、商业市场、媒介形式、受众水平等都会不同程度地参与到媒介文化的生成之中，从而充满了许多变数，具有不确定性。①

从上述几位专家的论述中，我们似乎可以触摸到媒介文化的一个本质属性，那就是媒介文化的新媒介性，以及在新媒介掌控下的趋同性与匀质性，换言之，就是媒介文化的类型性或曰同质化。当然在新世纪的媒介时代，浏览报纸、杂志，或打开电视机、电脑、手机，最令人困惑的是同质化现象。如有时遥控器横扫几十个频道，看到的是类型大致相同的娱乐节目、内容构成与形式框架大致相同的新闻节目，以及剧情大致相同的电视剧节目。再如当大陆的电视人发现我国台湾的"雅嘉非常男女"很有市场时，立刻激起了连锁反应，不分东南西北，台不分卫视有线，一时间从首都到地方十数台类似的婚恋节目纷纷出笼，而且收视率还居高不下。典型的如湖南卫视早期的《玫瑰之约》与后期的《我们约会吧》、江苏卫视的《非诚勿扰》、浙江卫视的《爱情连连看》与《相亲才会赢》、安徽卫视的《原来是你》。此外还有如《爱情保卫战》、《百里挑一》、《十足女神 FAN》、《婚姻保卫战》、《桃花朵朵开》、《全城热恋》、《完美箱遇》、《相约星期六》、《幸福来敲门》、《相亲齐上阵》、《周日我最大》、《欢喜冤家》、《老公看你的》、《郎才女貌》、《盛女大作战》、《幸福夫妻档》、《称心如意》、《非你不可》、《欢迎爱光临》等。所有的这些节目"一窝蜂"扎堆，大同小异，甚至连"小异"都变成了"同"，那就是真人秀、娱乐秀，秀的是身体，娱的是情感。这样，从这些最大众化、最霸权化的电视真人秀节目中，类型化由此可见一斑。

麦克卢汉曾经指出："我们自身变成我们观察的东西……我们塑造

---

① 参见赵勇《大众媒介与文化变迁——中国当代媒介文化的散点透视》，北京大学出版社 2010 年版，第 18—20 页。

了工具，此后工具又塑造了我们。"① 当我们利用科技成果塑造了作为工具的媒介时，媒介这个工具又反过来大力地塑造了我们的心灵习惯、思想感情结构、文化观念、审美方式等。所以，类型化的媒介必然生产出类型化的媒介文化，以及被动接受的类型化的文化消费群体。从理论上说，在媒介文化时代，高雅文化与低俗文化、精英文化与大众文化、知识分子文化与非知识分子文化等，却都获得了在大众媒介舞台上展示自身的机会。同时，由于它们通过大众媒介也在相互交往、相互渗透乃至不断移位甚至换位，原来处于对立状态的文化形式，其紧张关系开始消除，其界限分野也开始模糊。诚如王一川所说的："一方面，纯粹的'审美'不断向普通'文化'领域渗透弥漫于其各个环节；而另一方面，普通'文化'也日益向'审美'靠近，有意无意地把'审美'规范当作自身的规范，这就形成两者难以分辨的复杂局面。"② 之所以如此，是因为任何文化只要经过媒介文化机器的生产，就具有某种趋同性和匀质性。即使是像学术这样的高雅文化，一经中央电视台《百家讲坛》的打造与制作，就变成了既非高雅文化也非低俗文化的"混血"与"混搭"，甚至是两种文化的平均质与平均数，有一种鲜明的嫁接性、混搭性与折中性，像易中天被称为"学术明星"、于丹被称为"学术超女"等就十分典型。究其原因，就在于大众媒介有一种全面抹平的魔力。后现代主义学者将这种"去分化"与"全面抹平"形象地描述为"跨越边界/填平鸿沟"（Cross the Border/Close the Gap）。正如詹姆逊所说的，"19 世纪，文化还被理解为只是听高雅的音乐，欣赏绘画或者看歌剧，文化仍然是逃避现实的一种方法。而到了后现代主义阶段，文化已经完全大众化了，高雅文化与通俗文化，纯文学与通俗文学的距离正在消失。"③

那么，媒介文化在整体上有着什么样的类型元素呢？一是媒介文化

---

① ［加］马歇尔·麦克卢汉：《理解媒介——论人的延伸》，何道宽译，商务印书馆 2000 年版，第 17 页。

② 王一川：《审美文化概念简说》，《学术季刊》1994 年第 4 期。

③ ［美］詹姆逊：《后现代主义与文化理论》，唐小兵译，北京大学出版社 1997 年版，第 162 页。

是一种复制文化。其实，关于媒介文化的复制性，早在本雅明的《机械复制时代的艺术作品》一书中有十分精辟的论述。本雅明认为，人类的文明史是一个复制技术不断发展创新的历史，且一次比一次强烈。事实上，在技术高度发达的 20 世纪与 21 世纪，人类先后经历了本雅明所谓的"机械复制时代"，以及"电子复制时代"与"数字复制时代"。基于复制技术的复制艺术，按本雅明的观点，就是那种"只属于原创的、独一无二的作品"的"韵味"的丧失以及"膜拜价值"向"展示价值"的转变。换言之，在技术复制时代，艺术作品可以随时随地大量复制，而且复制到了可以乱真的地步，艺术作品不再"独一无二"了，不再具有独特的"韵味"。这样，异质化越来越小，同质化越来越大。依托于媒介的各种文化越来越标准化、模式化和简单化，也越来越容易受到操控——无论是人为抑或技术的操控，复制技术大量复制的不只是艺术和艺术的主体，它还复制了消费这种艺术的大众。这样，在媒介文化领域，不仅可以同媒介复制，还可以跨媒介复制；不仅可以复制内容，还可以复制形式（如版面、栏目、节目等）。以中国的影视剧为例，我们总会看到这样一个声明——即"本故事纯属虚构，如有雷同纯属巧合"，其实任何明眼人都知道身处媒体化语境下的影视产业想要规避"雷同"几乎是不可能的，因为它们都是建构在大量复制的台基之上的。再以中国的综艺节目为例，大概有这样一个复制的流程，港台电视复制欧美，湖南卫视复制港台，其他省级卫视再复制湖南卫视，中央电视台再在各大卫视的基础化进行综合化复制。正是这种复制化综艺节目的大面积铺开与荧屏热播，让亿万观众在"快乐中国"、"娱乐至死"的幻象之中不知今夕何夕。

　　二是媒介文化是一种消费文化。费瑟斯通（Mike Featherstone）认为："消费文化，顾名思义，即指消费社会的文化。它基于这样一个假设，即认为大众消费运动伴随着符号生产、日常体验和实践活动的重新组织……消费文化的一个重要特征就是，商品、产品和体验可能供人消费、维持、规范和梦想，但是，对一般大众而言，能够消费的范围是不同的。消费绝不仅仅是为满足特定需要的商品使用价值的消费。相反，通过广告、大众传媒和商品展陈技巧，消费文化动摇了原来商品的使用或产品意义的观念，并赋予其新的影像与记号，全面激发人们广泛的感觉联想与欲望。"同时，"遵循享乐主义，追逐眼前的快感，培养自我表现的生活方式，发展自恋和自私的人格类型，这一切，都是消费文化所强调的内容。"① 鲍曼（Zygmunt Bauman）认为消费文化是一种制度，"这一制度是由作为当代西方社会枢纽的市场制度支持的。消费文化使男人与女人被整合到一个首先是作为消费者的社会中。消费文化的特征只能用市场的逻辑来予以解释，从这里产生并发展出当代生活的所有其他东西——假如还有不受市场机制影响的其他领域的话。这样，文化的每一个方面都成为了商品，成为市场逻辑的从属者。"② 可见，消费文化是消费社会的产物，消费主义与享乐主义同在，消费文化消费的不仅仅是商品的使用价值，更主要的是商品附魅的符号价值。这样，大众媒介在推进消费之时更在引领消费，于是，时尚、情调、格调、品位、贵族、上流等成为消费的终极因，并大大引导类型消费的潮涌。这样，消费美丽、消费身体、消费历史、消费青春、消费小资、消费感情、消费苦难等成为大众媒介一道道夺目的风景。

三是媒介文化是一种知道主义文化。大众媒介促使相关的文化形式递嬗与嬗变，并收编形态各异的文化形式聚集在大众媒介的麾下，从而创造了一种新的大众文化——媒介文化。诚如切特罗姆（Daniel J. Czitrom）所说的，"鉴于当代大众文化已与现代通信手段发生了不可分割的联系，电影的诞生标志着一个关键的文化转折点。它奇妙地将技术、商业性娱乐、艺术和景观融为一体，使自己与传统文化的精英显得格格不入，并对其造重大的威胁。"③ 文化媒介化，既是一种动态过程，也是一种必然结果。在这种文化变迁之中，从前的知识分子文化让位于知

---

① ［英］迈克·费瑟斯通：《消费文化与后现代主义》，刘精明译，译林出版社 2000 年版，第 165—166 页。

② ［英］齐格蒙·鲍曼：《立法者与阐释者——论现代性、后现代性与知识分子》，洪涛译，上海人民出版社 2000 年版，第 221—222 页。

③ ［美］丹尼尔·杰·切特罗姆：《传播媒介与美国人的思想——从莫尔斯到麦克卢汉》，曾静生、黄艾禾译，中国广播电视出版社 1991 年版，第 32 页。

道主义文化。在媒介时代，媒体的话语权取代了知识分子的话语权，媒体成为这个时代最大的也是最权威的话语生产者、传播者与消费者。这样，处于弱势位置的知识分子不得不接受媒体的整编与塑造。纵使他想利用媒体，他就必须先被媒体所利用；他想塑造媒体，他又必须首先接受媒体的改造。尽管这其中也不乏与媒体进行博弈的知识分子，但其结果往往是媒体成了赢家，而知识分子却遭受了种种挫折与失败。对此，科塞曾有过如下分析："大众文化产业中的知识分子所遭受的主要挫折，根源于他对自己的工作缺乏控制以及他被一个作者不明的生产过程所同化，在这个过程中他也丧失了他的自主权。"① 如此看来，知识分子与媒体的博弈不外乎两种结果：要么主动出局，从而落入"惹不起但躲得起"的窠臼；要么为其同化，成为媒体炼金术的同谋。这也许就是为什么于丹的《论语》、易中天的《三国》在中央电视台的《百家讲坛》无比火热的原因吧，事实上，先不说于丹的差谬、易中天的牵强附会，于丹的《论语》研究、易中天的《三国》造诣，在知识分子扎堆的学术圈绝对只能归之于二流，但于丹的《论语》、易中天的《三国》却既符合了《百家讲坛》的栏目定位与传播策略，也满足了普通观众对《论语》、《三国》的"知道主义"需求。可见，知道主义文化，从本质上说是"知道"，是"知其然而不知所以然"，而不是"知识"，更遑论"思想"。这一点，在当下盛行的"标题党"新闻报道、以及"事件化"的媒介批评中同样可以窥出端倪。

四是媒介文化是一种生活文化。在媒介社会，大众传播媒介既是后现代生活的构成，而且甚至从某种角度上说就是后现代生活本身。诚如加拿大著名传播学者克楼克与库克所说的，"不是电视反映社会，恰恰相反，社会是由电视所反映出来的"。在日常生活中，看电视、上网络、用手机已成为我们当下的生活内容。事实上，媒介的快速的更迭换代，虽则是高科技的快速发展之所然，但受众对便捷生活、多样生活、幸福生活的需要也是不可或缺的动力因。这样，媒介的生活之维必然促

---

① ［美］刘易斯·科塞：《理念人——一项社会学的考察》，郭方等译，中央编译出版社 2001 年版，第 364 页。

生媒介文化的生活之维。所以，从这个角度说，媒介文化是一种生活文化。由于有着大众媒介的勾连与抹平，曾经的日常生活与审美文化有了前所未有的互渗与相融，既有着"日常生活的审美化"，也有着"审美的日常生活化"。对此，像费瑟斯通、韦尔施、列斐伏尔以及国内的陶东风、金元浦等都有着十分经典的论述。陶东风在《日常生活审美化与新文化媒介人的兴起》一文中认为，当下中国的社会文化正在经历着一场深刻的生活革命：日常生活的审美化以及审美活动日常生活化。进而言之，日常生活审美化并不是一个孤立的文艺或审美现象，而是联系着整个社会文化的转型，特别是产业结构的变化和文化的市场化转型，诸如服务工业、信息工业的兴起，媒介工业、影像工业的发展、视觉文化的繁荣等。引领日常生活审美化的是一大批"新型文化媒介人"，他们供职于各类文化产业部门，是"新型知识分子"，他们热爱时尚生活，热衷于"生活方式"的塑造与生活品位的追求，他们既是日常生活审美化的身体力行者，也是大众在身体与日常生活审美化方面的引路人与设计师，盖言之，他们是时尚话语的打造者。[①] 事实上，在大众传媒的引导下，大众特别是小资们穿什么样的衣服、吃什么样的食物、住什么样的房子、到哪儿去出行与旅游、读什么样的书、看什么样的影视节目、崇拜什么样的明星等，似乎都是媒介的后果，甚至几乎就是当下所谓的时尚生活的全部。比如，面对 2014 年的世界杯，男人是当然看的生活必选，女人是有品位地看的生活任选。还如湖南卫视的《爸爸去哪儿》、浙江卫视的《爸爸回来了》这两档节目之所以火爆，最主要的是因为内含了明星家庭生活的缘故。

（三）新世纪文学的类型性

关于类型文学，并非新世纪文学所独有，而是古已有之的一个动态发展的过程，是将类型化逐渐固化和定型的过程，只是在中国近现代报刊处找到了兴盛的沃土而已。如鲁迅在《中国小说史略》中所论述的清末四部小说包括《官场现形记》、《二十年目睹之怪现状》、《老残游

---

① 参见陆扬《日常生活审美化批判》，复旦大学出版社 2012 年版，第 97 页。

记》、《孽海花》，并以"谴责小说"的类型名之，是因为这些小说"特缘时势要求"而产生的一股创作潮流，有共同的面相与本相。还如金庸、梁羽生、古龙等的小说以"武侠"名之，就在于它们以"千古文人侠客梦"满足了读者的"英雄梦"、"侠客梦"与"江湖梦"。所以，类型小说是指那些在题材选择、结构方式、人物造型、审美风格等方面有着比较定型的类型化倾向的、读者对其有着固定的阅读期待的小说样式。类型小说有四个方面特别值得关注：一是类型小说是通俗小说的基本存在方式；二是类型小说是文学娱乐化功能最优化的通道；三是类型小说的发展依赖于媒体的发展，媒体是类型小说的助推器；四是反类型化是类型小说保持活力的内在动力。

南帆曾经一针见血地指出："必须承认，电子传播媒介对世界性'同质文化'的诞生具有不可低估的意义。这是任何文字著作所不可比拟的。"① 正是如此，媒介与媒介文化的同质化与类型性，必然会促使栖身于其中的新世纪文学有着鲜明的同质化与浓郁的类型性。从这个角度说，新世纪文学既是媒介文学，也是类型文学。有人认为，新世纪文学是类型文学的天下。还有人说，新世纪文学，一言以概之，"类型"。换言之，就是新世纪文学的个性化越来越弱，而类型化却越来越强。这一点，我们可以从先锋小说、晚生代小说、新女性小说、"70后"、"80后"、青春文学、官场文学、商场文学、职场文学、影视文学、网络文学、手机文学等中得到充分而有力的印证。白烨曾在《中国文情报告（2009—2010）》一书中把"类型在崛起"视为2009年文坛的四大焦点之一（其他三点分别为"传统在坚守"、"资本在发力"、"格局在变异"）。事实上，"类型在崛起"不仅是2009年文坛的焦点，也是新世纪文学十五年的共有品性与共同特点。

在新世纪十五年里，类型文学已成为网络写作与图书市场的主要品类，其中最有影响力和关注度的是类型小说。类型小说其实就是通俗文学（或大众文学）写作的另一种说法，是把通俗文学作品再在文化背

---

① 南帆：《启蒙与操纵》，《文学评论》2001年第1期。

景、题材类别上进行细分，使之具有一定的模式化的风格与风貌，以满足不同爱好与兴趣的读者。从理论上说，类型小说是一种典型的商业小说，是和大规模的图书工业生产联系在一起的。这一点，早在霍克海姆与阿多诺的《启蒙辩证法》中使用"文化工业"一词时就已表明文化产品能像物质产品、工业产品一样成批量地生产，文化产品的批量生产是拒绝个性化、寻租标准化与同质化的。另外，本雅明在《机械复制时代的艺术作品》中使用"复制艺术"一词也已说明了这样一个事实，可以复制的艺术肯定是标准化、同质化、类型化的艺术，那种所谓的具有独一无二的"韵味"是无法也不可能被复制的。尽管像马克思、恩格斯在《致斐迪南·拉萨尔》的信中明确主张"反对'席勒式'，提倡'莎士比亚化'"，黑格尔也曾主张文学形象塑造的"这个"，恩格斯甚至主张"塑造典型环境中的典型人物"，但是在新世纪媒体化语境及文化生产背景下，一个无法回避的现状与事实是："标准化"的文化产品以铺天盖地之势挤压着境遇艰难的文学个性化，后者虽有积极而"西绪弗斯式"的抵抗但成效甚微，这样个性化渐行渐远，而类型化却渐行渐近，甚至是愈来愈大行其道，成为新世纪文学一道独特的风景。对此，著名作家王蒙评价说："文化工业从事成批成套的生产，质的劳动不再受到重视，取而代之的是量的劳动。量的劳动倾向于泯灭文化艺术的个性，现在不仅'阳春白雪'和'下里巴人'的区分失去了意义，就是属于'下里巴人'的文艺作品也趋向于标准化、模式化与类型化。"①

新世纪文学的类型性，在新世纪的青春写作与女性写作中表现尤其明显。由于青春写作与女性写作的潮涌更多依赖于商业策划与商业出版，在定位上致力于迎合读者的"类型消费"。这些作品的类型性主要表现在六个方面：一是"题材的类型化"。作家们偏重于都市题材，他们着力表现城市的气氛和城市中的人际关系。像所谓的官场文学、职场文学、商场文学、青春文学等其实从根本上说是在"城市空间"之下。二是"情节的类型化"。作品中多有类似于好莱坞电影模式的影子：追

---

① 王蒙：《后的以后是小说》，徐坤《〈热狗〉序言》，中国华侨出版社1996年版。

求一种情节的夸张，场面的铺陈，习惯运用各种各样可以产生诱惑效果的因素。如果我们借用影视文学中特别是影视剧中标榜的所谓"本故事纯属虚构，如有雷同，纯属巧合"这个幌语来反观的话，就可以窥出"雷同"、"巧合"在新世纪写作中的常态化与"合法化"。三是"人物的类型化"。在情节的大致相同的推动下，作品的人物形象也呈类型化。对此，一些评论家将这种普遍现象称之为"人物脸谱化"，被仿写的往往是炙手可热的文化偶像，以至于成为一种潮流性的"代群仿写"现象。四是"故事的类型化"。作品常采用非常普遍的大众化的故事模块，然后就在这个模块为主线的基础上，把暴力的、色情的、言情的等模式掺杂进去，然后再把人物、情节、场景等进行相应的安排，自然就会生产出许多类似的、看起来大同小异的类型故事与类型作品。五是"核心元素的类型化"。透过作品的表象，作品的核心元素无外乎诸如"玩"、"性"、"钱"、"叛逆"等。这一点在所谓的"美女写作"之中尤其明显，像"性渲染"、"性描写"在作品中频频出现，还如"情欲场面"、"欲望叙事"在作品中也屡见不鲜，实质上就是"欲望造就的文本"，如"70后"女作家在作品中堆砌酒吧、迪厅等夜生活场景和各种高档的奢侈品，反复渲染俊男靓女的情爱游戏，反复玩味父亲主题的暧昧蕴含，这些已经成为"70后"女性写作的常规模式。六是"语言的类型化"。大多采用流行化、通俗化的语言，这样做能够满足读者的消费性需求。还有在语言选择上，动作性语言取代了描写性语言，直接性语言取代了间接性语言，直观性语言取代了想象性语言，镜头式语言取代了抒情式语言，画面式语言取代了语境式语言等。对此，学者黄发有指出："作家刻意模仿文化背景、价值取向极为相似的同行的写法，无异于近亲繁殖，在越走越窄的艺术道路上掩护审美的复杂性，难以避免创作中的经验同化和形式移植，或者重复自己的成功经验，以工匠式的思维规模化地复制丧失了灵性和活力的语言泡沫。"①

---

① 黄发有：《潮流化仿写与原创性缺失——对近三十年中国文学的片面反思》，《当代作家评论》2008 年第 5 期。

新世纪文学的类型性，在新世纪的网络写作中表现十分显著。我们知道，网络文学在学界还有另一种命名，那就是"类型文学"。网络文学的类型化是由消费终端（读者）所决定的，毕竟类型小说的写作完全以愉悦读者为目的，并且极其专业化地针对某一特定读者群的特定趣味，遵循一套严格的成规惯例写作。在海量的网络文学之中，读者的趣味、欲望、选择与点击、跟帖、评论等，对作品的置顶与热点化是至关重要的。而读者的欲望与趣味一般来说是相对固定的，或者说是顽固而重复的，就像吸烟、喝咖啡、吃菜一样，必须不断有同类产品供应。当然，也需要有花样翻新，但所有的翻新必然建立在基本的成规惯例之上，否则，就打破了快感机制。这一点，就像四川人的"麻味"、湖南人的"辣味"、贵州人的"酸味"、东北人的"大蒜味"、江苏人的"甜味"等一样，在饮食中对那种特殊之"味"的依赖与眷恋是内化而长久的。在网络写作中，终端（读者）决定一切。读者的欲望被无限地放大、细分、分层、具化，像享受按摩一样，各个部位都可以得到专业性的照料与呵护。这一点，在各大文学网站实行"付费阅读"与"打赏"（用充值币，打赏榜时时更新、日日高悬）之后，读者的趣味简直就成了网络写作的风向标与指南针，这也大大推进了网络文学的类型化进程。每一种类型的出现，意味着一种新的潜在欲望被文学具形，而每一部流行作品的出现都会更加刺激读者的欲望，此后的跟风之作不是传统意义上的模仿，而是批量生产的跟进。网络的互动方式（点对点、一点对多点、多点对多点），更极大地促进了欲望的交流。网络上有一句话，原帖并不重要，跟帖才重要。假如说作品是原帖的话，那么评论区的评论就是跟帖。跟帖中不断出现"意见领袖"，读者可以随时"送花"、"灌水"、"拍砖"，还可以真金白银地"打赏"。这些都会对作者产生即时影响，甚至影响故事走向。这样，网络写作因为读者的"趣味主义"与"好看主义"而滑进类型的轨道而为某种类型所打扮、化装。于是，曾经被严肃文学视为天敌的模式化与程式化、同质化与类型化，因为作者写作与读者阅读的无缝对接、亦步亦趋而成为网络文学的鲜明特征。

当然，最能代表新世纪网络文学成就的还是网络小说。打开各大文学网站，可以看到网络小说基本上是按类型划分的，如"玄幻·奇幻"、"武侠·仙侠"、"科幻·灵异"、"耽美·同人"等，之下还有"盗墓"、"穿越"、"后宫"等热门类型。毫无疑问，类型小说已经成为网络小说的绝对主导。对于类型小说的类型划分，最有代表性的当推白烨在《中国文情报告（2009—2010）》一书的划分。白烨把网络上的类型小说归为十个大的门类，分别是：架空/穿越（历史）、武侠/仙侠、玄幻/科幻、神秘/灵异、惊悚/悬疑、游戏/竞技、军事/谍战、官场/职场、都市爱情、青春成长。① 经过十多年的大浪淘沙与披沙沥金，每一种类型都诞生了一批为"粉丝们"所津津乐道的"准经典之作"，如《步步惊心》、《回到明朝当王爷》、《何以笙箫默》、《悟空传》、《风月连城》、《鬼吹灯》、《盗墓笔记》、《杜拉拉升职记》等。类型小说不仅在网络上火爆，而且转化为纸质出版后也最为畅销，甚至许多还成为热播电视剧、热玩游戏的内容资源。之所以如此，是因为有两点值得关注：一是类型小说就是在"核心趣味"上做文章，让喜欢这种趣味的读者能够得到精神上的极大满足。比如侦探小说可以说是为读者提供了一次复杂的智力游戏，而武侠小说显然是与人类的尚武精神相关的，穿越小说则迎合了普通群众潜意识深处的"公子梦"与"公主梦"等。二是类型小说流行的背后，其实是不同的写作追求与阅读取向的各成系统的分离与分位。换言之，就是写作的细化、对象化与分化，阅读的分化，趣味的分化，甚至是"粉丝化"。为"粉丝"而写，依"粉丝"的趣味而写；为"大神"捧场，凭"兴趣"而选择性的读、习惯性的读。这样，在网络写手与网络粉丝之间实现了真正意义上的"趣味相投"。

四 "媒介性"的第四副面孔：新世纪文学的娱乐性

新世纪文学的"媒介性"的第四副面孔就是它的娱乐性，这种娱

---

① 参见白烨主编《中国文情报告（2009—2010）》，社会科学文献出版社2010年版，第3页。

乐性与新世纪大众传媒在内容上、形式上的娱乐化密切相关。传统的神话已经远去,今天的神话是以影视、网络、手机为主体的媒介文化,这种文化甚至成为一种名副其实的"文化帝国主义"。米兰·昆德拉曾经指出:"大众传播媒介的美学意识到必然讨人高兴,和赢得最大多数人的注意,它不可避免地变成媚俗的美学。随着大众传播媒介对我们整个生活的包围与深入,媚俗成为我们日常的美学观与道德。就在最近的时代,现代主义还意味着反对随大流和对继承思想与媚俗的反叛。然而今天,现代性与大众传播媒介的巨大活力混在一起,做现代派意味着疯狂地努力地随波逐流。比最为随波逐流者更随波逐流。现代性穿上了媚俗的长袍。"他还进一步说:"小说(和整个文化一样)日益落入传播媒介的手中;这些东西是统一地球历史的代言人,它们把缩减的进程进行扩展和疏导;它们在全世界分配同样的简单化和老一套的能被最大多数,被所有人,被整个人类所接受的那些玩意儿。不同的政治利益通过不同的喉舌表现自己,这并不重要。在这个表面不同的后面,统治着的是一个共同的精神。"① 大众传播媒介的"共同精神",既包括同质化与类型性,也包括趣味性与娱乐化。从整体上说,新世纪的媒体家族以"重新部落化"的策略演变成了一个真正意义的"快乐大本营",既有"欢乐总动员"的号召,也有"快乐中国"的广告,甚至以"俗通天下"、"乐行天下"、"玩的就是心跳"而走向尼尔·波兹曼所谓的"娱乐至死"。这样,置身于娱乐精神与狂欢意识无处不在的媒体化语境中的新世纪文学,就不可能不具备以休闲、娱乐为特征的文学时尚,正如刘勰在《文心雕龙·时序》中所说的"文变染乎世情,兴废系乎时序"一样,从某种意义上说,娱乐化的媒体强化了文学的娱情悦性功能。于是,新世纪文学注重自我表达、自我宣泄与张扬娱乐性,脱下了以往文学过于厚重的道袍与盔甲,放下了以往文学过于沉重的问题与话题,少了"载道"的焦虑,多了"娱情"的惬意,少了"经世致用"的谋划,多了"随心所欲"的率性,从而使文学回到其原初的境地。

---

① [捷克]米兰·昆德拉:《小说的艺术》,生活·读书·新知三联书店1992年版,第17页。

（一）戏仿文学的娱乐性

作为一种青年亚文化，戏仿文学无疑与流行于大众传播媒介的"无厘头文化"密切相关。所谓"无厘头"有两种说法：一是"无厘头"即粤语方言"无来头"；二是"无厘头"即无准则、无分寸。20世纪90年代以来，在周星驰"无厘头"电影如《审死官》、《食神》、《唐伯虎点秋香》、《九品芝麻官》、《大内密探零零发》、《大话西游》、《功夫》、《少林足球》等的影响下，"无厘头"迅速蹿红并风靡一时，不仅在电影、电视、广告、网络、漫画、书刊等媒介场中随处可见，而且快速进入人们特别是年轻人的话语空间、行为空间和审美空间，于是"无厘头文化"得以风行。例如《大话西游》中的那段经典台词——"曾经有一份真诚的爱情放在我面前，我没有珍惜，等我失去的时候我才后悔莫及，人世间最痛苦的事莫过于此。你的剑在我的咽喉上割下去吧！不用再犹豫了！如果上天能够给我一个再来一次的机会，我会对那个女孩子说三个字：我爱你。如果非要在这份爱上加上个期限，我希望是……一万年！"，几乎没有看过周星驰的电影的年轻人不津津乐道的。正是如此，2001年5月2日晚，周星驰出现在北京大学百年纪念讲堂时受到了北大学子"英雄式"欢迎：全场起立，掌声雷动，欢呼声震耳。对此，评论家朱大可在《大话革命与小资复兴》一文中认为："以香港无厘头电影为契机，以数码网络为载体，一场崭新的'大话'运动正在风起云涌。"① 一般来说，"无厘头文化"有五个共同特征：一是游戏调侃；二是颠覆解构；三是平民化、自我化眼光；四是追求自由精神；五是戏仿手法。在这五点之中，戏仿是核心特征，无论是游戏调侃、解构颠覆，还是平民化视线、自我化眼光、自由精神，都是通过戏仿来实现和展现的，毕竟戏仿已成为后现代一种难以回避的话语表达方式。

戏仿文学植根于"无厘头文化"，本身又是"无厘头文化"的主流样式，是一种"有意味"的文学。戏仿文学对权威、神圣具有解构的意图和颠覆的意味，这种有限的解构和"仪式的抵抗"为新世纪文学

---

① 朱大可：《大话革命与小资复兴》，载香港《二十一世纪》2001年12月号。

注入了新鲜的血液。一般来说,新世纪戏仿文学按手法可以分为三种类型:一是"对语言形式的戏仿"。包括对名作名句、名人名言的戏仿,也包括对广告词、台词、歌词和某些时代语汇等的戏仿。二是"对叙事框架或者叙事模式的戏仿"。借助某个故事框架,发挥天马行空的想象力,在其中创造出令人耳目一新、戏谑调侃的全新情节,塑造鲜活生动的人物形象。如《大话西游》戏仿了《西游记》的故事框架。三是"对情节、细节的戏仿"。现实生活中或者影视作品中的情节、细节往往成为戏仿的对象,这些情节或者细节与生活息息相关,戏仿情节或细节可能产生明确的指涉意义和美刺功能,如《一个馒头引发的血案》、《鸟笼山剿匪记》等。① 新世纪戏仿文学按形态可以分为两种类型:一是"大话"。大话以其狂欢话语与平民视角,充分展现了语言的魅力和世俗化的快乐。大话对语言意义的解构,使创作主体和受众从语言规范的束缚中解脱出来,自由地把语言当作一种消遣、游戏;同时也使语言更生动、更具表现力。大话语言通过嬉戏、调侃表现生活的琐碎、荒诞,具有较深刻的社会内涵。平民视角使得庄重的历史走向凡俗,严肃的叙事走向谐谑。二是"恶搞"。恶搞是对现实的一种夸张批评,体现出强烈的现实关怀,它不仅展示了更平凡、更广泛也更为荒诞的生活,而且体现出恶搞者的主体性、主观性、煽动性与非理性。所谓"语不惊人死不休"、"什么都可以恶搞一把"、"恶搞到底",恶搞从另一个角度说是一种无底线娱乐甚至是一种"将自己的快乐建立在别人的痛苦之上"的娱乐无极限。

1. 戏仿文学的语言狂欢

戏仿文学古已有之,无论是在中国古代还是现当代的文学长河中也是浪花朵朵开。新世纪戏仿文学要归功于 20 世纪 90 年代的四种推动:一是周星驰的"无厘头"电影;二是崔健的摇滚乐歌词;三是鲁迅先生小说集《故事新编》的"再热重火";四是王朔的"痞子文学"。比如,鲁迅的小说集《故事新编》是对神话、传说和历史的戏仿,通过

---

① 杨剑龙等:《新世纪初的文化语境与文学现象》,中央编译出版社 2012 年版,第 149—151 页。

漫画化的勾勒和速写，把现代生活细节引入历史故事之中，以此来针砭流俗时弊。鲁迅曾自称这是"油滑的开端"，然而恰恰是这种"油滑"与"幽默"的创作手法引发了新世纪文坛一股不小的"故事新编热"。再如，王朔的"痞子文学"塑造了一个个看似幽默实则油滑的"痞子"形象，促成了贫嘴式调侃话语的大流行。王朔这种夹枪带棒式的调侃，满不在乎的信口胡说，使得我们本已缺乏活力和表现力的语言生动了许多。同时，王朔常常戏仿"文革话语"，调侃政治形态，常常以世俗来消解崇高，让年轻人找到了一个发泄的渠道，使得年轻人在笑声中缓解崇高、神圣与正道所造成的压抑，于是"贫嘴"和"蔑视崇高"成为时尚。进入新世纪，王朔的"戏仿写作"依然延续不止，写出了《看上去很美》这样的戏仿作品，而且还以"快刀浪子"的姿态将成龙的电影、"四大天王"的歌、金庸的小说、琼瑶的电视剧统称之为"四大俗"，当然，这又是另外一种意义上的戏仿，但却给"娱乐泛滥时代"提供了难得的娱乐资讯。

王朔的"戏仿风"似乎在新世纪文坛在王小波、余华、刘震云、刘恒、阎连科、尤凤伟、李冯等笔下得到了很好的延续与呼应。如王小波的《万寿寺》、《红拂夜奔》、《寻找无双》是对历史故事的戏仿。余华的《古典爱情》是对才子佳人小说程式的戏仿，而《鲜血梅花》是对武侠小说程式的戏仿。刘震云的《故乡相处流传》、《故乡面和花朵》、《一句顶一万句》等是对历史传统的戏仿。像《故乡面和花朵》的题记就戏仿著名诗人艾青的名诗句——"为什么我的眼中常含着泪水，因为我对这片土地爱得深沉"，将之戏仿为——"为什么我的眼中常含着泪水，是因为这玩笑开得过分"。像《一句顶一万句》本身题目就戏仿了"文革话语"，作品中的"戏仿风"也是无处不在，如"孩子，头一回我不以主的名义，以你大爷的名义给你说，遇到小事，可以指望别人；遇到大事，千万别把自个儿的命运，拴到别人的身上"。"朋友不在当面表白，而是背后说起朋友的时候，是否提到过你。世界上最可怕的事，是你把别人当成了朋友，别人并没把你当朋友。另一个判断朋友的标准是，在你走投无路时，你想投奔的人和你能投奔的人，到底有几个。""一个人的孤独不是孤独,一个人找另一个人,一句话找另一句话,才是真正的孤独。"还如李冯的《我作为英雄武松的生活片断》是对施耐庵的《水浒传》中"武松打虎"的戏仿,《十六世纪的卖油郎》是对冯梦龙的《醒世恒言》之《卖油郎独占花魁》的戏仿。所有这些戏仿作品,只有一个期待,那就是为了"有趣好读、有味好玩"。

在20世纪90年代,最值得关注的莫过于尤凤伟的短篇小说《石门夜话》。小说中匪首二爷用三夜推心置腹的夜话征服了一个被抢女子的身心,让人不禁感叹"夜话"的魅力,也让人不禁想起这不失为对《一千零一夜》的戏仿。而在新世纪,最值得关注的莫过于刘恒的中篇小说《贫嘴张大民的幸福生活》以及改编后的同名电视剧。正如篇名所说,"贫嘴"不仅是主人公张大民的个性,也是整篇小说的特色。小说围绕着张大民"内心有了焦虑——贫嘴宣泄了焦虑——感到幸福了;又有了焦虑——又宣泄了焦虑——又感到幸福了"这样一个不断反复的过程结构小说。"贫嘴"是张大民缓解内心和克服生存困境的武器,是他最主要的性格特征。如他情敌的对话:"我知道你在美国挣钱也不容易,没少刷盘子吧?美国人真不是东西,老安排咱中国人刷盘子。弄得全世界一提中国人,就想到刷盘子,一提到刷盘子,就想到中国人。英文管中国叫瓷器,是真的么?太孙子了!中国管美国叫美国,国就得了,还美!太抬举他们了!"这种"话痨式"的宣泄,让张大民的焦虑得以释放,并以"精神胜利"打开幸福生活的侧门。平实、幽默而富有动感与韵味的语言,充分体现了语言的魅力。丰富的比喻与讽刺使作品读起来痛快淋漓,还有痛快之后让人笑中带泪的辛酸。所以,《贫嘴张大民的幸福生活》是最有语言狂欢性的作品。

新世纪戏仿文学既有解构一面,也有狂欢的一面;它们在"渎神"之时也在"造神",造出了身穿缪斯女神外衣的"狄奥尼索斯"(酒神)。巴赫金认为戏仿是对于"阴暗范畴的压迫"的反抗:"首先从虔敬和严肃性、从'对神祇的敬畏的不断发酵'的沉重羁绊中,从诸如'永恒的'、'稳固的'、'绝对的'、'不可变更的'这样一些阴暗的范畴的压迫下解放出来。与之相对立的是欢快而自由的看待世界的诙谐观点及其未完成性、开放性以及对交替和更新的愉悦。"① 从被压迫走向解放，从不自由走向自由，从压抑走向释放，"酒神"一经唤醒，狂欢就势所必然。也许是承受了太多的诸如"启蒙话语"、"革命话语"、"政治话语"、"文革话语"、"反思话语"、"经济话语"、"复兴话语"等的负荷，文学在网络、手机等新媒体或自媒体所营构的准言论自由时代，走向了前所未有的语言狂欢。

就整体而言，新世纪戏仿文学的语言狂欢主要采用了一种所谓的"大话修辞学"策略来实现。关于"大话修辞学"，朱大可在《大话革命与小资复兴》一文中认为包括了八种基本技巧：戏仿（复制）、篡改（刷新）、反讽、粉碎（拆分）、拼贴（剪切和粘贴）、移植（超级链接）、镶嵌（插入）。② 杨剑龙在《新世纪初的文化语境与文学现象》一书中认为包含了三种基本技巧：一是"夸张"，即通过描述、比喻、堆砌成语、排比等方式，给人一种大而无当的荒唐感、荒诞感和虚假感，消解了语言本身的某些含义。如"我对你的景仰之情，如滔滔江水绵延不绝，又如黄河泛滥一发不可收拾。"二是"变形"，即运用各种方式。如降格、升格、Q变形，打造出一个与人们心中印象完全不同的全新形象或面貌，其效果往往是滑稽可笑。如《为人民币服务》、《大话西游》中的唐僧、《大话李白》中的杜甫。三是"拼贴"，即把不同语境中的话语、人物或者事件抽离出来放置在一起，产生一种滑稽可笑的效果。可以是不同性质对象的拼贴，如孔乙己考研；也可以是同种性质却完全无关的对象的拼贴，如张飞战岳飞、关羽和林黛玉等。③ 正是这些修辞技巧的娴熟运用，一则可以使创作主体和受众从语言规范的严格束缚中解脱出来，自由地把语言当作一种消遣的游戏；二则可以透过其嬉戏、调侃、玩世不恭的表象，触及事物的本质，

---

① ［俄］巴赫金：《拉伯雷研究》，李兆林、夏忠宪译，河北教育出版社1998年版，第97页。

② 参见朱大可《大话革命与小资复兴》，载香港《二十一世纪》2001年12月号。

③ 参见杨剑龙等《新世纪初的文化语境与文学现象》，中央编译出版社2012年版，第155—157页。

将生活的荒谬性、荒诞性表现出来；这样，新世纪戏仿文学的"快乐主义"便得以恣意绽放。

2. 戏仿文学的娱乐无极限

新世纪戏仿文学为了娱乐可以无极限，也可以无底线，这不仅体现在"大话"文本之中，更体现在"恶搞"文本之中。从"大话"到"恶搞"，一切都是为了一种从未曾有过的祛魅经典、消解权威、解构神圣的娱乐，是一种娱乐无极限，更是一种"娱乐至死"。换言之，"没事偷着乐"，"有事恶搞着乐"。

新世纪的"恶搞"之风最直接的催化剂是2006年1月1日胡戈的搞笑短片《一个馒头引发的血案》，这是对陈凯歌导演的电影《无极》的"恶搞"。其后跟进的视频文本还有诸如《春运帝国》、《鸟笼山剿匪记》、《闪闪的红星之潘冬之参赛记》、《中国版自杀兔》、《布什与猩猩的惊人相似之处》、《武林外传》、《疯狂的石头》、《大电影之数百亿》、《人体成为地球最后的水源》等。作为大众文化的一部分，恶搞通过娱乐化、生活化、非政治化、通俗化、个人化等方式，通过"认真对待烂东西"的叙事策略，表达普通人的意愿、立场、生活方式、人生观与价值观。但是，恶搞完全以颠覆的、滑稽的、莫名其妙的无厘头表达来解构所谓的"正常"，说白了就是不好好说话，是历史虚无主义、文化虚无主义的一种新形式。所以，恶搞是娱乐泛滥、价值混乱、权威丧失的集体狂欢。

新世纪的文学恶搞最典型案例首推《Q版语文》。在一本封面标有"全国重点幼稚园小学优秀教材"字样的《Q版语文》中，卖火柴的小女孩变成了促销女郎，而鲁迅笔下的少年闰土摇身一变成了古惑仔，孔乙己偷窃光盘叫"资源共享"，"愚公移山"不值得尊敬是愚蠢、不知道搬家避山阻挡的死脑筋，白雪公主穿上了高叉内衣，最为离谱的是将朱自清的名篇《背影》改编成了《老爸的背影》：父亲翻月台时，被红袖章逮到，老爸以为是抓计划生育的，原来却是道路违章罚款，虚惊一场，于是老爸在月台做起了"托马斯"全旋。

新世纪的文学恶搞还表现在对古典名著的另类改编与书写。种种以

"大话"、"水煮"、"歪说"命名的娱乐化文本登堂入室，名著中的经典人物、典型情节等被进行了另类改编与书写。《大话红楼》中的宝玉恢复原身，化为顽石，为妙玉、宝钗和湘云解救，师徒四人西天取经，一路降妖伏魔，一路情丝缠绵。在新版《西游记》中孙悟空居然生下"小孙悟空"；新版《水浒传》讲述的是3个女人（地慧星一丈青扈三娘、地阴星母大虫顾大嫂、地壮星母夜叉孙二娘）与105个男人的故事。《水煮三国》打出"以三国故事为底料、麻辣风味的快意管理学"的招牌，从经济角度描写刘备的发家史。而像诸葛亮、唐僧、贾宝玉、林黛玉、薛宝钗等则相继在《麻辣三国》、《烧烤三国》、《唐僧的马》、《商道红楼》中改头换面，谈经论道，指点人生，无一例外地变成了调侃、戏谑的对象。《三顾茅庐》换成了《三顾茅房》，《西游记》变成了《嬉游记》，《三国志》改成了《三国痣》。凡此种种，不一而足。但有一点是共同的，那就是：一是借恶搞名著以求获得恶作剧的快感；二是借壳下蛋、借尸还魂，借名著之壳，行"哗众取宠"之实，还"空心娱乐"之魂。

新世纪的文学恶搞最有意味的莫过于对诗人赵丽华及"梨花体"诗歌的恶搞。2006年9月，诗人赵丽华在网络上流行的几首诗突遭恶搞，被贬之为"梨花体"、"梨花教"（与"丽华"谐音），而诗人也被称为"梨花教主"。诚然，赵丽华在网络上流传的那几首诗，浅陋直白，琐碎无聊，说它们是废话的似乎也无不可，缺少诗歌应有的对生活的超越性维度，显得破碎而没有任何意义。如《一个人来到田纳西》："毫无疑问/我做的馅饼/是全天下/最好吃的。"如《傻瓜灯——我坚决不能容忍》："我坚决不能容忍/那些/在公共场所/的卫生间/大便后/不冲刷/便池。"再如《我终于在一棵树下发现》："一只蚂蚁/另一只蚂蚁/一群蚂蚁/可能还有更多的蚂蚁。"还如《想着我的爱人》："我在路上走着/想着我的爱人/我坐下来吃饭/想着我的爱人/我睡觉/想着我的爱人/我想我的爱人是世界上最好的爱人/他肯定是最好的爱人/一来他本身就是最好的/二来他对我是最好的/我这么想着想着/就睡着了。"这些诗歌虽有一定的音乐性，但形式相对简明，口语化色彩很浓,故被称为"口语诗"或"口水诗"。事实上,赵丽华的所谓的"梨花体"诗表征着在新世纪诗歌的一种病症,那就是诗人的浮躁、作品的飘浮,诗歌只剩下病态虚弱的想象力与没有意味的形式,唯独缺乏现实意识与问题意识。正是如此,除了极少数的诗人之外,几乎所有网友都对赵丽华的诗鄙夷不屑、嘲讽不已,一时间,指责、批评、谩骂、戏仿、恶搞铺天盖地。这就是所谓的"赵丽华诗歌事件"。透过这个事件,至少有四点值得关注:一是在"娱乐至死"的时代,一切皆可恶搞,包括曾经冠冕堂皇的诗和诗人以及当下被边缘化的诗歌和被污名化的诗人。二是恶搞诗歌与诗人,这不单单是文学现象,而是一个网络病象,是一个文化怪象,换言之,需要反思的不仅仅是赵丽华与当代诗歌,而是盲目参与的网民们的集体无意识以及我们这个时代的文化浮躁病。三是诗歌作为一种文学体裁早已相当边缘化、小众化,甚至可以说在影视剧、网络小说、手机短信的挤压下早就淡出了人们关注的视线,而"梨花体"引人疯狂聚焦与仿写,并不是人们又开始关注诗歌、重视诗歌,而是反抗赵丽华作为"国家级诗人"、鲁迅文学奖诗歌奖评委、《诗选刊》编辑部副主任所拥有或所代表的霸权。有人说,"人们从来没有像现在这样兴高采烈地诋毁诗歌"。其实网友不但没有诋毁诗歌,而是对诗歌的沦落与低质相当痛心疾首;他们兴高采烈地诋毁的是导致诗歌沦落与低质的权力。这是"文化新贵"对"文化长老"的一次"娱乐化革命"。四是恶搞诗歌推进了诗歌的大众化传播,按赵丽华在个人博客的话说,就是"如果把这个事件中对我个人尊严和声誉的损害忽略不计的话,对中国现代诗歌从小圈子写作走向大众视野可能算是一个契机"。

(二)网络文学的娱乐性

考察新世纪文学的娱乐性,网络文学最有代表性。毕竟网络是一个巨大的虚拟社区,无数的网民(包括写手与粉丝)无一例外地戴着面具争先恐后的涌入,这既是网络的文化盛宴,也是网络的文学乐园。网络向大众发出了文学狂欢的邀请,把它自己变成了一个众生平等、众声喧哗的话语空间。既有"聊发少年狂"的"老夫",也有"不知愁滋味"的"少年";有的以播撒文字、编织故事为娱,有的以传播艳照、讲述绯闻为乐;有的以写帖为娱,有的以跟帖为乐;有的以点赞为娱,有的以拍砖为乐;有的以写为娱,有的以读为乐。"娱乐无罪、搞笑有理",一切都是为了笑一回、乐一把。"此间乐,不思蜀",用文学的白日梦来释放生活的沉重与现实的焦虑。文学的娱乐化既在网络中安营扎寨、潜滋暗长,也在网络中开枝散叶、欣欣向荣。

1. 网络文学的话语狂欢

作为"第二媒介时代"的主流媒介,网络代表的不仅是一种数字化生存方式,也是一种数字化审美方式。从话语建构的角度而言,网络以虚拟、匿名、自由、平等、民间的名义解放话语之后,成为多元话语的狂欢广场。语言不再是权威的专利,而是平等的交流,甚至是反抗的武器。每个人都有"说话"与"涂鸦"的权力,所谓的"我不同意你的观点,但我坚决捍卫你说话的权力"。这样,想说什么就说什么,什么都能说,什么都敢说,说得好是一说,说得差也是一说,这真是"这次第,怎一个'说'字了得"。所谓的"不吐不快",那么,能"吐"肯定就是一种"快"了,至于在自由的网络空间,能淋漓尽致地"吐"、会酣畅淋漓地"说",那当然是网络写作最大的"快事"了。米兰·昆德拉曾想象过一个"著书癖"的时代:"著书癖在人群中泛滥,其中有政治家、出租车司机、女售货员、家庭主妇、凶手、罪犯、妓女、警长、医生和病人。所有的人都有权力冲到大街上高叫:'我们都是作家!'"① 网络宣告了这种"著书癖"时代的来临,稍有文字能力的网民都敢在网络上把"作家"的标签贴在自己的头顶或被人封以"作家"的大号。可见,话语狂欢既是网络写作的主体性追求,也是网络作品的客体性存在。

语言是存在的家园。而网络文学的语言就必然是网络狂欢精神的直观外化,从整体上说大致有以下几个特点:一是"戏谑反讽与消解神圣"。如《明朝那些事儿》的开篇以市井八卦的口吻介绍一个开国君

---

① [捷克]米兰·昆德拉:《笑忘录》,王东亮译,上海译文出版社 2004 年版,第 102 页。

主，全然没有历史典籍中的谨慎和传统文学的庄严。再如《成都，今夜请将我遗忘》里，陈重考虑如何与妻子摊牌，"然后我就应该趁热打铁，提出本次访谈的主题：宽容、克制、理解。在策略上，以攻心为上，重点进行鼓励表扬，捎带着来点批评教育，不到紧要关头决不瞪眼骂娘。"把思想教育工作的术语用在夫妻谈话中，人物的油滑跃然纸上。最后一句粗鄙的"瞪眼骂娘"完全消解了之前做作的"神圣"，越发显出这种话语体系的荒唐可笑。二是"幽默自嘲与寓庄于谐"。如《鬼吹灯》里描写主人公胡八一遇到人熊的袭击，在这千钧一发之际还不忘自嘲一把、"黑色幽默"一次："看来我要去见马克思了，对不住了战友们，我先走一步，给你们到那边占座去了，你们有没有什么话要对革命导师说的，我一定替你们转达。……咱干革命的什么时候挑过食？小胖同志，革命的小车不倒你只管往前推啊，红旗卷翻农奴戟，黑手高悬霸王鞭，天下剩余的那三分之二受苦大众，都要靠你们去解放了，我就天天吃土豆烧牛肉去了。"这不是"战友"而是"盗友"，这不是"革命"而是"盗墓"。作品通过充斥革命口号和伟人诗词的对话，把神圣的话语和卑鄙的行径进行拼贴，用作品人物的自嘲呈现这种鸡鸣狗盗行为的可鄙可笑，从而使严肃的政治话语产生了难以名状的喜剧效果，既风趣生动又幽默横生。三是"粗鄙化与诗意化"。如网络作家慕容雪村就善于使用既粗鄙又诗意的语言去展现生活中粗俗的一面，使作品的情绪形成一种双线并行、时有交错的效果。如《天堂向左，深圳向右》中，刘元沉溺于男欢女爱，而且荒淫无度、不知节制，终于有一天发现"在他两腿之间，一个个小水疱像蓓蕾一样攒簇在一起，晶莹剔透，红艳美丽，像宝石一样闪闪地发着光"。作者用诗意的语言描写难以启齿的性病，反话正说，而且说得天花乱坠、美轮美奂，一种悖反的话语张力充溢在作品之中，并且暗示着光鲜的生活表面之下，青春和爱情破烂不堪，真是"金玉其外，败絮其中"，以"乱交纵欲"报复生活，最终却被"乱交纵欲"所糟蹋甚至被阉割。四是"语言修辞多元化"。网络文学的语言生于网络，有着明显的网络文化特征。比喻、双关、借代、仿词、飞白等是网络文学中常见的修辞手法。正是这种修辞的多元化，从而使网络文学呈现着崇尚自由、特立特行、嬉笑怒骂、解构权威与戏说经典的话语特色。换言之，修辞多元化，是为了"不走寻常路"、"不说寻常话"、"不做寻常事"、"不写寻常文"。

可见，网络文学是一种悦耳悦目、悦心悦意的文字游戏与符号游戏，最大限度地追求感官与心理的愉悦与快感。作为一种新的媒介文化，其媒介的性质不可低估，它不仅改变了社会生活的物质层面，也改变了社会生活的文化层面，甚至改变了社会生活的审美层面。值得一提的是，现在的网络被严重地娱乐化、游戏化、低俗化，这样，网络文学已转向享乐主义，它注重游玩、娱乐、炫耀和快乐。借用尼尔·波兹曼的话，当今世界，"除了娱乐业没有其他行业"。① 换言之，当下网络文学，除了娱乐性就没有其他属性，毕竟无论是写作还是阅读甚至改编，追求的都是语言的快感与欲望式狂欢。但是，恰如习近平2014年10月15日在文艺工作座谈会的讲话中所强调的，"文艺不能在市场经济大潮中迷失方向，不能在为什么人的问题上发生偏差，否则文艺就没有生命力。低俗不是通俗，欲望不代表希望，单纯感官娱乐不代表精神快乐。"②

2. 网络文学事件的"娱乐秀"

在新世纪的十五年，网络上关于文学的事件以及关于网络文学的事件捕获了众多网民无数的"眼球"与"口水"，对此我们可以将这些事件统称为网络文学事件。网络文学作为一种审美文化，其娱乐功能无限膨胀，而其他功能如补偿、净化、认识、教育、审美等功能被忽视乃至摈弃的时候，网络文学就变成了一种单一的娱乐文化。事实上，我们已进入一个由商业出版、影视、网络、手机等媒体制导下的"娱乐至死"的时代。这样，原本严肃的文学事件也就蜕变成悦人耳目的感官享受。正如赵勇所说的，当媒体介入文学场，"话语权却转移到媒体记

---

① ［美］尼尔·波兹曼：《娱乐至死》，章艳译，广西师范大学出版社2004年版，第128页。
② 习近平：《文艺不能在市场经济大潮中迷失方向 不能当市场的奴隶》，http：//news. xinhuanet. com/politics/2014－10/15/c_ 1112838538. htm。

者和时评家手里,他们开始控制局面,并成为其言说主体。新闻娱乐话语对文学批评话语的入侵与掌控,意味着切入角度、行文方式、话语风格等均发生了变化,文学事件也就不可能不被并入到新闻化、娱乐化的轨道之中。"①

这样,像"70后事件"、"80后事件"、"木子美事件"、"韩白之争"、"梨华体与赵丽华事件"、"羊羔体与车延高事件"等文学事件就被彻底娱乐化了。换言之,就是竭力从严肃的文学论争与文学批评之中挖掘出具有娱乐形式与娱乐价值的亮点、焦点与卖点,充分利用公众的猎奇心理,把公众的视线引向低俗化、隐秘化、娱乐化的话题上来。如在"木子美事件"中,吸引公众眼球的正是被视为低俗、越轨、挑战社会基本道德规范和涉嫌侵犯他人隐私权的写实的性爱描写。木子美以暴露隐私为乐,读者以窥视他人隐私为乐。再如"韩白之争"中,最初争论的问题是诸如"文坛入场券"、"80后作家的文学成就",但是随着事件娱乐化的推进,媒体的目光主要集中在各方人员之间的关系上,如陆川的介入就是儿子帮老子,而高晓松等的参与则被解读为兄弟义气,于是原本的文学论争事件就演变为一场江湖恩怨情仇的闹剧,至于网民的关注则更像是对于街市上吵架骂街的一种围观。在"韩白之争"中,主要的文章如《"80后"的现状与未来》(白烨)、《我的声明——回应韩寒》(白烨)、《我的告别辞》(白烨)、《文坛是个屁,谁也别装逼》(韩寒)、《有些人,话糙理不糙;有些人,话不糙人糙》(韩寒)、《对世界说,什么是光明磊落》(韩寒)、《文学群殴学术造假大结局,主要代表讲话》(韩寒)、《看韩寒如何反驳韩寒》(韩寒)、《关于那场争论》(陆川)、《韩白之争背后的若干问题》(陆天明)、《准备起诉韩寒+律师函》(高晓松)等都有着浓郁的娱乐话语,如"粗口"、"糙话"、"揭短"、"类红卫兵问题"、"文革话语滥用"等。从"论争"到"论战",像匕首、投枪式的措辞一浪高过一浪,争得激烈、战得热闹。曲终人散,白烨关闭博客、偃旗息鼓,韩寒得胜还朝、趾高气扬。

---

① 赵勇:《从文坛事件看文学场的混乱与位移》,《中华读书报》2008年10月10日。

那么，网络文学事件何以被娱乐化呢？一是与传媒娱乐化的大环境有关，传媒娱乐化不仅是国际传媒的一种通则，也是传媒业的一种新时尚，更是传媒走向市场的必然结果。网络传媒将有卖点的文学事件进行新闻式报道与策划，然后再进行娱乐化深度演绎，以一热引多热，以小热促大热，环环相扣，链式生产，将文学事件进行最大化的聚焦化消费，并以此作为争夺受众和市场的法宝。二是充分考虑了受众的心理需求，是受众中心主义与读者上帝论的产物。针对物质相对充裕的现代人更需要释放压抑、摆脱压力的心理诉求，采取大众传媒与生俱来的娱乐化策略，将本来严肃的话题进行喜剧化处理，甚至将之改写成更具世俗性、趣味性的八卦故事、杂丛小语、野史轶闻，为文学事件增添了煽情、刺激、炸耳惹眼的特点。三是与新世纪以来的市场观念、消费意识、个性发展、自我张扬、"去中心化"、"去束缚化"、"去权威化"、"草莽主义"、"我是流氓我怕谁"等后现代文化密切相关。

网络文学的事件化，准确来说是一场"娱乐秀"。作家作秀，读者作秀，评论家作秀，每个人穿着形态各异的外衣争先恐后地进行着一场盛大的舞台表演，你方唱罢我登场，我登场后不退场，唯恐不被"灯光"、"眼光"与"口水"聚焦。捧也好，骂也罢，只要能被聚焦就好；优也好，劣也罢，只要能被关注就好；"名垂青史"也好，"遗臭万年"也罢，只要能出名就好。但是，这中间却唯独缺席了对作品本身的关注。正如网络作家李寻欢在《边缘游戏》中所说的，"我现在终于明白，这个由游戏开始的故事终于还只是一个游戏"。对此，苏晓芳认为："媒介与市场合谋，使文学变成一场'秀'或只是一场'秀'，作家、评论家等文坛中人都变成了演员，而真诚的读者也就随即变成了无聊的看客。有时看客们还会耐不住寂寞，自己冲到台上去做一回票友。所谓文坛从此变成一个你方唱罢我登场的舞台，不断上演着桥段翻新的闹剧，吸引着受众的眼球，而媒体则是那个在舞台后暗暗操纵演出的人，同时也正在偷笑着清点手头的票房收入。"①

---

① 苏晓芳：《网络与新世纪文学》，中国社会科学出版社 2011 年版，第 92—93 页。

第五章　身份转型:从"聚魅"到"祛魅"

在现代传媒语境下文学的泛化与弱化已是不争的事实，文学自身的"祛魅"使文学审美日常生活化，文学成为现代消费的一种对象。新世纪文学身份的转型可以细分为作者向生产者的转化、创作向制作的转化、作品向商品的转化、语言文本向图像文本的转化、硬载体文本向软载体文本转化、清晰文类向模糊文类转化、读者向消费者的转化等。文学的文化身份必然从"单纯"走向"多元"，从"聚魅"走向"祛魅"。当然，在新世纪，文学身份的"祛魅"还源于在审美价值的弱化与商业价值的强化，而文学这种非实业的商业价值同实业的商业价值相比则是"小巫见大巫"，甚至微不足道，被"祛魅"也就在所难免了。诚如金惠敏所说的，"一切以印刷媒介为基本的现代精神生活形式——它们以'距离'、'深度'、'地域性'为生命内蕴——所面临的深刻的存在论危机：这即使算不上一个终结，亦堪称一次脱胎换骨的转型"[1]。当然，随着 2006 年以来"中国文化软实力建设工程"的实施与推进，以及 2012 年著名作家莫言荣获诺贝尔文学奖的高端刺激与极致引导，文学的"祛魅"可能会在"后 2012 年"有所缓解与改观。

---

[1]　金惠敏：《媒介的后果——文学终结点上的批判理论》，人民出版社 2005 年版，第187 页。

一　媒体化语境中的文学"祛魅"

"祛魅"一词源于马克斯·韦伯所说的"世界的祛魅"（The Disen-chantment of The World），也可翻译为"解咒"，是指对世界的一体化宗教性解释的解体，它发生在西方国家从宗教神权社会向世俗社会的现代性转型中。自世界祛魅以后，世界进入"诸神纷争"（价值多元）时期，对世界的解释日趋多样与分裂，社会活动的各个领域逐渐分立自治，而不再笼罩在统一的宗教权威之下。所谓文学的"祛魅"，即指统治文学活动的那种统一的或高度霸权性质的权威和神圣性的解体。

从思想资源上讲，媒体化语境中的文学"祛魅"很明显与解构主义与文化研究有关。但从文学实践上讲，媒体化语境中的文学"祛魅"更多来自于文学载体、传播媒介的翻新及"传媒霸权"的建构。由于传媒业的高速发展，以往文学的艺术中心地位动摇了，甚至走向边缘，成为传媒文化的点缀与风雅附会，四处扩张的文学性从深层次表征的是文学性的扩散与消散。传媒语境中的文学，不再是"经国之大业，不朽之盛事"，也不再"兴观群怨"，也不再"经夫妇，厚人伦，美教化"，也不再是"文艺战线的排头兵"，更难说是国家意识形态的喉舌与喇叭。与传媒共舞（主要是一种陪舞）的新世纪文学，更多地走向了产业化、世俗化、商业化、消费化、娱乐化、碎片化、图像化、休闲化。文学的神圣性已被亵渎，霸权性已不复存在。这样，新世纪的文学不是因为传媒而"聚魅"，反而因为传媒而"祛魅"了。对此，陶东风曾经认为："被'祛魅'以后的文学，再也没有精英文学那种超拔的精神追求，没有了先锋文学对形式迷宫的迷恋，没有了严肃的政治主题和沉重的使命感。'祛魅'以后没有作家，只有'写手'；'祛魅'以后没有文学，只有文字；'祛魅'以后的读者不再是精英知识界，而是真正的大众。"①

---

① 陶东风：《文学的祛魅》，http：//www.blogchina.com/news/display/。

本雅明（Walter Benjiamin）的《作为生产者的作者》、《讲故事的人》、《机械复制时代的艺术作品》都是对文学"祛魅"的经典阐释，这些著作的中心思想就是"大众媒介社会中获得的艺术生产与欣赏的新条件极大地改变了艺术的本质"。其一，在技术高度发达的 20 世纪，人类进入了机械复制时代，产生了以电子传媒为主导的复制艺术。在技术复制时代，艺术从个别文化精英的手中解放出来，成为大众欣赏的对象，但与此同时，大众所欣赏的已经不是同一种艺术。其二，由于传播方式的转变，工业社会必然导致古典艺术的终结与机械复制艺术的主导。在本雅明看来，随着古典艺术在现代信息社会的终结，代之而起的便是与信息这种传播方式相对应的机械复制艺术。较之于古典艺术，机械复制艺术是一种全新的艺术，其所处的时代是"艺术的裂变时代"。其三，现代传媒和复制艺术对传统艺术的影响，本雅明认为是"韵味"（Aura，亦译作光韵、灵韵和氛围等）的丧失。"韵味"的真正含义是"指作品独特的质地和由此带来的神秘感，它只属于原创的、独一无二的作品"。① 韵味使人陶醉神往，所以原创作品具有较高的"膜拜价值"。到了技术复制时代，艺术品不再独一无二了，不再具有独特的韵味。这样，艺术的"膜拜价值"受到抑制，"展示价值"得到加强。其四，当代艺术是越来越远离人的艺术，既远离观众，又远离艺术家自己的整体人格。本雅明同意阿多诺的看法：当代文化越来越标准化、模式化和简单化，也越来越容易受到操控——无论是人为抑或技术的操控，机械复制技术大量复制的不只是艺术和艺术的主体，它还复制了消费这种艺术的大众。总之，在本雅明看来，传媒的发展使古典艺术向机械复制艺术变迁，高雅艺术走出神圣的殿堂与崇高的庙堂，走向生活，失去"光晕"。

当然，最能印证文学"祛魅"的是希利斯·米勒（J. Hillis Miller）的"文学终结论"。米勒通过对德里达的《明信片》做出分析，曾提出文学终结的论断。"在特定的电信技术王国中，整个的所谓文学的时代

---

① 肖小穗：《传媒批评——揭开公开中立的面纱》，黑龙江人民出版社 2002 年版，第 100 页。

（即使不是全部）将不复存在（从这个意义上说，政治因素倒在其次）。哲学、心理分析学也在劫难逃，甚至连情书也不能幸免……"① 米勒认同德里达的看法，认为电信时代正在将文学引向终结。尽管如此，米勒又认为："文学研究的时代已经过去，但是，它会继续存在，就像它一如既往的那样，作为理性盛宴的一个使人难堪，或者令人警醒的游荡的魂灵。文学是信息高速公路上的沟沟坎坎、因特网之神秘星系上的黑洞。虽然从来生不逢时，虽然永远不会独领风骚，但不管我们设立怎样新的研究系所布局，也不管我们栖居在一个怎样新的电信王国，文学——信息高速路上的坑坑洼洼、因特网之星系上的黑洞——作为幸存者，仍然急需我们去'研究'，就是在这里，现在。"② 仔细辨析米勒似乎矛盾的表述，米勒的文学"终结"准确来说是"边缘化"，有两种意思：从艺术分类学角度来看，文学在艺术中的主导地位已由影视艺术所取代；从文化分类学角度来看，文学不再是文化的重心，科学上升为后现代的文化霸主。③ 不管是米勒表面上的"文学终结论"，还是深层上的"文学边缘化"，事实上都表征了传媒语境中的文学"祛魅"。

在传媒文化语境中，传媒张扬的不仅是技术理性，还有消费主义。在消费社会中，文学本身走向通俗化，精英文学处于弱势，而文学研究也渐渐偏离文学，更多地转向消费、传媒、技术、产业与文化。文学研究中的文学性也不再作为文学自身属性而存在，而是变成了一种促进欲望生产的因素，从精神之端降为实用主义。这样，文学既成为消费与产业的工具，也成为传媒与技术的工具。文学性独立于文学，一定意义上也成为工具，比如说当解读一个历史文本时，你可以说历史是虚构出来的，找到文字中流露的作者不经意的态度或者由选择而忽略的那些人和事，历史不再有可信度。因为有虚构，也就有文学性。当人们要为一件商品造势时，可以用五颜六色、煽情或纯情的广告来招揽目光，至于广

---

① ［美］希利斯·米勒：《全球化时代文学研究还会继续存在吗?》，国荣译，《文学评论》2001 年第 1 期。

② 同上。

③ 参见余虹《文学的终结与文学性统治》，余虹等主编《问题》（第一辑），中央编译出版社 2003 年版，第 81—82 页。

告背后的实际物品如何,它不会明言,这种修辞也是文学性。事实上,文学性修辞与话语为广告、商业、商品服务的案例是屡见不鲜、比比皆是的。这样,文学随着商业化、产业化、大众化的进程而丧失了严肃的精神性和宏大叙事。在传媒文化语境中,文学的精神价值之维与审美之维消隐,而实用之维、功利之维、产业之维、消费之维得以肆意的扩张,文学异化为马尔库塞所谓的"单向度文化"。在《单向度的人》中,马尔库塞指出,当代工业社会已经成功地建造起一种"单向度的文化",这是一种完全丧失了否定和超越能力的文化,它不会鼓励人们去追求与现实生活不同的诗意生活。"现在,艺术远离社会、冒犯社会、指控社会的特征已被消除。艺术的异化已经成为同上演艺术的新型剧院和音乐厅建筑一样是以使用的观点来设计的,……文化中心变成了商业中心、市政中心和政府中心的适当场所。……现在差不多人人都可以随时获得优雅的艺术享受,只要扭动收音机的旋钮或者步入他所熟悉的杂货铺就能实现这一点,但在这种艺术的传播过程中,人们却成了改造他们思想的文化机器的零件。"①

从媒介与文学的关系上考察,有两点是值得关注的:"其一是新媒介通过改变文学所赖以存在的外部条件而间接地改变文学;其二是新媒介直接地就重新组织了文学的诸种审美要素。"② 不管是"改变"还是"重组",其实都是传媒语境中文学"祛魅"的手段。当然,传媒语境中的文学"祛魅"绝不等同于文学"终结"甚至是文学"死亡"。事实上,"终结"的只能是那些不合传媒时代的传统文学样式,"开启"的是那些为传媒引擎所催生的新媒介形态的文学。"祛魅"也许是一种回归本真的明智选择,就像"附魅"是一种远离本真的错误选择一样。对此,希利斯·米勒在《论文学》一书中指出:"文学的终结就在眼前。文学的时代几近尾声。该是时候了。这就是说,该是不同媒介的不同纪元了。文学尽管在趋近它的终点,但它绵延不绝且无处不在。它将

① [美]赫伯特·马尔库塞:《单向度的人》,黄勇、薛民译,上海译文出版社1989年版,第60页。
② 金惠敏:《媒介的后果——文学终结点上的批判理论》,人民出版社2005年版,第32页。

于历史和技术的巨变中幸存下来。文学是任何时间、地点之任何人类文化的标志。今日所有关于'文学'的严肃的思考都必须以此相互矛盾的两个假定为基点。"①

二 新世纪文学的"祛魅"过程

新世纪文学的"祛魅"过程，从某种角度上说，时间跨度上可以追溯到20世纪80年代的"新时期"。按陶东风在《文学的祛魅》一文中的观点，从20世纪80年代"新时期"到新世纪的当下，中国文学大致经过了两次"祛魅"过程：第一次"祛魅"发生在20世纪80年代，第二次"祛魅"发生于20世纪90年代。在陶东风看来，第二次"祛魅"是延续到新世纪当下的一个动态过程。但事实上，在新世纪，由于新媒介的强势介入与霸权建构，主要是商业出版、影视传媒、网络媒介、手机媒介等，我们似乎可以将新世纪以来的文学"祛魅"视之为第三次"祛魅"。

（一）纯文学"祛"革命文学的"魅"

纯文学"祛"革命文学的"魅"发生于20世纪80年代。这次"祛魅"由精英知识分子发动，也以精英知识分子为主力。它所"祛"的是以"文革"时期的样板戏为典型的"无产阶级革命文学"之"魅"，"祛"的是以"无产阶级斗争为纲"的政治工具论文学之"魅"，"祛"的是"高大全"的英雄人物之"魅"。这一次"祛魅"的过程同时也是"聚魅"的过程，是文学净化、纯化的过程。革命文学被"祛魅"的结果，是精英知识分子文学被"聚魅"，它不仅为精英知识分子写作及新时期文学的出场提供了合法性依据，而且产生了新的知识分子文学之"魅"。

值得一提的是，20世纪80年代的文学领域的"祛魅"和政治领域的"祛魅"是同时进行的，前者"祛"的是革命文学、政治工具论文学的"魅"，后者"祛"的"两个凡是"的"魅"。这次"祛魅"和

---

① J. Hillis Miller, *On Literature*, London and New York: Routledge, 2002, p.1.

"聚魅"带有"非功利性的功利性"的特点，即精英知识分子把自己的功利性追求隐藏在非功利性的表象之中。文学的自主性和自律性是这一次"祛魅"和"聚魅"的核心，启蒙文学和纯文学几乎垄断了20世纪80年代的文学活动（包括文学生产、文学传播与文学消费等）。这次的"祛魅"是自上而下的，它虽然由知识分子发动并充当主力军，但实际上得到了当时官方改革开放的意识形态的默许、支持与鼓励。

（二）商业文学"祛"纯文学的"魅"

商业文学"祛"纯文学的"魅"发生于20世纪90年代，其间虽然遭到了精英文化的强烈抵制和声讨，如"人文精神大讨论"、"崇高派对世俗派的论争"等，但在20世纪90年代末终于牢固地确立了自己的"霸主"地位，从体制上说这主要得益于1992年中共十四大之后市场经济体制的全面建立。如果说20世纪80年代的"祛魅"过程，既是"祛魅"也是"聚魅"的话，那么所聚之魅主要是纯文学之"魅"，是文学自主性、自律性和审美无功利的神话，那么，20世纪90年代的"祛魅"所祛的也恰好是20世纪80年代所聚的，也就是文学自主性、自律性的神话以及由这种神话赋予文学的那种高高在上的神秘性和稀有性，用学者王岳川的观点就是所谓的"解卡里斯马化"。相比之下，20世纪90年代的"祛魅"虽有着国家体制即市场经济体制的荫庇与护航，但从具体的操作层面上讲却是自下而上的，具有强烈的民间色彩、商业驱动和大众参与性。市场经济实质上就是商品经济，商品的生产与流通是市场经济的中心任务，商品生产与流通的等价与自由是市场经济所遵循的基本原则，而作为商品交换的中介——金钱与货币也就成了市场经济的灵魂。市场经济朝着纵深发展，商品精神也就随之向全社会的各个领域蔓延与浸染，其中不可避免地包括文学领域与审美领域。这样，文学的商品化与商品化的文学，也就成了20世纪90年代的文学主潮。

对于20世纪90年代的商业文学，赞同者认为文学活动自身的商品化是大势所趋，是后工业文明来临的必然产物，它将为文学走下神圣的殿堂而步入民间提供新的契机；贬抑者认为文学商品化是缪斯的堕落，是艺术精神向金钱势力的一次自觉的献媚，它给文艺带来的直接结果便是伪劣横行、精神沦丧；中庸者如潘知常认为"当我们斥责商品败坏美和艺术之时，不要忘记也正是商品在抬高美和艺术"①。事实上，"王朔入'市'"、"陕军东征"、"70后美女写作"、"80后青春写作"、"文化散文热"、"小资散文热"等，都是市场化运作的标杆与旗帜。具体地说，有五点是十分明显的：一是创作向制作的退化；二是艺术话语向商业话语的转换；三是消费历史、消费政治与消费身体的喧闹；四是稿酬制度的完善与知识产权保护意识的深入；五是出版商的长袖善舞与文学策划甚至是炒作；六是产业资本（如影视资本）进入文学领域成为"掌门人"；七是文学畅销书与文学富豪受大众热捧；八是广告式文学批评即传媒文艺批评的兴起。所有这些，都在表征着商业文学对纯文学的"祛魅"，同时也在演绎着一个新的文学规定——即"文学既是一种精神生产也是一种精神商品"，换言之，"文学是作为商品的艺术"。

（三）媒介文学"祛"纯文学的"魅"

媒介文学"祛"纯文学的"魅"发生于2000年以后，也就是新世纪的第一个十年或曰十五年。这次"祛魅"主要由大众传播媒介（主要是新媒介）及其传媒人所推动。这次"祛魅"是真正意义上的自下而上，具有强烈的民间色彩、传媒色彩与商业色彩，普通大众的参与度十分高。它的真正实施得力于大众传播手段的迅速发展和普及导致的文学参与手段的非垄断化和大众化，文学活动的"准入证"的通胀和贬值。文学不再是精英的专利，而是大众人人可以玩一把的涂鸦，甚至"玩的就是心跳"。值得一提的是，影视传媒、网络媒介、手机媒介在这次"祛魅"中起了极其重要的作用。

从影视传媒来说，它不仅造成了文学"灵韵"的丧失，还造成了文学"类像"、"视像"与"拟像"的狂欢，甚至是作者权威的消失，时空距离的消失以及趋零距离的出现都与影视传媒有关。从网络媒介来说，它的发展和普及使得精英对于媒介的垄断被极大地打破。一个人写

---

① 潘知常：《反美学》，学林出版社1995年版，第17页。

作的任何作品都可以上网发表，写作和发表不再是一个垄断性职业，而是普通人可以参与的大众化活动。这是人人都可以参与的文学狂欢节，是彻底的去精英化的文学。"我手写吾口"，"我是网虫我怕谁"，"网虫菜鸟齐上阵，作家名手俱一旁"。网络文学的积极面是民主化，但它的消极面则是泥沙俱下，即所谓的"网络排泄"。没有入场券的文学场人人可以进入，人人都可以玩一把语言的游戏，人人都可以自诩为"作家"过一把"文学"的瘾，这样必然会产生大量不负责任、没有使命感和承担感，甚至趣味低下的作品。网络写作有强烈的自娱自乐的倾向。网络的游戏化、自由化在消除禁区、消弭等级的同时也在为低级趣味的表现与表演提供了机会和平台。从手机媒介来说，它的平民化普及与智能化升级换代，不仅催生了短信写作，也使凭附于手机的"移动阅读"、"即时阅读"和"即时转发"成为现实。

除此之外，媒介文学对纯文学的"祛魅"还得力于社会文化的日益世俗化、多元化，媒介社会或信息社会的出现，消费文化的巨大发展及其所导致的纯艺术和纯文学的衰落，日常生活的审美化、符号和图像的泛滥以及文学性的扩散。在新世纪，新媒介（主要是数字媒介）所创造的媒介文学对纯文学的"祛魅"是全方位的。比如复制与拟仿成为文本的基本生成方式，写作以观念的戏仿、意义的复制和话语的拼贴为常态，所有的文本生产都成了一种"文化工业"，遵循着"福特主义"式的机械化生产逻辑和"利益最大化的"运行原则。还比如作品成为产品与商品，作者成为撰稿人与写手，读者成为受众、观众与消费者，纯文学原有的中心、崇高、权威、经典、宏大叙事、确定化等受到无情的颠覆与解构。

三　新世纪文学的"祛魅"表征

新世纪文学的"祛魅"表征可以从不同的视角不同的维度进行不同的表述，在此，我们仅从文学异动的角度来进行审视。在新世纪，以纯粹的文学形式呈现的文学作品越来越处于边缘地位，但不可否认的是，在报刊、广播、电视和广告这四大传统媒体之外，处处闪现着文学的身影——文学文本的图像化、影像化成为读图时代的文化时尚，大量改编自文学的图画书、漫画书、动漫书、电影、电视剧、广告文案等，事实上已是另一种形态的文学或曰新形态文学，承载着或多或少的文学性。不仅如此，文学的身影还出现在依靠技术支撑的新媒体之中，如数字广播、网络聊天与博客、手机短信、移动电视、户外广告牌、触摸媒体等，作为支撑这些新媒体的内容同样隐藏着异化了的文学身影。可见，随着社会经济语境的改变与文化逻辑的推演以及审美范式的转变，文学异动与文学变身也在所难免。

较早关注新世纪文学的异动与变身的是龚举善，他在《"新世纪文学"八大趋向》一文中指出，"新世纪文学"是对以全球化、都市化、生态化、市场化为显著标志的 21 世纪现代生活的艺术观照方式。作为一种具有前瞻性和召唤性的价值倡导，"新世纪文学"应该不仅仅是一个时间性的概念。并明确指出"新世纪文学"存在或隐或显的八大趋向：一是"追求心灵自由：文学观念多元化"；二是"宇宙意识增强：人文视野全球化"；三是"无法乃是至法：艺术表现自便化"；四是"眷顾城市风景：题材范型都市化"；五是"真实至关重要：生活关怀纪实化"；六是"生存焦虑加剧：生态主张明朗化"；七是"插上翅膀飞翔：传播路径电子化"；八是"读者权力上升：接受行为市场化"。①这种对"新世纪文学"的多向度跃动与多维度异动的客观概括，事实上已暗指了新世纪文学"祛魅"装置的启动。

葛红兵在《新媒体与新世纪文学的四种趋向》一文中也认为，新媒体给文学带来了新变化。这些变化有四：一是"精英的文学到大众的文学"。以前那种以杂志、出版社为平台的文学，现在变成了大众的以大众媒介为主导的文学。参与的人扩大了，无论是读者还是作者都扩大了，文学的精神平民化了。二是"教育的文学到娱乐的文学"。去精英化之后的文学，更加倾向于是精神的抚慰，而不是精神的锻造。大众

---

① 参见龚举善《"新世纪文学"八大趋向》，《甘肃社会科学》2007 年第 1 期。

更愿意把文学看作是精神快餐，而不是圣餐。二是"文学正逐步丧失主流人文艺术样式的地位"。影视已取代文学成为当今最主流的艺术样式，这是事实，也是艺术媒介发展的必然结果。今天的主流样式不是纸面文学，也不是口传文学，而是集声光电、歌舞乐、音影文的综合艺术——影视。四是"纸面文学将越来越高端化——它成为少数文化贵族的精神圣地"。文学上的雅俗二分法将越来越明显。高贵的搞得越来越高贵，高雅的搞得越来越高雅，高端的搞得越来越高端。而这些所谓的"高大上"将越来越让底层大众与草根受众产生陌生感甚至敬而远之。这样，越来越多的读者和作者，可能和他们分道扬镳去新媒体上发布和接受他们的另一种"文学"。①

据管宁在《文学变身：文化背景与媒介动因——当代文学生存环境的文化与媒介考察》一文中所说的，文学变身既有外在表现也有内在表现。文学变身的外在表现有四：一是文学成为消费社会符号生产的重要依托；二是文化经济化过程中文学扮演了重要角色；三是文学参与了传媒文化的形在与演变；四是文学成为新媒体内容建构的重要元素。文学变身的内在表现有"五个消失"与"五个浮现"，其中"五个消失"是美感的消失、情感的消失、风景的消失、道德的消失、历史的消失；"五个浮现"是欲望的浮现、快感的浮现、个人的浮现、娱乐的浮现、都市的浮现。管宁认为："从上述五个消失和五个浮现中我们不难看出，文学写作已完全挣脱了以往的审美规范，在市场取向和自由表现中，呈现出价值虚空、欲望失控、娱乐失根、审美失范的状貌。"②管宁所说的文学变身，既源于新世纪的文化背景，也源于新世纪的媒介动因，但准确来说是媒介诱导与操控下的文学异化，本质上是新世纪文学"祛魅"的表征。那么，在媒体化语境中，新世纪文学的"祛魅"表征到底有哪些呢？

（一）方式失常

文学是一种社会存在，它依赖于不同历史文化语境中的反映方

---

① 参见葛红兵《新媒体与新世纪文学的四种趋向》，《上海文学》2008年第6期。
② 管宁：《传媒时代的文学书写》，江苏大学出版社2010年版，第11页。

式、存在方式、书写方式、传播方式的载附与呈现。在新世纪，文学的方式由于大众传播媒介特别是新媒体的介入，而与旧貌常态迥异。所以，我们所谓的"方式失常"，准确来说是指文学的反映方式、存在方式、书写方式、传播方式的失常。恰如杨扬在《新世纪中国文学的新变化——杨扬教授在华东政法大学的演讲》一文中所说的，"随着城市化进程的加快，网络技术渗透到我们的日常生活，影视传媒成为人们生活中不可分离的一部分，文学再要想延续或复制20世纪的文学图景，想来是件颇为困难的事"①。

1. 反映方式失常

传统文学以语言为表现媒介对社会生活的审美反映，无外乎再现与表现，或曰现实主义、浪漫主义、自然主义、现代主义等。但在新世纪这个媒体化的时代，文学所反映的社会生活不再是有血有肉、可知可感的社会生活，而是像加拿大著名传播学者克楼克与库克所说的是"由电视所呈现的社会"，换言之，不是电视反映社会，相反社会只是电视呈现的产物，我们所知道、了解与认知的社会不过是电视等大众传播媒介推送给我们的。从传播学与解构主义的视野来看，任何媒介的推送信息与发散内容都预先经由了"把关人"的审查与媒介机制的过滤。虽是局部的聚焦，却绝对不是全局的俯瞰。既可能失形，也可以失真。这样，新世纪文学所反映的社会是"虚拟社会"，所反映的现实是"拟现实"，所呈现的事像与物像都是"拟像"。诚如列宁所说的"没有被反映者就没有反映"，伴随着被反映者的变形变质与移形换位，新世纪文学的反映方式也因之发生变化。

概括地说，新世纪文学的反映方式不外乎两类，一是非虚构式反映，二是虚构式反映。非虚构式反映主要体现在诸如新写实主义、新闻小说、新新闻小说、报告文学、传记文学、日记体小说（如木子美的《遗情书》）、摄影文学、博客文学、微信文学之中。而虚构式反映主要体现在诸如青春文学、反腐文学、官场文学、影视文学、网络文学之

---

① 杨扬：《新世纪中国文学的新变化——杨扬教授在华东政法大学的演讲》，《解放日报》2010年5月21日。

中,包括仿真、无厘头、戏仿、大话、恶搞、玄幻、穿越、耽美、仙侠、盗墓、黑色幽默、漫画化、游戏、娱乐、异化书写等。这些夸张或变形的反映,恰似一面哈哈镜,在一种刻意扭曲的反映之中透出媒介社会的另一面。

2. 存在方式失常

传统文学存在于以报纸、杂志、书籍等物质形态为传播媒介的语言叙述之中,这是毫无疑问的。正如韦勒克所说的:"语言是文学艺术的材料。我们可以说,每一件文学作品都只是一种特定语言中文字语汇的选择。"① 可见,语言存在是文学存在的首要方式,但有一个事实是无法忽视的,那就是在作家完成了语言文本的写作之后,必然经过传播媒介公之于世,才能成为社会文化语境认可的文学。由此可见,除了语言存在这个首要的存在方式之外,应该还有诸如媒介存在这个次要的存在方式。单小曦认为:"如果语言学诗学的思路——语言已经成为了文学的本体性构成要素是有道理的,那么,在现代传媒文化语境中,相类似的本体性构成要素已不单单是个语言问题,而应扩展为包括语言在内的范围更广的文学信息传播媒介,即文学存在的传媒要素。"② 并指出,文学存在的传媒要素或文学传媒包括四个方面,即"符号媒介"、"载体媒介"、"制品媒介"与"传播媒介",文学传媒一直是影响文学存在的重要的或决定性的因素之一,还认为在现代传媒文化语境中,文学传媒是继世界、作家、作品、读者之后文学活动的第五要素。

事实上,在新世纪由于新媒体的涌现,特别是影视媒介、网络媒介、手机媒介的普及与普适,文学的存在方式发生了翻天覆地的变化。文学不仅存在于"书"中,而更多存在于"屏"中。存在方式的"电子化"、"影像化"与"数字化",取代了传统文学存在方式的"物理化"与"物态化"。如网络媒介首先改变了传统文学的存在方式,把基于"文房四宝"的执笔书写和机械印刷变成键盘鼠标的

---

① [美] 韦勒克、沃伦:《文学理论》,刘象愚等译,生活·读书·新知三联书店1984年版,第186页。

② 单小曦:《现代传媒语境中的文学存在方式》,中国社会科学出版社2008年版,第31页。

"比特"（Bit）叙事，把基于原子物理的二维存储挪移到了数字虚拟的"赛博空间"（Cyberspace），在一个另类空间里打造数字化的文学乾坤。新世纪短短几年，这个数字世界的文学乾坤已经蔚为壮观，并且与传统书写印刷文学的"疲软"之相形成鲜明的反差。按照欧阳友权的观点，在艺术本体论上，网络媒介促使新世纪文学的存在方式呈现出三种新的转型态势：一是"媒介方式由语言文字向数字化符号转变"，二是"文本形态由硬载体向软载体转变"，三是"文类界限的模糊分化与重组"。①

3. 书写方式失常

新世纪文学的书写方式因新媒介的不断介入与新媒体文化的渐次生成而呈现出新的样式，失常与反常反而成了一种常态。一是手工书写向机器书写转换，或曰机器化书写方式。网络媒介下的文学创作需要"以机换笔"，在计算机键盘、手机等电子设备上完成创作和发送，但这种创作绝非"工具转换"那么简单，它还有文学创作观念和艺术思维方式上的"惯例调适"，甚至还可能爆发"换脑"风暴，消解创作论的逻辑原点。二是个体式书写向集体式书写转换，或曰集体化书写方式。比如青春文学中的"郭敬明团队"，影视小说中的"麦家团队"、"海岩团队"等都是如此。还如在网络小说的写作中，网络写手们抱团写作，他们共用一个网名，分工码字，在同一个故事框架下进行"流水线"式作业。这种"流水线"书写大多是指一个"大神级"的著名写手，因为忙不过来，会请一些小写手来为自己"代笔"，他们的角色分工有"主笔"、"摆渡"、"捡漏"之别，"主笔"主要负责故事框架与片段化故事的设置，"摆渡"负责衔接故事、使片段化故事成为一个比较合情合理的整体，"捡漏"负责堵截破绽、让网络小说不因为写得过长而前后矛盾。"团队化"书写讲究的是效率，诚如出版人李德明所说的，"网络文学想要多一点收入，讲的就是'数量'与'速度'。现代写作一起合作创作，其实正好顺应了网络文学创作的基本规律。所以

---

① 参见欧阳友权《网络媒介与新世纪文学转型》，《文艺争鸣》2006年第4期。

无可厚非。"三是单向非互动式书写向双向互动式书写转换，或曰互动式书写方式。网络媒介最大的特点是在线交流性与即时互动性，这一点对网络文学书写方式的影响很大。网络上大量存在的"接龙小说"、"交互小说"、"合作小说"、"联手写作"等是"去中心"（Decentration）的，它们由众多网友共同参与、互动延伸，作品起始或许只有一个题目或大致框架，最终如何推进、怎样结束是任意选择或没有终止的，谁也无从对之整体设计和预先构思。这样，新媒体时代的网络、手机、电视等新媒体的出现一定程度影响了作家的创作，甚至渐渐使一些作家转换了创作方式，这并非仅仅是作家由用笔写作转换到用电脑写作、手机写作，更重要的是某种创作方式发生了转换。网络写作的互动已经形成了与传统文学创作不同的方式，读者影响着作家的写作思路，作家接受读者的意见和建议，作家与读者共同参与作品的创作。四是自主式书写向跟进式书写转换，或曰跟进式书写方式，也可称之为图像化书写方式。新世纪是一个读图时代，文字的独立自主早已被图像的霸权强势挤得愈加"疲软"。特别是影视剧的巨大市场影响，传统作家向影视业转换或向影视剧献媚已是不争的事实，这从根本上改变了文学创作的方式，在小说创作时就将小说剧本化。在某些影视作品走俏市场后，又从剧本改换为小说，出现了一些剧本小说或曰影视同期书。假如说小说剧本化是靠近献宠的话，那么剧本小说化是跟进邀功；假如说小说剧本化是倚楼卖春、抛媚喷骚的话，那么剧本小说化是安心服务、甘为艺妓。当然，在新世纪，最值得关注的是剧本小说化，或曰"跟进小说"，这是源于影视的热映/热播，如小说《手机》对电影《手机》的跟进，小说《无极》对电影《无极》的跟进，小说《中国式离婚》对电视剧《中国式离婚》的跟进，小说《乔家大院》对电视剧《乔家大院》的跟进等。五是文学创作向文学生产转换，或曰产业化书写方式。诚如杨剑龙所说的："新媒体时代的文学创作呈现出某种两难处境：一方面文学创作变得越来越自由、越来越容易、越来越轻松；另一方面，文学创作变得越来越随意、越来越粗俗、越来越浅薄，文学创作向文学生产转换，文学接受向文学消费转换，网络文学将文学推向一个狂欢的时代，文学的经典性被日益弱化了、淡化了"。① 在新媒体时代，产业化书写身逢其时，甚至大行其道、效益颇丰。据盛大文学公开数据显示，2012 年第一季度盛大文学 6 家原创文学网站日均更新字数为 8000 万字，作者总数超过 160 万名，营业总收入 1.91 亿元，净利润 306 万元。

4. 传播方式失常

传统文学的传播方式建立在"作家中心论"与"作品中心论"之上，故传统文学的传播方式只是一种单向传播，甚至只是一种可能的单向传播，如那些"躲进小楼成一统"的作家和"束之于高阁"的作品，未必一定进入传播领域。但在新世纪，由于大众传播媒介所宣扬的消费主义、市场主义、效益主义的深入人心，"读者中心论"、"消费至上"、"价值为王"等既彰显了传播的地位也强化了传播的作用。这样，读者的反应与批评、消费者的选择与建设、市场的好与坏、商业价值的高与低等极大地促使了传播方式悖于常态，甚至从失常走向反常。概括地说，新世纪文学的传播方式有着诸如从"作品传播"走向"事件传播"、从"书本传播"走向"影像传播"、从"单向传播"走向"双向传播"、从"一维传播"走向"多维传播"等的传播方式的转变。不管是"事件传播"、"影像传播"，还是"双向传播"、"多维传播"，其实都只有一个最高目标，那就是传播效果最大化、传播效益最大化。

以网络媒介为例，欧阳友权认为："网络媒介对文学的传播既从'物质、时间、空间'三位一体上打破了传统文学传播方式，又从'迟延、在场、踪迹'的逐项延伸中消解纸介和口头文学的单线传播理念，实现了触角延伸的符号撒播。"② 可见，网络媒介的最大贡献是将文学的传播从单向传播转换为双向以致多向的交互式传播。具体地说，网络媒介传播不仅具有纸介传播的视觉识认性、广播媒介的迅即和广泛性，以及电视传播的时效性和视听统一性，而且还具有其他媒体不具备的双

---

① 杨剑龙：《新媒体时代的文学创作与阅读——杨剑龙教授在杭州师范大学的讲演》，《文汇报》2012 年 6 月 11 日。

② 欧阳友权：《网络媒介与新世纪文学转型》，《文艺争鸣》2006 年第 4 期。

向或多向交互性。它能将"一对一"的单向传播转变为"点对点"的双向交流，或"一对多"的多线性交互。网络聊天室、虚拟社区、新闻组、个人博客、BBS 留言板和 QQ 中的交谈和讨论自不待说，那些接龙小说、合作小说、互动写作更是创造了多向交互的新形态。还有网络阅读时的"我要评论"、"网友留言"、"我来说几句"、"酷评"等，都是生动活泼的交互方式。

（二）价值失措

从理论上说，一部文学作品的价值可以从两个方面来考量：一是文学本身的价值；二是文学史的价值。如张若虚的《春江花月夜》之所以"孤篇横绝"就在于作品本身的审美价值，胡适的《人力车夫》与郭沫若的《女神》就在于文学史的价值，因为它们都是中国现代白话诗的尝试者与先驱之作，还如"文革"时期浩然的《金光大道》之所以为后人所知就在于它是一个时代的典范文本，刘新华的《伤痕》之所以为后人提及就在于它开了"伤痕"与"反思"的风气之先，再如在中国网络文学史上痞子蔡的《第一次亲密接触》也许更多是一种文学史的价值。不管是审美价值还是历史价值，这在传统文学的视野下，都是十分在意的价值标准，诚如马克思、恩格斯所谓的"美学的观点与历史的观点"是也。除此之外，传统文学还特别强调人文关怀，或者所谓的伦理价值。借用中国古代文论的术语，传统文学的价值追求与价值置放无外乎三点："真、善、美。"从理论上说，"真、善、美"都是一种"价值事实"，存在于"价值世界"或"意义世界"中的一个事实。

但是，在媒体化语境中，由于媒体所宣扬的文化多边主义与价值多元主义的强力渗透，新世纪文学的价值既有虚空的一面，也有失真乏善祛美的一面。换言之，新世纪文学的价值论关系发生了错置与错位。所谓价值论关系，是指客体与主体的需要之间的关系。当客体处于价值论关系时，它是价值的对象；它向人们显示自己的"有用性"（物质的或精神的），人们所关心的，是客体能满足人的需要的属性。诚如马克思所说的，"'价值'这个普遍概念是从人们对待满足他们需要的外界事物的关系中产生的"。① 新世纪文学的存在及表面的繁华，诚然印证了新世纪文学的"有用性"（如物质上的产业开发、精神上的怡情悦性等），但当这种"有用性"被媒介社会的实用主义、拜金主义、休闲主义、享乐主义、欲望主义、消费主义、快感主义所挟持时，它的价值论关系便不可避免地出现了偏至与偏颇。这就是我们所谓的"价值失措"。所谓的"价值失措"，不是说某些价值不可以有，而是说某些价值不该丢的丢了，不该退的退了，不该隐的隐了，不该认同却得到了无底线的认同，不该彰显的却得到无限制的彰显，不该拥趸的却得到了无节制的拥趸。对此，杨剑龙认为，新世纪文学"在过于强调个人欲望的满足中，往往忽略某些社会的责任；在注重文学娱乐性时，又常常以过于随意的恶搞、戏谑展开戏说，使文学有时简单化地变异为一种笑料；在注重创作的个人化时，有时却极端突出个人的物欲追求，而忽略自我的修养；在注重文学的平民性时，往往又降格以求，缺乏对于平民社会的批评与针砭；在关注文学的平易性、世俗化时，有时将文学等同于生活的录写，甚至将世俗化等同于庸俗化，文学变得粗疏、粗糙，缺乏对于文学精致化、经典化的追求"②。在此，我们仅从三个方面来进行具体阐述。

1. 文学之误：从"虚构"到"构虚"

在传统文学的视野中，任何文学作品都是虚构的，即使是像报告文学、传记文学、新闻小说之类讲究记事与纪实的作品，亦有着不可或缺的虚构。可见，虚构是文学的文学性之一，从某种角度说，文学就是虚构，就是讲故事。早在古希腊时代，柏拉图就指出，摹仿的文学是"虚构的文学"，诗人们编造的"虚构的故事"，是远离真理的"摹本的摹本"。柏位图对"虚构"的诟病，是源于他的"神灵凭附说"。正如柏拉图所说的："诗歌本质上不是人的而是神的，不是人的制作而是神的召唤，诗人只是神的代言人，由神凭附着。"③ 与柏拉图不同，亚里

① ［德］马克思：《评阿·瓦格纳的"政治经济学教科书"》，《马克思恩格斯全集》（第19卷），人民出版社 2006 年版，第 406 页。

② 杨剑龙等：《新世纪初的文化语境与文学现象》，中央编译出版社 2012 年版，第 7 页。

③ 朱光潜编：《柏拉图文艺对话集》，人民文学出版社 1963 年版，第 9 页。

士多德却强调经验世界如超验世界一样真实。认为诗歌源于客观的感性世界，是人作而非神谕。并且诗人不仅仅凭对事物的感性经验摹仿，而且还通过心灵和想象对这些经验加以整理，描摹一些异于平常和经验的故事和景象，以期达到对事物的普遍性认识。也就是说，诗人是按照事物的必然性或者或然性来摹仿的，是按照可能性和事物应有的样子去摹仿的，正是在这个意义上，亚里士多德提出了"诗比历史更真实"的主张。在亚里士多德看来，"虚构"不再是诗人们骗人的伎俩，而是一种实现普遍性"真实"的途径。"虚构"不但由贬入褒，而且使文学获得了它最强大的力量。从此，一种"以为虚构叙事文的本质即完美叙事文"的"隐形偏爱"①，成了传统文学的厚基与坚石。

　　从理论上说，"虚构"与"纪实"相对，它不是对现实世界的"实录"，不必遵循"历史不隐"的史官精神，而往往"真事隐去"（如《红楼梦》中的"甄士隐"），甚至展现的是现实世界中没有发生过的事，没有出现过的人或者没有过的场景（如《红楼梦》中的"太虚幻境"），却能以惟妙惟肖的语言引人入胜，甚至信以为真。所以"虚构"有违于事实，有违于历史的真实。但是，值得关注的是，无论是"以文运事"还是"以文生事"，"虚构"纵然与事实有所不符，却始终没有与真实无涉，换言之，"虚构"指向的是真实，是艺术真实与本质真实。诚如亚里士多德所说的，史诗是"描述可能发生的"事情，史诗作者即使制造了一个世上没有的人，但这个人物也必须符合世上的某一种人"会说的话，会行的事"。②再者，"虚构"的世界虽然不同于生活真实，但通过巧妙的构思、生动的描述以及合情合理的氛围营造，却能获得一种艺术真实。艺术正是通过创造一个比现实本身更"真实"的虚构世界来向既有的现实真实提出挑战，这种"真实"比"历史更富有哲理、更富有严肃性"，它演绎出某种意义，揭示出了"真相"，展现出看不见的"本真"。

---

　　① 　［法］热拉尔·热奈特：《热奈特论文集》，史忠义译，百花文艺出版社2001年版，第127页。

　　② 　参见亚里士多德《诗学》，罗念生译，人民文学出版社2002年版，第25页。

由于受后现代主义思潮以及"语言学转向"的影响，文学的虚构虽然还在新世纪虚构着，但是虚构的传统却被消解甚至颠覆了。假如说传统的文学虚构更多指向的是艺术真实与本质真实的话，那么，新世纪的文学虚构则更多指向的是"虚空"与"虚妄"。这一点，在新世纪的先锋派小说以及网络文学中的穿越小说（特别是所谓的"清穿"、"明穿"、"唐穿"、"汉穿"）、玄幻小说、仙侠小说、盗墓小说等之中表现十分明显。因为先锋小说依托于语言游戏，而网络文学却存在于网络的虚拟空间。在这些作品中，没有了道德律，没有了社会感，没有了主体性，没有了求真求善求美。一句话，为虚构而虚构，以虚构而求虚，"虚构"与"真"相去甚远以至分道扬镳。正如美国学者杰拉尔德·格拉大所说的："人们已不仅仅把文学中的事件当作虚构，这些事件在得到表述时所传达出的意旨或对世界的看法，也被当作虚构。但是，事情并不就此为止，批评家们又更进一步……提出文学意义也是虚构，因为一切意义都是虚构。"① 文学至此由一件崇高的事业、一个人类文化的承载体降格成纯粹的文本游戏（含文字游戏与图像游戏），一个纯粹造假的活动，在语言的自我繁殖和指涉中，建构出了一个个虚妄的世界。于是乎，文学在本质上从"虚构"变成了完全的"构虚"。

2. 文学之弊：从"陈述历史"到"消费历史"

在新世纪，大众传播媒介是一个庞大的消费机器，它可以将所有的对象纳之于它的"消费战车"与"消费虎口"之下，历史也在消费之列。在消费历史的强大逻辑与巨大惯性中，历史也像文学一样成了一个可以任意打扮的"小姑娘"（胡适语），成了一种可随意消费的文化商品。正如南帆在《消费历史》一文中说的，"电视或者电影的大量收购表明，历史正在成为一个抢手的文化商品；电视或者电影的轻佻风格表明，历史的权威正在另一种意义上丧失。这就是人们遭遇的现状"②。这一点，我们可以从《水浒传》、《三国演义》、《封神演义》、《隋唐英

---

① ［美］杰拉尔德·格拉大：《如何才能不谈虚构》，盛宁译，柳鸣九主编《从现代主义到后现代主义》，中国社会科学出版社 1994 年版，第 359 页。

② 南帆：《消费历史》，《当代作家评论》2001 年第 2 期。

雄传》等影视剧中看出历史权威的消隐，还可以从《还珠格格》、《康熙微服私访记》、《戏说乾隆》、《宰相刘罗锅》、《鹿鼎记》等影视剧中看出历史权威的丧失。在影视主导的视觉文化时代，历史渐渐变成了谈资，变成了寻章摘句的仓库，变成了古香古色的故事。总之，历史是人们茶余饭后的消遣之物了。诚如鲍德里亚所说的，这的确是一个奇怪的循环：这个崭新的时代埋葬了传统的历史，但这些历史却制作为特殊的符号供人消费。①

消费历史，显然与后现代主义的解构密切相关。詹姆逊认为："在后现代主义中，关于过去的这种深度感消失了，我们只存在于现时，没有历史：历史只是一堆文本、档案，记录的是一个确已不存在的事件或时代，留下来的只是一些纸、文件袋。"② 一切都在一个共时的平面浮现的时候，历史不再是一批庞大的故事隐藏在现今的社会背后，历史仅仅是一些文字符号和影像符号组成的片断飘浮于文化空间。发生过的往事沉没于时间之渊不再复返，人们所能看到的"历史"仅仅是一种人为的记录符号。在后现代主义看来，历史并没有特殊的分量，历史的含义是不确定的，历史的真相是不可确认的，历史文本的解读仅仅是一批符号与另一批符号的互动。总之，"历史"这个概念无非是能指链上的一个临时的节点，是还原历史的一次尝试而已，真正的历史始终处于"历史"的遮蔽之下。这样，后现代主义就失去了认同历史、崇拜历史、信奉历史的理由。于是，戏说历史、游戏历史、消费历史，甚至是胡编乱造、肆意拼贴、任意穿越，也就变得理所当然、见怪不怪了，这一点在电视剧或者电影中表现尤其突出。用鲍德里亚的话说，这种历史"不是产自一种变化的、矛盾的、真实经历的事件、历史、文化、思想，而是产自编码规则要素及媒介技术操作的赝象"③。这样，消费历史必

---

① 参见［法］让·波德里亚《消费社会》，刘成富、全志钢译，南京大学出版社 2000 年版，第 100 页。

② ［美］杰姆逊：《后现代主义与文化理论》，唐小兵译，北京大学出版社 1997 年版，第 205 页。

③ ［法］让·波德里亚：《消费社会》，刘成富、全志钢译，南京大学出版社 2000 年版，第 100 页。

然带来一系列严重的后果：一是传统的历史观念分崩离析；二是消费趣味的主导阻止了对历史真义的追问与求索，而倾向于戏剧性改造，通过臆造史实来编造没有重量的故事；三是伪历史流行、历史消失，野史上位、正史下位，从而诱发"历史虚无主义"与"历史改写主义"的泛滥；四是没有人认为伪造历史是一种可恶的亵渎，也没有人认为篡改历史是一种可耻的失敬；五是随着演义、戏说、大话、无厘头等的畅行，道义的传承、正义的担当以及价值的守候变得可有可无。

消费历史，还与新历史主义、消费主义的消解密切相关。在对待历史问题上，新历史主义、消费主义与后现代主义有着极为一致的立场。秦勇认为："如果说激进的后现代视野中的历史是被颠覆、削平的历史，新历史主义视野中的历史是泛文化诠释的历史、小叙事的复数的历史，消费主义视野中的历史则是娱乐性、游戏性的历史。它们的共同倾向是——任意表现历史。后现代主义、新历史主义、消费主义为历史消费主义文艺思潮的历史性出场做了必要的前奏，将历史的连续性割断、宏大叙事的沉重性清除，将消费受众引入前台，消解历史，消费历史。"① 这一点，在新世纪以消费者消费取向为导向的历史题材的文艺作品中表现尤其显眼。如改编自《雍正皇帝》的电视剧《雍正王朝》中弑兄夺权、狠毒狡诈的雍正皇帝被描绘成恭承圣旨、合法登基、忧国忧民、鞠躬尽瘁、死而后已的伟大政治家，并以主题曲《得民心者得天下》传达了无以复加的景仰。再如《走向共和》中祸国殃民的慈禧被描绘成开明、温婉的统治者，支持洋务、敢于向西方列强宣战的女汉子；李鸿章被描绘成乱世之能臣、殚精竭虑避免大清灭国的干将。还如抽取《三国演义》中"吕布与貂蝉"的故事改编的《蝶舞天涯》，被有意虚构成了一曲荡气回肠的"爱情戏"。

依秦勇的概括，消费历史，或曰消费历史主义，在新世纪文学中有三种表现形态。一是"'配方'式'怀旧'"。例如电影《英雄》选择大众熟知的"刺秦"历史故事，改编成现代的武侠类型，几个刺客之

---

① 秦勇：《消费历史与价值重构——中国当下历史消费主义文艺思潮概观》，《文艺理论与批评》2007年第2期。

间演绎了几段"多角恋"关系——尽管最后被拆解为凭空虚构，但却"吊"足了观众"胃口"，偶像明星的"客串"，加重了"言情"的渲染。二是"噱头"。消费历史的作品擅长设计能够激发接受者感观欲望的各种"噱头"。这些"噱头"并不止于传统戏剧那样的插科打诨、说学逗唱，而是集中于和人们的生理欲望密切相关的东西，如"性"和"暴力"、"隐私"与"身体"、"搞笑"等。三是"颠覆历史的'游戏'"。消费首先要颠覆历史，然后在游戏历史中得到最大的狂欢。如电视剧《乱世英雄吕不韦》中，赵姬既是秦始皇的母亲，又做吕不韦的情人。饰演主人公的女演员袒胸露乳、性感十足，活跃于各色男人之间，极尽"肉欲"之能事、极尽"床第"之快事，历史仿佛变成了女人和男人之间的游戏，政治仿佛变成了女人和男人之间相互征服的衍生物。还如电视剧《人间四月天》中，人们对于情感趣味的追逐远远超出了对史实真实的追求，一个诗人（徐志摩）与三个女人（张幼仪、林徽因、陆小曼）的故事，主要人物之间的三角关系以及情感纠葛，现代都市言情小说中香艳奇遇都借"历史真实"的名义集结在徐志摩这个诗人的身上，纵使剧中人物的后代不断提出异议——"这不是真的"，也丝毫不能改变观众对这种"假历史"的认同和追捧。①

由于影视霸权的客观存在，新世纪文学似乎也难以拒绝影视剧"消费历史"的流弊，也在"消费历史"的歧路上做着"祛"自己之"魅"的错举。消费历史必然导致历史的消失以致失真，并最终导致文学的价值之维——"真"——的缺席与不在场。比如在先锋派小说中，作家受新历史主义的影响——"历史是不可靠的，历史的真实也是不存在的"，他们笔下对历史的描写不再像以往那样追求所谓的历史真实，而是将历史作为一种元素进行再叙事，重新编织故事，既不关注也不刻意再现历史本来的真实性，关注的只是如何以历史的躯壳还当下之块垒，或曰"旧瓶装新酒"，考虑的只是如何将历史融入所叙述的故事或所要表现的内容，或者仅仅将历史作为一种载体、一种背景和一种元

---

① 参见秦勇《消费历史与价值重构——中国当下历史消费主义文艺思潮概观》，《文艺理论与批评》2007 年第 2 期。

素，为作品所要表现的人性需求与当下欲望服务。再如在长篇历史题材小说中，整体上或多或少都存在着不注重历史规律、历史本质的揭示而只关注历史人物的人性展示。这一点，在唐浩明的《曾国藩》、《杨度》，凌力的《少年天子》、《倾国倾城》，二月河的《康熙大帝》、《雍正皇帝》、《乾隆皇帝》，陈斌的《李鸿章》等作品中症状明显。这些颇有影响的作品虽然也都是按照历史的脉络来书写的，但历史不过就是作为表现人物关系、情感、性格的一种依托背景与叙事线索，却少有对历史本身的理解与挖掘，也少有对价值正义的追问与求索。

3. 文学之忧：从"向善"到"纵欲"

在媒体化语境中，由于受商品意识、经济主义、物质主义、享乐主义的影响，新世纪文学表现出对人性欲望描写的热衷，演绎着一条从"向善"到"纵欲"的蜕化轨迹。这一点，我们可以溯源至20世纪80年代张贤亮的《男人的一半是女人》、《绿化树》等，其后王朔的《一半是海水，一半是火焰》、《顽主》等，再经"70后"美女作家们的"身体写作"（最典型的莫过于"用皮肤思考，用身体写作"），纵使诗歌写作也有"下半身写作"的浊流四溢，然后到网络文学的"小黄文"如《第一次亲密接触》、《与空姐同居的日子》、《蜗居》、《步步惊心》等，以及所谓的"情色文学"与"色情文学"，这中间有着一个从人性化到欲望化叙事的推进。当然，值得一提的是，新世纪文学的欲望化叙事虽与整体的消费语境相关，如消费身体、消费美丽、消费情感等，但更多是与影视媒体所传播的快乐叙事与欲望叙事息息相关。细观之，新世纪几乎所有影视广告的女主人公都透露出性感、妖艳与狐媚，再配上诸如"做女人挺好"、"做男人一手把握不了的女人"、"你好我也好"等广告词，图像刺激与话语诱惑吸收着无数红男绿女的欲望冲动。还有几乎所有的影视剧都有"床戏"与"激情戏"，如陈凯歌的《无极》、张艺谋的《满城尽带黄金甲》、冯小刚的《夜宴》、李安的《色戒》等，至于孙立基的《肉蒲团》那更是十足的"肉展"与"肉搏"。

人有七情六欲，乃是人之本性，所谓"食，色，性也"。人本主义心理学家马斯洛曾指出，人是有需要的文化动物，人的需要可分为7个层次，犹如一座金字塔。它们由低级向高级分别为：生理需要、安全需要、归属与爱的需要、尊重的需要、认识需要、审美需要以及自我实现的需要。可见，人有需要与欲望都是正常的，从某种角度说，追求欲望的满足与欲求的实现，恰恰是每个人快乐生活、超越庸常、追求卓越的动机与动力。诚如马斯洛所说的："我们越来越清楚地看到，人的身上有无限的潜在能力。如果适当地运用它们，人的生活就会变得像幻想中的天堂一样美好。从有潜能的意义上说，人是宇宙中最令人惊异的现象，是最具有创造性、最精巧的生物。多少年以来，哲学家们一直在寻求真、善、美，论述它们的力量。现在我们知道，寻求它们的最佳地方就在人们自己身上。"① 可见，人正常的需要与欲望，从某种角度说，既是创造美好生活的"潜能"，也是走向"真、善、美"的路径。但是，一旦人的需要膨胀、欲望放纵的话，这种"潜能"极有可能是毁灭"真、善、美"的魔鬼撒旦，让人坠入"假、恶、丑"的泥淖而不自知。

　　这一点，在新世纪文学的欲望化书写表现十分突出。作家关注的欲望至少包括物质欲、权力欲、金钱欲、情欲、占有欲、消费欲、支配欲、暴发欲、破坏欲、表现欲等，其中最受青睐的是情欲（准确来说"性欲"）与消费欲（准确来说是"奢侈品消费欲"）。无论是朱文、韩东、卫慧、棉棉、周洁茹，还是走红的网络作家痞子蔡（蔡智恒）、今何在、天下霸唱、安妮宝贝、林长治、当年明月、唐家三少、李寻欢、萧鼎、何马、玄雨、流潋紫、南派三叔、烽火戏诸侯等的作品，往往都以表现性爱欲望和消费欲望为主。如卫慧的《我的禅》与《上海宝贝》如出一辙，写女主人公与外国男友的情事，依然十分大胆、前卫，其中也表现了主人公超前的性爱观念和强烈的物质消费欲望。还如安顿的《绝对隐私》、棉棉的《糖》、九丹的《乌鸦》等，其主导型的场景总是脱离不了肉体的恣意狂欢和欲望的尽情宣泄，隐私和身体成为一种公开的展览与炫耀，并成为吸引眼球、撬动市场的最大卖点。尤其令人感叹的是，在 20 世纪 80 年代曾写过《北极光》的张抗抗，也难以脱俗控

---

　　① 转引自［美］爱德华·霍夫曼《做人的权利——马斯洛传》，许金声译，改革出版社 1998 年版，第 184—185 页。

欲，竟然写出了《情爱画廊》这样充斥着性爱与欲望的应景之作。至于木子美的《遗情书》叙述了与 N 个男性之间的性爱经历，这种所谓的"性爱日记"、"性体验描写"将新世纪文学的欲望化书写推到了极致，或者说是目前为止袒露隐私、放浪形骸、放纵性欲的登峰造极之作。

对于新世纪这种隐私与身体的越界、需要与欲望的放纵，有人无不担忧地说："而让人目瞪口呆的，还要数时下一浪高过一浪甚嚣尘上且未见衰败的'裸露式'的写作和文字'脱衣秀'。'美女'、'美男'如狼似虎，性器官和性活动不仅频频挂在舌头上，也挂到显示器上。正是乱哄哄你方唱罢我登场。网络技术提供了'实况直播'的效果，隐私权转化为公共效应，以此满足某些人的露阴癖和偷窥欲。""恐怖的是，他们还特别乐意把自己的文字和文学挂上钩，或者给自己安上'作家、诗人'的大盖帽。这真叫作：人有多大胆，地有多高产！"① 诚然，这种"纵欲式书写"不失为新世纪文学的最大隐忧。当网络小说所有热门类型，无论是玄幻、架空、盗墓，还是后宫、同人、耽美，YY（即意淫）都是中心主题。起点中文网的"VIP 计划"，更把 YY 小说推向了高峰。甚至有人宣称"YY 无罪，做梦有理"，表现了一种"不以为耻，反以为荣"的心态。这样，"纵欲式书写"不仅割裂了与传统价值的纽带，而且引发了对人类基本价值的认同危机，是新世纪文学的最大毒瘤。

4. 文学之病：从"崇美"到"拜金"

在媒体化语境中，不同形态的媒体都有着自己的市场与经济的考量，如报纸杂志讲究发行数，书籍出版讲究印数与码洋，电影讲究票房，电视节目与电视剧讲究收视率，网络讲究浏览量与点击率，手机短信讲究转发量等，其实所有这些考量的背后只有一个共同的目标，那就是市场效应与经济收益，一句话，就是钱。可见，媒体虽有着社会责任与文化正义的担当，但在媒体竞争（既有同媒竞争，也有异媒竞争）

---

① 林宋瑜：《挂羊头卖狗肉的写作》，《文艺报》2004 年 8 月 31 日。

白热化的当下,媒体推崇的不是美学价值而是商业价值,换言之,不是"崇美"而是"拜金"。这一点,在电视中表现十分扎眼,一个烂节目,只要有收视率,可以今年办了明年办,甚至是一年又一年地办,如湖南卫视的《快乐大本营》;一个烂创意,只要有收视率,可以你台办了我台办,如婚恋类节目、真人秀节目;一个烂剧情,只要有收视率,可能你台拍了我台拍,如抗战神剧、警匪剧;一个烂电视剧,只要有收视率,可以今年播了明年播,甚至一年又一年地播,普通话播了方言播,如湖南卫视的《还珠格格》等。可见,对电视媒体而言,只要能"大碗喝酒、大块喝肉、大秤分金",管它什么模仿、抄袭、同质化、类型化、庸常化,一切都可弃之不顾。动机只有一个,那就是"拜金";目的只有一个,那就是"赚钱"。

在商业化、产业化语境中,文学作品其实就是商品;在媒体化语境中,文学作品其实不过是媒体的制品之一、产品之一、商品之一,文学不可能摆脱"拜金"的动机与"赚钱"的目的,从而日益成为与大工业标准化生产方式紧密结合的、以获取利益为唯一动机的消费性商品艺术,或曰"作为商品的艺术",法兰克福学派称之为"文化工业"(Culture Industry)。依文化工业的逻辑,"高水流水"与"阳春白雪"固然可敬,但"曲高和寡",也就很少进入它们的创作计划之中;"下里巴人"虽然不屑,但"应者云集",也就纷纷进入它们的生产日程之中。作家朱苏进说过:"影视是很大众化的艺术形式,影响力奇大,其他任何艺术形式都无法与它比拟。……再一个原因就是物质利益丰厚,这点我从不讳言。"[1] 作家潘军坦言:"电视剧是个破东西,不过很赚钱。"[2] 这两位作家的心态绝非个案,它甚至可能是新世纪作家的一种普遍心态,只是有的人说出来了,有的人没有说出来。当然,在市场经济语境中,"拜金"不错,"赚钱"也不错,毕竟"天下熙熙,皆为利来;天下攘攘,皆为利往"(司马迁语)、"人们为了能够'创造历史',

---

① 朱自奋:《影视编剧,我只是客串——作家朱苏进访谈》,《文汇读书周报》2003 年 5 月 2 日。

② 潘军:《答何锐先生问》,《山花》1999 年第 3 期。

必须能够生活"（马克思与恩格斯语）、"不管黑猫白猫，抓到老鼠就是好猫"（邓小平语）、"贫穷不是社会主义"（邓小平语），但是，如果是为了"拜金"与"赚钱"而粗制滥造，贩卖"假大空"与"黄赌毒"，甚至是自甘堕落，那就是大错特错了。事实上，作为文化产业的新世纪文学为了赢得尽可能多的受众或消费者，就尽可能地"向下拉平"（赫伯迪格语，D. Hebdige），尽可能地"倒退的倾听"（阿多诺语，T. Adorno），千方百计地"迎合"，想方设法地"媚俗"，死心塌地地"触电"，心甘情愿地"触网"，都揭示了新世纪文学从"重文学"走向"轻文学"、从"审美价值"走向"商业价值"、从"崇美"走向"拜金"的病变。

最能体现新世纪文学病变的，有六种代表形态：一是商业出版的"排行榜"与"文学畅销书"；二是与影视掌控下的"文学改编"与"影视小说"（含小说剧本化与剧本小说化）；三是网络的类型文学特别是YY小说；四是传媒视野下的"媒介文学事件"；五是传媒视野下的"文学策划"；六是传媒视野下的"传媒文艺批评"。所有这些，都秉持着五种写作策略，即商业化写作、媚俗化写作、标准化写作、图像化写作与功利化写作，都是为了实现文学商品的最大的交换价值。作家将文学当成了商品来进行市场化操作，就是为了更快地将文学转化为经济资本。诚如作家何顿所说的："我没有工资可拿，我的每一分钱都是面对电脑干出来的，哪里稿费高，我就往哪里跑，没有别的意思，因为稿费高就可以多抽几包好烟。……如果写小说养活不了自己，我只怕又得去干别的去了。"[①] 传统作家尚且如此功利地"为稿费而写"，更遑论新世纪的网络写手们了，像"网络大神"当年明月每天8000字的更新率，以及网络写作们推行的"流水线式写作"，为钱，是我们大家都懂的。对此，王晓明一针见血地指出："我过去认为，文学在我们生活中占有非常重要的地位，现在明白了，这是个错觉。即使文学在文学最有'轰动效应'的那些时候，公众真正关注的也非文学，而是裹在文学外

---

① 何顿：《写作状态》，《上海文学》1996年第2期。

衣里面的那些非文学的东西。"①

（三）审美失范

在物质主义、技术主义、消费主义、个人主义等后现代主义思潮的影响下，新世纪的文学审美活动依然存在，毕竟"文学不死"，虽然改头换面甚至改朝换代，但文学仍然是我们的精神栖居的"乌托邦"，但是新世纪的"此在"与之前的"彼在"已是大为不同，无论是在审美主体、审美客体、审美对象，还是在审美方式、审美类型、审美价值、审美意义等方面与传统的审美相比有着显著的异质性存在。换言之，新世纪的审美失范已是不争的事实。在此，我们仅从两个方面进行具体的阐述。

1. "娱乐至死"

从理论上说，文学有着与生俱来的游戏、娱乐的属性。一方面，从文学起源的"游戏说"来看，"游戏说"倡导者像康德、席勒、斯宾塞、谷鲁斯等主张文学产生于游戏，认为文学是无外在目的的游戏活动。如康德认为，艺术不同于手工艺，艺术是自由的游戏，手工艺则是追求利润与报酬的行业。再如席勒认为，人们生活在现实世界中，受到物质的和精神的两方面的束缚，往往得不到自由，因此，人们总想利用剩余的精力，创造一个自由的天地，这就是游戏，也就是艺术产生的动因。还如斯宾塞认为，人是一种高等动物，肌体中积聚着一些要求出路的剩余力量，游戏与艺术都是剩余力量的发泄，是非功利性的生命活动；美感起源于游戏的冲动，艺术在实质上也是一种游戏。还如谷鲁斯认为，艺术活动家可以归结为"内摹仿"的心理活动，它在本质上与游戏相通，并且推论说，游戏先于劳动，劳动是游戏的产儿。另一方面，从文学功能的"娱乐说"来看，"娱乐说"的倡导者像亚里士多德、贺拉斯等主张文学的"陶冶"、"教化"功能应能通过"寓教于乐"的方式实现。比如贺拉斯认为："诗人的愿望应该给人益处和乐趣，他写的东西应该给人以快感，同时对生活有帮助。……寓教于乐，既劝谕

---

① 　王晓明等：《旷野上的废墟》，《上海文学》1993 年第 6 期。

读者，又使他喜爱，才能符合众望。"① "寓教于乐"，这句话言简意赅地说明了"乐"（娱乐）是"教"（教育、教化）的最高效的实现手段。周恩来也曾经说过："有人问我：文艺的教育作用和娱乐作用是否是统一的？是辩证的统一。群众看戏、看电影是要从中得到娱乐和休息，你通过典型化的形象表演，教育寓于其中，寓于娱乐之中。"② 一部文学作品，如果只是枯燥、平庸地摹写生活，缺乏激动人、感染人的艺术力量，不能引起人的美感，不能给人以愉快和美的享受，所以，它也就不可能充分发挥其"教"的作用。反过来，文学的"乐"又始终是为了"教"，是为了"娱乐"和"教育"的辩证的统一，是为了真、善、美的统一，"教"才是最终的旨归，按鲁迅先生的话说，就是艺术的任务在于"助成奋斗，向上，美化的诸种行动"。③

但是，新世纪的文坛似乎成了另一种形态的"快乐大本营"，无论是精英书写还是大众书写，无论是传统的纸媒文学还是新世纪的网媒文学，都强调可读性与市场效应，以娱乐代替了审美建构和理性批判。这些作品大都追求娱乐性、可读性，怎么好看、怎么好玩、怎么吸引人就怎么写。诚然，文学确实是一种文字的游戏，但如果仅仅满足于娱文乐字，甚至以个人的娱乐召唤全民的狂欢，以"今朝有酒今朝醉"的心态遮蔽对真情实感与真知灼见的求索，那么，这种娱乐似乎走到了一种不切实际、为娱而娱、为乐而乐的偏至，按王朔的话说，就是一种"玩的就是心跳"的"顽主"心态。如海男的中篇小说《情妇》，小说的主人公是一个叫吴竹英的女子，丈夫去世后，她与一个叫罗文龙的男子相好 20 多年；她的女儿陈琼飞与大学同学恋爱，未婚生下一个女儿，叫姚桃花；姚桃花长大后，逐渐发现了外婆的私情。故事写得很曲折，很好看，娱乐性不言而喻。再如莫言的《檀香刑》，作品有人性的深度，但以古代酷刑为主要内容，大量、精细地描写各种骇人听闻的刑

① ［古罗马］贺拉斯：《诗艺》，《〈诗学〉〈诗艺〉》，人民文学出版社 1962 年版，第 155 页。
② 周恩来：《在文艺工作座谈会和故事片创作会议上的讲话》（1961 年 6 月 19 日），《文艺报》1979 年第 2 期。
③ 鲁迅：《致唐英伟》（1935 年 6 月 29 日），《鲁迅全集》（第 10 卷），人民文学出版社 1973 年版，第 279 页。

罚,很大程度是为了吸收读者,是为了娱乐读者的好奇心。作家当然可以借助刑罚描写来揭示人性丑陋的一面,但并非一定要如此大规模地描写酷刑的种类、方法、细节、过程以及心理动态,之所以如此,无非是为了取悦读者、娱乐受众。还如近年来抗战题材文学(主要是影视文学),也大多采取娱乐化的叙事策略。在这些作品中,中国军民的正面抗战退隐,民间立场与视角凸显,演义传统和传奇叙事得以张扬。娱乐化的叙事策略,再加上世俗化甚至庸俗化元素的杂糅与叠加,叙事伦理的可靠性先在地缺失,从而导致那些令人啼笑皆非的,甚至完全置战争基本法则与常识于不顾的传奇故事的泛滥,读者与观众不经意间已经在捧腹大笑中解构并消费了那场可歌可泣的、正义悲壮的、残酷流血的战争历史。正是如此,这些基于娱乐化叙事的作品被称之为"抗战神文"。对此,作家阿来曾在一次访谈中批判说,所有文学娱乐化都是不正常的,文学不应该就是为了消磨时间与娱乐,而是为了思考现实,受到美的熏陶;我们过去的文学中没有娱乐是不正常的,但是,今天把所有文学娱乐化,是更不正常的。

事实上,新世纪文学的娱乐化与媒体的娱乐化是同步呼应的,如一年一度的"春晚"、新闻的娱乐化、综艺节目的娱乐化、影视剧的娱乐化等。在媒体化语境中,几乎所有的公众话语与文化活动都日渐以娱乐的方式出现,并且成为一种全社会通行的文化精神、文化意识与文化指令。我们的政治、经济、宗教、新闻、体育、教育、慈善等心甘情愿地成为娱乐的附庸,既无怨无悔又无声无息,其结果是我们成了一个娱乐至死的物种、我们的时代成了一个娱乐至死的时代,即所谓的"快乐中国"与"娱乐汇"。近年来,综艺节目、影视剧的娱乐之风越刮越猛,诚然有着美国学者尼尔·波兹曼所说的"娱乐至死"的态势。尼尔·波兹曼认为:"电视把娱乐本身变成了表现一切经历的形式。我们的电视使我们和这个世界保持着交流,但在这个过程中,电视一直保持着一成不变的笑脸。我们的问题不在于电视为我们展示具有娱乐性的内容,而在于所有的内容都以娱乐的方式表现出来,这就完全是另一回事了。我们可以换种说法:娱乐是电视上所有话语的超意识形态。不管是是什么内容，也不管采取什么视角，电视上的一切都是为了给我们提供娱乐。"① 这一点，《快乐大本营》、《天天向上》、《非诚勿扰》、《超级女声》、《中国好声音》《壹周立波秀》等可为综艺节目娱乐化的代表；《东北一家人》、《武林外传》、《家有儿女》等可为情景喜剧娱乐化的代表；《抗日奇侠》、《永不不磨灭的番号》、《利剑行动》、《孤岛飞鹰》、《决战风铃渡》等可为"抗战神剧"娱乐化的代表。也正是如此，2011年10月，国家广电总局正式下发"限娱令"；2013年10月，国家广电总局再次下发"加强版限娱令"。之所以要以行政干预的方式介入行业整顿，就在于影视传媒的娱乐化不仅泛滥成灾，而且问题丛出，甚至是到了不忍卒观的地步了。

2. "图像狂欢"

按照德国美学家鲍姆嘉通（Alexander Gottlieb Baumgarten）在1750年《美学》一书中关于"美学"的定义，即"美学是关于感性认识的科学"，我们可以推知，美学从本质上说是一种"感性学"，但审美并非仅止于感性，它还要抵达理性，故美学又称为"拟似理性学"。在《哲学的考察》中，鲍姆嘉通将诗定义为"完整的感性语言"，他认为所谓"感性语言"，是表现感性表象的语言连接，如果它的所有部分，即感性表象、其结合、语言联合而成功地传达感性认识，那么它就是完整的。② 可见，传统的审美所关注的是"完整的感性语言"以及由这种"完整的感性语言"所呈现的"美"。

但是，在新世纪，由于图文化的浸润以及图像、视像的增殖，审美不仅包括传统意义上的"审文"，甚至更多表现的是图像化时代的"审图"，换言之，"读文"更多地让位于"读图"与"读频"。从审美的范式来看，"看的方式"更多地取代了"读的方式"。阿莱斯·艾尔雅维茨在《图像时代》一书里明确指出，图像正在成为后现代社会最日常的文化现实，而且学术史上所谓的"语言学转向"正迅速地被"图

① ［美］尼尔·波兹曼：《娱乐至死》，章艳译，广西师范大学出版社2004年版，第114页。
② 参见［日］竹内敏雄主编《美学百科辞典》，刘晓路、何志明、林文军译，湖南人民出版社1988年版，第35—36页。

像转向"所取代，后现代社会的最大特征就是图像统治。艾尔雅维茨认为："在现代主义中，文学迅速地游移至后台，而中心舞台则被视觉文化的靓丽辉光所普照。"还说："进一步说，这个中心舞台变得不仅仅是个舞台，而是整个世界：在公共空间，这种审美文化无处不在。"① 周宪也认为："今天图像在不断地改变我们的生活方式，同时也在塑造我们的观念与价值，因此从这个意义上说，如今图像比人类历史上任何时候更具权威性和影响力。只要对电视或广告图像对当代人生活的影响稍作考察便不难发现，图像今天比过去有着更加强大的影响力。"② 正是这种"强大的影响力"，新世纪的审美场便出现了张邦卫在《媒介诗学》一书中所谓的"语言的式微与图像的狂欢"的异变现象，语言文本因其审美距离而备受冷落，而图像文本因其审美直观或距离趋零而大行其道，甚至在文学之外独立地创造出一种新的视觉审美文化。

纵观新世纪文学的图像化，有几种情况是值得关注的：一是"以图配文"。图像在文学文本中只是限于装饰，除了用于装帧的饰图，充其量就是有关人物或场景的插图，对理解人物性格及作品起到辅助作用，从早期的各种绣像本，20世纪十分流行的连环画、小人书，到当代装帧大师张守义、画家蒋兆和等为文学作品所绘制的各种插图莫不如此。近年来作家们也十分看重"以图配文"的释义功能与传播效果，如何立伟在自己的作品中配上自绘的图画，林白的《一个人的战争》被称为"新视像读本"是国内所能见到的最为图文并茂的作品，莫言的《檀香刑》有许多的人物插图，刘索拉的《女贞汤》也几乎是图文并茂的极致，许多散文作家如余秋雨、贾平凹、张中行、江堤、叶倾城、陈染等都在作品中配上精美的、指意明确的摄影图片。这样，文学作品中的图像成为文学文本的有机构成，甚至直接承担起文学的叙事功能、抒情功能、解说功能，连同语言文字，共同发挥文学的审美和非审美效应。二是"以图代文"。主要包括海内外漫画家的"图说方式"，如

———————

　　①　[斯]阿莱斯·艾尔雅维茨：《图像时代》，胡菊云、张云鹏译，吉林人民出版社2003年版，第34页。

　　②　周宪：《视觉文化：从传统到现代》，《文学评论》2003年第6期。

台湾漫画家朱德庸的漫画叙事作品《涩女郎》、《双响炮》、《醋熘族》，几米的绘本《向左走，向右走》、《地下铁》、《照相本子》等，还如大陆出的"老照片"之类。三是"图像化写作"。在视像传媒高度发达的新世纪，文学在渐次图像化的进程中终于无奈地选择了图像化写作作为融入图像社会、反映图像生活的写作策略。从文字的审美化写作走向图像的观看化写作，新世纪文学写作出现了属于视觉文化时代的华丽转型。从整体上说，新世纪文学的图像化写作包括图像化叙事、图像化结构、图像化人物与图像化转换等。这样，基于图像化写作的新世纪文学也越界成为生活图像的一份资源，文学不仅成为图像化的对象也成为图像化的结果，文学性寄寓于图像之中。四是"文学改编"或曰"文学的影视剧改编"。假如说"图像化写作"还只是一种文学文本内部的图像化、一种依托于文字想象的虚拟的图像化的话，那么，"文学改编"或曰"文学的影视剧改编"则是一种依托于镜头与画面的直观的图像化。从文字的"内图像化"到影视剧的"外图像化"，图像的狂欢与图像的霸权得到了淋漓尽致的表现，新世纪的审美范式也从"小说驮着影视走"走向了"影视领着小说走"，"看影视"而不是"读小说"成为了新世纪的审美习惯。诚如尹鸿所说的，影视剧已成为"中国大众最喜爱的一种虚构性叙事形态，它已成为当代人生活、情感和社会演化的'见证'，成为人们生活中最基本、最主要的'叙述故事'和'消费故事'的渠道。"[1] 这样，影视剧取代小说成为新世纪"讲故事"的主角，成为人们影像消费的中心，占据了人们的日常生活、文化生活和话语空间。

丹尼尔·贝尔曾经说过："目前居'统治'地位的是视觉观念。声音和影像，尤其是后者，组织了美学，统率了观众。在一个大众社会里，这几乎是不可避免的。我相信当代文化正在变成一种视觉文化，而不是一种印刷文化，这是千真万确的事实。"[2] 以于身处视觉文化时代的新世纪文学，图像狂欢可能是一种审美拓展，但更多是一种审美消

---

① 尹鸿：《尹鸿影视时评》，河南大学出版社 2002 年版，第 149 页。
② [美] 丹尼尔·贝尔：《资本主义文化矛盾》，生活·读书·新知三联书店 1992 年版，第 154 页。

解,诚如孟建所说的,"现代文化正在脱离以语言为中心的理性主义形态,在现代科技的作用下,日益转向以视觉为中心,特别是以影像为中心的感性主义形态。"① 尽管图像与语言一样指向了"审美是一种感性活动"的初始义,但是图像却难以与语言一样抵达思想与意义的理性高度。加之广大受众依照图像审美的惯性而忽视对文学作品的细读、抛弃对文学作品的精读,或者说没有耐心来阅读了,这对新世纪的文学审美才是最致命的,毕竟按接受美学的观点,没有进入读者阅读视野的作品是没有任何意义的,它不是"活体"而是"死物"。

四 新世纪文学的"祛魅"症结

从整体上说,新世纪文坛有一个明显的分流状态:一部分是后现代所指认的经多种传媒方式传播的文学,如网络文学,这是一股"洪流";另一部分是被认为消隐的传统文学市场,总体趋势是趋向大众化、娱乐化,这是一股"暗流"。就传统文学而言,从数量上来说,文学爱好者和文学作者并不比以前少,传统文学书籍及杂志依旧在争先恐后地出版,而且出版个人作品较之从前也更加容易,但是不得不承认;从质量上而言,确实有整体水平下滑的感觉,精神价值低落,因娱乐大众而流于俗气;精英文学处于小圈子之中,而大众通俗文学占据市场份额更广更流行。就新媒介文学而言,从文学样式上说,影视文学、网络文学、手机文学等不断翻新,争相竞艳争宠;从数量上说,文学的自由性与无序性并存,随意性增强,鱼龙混杂,但也使更多人参与到文学中来,文学基数增大,有人甚至称之为"海量的文学";从质量上说,虽然我们可能肯定地说新媒介文学特别是网络文学不乏优秀之作、轰动之作,但是我们依然可以肯定地说时至今日尚无大家大作,也无经典之作。对比传统文学与新世纪媒介形态的文学,我们不难发现:文学曾经赖以安身立命的存在方式、传播方式、社会语境、文化机制和经典法则

---

① 孟建:《视觉文化传播时代的来临》,参见南京师范大学视觉文化网,http://www.fromeyes.cn/article。

都发生了重大的转变，确证文学之所以为文学的那种"确定性"基础消失了，它既跨越边界又填平鸿沟，从而处于"什么都是"与"什么都不是"的诡境之中。在这种情境下，文学正面临着两难的困境："从外部来看，艺术已经成为一种不可能的事情；但从内部来看，艺术还得继续下去。"① 对此，后期象征主义者保罗·瓦莱里明确指出："所有的艺术种类都有其物质部分，对这一部分，我们再也不可能像以前那样来观察、对待；它不可能摆脱现代科学及现代实践的影响。近二十年来，无论是物质、空间还是时间，都已经不同于以前。如此巨大的革新必将改变各种艺术的所有技术，并以此影响创意本身，最终或许还会魔术般地改变艺术的概念。对此，我们必然做好准备。"②

（一）作者神话的破灭

在新世纪，由于新的文学环境和传播机制的生成使得作者队伍的构成发生了前所未有的变化。大体看来，新世纪的作者构成主要有四部分：传统型作家；网络作家；80 后、90 后青春作家；自由撰稿人式的草根作家。与 20 世纪中国文学相比，新世纪的作家准确来说是商业经济的仆人，是消费文化的生产者，是传媒文化的帮工，所以，与其称之为"作家"，还不如称之为"写手"。作者在文学活动与文学话语中的功能也随之出现了根本性的改变，这其实就是文学作者"祛魅"的后现代表征。

自亚里士多德以来，诗和小说一直被作为真理的形式。在主体理性时代，文学作者因而就拥有了突出的崇高地位，因为作者是这种真理的发现者，写出真理的人即拥有真理的人。自义艺复兴以米，主体精神与人文主义思想的高扬，读者对作者的关注往往超出了对其作品的关注。作者是"人类灵魂的工程师"、"社会的良心"。在伏尔泰、雨果、歌德、巴尔扎克、托尔斯泰、陀斯妥耶夫斯基、高尔基、鲁迅、王蒙那里，作者的人格力量及其对社会历史的巨大影响是有目共睹的。在这样一种文学——社会格局中，一方面，文学的严肃性得到了充分的保

---

① ［德］阿多诺：《美学理论》，柯平译，四川人民出版社 1998 年版，第 16 页。
② 转引自［德］本雅明《经验与贫乏》，王炳均译，百花文艺出版社 1999 年版，第 259 页。

证，创作文学作品是一种对社会历史起作用的大事，作者或是那些想要尝试写作的人承担着重大责任；另一方面，因此也只有少数人会成为作者，只有少数人实际上操作文学的话语。作为读者的大部分人只是被动地阅读作者写就了的作品，尽管他们的"期待视野"是作者们要加以考虑的。

作者的中心在结构主义的视野中被进行了置换。在结构主义看来，文学的中心既不是作者的人格与人品，也不是作者的责任与意图，而是作品，准确来说是文本。作者中心论被作品中心论所替换。除此之外，作者的权威在解构主义的视野中被进行了颠覆。在解构主义看来，以语言形式为肌质的文本是文学的中心，是"语言说人"而不是"人说语言"，"不是普希金创造了普希金诗歌，恰恰相反，是普希金的诗歌创造了普希金"。这样，曾经拥有对于文学话语的至高无上地位的作者，借用福科引用贝克特的一句话——"谁在说话有什么关系"，从而被打入从属的地位。作者的神话到了终结的时候。正是在这样的背景之下，罗兰·巴特提出了著名的口号："作者已死。"既然作者"死了"，就无人要为维护文学的纯洁性和高雅性承担责任。"死了"的作者，无须为苟延残喘似活着的文学担当道义。这样，各种对文学的"滥用"以及文学自身的"外流"都变得见怪不怪、习以为常。作者"死了"，各种媒体充斥着无作者的文本也成为一种常态与共相。作者成为无人关注或不太关心的元素，写作和文本才令人感兴趣。于是出现了一种写作的"民主"局面，人人都能玩一把文学，玩文学不必太严肃，从"码字"到"灌水"、"接龙"再到"软件写作"，作者化身为新游戏与新娱乐参与者。

以新世纪的网络文学为例，作者队伍的无限扩大、整体素质的良莠不齐以及创作主体从精英向大众、从专业向业余甚至是职业的转换等，都是作者神话破灭的表现形态。据资料显示，新世纪的网络写作的受众人群超过了5000万，作者达到了10多万人。网络写作改变了以往"你写我读"的书写方式，形成了读写之间认知交流、思想交流、情感交流以及人生经验交流的平民化书写潮。在平民化书写潮中，网络写手异常活跃，从世纪之交的涂鸦、沙子到后来的痞子蔡、李寻欢、蔡智恒、安妮宝贝、慕容雪村、竹影青瞳、宁财神等，到近两年走红的南派三叔、流潋紫、血红、随波逐流、天蝎龙少、唐家三少、辰东、我吃西红柿等，均以网络为阵地拥有了众多读者群。近几年，每到年底就有人对这些网络写手的收入进行排名，大家似乎并不关注作品的精神内涵和文学成就，而是更关注写手们的钱袋子。网络写手的分量不是取决于它们的作品，而是取决于它们的网上点击收费额、版税与版权转让（主要影视改编权）的收入所得。这本身就是对作者神话的无情讽刺，换言之，"作者神话"为"市场神话"所替代甚至是取消。

就新世纪的网络文学而言，作者神话的破灭还表现在网络文学写手们的平民化、众生化、草根化，以及网络写作的随意化、匿名化。网络写作是随意的、率性的，作者想写什么就写什么，想怎么写就怎么写，"我手写吾口"，任意放飞有着鲜明的主体性、个体性的文学梦，却少了主体责任与社会道义的承担。网络写作是匿名的、化名的，作者处于"三无"状态，即无身份、无性别、无年龄，这可以实现写作的自由性与独立性，可以摆脱物欲与功利的诱惑，可以褪去文学以外的因素强加给文学的负载与负荷，实现艺术创新和保持文学的独立品格。然而，匿名写作又是一把双刃剑，其利与其弊都十分显在地存在着，毕竟承载匿名写作的网络世界是一个众声喧哗的非主体世界，却又是以一个以庸常抗拒崇高、以世俗阻隔高雅、以非主流替代主流、以宣泄替代承担、以解构替代建构、以贬责替代提醒、以偏激阻斥公允的世界。在这个世界中，网络写手们一个劲地比拼的是卑微、庸常与鄙俗，或者是更卑微、更庸常与更鄙俗。诚如欧阳友权所说的，"于是，随着作者虚拟和主体性缺失，写作的责任和良知、作家的使命感和作品的意义链也就无根无依或无足轻重，文学的价值依凭和审美承担成了被遗忘的理念、被抛弃的概念或不合时宜的信念。"[1] 这样，作者不再是"神灵凭附"的代言者，也不再是"人类灵魂的工程师"或"社会良知的代言人"，而是网

---

① 欧阳友权：《网络文学论纲》，人民文学出版社 2003 年版，第 116 页。

上灌水的"闪客"和在网上撒欢的"顽童"。

法国当代著名思想家米歇尔·福柯曾经指出："作者的作用是表示一个社会中某些话语的存在、传播和运作的特征。"① 可见，不管是作者的作用还是作者的权威，它们都来自于它所拥有的话语权。从理论上说，话语是一种社会权力，知识是一种社会权威。作者对话语的介入、对知识的建构，不仅可以将意义赋予文本，而且可以主动地从内部调动话语的规则与知识的结构。这样，作者不仅通过知识获得了解放，而且还通过话语获得了权威。在作者队伍相对精英化的时代，文学话语确实掌握在少数文化精英的手上，作者的权力与权威也就为人所推重和推崇。事实上，在网络社会，网络写作众生化、平民化、草根化，人人都可以在网络上进行文学话语的表达或泛文学话语的文字游戏，也就是文学话语不再是文化精英的专利权而是网络大众的共享权，那么这种文学话语也就难有曾经无上尊荣的权力与权威了，一切都变得不过是"不过如此"、"也就那么回事"了。这样，写作的庄严感荡然无存，作品的神圣性全然不在，从前附在作者头顶上的耀眼光环随风飘散，在网上玩文字就像在网上玩游戏一样，作家坠地、写手上位，作者的神话也破灭了。

（二）作品灵韵的寂灭

文学一直是作为非功利的高雅精神活动被看待的。文学因其纯粹的审美性曾深受理想主义者的青睐，成为对非理想社会的拯救之道。近代著名学者王国维在残酷现实与痛苦人生感到绝望之时，依然葆有对包括文学在内的艺术寄予厚望。在《红楼梦评论》中，王国维认为："美术之务，在描写人生之苦痛与其解脱之道，而使吾侪冯生之徒，于此桎梏之世界中，离此生活之欲之争斗，而得其暂时之平和。此一切美术之目的也。"② 在《文学小言》中，王国维还指出："个人之汲汲于争存者的写作，决无文学家之资格也。"③ 然而，在商业化语境中，写作不仅汲

---

① ［法］米歇尔·福柯：《作者是什么？》，王逢振等编《最新西方文论选》，漓江出版社1991年版，第451页。

② 王国维：《红楼梦评论》，《王国维文集》（第一卷），中国文史出版社1997年版，第9页。

③ 王国维：《文学小言》，《王国维文集》（第一卷），中国文史出版社1997年版，第25页。

汲于生存，还汲汲于功利，文学商业化成为一种共相与常态，受到正面的拥护与全面的拥戴，这不是"文学的失足"而是"文学的堕落"，甚至是一种自甘堕落与自轻自贱。这样，无法也无力救世的文学只能为消费市场所牵制、为媒介工业所制导，那些曾经附在文学作品身上的灵韵与灵光彻底破灭了。

　　从 20 世纪 90 年代以来直至新世纪十五年，文学作为产品与商品越来越成为一种普遍的社会存在。关于这一点，特里·伊格尔顿（Terry Eagleton）在《马克思主义与文学批评》一书中有精辟的论述，他指出："文学可以是一件人工制品，一种社会意识的产品，一种世界幻象（World Vision），但同时也是一种工业（Industry）。书籍不仅是有意义的结构，而且是出版商为了赚钱在市场上出卖的商品。戏剧不仅是文学文本的集成，而且是一种资本主义商业：雇佣一些人（作家、导演、演员、舞台管理员）生产为观众所消费的、能赚钱的商品。批评家不仅是分析文本，而且（常常）是国家雇佣的大学教师，从意识形态方面培养能在资本主义社会尽职的学生。作家不仅是超个人思想结构的换位者，而且是出版雇佣的工人，去生产能出售的商品。"① 阿诺德·豪泽尔更是明确指出，"艺术作品自古以来就是作为商品而创造的，因为它们主要是为了出卖，而不是为艺术家自己所使用"。② 可见，在新世纪十五年，作品的商品属性得到了无以复加的推崇与彰显，不管是纯粹的商业文学、还是畅销的青春文学与狂欢的网络文学，甚至是传统意义上的纯文学、雅文学，商业性的诱惑与利益性的驱动，成了新世纪写作的最主要的预期效果。对于作者而言，写作更多的是作为一种职业、一门技艺来参与市场的。对于作品而言，从最初的策划、写作、流通到改编，最终衡量的是销售量与码洋。许多小说在写作时就已瞄准了影视市场，是为改编电影、电视剧而写的，这考虑的是小说这种独特商品的二次商机甚至是多次商机。可见，强大的商业理性为新世纪文学及其作品的存在方式准备了社会认同的理由。

---

① Terry Eagleton, *Marxism and Literary Criticism*, London, 1977, pp. 59 – 60.
② Arnold Hauser, *The Sociology of Art*, London, 1982, p. 598.

随着文学作品的产业化与商业化进程的加速推进，包括精神性、思想性、价值性、审美性在内的作品的灵韵也就寂灭了。换言之，商业性的扩张总是以灵韵的消散作为代价的。对此，阿多诺在《文化工业：作为欺骗群众的启蒙》一文中认为，作品与一般商品并没有什么本质区别，在为资本家赢利这一点上表现出惊人的一致，并且认为作为商品的作品所遵循的是文化工业的普遍规则。他说："整个世界都得通过文化工业这个过滤器。……今天，文化消费者的想象力和自发性之所以逐渐萎缩，这不能归罪于心理机制。文化产品本身，其中最有代表性的是有声电影，抑制观众的主观创造能力。……工业社会的力量对人们产生的影响是一劳永逸的。……社会上所有的人都接受文化工业品的影响。文化工业的每一个运动，都不可避免地把人们再现为整个社会所需要塑造出来的那个样子。"① 这样，在文化工业的机制下，文化产品的模式化、标准化、类型化、雷同化也就在所难免了，那种独一无二的"灵韵"只能是一种乌托邦式的预设与怀想。本雅明在《机械复制时代的艺术作品》一书中指出，现代传媒和复制艺术的影响，就是"灵韵"（Aura，亦译作韵味、光韵和氛围等）的丧失。在本雅明看来，"灵韵"的真正含义是"指作品独特的质地和由此带来的神秘感，它只属于原创的、独一无二的作品"。有"灵韵"的作品具有"膜拜价值"，而经机械复制甚至是电子复制、数字复制的作品是没有"灵韵"的，只有"展示价值"。英国著名诗人华兹华斯曾经尖刻地说过："以往作家的非常珍贵的作品（我指的几乎就是莎士比亚和弥尔顿的作品）已经被抛弃了，代表他们的是许多疯狂的小说，许多病态而又愚蠢的德国的悲剧，以及像洪水一样泛滥的用韵文写的夸张而无价值的故事。"② 比照新世纪的文学景象，扎堆的与成批量的"类型文学"，如青春文学的忧伤与叛逆、"70后"的身体与性、影视文学的谍战与职场、网络文学的穿越与盗墓等，商家们明知会给读者带来不可避免的审美疲劳，

---

① ［德］阿多诺：《艺术社会学》，陆梅林《西方马克思主义美学文选》，漓江出版社1988年版，第378页。

② 参见伍蠡甫《西方文论选》（下卷），上海译文出版社1979年版，第8页。

但依然乐此不疲、争先恐后，最主要的动机就是"类型文学"背后的利润驱使。

以新世纪的网络文学为例，文学作品灵韵的寂灭主要表现在网络文本的畸变上。具体地说，主要包括以下五点：一是"文本载体的转换"。网络时代的文学文本是成为集文字、声音、图像、符号等的多媒体文本，即文学从单媒介向多媒介延伸已经是大势所趋。换言之，网络文学以电子符号的软载体的形式存在于电脑中，传输在互联网上。不借助于计算机网络设备，它们看不见，摸不着；而一旦人机交互进入网络世界，它们则五光十色、风光无限。二是"文本内容的迁移"。传统的文学文本有着浓烈的理性、启蒙与救世精神，有着认识、教育与审美作用，而在网络时代的文学文本则是感性、物质与玩世，以表面的私人话语挑逗大众的狂欢，并且还充斥着零碎、平面、浅显与低俗，甚至还有大量的"黄色"与"黑色"的毒素。三是"文本类型的变化"。网络文学的崛起使传统的文学艺术类型划分悄然发生着变化：在这里，纪实文学与虚构文学、文学与非文学的界限，抑或传统文学类型中诗歌、小说、散文、戏剧的"四分法"，都已变得模糊。网络写手们在互联网上的率性而为与一吐为快，早已把传统文学的惯例与藩篱抛之脑后了，哪里还有耐心顾及文学该是什么呢？另外，网络文学还有向综合艺术发展的趋势：由于多媒体技术对于创作者充分表达和接收者全方位观赏的诱惑，越来越多的网络文本开始从单一的文学表达向光色声像的多媒体综合表达靠拢，甚至把网络小说做成电脑游戏。四是"文本功能的转变"。由于网络时代从本质上来说是一个市场化、商品化与消费化的社会，所以网络文本的价值主要体现在消费性、休闲性与娱乐性上，网络文本的最大功能就是消费性突出、商业化明显。五是"文本价值的弱化"。网络时代的文学文本追求的是高点击率，讲究的是文本商品化后的利益回报，再加上网络写手们的良莠不齐与急功近利，缺乏精雕细刻与精益求精，文学价值普遍不高，即使每年都有从茫茫网海中精选出来的"年度最佳网络文学作品选"，也根本无法与传统文学的经典之作相提并论。

（三）读者上帝的幻灭

在文学活动的各个环节中，读者的阅读活动对作品的意义赋予与价值生成是至关重要的。在接受美学看来，读者是作品的直接接受者，作品意象与表现形式有赖于读者完成。作品的"不确定性"、"空白"与"召唤结构"有赖于读者的"确定"、"填补"与"应召"，作品的意义才能得以实现。正如姚斯（H. R. Jauss）所说的，作品的意义来源于两个方面：一是作品本身，二是读者的赋予，而从本质上说作者的意义仍然是读者的赋予。姚斯说："一部文学作品并不是一个自身独立、向每一个读者均提供同样观点的客体。它不是一尊纪念碑，形而上学地展示其超时代的本质。它更多地像一部管弦乐谱，在其演奏中不断获得读者新的反响，使本文从词的物质形态解放出来，成为一种当代的存在。"[①] G. 格林认为，一部作品的意义，主要是读者赋予的。梅拉赫指出，在作者——作品——读者所构成的"动力过程"中，读者实现挖掘与发挥作品潜力的功能，在阅读与批评活动中，读者居于中心地位。

在市场经济与消费主义语境下，读者的权力因消费而得以不断提升，读者的接受行为趋向市场化。趋向市场化的读者权力与趋向文本化的读者权力是不同的。前者指向的是读者的消费力与购买力，后者指向的是读者的解读力与鉴赏力。趋向市场化的读者准确来说是消费者，它不是真正意义上的读者，而是读者的异化。作为消费者的读者在新世纪尽管被捧为"上帝"，但是文学商品的策划者、生产者、传播者、经销者考虑的不是读者的审美需求与价值诉求，而眼睁睁盯着的是作为消费者的读者的"钱袋子"。在传媒法则与消费主义合谋的新世纪，读者的自主性、选择性等市场空间与市场属性虽然得以加强，权力得以提升，这是新世纪文学消费行为的基本趋向。但是，值得深思的是，在文化产业的进程中，读者的"上帝化"，准确来说是"傀儡化"，是为他人吐钱的 ATM 机。这也许是新世纪读者上帝的幻灭的最悖逆表现与最吊诡表征。

在有着市场经济与消费主义内涵的新世纪，读者的"上帝化"是

---

① ［德］姚斯：《走向接受美学》，《接受美学与接受理论》，周宁、金元浦译，辽宁人民出版社 1987 年版，第 26 页。

一把双刃剑。一方面，置身于市场经济与消费社会的新世纪文学，主动地对接市场、迎合消费，主动地考虑读者的阅读诉求，有利于将整个文学活动由"作家市场"转向"读者市场"，读者由"被动消费"转向"主动消费"，写作由"主体性写作"转向"他者化写作"，作者由"创作者"转向"服务者"，有利于作家树立"以读者为本"的创作观。另一方面，作家对于读者利益的考虑可能会以牺牲文学的思想深度和艺术品位为代价，因为市场的效益原则和读者的口味并非总是积极健康的。这样，"文学就不会是真正的文学，所谓的精神生产也只剩下了生产而不见精神，这样发展下去的结果只能是数量代替了质量，物质代替了精神，进而导致心灵的贫瘠和精神的废墟"。① 以欲望书写为例，"在20世纪80年代启蒙语境中，曾经作为对抗极'左'思潮扭曲人性的反判性生命形式，负载着特定时代的'执着的精神性追询与理性深度的分析与思辨'功能。但是，在90年代骤然而生的消费文化语境中，无论是林白、陈染们的'女性主义'创作，还是棉棉的《糖》、卫慧的《上海宝贝》一类的'都市新人类'作品，以及新近作家李修文的《滴泪痣》、《捆绑上天堂》一类的唯美——颓废主义写作，虽然这些作家所隶属的文学'流派'各异，但在'身体写作'及'欲望表现'方面，却显出惊人的相似性。"② 这样，文学更多地沦为一种被消费的特殊商品，加之某些媒体和作者在经济利益的驱动下一味迎合读者口味，甚至和商业携手进行不负责任的商业化炒作，造成媚俗化、肤浅化、鄙俗化、浮躁化等不良倾向。这也许是新世纪读者上帝的幻灭的最自残式的表现。

在新世纪，读者上帝的幻灭还表现在"读者的叛变"上，即走上了"反读者"与"去读者化"的异化之旅，或者说读者不再是作品的读者了。具体表现有五点：一是读者的文化身份向消费者转化，读者的共同体所共构的是一个利润丰厚的消费市场，读者在新世纪虽然依然处于中心地位，但其作用与功能早已面目全非，成为文学产品商品化的生成器与转换器。对具体的文本来说，读者所赋予的不是意义，而是码洋

---

① 吴玉杰：《大众传媒与文学批评的非学理性倾向》，《广播电视大学学报》2006年第2期。

② 李俊国：《日常审美·欲望狂欢·时尚拼贴》，《文艺理论·文摘卡》2006年第1期。

与利润。二是读者的趣味大大游离文本本身,所关注的重点是文本之外的事件。文本的事件化,这是新世纪的一个重要流向。这样,文本不再是精思阅读的对象,而是读者在茶余饭后聊天、闲聊的由头。比如当代文坛中的"二王之争"、"二张之争"、"二余之争"以及王朔的"枪挑"、"棒喝",还有在网络上红极一时的木子美的《遗情书》等,除了专业读者之外,又有几个读者真正读完、读懂过全部争鸣文本呢?三是读者对文本的阅读方式从"精读"向"泛读"、"听读"甚至是"标题浏览"转化。读者对文学资源的把握不再是知识积累与审美素养的提高,而是猎取文学信息,这样,"蜻蜓点水"与"走马观花"式的标题阅读成为大众阅读的一种主要形式。换言之,"读的方式"向"看的方式"转变。一目十行、断章取义,替代了传统的"微言大义"的推敲与琢磨。从本质上说,这种感性化与猎奇化的阅读时尚,对文本而言,虽然有读者的在场,却实际上还是不在场,有读者与没有读者是一回事。总在文本的外围转悠与偷窥的"标题浏览",事实上并没有走向文本内在,文本的价值也没有得到真正的实现。四是读者数量的锐减。在新世纪,有一句话很有现实针对性,那就是"写作品的比读作品的多"、"写诗的比读诗的多"。在"快餐阅读"的新世纪,这些少数的读者中又有多少是真正关心文学之所以为文学的文学性呢?检索文学网站上的原创作品,与纯文学沾边的绝对是少有人问津,而那些与纯文学背道而驰的哗众取宠之作则绝对是点击率奇高。这恰恰印证了读者数量锐减的客观现实。五是读者能动性与主动性的销蚀。这正如学者童庆炳所指出的:"读者接受的能动性在当代文化工业和大众传媒的动作中已受到了很大销蚀。当人们面对充满商业营销气息的大众文化产品时,被要求的是'消费'而不是'再创造',因此,在文学阅读的地位得以提高的另一面,则也存在着重新被贬低的趋向。"① 这样,作品的空白没有得到填补,召唤没有得到响应,不确定的内涵没有得到确定,从而导致作品的意义建构没有实现。

---

① 童庆炳主编:《文学理论教程》,高等教育出版社1998年版,第32—33页。

五　新世纪文学的"返魅"期待

所谓"返魅"，是与"祛魅"相呼应的一个后现代概念。假如说"祛魅"是指对传统的、人们所熟知的东西进行排斥，或者说剥去附在事物身上的光彩、光环与光耀的话，那么，"返魅"就是主张返回事物的自然状态、恢复事物的本来面貌，或者说重新给事物身上加光、加冕与加勋。假如说"祛魅"是一种解构主义的话，那么，"返魅"就是一种建构主义或者说是一种重构主义。就新世纪文学而言，"返魅"就是恢复文学的本位与本分、本体与本真，恢复文学的市值与价值，走出沉寂、跨出边缘，进入生活、介入社会，重新确认文学的身份与名分，重新确证文学的段位与地位，让文学之光再次烛照溢彩。毫无疑问，新世纪文学确实走过了一条从"聚魅"走向"祛魅"的历史进程，那么，这种"祛魅"会不会继续下去以至于归零呢？或者说这种"祛魅"能否走向一种"返魅"的新进程？不可否认，新世纪文学的"祛魅"诚然因媒介与媒介文化及媒体化语境而起，那么，会不会同样因为媒介与媒介文化及媒体化语境而启动属于新世纪文学的"返魅"之旅呢？

事实上，当新世纪初的文学更多地被所谓的"文学危机论"、"文学终结论"、"文学消亡论"所包围的时候，依托于新媒体的文学新形态如商业出版文学、影视文学、网络文学、手机文学却是喧哗不已、骚动不止、繁荣不息，特别是近几年来改编自网络小说的电视剧的热播如《步步惊心》、《倾世皇妃》、《千山暮雪》、《后宫·甄嬛传》、《美人心计》、《来不及说我爱你》、《盛夏晚晴天》、《小儿难养》、《裸婚时代》、《钱多多嫁人记》、《佳期如梦》、《S女出没，注意》、《何以笙箫默》、《蜗居》、《失恋33天》、《杜拉拉升职记》等，似乎又使曾经边缘化的文学再次成为关注的焦点。据中国互联网络信息中心的网络小说用户调研数据显示，网络小说用户中有79.2%的人愿意观看由网络小说改编的影视剧，网络小说正成为影视剧选择题材、输入内容、汲取养分、挖掘资源的沃土。中国作家网副主编马季认为："从小说到影视，中间还有很多过程，尽管网络小说有其商业化写作带来的短板，但它更多的是提供素材，最终的艺术表现力和社会效应取决于导演的表现能力和编剧的改编，不能将其归咎于网络作家。比如《蜗居》和《失恋33天》，都是反响极好的改编作品。"学人刘晓霖则也认为："很多网络小说确实存在快餐化的特点，但它被年轻人喜欢，它拍成的影视作品，同样也会受到年轻人的欢迎。很多文学作品并不适合被改编成影视作品，因为其内涵的东西不适合用镜头语言表述，而网络小说则不受这一局限。网络小说改编的影视作品能满足青少年对影视作品的需求，也并非不能出现一些经典的作品。"[1] 之所以如此，一是由于网络小说题材多样，更接地气；二是由于网络小说的贴近性，这不仅体现在内容上，也体现在作者的草根身份上，有着弥足珍贵的真实感与亲近感；三是由于网络小说的繁荣景象，据盛大文学副总裁林华说："目前，包括起点中文网、晋江文学城、红袖添香小说阅读网等在内的6个原创文学网站，拥有超过600万部作品，超过160万个作家，每天上传的字数超过6000万。知名网络作家唐家三少平均每天上传8000字，在过去的100个月里面，已经达到了吉尼斯世界纪录。"[2] 正所谓"借一斑而窥全豹"、"见一叶落而知天下秋"，仅就网络小说的繁荣与网络小说改编影视剧的火爆，我们似可推论：新世纪文学似乎逃离了"祛魅"，走上了"返魅"。欧阳友权认为："正如任何解构都蕴涵着特定观念的建构，网络文学对传统的文学性予以技术祛魅的同时，也在实施电子诗意性对传统文学性的置换，打造赛博世界的新的艺术灵境。计算机网络的祛魅方式可以引发高科技时代的文学裂变，但衰微并不是网络文学在这个时代的艺术宿命，祛魅不会导致文学性的终结。因为本体论的审美遮蔽已经预设了艺术认识论的'返魅'（Rechantment）路径，蕴藏着电子文本文学性的开发潜能，并可能在新的语境中拓展出新的文学审美空间。"[3] 所以，新

---

[1]　转引自《网络小说改编影视剧被认为更接地气》，http://www.chinawriter.com.cn。

[2]　同上。

[3]　欧阳友权：《数字化语境中的文艺学》，中国社会科学出版社2005年版，第358页。

世纪文学的身份转型是一种动态的回环、飘移的建构，即从"聚魅"到"祛魅"再到"返魅"。

美国艺术史家阿瑟·丹托（Arthur C. Danto）在《艺术的终结》一书中追问：人类进入后历史时期，"艺术是否还有未来"时指出，一种艺术生存方式虽然已经衰老了，并不意味着艺术不会重新踏上历史之路，他说："后历史的艺术氛围会让艺术转向人性的目的。……我们正在进入一个更稳定更幸福的艺术努力的时期，在这个时期，艺术永远对之回应的那些基本需要或许会再次相聚。""它所需要的，似乎可以说只是一个唤醒它的吻而已。"① 那么，对于曾经被一次又一次"祛魅"以至于沉寂沉睡的文学，什么才是唤醒它的那个"魔力十足"、"魅力十足"的"吻"呢？按照欧阳友权在《数字化语境中的文艺学》一书中的观点，这个"吻"恰恰正是以网络为标志的现代高科技手段用于文艺创造，简言之，就是所谓的"数字化的媒介环境"。诚如米切尔所说的："摆在我们面前的最关键的任务不是敷设数字化的宽带通信线路和安装相应的电子设备（我们毫无疑问能做到这一点），甚至也不是生产可以通过电子手段发行的内容，而是想象和创造数字化的媒介环境，从而使我们能过上我们所向往的生活，并建设我们理想中的社区。"正是这种"数字化的媒介环境"，给新世纪的文学装上了前所未有的技术引擎与文化引擎，于是有了青春文学的畅销、影视文学的崛起、网络文学的繁荣以及手机文学的兴盛。

以网络文学为例，时至今日，网络文学的命名焦虑、身份辩护与地位争议，早已随着时间的推移与语境的转换，变成不值一提。依据旧惯例与旧观念给网络文学所下的"不是文学"的论调，在网络文学的成绩与成就面前变得有点滑稽而渐次失声。这里，有几点是特别值得关注的：一是文学网络的蓬勃发展；二是网络写作的庞大队伍；三是网络文学类型的绝对丰富；四是网络文学使文学固有的平民性、民间性、自由性与娱乐性得以回归并最大程度地张扬；五是网络文学是文学出版市场

---

① ［美］阿瑟·丹托：《艺术的终结》，欧阳英译，江苏人民出版社 2001 年版，第 6—7 页。

的掘金地;六是网络文学是影视改编的热域沃土;七是优秀的网络文学常据畅销书榜单;八是知名的网络作家常占中国作家富豪榜首;九是中国当下最权威的评奖——茅盾文学奖亦不得不开门吸纳网络文学参评,等等。可见,网络文学已经成为以青少年受众为主的文学阵地,事实上也成为当下文坛的构成之一,甚至是方兴未艾的重要部分。忽略这样一个偌大的文学存在,实际上也是在忽略新世纪文学的青春力量与"青年近卫军"。2008 年 7 月 4 日,盛大文学的成立标志着网络文学不再是碎片,而是文学的"集团军"了。诚如盛大文学 CEO 侯小强所说的,网络文学将是新世纪文学复兴的重要力量。正是如此,陈崎嵘认为网络文学对社会、对文学的贡献至少有四点:一是从一定意义上说,帮助人们实现了"全民写作、全民阅读"的文学梦想,构造了一种崭新的通俗娱乐文化,甚至是一种新的文明形态。二是培养了大众对文学的兴趣,打破了文学的神秘感和精英书写模式,培养了一大批文学爱好者和写作者,为作家队伍提供了源源不断的人才储备。三是为传统文学提供了观察及反映生活新的视野、新的题材和范式,新的审美意蕴和传播方式。四是丰富了文学原创内容,已经并将继续为中国影视、游戏、动漫、玩具产业的发展提供"母本",弥补传统文学原创内容的不足。①欧阳友权也认为:"在互联网上,文学史上原有的文学审美形态依然故在(电子化的存在),但在一些网络原创文学中,依托数字化媒体的叙事方式又衍生或嵌入了新的审美形态,从而以置换文学本体样态的方式实现网络作品文学性的置换。"这包括体裁文类的新变、文本构型的改变、后审美范式的置换等,还说:"体裁文类、文本构型的改变和后审美范式的置换,是网络在解构文学旧制时开辟的文学性返魅路径,同时也是文学在网络艺术灵境中试图成就的电子诗性。网络对文学性的技术祛魅与艺术返魅就是在这个过程中逐步实现价值嬗变的。"②

总之,在媒体化语境中,各式各样的新媒体既是文学"祛魅"的

---

① 陈崎嵘:《逐步建立中国特色的网络文学理论体系、评价体系和话语体系——在全国网络文学理论研讨会上的发言摘要》,http://www.chinawriter.com.cn。

② 欧阳友权:《数字化语境中的文艺学》,中国社会科学出版社 2005 年版,第 368 页。

"妖刀",也是文学"返魅"的"手术刀"。换言之,新媒体在对传统文学性解构中又在不断拓进新媒体文学性的"返魅"路径,借助虚拟真实的艺术张力设定自己的文学性向度,以科学与诗、技术与诗、媒介与诗、产业与诗的统一重铸新的审美境界,书写媒介空间的行为诗学,并最终以遮蔽传统又敞亮新生的超越性,打造着寄寓于媒体化语境中的艺术与诗性。在新世纪,除了青春文学的畅销、影视文学的崛起(特别是"跟进小说"与"影视同期书")、网络文学的繁荣以及手机文学的兴盛之外,传统文学经典作家作品的再热门化,如鲁迅、张爱玲、沈从文、周作人、梁实秋、林语堂、徐志摩、金庸、贾平凹、余秋雨、王朔等,特别是 2012 年著名作家莫言凭《酒国》、《蛙》、《生死疲劳》、《檀香刑》等作品荣获诺贝尔文学奖,这个世界上最权威奖项的获得以及最大象征资本的获取,确实对新世纪文学的"返魅"给了最起死回生的一剂强心针以及最浓墨重彩的一个大手笔。文学"返魅"不仅可待,而且可行,甚至是一种事实性的推进。著名作家麦家曾经指出:"文学应该固守一些东西,但不能抱残守缺。我们的文学'来路'一直不正,该是到了校正的时候了,你如果不愿意接受这个事实,那就得接受被读者抛弃。"① 麦家的"文学到该校正的时候了"论断,似乎为新世纪文学的"返魅"期待提供了更多的案例依据与理论支撑。

---

① 麦家:《文学到该校正的时候了》,《广州日报》2009 年 1 月 30 日。

第六章　场域转型：从"裂变"到"重构"

　　"文学场域"是法国著名思想家皮埃尔·布迪厄所提出的一个文学概念，它与法国著名思想家莫里斯·布朗肖所提出的"文学空间"有异曲同工之妙，却更有容量与张力。就新世纪文学而言，由于受大众传播媒介和市场经济的双重影响与合力打造，以及"泛文学时代"的全面生成，"媒体化语境"的全面合围，其文学场域出现了从"裂变"到"重构"的新世纪转型。换言之，由社会、作品、作者与读者所构成的传统的文学场域因受大众传媒媒介特别是新媒介（主要是网络与手机）的冲击而裂变，经过新世纪十五年的裂变，也经过新世纪十五年的纳异与扩容、纳新与增容，新世纪的文学场域与传统的文学场域相比发生了许多的变化，不仅表现在"场素增新"，还表现在"次场裂新"。新增的场素主要包括媒介与媒介文化，编辑与编辑权，记者与报道权，出版社（商）与出版权、策划权，书商与销售权，评奖、书评与"象征资本"的颁发权等，它们既是文学显在或隐在的参与者与书写者，也是文学场域必不可少的介入者与构成者。裂变而新生的次生场域主要包括精英文学场（或曰以文学期刊为主导的传统文学场）、大众文学场（或曰以商业出版为依托的市场化文学场）、网络文学场（或曰以网络媒介为平台的新媒体文学场），按白烨在《"三分天下"：当代文坛的结构性变化》一文中所概括的"三分天下"，这三大次生文学场域之间并不存在着谁主导、谁随从的关系，也不存在谁主流、谁支流的关系，而是在一种互融互补、共生共荣的整体格局下，既斗争又联合、既博弈又合作的关系，共同演绎着新世纪的"三色文坛"。

一 传统文学场的生成与结构

"场"一词，本是物理学的概念与术语，主要是指物质存在的一种基本形态，是具有能量、动量和质量的空间，实物之间的相互作用依靠有关的场来实现，如电场、磁场、引力场等。"场"可以是对物质空间的实指，例如战场、操场、广场等；也可以是对文化空间的虚指，如情场、官场、社交场等。按照皮埃尔·布迪厄的观点，"场"（场域）是"诸种客观力量被调整定型的一个体系（其方式很像磁场），是某种被赋予了特定引力的关系构型，这种引力被强加到所有进入该场域的客体和行动者的身上"。① 任何场域都是动态的竞争空间，场域内的各要素总会存在强势与弱势、中心与边缘、主要与次要、掌门与随从的差别。布迪厄认为："从分析的角度来看，一个场域可以被定义为在各种位置之间存在的客观关系的一个网络（Network），或一个构型（Configuration）。"② 布迪厄为场域设立了各种各样的名目，如权力场、新闻场、文学场、科学场、宗教场等。

其实，布迪厄关于文学场的阐释源于他对新闻场的认知，他认为："一个场就是一个有结构的社会空间，一个实力场——有统治者和被统治者，有在此空间起作用的恒定的、持久的不平等关系——同时也是一个为改变或保存这一实力场而进行斗争的战场。在这个天地里，每一个人都将他所具备的（相对）力量投入到与别人的竞争中去，正是个人的实力决定了每个人在新闻场的地位，从而也决定了他采取何种策略。"③ 他还进一步指出："在一个场中，最关键的是相对实力。一份报刊可以保持一成不变，也不失去一个读者，然而一旦它在生存空间内

---

① ［法］皮埃尔·布迪厄、华康德：《实践与反思——反思社会学导引》，李猛等译，中央编译出版社 1998 年版，第 17 页。

② 同上书，第 133 页。

③ ［法］皮埃尔·布迪厄：《关于电视》，许钧译，南京大学出版社 2011 年版，第 46 页。

的相对地位和实力改变了，它也会随之发生深刻变化。比如，当一家报刊改造其生存空间的力量减弱了，因而不可能再发号施令时，那么它的统治地位也就失去了。"① 同新闻场一样，文学场也是"一系列可能性位置空间的动态集合"，也是各种"相对力量"（场素）的"战场"。在整体平衡的母场域之中，既有着不同层次的子场域，也有不同量级的构成场素。文学场域向上以社会权力场为大场域，平行场域有诸如新闻场、艺术场、哲学场、科学场、政治场、经济场等，向下则有诗歌场、散文场、小说场、戏剧场、批评场等不同形态、不同类型的小场域。

在《艺术的法则：文学场的生成与结构》一书中，布迪厄认为，"文学场"和艺术场、哲学场或科学场具有类同的意义，是文化场的一个范例或集中表现，他概括地说："文学场就是遵循自身运行和变化规律的空间"。② 他还强调要从三个方面来剖析文学场："第一，分析权力场内部的文学场（等）位置及其时间进展；第二，分析文学场（等）的内部结构，文学场就是一个遵循自身的运行和变化规律的空间，内部结构就是个体或集团占据的位置之间的客观关系结构，这些个体或集团处于为合法性而竞争的形势下；第三，分析这些位置的占据者的习性的产生，也就是支配权系统，这些系统是文学场（等）内部的社会轨迹和位置的产物，在这个位置上找到一个多多少少有利于现实化的机会（场的建设是社会轨迹建设的逻辑先决条件，社会轨迹的建设是在场中连续占据的位置系列）。"③ 布迪厄还认为，文学事业存在于"文学场"的生成与构建之中。

一个文学场域总是由一系列文学场素参与行动、集体建构的动态空间。换言之，任何文学场域都会有许多的"参与者"与"行动者"，它们既可以是文学活动的个体，也可以是文学活动的组织机构，甚至还可

---

① ［法］皮埃尔·布迪厄：《关于电视》，许钧译，南京大学出版社 2011 年版，第 48 页。

② ［法］皮埃尔·布迪厄：《艺术的法则：文学场的生成和结构》，刘晖译，中央编译出版社 2001 年版，第 262 页。

③ 同上。

以是文学活动的方法与律令。那么，传统的文学场域到底有哪些场素呢？它们又是如何参与行动、集体建构的呢？对此，中西方文艺理论史上经典的"文学四要素说"给我们提供了最佳视窗与最好启示。美国著名文艺理论家 M. H. 艾布拉姆斯在《镜与灯：浪漫主义文论及批评传统》一书中所提出的"文学四要素说"，实质上就是关于传统文学场域及文学场素的科学论述。艾布拉姆斯认为，每一件艺术品总要涉及四个要点，几乎所有力求周密的理论总会在大体上对这四个要素加以区辨，使人一目了然。艺术品的四个要点分别是作品、艺术家、世界和欣赏者，这四者中，以作品——阐释的对象为中心，艺术家、世界和欣赏者分别居于三角形的三个角上，呈一种动态的过程。[①] 美籍华人文艺理论家、美国斯坦福大学已故比较文学教授刘若愚先生曾用艾布拉姆斯的"文学四要素说"阐述中国文学批评发展史，提出了不少的新见解，他也认为文学作为一种活动，总是由社会、作家、作品、读者四个要素构成的。以上两位所谓的"艺术批评的诸坐标"，从另一个角度来看，就是文学的构成要素，也是文学场的构成场素（见图 6 - 1、图 6 - 2）。

图 6 - 1　M. H. 艾布拉姆斯的图示法　　图 6 - 2　刘若愚的图示法

　　当然，文学作为一种活动，其活动主角虽然主要是作品、作家、世界、读者四个要素，但如对文学活动作整体观照的话，还有许多活动参与者是不容忽视的，如文学的编辑、文学的出版、发行及为了发行而搞的"包装"甚至"策划"与"炒作"等活动。有学者认为："文学作为活动，它是多种要素共同构成的有机整体（或系统）。而世界、作

---

　　① 参见［美］艾布拉姆斯《镜与灯》，郦稚丰、张照进、童庆生译，北京大学出版社1989年版，第5—6页。

者、作品和读者不过是这个整体中的四个基本要素（或环节）。"① 与艾布拉姆斯把世界、作者、作品、读者这四要素仅仅归结为"一部艺术作品的四种总体要素"不同，我们主张它们是文学活动这一整体中的四个基本要素。换言之，文学的活动场决不是四者的"四足鼎立"，也决不是"四方会谈"的"厅堂"，而是一个多元共生共融的开放的"广场"。更为重要的是，文学活动场内各参与者是相互依存、相互渗透、相互作用、浑然一体的。马克思在论述生产、分配、交换、消费的活动系统时曾经指出："每一方表现为对方的手段；以对方为媒介；这表现为它们的相互依存；这是一个运动，它们通过这个运动彼此发生关系，表现为互不可缺，但又各自处于对方之外。"② 还说，我们得到的结论并不是说不同要素是同一的东西，而是说，它们构成一个总体的各个环节，"不同要素之间存在着相互作用。每一个有机整体都是这样。"③ 文学活动作为一种艺术创造活动，其各要素之间也存在着相互作用，它们共同构成一个有机的活动系统。这个活动系统是由世界、作者、作品、读者等基本要素构成的一个螺旋式的循环结构。同理，在商品经济条件下，文学作为一种文化产业，其活动场也可以说是由生产、分配、交换、消费等基本要素构成的动态的"超级市场"，"物流"成为一种最为主要的流通与传播方式。所以，文学与文学场从根本上说都是动态的历史建构。

从理论上说，文学场域中不同行动者力量参差不齐，它们凭借自身资本参与到文学场域的利益争夺中，这种力量对比的状况则决定着这一场域内部的结构，占据主导地位的行动者在这个场域中掌握着话语权，拥有文化资本和符号资本，它们广泛推行自己的价值观念，安排场内的秩序，强势的行动者占据中心位置，然后把其他相对弱势的行动者放逐到边缘地带。但这种秩序不是一成不变的，这种占据也不是千秋万代，

————————

① 童庆炳主编:《文学理论教程》，高等教育出版社 1998 年版，第 33 页。

② ［德］马克思:《〈政治经济学批判〉导言》，《马克思恩格斯选集》（第 4 卷），人民出版社 1972 年版，第 95 页。

③ 同上书，第 102 页。

而是随着社会历史文化语境的改变而改变。可见，传统文学场的权力是在作者、读者、文本（或作品）、世界四者中不断递嬗、交接的。伊格尔顿认为，现代文学理论大致可以分为三个阶段："全神贯注于作者阶段（浪漫主义和十九世纪）；绝对关心作品阶段（新批评）；以及近年来注意力显著转向读者阶段。"① 学者南帆据此也认为，历史上的文学批评曾经围绕着三个主题展开：第一是作家，第二是作品，第三是作品所进入的社会，包括社会环境与读者本身。② R.C. 霍拉勃也认为，文学批评之中存在一个"从作家——作品到文本——读者这种普遍的转向。"③ 可见，文学场内各参与者的权力占据与位置秩序也是随时代的演变而改变的。事实上，在中外文学理论史上依次出现的"作家中心"、"作品中心"、"读者中心"、"世界中心"，最能说明传统文学场域的内部换位与外部倾斜，或曰内部的此消彼长与外部的此起彼伏，但无论如何，由于没有新增场素的强势进入，传统的文学场域虽然多次倾斜或曰重心偏移却始终没有出现空间裂变。

二　新世纪文学场的倾斜与裂变

进入新世纪以来，传统的文学场因为诸多外来者或者新的行动者的介入与入侵，出现了或这或那、或多或少的裂变。这种裂变源于场素增新与场域增容，而场素增新与场域增容又源于文学场固有的倾斜构型。倾斜不等于裂变，但倾斜会导致裂变。就新世纪文学场而言，它首先是一个"倾斜的文学场"，表现为四种形态的构型：一是基于精英主义的"作家中心"式构型；二是基于审美主义与形式主义的"作品中心"式构型；三是基于接受美学与消费主义的"读者中心"式构型；四是基于商业社会与市场经济的"世界中心"式构型。倾斜并没有改变场域

① ［英］伊格尔顿：《二十世纪西方文学理论》，伍晓明译，陕西师范大学出版社1987年版，第83页。

② 南帆：《文学批评的转移》，《东南学术》2002年第1期。

③ ［美］罗勃·C. 赫鲁伯：《接受美学理论·前言》，董之林译，台湾骆驼出版社1994年版，第2页。

本身的合法性与合理性，它的整体框架并没有被打破，"文学家园"的围墙也没有崩塌，它顶多只不过是场域内"四大要素"之间的权力再分与资本重组，不过是走向裂变的一次次可控的"内爆"，只有在强大的"外冲"的合力之下才会发生裂变。对此，只有当媒介成为文学活动的"第五个要素"，或者说媒介成为文学场域的"第五极"，甚至是新的"霸主"，文学场域的裂变也势所必然。在此，媒介是一个宽泛的概念，它既是一种工具，也是一种组织与机构，还可以是媒介人、媒介文本与媒介伦理等。这样，随着文学场域场素家族的壮大以及"新宗主"的生成，新世纪的文学场呈现出裂变的多样形态。在这种动态的建构过程中，新世纪的文学场的场素增加了，形态增多了，格局变化了，位置变动了，边界拓宽了，地位下滑了。从整体上说，新世纪的文学场是"泛文学时代"的文学场，也是"媒介时代"的文学场，更是"消费时代"的文学场。

（一）文学存在与场域的传媒要素

从本质论上说，文学存在是一种彼在的意义存在，是"作为抽象的一般的存在"，或者说"文学就是一种抽象的和一般的本体意义上的存在本身"。从现象学上说，文学存在是一种此在的物质存在，是"作为现象或存在物而存在"，或者说"文学就是一种存在现象或存在物"。正如朱立元所说的："其实，任何存在物（者）包括文学，都是对象性存在。……文学，只要它存在，就是作为对象性事物存在的，就是一种对象性的存在。"① 值得一提的是，文学的意义存在总是寄寓于一定的物质存在之中，诚如海德格尔所说的："存在总是某种存在者的存在。存在者全体可以按照某种不同的存在畿域分解界定为一些特定的事质领域。这些事质领域，诸如历史、自然、空间、生命、此在、语言之类，又可以相应地专题化为某些科学探索的对象。"② 作为意义存在的文学是难以体悟的，但作为物质存在或曰存在者的存在的文学却是可以体察

---

① 朱立元：《接受美学导论》，安徽教育出版社 2004 年版，第 127 页。
② ［德］海德格尔：《存在与时间》，陈嘉映、王庆节译，生活·读书·新知三联书店 2000 年版，第 11 页。

的。作为存在者的存在或存在现象的文学，它首先表现为特定的语言媒介，然后是承载语言媒介的传播媒介。可见，在新世纪的媒体化语境中，文学不单单是一个语言问题，而应扩展为包括语言在内的范围更广的文学信息传播媒介，即文学存在的传媒要素。换言之，在新世纪，大众传播媒介（特别是升级的报纸、改版的期刊、商业出版、影视、网络、手机等）正日益成为一个"超级文化问题"。

单小曦认为，文学存在的传媒要素包括四个方面："一是符号媒介，直接由各民族的口语语言、书面语言和文字符号组成，它是直接承载文学信息的符号形式，与文学语义内容一起构成了文学信息。二是载体媒介，它是书面文学语言、文字的承载物，包括石头、泥板、象牙、甲骨、竹简、布帛、兽皮、沙草纸、羊皮纸、植物纤维纸、现代工艺纸、胶片、光盘、电子屏幕等。三是制品媒介，指的是符号媒介与载体媒介的结合物被进一步加工成的产品。包括册页、扇面、手抄本、羊皮卷、字幅、印刷书刊、电子出版物、互联网网页等。四是传播媒介，它是对文学的可能作品进行选择加工乃至于集体生产或再生产，然后向读者传播的传媒机构。包括出版印刷、期刊、电影、电视、网络公司等相关部门。这些传媒机构集生产职能与传播职能为一身，从传播学角度说，就是传播媒介。"① 可见，从古至今，文学存在的传媒要素是一种当然存在，或者说传媒一直是影响文学存在的重要的或决定性的因素之一。只不过在传媒不发达的传统文学时代，传媒的作用被遮蔽了，传播的影响被忽视了，准确地说，是一种"在场的不在场"。随着现代报纸杂志引领的现代传播时代的到来，以及信息社会的生成，现代传播媒介的作用日益突显，对文学活动和文学作品的影响也日益彰显，甚至成为一种宰制性力量与霸权性要素。这样，曾经依附于他者的传媒变成了掌控他者的传媒，曾经被他者遮蔽的传媒变成了对他者的遮蔽，传媒成了继世界、作家、作品、读者之后的文学活动的第五要素。在此，我们用图6-3表示。

---

① 单小曦：《现代传媒语境中的文学存在方式》，中国社会科学出版社2008年版，第31页。

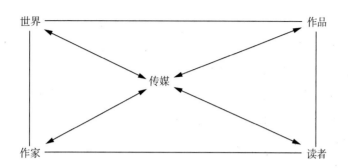

图 6 - 3　五要素说图示法

　　这样，文学活动的"四要素说"（世界、作家、作品、读者）必然为文学活动的"五要素说"（世界、作家、作品、读者、传媒）所替代，恰如著名学者王一川所说的："没有媒介就没有文学"。作为文学活动的第五要素的传媒，它既是功能性的也是权力性的，它不仅是连接文学创作（生产）与文学接受（消费）的中介与桥梁，而且还直接或间接地参与了文学作品的创作（生产）与接受（消费），甚至或隐或显地推动了文学风尚的演变与文学观念的改变。没有传媒参与的文学活动，是断裂的、孤闭的，只是"四个孤岛"；有传媒参与的文学活动，才是关联的、联动的，才是"一条长河"，一个完整的系统。

　　布迪厄曾经指出，文学场不是天然形成的，任何文学场都是一种关系场。他说过："从场的角度思考就是从关系的角度思考。"① 这种关系既有场内的关系，如世界、作家、作品、读者、传媒五个场素之间的关系；也有场外的关系，如文学场与政治场、经济场以及更大的"权力场"之间的关系。就场内关系而言，虽然我们承认世界始终是文学的源泉，但是一旦我们不得不承认在现代传媒社会的一个残酷事实，即"现代社会是一个为现代传媒媒介所覆盖的社会，也是一个为现代传播媒介所呈现的社会，从这个意义上说，现代社会可称之为媒介社会。媒介社会是对我们所生活其中的这个现代与后现代社会的文化生产、传播、接受与

---

　　① ［法］布尔迪厄:《场的逻辑》，《文化资历本与社会炼金术——布尔迪厄访谈录》，包亚明译，上海人民出版社 1997 年版，第 141 页。

消费模式的一种命名，说得直白一点，就是说我们现在的文化动作方式与文化生活形态主要是由媒介的呈示与观看构成的"①；还有现代传媒作用下，作家面对和生活其中的"世界"已被一分为二，即"现实世界"与"信息世界"，它们都可以为作家提供材料与信息，甚至"信息世界"比"现实世界"提供的更多，这也就是为什么当下作家们或多或少有着搜索引擎依赖症的原因，如"谷歌一下"、"百度一下"等。这样，传媒就理所当然地成为了"五要素"文学场域的中心，它既联动其他四个要素，又统领其他四个要素。在这个场域内，有四组十二个关系是值得关注的：一是"世界——传媒——作家"的关系；二是"世界——传媒——作品"的关系；三是"世界——传媒——读者"的关系；四是"作家——传媒——作品"的关系；五是"作家——传媒——世界"的关系；六是"作家——传媒——读者"的关系；七是"作品——传媒——读者"的关系；八是"作品——传媒——世界"的关系；九是"作品——传媒——作家"的关系；十是"读者——传媒——世界"的关系；十一是"读者——传媒——作品"的关系；十二是"读者——传媒——作家"的关系。在这十二个关系中，我们可以将之概括为"以世界为起点的传播模式"、"以作家为起点的传播模式"、"以作品为起点的传播模式"与"以读者为起点的传播模式"四组关系。但无论是何组关系也无论是何种关系，传媒的联结性、枢纽性及中心性都是无法否定的。

（二）新媒介的介入与文学场的增员

传统的文学场的构成要素包括世界、作者、作品、读者以及四者所构成的活动关系，而媒介却是一个视野之外的隐性存在。在 20 世纪中国文学的场域里，报纸、杂志、期刊、出版物、广播、电影、电视等以偶露峥嵘的姿态扶持着文学走过了 100 年。但是，进入新世纪之后，新媒介大量涌现，而且新媒介对文学的掌控力越来越强，像改版的报纸副刊、改版的文学期刊、商业出版、影视传媒、网络媒介、手机媒介等不仅改变了旧的文学样式，而且制造了新的文学样式，从而打破了传统的文学场。

① 张邦卫：《媒介诗学——传媒视野下的文学与文学理论》，社会科学文献出版社 2006 年版，第 1 页。

新媒介的介入,并不意味着旧媒介的退出。新、旧媒介共存共荣,以技术骨骼与载体支撑的形式,共同擎住了新世纪的文学空间。对于媒介类型的划分,麦克卢汉在《理论媒介——论人的延伸》一书中有"冷媒介与热媒介"之分。所谓"冷媒介"是指那些低清晰度的媒介,如手稿、电话、口语、文学等;所谓"热媒介"是指那些高清晰度的媒介,如照片、广播、电影等。他还说:"热媒介有排斥性,冷媒介有包容性。"① 戴安娜·克兰在《文化生产:媒体与都市文化》一书中,将媒介分为"核心媒介、边缘媒介、都市文化"三种。"核心媒介"包括电视、电影、重要报纸等,"边缘媒介"包括图书、杂志、广播、录像等,"都市文化"包括音乐会、展览、博览会、表演、戏剧等。② 菲德勒在《媒介形态变化——认识新媒介》一书中,将媒介分为"口头语言的媒介形态、书面语言的媒介形态、数字语言的媒介形态"三种。③ 马克·波斯特在《信息方式——后结构主义与社会语境》一书中,将所有的媒介分为"面对面的口头媒介"、"印刷的书写媒介"和"电子媒介"三种。④ 南帆认为,媒介主要有两个方面的构成:一是印刷形式,二是电子形式。不管是新媒介,还是旧媒介,甚至是何种类型的媒介,新世纪文学场内的各种媒介都是文学的物质载体,也是文学的传播媒介,必然会对文学有着程度不同的生产力、影响力与改造力。

以新世纪最强势的网络媒介为例,被称为"第四媒体"的网络媒介既是一种"宏媒体"(Micromedia),也是一种"元媒体"(Metamedia),有着传播方式的多样性、传播速度的快捷性、传播范围的广泛性、传播途径的开放性、传播内容的丰富性等特征。从整体上说,网络媒介不仅改变了人类的生活方式,直接催生了基于"虚拟现实"的"数字化生

<hr />

① 参见〔加〕麦克卢汉《理解媒介——论人的延伸》,何道宽译,商务印书馆2001年版,第51—52页。

② 参见〔美〕戴安娜·克兰《文化生产:媒体与都市文化》,赵国新译,译林出版社2001年版,第6页。

③ 参见〔美〕菲德勒《媒介形态变化——认识新媒介》,明安香译,华夏出版社2000年版,第46页。

④ 参见〔美〕马克·波斯特《信息方式——后结构主义与社会语境》,范静晔译,商务印书馆2000年版,第13页。

存",营构了一个不同于现实社会的网络社会环境,造就了"自由、平等、兼容、共享"的网络文化模式,对新世纪文学而言,最主要的是网络媒介孕育了网络文学这种新的文学形态。对此,网络写手李寻欢在《新的春天就要来临》一文中说过:"网络文学的父亲是网络,母亲是文学。它与文学的意义是:借助网络这个工具使文学'回归民间',这在文学低迷的时代里必将对文学基础的构建产生积极影响。如果从内在的特质研究,我觉得网络文学最有价值的东西是它来自'网络父亲'的精神内涵:自由,不仅是写作的自由,而且是自由的写作;平等,网络不相信权威,也没有权威,每个人都有平等的表达自己的权利;非功利,写作的目的是纯粹表达而没有经济或名利的目的;真实,没有特定目的的自由写作会更接近生活的情感的真实。"① 可见,对于新世纪文学场域而言,网络媒介不仅是文学变迁的"手术刀",更是文学转型的"动力引擎"。文学走进网络或网络选择文学,换言之,文学与网络的合作合谋,是新世纪文学场域的显在表征。对此,雅克·德里达认为:"一个划时代的文化变迁在加速,从书籍时代到超文本时代,我们已经被引入了一个可怕的生活空间。这个新的电子空间,充满了电视、电影、录像、传真、电子邮件、超文本以及国际互联网,彻底改变了社会组织结构:自我的、家庭的、工厂的、大学的,还有民族国家的政治。"② 网络媒介不仅改变了社会组织结构,也改变了文学场域的组织结构。

(三)新文化的侵入与文学场的增容

不同时代有不同的文化,植根于特定文化语境的文学必然要渗入时代文化的因素,打上时代文化的烙印,表现出时代性与文化性。新世纪文学的场域既包括实体场(如新闻场、媒介场),也包括非实体的文化场。新世纪文学场域的裂变,一个不能不考虑的核心要素就是各种形态各异的新文化的侵入,如科技文化、市场文化、商业文化、消费文化、媒介文化、网络文化、手机文化等对新世纪文学的全方位、多维度的修

---

① 转引自欧阳友权主编《网络文学概论》,北京大学出版社 2008 年版,第 64 页。
② 转引自 [美] J. 希利斯·米勒《论全球化对文学研究的影响》,《当代外国文学》1998 年第 1 期。

正,迫使新世纪的文学场域不得不将这些曾经的"异族"与"他者"收编并"揖让上座"。新文化凭借自己的号召力、影响力、传播力与渗透力,切合了"文化粉丝们"的认同性,不仅在新世纪的文学场域中安营扎寨、生根、开花、结果,而且还占据了新世纪文学场域的要津与高位。

以新世纪最狂欢的媒介文化为例,它是文化媒介化的结果,是媒介发展到一定时期的社会图景和文化生态的表现。美国学者道格拉斯·凯尔纳认为,"媒介文化"这一概念既可方便表示文化工业的产品所具有的性质和形式(即文化),也能表明它们的生产和发行模式(即媒介技术和产业)。它避开了诸如"大众文化"和"通俗文化"之类的意识形态用语,同时也让人们关注到媒介文化得以制作、流布和消费的那种生产、发行与接受的循环。① 可见,媒介文化与媒介相关,是媒介催生的一种文化现象,比如期刊文化、商业出版文化、影视文化、网络文化、手机文化等都是它的具体形态。准确地说,媒介文化是大众文化发展到一个新阶段之后所出现的文化形式,是一种全面抹平的文化,是一种杂交文化,也是一种不断生成的文化。从本质上说,媒介文化是一种消费文化,也是一种知道分子文化。② 对此,周宪与许钧认为:"……'媒介文化',或曰'媒介化的文化'。这是一种全新的文化,它构造了我们的日常生活和意识形态,塑造了我们关于自己和他者的观念;它制约着我们的价值观、情感和对世界的理解;它不断地利用高新技术,诉求于市场原则和普遍的非个人化的受众……总而言之,媒介文化把传播和文化凝聚成一个动力学过程,将每一个裹挟其中。于是,媒介文化变成我们当代日常生活的仪式和景观。"③

媒介文化是影视文化、网络文化、手机文化等依托于传播媒介的文化形式的统称,从本质上说,媒介文化既是技术文化的表现,也是商业

---

① 参见〔美〕道格拉斯·凯尔纳《媒介文化——介于现代与后现代之间的文化研究、认同性与政治》,丁宁译,商务印书馆2004年版,第60页。

② 参见赵勇《大众媒介与文化变迁——中国当代媒介文化的散点透视》,北京大学出版社2010年版,第18—41页。

③ 周宪、许钧:《文化和传播译丛·总序》,〔英〕尼克·史蒂文森《认识媒介文化——社会理论与大众传播》,王文斌译,商务印书馆2001年版,第3页。

文化、消费文化的表征。以消费文化为例，消费文化是消费社会的文化。费瑟斯通（Mike Featherstone）认为："消费文化，顾名思义，即指消费社会的文化。它基于这样一个假设，即认为大众消费运动伴随着符号生产、日常体验和实践活动的重新组织……消费文化的一个重要特征就是，商品、产品和体验可供人们消费、维持、规划和梦想，但是，对一般大众而言，能够消费的范围是不同的。消费绝不仅仅是为满足特定需要的商品使用价值的消费。相反，通过广告、大众传媒和商品展陈技巧，消费文化动摇了原来商品的使用或产品意义的观念，并赋予其新的影像与记号，全面激发人们广泛的感觉联想和欲望。"同时，"遵循享乐主义，追逐眼前的快感，培养自我表现的生活方式，发展自恋和自私的人格类型，这一切，都是消费文化所强调的内容"。① 在鲍曼（Zygmunt Bauman）看来，消费文化已成为一种制度，"消费文化的特征，只能用市场的逻辑来予以解释，从这里产生并发展出当代生活的所有其他方面——假如还有不受市场机制影响的其他领域的话。这样，文化的每一个方面都成了商品，成为市场逻辑的从属者"。② 而卢瑞（Celia Lury）则认为："可以将消费文化定义为物质文化的一种当代形式。它指的是生产、设计、制作和使用商品。也就是说，商品就像艺术品、意念或符号一样被设计、制造和使用，它们是自我意识创造生活方式的一部分。因此，它包括在设计方面强调商品的外观、概念在相关的包装、销售和广告中的重要性，以及变换在特定的买卖场所传递和展示商品的背景。但是，重要的是它还包括越来越多的商品使用的美化模式，也就是说，商品被作为艺术品、概念或符号使用，通过幻想、游戏、想象和制造意念的过程产生联想。"③ 所以，消费文化的主要义项包括：第一，消费文化是消费社会的产物；第二，消费文化首先把文化变成商品，然

① ［英］迈克·费瑟斯通：《消费主义与后现代主义》，刘精明译，译林出版社 2000 年版，第 165—166 页。

② ［英］齐格蒙·鲍曼：《立法者与阐释者——论现代性、后现代性与知识分子》，洪涛译，上海人民出版社 2000 年版，第 221—222 页。

③ ［英］西莉亚·卢瑞：《消费文化》，张萍译，南京大学出版社 2003 年版。转引自周宪编著《文化研究关键词》，北京师范大学出版社 2007 年版，第 58 页。

后遵循着市场逻辑行事;第三,消费文化取消了商品与艺术品的分野,商品艺术化,艺术商品化成为一种主要趋势;第四,消费文化的核心内容之一是消费主义,而消费主义又与享乐主义关系密切;第五,消费文化固然指向商品的使用价值,但它的重要的功能在于刺激人的感觉,激发人的想象,再生产出人们的消费观念,于是,时尚、情调、格调、符号价值等就成为消费的主要内容。① 依此存照,新世纪的媒介文化既是消费文化的消费对象,也是消费文化的主体构成与主流形态,还是消费文化深入人心的"幕后推手"。

斯诺曾经指出:"在当代社会,公众往往接受媒介所呈现的社会现实,因此,当代文化实际上就成了'媒体文化'。"② 切特罗姆也认为:"文化与传播的范畴不可避免地会重合。现代传播已成为文化,特别是大众文化的观念和现实这一整体的组成部分。"③ 可见,大众媒介直接推动了新世纪的文化变迁,新世纪文化(主要是指大众文化与流行文化),准确地说是一种媒介文化。新世纪的媒介文化对于新世纪的文学场域来说,有极强的渗透性、侵略性与普遍性。这主要表现在以下五点:一是媒介文化已经成为社会基本结构的重要构成部分;二是媒介文化直接影响了社会的基本组织状况;三是媒介文化改变了社会变迁的基本过程及其形态;四是媒介文化成为社会阶层或阶级结构变化的酵母,使社会阶级的划分和重构脱离不了它的影响;五是媒介文化在广大民众中的渗透,也使媒介文化本身成为人民大众的一种新型生活方式。对此,新世纪文学场域的裂变,与媒介文化的侵入有关。

(四)新形态的闯入与文学场的增军

事实上,新世纪文学场域的新形态与新媒介、新文化是密切相关的。因为有了商业出版,就有了青春文学(包括"70后"、"80后"、

---

① 参见赵勇《大众媒介与文化变迁——中国当代媒介文化的散点透视》,北京大学出版社2010年版,第25页。

② 转引自[美]戴安娜·克兰《文化生产:媒体与都市艺术》,赵国新译,译林出版社2001年版,第4页。

③ [美]切特罗姆:《传播媒介与美国人的思想》,曹静生、黄艾禾译,中国广播电视出版社1991年版,第2页。

"90后")、底层文学与打工文学；因为有了影视传媒，就有了影视改编与影视文学；因为有了网络，就有了网络文学与博客文学；因为有了手机媒介，就有了短信文学与微信文学。这些文学新形态的渐次出现，以及大量占据市场份额与拥有读者数量，甚至是全方位地与大众传播媒介合谋互动，不仅修改了传统文学的惯例与规范，而且也让传统的文学场呈现出裂变的状态。所以，文学新形态的闯入，是新世纪文学场域裂变的主要原因。新世纪文学场域处于裂变的过程之中，也处于重新寻求生态平衡点的重组的过程之中。

比如，网络文学的蜂起，不仅消解了传统文学的"圣殿"与"王庭"，也使旧文学神话走向破灭。与传统文学相比较，网络文学有着全维度的异化形态，如世界的顺变、文本的畸变、语言的锐变、作家的蜕变、读者的叛变等。所有的这些"变"，对于传统文学而言，自然是所谓的"病变"，但对于新世纪文学而言，却是因势顺变、因时化变。当然，新世纪网络文学的这些"变"归根结底是缘于传播技术与传播媒介的更新换代，它们以超速的方式改变着人类的存在方式、思维方式、价值传递方式与审美方式。所以，网络文学变换的不仅是文学载体，更是文学形态。这种全新的文学形态，按邵燕君的观点，有三个明显的特征：一是"类型化：消费终端决定一切"；二是"游戏化：快感提速，情节直线"；三是"'大字节'与'微文本'"。① 马季在《读屏时代的写作——网络文学10年史》一书中，将网络文学的特征概括为："一座巨大的民间讲堂"；"文化宽容构筑平民梦想"；"跨越时空的立体交流"；"审美向娱乐看齐"。② 欧阳友权在《网络文学概论》一书中，则将网络文学的特征总结为三点：一是"'新民间文学'精神"；二是"虚拟世界的自由性"；三是"后现代文化逻辑"。③ 不管是作为新形态的网络文学，还是作为有着新特征的网络文学，不仅改写了既定的文学

---

① 参见邵燕君《新世纪文学脉象》，安徽教育出版社2011年版，第24—27页。
② 参见马季《读屏时代的文学写作——网络文学10年史》，中国工人出版社2008年版，第19—36页。
③ 参见欧阳友权《网络文学概论》，北京大学出版社2008年版，第103—124页。

惯例与文学体制，也冲破了原有的文学场域的界线与樊篱。

对此，作为新世纪文学的新兴板块，崛起的网络文学对新世纪的文学场域的撬动是十分明显的。白烨在《中国文情报告（2009—2010）》一书中，曾将网络文学视为新世纪文学在新的变异中所形成的新格局的"三大板块"之一。他说："新世纪文学在新的变异中逐步形成新的格局，对此人们有各种各样的概括与描述，我的'三分天下'，即以文学期刊为主导的传统型文学、以商业出版为依托的市场化文学（或大众文学）和以网络媒介为平台的新媒体文学（或网络文学）的'三足鼎立'的观察与看法，现在看来，已是越来越确定也越来越明晰的一个现实存在。"① 正是因为这种"现实存在"，新世纪的文学场域必然要为网络文学以及网络文学背后的网络媒介、网络技术、网络文化、网络社会等打开"国门"、安排位置、划定地盘，这是毋庸置疑的。

三　新世纪文学场的重组与重构

随着新媒介的介入、新文化的侵入与新形态的闯入，新世纪的文学场域处于裂变已是不争的现实存在。然而，需要说明的是，新世纪的文学场域一方面在裂变，但另一方面又在不断地重组，换言之，新世纪文学场域总是处于解构与重构的双向的动态博弈之中，而且重构必须要考虑造成传统文学场裂变的各种要素与多样语境，否则新世纪文学场域的重构只能是一厢情愿与一叶障目的"偏安王庭"。

新世纪十五年，是大众传播媒介狂欢的十五年，也是大众传播媒介全面渗透与修正文学的十五年。所以，新世纪文学场的重构，准确来说，是"媒介时代的文学场"的重构。毕竟媒介从工具论向本体论演变、从权力边缘向权力中心挺进，媒介完成了自己"帝国主义"式的建构，而使自己的权力话语成了一种难以抗拒的"霸权话语"，具备了某种"文化霸权"性质。这样，作家及所创作的文本、读者及所阅读的作品、编辑

---

① 白烨主编:《中国文情报告（2009—2010）》，社会科学文献出版社 2010 年版，第 6 页。

及所出版的书籍、书商及所炒作的噱头……只是扮演着不同的角色在完成"媒介帝国主义"的文化指令与文化策略，只是文化生产链中的其中的一链、一环而已。它们仅仅是文化权力的受者与他者，不同程度地、或隐或现地遵守着"媒介的意识形态"，而非文化权力的施者与主者。只有"媒介"，才是我们这个时代与未来时代的表征上的"终极因"。

　　新世纪的文学场是以文学为原点、以媒介为核心，并以媒介为经、以文化为纬的"泛文学场"。其占据者与构成者主要包括以下场素：一是泛化的作者（含自由撰稿人、网络写手）与转化的作者（即生产者）；二是泛化的读者（含一般读者、特殊读者）与转化的读者（即消费者）；三是泛化的作品（含传统经典作品、现代通俗作品与媒介化的新型作品）与转化的作品（即商品）；四是媒介、媒介组织与媒介从业者，包括不同形态的媒介与媒介组织以及依附于这些媒介与媒介组织的记者、编辑、出版商、书评人、书店、书商等；五是媒介、媒介社会与媒介文化，特别是由工具性媒介向文化性媒介转换生成的媒介文化（或曰大众文化）；六是多面孔的世界与多样性的社会，特别是所谓的媒介社会、图像社会、网络社会、科技社会、消费社会、商业社会等。按照法国思想家布尔迪厄的观点——"从场的角度思考就是从关系的角度思考"①，根据文学场内各参与者之间互生互存的网络关系以及一体双面的特性，按照 M. H. 艾布拉姆斯与刘若愚对"艺术四要素"和"文学四要素"的图示法，我们似可将新世纪的文学场域用图 6-4 表示。

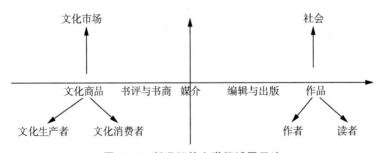

图 6-4　新世纪的文学场域图示法

---

　　①　［法］布尔迪厄：《场的逻辑》，《文化资本与社会炼金术——布尔迪厄访谈录》，包亚明译，上海人民出版社 1997 年版，第 141 页。

从图6-4中我们可看出,新世纪文学场是以媒介为中心的辐射影响场,媒介的权力与影响可以说是无处不在。这中间有两个相对独立的场:一个是审美崇高化的由文本、社会、读者与作者共构的文学场;一个是审美世俗化的由文化商品、文化市场、文化消费者与文化生产者所共构的文化场。由于中轴线的对称关系,从一定角度来说,文本就是文化商品、读者就是文化消费者、作者就是文化生产者、社会就是市场。由于阅读与消费的不同,也由于素质、心态、视角的不同,同样的东西,既可视之为文本,也可视之为商品,这完全依赖受众与读者的主观性而定。或者说,文学的神圣性、读者的雅趣、作者的崇高,已不是绝对的理性,而是处于是与不是、定与未定之间游移与变幻,这样,媒介时代的文学及文本又似乎具有了一种后现代主义的本质属性与内涵。

新世纪的文学场,经过重组的阵痛后,涌现了许多的新兴要素,最显眼的是媒介本身及其所衍生的媒介文化,然后是媒介时代的文学在生产、流通与传播及消费过程中,文化权力不断膨胀的编辑、记者、出版、书商与书评等。这些新增场素全力向文学与文学场的渗透,它们从台后走向台前、从幕后走向幕前、从边缘走向中心、从附属者走向掌控者、从传播者走向制造者,从而对文学与文学场进行全面的改造与革命。具体地说,在新世纪文学场的重构中,除了传统文学场的构成要素需要重点关注与重新审视之外,基于大众传播媒介的进入与文化传播流程的全景扫描,以下五种新增场素是尤其值得聚集的:一是"媒介与媒介文化";二是"编辑与编辑权";三是"记者和报道权";四是"出版社(商)与出版权、策划权";五是"书商与销售权";六是"评奖、书评与'象征资本'的颁发权"。[①]

所以,重构后的新世纪文学场不再是纯粹的"审美场",而是"泛文学场";它也不再是"香草式的花园",而是"丛林式的原野";它不再是世界、作者、作品与读者的"客厅",而是诸多可以与文学勾连的要素如科学技术、商业经济、政治思想、文化思潮,以及报纸、杂志、

---

① 参见张邦卫《媒介诗学——传媒视野下的文学与文学理论》,社会科学文献出版社2006年版,第346—368页。

期刊、出版、影视、网络、手机等的"广场";它不再是精英文学的"一家专属",而是精英文学、大众文学与网络文学的"鼎足而三"。新世纪文学就是"现代传媒文化时代和受现代传媒巨大影响的文学场中的具体存在。作为现代社会权力场和文学场中强势行动者的现代传媒,已经把它的力量渗透到了文学活动的方方面面,使得我们不得不以传媒视角重新审视文学的存在方式"①。

四 新世纪三大次生文学场的争斗与博弈

进入新世纪以来,由于媒介与媒介文化的强势介入以及霸权地位的确立,文学场诚然呈现着从倾斜到裂变再到重构的动态演进,但假如我们聚焦于重构之后的新世纪文学场进行静态凝视时,我们又不难发现新世纪文学场有着精英文学、大众文学与网络文学三大次生场域,即所谓的"天下三分"或"鼎足而三"。这三大次生文学场相互存在又相互博弈,既竞争又合作,以各自独特的话语在重构后的场域内争权与夺资,又以共同的话语、共同的文化性建构着新世纪文学的镜像。

(一)精英文学场的"争圣"

所谓精英文学场,是指依托精英文学而建构起来的文学场域。作为一种场域,新世纪的精英文学场既与精英文学的不死延续有关,也与机械印刷媒介(或曰纸媒)"哀而不死"有关。但是我们必须要承认的是,作为大一统的自主性精英文学场,在进入新世纪之后,随着电子媒介、网络媒介、移动媒介的兴起与机械印刷媒介的衰落,其版图的缩减与疆域的陷落已是不争的事实,甚至只是"偏安一隅"。这样,曾经"作圣"的精英文学场在面对大众文学场、网络文学场的扩张主义时不得不走向"争圣"的窘境。

我们知道,精英文学是传统文学的主流样式,主要通过国家体制(包括中国作协与地方作协)、文学期刊、文学副刊、文学出版、文学

---

① 单小曦:《现代传媒语境中的文学存在方式》,中国社会科学出版社2008年版,第156页。

评奖、大学文学教材、中学语文课本等来长期占据着文学场的话语权,并通过文学性与审美化原则来确立规范与原则,从而最终确立自己的权威地位而"卡里斯马化"。"精英文学主要表达知识分子的个体理性沉思、社会批判或美学探索。精英文学所关心的不是普通群众的喜怒哀乐,而是对于某些本体性问题的认知,它所遵循的审美趣味也不再是大众化和通俗化,而是对新的、未知的审美手法不断探索。"① 精英文学坚持自己的文学理想与审美趣味,鄙视市场与消费、轻视大众与通俗,强调先锋、实验与唯美,以崇高之名自说自话、自娱自乐。正如单小曦所说的:"只有继续维护文学自主性的神圣不可侵犯和审美现代性的审美品格,保持自主性文学生产的稀缺性。"② 这样,资本得以累积,权威得以确立,魅力得以放大,从而心安理得地端坐"圣主"的宝座居高临下地俯视他者与众生。

然而精英文学却在新世纪的媒体化语境中却"失势失圣"了。单小曦认为:"由于现代社会变迁极快,人们工作压力极大,心理危机尤其明显。中国大众在心理上与情感上都和那种古典的宏大高远精神已非常隔膜。无论你如何说经典文本是宝贝,无论你如何鼓吹精英文化的好处,都显得太抽象、太宏大、太遥远了。不是大众不需要这些东西,而是这些东西如果是以这种形象或者仅以纯粹的知识的形式出现,将很难被大众接纳。精英文学在今天越来越远离大众。"③ 在大众文化的洗礼和电子媒介、网络媒介、移动媒介的冲击下,精英文学的去势与分化现象非常严重。最典型的莫过于精英文学内部结构的分化与裂化,这主要表现在三个方面:一是"逃离与背叛",即一部分精英作家迎合大众社会的需要,从原先精英文学的阵营中分离出来,主动走向市场与大众,迎合消费主义、通俗主义与趣味主义。如贾平凹的《废都》、莫言的《丰乳肥臀》、毕淑敏的《拯救乳房》等。二是"退防与固守",即一部分精英作家退入象牙之塔,"告别革命"、"抹平先锋",埋首于比较规

---

① 李运:《大众文化挑战下的精英文学》,《文学教育》(上)2009年第3期。
② 单小曦:《电子传媒时代的文学场裂变》,《文艺争鸣》2006年第4期。
③ 同上。

范、精致的创作或学术研究中，从原先的文化激进主义变成了文化保守主义，从原先的文学创新者变成了文学的守成者。如苏童率先置身"历史"，热衷于武则天奇闻轶事、宫斗性事的叙述；余华也一定程度上放弃了对暴力恐怖的迷狂（如《活着》、《许三观卖血记》）；最令人感叹的是普遍复活了旧文人传统，"隐逸"之风开始盛行，"闲适"的倾向骤然提升。三是"对抗与反击"，即一部分精英作家仍然坚守精英文学的立场，坚决抵抗世俗文化、消费文化、市场文化的侵蚀，执着于"独异个人"的叙事激情；面对市场经济、媒介文化对文学的挑战与消解，既不迎合也不合作，而是对抗与反击。这一点，张承志、张炜、阿来堪称代表。特别是张炜的长篇巨著《你在高原》，长达二百五十万字，用二十年的时间精心创作，也于 2008 年获得了中国当代最高文学奖——"茅盾文学奖"，却被讥为"读者只有一人，那就是作者自己"。

除了精英文学内部结构的分化与裂化之外，面对着文学的市场化、大众化与媒介化，精英文学也并非一成不变，而是在诸多外力的驱动之下进行着不同程度的嬗变与转变，以适应新世纪文化语境与文学生态的变化。这些内在的改变与主动的改革主要表现在三个方面：一是"转变话语方式，对接文学市场"。面对大众文学在文学市场中的盛行，精英写作也逐渐重视读者的接受与市场的需要，"读者中心意识"是每位精英写作必然要绷紧的一根弦，力求以贴近社会原生态生活的视角来征服读者群。这样的精英写作淡化了精英的立场、放弃了启蒙的立意，呈现出对现实世界、日常生活的妥协的态势。这一点，在所谓的"新写实主义小说"中表现十分明显，如池莉、方方、刘震云等。二是"转变传播方式，适应媒介法则"。文学传播始终是联结文学创作与文学接受的唯一纽带与最佳渠道，一旦精英作家们认识到了"读者上帝"的价值，那么他们就不会拒绝传媒的介入，甚至是会有意或无意地默认传媒的策划、宣传、炒作与营销。这样，精英作家们走进访谈室、走进聊天室、走进报告厅、走进售书台而成为传媒消费中的一道"菜"，成为整个传媒机构之中的构成之一，甚至在传媒巨头、出版大鳄、名记者名编辑、知名出版社与书商、网络大 V 等面前降尊纡贵,之所以如此,就在于追求好的传播生态与好的传播效果。三是"转变价值方式,指向生活常道"。精英写作不再以"载道"作为唯一的价值追求,而是从曾经的形而上更多地走向形而下,虽然似乎普遍游离社会现实与政治文化,但却没有摒弃对老百姓生活现状的关注与思考,如《一地鸡毛》、《蜗居》、《中国式离婚》、《贫嘴张大民的幸福生活》等。可见,文学不仅仅是精英作家们个人的语言游戏与先锋探索,也不仅仅是精英作家们个人的内心安逸与精神闲适,而是"劳者歌其事,饥者歌其食"的生活常道。

当然,新世纪精英文学的这些改变与改革,依然还是为了在整个文学场中的"占中"与"争圣"。这些策略主要有:一是掌控有限的期刊发表资源;二是掌控文学批评的话语权;三是掌控文学评奖的评审权;四是掌控文学教育的编审权。具体地说,以一种文学权威的姿态控制着文学界或所谓的文坛,并站在话语权的制高点不断对大众文学、网络文学进行批评,认为其不够严肃庄重,缺少内涵,语言粗糙,形式随性等。还有,在新世纪媒体化语境中当大众文学、网络文学在文学场域中获得自己得以存在的地位,并繁衍拓展为可以同精英文学场分庭抗礼的文化空间时,精英文学则通过自己所拥有的体制内的话语权去"指挥"、"册封"别的文学场域的作品,诸如采取文学刊物的刊登、体制内的评奖、体制内的身份确认、体制内的帮扶与招安等手段去发挥自己的影响力。当然,精英文学在维护自己正统地位的同时,也在与其他场域的文学进行合作,如 2010 年年初,莫言的长篇小说《蛙》和王蒙的小品文集《老王系列》上市时,两位精英作家也都先后邀请郭敬明为他们的新作站台;还如从第八届茅盾文学奖评选开始,破天荒准许网络文学作品参评,但又设置了许多参评的条件,这中间虽有精英文学对于网络文学的让步和招安,但却依然有着"前辈对晚辈"、"大哥对小弟"、"强者对弱者"、"大人对小人"、"大国对小国"的自信与宽容。之所以如此,无非是曾经独大的精英文学场被别的文学场域所侵占之后想继续维护往日的领域,在后殖民主义时代想继续维护昔日帝国主义式的荣光。换言之，精英文学场在与大众文学场、网络文学场的博弈之中，既在极力"护圣"又在竭力"争圣"。

（二）大众文学场的"争宠"

所谓大众文学场，是指依托大众文学而建构起来的文学场域。作为一种场域，新世纪的大众文学场不是新生，而是拓域，它同20世纪中国文学的大众文学血脉相通，如"鸳鸯蝴蝶派小说"、"公案小说"、"武侠小说"、"市民小说"、"财经小说"、"商业小说"等；再如所谓的"海马现象"、"王朔现象"等；还如获得了社会效益与经济效益双丰收的大众文学刊物《故事会》、《今古传奇》、《中国故事》、《读者》、《知音》等。对此，有学者认为："在90年代，越来越精良完备的电子媒介系统正在逐渐改变着原有的文化形态，并积极地参与新的文化格局的形成。大众传播媒介的高度发达扩展了大众文化的空间，'全球化'的大众文化制作潮流，以电子媒介为工具在世界性范围的传播，也对90年代中国大众文化的发展产生了一定的影响。在主流政治文化、知识分子精英文化以及大众文化三分天下的态势中，大众消费文化的空间日益扩大。"[①] 进入新世纪之后，随着商业出版的勃兴与助推，以市场化与媒介化为准则的大众文学及其场域得到了前所未有的繁荣与扩土，如基于商业出版的青春文学与女性文学、基于影视传媒的影视文学与戏仿文学、基于新闻报道的报告文学与传记文学等，并且深得读者市场与消费市场的宠爱。

那么，新世纪大众文学场在与精英文学场、网络文学场进行争斗与博弈之际，是如何践行它的"争宠"策略的呢？一是自觉践行大众文化策略。哲学家奥尔特加（Jose Ortega Y Casset）在《民众的反抗》一书中，认为大众文化主要是指一个地区、一个社团、一个国家中涌现的被一般人所信奉接受的文化，它是大众社会的产物。美国大众文化评论家伯纳德·罗森贝格（Bernard Rosenberg）将工业化了的大众社会视为是一个充满了单调、平淡、平庸、丧失人性的社会，人们在富裕的生活

---

① 董健、丁帆、王彬彬主编：《中国当代文学史新稿》（修订版），南京大学出版社2005年版，第572页。

中却充满了孤独感。大众文化通过大众媒介的表现与传达，日益成为新世纪流行的主要文化之一，甚至如金元浦所说的，传统的神话已经远去，今天的神话是以电子媒介传播的大众文化。大众文化以消遣性、娱乐性为本位，以商业性、时尚性为外表，以现实性、及时性为内涵，呈现出一种日益世俗化的倾向。二是自觉践行大众媒介策略。新世纪大众文学的快速生长与繁荣，主要是依托于大众刊物的兴起与商业出版的勃兴，还有就是与广播、电视、电影、摄影等电子媒介的结合。诚如单小曦所说的，"我们认为大众文学的发展是以大众传媒（当时主要是大众报刊）的兴起为重要条件，即大众印刷读物与大众文学之间搭起了一座桥梁"。① 米兰·昆德拉认为："大众传播媒介的美学意识到必须讨人高兴，和赢得大多数人的注意，它不可避免地变成媚俗的美学。随着大众传播媒介对我们整个生活的包围与深入，媚俗成为我们日常的美学观与道德。就在最近的时代，现代主义还意味着反对随大流和对继承思想与媚俗的反叛。然而今天，现代性与大众传播媒介的巨大活力混在一起，做现代派意味着疯狂地努力地随波逐流，比最随波逐流者更随波逐流。现代性穿上了媚俗的长袍。"② 可见，大众传播媒介的"媚众"、"媚俗"与"随波逐流"的美学意识必然会成为大众文学的安身立命的根本法则。所以，从这个角度说，大众文学是以大众传媒（商业出版、大众报刊、广播、电影、电视）为桥梁，将文本内容、情感意义以欲望化语言、感性化图像的形式展现给大众，以获得大范围的读者群的文学。三是自觉践行商业化与市场化的策略。新世纪大众文学的迅速崛起，就在于它自觉践行了商业化与市场化的策略。文学一旦选择商业化与市场化，或者说文学一旦追随市场化潮流，追求文学的商业效应与市场价值，那么，把文学作为商品并最大限度地追逐商业利润就成了一种全社会心照不宣的共识，甚至是一种合理合法的行为。这种行为最集中、最突出的表现，就是不管是作家还是作品，在走进市场与融入市场的过程中，都会主动地追求那种商品化制作与广告化的包装。这种制作

---

① 单小曦:《电子传媒时代的文学场裂变》,《文艺争鸣》2006 年第 4 期。
② [捷克] 米兰·昆德拉:《小说的艺术》,生活·读书·新知三联书店 1992 年版,第 17 页。

与包装，既有等同于一般商品的外部形式，也有不同于一般商品的内部机制，即用那些最具感官刺激性和诱惑性、业已取得持久的商业效应的现代通俗文学和大众影视作品的某些情节要素组合成篇，以取得最大的轰动效应与市场回报。

这样，以大众趣味为导向为大众消费服务，以市场需要为标杆为作品畅销服务，新世纪大众文学场虽然在质量与品位上没法与精英文学场相抗衡，但在数量与码洋上却远远超过了精英文学场。换言之，假如说精英文学场是一个"文学强场"的话，那么大众文学场却只能算是一个"文学大场"。"大而不强"，确实是新世纪大众文学场的真实写照，但我们却不能忽视这个"大场"，毕竟这个"大场"直接引导了新世纪文学的大众文化取向，推动了文学生产的市场转向，打造了文学传播的"畅销书机制"与新型文化媒介人，推进了文学批评向媒体化批评的转变。

马尔库塞曾经说过："在这个世界中，艺术作品也和反艺术一样，成了交换价值，成了商品。"① 商品逻辑与市场法则不仅支配着新世纪的文学生产，也支配着新世纪的文学消费，更支配着新世纪的文学流通与传播。正是如此，许多曾经先锋的作家如余华、北村、韩东、刘恒等也都难以抗拒市场的诱惑。如余华在 2005 年发表《兄弟》之时坦言："如果让我选择是出版界认可还是文学界认可，我肯定选择出版界认可。"② 再如北村在解释自己为张艺谋写电影剧本《武则天》的原因时也坦言："现在看小说的人越来越少，很多作家为了功利的原因去改变自己的写作方式，自己的定力没那么高，赶紧找一个有良心的挣钱办法。很多小说是靠电影红火起来，拍成电影了，小说就好卖。"③ 还如韩东也说过："我写东西，在写完之后，希望它印刷得漂亮一点，印数多一点，电影导演跟你谈改编权的时候你想把自己的价码抬高一点，这

① ［美］马尔库塞：《文化的肯定性质》，《现代美学新维度》，北京大学出版社 1990 年版，第 230—231 页。

② 戴婧婷：《余华：作家应该走在自己前面》，《中国新闻周刊》2005 年第 31 期。

③ 董彦：《电影捧红的作家》，http：//news. xinhuanet. com/book/2004 - 04 - 06/content_ 1403141. htm。

些都有可能。"① 另外，针对莫言仅用 43 天写完了长达 49 万字的长篇小说《生死疲劳》、徐贵祥仅用 20 多天完成了 30 多万字的军旅题材小说《高地》的"神速写作现象"，邵燕君认为恐怕不能仅仅以作家才华横溢作为理由来解释，写作速度的极限提升必然导致写作高度的最大下滑，并强调这是"放弃难度的写作"。② "放弃难度的写作"，从本质上说就是放弃精英写作的立场，即逃离精英文学场拐进大众文学场而长袖善舞。透守这些事例与案例的现象，我们似乎可以还原出这样的共识，即与市场共谋共荣的大众文学，就其场域而言，"争宠"不仅是一种过程，而且是一种扩张、扩大后的结果。

（三）网络文学场的"争权"

所谓网络文学场，是指依托网络文学而建构起来的文学场域。作为一种场域，新世纪的网络文学场是一种地地道道的新生与新建。一般而言，网络文学是指由网络使用者通过键盘输入、在网络发表、可供网民阅读的文学。网络文学有它的"文学之父"，但最主要的还是因为它的"网络之母"。网络文学以互联网为依托，有着自身独特的创作手法、审美价值、作家群体、流通手段等。如今网络文学的合法性早已得到承认，无视网络文学的存在与繁华无异于视而不见的自欺欺人。事实上，网络文学经过新世纪 15 年的喧哗与骚动，已经历经了三代的嬗变升级而日趋成熟。这样，在新世纪的文学场域内，一个自主的网络文学场得以形成、得以建场。作为一种新生场域，网络文学场有它自身的场域逻辑，并以之反抗固有的"惯习"（又称"习性"或"养性"），诚如布迪厄所说的，"每个次场（Subfield）都有它自己的逻辑、规则和规律性，场（譬如说，文学生产的场）的划分的每一个阶段，都需要一个真正的质的飞跃（例如，就像你从文学场的层次向下移到小说或剧院的次场的层次那样）"。③ 作为一种新生场域，网络文学场必然会同精英

---

① 夏瑜：《人有人道，虾有虾道，我有我道——南京作家韩东访谈》，《南方周末》2003 年 7 月 17 日。

② 参见邵燕君《放弃难度的写作——以莫言〈生死疲劳〉为例》，《文学报》2006 年 7 月 6 日。

③ ［法］布尔迪厄：《场的逻辑》，《文化资本与社会炼金术——布尔迪厄访谈录》，包亚明译，上海人民出版社 1997 年版，第 149 页。

文学场、大众文学场"夺地抢资争权"。

依托互联网和交互式电子信息技术,网络文学场拥有了无可比拟的资本,这种无限延伸的"电子牧场"允许"每一个 IP 地址自由发声"①,网络文学的低门槛、自由发表使得许多体制外的写作人才得以进入网络文学场,它体现出"平等"的观念和文学权利"向民间回流",只以会使用电脑与键盘,会使用基本词汇就有可能成为一个"写手"甚至是"作家"。这样,网络文学场有着庞大的写作队伍,海量的网络作品,还有着庞大的阅读网文的"粉丝",这是精英文学场、大众文学场无法比拟的。正如著名作家张炜所说的:"也许历史上没有任何一个时期像现在一样,如此多的人获得了写作和发表的权力。这是一种空前的写作。从人的权力、人的表达意志来看,这是一种社会进步。但问题是,即便再多的社会性、自发性、大众性的写作,也不应成为降低文学精神和艺术含量的理由,相反只会使其绝对高度得到提升。"②

事实上,新世纪的网络文学场已进驻过三代网络写手,而且是"三代同场共写"。第一代是指在 20 世纪 90 年代末进入网络原创的写手,其代表人物号称网络文学界的"五大写手"的痞子蔡、宁财神、李寻欢、邢育森和安妮宝贝。第二代是指新世纪之交进入网络原创的写手,代表人物包括今何在、何员外、宁肯、慕容雪村、尚爱兰、江南、沙子、唐家三少等;第三代指近几年来在网络文学创作中崭露头角的网络写手,如萧鼎、赵赶驴、天下霸唱、沧月、当年明月、流潋紫、南派三叔等。经过三代的辛勤耕耘,从海量的网络作品中披沙沥金,我们还是可以触摸许多网络文学经典作品的生命脉搏与资本附魅,如《第一次亲密接触》、《迷失在网络与现实之间的爱情》、《成都,今夜请将我遗忘》、《告别薇安》、《彼岸花》、《和空姐同居的日子》、《诛仙》、《鬼吹灯》、《盗墓笔记》、《梦回大清》、《明朝那些事儿》、《美人心计》、《后宫·甄嬛传》、《杜拉拉升职记》等。

---

① 参见韩少功《扁平时代的写作》,《扬子江评论》2009 年第 2 期。
② 张炜:《2011 年 1 月 21 日至 22 日中法文学论坛上的发言》,http://www.ayrbs.com/book/2011 - 01 - 31/content_ 269328. htm。

如今，网络文学的发展强势已是有目共睹。如果说在新世纪的第一个十年间，网络文学对"主流文坛"的冲击还局限在文坛内部，经过被称为"网络文学改编元年"的2011年，随着《宫》、《步步惊心》、《后宫·甄嬛传》等一部部穿越剧、宫斗剧的热播，电影《失恋33天》（改编于豆瓣"直播贴"）的席卷，"网外之民"也身不由己地"被网络化"，文学网站开始取代文学期刊，成为影视改编基地。网络不再是年轻的"网络一代"自娱自乐的亚文化区域，而将成为国家"主流文艺"的"主阵地"。① 值得一提的是，网络文学之"邀宠争权"与"攻城掠地"的行动不断，而且是收效颇丰。如2011年广东省作协创办了国内第一个网络文学研究刊物《网络文学评论》，浙江省作协启动了全国首个"西湖·类型文学双年奖"的评选，并于2012年成功颁奖。2013年，中国首家网络文学大学（10月30日在中国作协的指导下，由中文在线联合多家原创文学网站发起，莫言任名誉校长）、首个本科网络文学专业（12月25日，由盛大文学和上海视觉艺术学院联合创办，请莫言、王安忆等著名作家和网络作家唐家三少等共同授课）相继成立。2014年伊始浙江省网络作家协会的成立，7月创办网络文学创研刊物《华语网络文学研究》。

诚然，新世纪的网络文学场在现有的文坛格局中还没有达到像精英文学场"争圣"、大众文学场"争宠"的地步，它不过仅仅处于可以同其他二个次生场域"争权"的有利位置，但我们仍然可以相信它必将是一个百花齐放、万紫千红的"宏大广场"与"无极社区"。"满园春色关不住，一枝红杏出墙来"，随着全民触网的扩大、全民用网的普及以及网络霸权的确立，就网络文学而言，也许"出墙"的不仅是"一枝红杏"，而是集体出场、集体亮相、集体载誉。虽然中国的"主流文学"未必是拥有最大众读者的，但必须是对大众读者最有引导力的。也就是说，决定其"主流"地位的不是读者的占有量，而是是否拥有"文化领导权"。毕竟网络文学带来的不仅是写作主体和方式的重大改变，也不仅是阅读对象和方式的重大改变，更引发了整个文学审美方式和艺术思维模式的改变。

---

① 参见邵燕君《网络文学的场域内精英如何发声》，《文汇报》2014年3月24日。

第七章　机制转型:从"事业机制"到"商业机制"

作为文学社会学的一个重要范畴,文学机制(Literature Mechanism)是近年来文学研究使用频繁的一个概念。所谓"文学机制",准确来说,就是文学生成机制,是文学活动各个环节相互协调而构成的有机运作机制,是文学活动全过程的内在工作机制,是文学场中各种要素相互作用的协调共谋机制。具体而言,文学机制包括文学生产机制、文学出版发行机制、文学传播机制、文学评价机制、文学消费机制、文学教育机制等各个环节在内的整个文学生成的全过程。在所有二级机制中,最值得关注的是文学生产机制、文学消费机制与文学传播机制。马克思曾经认为:"生产直接是消费,消费直接是生产,每一方直接是对方。可是同时在两者之间有一种中介运动,生产中介着消费,它创造出消费的材料,没有生产,消费就没有对象。但是消费也中介着生产,因为正是消费替产品创造了主体,产品对这个主体才是产品。产品在消费中才得到最后完成。"[①] 加拿大著名传播学者麦克卢汉曾经认为:"一切传播媒介都在彻底地改造我们,它们对私人生活、政治、经济、美学、心理、道德、伦理和社会各方面的影响是如此普遍深入,以致我们的一切都与之接触,受其影响,为其改变。媒介即讯息。"[②] 马克思与麦克

---

① 〔德〕马克思:《〈政治经济学批判〉导言》,《马克思恩格斯选集》(第2卷),人民出版社1995年版,第8—9页。

② 〔加〕麦克卢汉:《理解媒介——论人的延伸》,何道宽译,商务印书馆2000年版,第33页。

卢汉的经典论断充分阐释了文学生产、文学消费与文学传播在文学生成过程与运行机制中的重要地位。

与20世纪中国文学机制（主要是20世纪50年代之后）相比，新世纪文学机制在"改革开放"与"文化强国"的语境中出现了许多新变化、新亮点，甚至是机制维新。从整体上说，新世纪文学机制是一种有中国特色的市场机制与商业机制，而非曾经一体化的国家机制与一统化的事业机制。从具体上说，新世纪文学机制的重点越来越偏向于文学作品的出版与传播过程，而不是创作过程；文学批评的商业化；应用化、实用化、经院化的文学教育；对"宏大叙事"的质疑，对"个人化写作"的宣扬；消费意识与娱乐观念等。不断"爆新"也持续"刷新"的新世纪文学机制是文学场中看不见的"推手"，它以其无形的力量对文学生成过程中各个环节进行协调，对各种要素进行有机组合和配置，随时对文学场施加着强大的影响与掌控，是整个文学场生成过程得以运行的潜在动力与不竭引擎。正如王晓明所说的："这个新的正在继续变化的文化生产机制（包括作为它的一部分的文学生产机制），就充当了社会生活与文学之间的一个关键中介环节，社会的几乎所有的重要变化，都首先通过它而影响文学；社会生活的反作用，也有很大一部分是通过它来实现的。"①

一　媒介化与新世纪文学生产方式的变迁

法国学者祈雅理在《二十世纪法国思潮——从柏格森到莱维·施特劳施》一书的《导言》中指出："观念是一些力量在思想上的投射，这些力量奠定着人们从思想上了解宇宙的基础，并决定着历史现实的进程。观念的模式像在历史中发生作用的各种力量的模式一样，总是经常地变化着。"② 从古至今，文学观念的模式发生了一次又一次的变化与

① 王晓明：《面对新的文学生产机制》，《文艺理论研究》2003年第2期。
② ［法］约瑟夫·祈雅理：《二十世纪法国思潮——从柏格森到莱维·施特劳施》，武永泉译，商务印书馆1987年版，第3页。

创造。在当下的媒介社会，文学观念的模式将一如既往地依循生气勃勃的媒介力量再一次进行创造性的重构，这一点是无可否认的。从文学发展的角度来看，"一代有一代之文学"早已成为我们共同恪守的文学法则。在媒介时代我们所知道的"世界景象"都是由媒介所呈现的，换言之，"世界"不再仅仅是媒介反映与呈现的对象，而更多是媒介反映与呈现的结果。那么，在文学研究领域，"文学与媒介"必然会成为无法迂绕的对象化存在或者说是问题重镇。陶东风认为："其实，文艺学的学科边界也好，其研究对象与方法也好，乃至于'文学'、'艺术'的概念本身，都不是一成不变的，而是移动变化的，它不是一种'客观'存在于那里等待人们去发现的永恒实体，而是各种复杂的社会文化力量的建构物，不是被发现的而是被建构的。社会文化语境的变化必然要改写'文学'的定义以及文艺学的学科边界。"① 所以，在新世纪文学的"被建构"的序列与进程中，"文学与媒介"以及"文学与媒介"的两个具体表征——"媒介文学化"、"文学媒介化"就显得尤其惹眼了。

（一）文学媒介化：文学与媒介关系的现代表征

假如我们将文学视为一个自足性存在的话，那么文学必然会无可避免地与林林总总的对象化他者构成或这或那的互动关系。文学与世界（社会）关系域也必然会为许多具体化的关系项所填充，诸如文学与时代、文学与政治、文学与宗教、文学与经济、文学与语言、文学与作者、文学与读者、文学与媒介、文学与传播、文学与文化等都是这个关系域的应有之义。从文学的传播视域来看，文学与媒介关系的现代表征随着媒介从载附工具向功能主体、工具理性向价值理性、功能媒介向权力媒介的变迁而呈现为一种"文学的媒介化"。

所谓"文学的媒介化"，主要是与"媒介的文学化"相对而言的，二者都是对"文学与媒介关系"的异质性表述。拙著《媒介诗学——传媒视野下的文学与文学理论》曾经指出："考察现代与后现代的文学

① 陶东风：《移动的边界与文学理论的开放性》，《文学评论》2004 年第 6 期。

事实,'媒介性'与'媒介化'是绕不过去的问题。媒介性本是文学的应有之义,因为文学总是凭附于一定的物质媒介,但媒介并非工具,也不只是信息,还更是意识形态。作为社会生活的缩影,媒介不仅建构了文学的审美现代性,还几乎影响和参与了现代与后现代所有的文学场景与文学活动,迫使文学烙下或浓或淡的媒介意识。媒介化有两种构成:一是'媒介的文学化',这是媒介盗用文学的'象征资本'以包装自己的'商业资本'的策略;二是'文学的媒介化',这是文学在媒介场、媒介文化的强权下拓展生存空间的策略。媒介时代的文学具有文字、声音、图像的同构性,而且具有在技术支撑下的多媒介性。在媒介时代,文学并非文学的专利,而成为所有媒介制品的公器。文学在被解魅与边缘化的同时,媒介/媒介文化则不断中心化与强权化。"[1] 从"媒介的文学化"到"文学的媒介化",深刻地折射出文学与媒介互动关系场域中权力话语的迁移。"文学的媒介化"表征的是文学对媒介的依附与献宠,透露的是文学文本不过是穿着审美外衣的媒介文本,彰显的是媒介的文化霸权及媒介的文学生产力。

关于"文学的媒介化",赵勇在《文学生产与消费活动的转型之旅——新世纪文学十年抽样分析》一文中却认为:"在印刷媒介独领风骚的时代,并无所谓的'文学媒介化'一说。在这里特意强调的文学媒介化,主要是指由于新媒介(主要是网络与手机)的使用,文学的写作方式、发表方式、阅读方式等均已发生了显著变化。从这个意义上说,新世纪文学很大程度上已经媒介化了。"[2] 诚然,从新世纪文学十年的文学实践来看,"新世纪文学很大程度上已经媒介化"不失为精辟之论。但如果认为"文学的媒介化"仅仅是在新媒介(即网络媒介与手机通信媒介)流行之后才出现的文学新态,则似有不妥。事实上,在第四媒介(互联网)和第五媒介(手机)出现之前,文学的表现媒

---

① 张邦卫:《媒介诗学——传媒视野下的文学与文学理论》,社会科学文献出版社 2006 年版,第 2 页。

② 赵勇:《文学生产与消费活动的转型之旅——新世纪文学十年抽样分析》,《贵州社会科学》2010 年第 1 期。

介不仅有着文字与图像的杂糅，也有影视文化背景下图像增殖与语言式微的格局的存在，至于文学的传播媒介依次呈现着口语媒介、手工传送的文字媒介或具有简单复制功能的手工印刷媒介、机械印刷媒介、电子媒介等的递嬗与共存。特别是由机械印刷媒介和电子媒介所构成的大众媒介，体现了以往任何一种媒介都无法比拟的强大威力和优势，对工业社会造成了全方位的影响，文学也不例外。

本雅明在 1935 年论述了以平版印刷、摄影和电影为代表的"现代机械复制技术"对现代艺术的巨大而深远的影响。他认为，机械复制不仅能够复制所有流传下来的艺术作品，从而导致它们对公众的冲击力以最深刻的变化，并且还在艺术的制作过程中为自己占据了一个位置。而这种新的复制技术所导致的一个重要变化在于，通过成批的机械复制而把传统艺术作品所具有的那种独一无二的原创性的审美特质——"灵韵"（Aura，或译为"光环"、"光晕"、"韵味"等）"排挤"掉了。"在机械复制时代凋谢的东西正是艺术作品的灵韵。这是一个具有征候意义的进程，它的深远影响超出了艺术的范围。我们可以总结道：复制技术使复制品脱离了传统的领域。通过制造出许许多多的复制品，它以一种摹本的众多性取代了一个独一无二的存在。复制品能在持有者或听众的特殊环境中供人欣赏，在此，它复活了被复制出来的对象。这两种进程导致了一场传统的分崩离析，而正与当代的危机和人类的更新相对应。这两种进程都与当前的种种大众运动密切相关。"① 这样，机械印刷媒介的文学意义得到了空前的提升，在文学传播的数量、距离、范围、速度和力度等方面具有无与伦比的优势，文学得以迅速地走向工业化生产的规模；还有，机械印刷媒介为文学提供了强有力的大众传播方式，从而使文学传播从手工传播演变成为大众传播，也使文学从精英主义走向平民主义、从数量有限的手工业生产变成了数量巨大的工业生产，文学也就成了本雅明所谓的"机械复制时代的艺术作品"。

陈平原认为："在文学创作中，报章等大众传媒不仅仅是工具，而

---

① ［德］本雅明：《机械复制时代的艺术作品》，张旭东译，中国电影出版社 1990 年版，第60—63 页。

是已深深嵌入写作者的思维与表达。"① 事实上,大众媒介的影响是全方位的,它不仅制造文学的生产意识、广告意识、消费意识,也制造文学的现代、后现代与后现代之后。尼克·布朗认为:"电影和电视作为再现社会的主要传播媒介,对创造和确立各种社会成规与性别成规来说,是十分重要的。"② 正是如此,作为社会成规与文化惯例之一的文学同影视等电子媒介有着密切的依存与寄居关系。以中国文学为例,电视的巨大影响是从 20 世纪 90 年代初起,从电视连续剧《渴望》(1989—1990)、《编辑部的故事》(1990—1991)、《围城》(1991) 开始,电视上升为"第一媒介",并对文学开始产生重大影响。所以,我们不得不承认:在当代社会中,现代传播媒介正日益成为一个"超级文化问题"。正如南帆在《启蒙与操纵》一文中所说的,现代传播媒介的横空崛起,"一系列电子产品的意义突破了技术范畴而进入了政治、经济、文化的运作",从而使"现代传播媒介除了具有强大的启蒙意义外,又形成了一个隐蔽的文化权力中心"。③ 作为一个整体,现代传播媒介所拥有的绝非普通的文化权力,而在电子传播阶段甚至呈现为一种文化霸权或帝国主义性。电影、电视作为再现社会的主要传播媒介,对创造和确立各种社会成规来说是十分重要的。就文学而言,正是这种施控性极强的文化霸权,现代传播媒介在挤压与之不同的异质文化的同时,又大力改造异质文化并使之在同质化、类型化的轨道上滑行,一种趋同的媒介文化(主要是影视文化)便得以生成。

由此观之,"文学的媒介化"本是文学与媒介关系的应有之义,在口语媒介与手工印刷媒介语境下早已潜滋暗长,在机械印刷媒介与大众媒介语境下早已初步呈现,只是在网络媒介与手机通信媒介的语境下大力彰显而已。那么,文学媒介化之后,文学究竟发生了怎样的变化呢?有人认为,文学媒介化特别是网络文学的兴起已消解了艾布拉姆斯关于

---

① 陈平原:《文学史家的报刊研究——以北大诸君的学术思路为中心》,陈平原、山口守编《大众传媒与现代文学》,新世界出版社 2003 年版,第 562 页。

② [美]尼克·布朗:《电影理论史评》,徐建生译,中国电影出版社 1994 年版,第 149 页。

③ 南帆:《启蒙与操纵》,《文学评论》2001 年第 1 期。

"文学四要素"（世界、作者、作品、读者）的经典内涵：现实"世界"的真实被网络虚拟化，"作者"从专业人士的唯一走向普通大众的群体性，"作品"从自足封闭走向多元开放，"读者"从被动接受走向了主动参与。① 还有人认为，文学媒介化之后，整个媒介时代的文学场是以媒介为中心的辐射影响场，文学场域内的各参与主体也出现了身份的锐变，文本就是文化商品、读者就是文化消费者、作者就是文化生产者、社会就是市场。② 这些变化都是显在的，新世纪文学尤其值得正视。

（二）文学媒介化与新世纪网络文学的生产变革

截至 2010 年，新世纪网络文学走过了第一个十年。如果对新世纪网络文学进行盘点的话，我们就会发现新世纪网络文学的生产以"扩大化"的态势诞生了许多让文坛颇不宁静的"大事"。2000 年：网络文学掀起了一个出版高潮，在《悟空传》（今何在）的带动下，《这个杀手不太冷》（王小山）、《我不是沙子》（沙子）等网络作品相继出版。与此同时，《告别薇安》（安妮宝贝）与《旧同居年代》（多人合集）也火爆上市。而陈村主编的"网络之星丛书"（为首届网络原创文学获奖作品），包括小说卷《性感时代的小饭馆》、小说卷《我爱上那个坐怀不乱中的女子》、散文卷《蚊子的遗书》）也适时出版。2001 年：宁肯的长篇小说《蒙面之城》投稿多家期刊而未果，最终不得不把它放在网上，因其影响较大，后被《当代》相中而予以发表。2002 年：慕容雪村即写即贴的长篇小说《成都，今夜请将我遗忘》火爆"天涯"网站。宁肯的长篇小说《蒙面之城》获"第二届老舍文学奖"。2003年：木子美因在博客上发表其性爱日记《遗情书》而迅速蹿红，并成为当年点击率最高的私人网页之一。正是因为"木子美现象"，网民开始关注博客，甚至有了所谓的"博客文学"之说。2004 年："起点中文网"崛起。2005 年：《诛仙》等网络小说出版，该年被称之为"奇幻小说年"。一批传统作家与批评家开通了自己的博客。2006 年：博客上爆

① 白烨：《中国文情报告（2007—2008）》，社会科学文献出版社 2008 年版，第 109 页。
② 张邦卫：《媒介诗学——传媒视野下的文学与文学理论》，社会科学文献出版社 2006 年版，第 344—345 页。

发了"韩白之争",引发了一个月左右的混战。以《鬼吹灯》为首,"恐怖灵异"类网络小说开始走俏。2007年:"穿越小说"在各大网站纷纷推出,形成继玄幻、历史、盗墓三波网上写作热点后的新热点,该年所选出的四大穿越奇书是《鸾:我的前半生我的后半生》、《木槿花西月锦绣》、《迷途》和《末世朱颜》。此外,像《许你来生》、《勿忘》、《望天三部曲》、《女儿国记事》、《清空万里》、《弄儿的后宫》、《小楼传奇》等以"主流产品"推向市场。2008年:汶川大地震引发网络诗歌风潮。盛大文学公司成立。由"起点中文网"主办的"全国30省作协主席小说联展"正式启动。"纵横中文网"开站。《瓦砾上的诗》、历史玄幻小说《巫颂》与《尘缘》、历史架空小说《家园》与《窃明》被称为"年度最具影响力网络作品"。2009年:《明朝那些事儿》推出"大结局"。至此,当年明月于2006年在网上连载,即写即贴达三年左右的七部作品全部出版。而《明朝那些事儿》系列也成为近年来少有的行销500万册的畅销书。此外,玄幻类小说《盘龙》(我吃西红柿)、玄幻类小说《斗罗大陆》(唐家三少)、科幻励志类小说《狩魔手记》(烟雨江南)、职场小说《争锋——世界顶级企业沉浮录》(凌语嫣)、黑道小说《东北往事:黑道风云20年》(孔二狗)、幻想小说《卡徒》(方想)被称为"年度最具影响力网络作品"。值得一提的是,2009年6月25日,由中国作协《长篇小说选刊》与中文在线17K文学网主办的"网络文学十年盘点"在中国作协会议室举行了闭幕式和揭榜仪式。《此间的少年》(江南)、《成都,今夜请将我遗忘》(慕容雪村)、《新宋》(阿越)、《窃明》(灰熊猫)、《韦帅望的江湖》(晴川)、《尘缘》(烟雨江南)、《家园》(酒徒)、《紫川》(老猪)、《无家》(雪夜冰河)、《脸谱》(叶听雨)荣获优秀作品十佳;《尘缘》(烟雨江南)、《紫川》(老猪)、《韦帅望的江湖》(晴川)、《亵渎》(烟雨江南)、《都市妖奇谈》(可蕊)、《回到明朝当王爷》(月关)、《家园》(酒徒)、《巫颂》(血红)、《悟空传》(今何在)、《高手寂寞》(兰帝魅晨)荣获人气作品十佳。

新世纪网络文学十年,成绩斐然,充分说明了新世纪网络文学的生产扩大化的合理性，究其根底，这主要是缘于新世纪网络文学完全改变了以往的文学生产模式。一般来说，网络写手往往会选择文学网站或某个门户网站人气较旺的栏目"发表"自己的文学作品，而这种"发表"通常并非一次成型，而是即写即贴，及时更新。一旦写手的帖子引起网民关注，点击率就会在短时间内飙升，跟帖也会急剧增多。与此同时，点击率高的热帖也会吸引书商、出版商的目光。他们像娱乐圈、体育界的"星探"一样，游走于各个网站之间，反复权衡某个写手是否具有市场价值，某部作品变成印刷读物后能否给他们带来巨大利润。而一旦写手被他们相中，即意味着一颗写作新星的升起。近年来，像《诛仙》、《鬼吹灯》、《明朝那些事儿》等作品之所以能够成为畅销书，形成"网上开花网下香"的局面，可以说是按照同一生产模式打造的结果。而在这种文学生产中，编辑、文学评论家、专业读者大多处于"失语"状态，起作用的恰恰是原来被遮蔽的普通读者的声音。他们以网民身份，以跟帖形式开口说话，又以制造出来的点击率形成了某种轰动效果。正是网民、跟帖、点击率与书商一道，共同促进并加速了网络文学的生产。所以，我们认为新世纪网络文学生产的参与元素有写手、网民、跟帖、点击率与书商，从而形成了写手缀文、网民读文、跟帖与点击率推文、书商出文的文学产业链，链链相扣，缺一不可。

事实上，传统的文学生产的参与要素主要是作家、编辑、评论家与书商，他们之间虽然有内在的关联，但并非缺一不可，有时甚至只有作家即可完成生产，比如许多作家的"手稿本"与"遗著"，那些宣称"束之于高阁，留之于后世"的作品，实际上所谓的编辑、评论家与书商都是缺席的。在传统的文学生产中，作家的诞生、作品的出现主要是通过专业人士推动的。而每一次作品的发表、出版、研讨与评论，其实就是他们动用专业眼光，在自己的评价体系中进行比较的结果。所以，这种文学生产其实就是"在符号纵聚合轴上的批评性操作"。相对于传统的文学生产的专选方式，新世纪网络文学的生产却主要是通过群选方式。网民的点击、看帖、传帖、跟帖越多，即意味着某作品的人气指数越高。这种由点击率所呈现的人气指数又在很大程度上左右着书商的出版决心。因此，广大网民就有这样一句网语——"点击率说明一切！"此语虽有偏至，但却深刻地道出了新世纪网络文学生产的助推器便是网民的点击率。所以，从这个意义上，新世纪网络文学的生产其实就是"在符号横组合轴上的粘连操作"。当然，这种生产方式必然决定了新世纪网络文学更少纯文学的气质而更多泛文学的性质、更少精英文化的气质而更多大众文化的性质。正如赵勇所说的："网络文学的生产方式、生产规模与生产效益对主流文坛造成了极大的冲击，而它的价值观念、操作方案、产业化模式等也开始向整个文学界蔓延。"①

（三）文学媒介化与新世纪短信文学的生产变更

截至 2010 年，新世纪短信文学也走过了它的第一个十年。如果对新世纪短信文学进行盘点的话，我们就会发现新世纪短信文学的生产以"规模化"的态势风生水起，令人咋舌。它因手机的兴起而起，因手机的流行而流行，因手机的普及而普及。与网络文学一样，短信文学同样也是文学媒介化的"新果"与"新宠"。正如尼尔·波兹曼在《娱乐至死》一书中所说的，"虽然文化是语言的产物，但是每一种媒介都会对它进行再创造——从绘画到象形符号，从字母到电视。和语言一样，每一种媒介都以思考、表达思想和抒发情感的方式提供了新的定位，从而创造出独特的话语符号。"② 作为通信革命的产物，手机短信以新媒介的姿态对文化进行了再创造，从而直接促进了短信文学的生成。网络作家千夫长曾一针见血地指出："凭借人们对短信已经形成的习惯和依赖，手机已经成了和人体不可分割的一个电子器官，这个器官每天在创作、述说我们内心的情愫。"③

2000 年 1 月，日本一位业余作家通过手机连载方式发表小说《深爱》，一年内预订该短信小说的读者就突破 2000 万人之众，这部石破天惊的小说被日本评论家认为是"本世纪最为争议的作品"。同年，英国

---

① 赵勇：《文学生产与消费活动的转型之旅——新世纪文学十年抽样分析》，《贵州社会科学》2010 年第 1 期。

② ［美］尼尔·波兹曼：《娱乐至死》，章艳译，广西师范大学出版社 2004 年版，第 12 页。

③ 桂杰：《短信小说〈城外〉"一鱼八吃"》，http：//media. people. com. cn/GB/40758/3171595. html。

Lassalle 娱乐公司也专门成立过一个以短信形式发送诗歌的网站并很受欢迎。2003 年 3 月，老牌文学刊物《诗刊》杂志在全国 30 多个城市发起"春天送你一首诗"活动，发出了"反对短信息污染，提倡 e 时代文明"的宣言，号召群众用诗一样的语言为传统节假日和目前流行的节日撰写文明、高尚和具有优秀文学修养的短信息。同一时间，江苏电视台也在全国发起"中国原创短信文学大赛第一季短信诗歌征集"活动。2003 年，中国第一部短信小说《短信情缘》赢得众多年轻读者，该书敏锐地捕捉了空气中那不易为人察觉的躁动，衍生出具有时代气息与趣味的爱情故事。2004 年 6 月，千夫长创作完成的手机短信连载小说《城外》，它的文本独具创意，每一篇只有 70 个字（包括标点符号），是专为手机短信定制而成的，但其内容却是按照长篇小说的情节向下发展，被称为国内"首部手机短信连载小说"，它的出现不仅拓宽了拇指文化的领地，也强化了短信文学的影响力。2004 年 6 月底，国内著名人文杂志《天涯》、著名网站海南在线"天涯社区"与海南移动公司联合举办全国性的首届"短信文学"征文大赛，邀请铁凝、韩少功、苏童、格非等文学权威担当评委，大赛主办方宣称本次"短信文学"大赛"期望发掘具有广泛流传价值的短信文学经典作品，同时欲开拓继网络文学之后的文学新品种——短信文学，掀起'拇指文学'新高潮。"大赛征文的首要条件是从作品形式来讲的。征文分小说、散文、诗歌三类，小说、散文字数不超过 210 字（以三条短信字数计），但以 70 字为佳；诗歌不超过 16 行，但以 8 行为佳。这种在字数上的简洁凝练的要求，恰恰道出了短信文学复古式的文学个性，即在有限的字数中容纳可能多的内涵，正是使短信文学区别于其他文学形式的特点，也是信息时代的特殊产物，就像古代的五言七律一样。这种形式上的严格有时反而能够极大地激发创作者的创造力，也非常具有挑战性。通过这次具有历史意义的"短信文学"大赛，从而使一直只是在民间流传的短信文学浮出水面，它第一次在全国正式承认短信文学是一种新的文学品种。2004 年 8 月 2 日，千夫长的短信小说《城外》（仅有 4200 字）的版权，被某通信公司以 18 万元人民币独家买断，稿酬之高，令人咋舌，从另一角度透出了短信文学的影响力。因此，"随着手机功能的日益完备，短信已成为文学新阵地。它的出现在一定程度上会改变人们对文学的认知，甚至短信文法还可能影响文学创作，比如短句方式，数字文学等。短信文学也必将带来一个新的文学研究领域"。①

以日本文学为例，据《参考消息》2007 年 11 月 28 日《日本手机小说已成"大产业"》一文报道：2007 年，日本的手机小说正在成为带动电影、音乐、出版等多媒体联动的一大产业。在网络投票中排名第一的小说《片翼之瞳》全三卷的首次印刷数量就达到罕见的 45 万册。另一部名为《屋顶上的天使》的原创作品，以最高票数当选为网友们最想改编为电影的小说。文章认为，手机小说正在改变出版发行业界的旧有模式。发表手机小说的门槛很低，许多年轻作者唤起了与他们年龄相仿的女性读者们的共鸣，因此在年轻人远离文字的时代，却不断涌现源自手机小说的畅销书。此外，由于影视和音乐等衍生产品的开发，一个巨大的潜在消费市场正在形成。文章还指出，在 2007 年上半年的 10 部最畅销手机小说中，已经有 5 部发行了单行本。2006 年的图书市场规模为 9325 亿日元，比高峰时的 1996 年下降了 15%。而据说从 2006 年开始渐成气候的手机小说市场，仅仅依靠出版单行本就达到了几十亿日元的规模。另外，手机小说对其他产业也起到了巨大的带动效应，如改编成电影的手机小说《恋空》，其单行本的发行量达到了195 万本，电影《恋空》的票房收入已经超过了 20 亿日元，主题歌也成为流行单曲。

由此观之，新世纪短信文学的规模化与初步产业化不可避免地与短信文学的生产方式的变更有关。正如王富仁所说的，"在当代社会，媒体的主动性加强了，媒体的选择在有形与无形中影响着文学的生产。"②与传统的文学生产相比，短信文学的生产元素主要有写手、用户、转发率与书商，其中写手的更加平民性与"随身写作"和网络文学相比有过之而无不及，转发率不仅成为衡量短信文学作品的标准，也成为书商

---

① 李存：《试论"短信文学"》，《文艺评论》2005 年第 1 期。
② 王富仁：《传播学与中国现代文学研究》，《读书》2004 年第 5 期。

出版印刷本与单行本的尺子。转发率与流行度，是短信文学生产的核心要素。与新世纪网络文学的生产方式类似，短信文学的生产也是一种"在符号横组合轴上的粘连操作"，包括写手缀文、通信公司发文、手机用户读文与转文、书商出文等流程。虽然短信文学的生产缺乏像网络文学的生产那样的评点式的跟帖，但是手机用户对某部作品的转发与群发恰恰又是一种没有言语表达的评价与认同。从某种角度上看，短信文学的生产是一种全流程的生产，诚如马克思所说的："生产直接是消费，消费直接是生产，每一方直接是对方。可是同时在两者之间存在着一种中介运动。生产中介着消费，它创造出消费的材料，没有生产，消费就没有对象。但是消费也中介着生产，因为正是消费替产品创造了主体，产品对这个主体才是产品。产品在消费中才得到最后完成。"① 马克思在这里讲的虽然是一般生产与消费之间的互动关系，但也同样适合于短信文学的生产与消费，特别是短信文学的生产还是由通信公司的经济资本所决定的资本生产，从而使短信文学的生产与消费变得更加全程化与对方化。此外，短信文学的生产还存在着诸如生产短小精悍、转发短平快、回复迅速简洁等特点。所以，我们认为新世纪短信文学正以自己独特的文学生产方式建构新的文学惯例与文学机制，诚如谢有顺在评手机小说《城外》时说的，"《城外》之后，我们有可能将面临一种新的文学生态。《城外》的真正意义在于，它重新建构了一种文学与读者之间的关系：对于大多数文学读者而言，消费与审美有着同等重要的价值。这样一来，文学的边界扩展了，但文学的精神也可能变异了，这究竟是文学的幸还是不幸？"②

总而言之，文学之为文学与文学的生产工具及生产方式有着千丝万缕的联系，考察新世纪十年文学，文学媒介化不能不说是新世纪文学最鲜明的现代表征与文化症候，网络文学与短信文学均是文学媒介化的当

---

① ［德］马克思：《〈政治经济学批判〉导言》，《马克思恩格斯选集》（第2卷），人民出版社1995年版，第8—9页。

② 桂杰：《短信小说〈城外〉"一鱼八吃"》，http：//media.people.com.cn/GB/40758/3171595.html。

下硕果，而它们也确确实实地修改着传统的文学生产方式，新的文学生产方式的形成必然会成为未来的文学生产所遵循，同时也会影响阅读方式、传播方式、接受方式、消费方式与再生产方式的转型，甚至是整个文学审美的重构。

二 媒介化与新世纪文学消费方式的变革

赵勇曾经指出："新世纪文学的基本走向是媒介化、市场化、商品化和产业化，它们联手推动着文学生产与消费的转型。在大力发展市场经济的年代里，文学出现如此变化是不足为奇的。"① 文学媒介化不仅推动着新世纪文学生产方式的转型，也推动着新世纪文学消费方式的转型。新世纪十年，是"媒介神话"与"消费神话"共同建构、共同圣化的黄金时期。文学媒介化，实质上就是文学消费化。新世纪的文学消费方式的转型，虽源于市场经济、商业利益的驱动，却直接受制于大众媒介的施控，毕竟大众媒介是消费社会与消费主义的推行者、建构者与同谋者。新世纪文学消费方式的转型，既表现在消费对象的内容呈现方式、形式表达方式，也表现在消费主体的行为方式、选择方式、接受方式，还表现在消费环节、消费过程、消费模式等。概括地说，新世纪文学消费方式的转型有四种形态：一是从"直接消费"向"间接消费"的变更；二是从"阅读消费"向"观看消费"的变易；三是从"个性消费"向"类型消费"的变换；四是从"作品消费"向"符号消费"的变调。

（一）从"直接消费"向"间接消费"的变更

"如果说市场经济改变了文学和文化消费的目的和性质，大众传播和现代科技则改变了文学和文化消费的载体和手段。……传统的纯文学神话和文学符号神话被摧毁了，作家中心说也受到了根本的颠覆。这样，大众传媒在文化消费中的地位和作用的提高，就不能不成

---

① 赵勇：《文学生产与消费活动的转型之旅——新世纪文学十年抽样分析》，《贵州社会科学》2010年第1期。

为必然。"① 走向媒介化的新世纪文学，其消费症候有三：一是基于商品意识的作家角色及其作品的扩张性消费症结；二是基于传媒意识（主要是图像意识）的观看性消费症结；三是基于生活意识的审美性消费症结。蔡毅认为："阅读分为功能性消费、艺术性消费和消遣性消费三种情况……如果说功能性消费和艺术性消费皆是有目的的阅读、实用性阅读，为的是文学作品的某种使用价值的话，消遣性消费则是无目的的阅读，它把阅读当作手段，为的是快一时之耳目，豁一时之情怀。"② 新世纪的文学消费强调商业性与时尚性，宣扬及时性和快餐化，缩小了审美生活与日常生活的差距，既抹平了文学鉴赏与文学消费的深沟，也打破了文学与非文学的界限。

综观新世纪的文学消费，诚然有着"直接消费"与"间接消费"的并存，但趋势上有着从"直接消费"走向"间接消费"的变更。所谓"直接消费"，就是指针对作为商品的文学作品本身的直接的消费行为，包括作品购买、作品阅读、作品评论、作品改编、作品翻译、作品输出与输入等。换言之，这是针对文学作品本身、围绕文学作品本身、以文学作品为中心的消费行为的总称。所谓"间接消费"，就是指针对作为商品的文学作品的衍生品、附生品、寄生品的消费行为，这种消费行为虽然对衍生品、附生品、寄生品来说是直接的消费行为，但对文学作品而言却是间接的消费行为，包括观看源自于文学作品的戏剧、戏曲、电影、电视剧、网络游戏等，如对改编自莫言小说《红高粱》的电影《红高粱》的观看，再如对创意于罗贯中的长篇历史小说《三国演义》的网络游戏《三国杀》的耽玩等。

在新世纪，"购买消费"是一种最常态的"直接消费"。当然，文学书籍的购买并不意味着都是文学阅读与文学接受，毕竟有的文学消费者购买文学书籍，并不打算或并未进入阅读，而只是为了收藏、摆设或炫耀。埃斯卡皮认为，决不能把文学书籍的购买与阅读混为一谈："我们可以举出那种'炫耀性的'、作为财富、文化修养或风雅情趣的标志

---

① 吴秀明、田至华：《大众文学的畸形消费现象批判》，《河南师范大学学报》2000 年第 6 期。

② 蔡毅：《论文学的消费性和消费性文学》，《社会科学评论》2008 年第 1 期。

而'应当备有'某本书的现象（此为法国各书籍俱乐部最常见的购买动机之一）。还有多种购书的情况：投资购买是一种罕见的版本，习惯性地购买某一套丛书的各个分册，对于某一项事业或某一位深孚众望的人物的忠诚而购买有关书籍，还有出于对美好东西的嗜好而购买，这是一种'书籍兼艺术品'。因为书籍可以从装帧、印刷或插图方面视作艺术品。这种不阅读的文学消费包括在文学书籍生产和消费的经济周期内。"① 不阅读的文学消费，是一种纯粹的购买行为，豪泽尔把它称之为"显示式消费"或"夸示式消费"，其目的纯粹是为了炫耀自己的社会地位。尽管他们没有对艺术的内在审美需要，尽管他们从未打算去阅读那些文艺作品，甚至对所收藏的艺术经典名著一无所知或知之甚少，但为了装点门面，附庸风雅，显示自己既富且贵，因而喜欢购买和引人注目地摆设一些豪华精美的文学经典名著，以营造一种有教养的文化环境。② 在新世纪，这种纯粹为购买而购买的文学消费行为是十分普遍的，特别是在诸多新兴的"暴发户"与"富豪家庭"在进行家装的时候，他们对精装的文学名著的青睐成为对书房装修的必需摆设。其实他们对文学名著的购买，只是看中了文学名著的"展示价值"与"炫雅性"。近年来，市场上各种价格不菲的文学名著（特别是线装古籍）依然有一定的市场，如《四书五经》、《二十四史》、《资治通鉴》、"四大名著"、《鲁迅全集》等，这与"市场新贵"、"经济上层"的装饰性购买和趋雅性购买有关。

在新世纪，"阅读消费"是一种最典型的"直接消费"。"阅读消费"的对象当然是文学作品本身了，它可以来自于购买，也可以来自于借阅，还可能来自于受赠等。准确来说，"阅读消费"是实施了具体的阅读行为，对作为商品的文学作品实施了诸如精读、泛读、略读、跳读等阅读活动。阅读消费者是真正意义上的文学读者，正是因为有这些无数读者的存在，在新世纪，文学虽然走向了边缘却没有终

---

① ［法］罗·埃斯卡皮:《文学社会学》，王美华、于沛译，安徽文艺出版社 1987 年版，第144 页。

② ［匈牙利］豪泽尔:《艺术社会学》，居延安编译，学林出版社 1987 年版，第211—212 页。

结、没有死掉，依然是许多读者的"心灵鸡汤"与"诗意王国"。据 2012 年 4 月 23 日公布的"第九次全国国民阅读调查"报告显示，与 2010 年相比 2011 年全国综合阅读率保持上升趋势。具体地说：2011 年我国 18—70 周岁国民包括书报刊和数字出版物在内的各种媒介的综合阅读率为 77.6%，比 2010 年的 77.1% 增加了 0.5 个百分点。其中，图书阅读率为 53.9%，比 2010 年的 52.3% 增加了 1.6 个百分点；报纸阅读率为 63.1%，比 2010 年的 66.8% 下降了 3.7 个百分点；期刊阅读率为 41.3%，比 2010 年的 46.9% 下降了 5.6 个百分点。[①] 在这种阅读语境中，有多少文学阅读呢？据《当代大学古代文学经典阅读情况调查》显示：当代大学古代文学经典阅读数量偏少，阅读范围偏窄；凭个人兴趣阅读，没有系统的阅读体验与知识积淀；不读原著，青睐译本。大学生的文学阅读尚且如此，其他普通读者的阅读消费也就可想而知了。

在新世纪，"观看消费"是一种最主流的"间接消费"。在媒介时代与景观社会，文学消费的范式出现了从"读的方式"向"观看方式"的转变。所谓"观看消费"，是指以观看替代阅读，其消费对象不是文学作品本身而是那些改编自文学作品的戏剧戏曲、电影电视、动画游戏等。大众不阅读作品，只是观看戏剧戏曲、电影电视、动画游戏等视觉艺术，从而从这些视觉艺术中间接地感知与推知文学作品的魅力与价值，很少回到经典与捧读原著。这样，"读屏"替代了"读书"，成为文学消费的主流。据 2012 年 4 月 23 日公布的"第九次全国国民阅读调查"报告显示，2011 年成年国民人均阅读纸质图书 4.35 本，电子图书 1.42 本；人均每天看电视时长为 95.41 分钟；人均每天听广播的时长为 11.24 分钟；互联网的接触时长最长，我国 18—70 周岁国民人均每天上网时长为 47.53 分钟；人均每天手机阅读时长为 13.53 分钟；人均每天电子阅读器阅读时长为 3.11 分钟。从新兴媒介的增长幅度来看，手机阅读和电子阅读器的接触时长

---

① 参见 http://www.wenming.cn/wmzg_ qmydhd/zhutihuodong/201204/t20120423_ 624946. sht-ml。

增幅相对较大，分别为 31.1% 和 77.7%。① 另外，据《当代大学生的文学名著的阅读状况调查》的报告显示，许多"80后"、"90后"的大学生对"四大名著"的了解，有80%是通过观看同名电视剧而熟悉的，很少有真正意义、扎扎实实全部读完"四大名著"全部作品的。这是一个令人揪心的文学消费现实，却表征了"观看消费"的大行其道。所以，视媒的高度发达，直接促成了新世纪文学消费从"直接消费"向"间接消费"的变更。

（二）从"阅读消费"向"观看消费"的变易

图像技术的高度发达与图像艺术的极度普适，直接促成了新世纪的文学消费从"阅读消费"向"观看消费"的变易。所谓"阅读消费"，主要是指对文字的消费；所谓"观看消费"，主要是指对图像的消费。在新世纪，文字的疲软与图像的狂欢已成为时代的文化症候。图像对文字的排挤与压制，不仅让文字边缘化，也让图像中心化。以往读文学，需要透过文字经过眼脑转换，才能捕捉到作品的形象和思想，现在文学图像化了，图像具有文字不可比拟的直观性和形象性，不需要过多的眼脑转换，令人感觉一目了然，耳目一新，雅俗共赏，可以说从很大程度上迎合了当代人的审美趣味。于是乎，对图像的观看成为新世纪文学消费活动中最主要的方式。"阅读消费"是一种"直接消费"与"深消费"，而"观看消费"则是一种"间接消费"与"浅消费"，有着"快餐化"的后现代文化逻辑。

新世纪是一个图像无处不在的图像时代与景观社会。在这样的文化语境中，大量的文学作品被拍摄成影视剧，文学由静的语言载体向活的图像载体转变。据调查，影像媒介比之于纸质媒介，在新世纪的受众市场已经占据了绝对的霸权地位。在影视媒介中，最普及、最大众、最广泛的是电视。在电视的节目形态中，电视剧独占鳌头，它的影响力远远地超过了电影、小说、戏剧等其他叙事形式。阿培尔·冈斯曾说过："莎士比亚、伦勃朗、贝多芬将拍成电影……所有的传说、所有的神话

---

① 参见 http://www.wenming.cn/wmzg_ qmydhd/zhutihuodong/201204/t20120423_ 624946. shtml。

和志怪故事、所有创立宗教的人和各种宗教本身……都期待着在水银灯下的复活，而主人公们则在墓门前你推我搡。"① 比如，四大名著《红楼梦》、《三国演义》、《水浒传》、《西游记》都先后多次被拍成了电视连续剧，现代文学经典如《围城》、《日出》、《四世同堂》、《倾城之恋》等也先后被拍成影视剧，这些文学经典通过影视图像的阐释，借助图像平台的传播，以通俗的方式被"观看消费"。再如，就新世纪的网络小说而言，一般观众不是直接阅读网络小说，而是通过观看改编自网络小说的电视剧来感知的，像《佳期如梦》、《S 女出没，注意》（电视剧为《一一向前冲》）、《何以笙箫默》、《碧甃沉》（电视剧为《来不及说我爱你》）、《步步惊心》、《未央·沉浮》（电视剧为《美人心计》）、《泡沫之夏》、《倾世皇妃》、《后宫·甄嬛传》、《千山暮雪》等。概言之，新世纪的"观看消费"有两种选择：一种是止于观看，为观看而观看；另一种是止于阅读，因观看而阅读。前者无可厚非，后者弥足珍贵。蒋述卓认为："到了今天，我们完全可以说，读者在面对文字作品时已经自觉不自觉地用视觉的东西来要求、期盼它，这种视觉消费、视觉思维已经成为年轻一代主流的思维方式。据调查显示，人们对一些文学经典的了解大多借助的是影视的形式，看电影、电视的时间远比看书的时间要多得多，图像的中心地位、图像在社会中处于支配地位的现象，已经越来越明显。"②

从"阅读消费"向"观看消费"的变易，表征的是新世纪文学消费对象的影像化、消费内容的浅表化、消费过程的快捷化、消费路径的间接化。"这不仅仅是因为人们爱看直观感性的图像，而且是因为当代社会有一个日益庞大的形象产业，有一个日益更新的形象生产传播的技术革命，有一个日益膨胀的视觉'盛宴'的欲望需求。"③ 在"观看消费"的语境下，新世纪文学不得不承受三种窘况：一是文学原著因冷

① 转引自［英］特里·伊格尔顿《二十世纪西方文学理论》，伍晓丽译，陕西师范大学出版社 1986 年版，第 260 页。

② 蒋述卓、李凤亮主编：《传媒时代的文学存在方式》，广西师范大学出版社 2010 年版，第 16 页。

③ 周宪：《符号政治经济学视野中的"视觉转向"》，《文艺研究》2001 年第 3 期。

落而搁置；二是纯文学（主要是先锋小说）因影像预设而异置；三是文学深度因影像改编而悬置；四是文学消费因镜像扩张而误置。在"观看消费"的语境中，作品失去了印刷时代的魅力成为影像的附丽，读者对作品的接受与消费开始向直观和幻化的视觉领域挺进。正如麦克卢汉所说的："图像革命使我们的文化从个体理想转向整体形象，实际上就是说，照片和电视诱使我们脱离文字和个人的观点，使我们进入了群体图像的无所不包的世界。"①

　　新世纪文学的"观看消费"是一种地地道道的"快餐化消费"。"快餐化消费"是后现代社会的一种时尚与潮流，它满足的是滚滚红尘中人们对文化信息的"知道需求"，有着轻松、休闲、去思考的特征，换言之，即知道即可、了解就可、"知其然而不知其所以然"。有学者认为，"快餐化消费"是"以一种无目的的随意性的浏览，放弃思维的辅助，成为了填充大脑中暂时的空白状态的消遣。或以新颖荒诞的视角，或以大量具有视觉冲击的图版，诸如卡通、诸如科学幻想、生活幽默等，来博得人们轻松一笑。作为承受着巨大生存压力的现代人来说，紧绷的神经太过脆弱，需要放松自己，消减存在的压力。在有限的闲暇中，捧读一本装帧精美令人赏心悦目的杂志，追逐着吸引人的标题，了解一些新奇的言论，或者满足猎奇心理，以打发无聊的时间"②。据2004年11月18日《北京娱乐信报》报道，经调查，随着生活节奏的加快和电子媒介的发展，由于工作和生存压力，以及受娱乐文化和视觉文化的冲击，近半数网民的传统的读书习惯在逐渐消失。有31.88%的网民每天读书时间少于1小时，还有9.57%的网民每天几乎不读书，虽然文学类图书仍是人们关注的重点，但在众多图书品种中，只占相对优势，而不是绝对优势。调查表明，有18.41%的网民关注文学图书，而"快餐化阅读"却占主流。曾打动几代人的文学名著在今天似乎被人渐渐淡忘，83.58%的网民近几年一直没读名著，而8.58%的网民近

---

　　①　［加］马歇尔·麦克卢汉：《人的延伸——媒介通论》，四川人民出版社1992年版，第267页。

　　②　武少民：《从快餐式阅读中突围》，《中国教育报》2004年7月17日。

十年都没读过名著。由此可见，"快餐化阅读"已经成为新世纪文学消费的主流现象与主要方式之一。

新世纪文学的"观看消费"是一种实实在在的"休闲化消费"。"休闲化消费"可以细分为"浅消费"与"轻消费"、"文学事件消费"与"文学名人消费"、"内文本焦点消费"与"外文本轶事消费"等。在新世纪，"观看消费"的消费对象是文学图像化的影视作品，主要是指由商业出版、电影电视给我们呈现的"绘本"文学、摄影文学、电影文学、电视文学、影视文学、影视剧、网络视频、手机视频等，其中以影视剧最具代表性。与语言艺术相比，图像艺术是直观的、感性的甚至是肤浅的，"它与中国当前的小康社会和消费文化的总体性密切相关，反映出眼睛从抽象的理性探索，转向直接的感性快感的深刻变换。在这个变化过程中，图像恰好优于语言成为合适的媒介。读图显然比读文字更加惬意直观，更具'审美的'属性和意趣，它与当代社会中世俗化和消费主义意识形态是一致的"①。于是乎，作为"休闲化消费"的"观看消费"可能最终以部分或全部丧失"文学性"自身作为"文学出场"的代价。文学的深度可能要被图像平面化、浅直化，读者虽然可以在图像中获得短暂而虚拟的快感，但失去的或许是对文学的深刻内涵的体验和美妙的想象。正如高小康所说的，"在电影或电视连续剧改编的名著中，一帧接一帧连续出现的视觉情景吸引着观众的注意，同时也剥夺了观众的文学想象力……总而言之，当人们通过观念和图像越来越熟悉经典艺术的时候，真正的经典艺术却可能越来越远离了当代人"②。

（三）从"个性消费"向"类型消费"的变换

所谓"个性消费"也即指"个体消费"，在基于市场经济条件下的消费文化语境中，每个人对消费对象的选择及消费对象的维度的选择是不一样的，比如在文学体裁的选择上就可以区分为诗歌、小说、散文、

---

① 周宪：《读图·老照片·身体》，《文化研究》2002 年第 3 期。
② 高小康：《狂欢世纪——娱乐文化与现代生活方式》，河南人民出版社 1998 年版，第 109 页。

戏剧、报告文学等，在文学类型的选择上就可以区分为传统文学、影视文学、网络文学等，在同一本文学作品的关注上就可以区分为重收藏、重展示、重阅读、重评论等。就文学消费而言，由于文学消费者的个性化的客观存在，"个性消费"应该说是一种正常形态。在新世纪，由于媒介文化对消费文化的合谋互动，甚至是引导施控，而媒介文化从整体上说是一种典型的同质文化，换言之，大众传播媒介将文化同质化后呈现出一种同质形态的文化。这样，新世纪媒介文化的同质性必然会在新世纪的文学消费活动上得到极大的彰显，于是就有了后现代文化特征的"类型消费"。

　　所谓"类型消费"也即指单个消费者的消费对象在类型上的固定性与执着化消费，也就是这样的文学消费者只对某种类型的文学作品感兴趣和有消费需求，如 20 世纪中国文学史上先后出现的"鸳鸯蝴蝶迷"（如迷恋张恨水）、"武侠迷"（如迷恋金庸、梁羽生、古龙）、"财经小说迷"（如迷恋梁凤仪）、都市小资迷（如迷恋张爱玲），这是消费者个体消费在兴趣偏爱、口味偏重、审美偏至之后的类型化。当然，"类型消费"也可以指许多文学消费者对同一部作品、同一个作家、同一种文学趣味、同一种文学样式等的消费活动，从而形成集群效应与轰动效应，并进而形成文坛的"热点"与"焦点"。对于"类型消费"的形成与勃兴，同大众传媒的造势、宣传、诱导、凝聚密切相关，也与大众传媒的策划炒作、呼风唤雨及推波助澜直接相关。

　　新世纪文学的"类型消费"与"类型写作"直接相关。在市场经济条件下的消费文化语境中，由于"买方市场"在整个消费过程中的主宰性地位，"类型消费"与"类型写作"互为中介又互为结果，从某种程度上说，是"类型消费"促进了"类型写作"的大发展，"类型写作"的大发展又反证着"类型消费"的大市场。白烨在《中国文情报告（2009—2010）》一书中，曾对 2009 年文坛的焦点之一概括为"类型在崛起"，并对新世纪十年的文学要点之一概括为"分群化"。事实上，"类型在崛起"着眼的是新世纪文学生产的类型化，"分群化"着眼的是新世纪文学消费的类型化。

以新世纪的类型小说为例,类型小说是新世纪从网络到市场逐渐流行起来,于今已成为网络写作与图书市场的主要品类。白烨认为:"类型小说其实就是通俗文学(或大众文学)写作的另一种说法,是把通俗文学作品再在文化背景、题材类别上进行细分,使之具有一定的模式化的风格与风貌,以满足不同爱好与兴趣的读者。"① 白烨将新世纪的类型小说分为十类:架空/穿越(历史)、武侠/仙侠、玄幻/科幻、神秘/灵异、惊悚/悬疑、游戏/竞技、军事/谍战、官场/职场、都市爱情、青春成长。还有人将新世纪文学的类型小说分为十二类:言情小说、穿越小说、奇幻小说、科幻小说、武侠小说、恐怖小说、推理小说、职场小说、官场小说、历史小说、军事小说、网游小说。② 类型小说引导的"类型风"不仅流行于网络,还延伸到传统文学的许多领域,甚至还延伸到影视剧领域,如"谍战剧"、"清宫剧"、"职场剧"、"抗战剧"等。

与类型小说崛起相伴生的是文学消费的"分群化"。从本质上说,"分群化"就是一种"类型化",是新世纪"类型消费"的一种表征。白烨认为:"由于文学共识的破裂,也因为文学个性的显现,文学人在新世纪的十年中,不断地分裂、分化,又不断地结集、重组,从而使相对整一性的文坛,变成格外多元的文学群落,这已是一个不争的事实。"③ 事实上,新世纪类型小说的发达与繁荣,与不同的生产追求与消费取向的各成系统的分离与分立是互为因果的。新世纪文学的消费者不仅在分群,而且其消费口味与审美趣味也在分群。在新世纪的十年中,消费者以顽强地显示消费取向的方式,在反馈和反映着他们的意愿与意向,也以他们忠实于某些类型写作的执着选择,在成全着、支撑着诸如言情小说、职场小说、穿越小说等。这样一种新的文学消费倾向,是作者与读者、生产者与消费者、偶像与粉丝共同营构的产物。因此,新世纪文学消费的"分群化",是观念的分解与趣味的分离,也是在大

---

① 白烨主编:《中国文情报告(2009—2010)》,社会科学文献出版社 2010 年版,第 3 页。
② 参见《当下类型文学主要分类及代表作》,《羊城晚报》2011 年 7 月 24 日。
③ 白烨主编:《中国文情报告(2009—2010)》,社会科学文献出版社 2010 年版,第 9 页。

众消费语境之下的"小众消费"与"分群消费",是定位生产与偏好消费的合谋。

新世纪文学的"类型消费"催生了新世纪的"文学粉丝"。文学粉丝,是文学消费中的"过度消费者"或"偏执狂式的消费者",他们不仅钟情于某种类型文学,甚至钟情于某一位明星化、偶像化的作家。作为消费者的读者的粉丝化,事实上是与作为生产者的作家的偶像化同步建构的。一方面,读者一旦变为粉丝,非理性认同与过度消费就成为粉丝文化的基本特征。这一点,在"80后"的青春写作中最为显著。如"80后"的领军人物郭敬明、韩寒、安妮宝贝等都有自己的铁杆粉丝,其中郭敬明的粉丝自称为"四迷"、韩寒的粉丝自称为"韩粉"、安妮宝贝的粉丝自称为"安迷"。粉丝们的非理性认同甚至可以突破道德的底线,如"四迷"对郭敬明抄袭庄羽事件的包容、袒护与护短,就是最典型的案例。另一方面,粉丝既是"过度的消费者"也是"完美的消费者"。作为前者,他们会在文化产品中投入更多的时间、精力与情感,并在文化产品中制造出更高强度的意义。作为后者,他们经常实践着一种"馆藏式消费",即购买、收藏他们所喜爱对象的所有相关物品。而他们的这种消费最终又形成了所谓的"偶像经济"或"粉丝经济"。以郭敬明为例,2007年《悲伤逆流成河》首印量高达866666套,经过一个"五一黄金周"后,该书即销售到100万册,而定价44元的精装版因采用了"流水套装编码"的出版形式与设计理念,更是引起了粉丝们的抢购风潮。① 还有,郭敬明主编的《最小说》杂志面世后,销路一直很好。2009年年初,改版为上半月刊《最小说》、下半月刊《最映刻》之后,其每期销量分别是70万册与50万册。如果根据书商路金波提供的算法(郭敬明从每本杂志中收入1.5元)来核算的话,那么,郭敬明从《最小说》获得的年收入高达2100万元。郭敬明的高额收入,很明显有"四迷们"的大力配合、争先恐后的购买与心甘情愿的订阅分不开的。

---

① 参见《郭敬明新长篇〈悲伤逆流成河〉十天销售破百万》,http://ent.sina.com.cn/s/m/2007-05-10/14191548303.html。

（四）从"作品消费"到"符号消费"的变调

在新世纪的文学消费活动中，值得关注的现象还有从"作品消费"到"符号消费"的变调。所谓"作品消费"，是指对具体的文学作品购买、阅读、研讨、评论、改编等直接性的消费活动。比如对刘震云的小说《贫嘴张大民的幸福生活》和同名电视剧《贫嘴张大民的幸福生活》的阅读与观看都是一种"作品消费"；再如对2012年10月获得"诺贝尔文学奖"的莫言的作品像《红高粱》、《檀香刑》、《酒国》、《生死疲劳》、《蛙》等的抢购等。所谓"符号消费"，指消费者在选择消费商品的过程中，所追求的并非商品的物理意义上的使用价值，而是商品所包含的附加性的、能够为消费者提供声望和表现其个性、特征、社会地位以及权利等带有一定象征性的概念和意义。换言之，新世纪文学的"符号消费"，就是对文学符号化、作家明星化、作品事件化之后对文学这种内含神圣性、儒雅性的文化符号的一种有意味的消费活动。"符号消费"大多不关涉文学作品本身，它聚焦的是文学作品之外的"意义"、"内涵"与"认同"等。

波德里亚认为："消费是个神话。也就是说它是当代社会关于自身的一种言说，是我们进行自我表达的方式。"[1] 在新世纪的消费社会里，人们不仅消费物质产品，更消费精神意义与文化符号，如消费品牌、消费偶像、消费美丽、消费革命、消费历史、消费经典乃至消费语言与符号等。符号消费是后消费时代的核心，它的最大特征是表征性与象征性，即通过对符号的消费来表现个性、品位、生活风格、社会地位、社会认同、族群意识（主要是贵族意识、上流意识与精英意识）。如果说消费的符号指的是通过消费来表达某种意义或信息的话，那么，符号消费是将消费品作为符号表达的内涵和意义本身作为消费的对象。可见，符号消费指向的是有着能指与所指意义的符号，它不再是纯粹的经济行为，而是一种文化行为。符号消费不断嵌入现代社会并发挥着越来越重要的作用，彰显了消费社会的符号性特质。对此，许多理论家都有深刻

---

① ［法］让·波德里亚：《消费社会》，刘成富、全志钢译，南京大学出版社2001年版，第227—228页。

的论述，如凡勃伦的"炫耀性消费"，齐美尔的"时尚的哲学"，鲍德里亚的"符号消费"，布迪厄的"文化消费"等。对于新世纪的"符号消费"，最热门的莫过于当下的"苹果热"。苹果粉丝们所说的"哥买的不是苹果手机，是文化"似乎是最有意味的阐释。

那么，新世纪文学的"符号消费"是如何实现的呢？概言之，大众传媒生产或制造出一系列超越作品、关涉作家的"消费符号"，然后利用手中的文化权力对文学实施话题化、事件化、偶像化，从而诱导文学消费者践行"符号消费"。一是制造文学话题。新世纪的文学话题，从某种角度来说，是大众传媒与文学出版机构共同策划的消费符号。著名的大型文学期刊《收获》的一位资深编辑曾说过："90 年代以来的小说写作的繁荣是一种极其虚假的现象。主要是话题的繁荣，而非小说写作的繁荣。我了解文学杂志的'行规'，杂志需要制造一些话题来扩大自己的影响。话题的影响力往往大于小说作品本身的影响。同样，作家的名气有时会被人们看得比作品本身的名气更重要。"① 在新世纪，诸如"70 后"、"80 后"、"90 后"、"美女作家"、"身体写作"、"青春写作"、"底层写作"、"红色经典"、"新现实主义"、"新都市主义"、"小资写作"、"文化散文"等，都是大众传媒所制造出来的文学符号，用于引导新世纪文学的"符号消费"。二是打造文学事件。对新世纪的许多文学现象进行事件化处理，从而转化为大众趋附与消费的"文学符号"，这就是所谓的"媒介文学事件"。对于"媒介文学事件"，钟琛认为："媒介文学事件是在文学领域非自然发生的不平常的大事，它由组织者策划并构建出一个'模式'，媒介文学事件由媒体'叙述'，以作家为主角，事件的意义产自'模式'并与消费文化相联系，同时有大批的由读者转化成的消费者群体。"② 纵观新世纪十五年，主要的媒介文学事件有"女性'个人化'写作事件"、"美女作家群"和"70 后事

---

① 秦勇：《作为商业文化现象的中国当下躯体写作》，载文化研究网：http：//www. culstud-ies. comd。

② 钟琛：《当代文学与媒介神话——消费文化语境中的"媒介文学事件"研究》，华夏出版社 2008 年版，第 46 页。

件"、"80 后事件"等。三是构造文学偶像。文学偶像的构造，是大众传媒与商业出版的策划方略，目的是为了引导"符号消费"追求最大的商业利益。在构造文学偶像上，"80 后"的青春写作是最积极，也是最成功的。邵燕君认为："韩寒、郭敬明最初成名是靠作品，而其后的发展更多是靠偶像魅力。他们都非常注重打造自己的魅力形象，或酷或美，或另类或主流，但都是年轻一代成功人士的典范。在写作之外，他们不断制造各种媒体事件，法庭内外、文坛上下，间或有焦点事件发生。"①

在新世纪，文学偶像的"魅力"，首先来自于作家们自己的"建魅"，另外来自于媒体的全方位的"附魅"。有学者认为："一些青春作家，比如韩寒、郭敬明等人总是在书的封面上或者宣传活动上，打出一幅酷似明星的'作家肖像'——很酷很帅很摩登。不要小看作家的肖像，它已经成为作家占据市场的商标、符号，类似于普通衣服上的'NIKE'、'ADIDAS'等字眼，俨然成了商品价值的标识。"② 随着作家的偶像化、青少年读者的粉丝化，新世纪文学的"符号消费"也就积沙成塔、聚流成河了。

随着"符号消费"的推进与潮涌，新世纪的许多文学符号如"身体"、"青春"等都被"神话化"了。这样，"文学"成为了一种载体，承载的是可消费、可循环的符号，文学的现实被取消了，作品的内容成了可有可无的摆设。例如，当"青春"成为一种被大众传媒构造的"神话"，成为了由各符号所呈现的可消费的赝像，青春的意义也被归入了消费文化的逻辑，"青春"的真实必也就在它成为可消费、可循环（可回收）的一种"消费品"时却被消费了、取消了。这样，被抽空、被风干后的"文学"成为大众媒介可以任意使用的符号，进而成为大众媒介的集结号与摇钱树。"符号消费"的高涨，代表的并不是文学的真正繁荣，而是文学符号的不断扩张与肆意泛滥。

---

① 邵燕君：《新世纪文学脉象》，安徽教育出版社 2011 年版，第 17 页。
② 孟隋：《通向"时尚权力"的青春作家》，《文学报》2008 年 4 月 10 日。

三 媒介化与新世纪文学传播方式的变通

在媒介化与产业化的新世纪，联通文学生产（再生产）与文学消费（再消费）的文学传播也出现了许多与其历史形态不同的世纪嬗变。从理论上说，文学传播的方式在历时上有着口头传播、书面传播、影像传播与数字传播的渐次递嬗，在共时上有着口头传播、书面传播、影像传播与数字传播的互搭共生。在新世纪，基于计算机网络技术而横空出世的新媒体，正在以前所未有的态势，迅速地渗透到人们的日常生活与审美生活之中，深刻地影响着文学生产、文学消费与文学传播。新媒体的崛起，以及媒介化、产业化的"雄起"，不仅文学生产方式在变迁、文学消费方式在变革，而且文学传播方式也在变通。诚如艾布拉姆斯在总结文学史规律时所说的那样："文学史显示了一个反复重复的过程，在该过程中，具有创新精神的作家，如多恩、华滋华斯、乔伊斯或者贝克特，同他们时代占统治地位的成规决裂，创作出具有独创性的作品，而让其他作家模仿他们的创新，由此把新颖的文学形式变成新的一套文学成规。"① 事实上，文学传播的传统成规在新世纪的传媒化语境中出现了裂变与变通，一系列新的传播方式正日益成为基于新媒体的传播共识。于是，电子媒介、网络媒介、通信媒介引起的传播革命，不仅一次又一次引起了文学传播的变革，而且还意味着一场文学革命的肇始，最大限度地促成了人的解放与文学的解放。

（一）从"作品传播"走向"事件传播"

在新世纪，随着信息主义、"知道主义"与"标题主义"的潮涌，文学传播的重心出现了偏移甚至是变异。假如说我们曾经尖锐批判的过度阐释尚且还与原作原文有着或多或少、或深或浅、或直接或间接的关联的话，那么，在传媒语境中的新世纪文学的传播似乎不太依赖于或不仅依赖于作品本身，而是依附于作品的"热点卖点"、依托于作家的

---

① 转引自［美］艾布拉姆斯《简明外国文学辞典》，曾忠禄等译，湖南人民出版社1987年版，第69页。

"绯闻轶事"。文学事件的传播力远远大于文学作品的传播力。于是，新世纪的文学传播便出现了从"作品传播"走向"事件传播"的嬗变。

从理论上说，不管是"作品传播"还是"事件传播"，它们所关涉的依然是传播的内容，也就是传播什么与什么在传播的问题，按著名传播学先驱拉斯韦尔的"5W 模式"就是其中所谓的"说什么"（Says What）。所谓"作品传播"，就是关于作品本身的传播，作品传播是传统文学的经典形式，在传播的动态过程中"唯作品是瞻"、"作品至上"与"作品中心"，经典作品的流传不是靠"诗外的功夫"而是靠"诗"本身，例如王勃的《滕王阁序》及其名句"落霞与孤鹜齐飞，秋水共长天一色"便是如此。在作品传播的过程中，不是作家成就了作品，相反是作品成就了作家，被反复阅读、品鉴的作品在广为传播的文学时空中积聚了大量的象征资本从而附魅了作家的文化身份，例如在唐诗的浩浩长河中，所谓"孤篇横绝"的《春江花月夜》就让后人永远铭记住了诗人张若虚的名字。

所谓"事件传播"，就是关于文学事件的传播，这些事件可能与作品有关，也可能与作品无关，但总是与作家直接相关，它们既可能关涉作家的公共性与神圣性，也可能关涉作家的隐私性与世俗性，由于这些事件大多源于媒介的策划与炒作、聚焦与放大，故称之为"媒介文学事件"。从新闻主义的角度看，媒介化语境中的文学事件，必然有着调动读者兴趣、吊起读者口味、吸引读者眼球的轰动性、奇闻性、异趣性以及悖常性。因而新世纪的文学传播的一个显在表征就是"事件化"，当然"事件化"只是文学媒介化的后果之一。假如说"作品传播"是一种"内文本传播"的话，那么，"事件传播"更多是一种"外文本传播"，这也恰恰吻合了后现代文化语境中的"向外转"的逻辑。假如说"作品传播"定格的是作品本身的话，那么，"事件传播"聚焦的则是作品之外。换言之，前者传播的是"内文本"，后者传播的是"外文本"，准确地说是以作品为由头、以作家为信源的文学策划与文化炒作。例如新世纪文坛中所谓"70 后"、"80 后"、"新新人类"、"美女作家"、"美男作家"等的命名，直接针对的是作者的身份，而不是作品的内涵与形式、风格或倾向。在"事件传播"中，在媒体上进行"表演"的主角不是文学作品，甚至不是文学，而是作家或者其他非文学的因素，如作家的性别、年龄、经历、外貌，作家的生活习惯、生活方式，作家的奇闻轶事、绯闻官司等。如"二王之争"、"二余之争"、"二张之争"、"《马桥词典》事件"等，聚焦的是作家们的官司绯闻；朱文的"都市小资"、王安忆的"上海女人"、铁凝的"女作协主席"、木子美的"性爱游戏"、张贤亮的"影视大佬潜规则女演员传闻"等，聚焦的是作家们的轶事传闻；韩寒的"进军车坛"、郭敬明的"抄袭案"与"做官"、棉棉与卫慧的"争吵对掐"等，聚焦的是作家们的生活作秀与青春做派。

　　丹尼尔·戴扬和伊莱休·卡茨在《媒介事件》一书中，将电视直播的重大事件命名为"媒介事件"，并认为"媒介事件"是经过组织者事先策划、由媒体呈现并在受众中产生影响的文化事件，"媒介事件"的意义不仅仅是事件本身而更多在事件之外。① 这些都与文学事件具有同样的特征，如组织策划、议题设置、媒体呈现、受众追捧、意义多元等。新世纪的文学事件，从某种角度说都是商业策划与大众传媒合谋制造的结果，如"身体写作"、"下半身写作"、"葛红兵的'二十世纪中国文学悼词说'"、"顾彬的'中国当代文学垃圾论'"等都是媒体生产、媒体扩大与媒体推广的。对此，许多传媒人曾坦承了他们策划文学事件、引导文学潮流的真实意图。如《山花》主编说："策划的导向作用贯穿于组稿、选稿、发稿的全过程。可以认为，对刊物创新的成功策划是编辑创造性精神活动的重要成果。"再如《青年文学》主编说："我们根据读者的要求，主动找作者并引导他们创作。杂志体现的是办刊人的想法、理念和品位。"还如《收获》编辑说："90 年代以来的小说写作的繁荣是一种极其虚假的现象。主要是话题的繁荣，而非小说写作的繁荣。我了解文学杂志的'行规'，杂志需要制造一些话题来扩大自己的影响。话题的影响力往往大于小说作品本身的影响。同样，作家的名

---

① 参见［美］丹尼尔·戴扬、伊来休·卡茨《媒介事件》，麻争旗译，北京广播学院出版社 2000 年版。

气有时会被人们看得比作品本身的名气更重要。"①

基于话题设置、事件制造的"事件传播",对新世纪文学的传播是一把双刃剑。一方面,对文学事件的高度关注可以带动文学作品的销售与阅读,可以带动文学市场的繁荣,从而重新打造文学"去边缘化"与"再中心化"格局,这也就是所谓的"由事件及作家再及作品"的模式。换言之,"事件传播"是一种诱导性传播,也是一种诱导性阅读,是一种由此及彼的关联式传播。当然,有创意的、成功的"事件传播",能够让人透过事件回归作品。例如,陈染的《私人生活》、卫慧的《上海宝贝》、韩寒的《三重门》、郭敬明的《梦里花落知多少》、张悦然的《樱桃之远》以及莫言的《生死疲劳》、《酒国》、《檀香刑》等的畅售,都与特定的媒介文学事件有关。有学者认为:"今天我们在探讨文化与文学关系的时候,已经不可能像古典文学时代那样视文化为某种独特审美文学文本的生态环境,从而仅仅把文化作为文学文本的外在环境来加以考虑。今天的文学不在文化之外。"② "文学不在文化之外",同理,新世纪文学也不在事件之外。例如,在2004年由于受"80后"文学事件的推波助澜,这一年的文学图书市场被媒体称为"青春文学年"。在这一年,"80后"的作品在市场上的表现从整体上达到一个高峰,具体表现为:全年各月的文学类畅销书排行榜的榜首书基本由青春文学把持;年度文学榜的榜首书也是青春文学,前5名中有4个席位是青春文学,前15名中也有9部青春文学作品;青春文学的畅销书已经不局限于特别突出的个别作者如郭敬明与韩寒,而是一大批表现突出的作者如何员外、孙睿、董晓磊、张悦然等人。另一方面,对文学事件的高度关注可能会阻隔对文学作品的阅读,甚至会遮蔽文学,从而患上以非文学为文学、以偏概全、以点代面的世纪病症而不自知,甚至是难以自拔。受众在"事件传播"中,本着"知道主义"的心理"惟知

---

① 转引自秦勇《作为商业文化现象的中国当下躯体写作》,载文化研究网:http://www.culstudies.com。

② 曹顺庆、蒋荣昌:《从"文学研究"到"文化研究":世界性文学审美特征之变革》,《河北学刊》2003年第5期。

道是尚"，知其然而不知其所以然，有时止于事件本身甚至是细枝末节，有时止于事件的当事人甚至是绯闻配角而很少推进到作品阅读层次，即使有所阅读也是"书名志记"、"标题浏览"的"浅阅读"。从这个角度说，"事件传播"传播的只是事件而非文学，它是一把消解文学真义的"江湖妖刀"。

（二）从"书本传播"走向"影像传播"

进入新世纪，文学传播实现了从印刷文化阶段向电子文化阶段的递嬗与跨越。周宪、许钧认为："本世纪电子媒介的出现，是人类文化传播历史上的一次空前的革命，它极大改变了文化传播的方式，遂改变了文化自身的形态，甚至改变了生存于其中的人类生活。毫无疑问，古往今来，没有一种传播媒介像电子媒介那样深刻地影响到整个社会。"[①]电子媒介不仅深刻地影响了整个社会，如"地球村"的应运而生、"零散化"与"碎片化"及"程序化"的泛滥、基于视像权力的"同质化"与"类型化"、基于消费主义的"市场化"与"商业化"等，由于电影、电视与网络视频的勃兴，不管是人们的日常生活还是文化生活（包括审美生活）都出现了无法阻逆的视觉转向，从而导致了新世纪的文学传播出现了从"书本传播"走向"影像传播"的文化症状。

传统意义的文学传播主要是靠作品的写作、出版、印刷、发行、阅读、评论等来实现的，而处于新世纪视觉文化语境中的文学传播更多是靠作品的改编、拍摄、播映、观看、影评（剧评）等来实现的。所以，从"书本传播"到"影像传播"，表征的不仅是文学的视觉转向，也表征的是文学的大众化、通俗化与生活化的选择。毕竟"书本传播"主要依赖的是读书，而读书在传统社会是贵族的特权、精英的专利，而在新世纪的"为名忙、为利忙"的功利社会，尽管我们的文盲率已大大降低，据统计截至新世纪初中国只有6.85%，但读书依然不过是少数"有钱有闲人士"的奢侈享受，绝大部分的公众青睐与狂恋的是"读屏"，这既包括读电影电视之屏，也包括读网络视频之屏，还包括读移

---

① 周宪、许钧：《文化与传播译丛·总序》，［美］马克·波斯特《信息方式——后结构主义与社会语境》，范静晔译，商务印书馆2000年版，第2页。

动手机之屏。有资料显示，在 2012 年中国国民阅读现状的调查中，中国国民的平均阅读数还不到 5 本，而中国每年的电影观影人次从 2006 年的 0.89 亿人次大幅增加到 2012 年的 4.67 亿人次，年均复合增长率为 36.5%；全国城市电影票房从 2003 年的 9.3 亿元增长到 2012 年的 171 亿元。这些数据至少可以表明：在新世纪，读书是一种奢侈，而读屏却是一种常识。从"阅读"至"观看"，从"读书"至"读屏"，新世纪的文学传播方式与路径发生了颠覆性的转变。

在新世纪这个视觉文化狂欢的时代，文学传播从"书本传播"走向"影像传播"的变迁，不仅显示了影像在日常审美中对书本的挤压甚至是置换，也彰显了影像文本高于文字文本的受众缘与接受度，同时还表征着"影像传播"的绩效远远大于"书本传播"的现实。有人曾选取了一百部中外知名的、优秀的文学作品进行了一次"现代受众了解文学作品的途径调查"。这一百部作品均先后被改编成影视剧，调查对象是 40 岁以下的大学生、中学生及文化程度高中以上的成年人。调查结果显示，有 60.5% 的被调查者是先从影视或其他非文字传播媒介中了解这些作品的，其中，有 18.5% 的被调查者是影视等媒体上看了以后再去看原著，而其余的被调查者则是看了影视剧后就不再看原著了。其实，早在 20 世纪中期，美国和苏联都曾一度出现过文学改编的热潮，一大批脍炙人口的文学名著，如《汤姆叔叔的小屋》、《乱世佳人》、《蝴蝶梦》、《茶花女》、《呼啸山庄》、《简·爱》、《怒火之花》、《青山翠谷》、《童年》、《战争与和平》、《安娜·卡列尼娜》、《复活》、《在人间》、《我的大学》、《青年近卫军》、《钢铁是怎样炼成的》等都被改编成影视作品广泛播出，以影视方式呈现在观众面前，相当一部分观众是以"看影视的方式"而不是"读原著的方式"来了解、认识和掌握这些文学名著的。在新世纪的中国，普通大众对莫言、余华、刘恒、麦家、池莉、唐浩明、凌力等作家作品的了解与认知也多是借助于那些热播的影视剧的观看与围观。比如，刘恒的《贫嘴张大民的幸福生活》、都梁的《亮剑》等，都是因电视剧的改编而成名，并得以更广泛的传播和大量出版。

以新世纪的小说改编来看，尽管许多人是通过影像方式来了解小说内容的，但是，影视对小说的传播和影响却是有益无害的。不仅如此，影视对小说的介入，既能提高小说作者的知名度，又可以刺激小说的流通与消费。美国学者乔治·布鲁斯东曾在《从小说到电影》一书中，引用了两份资料说明电影对小说出版的影响。一是玛加丽·法伦德·索普所说的，《大卫·科波菲尔》在克利夫兰德影院公映时，借阅小说的人数大增，当地公共图书馆不得不添置 132 册；《大地》的首映使小说销量突然提高到每周 3000 册；《呼啸山庄》拍成电影后小说销量超过了它出版以后 92 年内的销售总数。二是杰里·华德用更精确的数字证实了这种情况的存在，他指出《呼啸山庄》公映后，小说的普及本出了 70 万册；各种版本的《傲慢与偏见》达到 33 万册；《桃色艳迹》出售了 140 万册。① 另据"吉尼斯世界纪录大全"的排行榜，美国作家玛格丽特·米切尔的《飘》名列文学书籍的销量之最，超过了 3000 万册。究其原因，一方面在于小说本身的价值；另一方面则在于《乱世佳人》一再公演。对此，有学者认为："影像阐释可以使举世公认的名著更有'名'，也可以拂去蒙在名著上的尘埃，展示其本来面目。换句话说，影像阐释对小说名著具有催化剂的作用。"②

准确地说，新世纪的文学传播从"作品传播"走向"影像传播"，实质上就是从"个人化书写"走向"大众化书写"、从"小众传播"走向"大众传播"。一旦作家的"个人化书写"被转换成"大众化书写"之后，其书写策略与传播模式都会随之发生相应的改变。这样，作家在进行创作时要考虑的首要问题就是大众化需求，并在大众化需求的基础上选择最适合的大众传播媒介与大众传播模式。在这一点上，由于"影像传播"比"作品传播"具有更直接、更直观、更通俗、更快速、更普及、更大众的优势，因而影视改编成为文学作品进行扩大化传播的首选形式，也成为文学作品进行大众化书写的强大外驱。例如，以

---

① ［美］乔治·布鲁斯东:《从小说到电影》，高骏千译，中国电影出版社 1982 年版，第 4—5 页。

② 李红秀:《新时期的影像阐释与小说传播》，四川大学出版社 2007 年版，第 347—348 页。

《人间正道》、《绝对权力》、《中国制造》、《国家诉求》等影视剧的原作者而出名的周梅森就曾坦言："过去我对小说改编成影视作品不太重视，有人要拍我的小说，我只是把版权卖出去就不管了，现在我感到虽然小说和影视是两回事，但是它们还是可以互动的。影视作品的影响面是很广泛的，对图书销售的作用也相当大。20 世纪 90 年代中期以前，我的 15 部作品总共发行了不到 10 万册。而《绝对权力》至今已经发行了近 20 万册，《中国制造》的发行量累计达到了 30 万册，《国家诉讼》更是第一版就达到 12 万册。"① 再如，陈源斌的小说《万家诉讼》被改编成电影《秋菊打官司》（张艺谋导演、巩俐主演）之后，不仅小说在市场上一路走红，而且作家在文坛上也是一直飘红；从这之后，陈源斌在"小说剧本化"的道路上持续发力，又创作了《秋菊开会》、《秋菊打假》、《秋菊杀人》、《秋菊传奇》等小说，从而与《秋菊打官司》一起构成了一个十分惹眼的、具有大众立体传播效应的"秋菊系列"。还如，池莉的《来来往往》被改编为同名电视剧后畅销不衰，到 2003 年 3 月已是第 21 次印刷，累计印数达 30 多万册，这与根据该书改编，由濮存昕、许晴、吕丽萍主演的同名电视剧的播出有密切关系。这些事例充分显示，影像改编对于提高作者的知名度和扩大小说的传播范围有着功不可没的作用。小说的影像改编好比让小说文本插上了巨大的翅膀，能够"飞"得更高、更快、更远，从而形成小说与影视剧共同繁荣的局面。

（三）从"单向传播"走向"双向传播"

在新世纪的文学生态环境中，基于网络的网络文学以及基于手机的短信文学的崛起是不争的事实，也演绎着"乱花渐欲迷人眼，浅草才能没马蹄"的文学风景。新世纪文学在承受"文学的网络之变"的阵痛之后，又不得不接受"网络的文学之变"的压迫。著名评论家雷达认为，网络文学从多方面颠覆着传统文学的规则和范式：约束不再，体现个性，取消意义，削平深度，以平面、时尚、随意、游戏、狂欢为特

① 郭珊、贺敏洁：《周梅森：不会为迎合影视而创作小说》，《南方日报》2003 年 3 月 24 日。

征;从传播方式而言,网络写作打破传统文学的编辑审稿出版机制,以点击率决定价值,私人话语在文化公共空间得以最大限度的释放;从接受方式来看,新一代读者以读屏的方式成为文学的读者。网络消解着传统文学文本信息意向传播以及单线型叙述的局限,从而呈现出双向交流、非线型叙述以及多媒体化的新特征,而且出现了跨文体、超文体写作,开创着文学新的可能性和生长点。① 可见,从传播方式的角度审视,网络及网络文学、手机及手机文学改变了文学的传播惯例与传播传统,即从"单向传播"走向"双向传播"、从"延宕传播"走向"即时传播"。一句话,新世纪的文学传播因网络、手机的介入而呈现一种即时互动的传播形态。

所谓"单向传播"(One-sided Communication)也称为线性传播,它是以传播者为起点,经过媒介,以受传者为终点的直线性传播过程。著名的传播学大师拉斯韦尔在《传播在社会中的结构与功能》(1948)一书中所标举的"5W 模式"就是单向传播最早的理论资源。单向传播将传播者与受众看作两个缺乏互动的分离部分,突出了传播过程中从传到受的单向的"传"的过程,强调了传播者对接受者的有意影响,没有更准确地反映传播过程中的另一个重要方面,即受众反馈的缺席。事实上,传统的文学传播,从作家的创作到作品的出版、流通,然后指向作家意向化的读者,其实都是建构在一个理想化的单向的线性流程之中,即理所当然地认为作品一定会被读者所阅读、所品鉴、所接受。读者(主要是特殊读者即评论家)的反馈、市场的反应、象征资本域的反响等,其实都没法介入到作品的建构之中。而这些也只能在延后的作家写作中才有可能得到吸纳与修正。换言之,不管是"束之于高阁"的作品,还是"传之于后世"的作品,单向传播的作品还是作家主体化的那个作品,而不是他者化、受众化的复合作品。当然,在单向传播中,作家的主体性、个人性是十分显著的,从中也透出了单向传播的傲慢与偏见。

---

①　参见雷达、任东华《新世纪文学初论》,《文艺争鸣》2005 年第 3 期。

所谓"双向传播"（Two-sided Communication）也可称之为互动传播（Interactive Communication），指存在着反馈和互动机制的传播活动。在双向传播过程中，传受双方相互交流和共享信息，保持着相互影响和相互作用的关系。一般来说，人类的传播活动均具有双向性，但这种双向性有强弱之分。对话、打电话或计算机通信、网络聊天、微博微信等属于双向性较强的传播活动，而报刊、广播、电视等大众传播活动的双向性较弱，弱到我们似乎可以视之为一种建构在自说自话与文化霸权之上的单向传播。新世纪的文学传播，由于网络与手机等新媒体的介入，网络文学与手机文学的传播更多地体现一种即时反馈与双向互动的态势。换言之，在网络文学与手机文学的传播过程中，传播者与受传者构成一种分享信息、不断产生信息交流的关系，传播双方对信息进行解释、传递的过程中一直相互影响，角色不断互换。在信息反馈过程中，传播者（作者）成为受传者（读者），受传者（读者）成为传播者（作者）。可见，在新世纪文学的双向传播中，写作与阅读经常转换，作者与读者时常变换，它既是一种双向沟通、一种双向反馈，也是一种双向写作、双向阅读。写是为了读，读是为了写；一半是写作，一半是阅读；它们或者共同建构着一种文本的最终成形，或者共同推动着一个文本的开放性播撒与无限期延宕。

2006年10月25日，诗人兼出版商叶匡政在他的博客中发表了一篇颇有意味的文章——《文学死了！一个互动的文本时代来了!》。叶匡政在文章中说："印刷品时代正在终结，但文学已提前咽下了最后一口气。"① 文学是否真的死了，这是一个值得商榷的命题，但肯定不是伪命题。在新世纪的文化语境中，作为审美文化的文学受到了传媒引领下的大众文化的肆意围攻与恣意挤压，传统的文学确实是死了，这包括传统的文学样式、传统的文学生产方式、传统的文学传播方式、传统的文学接受方式以及影响方式，换言之，就是旧的文学体制、文学机制、文学体系的颠覆和灭亡。当然，"方死方生"，旧文学之死其实就是新文学之

---

① 叶匡政：《文学死了！一个互动的文本时代来了!》，载新浪网：http://blog.sina.com.cn/1253000981。

生，这就是所谓的"一个互动的文本时代来了"。具体到新世纪的文学传播来说，单向的线性传播逐渐边缘化，而双向的互动传播逐渐中心化。

由新媒体引领的新世纪，从某种角度来说是马克·波斯特所说的"第二媒介时代"。按照马克·波斯特的观点，在"第二媒介时代"，由于互联网成为基本载体，"第一媒介""为数不多的制作者将信息传送给为数甚众的消费者"的播放型传播模式可能被"集制作者/销售者/消费者于一体的系统生产"的传播模式所取代。① 这种变化主要表现在三个方面：第一，前一种传播方式被称为"大众传播"，后一种传播方式的恰当称谓应该是"小众窄播"。第二，接受者与信息源之间的反馈速度极快，同时受众在信息传递过程中扮演着更为积极的角色，他们的选择性和参与度进一步加强，"他们用自己的文化滤镜来过滤信息，并夹杂进群体和个人经验等特征"。② 第三，信息的制作者和授受者之间实现了真正意义上的内容交互，即接受者迅速将信息反馈到信源处，制作者根据反馈的实际情况不断实时地修改信息，再把修改后的信息发送出来，如此循环往复。在这三点之中，最能吻合新世纪的文学传播变迁的莫过于第三点，即"传受的交至与轮换"，这从本质上说，体现的就是一种"双向传播"。在"双向传播"中，不管是传信主体还是受信主体，都存在着马克·波斯特所谓的"面临着主体普遍性的去稳定化（Destabilization）"。马克·波斯特认为："信息方式中的主体已再居于绝对时/空的某一点，不再享有物质世界中某个固定的制高点，再不能从这制高点对诸多可能选择进行理性的推算。"③

不可否认，"双向传播"在网络文学与手机短信文学的传播上表现最为典型。欧阳友权认为："互联网对物理和精神世界的迅速覆盖和无限延伸，一夜之间拆卸了文学传播的所有壁垒，以电子化传播的全新方式改变了传统的文学传播体制，使创作与欣赏成为实时交互的轻松游戏。"④

---

① ［美］马克·波斯特：《第二媒介时代》，范静晔译，南京大学出版社 2001 年版，第 3 页。

② ［美］约瑟夫·斯特劳巴哈、罗伯特·拉罗斯：《今日传媒》，熊澄宇译，清华大学出版社 2002 年版，第 4 页。

③ ［美］马克·波斯特：《信息方式》，范静晔译，商务印书馆 2001 年版，第 25 页。

④ 欧阳友权主编：《网络文学概论》，北京大学出版社 2008 年版，第 165 页。

在新世纪文学的"双向传播"中，有几点是值得关注的：一是传播主体"泛化"；二是传播速度"迅捷化"；三是传播机制"非线性化"；四传播过程"互动化"；五是传播意义的"非中心化"；六是传播目标的"多元化"。① 所以，新世纪文学的"双向传播"，从某种角度其实也是一种"双向创作"与"双向阅读"，传者与受者互为对象化。

（四）从"一维传播"走向"多维传播"

假如说传统的文学传播是以作品为主的"一维传播"的话，那么随着诗话、词话、曲话、小说评点等评点式文本和本事、纪事、轶事、趣事等纪事性文本及文选、诗选、词选、曲选、剧选、小说选等选择性文本的出现，传统的文学传播开始呈现出以作品为中心、上涉作者下及读者的"二维传播"。进入新世纪，随着文学场要素的增容与扩容，以及传播媒介的层出翻新，特别是由于纯化的文学传播为泛化的文化传播所大范围取代，这样，新世纪的文学传播在整体上有着非线性化、散点化与多维化的世纪症状，从而呈现出一种事实上早已存在的"三维传播"甚至是"多维传播"的趋势。

从传播学的角度来看，传播手段是按一定规则进行编码的符号系统，传播内容则是传受交往过程中所要传送反馈的信息。从编码的角度看，传播手段可以分为一维、二维、三维以致多维等类型。一维编码是线性的，采用一维编码进行传播的信息通常形成某种"流"；二维编码是平面的，采用二维编码进行传播的信息通常形成某种"图"；三维编码是立体的，采用三维编码进行传播的信息通常形成某种"体"；多维编码是发散的，采用多维编码进行传播的信息通常形成某种"场"。一部文学作品的传播型构，既可能是"流式"的"一维传播"，也可能是"图式"的"二维传播"，或"体式"的"三维传播"，还可能是"场式"的"多维传播"。在多样媒介与多元文化并存的新世纪，传播的内容除了关注作品之外，还必须关注与作品相关的作者、读者、世界、媒介等，处于传播进程的文本不仅仅是原文本，还有形形色色的外文本、

---

① 参见欧阳友权主编《网络文学概论》，北京大学出版社 2008 年版，第 165—171 页。

林林总总的次生文本以及花样繁多的再次生文本。正是由于有着这样的多维建构，新世纪的文学传播不可避免地步入了"多维传播"的进程之中。

所谓"一维传播"，就是指围绕着作品出版、流通、阅读、接受、评论等的径直型传播。所谓"多维传播"，就是指文学传播的途径多种、文学传播的路径多样、文学传播的主题多元、文学传播的效果多态的交互式、发散式的动态传播。多维传播与人们所了解的立体传播很接近，只不过多维传播比立体传播多了一种"人"的因素在里面。立体传播与多维传播的结果都是体现在展示方面，但多维传播更具灵魂、带有与读者的沟通性，且具有持久性和黏度。在新世纪，文学传播的多维性是十分值得重视的一个现象与问题，如果缺乏对"多维传播"的关注，便难以把握新世纪文学传播的全景与真相。

其一，从传播的信源来看，新世纪的文学传播有着与生俱来的多维性。新世纪的文学传播可以是以作品为中心辐射作者、读者、世界的网状型构传播，可以是以作者为中心的辐射作品、读者、世界的网状型构传播，也可以是以读者为中心的辐射作品、作者、世界的网状型构传播，还可以是以世界为中心的辐射作者、作品、读者的网状型构传播。其实，这种多维性在美国学者 M. H. 艾布拉姆斯的《镜与灯：浪漫主义文论及其传统》一书中关于"文学四要素说"的论述中就早有涉猎。童庆炳也认为："文学作为活动，它是多种要素共同构成的有机整体（或系统）。而世界、作者、作品和读者不过是这个整体中的四个基本要素（或环节）。"[①] 随着新世纪文学场的不断扩容与增容，媒介不仅成为文学场的第五个场素，并且还将市场、产业、文化、种族、性别、地理等纳入文学场内。以 2012 年获诺贝尔文学奖的莫言为例，不仅莫言及莫言的原创作品得到广泛的传播，而且根据莫言原创作品改编的影视作品也得到了广泛的传播，甚至莫言的故乡、母校、军旅生涯、领奖的致辞以及莫言女儿的《红高粱》电视剧剧本也得到了广泛的传播，还

---

① 童庆炳主编：《文学理论教程》（修订版），高等教育出版社 1998 年版，第 33 页。

有莫言与杨振宁的座谈《科技与人文的对话》也在散发着强劲的传播力，甚至于2013年成为北京市高考作文的素材。传播信源的多维性，从不同角度共同积聚着作家作品的影响度，并进而将始于"知道主义"的作家传播力、作品传播力最大化。当然，"知道主义"远不如"精读主义"深入人心，但基于标题浏览、作家八卦的"知道主义"依然有着无可替代的传播优势，那就是在新世纪，文学传播不仅传于精英文学圈，也播于大众文化圈。

其二，从传播的文本来看，新世纪的文学传播有着挥之不去的多维性。新世纪文学的传播文本，不仅有着文本、作品、产品、商品、消费品等的多维身份，也有着内文本与外文本的多维身份，还有着原文本、次生文本、再次生文本的多维身份。单就某一个具体的文本来说，至少可以区别出现实型文本、理想型文本、象征型文本的多维类型，可以区别出诗歌、小说、剧本、散文、报告文学的多维体裁，也可以区别出文学话语、文学形象、文学意象的多维层次，还可以区别出简约与繁丰、刚健与柔婉、平淡与绚烂、谨严与疏散等多维风格。例如，刘勰的《文心雕龙》标举了文体的多维性，司空图的《二十四品》、钟嵘的《诗品》标举了风格的多维性。再如，新世纪的类型文学的崛起，至少包括诸如架空/穿越（历史）、武侠/仙侠、玄幻/科幻、神秘/灵异、惊悚/悬疑、游戏/竞技、军事/谍战、官场/职场、都市爱情、青春成长十大类型，如果要再细分，还会有更多。[①] 当然，新世纪类型文学的多类型，表征的不仅是文本的多维，还表征的是阅读的多维、趣味的多维、出版的多维、畅销的多维。所以，传播文本的多维性，必然催生与召唤新世纪文学传播的多维性，从而建构一种与新世纪文学传播语境相匹配的新型传播机制——"多维传播"。

其三，从传播的媒介来看，新世纪的文学传播有着与时俱进的多维性。新世纪的文学传播可以是物质化的书本，可以是音声化的话本、唱本、评书、演唱、朗诵、歌颂、广播等，也可以是图像化的电影、电

① 参见白烨主编《中国文情报告（2009—2010）》，社会科学文献出版社2010年版，第3页。

视、多媒体视频、户外 LED、移动视媒等,还可以是数字化的网络、移动终端、手机等。传播媒介,连接着新世纪的生产与消费、创作与接受,它既是文学传播的载体,也是文学传播的渠道。新世纪传播媒介的多态化与多样化,必然导致文学传播的多维性,毕竟新媒介的产生并不是以旧媒介的消失作为代价,而是新旧并峙、众态纷呈。文学可以在"读"中传播,可以在"唱"、"讲"、"吟"与"听"中传播,可以在"演"与"看"中传播,还可以在"观"与"游"中传播,甚至可以在"开发"与"用"中传播。以影视媒介为例,波兹曼认为:人们不去阅读电视,也不大可能去听电视,重要的是"看"。而这个"看"是不需要任何启蒙教育也不需要任何早期训练的。"看电视不仅不需要任何技能,而且也不开发任何技能。如戴姆拉尔所说的:'无论孩子还是成人,电视看得再多也不能使他们看得更好。看电视需要的技能很基本,所以不曾听说过有关看电视的残疾。'"[1] 梅罗维茨认为:"电子图像和声音却是将自己注入到人们的环境中,接受讯息几乎不费什么力气。从某种意义上讲,人们必须主动寻找印刷讯息,而电子讯息却会主动出来接触人们。人们不想在书中阅读的某些信息,可能会通过电子媒介展示在人们面前。"[2] 同样是昆德拉的作品,一个大学生也许读不懂小说《不能承受的生命之轻》,但是却看得懂根据小说改编的电影《布拉格之恋》。同样是刘恒的作品,普通受众也许读不懂小说《贫嘴张大民的幸福生活》的话语游戏、话语技巧与话语政治,但却看得懂根据小说改编的电视剧《贫嘴张大民的幸福生活》。同样是《尘埃落定》,一个不太精通文墨的人可能读不懂阿来的小说《尘埃落定》,但他却看得懂根据阿来的小说改编,由郑效农编剧,由闫建钢导演,由刘威、宋佳、范冰冰、李解、仁青主演的同名电视剧《尘埃落定》。由此可见,正是因为影视媒介的集体出场与闪亮登场,新世纪的文学传播不仅挣脱

---

① 〔美〕尼尔·波兹曼:《童年的消逝》,吴燕莛译,广西师范大学出版社 2004 年版,第 113—114 页。

② 〔美〕约书亚·梅罗维茨:《消失的地域:电子媒介对社会行为的影响》,肖志军译,清华大学出版社 2002 年版,第 78 页。

了高难度阅读的阻隔与束缚，而且还让文字传播、声音传播、图像传播、视像传播等共同融构形成一种多维传播，并且还促使传统的小众传播为大众传播所替代。当然值得一提的是，一个仅靠影视直观画面而获得形象的人，可能会丧失面对文学作品获取形象的能力。因为文字中固然有形象，但它依然需要读者想象的激活与填充，按罗兰·巴特的话说，就是将"可读文本"转变为"可写文本"，或曰将"死文本"转变为"活文本"。但是，影视却"要求观众去感觉而不是去想象"，它需要"观众必然在瞬间内理解画面的意义，而不是延后分析解码"。① 当观众的感知结构被重新塑造之后，他们很难再变成文学阅读的真正读者，顶多不过是文学传播过程的"知道者"。所以，从这个角度来说，在新世纪文学的多维传播中，除作品传播本身之外，图像传播、视像传播等既是文学传播的助推者，其实也是文学传播的消解者，甚至在很大程度上说，影视媒介已成为文学阅读的扼杀者，毕竟影视媒介从根本上说就是在培养人们厌恶文字、拒斥文本、远离作品、拒绝想象的习惯与能力。

其四，从传播的层级来看，新世纪的文学传播有着曰维曰新的多维性。假如我们将新世纪的文学传播视之为一种"泛传播"的话，那么这种"泛传播"必然有着层级的多维构造。传统的传播层级可以区分为两级流动传播、多级或 N 级流动传播，而在新世纪，基于"泛文本"与"泛传播"的传播层级由于新世纪文学场的新增场素的介入以及各场素的普遍联系与网状交互，从而使传播层级呈现出"环态模型"的重构。假如我们将基于"作品为中心"的作品传播视之为第一层级的话，那么与作品相关联的作者传播、读者传播、世界传播（含社会传播、文化传播、政治传播、经济传播、伦理传播等）便是第二层级，与作者相关联的"泛作者传播"、与读者相关联的"泛读者传播"、与世界相关联的"泛世界传播"便是第三层级，当然在第三层级还可以区分出第四层级甚至第 N 层级。事实上，每一层级中还有 N 级的衍生层级。以网络小说《杜拉拉升职记》为例，这部小说曾先后被改编拍成

---

① ［美］尼尔·波兹曼：《童年的消逝》，吴燕莛译，广西师范大学出版社 2004 年版，第 113 页。

电影、电视剧，电影《杜拉拉升职记》与电视剧《杜拉拉升职记》便可视为第一层级的衍生层级，而关于小说作者李可的学习经历、职场生活、八卦绯闻、爱情事业、生平轶事、创作事迹等便可视为第二层级，而关于电影导演徐静蕾，主演徐静蕾、莫文蔚、黄立行、吴佩慈、李艾等的相关言说则是第二层级的衍生层级，至于关涉小说作者李可的朋友、徐静蕾的丈夫的叙述则是第三层级。当然，新世纪的文学传播在不同的传播层级中其传播效果是不同的，但它们所散播的或大或小、或强或弱的传播力却合力推动着文学走向读者、走向高校、走向舞台、走向荧屏、走向观众、走向大众、走向社会、走向奖台甚至是走向经典的圣殿。

第八章　话语转型:从"语言时代" 到"后语言时代"

　　文学是一种话语活动。所谓话语（Discourse），是指人与人之间通过语言而从事沟通的具体行为或活动，即一定的说话人与受话人间在特定语境（Context）中通过本文（Text）而展开的沟通活动。这就是说，话语意味着把讲述内容作为信息由说话人传递给受话人的沟通过程；而用来传递这个信息的媒介具有"语言"性质；同时，这种沟通过程发生在特定语境中，即与其他相关性语言过程、与说话人和受话人的具体生成语境具有联系。这样，文学作为话语至少包含五个要素，即说话人、受话人、本文、沟通、语境。这五个要素的综合一体需要既作为表达媒介又作为传播媒介（或沟通媒介）的"语言"的全程参与。可见，话语从根本上说是"语言"的具体运用形态。从语言的历时性来看，建构人类诗意审美空间的"语言"至少有"前语言时代"、"语言时代"、"后语言时代"三个时代。假如说"语言时代"主要是以文字语言为主的话，那么，"前语言时代"是以口头语言为主、"后语言时代"是以多语言为主，分别对应文化传播的三个阶段，即口传文化阶段、印刷文化阶段与电子文化阶段（含数字文化阶段）。纵观新世纪文学的进程与历程，文学的表达媒介与传播媒介出现了一种显在的转型，即从"语言时代"走向"后语言时代"。在新世纪这个"后语言时代"，有一个无法忽视的表征就是"文字的疲软与图像的狂欢"，以影像为主的视觉文化进驻新世纪的文化中心与文学圣殿。这样，我们所谓的话语转型，就是从"语言时代"到"后语言时代"，换言之，即是从"文字"到"影像"，即新世纪文学的图像化转型。

一　图像增殖与新世纪文学的境遇

任何媒介首先是一种工具，但它又不仅仅是一种工具，它内在的工具理性有着主体性的建构能力。尽管媒介有诸如表现媒介与传播媒介的类型之分，也有着诸如机械印刷媒介、电子媒介、网络媒介与通信媒介的形态之分，还有着诸如文化媒介、权力媒介、商品媒介与文本媒介的属性之分，但是"无论是何种媒介，并非仅仅是艺术的表现材料与传播工具，而往往是具备生成力、影响力、控制力的权力因素"[①]。所以，媒介的推衍、扩张与中心化、主流化，引领的不仅是媒介的革命，更是文化的革命与审美的变迁，这也许才是"媒介的后果"的真正所指。新媒介的勃兴，总会引起新文化的潮涌。不可否认，我们当下所处的新世纪，是一个由图像增殖、图像主导的视觉文化时代，或曰图像时代。在图像时代，文学是拒斥图像，还是融合图像，成了一个无法逃避的选择，也成了一个必须要正视的问题。

（一）图像增殖：新世纪文学的新现实

所谓图像增殖，是指当今社会上图像的过剩、泛滥，它是图像社会的一种文化表征与表述，它是我们必须考虑的文化事实，是在数量上表述图像有着无穷尽的生产能力与恣意流播的态势。图像增殖是我们在新世纪不得不面对的媒介现实与文化事实。现实不是一堆无言的物质，它对我们说话，也就是说唯其出现于我们眼前、我们的意识中时，它才是对于我们而言的现实。常常不是现实沉默不语，而是我们自己的聋哑状态，听而不闻，视而不见。以图像为表征的媒介现实正向我们锐步逼来，甚至成为我们生存、生活与寄寓的现实的主流化构成。对此，有人认为最直接的证据可以说是我们生活中各种挥之不去的图像，认为当代

[①]　张邦卫:《媒介诗学——传媒视野下的文学与文学理论》，社会科学文献出版社 2006 年版，第 127 页。

社会是一个图像社会，也是一个景观化的社会。事实上，法国境遇主义者居伊·德博尔将其描述为"景观社会"，让·波德里亚名之曰"超现实"或"拟像"，马克·波斯特称之为"第二媒介时代"，还有杰姆逊的"后文学时代"、道格拉斯·凯尔纳的"媒介景观"、约西·德·穆尔（Jos de Mul）的"后历史与后地理的赛博空间"等，无一不是睿智的概述。

丹尼尔·贝尔在《资本主义的文化矛盾》一书中指出，"当代文化正在变成一种视觉文化"，他还说："而不是一种印刷文化，这是千真万确的事实。这一变革的根源与其说是作为大众传媒的电影和电视，不如说是人们在 19 世纪中叶开始经历的那种地理和社会的流动以及应运而生的一种新美学。"① 贝尔的这一论断，是基于两个基本的文化史事实：其一，尽管图像本是一个与人类文明的历史相始终的文化现象，但是现代图像文化是伴随着现代民主社会的出现而兴起繁盛的。其二，现代图像文化是随着摄影技术、电影技术、电视技术、数码影像技术、电子网络技术的出现而日益兴盛的"世界成为图像"的影像文化现象。从此我们可以推知，图像文化准确来说是指基于民主性、大众性、技术性与产业性的影像文化，有着现代性与后现代性的文化症状。进入新世纪以来，由于科学技术的高度发达，人工生产图像的模式被技术生产图像的模式所取代，图像以普适的生产方式、少障碍的传播方式及无障碍的接受方式进行着几何级式的繁殖、增殖，图像包围了我们。在此之前，我们虽然还可以说，虽不能够充耳不闻，却可以扭头不顾。但是在当下的新世纪，即使我们扭过头去，仍然还会看到图像，会受到图像的影响。从这个角度来讲，图像可以说是无处不在、无孔不入的。尽管海德格尔曾经说过："现代的基本进程乃是对作为图像的世界的征服过程。"② 然而，在基于电影、电视、户外广告牌、LED 电子显示屏、网

---

① ［美］丹尼尔·贝尔：《资本主义的文化矛盾》，赵一凡、蒲隆、任晓晋译，生活·读书·新知三联书店 1989 年版，第 156 页。

② ［德］海德格尔：《世界图像的时代》，《海德格尔选集》（下卷），孙周兴选编，上海三联书店 1996 年版，第 904 页。

络、手机等共同建构的图像时代,我们深陷图像的世界而难以自拔,如电视与手机依赖症、上网成瘾症、视频网站连续播放与不限播放而导致的"久观猛看症"以及网络上视频聊天的风靡,还如国家广电总局"村村通工程"的实施几乎让没有接触过电视视像的人只能是特殊人群与个别案例。我们有理由相信:不是我们征服了作为图像的世界,而是作为图像的世界征服了我们。

其实,图像社会的建构实际上是人类本身的一种图像化生产能力的产物。人类的图像化生产能力与建构能力依靠现代科学技术的高度发展得到了迅速发展与提升,图像社会成为现代科技社会的必然结果与当然表征,比如绘画、摄影、摄像以及多媒体技术。随着科学技术的发展,人类对图像的生产能力也将越来越发达;科技的高度发达,使人类生产图像变得轻而易举。从这个角度上来看,由于我们人人都可以生产图像,图像必然会泛滥。图像生产能力的普适性或者说容易性,必然会导致它在大众文化的场域里挤压作为语言艺术的文学。在新世纪,以图像符号挤压文学场域的占领者主要有摄影、电影、电视、电脑和互联网、手机等。例如摄影照片,"摄影的发展导致了图像技术的巨大变化。照片再也不能像其他绘画一样被看作是指示某些抽象的和不可见的东西的符号了"①,事实上,世界自身呈现为照片文化和视觉语言,理查德·豪格尔斯认为:"照片远比它的题材更能说明事件本身。"② 再如电影,理查德·豪格尔斯也认为:"通过电影,我们将进入第四维度:时间维度。"③ 而通过电视和互联网,我们则进入了一个几乎不再为四维时空所限的虚拟世界。据统计,截至 2010 年年底,中国网民数量已达 2.62 亿人,占全世界互联网用户数的 25%;截至 2012 年年底,中国网民总人数已达 5.64 亿,互联网普及率为 42.1%。还有数据显示,在"第九次全国国民阅读调查"中,2011 年全国国民阅读中数字化阅读率呈快速增长势

---

① 〔德〕洛伦兹·恩格尔:《不可见之见——从观念时代到全球时代的德国视觉哲学》,《图像时代:视觉文化传播的理论诠释》,复旦大学出版社 2005 年版,第 3 页。
② 〔英〕理查德·豪格尔斯:《视觉文化》,葛红兵译,广西师范大学出版社 2007 年版,第 145 页。
③ 同上书,第 156 页。

头，达 38.6%，图像阅读以及融合图像的阅读所占的比例相当高。这样，图像及图像所建构的虚拟世界，深刻地改变了我们的文化存在方式和文化生活方式。世界不再是世界，甚至人也不再是人——它们都以图像的方式成为人类掌握世界、认识自身、交流信息、表达思想、呈示世界观、进行意识形态竞争与交锋的一种符号编码或话语言说，成为人类感情生活、政治生活、文化生活，甚至日常生活、人际交往的一种主流方式。约翰·伯杰认为："历史上也没有任何一种形态的社会，曾经出现过这么集中的影像、这么密集的视觉信息。"① 这也许是对图像增殖态势下新世纪文化境遇的精确概括吧。

（二）图像霸权：新世纪文学的新宗主

从理论上说，作为一种诗性审美的语言文化，文学肇始之初即口头传播时代就融合了其他表达媒介如声音、舞蹈、音乐等，从而形成了歌、舞、乐三位一体的古典形态。之后，在手工印刷与机械印刷的文字传播时代，文学虽主要以文字表达为主，但辅之以说唱、表演、绘画等，从而形成诸如诗配画、插图本、绣像本、绘图本、连环画等的经典形态。需要说明的是，不管是古典形态还是经典形态的文学，语言文字依然还是以符号化的形式建构一种审美想象之中的包括人物、景物、环境、场景和一切有形的物体等的审美形象，准确来说就是一种前图像时代的图像叙事，只是这些图像是只可想象与意会而不可直观而已。具体地说，由于借助文字这种语言媒介，文学存在着一个从物象（如"眼前之竹"）到心象（如"心中之竹"）再到物象（如"笔下之竹"）的移形换象。优秀的作品都刻画了美的形象，让人有无限的想象空间，如柳宗元的《江雪》："千山鸟飞绝，万径人踪灭。孤舟蓑笠翁，独钓寒江雪。"诗人描绘了一幅白雪盖地、人迹罕至、天寒地冻、鸟兽绝迹的肃杀冬景；在这样寂静的背景中，一个孤单的老渔翁独钓寒江。再如，鲁迅的《故乡》对主人公闰土的形象描绘是十分逼真的，几乎等同于一幅高水平的画像与高质量的照片，但是它又绝非是画像与照片所能比

---

① ［美］约翰·伯杰：《视觉艺术鉴赏》，戴行钺译，商务印书馆 1999 年版，第 153 页。

肩的,因为它有着更多的情景之合、象外之象与味外之旨。正是如此,高尔基认为: "艺术的作品不是叙述,而是用形象、图画来描写现实。"① 别林斯基也认为: "诗的本质就在于给不具形的思想以生动的、感性的、美丽的形象。"② 可见,在传统文学的视域中,图像并非阙如,它只是文字的补充式表达媒介。

随着电子传播时代的到来,图像,准确地说是影像或视像,成为电子文化的主流符号。于是,就出现了从"文字"到"影像"的转型。与文字相比,影像似乎是表现对象的完美复制。一方面,影像与对象合二为一,银幕上的杯子也就是现实中的那个杯子,分毫不差。另一方面,影像与观看者之间总是共处于一个时间平面之上,影像只能呈现于人们的现在意识。过去时或将来时仅仅是人们根据某些外在的标记而形成的指认。人们的意识中,影像的能指与所指间的距离仿佛消失了。人们仿佛觉得,这些影像就是现实本身,一切与这个现实同在。他们就是现场的一个目击者。南帆认为: "从文字到形象的转换过程消失了,影像令人敬畏的真实感使人忽略了传播媒介与符号的存在。"③ 观众沉溺于影像的世界和影像的幻觉之中而难以自知,反而是跟着影像走,唯影像是崇。在影像主导的电子文化时代, "相对来说,人们阅读字、词、句的种种微妙感觉日益迟钝和退化,某些文字的修辞和表意策略丧失了往昔的魅力,一些文字表述固有的内涵将在多媒体技术中逐渐消逝。"④ 从"文字"到"影像"的媒介转换,从而催生了多元走向同质、表意走向表形、内涵走向形式的审美转换。

在电子影像与数字影像长驱直入的语境下,以文字呈现、以书籍承载的文学还将继续占有着文学的份额,但是文学传统的抒情、叙事功能可能在某种程度上为电子媒介制造的影像文化所取代。比如,人们不再

---

① [苏]高尔基:《同进入文学界的青年突击队员谈话》,《高尔基选集》,费明君译,上海杂志公司 1949 年版,第 133 页。

② [俄]别林斯基:《〈杰尔查文的作品〉第一章》,《别林斯基论文学》,新文艺出版社 1958 年版,第 11 页。

③ 南帆主编:《文学理论(新读本)》,浙江文艺出版社 2002 年版,第 94 页。

④ 同上。

经由小说满足听故事的需求，电影与电视的叙事远比纸面阅读更为生动有趣。许多时候，文学甚至必须借助电影或者电视的改编来鸣锣开道。《围城》、《红楼梦》、《三国演义》、《水浒传》、《西游记》、《封神演义》、《七侠五义》、《隋唐英雄传》、《杨家将》、《说岳全传》、《薛仁贵征西》甚至是金庸的武侠小说等，这些文学著作都曾经因为改编为电影或者电视剧之后而热销热读热传。除文学改编之外，还有就是卷轶繁多的影视文学，其实，影视文学就是等着影视收编改编，待价而沽，等机而嫁。还有所谓的"影视同期书"也是值得关注的。这种影视同期书是一种特殊的影视文学，它是在一部电影或者电视剧成功以后，编剧将脚本稍加修改，推向市场。譬如，电影《大话西游》、电视连续剧《还珠格格》受到市场欢迎之后，出版商随即将这些剧本收购收编，稍加推衍与演绎即成印刷文学。严格地说，这是影视作品派生出来的文学样式，就像成功的影视作品所催热的明星图片、服装造型、文化作派一样。这时，文学已经不再是影视的范本，而是影视的仿本。

进入新世纪以来，文学受到以电影、电视、网络视频、智能手机为媒介的影像文化的冲击更甚，曾经纯粹的文学似乎举步维艰、步履蹒跚，图像叙事与图像化的文学大行其道。雷达认为，新世纪文学有一个无法回避的文化语境，在这中间有三个影响最大的焦点——"高科技、网络、图像"，它们作用于人，又通过人作用于文学。[1] 就图像而言，一个无法否定的文化事实就是，新世纪十五年是一个图像（包含影视）的时代。有人说，人类即将或已经从读书时代进入了读图时代，图像与文学的关系成为必须正视的一个问题。现在许多年轻人对经典文学的了解不是通过看原著，而是通过看改编后的影视剧，换言之，就是"看的方式"取代了"读的方式"。有调查显示，在高校的文学教育实践中，许多中文本科生、硕士生、博士生对文学名著的了解，都是通过"看片"而不是通过"阅读"完成的，而且这种现象十分普遍，比例也相当高。学中文的尚且如此，更遑论其他的人群。正是如此，才有无数

---

① 参见雷达《新世纪十年中国文学的走势》，《文艺争鸣》2010年第2期。

有识之士疾呼"回到原典"。然而，"回到原典"又谈何容易？毕竟这是一个图像时代，图像与文学在争夺着消费群体，文学的消费群似在骤减，而图像的消费群却在激增。从这个角度来说，图像对文学形成了一个很大的挤压，而且这种挤压的态势进一步持续强化，甚至有可预期的压倒与压垮的可能。

在新世纪十五年，文学与影视的关系正在发生微妙逆转，文学自足性的存在与洁身自好的清高与清纯正在逐渐消失。部分有识之士已不再苛求文学的纯正与自成一统，而是依凭文学与影视的姻缘关系，期望二者的相克之后的相生与互制之后的互赢。作家刘震云就主张融合而不是对峙，他说："作家比较孤独，电影比较热闹，二者在本质上没什么区别，表达的都是对待生活的不同态度。文学是一个人的事，电影是许多人的事；文学是我的事，电影是我们的事。电影讲述的是表面的事物，小说讲述的是表面背后的事物。如果同时熟悉这两个事物一定都有好处。"他还说："文学参与电影可以让电影变得更强壮，电影参与文学可以让文学飞得更远、传播得更远。"① 学者黄发有认为："在文学与影视的交融与互渗中，文学媒介与视听媒介相互补充，文学与影视对共同面对的现实进行了相互呼应的文化阐释。但是文学对影视的趋同使小说与影视剧本的文体界限名存实亡，文学与影视的独立性同时面临着严峻的考验。影视趣味对小说创作的影响，在这个文学市场化的年代里，正日益显现其威力。在某种意义上，影视剧本写作的规范正在摧毁传统的、经典的小说观念。"② 纵览新世纪文学，我们不难发现，不少的小说家运用语言手段，模仿视觉化的场景，按照影视剧本的规范写作小说，这就是所谓的"挂小说的羊头，卖剧本的狗肉"。这样，作为"纯文学"的主力军的小说出现了不可思议的畸变，进入了所谓的"小说的脚本时代"。

作为文学创作主体的作家甘心为影视驱使而为"马前卒"，也是事

---

① 转引自雷达《新世纪十年中国文学的走势》，《文艺争鸣》2010 年第 2 期。
② 黄发有：《挂小说的羊头　卖剧本的狗肉——影视时代的小说危机》（上），《文艺争鸣》2004 年第 1 期。

出有因，毕竟作家的"触电"有着双重的收获：一是知名度暴涨，这正如刘恒所说的："作家辛辛苦苦写的小说可能只有 10 个人看，而导演清唱一声听众就能达到万人。"① 二是经济效益高，这正如朱苏进所说的："影视是很大众化的艺术形式，影响力奇大，其他任何艺术形式都无法与它比拟。……再一个原因就是物质利益丰厚，这点我从不讳言。"② 潘军更是直白地说："电视剧是个破东西，不过很赚钱。"③ 这样，作家必须要适应文化市场的需求，为文化资本与影像形式作陪，为导演和投资人作嫁衣，必然使自己成为工业化生产流程中的一个部件。文化资本和影像形式凌驾于文字之上，获得了一种潜在的权力——"图像霸权"。其实，早在 20 世纪 90 年代著名作家王朔就说过："我觉得，用发展的眼光看，文字的作用恐怕会越来越小，一个时代有一个时代的最强音，影视就是目前时代的最强音。"④

进入新世纪以来，出现了一大批似乎专门为电视剧改编而创作的小说作品，如朱苏进的《康熙大帝》，二月河的《雍正王朝》、《乾隆皇帝》，张成功的《黑冰》、《黑洞》、《黑雾》，周梅森的《忠诚》、《至高利益》，海岩的《永不瞑目》、《玉观音》，麦家的《风声》、《风语》、《风影》等，它们明显迎合了当前电视剧创作中风行一时的"清宫（皇帝）戏"、"公安（警匪、黑帮）戏"、"反腐戏"、"谍战片"等热潮，被迅速地搬上屏幕，并达到了同类电视剧创作的高峰。小说的"电视剧化"，使纯文学负载者——小说成为传统的"他者"与"另类"。电视剧《雍正王朝》的编剧刘和平认为："电视剧的叙事应该是动作与动作的连接，这个动作包括外部动作和心理动作，动作性不强，注定要丧失观众。因而小说叙事转化到电视剧中，首先考虑的就是增强它的动作性，这是基本的起码的要求。"⑤ 在从语言向动作的转换中，意义被电

① 刘江华：《刘恒讲述当导演的幸福生活》，《北京青年报》2002 年 11 月 27 日。
② 朱自奋：《影视编剧，我只是客串——作家朱苏进访谈》，《文汇读书周报》2003 年 5 月 2 日。
③ 潘军：《答何锐先生问》，《山花》1999 年第 3 期。
④ 白烨、王朔、吴滨、杨争光：《选择的自由与文化态势》，《上海文学》1994 年第 4 期。
⑤ 阎玉清：《〈雍正王朝〉编剧刘和平访谈录》，《中国电视》1999 年第 11 期。

视场景悬搁或终止了，小说叙事被简化为动作叙事与言语游戏，表面的宏大叙事遮蔽了文学终极价值缺席的现状。除此之外，小说的"电视剧化"，使文学在策划意识的蛊惑下极力张扬着市场意识、商业定律与消费法则。文学与影视在市场意识、商业定律与消费法则的贯通下，二者的边界与独立性被大大削弱了。"文学成为影视的'脚本工厂'，影视成为文学的包装与销售机构"。①

二 图像化写作与新世纪文学的内图像化

从图像生产到图像增殖，从图像增殖再到图像霸权，我们不难发现：新世纪以来的图像化程度远比 20 世纪末更为严重、更为普遍，观看行为远远多于阅读行为，观看共识远远高于阅读共识。学者王纯菲在《新世纪文学的图像化写作与文学的越界》一文中认为："生活图像化状况见于新世纪文学写作，一个直接结果便是文学写作对于生活图像化的随顺，并在随顺中形成比 20 世纪末更为突出的图像化写作的特点。"② 在王纯菲看来，为顺应生活图像化的时尚，新世纪文学在文学图像化方面做了很多求生存、求发展的努力，这种努力表现在图像化叙事、图像化结构、图像化众生展示以及文学图像的影视转换等方面，这构成新世纪文学在图像化方面的时代特征。与此同时，文学也越界成为生活图像的一份资源，文学不仅成为图像化的对象也成为图像化的结果，文学性寄寓于图像性之中。

（一）图像化叙事

丹尼尔·贝尔曾经指出："目前居'统治'地位的是视觉观念。声音和图像，尤其是后者，组织了美学，统率了观众。在一个大众社会里，这几乎是不可避免的。群众娱乐（马戏、奇观、戏剧）一直是视觉的。然而当代生活中有两个突出的方面必须强调视觉成分。其一，现

---

① 黄发有：《挂小说的羊头 卖剧本的狗肉——影视时代的小说危机》（上），《文艺争鸣》2004 年第 1 期。

② 王纯菲：《新世纪文学的图像化写作与文学的越界》，《文学评论》2008 年第 1 期。

代世界是一个城市世界。大城市生活和限定刺激与社交能力的方式，为人们看见和想看见（不是读到和听见）事物提供了大量优越的机会。其二，就是当代倾向的性质，它包括渴望行动（与观照相反）、追求新奇、贪图轰动。而最能满足这些迫切欲望的莫过于艺术中的视觉成分了。"① 可见，视觉文化是大众文化消费中最喜闻乐见的形式，同时也是最容易实现的享受。事实上，图像审美本来就有一种从深度审美向浅度审美、纯感性审美消移的天然趋势，而在新世纪的大众文化语境下，这种趋势尤其变得不可阻挡，不断加速，日益极端化。电影与电视的所谓"奇观化"、"潮流化"，就是其显著的文化表征。阿莱斯·艾尔雅维茨说："一个类似的进程是总体上直观化和视觉文化的所有其他形式的扩充。这种进程的一部分也即是——现在仍然是——日常生活的审美化，包括从日常物品的修饰，到我们居住的整体环境的审美化。"② 所以，以图像为主的视觉文化实际上已经渗透到了大众日常生存和文化生活的每一个层面、每一个角落。

新世纪文学所根植、沉浸和游牧的生活，从某种角度上说就是图像生活。换言之，生活的图像形态成为新世纪文学反映的常见形态，或者说图像生活是新世纪文学的观照的常见生活。生活的图像形态集中体现在构成现实生活系统的几个代表性方面，如衣、食、住、行、游、观、购等。这种生活的图像形态在文学写作中同样成为虚拟生活的常见形态。这种情况对于文学写作来说，就是带来了文学叙事的新世纪转换，即从传统的伦理叙事转为图像化叙事。王纯菲认为："新世纪文学的图像化叙事，在一定程度上改变着传统叙事在伦理取向中展示情节长度或人物行为过程的方法，而是更多地采用具体细腻的图像情景描写。"③ 所谓"图像化叙事"，是指在作品中讲究画面感、图像感与镜像感而采用具体细腻的场景描写、细节描写、肖像描写、动作描写、情景描写与

① ［美］丹尼尔·贝尔：《资本主义的文化矛盾》，赵一凡、蒲隆、任晓晋译，生活·读书·新知三联书店1989年版，第154页。

② ［斯］阿莱斯·艾尔雅维茨：《图像时代》，胡菊云、张云鹏译，吉林人民出版社2003年版，第17页。

③ 王纯菲：《新世纪文学的图像化写作与文学的越界》，《文学评论》2008年第1期。

环境描写，而忽视心理描写、意识流叙述的一种叙事方法，这种方法重外在的再现与表演而轻内在的表现与沉思。就小说文本而言，图像化叙事至少涵括三个方面：一是"场景的图像化"；二是"叙事的图像化"；三是"人物的图像化"。在图像化叙事中，作品中的图像情景主要是空间性的，或者是将传统叙事的空间时间化在图像情景的描写与叙述中转换为时间空间化。事实上，空间化场景的泛审美呈现，恰恰正是影视美学最核心的审美之维。总之，图像自身的平面化情形、图像的形式规定对于伦理取向的阻抗以及图像情景空间描写对于伦理过程性展示的消解，都导致传统伦理叙事在新世纪文学写作的图像化叙事中被不同程度地解构。这使得平面化写作在文学写作的叙事方法上有所落实，并不断强化。

以"80后"代表作家张悦然的《樱桃之远》与《红鞋》为例。在《樱桃之远》中，失聪和失忆的女主人公杜宛宛正是在看电影《薇若妮卡的双重生活》时，随着电影镜头一帧帧地转换，杜宛宛的往事画面也一幕幕地跳转，从而打开了杜宛宛返聪与回忆的意识流，特别是杜宛宛与段小沐各自的恋爱之旅与情感之路宛然重现，她们经历了风雨、见识了彩虹，体验了友情、收获了爱情。从整体上看，小说中往事的一幕幕场景的堆积，与电影的一帧帧图景，是如此的相似，甚至有一种刻意的模拟与有意的参照，小说的图像化向度十分明显。而且小说《樱桃之远》描述的一对青春少女艰难曲折的心路历程，与电影《薇若妮卡的双重生活》中薇若妮卡姐妹的命运特别相似，从此可以透出张悦然在构思与创作小说之际存在着显在的"电影背影"，即鲜明的电影性或图像性。正是如此，著名作家莫言在《樱桃之远》的序言《她的姿态，她的方式》一文中认为："在故事的框架上，我们可以看到西方艺术电影、港台言情小说、世界经典童话等的影响。在小说形象和场景上，我们可以看到西方动漫的清峻脱俗，简约纯粹。"① 这是何等精要的归纳与精辟的见解，可谓一语中的。在长篇小说《红鞋》中，张悦然给我

---

① 莫言：《她的姿态，她的方式》，参见张悦然《樱桃之远》，春风文艺出版社2004年版，第2页。

们讲述了一个职业杀手和一个变态的"穿红鞋的女孩"的虐恋故事。在故事的推进中，场面感、画面感及动作性得到了无以复加的重视与打造。一个又一个的特写镜头，一个又一个的惊悚情境，职业杀手不断地杀人赚钱，变态女孩不断地虐杀动物并拍照取乐，冷酷的叙述、精细的描写以及镜头化的场景随处可见。从整体上看，小说《红鞋》缺乏价值判断、悲悯情怀与人文精神，似乎只是为叙述而叙述、为描写而描写、为呈现而呈现、为表演而表演，可谓是一种"零度化"的图像化叙事。

再以"80后"领军作家郭敬明的同名小说《无极》为例。小说《无极》是郭敬明应著名导演陈凯歌的邀请在电影《无极》的剧本的基础上所进行的二度创作，即所谓的"小说化的剧本"，这样在小说中充斥着场景与图像诚然是剧本改写的应有之义。从电影《无极》到小说《无极》，这是影像化写作的一个直接实践与有力佐证。对比这两种不同类型的文本，我们确实看到了郭敬明在小说艺术上的努力回归，如故事更加完整、情节更加连贯、人物更加丰满、形象更加立体、主题更加明确、语言更加生动、叙述更加客观、描写更加场景等。但是，作为剧本改编的小说《无极》始终难以摆脱剧本的"家族病"，如场景的堆砌、场面的简单化、分镜头的结构框架、频繁的时空转换使叙事缺少必要的铺垫和过渡及流畅感，还有就是人物的心理描写既缺失又单薄，套用剧本的动作表演替代精细入微的心理描写。这样，小说《无极》虽然获得了图像化写作的优势，如戏剧性、概括性、例行性、简括性等，却在整体上在叙事上呈现出零散化、碎片化的特征，严重损害了小说的完整性与丰富性。对此，我们不得不说，郭敬明的改写是不成功的，因为小说《无极》既没有达到陈凯歌的"借小说《无极》提升电影《无极》的品位并消弭《一个馒头引发的血案》的负面影响"的市场预期，也没有达到广大文学爱好者的审美预期。可见，小说的图像化叙事虽与剧本的镜头化叙事有相通之外，但绝不等同于剧本的镜头化叙事。

同样，范小青的长篇小说《赤脚医生万泉和》也是一部典型的"影像化书写"之作。小说无论是在故事场景的安排上，还是在叙事手段的运用上都体现了影像化的特点,而且人物形象的塑造也极具画面感。其一,场景的影像化。小说的大场景有两个,一个是万泉和在"文革"时期的生活场景,另一个是万泉和在改革开放时期的生活场景。每一大场景中又包含有许多的小场景,如万泉和的"文革"时期的生活场景就包含了万泉和巧治万小三子、稀里糊涂走上学医路、万人寿与涂三江的互相诋毁、万人寿被批斗、吴宝被批斗等热闹的小场景。每一小场景又包含一系列连续性的动作或曰片景,如"万泉和巧治万小三子"这一小场景的线性动作是这样书写的——"万泉和先是按了按小三子瘪塌塌的肚子,然后询问吃了什么,接着摸了摸万三小子的额头,又拿出万人寿的放大镜,揪住万小三子的耳朵往里照了照,并到灶屋拿了一把生了锈的镊猪毛的镊子过来,往猪毛镊子上倒点酒精,又划根火柴,绕着镊子烧了几下,伸进万小三子的耳朵,只'咔'的一声,就将一颗又胖又烂、半黑半青、已经发了芽的毛豆夹了出来"。在这个小场景中,万泉和的 10 个动作连续发生,并且呈现出一种流畅无碍的"动作流"。小说中像这样富于"动作化的场景"描写俯首皆是,自然就呈现出一种"影像"的功效与美感。其二,叙事的影像化。所谓叙事,就是讲故事,它包括两个最核心的要素:一个是故事本身,另一个是讲故事的人或者说是叙述者。在这一点上,小说与电影、电视是相同相通的。在小说《赤脚医生万泉和》中,采取的是第一人称"我"(万泉和)这个自传性的叙述者视角,而且叙述者散布/穿插在故事各大场景的描述中。这样小说的"说与听"与影视的"白(含对白与旁白)与听"、"演与观"形成了一种无障碍的转换基因。如"我的情况大致是这样的:19 岁,短发,有精神。"[1] 再如"我这个人,你们也许已经看出点眉目来了,我不聪明。"[2] 还如"我这个人你们知道的,心肠软,不好意思回绝别人的好意。"[3] 这些表述都属于自传性的叙事人口吻,十分类似于影视中"画外音"或"旁白",也十分有助于改编为影视

① 范小青:《赤脚医生万泉和》,人民文学出版社 2007 年版,第 1 页。
② 同上书,第 122 页。
③ 同上书,第 99 页。

剧。还有，小说对"我家院子的平面图"叙述也是十分影像化的。在这个平面图上，有万泉和家、裘金才家、万同坤家以及后窑大队合作医疗站，它就像照相机或摄像机的取景框一样，既圈住了主要故事的发生地，也框住了主人公万泉和在村中的地位。其三，节奏的影像化。小说的节奏与电影的节奏极为相似，小说中的两支乐曲——《万泉河水清又清》、《赤脚医生向阳花》，就像是电影中的主题音乐或是背景音乐，一再回荡在文本叙事中，渲染了时代氛围，烘托了人物性格，舒缓了叙事节奏，增强了小说的音乐性。这种听觉的播放与视觉的播撒，营构了与影视无甚差异的视听氛围与视听效果。

通过《樱桃之远》、《红鞋》、《无极》、《赤脚医生万泉和》的剖析，我们不难发现，许多像张悦然、郭敬明、范小青这样活跃于新世纪文坛的作家们似乎都在有意无意地从事着影像化叙事，这是新世纪文学的一个新动向、新趋势，也许是一个新转机、新生机。诚如范小青自己所说的："所有的这些变化，并不是我在很清醒的前提下实现的，恰恰相反，我只注重生活给我的感受，甚至可以说，生活要我变化，我不得不变。"① 毕竟我们生活于纷芜杂乱的各种影像之中，拒绝影像的介入与融合，无异于拒绝生活的进步与文学的新生。

（二）图像化结构

在新世纪文学特别是以小说、剧本为主力军的叙事类文学中，其结构不再像传统文学一样以主题的需要、人物的塑造、性格的刻画来安排，而是以故事的新颖、情节的突兀来架构。作家们往往是先设计好一个又一个的片段、一个又一个的场景、一个又一个的动作、一个又一个的细节，然后再依据故事的需要进行重新的拼贴组接，从而最终实现影视剧化的镜头结构。这虽然有点类似于戏剧的"幕"、戏曲的"折"与"出"、音乐的"章"，但事实上这种文学结构却是深受电影的"蒙太奇"的影响所致。所谓"蒙太奇"，就是根据影片所要表达的内容和观众的心理顺序，将一部影片分别拍摄成许多镜头，然后再按照原定的构

---

① 范小青：《变》，《山花》2006 年第 1 期。

思组接起来,一言以蔽之:蒙太奇就是把分切的镜头组接起来的手段。由于受电影"蒙太奇"的启迪与影响,新世纪的小说与剧本写作总是首先设定一系列的具有故事性、视觉性的单元、片段和场景。如任何一部都市言情小说,似乎总是少不了以下图像化场景:迷离的酒吧、高档的宾馆、高级的酒店、繁华的街道、幽静的公园、浪漫的海滩、温情的卧室、飞驰的小车、翱翔的飞机、激情的亲吻、朦胧的沐浴、惹火的肉搏、蔚蓝的天空、绚丽的晚霞……这些场景,就是作家们用来叙事的一个个图像化单元,至于哪个单元何时进入文本是由故事来决定的。每一个场景就是一个"环",它们既是相互独立的又是相互联系的,受不同的链接法、不同的组合法与不同的排列法的决定而制作成不同的故事情节与不同的故事形态。由于对场景中图像化呈现的倚重,这种网络结构也就自然而然地有了图像化的特征了。其实,这一点在新世纪文学写作中是十分常见的。王纯菲认为:"图像的单元性为新世纪文学写作所常见的网络结构提供根据。"①

新世纪文学的图像化结构,准确来说,是一种图像化单元结构,或者说是一种图像化镜头结构,这种结构模式首先来源于生活图像的单元化存在,其次也深受影视图像的镜头意识和镜头主义的影响。在现实生活中,生活图像以特定生活系统的单元形态发生,日常交际、行为、商业、环境、审美等生活大系统的代表性系统,提供着图像化的系统规定,而在这些系统中,图像化过程又是单元性地进行着。如交际系统又细分为不同的交际单元,包括洽谈单元、聚餐单元、馈赠单元、联络单元等,各种交际形式规定都以单元而设定并单元性地实现。新世纪文学写作虚拟现实生活,也便虚拟现实生活图像化的单元性,或者是虚拟单元性的现实生活图像。也就是说,生活图像的单元性诱导了文学场景的单元性。在新世纪文学的图像化写作中,每一个图像单元都可以是展示人物个性的一个阶段或一个层次,单元系统性可以构成连续的单元展示的逻辑,不同系统的图像单元也可以跨系统地跳跃性连接。这样,图像

---

① 王纯菲:《新世纪文学的图像化写作与文学的越界》,《文学评论》2008 年第 1 期。

单元、图像单元系统、跨系统单元连接，就形成网络式联系。当然，任何一个图像单元绝对不是固定不动的，而是可以根据写作者的意图、故事的需要而拆移的，甚至是可以最高限度、最大程度地排列组合的，但每一种排列组合的意图、意义与意味是不同的。例如，以下这三个图像单元：A（一个人在笑）、B（一把手枪直指着）、C（同一个人脸上露出惊惧的样子），用不同的连接就会出现不同的内容与意义。如果用A—B—C次序连接，会使观众感到那个人是个懦夫、胆小鬼。如果用C—B—A的次序连接，则这个人的脸上露出了惊惧的样子，是因为有一把手枪指着他；可是，当他考虑了一下，觉得没有什么了不起，于是，他笑了——在死神面前笑了，因此，他给人的印象是一个勇敢的人。如果用A—C—B次序连接，则可表示这是一个正常的普通人。诚如此，改变一个场面中图像单元的次序，而不用改变每个图像单元本身，就完全改变了一个场面的意义，得出截然不同的观看效果。

在新世纪文学的大潮中，许多从影视艺术中汲取营养的新生代作家不仅钟情于图像化结构而且还娴熟地运用图像化结构来建构文本，最典型的如安妮宝贝的《彼岸花》。《彼岸花》以都市情感为题材，以现实情节和电影叙述两条线索，交错发展，时间跨度大，人物和城市涵盖丰富，保持了属于作者的独特的美感和苍凉，并且使整部小说一直保持着一种电影般光影交织的诡异幻觉。小说以第一人称"我"来叙事并以"我"来建构文本及文本内的大大小小的结构单元，让"我"在不同的图像单元及系统中个性化地生活着。"我"的谋生单元是一台电脑和数位杂志编辑的电子信箱；"我"的消费单元是用稿费换取脱脂牛奶、橙汁、燕麦、苹果、蔬菜、咖啡；"我的"享乐单元是抽掉了30包红双喜、逛了80次街、泡吧50次；"我"的交际单元则是约会过几个男人。"我"的图像化行为分属于不同的图像化单元，都与图像化生活相呼应，小说的图像化结构得以形成并以展示人物个性并推动一种所谓的"轻阅读"。对此，安妮宝贝曾坦承过自己写作的针对性，她说她的书是写给"深夜失眠的人看，下班之后坐在地铁里疲惫的人看，在寂寞旅途上对着阳光发呆的人看。这些人就是我的读者"。她不仅承认自己是畅销书作家，而且还强调要写好看的书："对我而言，写作始终是个人化的艺术，要纯粹，具备灵魂的美感。一个畅销书作家，就是要写好看的书，能留下回味，能放在枕边，可以进入读者的灵魂。我喜欢让我的读者看懂我写的书。"① 事实上，在新世纪影视文化勃兴的文化语境中，要求作品既"畅销"又"好看"，没有影像的依凭与图像化的技巧，恐怕是难以登顶的，而安妮宝贝恰恰是深谙其道的新锐。对新世纪文学通过图像化网络结构求得对于图像化生活的虚拟对应性，贺绍俊认为："文学意象的符号化遵循着消费主义的原则，其符号的象征意义始终受消费主义文化——意识形态的指挥控制而变动不居，因此它是与社会消费时尚的符号语码相吻合的。"② 贺绍俊所说的文学意象的符号化，既包括图像化叙事，也包括图像单元的网络性结构，它们在图像化趋向中，以媚俗的姿态求得与社会消费时尚的符号语码系统的吻合。

（三）图像化人物

在论述图像化叙事以及范小青的《赤脚医生万泉和》时，我们事实上已涉及了新世纪文学的图像化人物的问题。图像化人物，与图像化叙事、图像化结构以及图像化转换一样，都是新世纪图像化写作的应有之义，它不同于20世纪50年代至80年代初期人物塑造的脸谱化与类像化。新世纪的图像化人物有三层含义：一是人物的影像化；二是图像化人物构成现实生活的虚拟众生态；三是图像化人物直接是大众日常生活的构成与实存，并且是大众日常生活的消费对象与审美对象。

1. 人物的影像化

所谓"人物的影像化"，是指新世纪文学按照影像的逻辑与影视剧的方式来设置人物、描写人物、刻画人物与塑造形象，自觉接受电影与电视"结构、语言、情节影像性"的影响，主要包括画面感极强的人物细节、跌宕起伏的人物命运、动作性与戏剧性兼备的并有极强对话表演性的人物语言。仔细审视一下新世纪文学，不管是皈依影像的影视文

---

① http：//zhidao. baidu. com/question/16118175. html.
② 贺绍俊：《大众文化影响下的当代文学现象》，《文艺研究》2005年第3期。

学、网络文学还是远离影像的先锋文学、纯文学，在人物描写与形象刻画上都有着影像化的表征。

例如，范小青的小说《赤脚医生万泉和》就是人物影像化的代表作品。《赤脚医生万泉和》的人物画面感极强，人物形象塑造有着鲜明的影像化特点。具体地说，主要表现在以下几点：其一，人物的影像化来源于作品中有许多画面感极强的人物细节。这些细节在作品中随处可见，而且内涵极为丰富，假如我们用镜头拍摄下来的话，那就是一帧帧既有呈现性又有表现性的画面，人物形象生动而有个性。其二，人物的影像化得益于跌宕起伏的人物命运。如在小说中，万泉和命运的多舛多变，既有社会与时代的阴影，也有环境与个性的影响，所些这些命运变故与变迁，不断地推动着小说故事情节的推进与延宕，所谓"无巧不成书"，既出人意料之外又在情理之中，人物形象在戏剧性的展开中得到一次又一次的填充与强化，这样就完善了小说中以万泉和为主角的人物群像的影像化进程与影像化建构。其三，人物的影像化根植于动作性与戏剧性兼备的人物语言。所谓"言为心声"，在小说中除了人物语言的个性化之外，人物语言还极富动作性与戏剧性，换言之，"说"不仅仅是"说"、不单单是"说"，而是将"说话"与"做动作"紧密地融合在一起，边说边做，又说又做，所说总是凭附在一系列的动作之上，少有静态的说，更多的是融会着场景、场效与语境、情境的动态的说，这样不仅使小说的人物语言妙趣横生，也使小说的画面感与动态感十足。

2. 图像化人物构成现实生活的虚拟态

关于图像化人物构成现实生活的虚拟众生态，王纯菲在《新世纪文学的图像化写作与文学的越界》一文中有比较深刻的论述。她认为，在新世纪文学写作中，写作者在网络式单元图像中获得了前所未有的人物展示自由，写作者在这样的写作中较少再受线性故事情节连缀人物的局限，较少再受传统伦理写作中人物设置的关系的束缚，也较少再受揭示生活规律性或必然性的人物性格冲突的贯穿性要求的限制。每一个图像单元，就是一个虚拟生活场景，每一个场景有一个场景的不同参与者，他们在图像单元中聚来、活动、散去，而在下一个图像单元中，又有另一些人物聚来、活动、散去。单元间的很多人物可以彼此没有交往，互不相识，他们主要是依附于若干个性人物的整体性纠葛。你方唱罢我登场，在不同的图像单元中，现实生活的众生态在文学写作的虚拟生活中被多方面展示。① 例如，苏童的《蛇为什么会飞》，就是在欲望的网架上，在一个又一个图像单元中，展示着一群或相关或无关的时聚时散的欲望众生相。再如，卫慧的《上海宝贝》、棉棉的《糖》、木子美的《遗情书》以及其他各式各样的宝贝们的"身体写作"甚至是"下半身写作"，也都在欲望都市的大场景中，在一个又一个活色生香图像单元中，展演着都市男女的欲望狂欢与醉生梦死。作品中虚拟的生活场景，不仅是新世纪都市生活的折射与写真，也是新世纪都市男女的向往与目标。诚如卫慧的小说《像卫慧那样的疯狂》的话语指向一样，像卫慧那样发出《蝴蝶的尖叫》，像卫慧那样做一个《水中的处女》，还要像木子美那样四处"遗情"、四时"做爱"、四方"乱交"，趁着年少充分享受性爱，趁着冲动充分享受身体，趁着健康充分享受物质，恰如一首诗所写的——"噢！像卫慧一样疯狂/像水中月对沉沦充满渴望/在食肉者和肉食者孪生的年代/不当落汤鸡你就别想喝到汤"。

3. 图像化人物构成日常生活的真实态

在影像泛滥的新世纪，由于观众对经典影像的眷顾以及自媒体引导下的"拍客热"的潮涌，图像化人物甚至是图像化卡通人物直接成为大众日常生活中的一部分，并且成为大众日常生活的消费对象与审美对象。在这种比较普遍的现象中，虚拟的图像化人物竟然落地生根变成大众日常生活不可或缺的有机部分，虚拟的图像化人物在"真实化与化真实"的文化演变中转换为一种生活真实。

以美国著名的专栏作家坎蒂丝·布希奈儿（Candace Bushnell）的小说《欲望城市》（*Sex and the City*）为例，这部小说后来被改编为同名电视剧与同名电影《欲望都市》广泛播出。作品讲述的是专栏作家

---

① 参见王纯菲《新世纪文学的图像化写作与文学的越界》，《文学评论》2008 年第 1 期。

凯莉、公关经理萨曼莎、律师米兰达、理想主义者夏洛特这四个生活在纽约曼哈顿的单身时尚女性的故事。故事围绕着她们的感情及性生活推进，如凯莉是性爱专栏作者，萨曼莎宣称"活着就是为了干尽男人"，四女经常聚在一起谈性：三人床上游戏、双性恋、性病、忠贞和偷吃、女人学男人的唯性论、男人的尺寸、像同志的异性恋男人、多少男人才算太多等，她们还主张"友谊是女人可以期待的最好依归，而男人只不过是蛋糕上面的糖衣"，但最重要的是要在光怪陆离的现代大都市中学会如何发现自己、爱自己，因而她们极力周旋在各式男人身边寻找情欲。大胆广泛的性爱话题，时髦漂亮的四个女主角身上浓郁的现代都市单身女性的气息，以及她们所面临的感情挫折和困扰，在越来越多的都市白领中引起了共鸣，并掀起了一股"欲望潮"而风靡全球。这其中的原因有二：一是讲述了都市女性的生活；二是运用绚丽多姿的时尚、服饰、饮食、艺术等元素展现出曼哈顿丰富热闹的社会人文景观。当然，电视剧《欲望都市》最引人瞩目的元素是流行时尚。女主角穿的时髦衣服与鞋子（大部分是 Patricia Field、Jimmy Choo 和 Manolo Blahnik 这些名牌）让她成为了许多时尚杂志中的时尚偶像。剧集选择在曼哈顿的各处时尚餐厅、酒吧、旅店、画廊等实地拍摄，有些旅行团由此还推出了"《欲望城市》旅行团"，让游客专门在曼哈顿参观享受剧中出现的各种场景。

为文学作品中的虚构人物特别是经影视改编后的影视人物树碑立传乃至塑像甚至是主题公园，在世界各地也是屡见不鲜的。比如蝙蝠侠的酷炫造型出现在影院门口，或如哈利·波特骑着扫帚飞行的状态成为儿童乐园的一景。还如丹麦将小红帽建成雕塑、美国将米老鼠搭成乐园。再如 2013 年上半年源于香港、起于深圳、经于广州北京上海等地而风靡的"大黄鸭"城市景观。这都已经涉及了影像化人物日常生活化的问题。值得一提的是，在 2012 年 7 月 28 日的伦敦奥运会开幕式上，文学人物与影视人物被消费与被狂欢再次成为焦点：一是"莎翁绝唱，《暴风雨》诵读"展现英伦灵魂；二是"《哈利·波特》中的伏地魔和英国童话故事主角玛丽波·平斯的对抗"展现英伦魔幻；三是"憨豆先生和英国交响乐团合奏"展现英伦幽默;四是"詹姆斯·邦德(007特工)空降"展现英伦绅士。所以,我们认为2012年伦敦奥运会开幕式不仅是英伦文化的狂欢节,并在导演大塞文艺私货的思路之下也成了经典的文学人物与家喻户晓的影视人物的大聚会,影视元素大行其道。同样,在2012年8月,湖北襄阳传出将以金庸小说《神雕侠侣》中"襄阳大战"故事人物为原型建造总耗价100万元的郭靖、黄蓉"射雕情缘"像的新闻,一时成为网上热点。支持者有之,如认为是精神符号的传承,是为旅游打武侠牌;质疑者有之,如认为郭靖、黄蓉"射雕情缘"像模糊、没有史实根据;反对者有之,认为以武侠小说的虚构人物来打造历史文化名片是一种虚妄,是为虚构的武侠小说或者当代畅销书打造牌坊。随着热议的深入,郭靖、黄蓉"射雕情缘"像没有建成,但无论如何,从这个文化事件中,我们似乎触摸到了新世纪大众对图像化人物的生活化追求。当然,这种追求也会反过来诱导、推进新世纪文学的图像化转型与越界。

(四)图像化转换

所谓图像化转换,也就是指新世纪文学的图像化写作的图像再现与影视改编,这是指图像化写作使所写作品成为更具有直接转换意义的图像再现文本,或者说图像化的新世纪文本本身就是量身打造、待价而沽的"剧本小说"或"脚本小说",按黄发有的观点就是"小说进入脚本时代"。所谓的图像再现,主要指文学作品中的图像描写与图像叙事,这是可以在条件允许的情况之下转换为影视作品的图像实体。那么,值得关注的是,新世纪文学为什么要追求甚至强化这种图像再现呢?最主要的原因就在于植根于新世纪这个视觉文化时代的新世纪文学不可能摆脱影视的掌控与修正,毕竟在视觉文化时代最有代表性的艺术不是别的而是影视艺术,越来越多的人把越来越多的休闲时间投放在影视观看特别是电视剧观看之中,并且成为大众的图像化生活的最主要内容。正是由于新世纪文学有着图像再现的内构与图像化转换的潜能,因而新世纪以来的绝大多数影视剧均取材于此,准确来说,就是"影视小说"、"剧本小说"或"脚本小说"。之所以如此,主要有两点:一是这类作品为影视剧提供了所期望的故事、人物以及虚拟生活的场景；二是这类作品为影视剧提供了大量的易于转换的虚拟图像。可见，不管是过去、现在还是将来，文学始终是影视剧的源泉与矿藏之一。文学的这种优势与绩优，源于它对虚拟生活图像的细致的描写和图像化叙事、图像化结构及图像化人物。正如王纯菲所说的："文学图像的影视转换，在更为直接的观看意义上实现着文学图像化。这显然更合于时下大众对于更为生动的图像化的期待，因此也理所当然地为大众所欢迎。不少文学作品在影视转换后很快出现热销甚至抢购状况，证明着这种图像转换的大众接受根据与顺应大众趣味的力度。可以说，文学图像的影视转换，成为新世纪文学的一个令人瞩目的特色。"①

事实上，新世纪文学作品的图像化转换，对于许多深谙市场经济规律与影视文化逻辑的作家来说，他们无不是刻意为之的，并且预置了影视改编的快捷元素与方便机制，如活跃于新世纪文坛中的二月河、唐浩明、麦家、海岩、王跃文、北村等便是代表。以北村为例，他的小说《武则天》、《台湾海峡》、《城市猎人》、《周渔的火车》、《冬日之光》、《对影》、《风雨满映》分别被张艺谋、张绍林、吴子牛、孙周等搬上了银幕和荧屏，小说《强暴》也曾授权姜文拍摄但最终未果。如此多篇数、大范围、高层次、广影响的影视改编，则肯定是与北村小说的内在的影像化手法与影视元素密切相关。对此，北村曾经说过："我重视心灵写作，重视精神层面的东西，从不针对市场写作。有一点，我非常喜欢电影，经常看碟片，所以我的小说中结构、语言、情节影像性的东西多一些，这可能也是导演觉得好改编的原因之一。"在这里，已经透露出北村小说影像化的缘由。而对于具体的影视改编，北村也有自己的见解，他认为："小说改编成电影可以从三个方面入手，一是故事情节，二是人物，三是深刻主题……我的小说注重人性，是心灵产物。它不会因性别、社会角色、职业等外在的东西改变而降低了作品本身的表达力。这一点我有自信……"② 如此看来，北村小说的"影像化"倾向是

---

① 王纯菲：《新世纪文学的图像化写作与文学的越界》，《文学评论》2008 年第 1 期。
② 北村：《我不会针对市场写作》，《深圳晚报》2003 年 3 月 10 日。

有着厚重根基的。事实上,自从北村与影视创作结缘之后,其"影像化"创作策略得到了大力实践,并从表现主题、审美姿态、叙述风格、人物塑造、故事演绎、情节结构等多个方面来支撑"影像化",为其注入无限的生机与活力。

值得一提的是,那些没有图像预置的作品是没法进行图像化转换或影视改编的。安德烈·勒文孙认为:"在电影里,人们从形象中获得思想;在文学里,人们从思想中获得形象。"① 这既道出了文学重思想与电影重形象的差异,也道出了文学与电影有着相同的公约项——形象,或者是在形象以致影像化的形象上的勾连与沟通。不能否认,能被导演、编剧们相中并进行图像化转换与影视改编的作品,基本上都是已经内在图像化的文本或者说是准图像文本。换言之,只有图像再现的文学文本才有可能步入影视改编的产业流程,反之那些没有图像再现的文学文本就只能在影视的摄像机之外。美国学者爱德华·茂莱指出:"由于小说家掌握的是一种语言的手段,他在开掘思想和感情、区分各种不同的感觉、表现过去和现在的复杂交错和处理大的抽象物等方面得天独厚。尽管晚近以来某些电影导演力图在表现复杂的主观关系方面与文学一争高低,但电影毕竟在这个领域里比小说略逊一筹,难相比美。把注意力全部放在人的内心世界上的电影导演,或者换句话说,当他们处理一些更适合于文学家的题材时,结果往往拍出静态的、混乱的和枯燥乏味的非电影。"② 可见,不是所有的小说作品都适合改编,只有那些被作家内置了图像并已经图像化了的小说作品才能为影视改编所用。比如,作为中国现代著名的小说大师,鲁迅先生的许多作品都不适合改编,像《狂人日记》、《阿 Q 正传》、《在酒楼上》、《药》、《离婚》、《风波》、《祝福》等都是如此,恰如夏衍先生所说的:"要在舞台上或银幕上表现阿 Q 的真实性格而不流于庸俗和'滑稽',是十分不容易

---

① 转引自[美]爱德华·茂莱《电影化的想象——作家和电影》,邵牧君译,中国电影出版社 1989 年版,第 114 页。

② 同上书,第 140 页。

的。"① 还如，西方许多经典的意识流小说由于关注的是内在的心理现实而非外在的客观表象，因而也不适合改编甚至拒绝改编。对于这一点，美国学者爱德华·茂莱一针见血地指出："把《尤利西斯》拍成电影的尝试是注定要失败的。虽然乔伊斯的小说里充满了和银幕上使用的技巧很相类似的技巧，这些技巧在书本里是用词句来完成的，或者是在语言的和理性的层次上运用，并非电影摄像机所能摄录。我们如果想了解乔伊斯笔下的人物，就必须进入——深深地进入人物的内心。电影的再现事物表象的能力是无与伦比的；然而，在需要深入人物的复杂心灵时，电影就远远不如意识流小说家施展自如了。"② 在新世纪文学的阵营中，像残雪、李洱、刁斗、刘恪、朱文、韩东、七格、墨白等先锋作家的小说（可参见何锐主编的"新世纪文学突围丛书"之《守望先锋》，江苏文艺出版社 2010 年版），由于注重对生存哲学、艺术文本、语言游戏、文化思想的超常规思考，缺乏在文本中进行图像再现的内在预置，因而也就难以进入影视改编的"快门"。

三　影视改编与新世纪文学的外图像化

新世纪文学不仅面临着图像增殖的生存境遇，而且因为外在语境的改变促使新世纪文学图像化写作的恣意播撒。假如说图像化写作还只是一种内在图像化、文字化图像的话，那么从文字到影像的影视改编表征的是一种外在图像化的过程与结果，或者说是图像本身。从文字到影像，表征的不仅是表达媒介与传播媒介的迁移，而且是对图像文本与视听文本的皈依，这是新世纪文学的外在图像化。新世纪文学的外在图像化，包括为什么要从文字到影像、怎样从文字到影像、从文字到影像的效果与效益如何、再生产的影像文本与原创的文字文本的异同、影视与文学既联姻又疏离的关系等问题。值得一提的是，由于影视剧对叙事性

---

　　① 夏衍：《论改编的艺术》，《世界电影》1983 年第 1 期。
　　② ［美］爱德华·茂莱：《电影化的想象——作家和电影》，邵牧君译，中国电影出版社 1989 年版，第 306 页。

的依赖,我们将着重聚焦于新世纪小说与影视之间的文化空间。

(一)影像预置:新世纪文学走向影视的基因

新世纪文学,特别是最能代表新世纪文学成就的新世纪小说,走向影视必须有一个先在的基因,那就是影像预置。所谓"影像预置",就是指新世纪小说依循图像化写作的要求与规律,在用语言文字书写之际就已经内在的影像化了,从而建构了不同单元、不同场景、不同语境的文字型影像空间与影像世界。这种文字型的影像空间与影像世界,与镜头型的影像空间与影像世界虽有不同,但却是可以转换的。

1."通电":从绝缘体走向半导体

在影像时代,小说写作应该如何适时发展,这是一个十分值得考虑的问题。徐巍认为,由于当下的传播媒介已发生变化,"小说在视觉文化时代所承担的社会功能日渐减少",小说走向衰落已是既成事实。在这样一种文化语境中,小说与影视可能存在着三种关系:"附属、互动与背离",而新世纪作家也因之采取了三种策略:"一部分作家认同乃至迎合视觉文化,主动地投身其中;一部分作家一方面利用视觉文化环境,另一方面坚守小说的艺术本性;还有一部分作家则以背离的方式继续小说艺术本身的探索,而复调小说则成为小说自救的一条可能途径。"① 对此,徐巍以新世纪小说剧本化、影像化的视角分析了小说对影视的附属与互动。新世纪小说的剧本化主要表现在以下四点:一是叙述语言客观物象、少有主观抒情、追求视觉刻画上的逼真感与现场感;二是展现人物多采用视觉造型动作;三是人物语言强调对白性;四是注重对小说色彩与声音的渲染及音、影、文的整体画面感。对照新世纪的文学大军,我们可以轻易地得出以下结论:许多知名作家如王朔、莫言、王安忆、余华、刘恒、刘震云、麦家、海岩、二月河、北村、陈源斌、周梅森、铁凝、池莉、方方、叶兆言、阎连科、尤凤伟、柳建伟、刘醒龙、张抗抗、周大新、朱文、述平、鬼子、东西、虹影、张平、邱华栋、杨争光、何申、凡一平、王海鸰、陆天明、万方等人的小说,早

---

① 徐巍:《媒介演变与小说的可能衰落》,《榆林学院学报》2008年第1期。

已接通了影视，而"通上了电（指电影与电视）"的小说以感官性诉求、欲望化叙事、图像化书写高速地奔跑在畅销的新干线上。

据"海峡之声网"2012年8月18日报道，在2012年上海书展的"国际文学周论坛"上，来自英国、日本、大陆及台湾地区的5位知名作家围绕"影像时代的文学写作"这一话题进行了精彩睿智的对话。其中，大陆知名作家莫言认为，文学与影视的关系非常密切，文学是影视艺术的基础，其独特的审美价值不可被影像代替。谈到影像时代作家的小说创作，他谈及《红高粱往事》被张艺谋搬上荧幕获得巨大成功后，相约第二次合作，因为之前与张有过合作，这次进行创作时，莫言脑子里不时会有具体的影像。结果创作完的小说却没有取得好效果。莫言由此指出，在影像时代，作家进行小说创作仍要按照小说的规律来写。还有，被誉为台湾地区"最会讲故事的编剧"、创作了70多部电影剧本的吴念真认为，文学和影像二者很难区分开来，二者就是隔壁邻居的关系。"文学是影像极大的养分"，文学作品改编成影视作品会使影视作品的内涵更丰富。他表示，小说在很多人的脑子里其实是影像化的，只是程度不同而已。在影像时代，小说家并不必要去改变什么。文学是影像的营养和支撑。影像化则具备文学所不具备的通俗化优势。因此，文学的影像化不仅不会影响小说本身的成就，反而能扩展其影响。在吴念真看来，未来的影像时代在影像大量激增的情况下，肯定会花很多时间从文学作品中寻找营养和体裁，他还自信地指出，"我现在写的任何东西也都可能在未来而影像化"。① 诚然，新世纪的小说创作必须按照小说的规律来写，但写作时没有具体的影像并且拒斥影像化恐怕也难以轰动，毕竟诚如吴念真所说的"小说在很多人脑子里其实是影像化的"，而且"影像化具备文学所不具备的通俗化优势"。同样，2006年获得诺贝尔文学奖的土耳其作家帕慕克在参加2012年首届"中国南方国际文学周"时强调要"用现代文化的方式讲述符合生活的故事"，他表示，应更多地关注日常生活和普通人，将这些东西纳入到小说中，

---

① 参见程娟娟《中外作家沪上共话"影像时代的文学写作"》，http：//www.vos.com.cn/news/2012-08/18/cms696649article.shtml。

所有人都应该可以找到能够代表他们生活的作品。他还表示,"重返现实主义"并不是回归 19 世纪的现实主义风格,那已经过时了,而是重新开始关注现实的同时,努力发掘新的方法来表达现实,这应该是一种更具实验性的、个人化的表达方式。他说,"小说来自现实,当作者思索、想象得越多,小说才会产生意义,小说应该包含如记者写新闻一样的精确的事实记录。"① 按照帕慕克的观点,所谓"现代文化的方式"也许就是新世纪汹涌而来的影像文化吧。

2. "影像预置":小说的"影视剧化"

就新世纪小说而言,"影像预置"催生了小说的"影视剧化"。20 世纪最早"触电"成功的著名作家王朔曾经说过:"我觉得,用发展的眼光看,文字的作用恐怕会越来越小,一个时代有一个时代的最强音,影视就是目前时代的最强音。"② 为了借助影视强大的社会影响力和越来越高的人口覆盖率与受众面,也为了获得巨大的经济报酬和提高自己的社会知名度,小说家们开始越来越主动地为影视量身定做,写作以改编影视剧本为主旨的"小说"。这就是小说的"影视剧化"。事实上,新世纪小说的"影视剧化"有两种经营策略:一是先有电视剧的播映,然后再趁势而上出版所谓的"影视同期书";二是在写作时完全按照电视剧的要求、规律编写,按图索骥,度身定制,"待字闺中",渴望影视人的青睐与宠幸,这实质上就是所谓的"脚本小说"或"剧本小说"。如近年来出现了一大批似乎专门为电视剧改编而创作的小说作品,如朱苏进的《康熙大帝》,二月河的《雍正王朝》、《乾隆皇帝》,张成功的《黑冰》、《黑洞》、《黑雾》,周梅森的《忠诚》、《至高利益》,海岩的《永不瞑目》、《玉观音》等,它们明显迎合了当前电视剧创作中风行一时的"清宫(皇帝)戏"、"公安(警匪、黑帮)戏"、"反腐戏"等热潮,被迅速地搬上屏幕,并形成了电视剧热播之后小说热销的良性循环与晕光效应。

---

① 参见周豫《帕慕克:用现代文化的方式讲述符合生活的故事》,《南方日报》2012 年 8 月 17 日。

② 白烨、王朔、吴滨、杨争光:《选择的自由与文化态势》,《上海文学》1994 年第 4 期。

在这一点上，知名作家刘震云的小说最有代表性。刘震云是靠改编自他的同名小说的影视作品如《手机》、《一地鸡毛》、《我叫刘跃进》、《温故1942》等，在影视市场上为观众所熟知的，同时也成为新世纪知名度颇高的作家。2011年他凭借《一句顶一万句》获得第八届茅盾文学奖，从而在新世纪文坛备受瞩目；2012年他的新作《我不是潘金莲》面世后更是成为媒体关注的焦点。值得一提的是，刘震云还是《手机》、《一地鸡毛》、《我叫刘跃进》、《温故1942》等影视作品的"金牌编剧"。刘震云认为，编剧是比作家还困难的职业，他说："我没有做过职业编剧，只有把自己的小说变成电影剧本时才做，就相当于把自己家的树做成了板凳，与专门做板凳的木匠还是不一样的。"他还说："作家写作一个人说了算，编剧很多人说了算，这样的创作不像写小说那么自由、自主；另外，电影受时间的限制，90分钟到2个小时，要完整表达故事，塑造人物形象、心路历程，比小说难，因为小说可长可短，不受篇幅的限制，可以说拉大车的话。"① 可见，身兼作家与编剧双重身份的刘震云，既是一个深谙视觉思维与编剧技法的编剧，也是一个懂得在小说中预置影像和构造文字型影像的作家。

在新世纪，凭借影像化小说三栖于文坛、影坛、艺坛的知名作家还有刘恒与苏童。他们成功的秘诀就是"影视剧化"，即抓到了小说与影视的最佳契合点——影像。以刘恒为例，他的小说被改编成影视作品，多次在内地或海外获奖。如《伏羲伏羲》被改编为电影《菊豆》（张艺谋导演），《黑的雪》被改编为电影《本命年》（谢飞导演），《贫嘴张大民的幸福生活》分别被改编为同名电视剧与电影《没事偷着乐》，《苍河白日梦》被改编为电视剧《中国往事》等。此外，还直接创作了《西楚霸王》、《漂亮妈妈》、《乡村女教师》等影片的剧本。刘恒曾将改编自己的小说比喻为"给自己的孩子喂奶"，而将改编别人的小说比作"给别人的孩子喂奶"，至于原创剧本与改编剧本的区别，刘恒则认为："电影改编是炒鸡蛋，原创则是直接下蛋，难一些，却更过瘾了。"事

---

① 参见崔哲《刘震云：我不生产幽默，我只是生活的搬运工》，《燕赵都市报》2012年8月17日。另见 http://www.chinanews.com/cul/2012/08-17/4115158.shtml。

实上,刘恒早已完成了从小说创作向影视创作的转型。再以苏童为例,他的小说也多次被改编,而且反响很大。如《妻妾成群》被拍成《大红灯笼高高挂》(张艺谋导演),《红粉》被导演李少红拍成同名电影,《妇女生活》被改编为电影《茉莉花开》,《米》被改编成电影《大鸿米店》等。不管是刘恒的小说还是苏童的小说,这样大面积、高频率地被影视传媒相中而改编拍摄播映,无不是同他们小说的内在影像化与影像预置息息相关的。

影像预置与"影视剧化",对新世纪小说而言,无异于一把双刃剑。虽然有利于赓续小说的生命与扩大小说的市场,但也在腐蚀小说的根基与催生小说的异化。其一,小说的"影视剧化",使纯文学负载者——小说成为传统的"他者"与"另类"。诚如电视剧《雍正王朝》的编剧刘和平所说的:"电视剧的叙事应该是动作与动作的联接,这个动作包括外部动作和心理动作,动作性不强,注定要丧失观众。因而小说叙事转化到电视剧中,首先考虑的就是增强它的动作性,这是基本的起码的要求。"① 在从语言向动作的转换中,意义被电视场景悬搁或终止了,小说叙事被简化为动作叙事与言语游戏,表面的宏大叙事遮蔽了文学终极价值缺席的现状。其二,小说的"影视剧化",使文学在策划意识的蛊惑下极力张扬着市场意识、商业定律与消费法则。文学与影视在市场意识、商业定律与消费法则的贯通下,二者的边界与独立性被大大削弱了。这诚如学者黄发有所说的:"文学成为影视的'脚本工厂',影视成为文学的包装与销售机构"。② 其三,在"影视剧化"的小说中,那种迂回曲折的精神挣扎、似断实连的心理逻辑、入木三分的性格刻画、峰回路转的情感历程、欲说还休的生命况味等淡化了甚至消失了,人们从中无法获得思想而只获得浮光掠影的斑驳影像,只看到浮华陆离的影像、喋喋不休的台词、走马灯式的动作、支离破碎的人物、矫揉造作的造型等。其四,在"影视剧化"的小说中,语言与画面、文字与影像

---

① 阎玉清:《〈雍正王朝〉编剧刘和平访录》,《中国电视》1999 年第 11 期。
② 黄发有:《挂小说的羊头 卖剧本的狗肉——影视时代的小说危机》(上),《文艺争鸣》2004 年第 1 期。

的二维关系中出现了"剃头挑子一头热"的异相与怪状。

3. "影像附文"：影视剧的小说化

由于小说这种文学样式有着天然的、内在的"影像预置"的禀性与机能，它不仅满足了影视作品将文字影像置换成镜头影像的需求，也满足了小说作品将镜头影像置换成文字影像的需求。从文字影像走向镜头影视，其本质是一种大众化与通俗化的趋动；从镜头影像走向文字影像，其本质是一种精英化与高雅化的回归。将影视作品改编成小说发行，这一则有包括导演、编剧、制片人在内的剧组的营销考虑，二则有包括导演、编剧、制片人在内的剧组的提力宣传、提升品质、提高品位的"崇文心理"与"附文心态"。例如，著名导演陈凯歌的电影《无极》播映之后，虽然取得了极高的票房业绩，但也遭到了来自各方面的质疑与"恶搞"，最典型的莫过于胡戈的《一个馒头引发的血案》的网络"恶搞"。为了应对风生水起的"恶搞风"，导演陈凯歌于2006年初通过招选的方式邀请"80后"偶像作家郭敬明在电影《无极》剧本的基础上进行二度创作，并出版同名小说《无极》。相比电影《无极》，小说《无极》的故事情节更加连贯和完整，人物刻画也更为丰满和立体。从电影《无极》到小说《无极》，这是一种典型的"影像附文"现象，展示了影视剧的小说化策略与路径。小说《无极》，是新世纪最有代表性的"影视小说"。

"影视小说"是依托电影、电视而发展起来的一种杂体文学或曰跨体文学，起点虽不在新世纪，但却在新世纪影视文化的勃兴的语境下开拓了前所未有的文化空间。影视小说与传统小说的最大区别在于：传统小说是独立于影视剧而存在的居于主导地位的文学形态，影像生产是由小说到影视剧的改编过程；而影视小说是从影视剧到小说，是依附于影视剧而存在的新的文学形态。新世纪影视小说的兴起，不仅切合了影视当家、影视狂欢的媒介语境，而且也附和了影视这种最广泛、最前沿、最强劲、最市场的大众传播形式。新世纪影视小说的勃兴与喧哗，一则彰显了影视剧在大众文化场域中的主流与强势；二则彰显小说与影视互动互换的文化现实；三则透露了小说依附与皈依影视的媚俗心态；四则透露了影视渴望小说烘托身价的崇雅意识。影视小说通常可以细分为偏重于剧本的影视小说和偏重于文学性的影视小说这两种类型，但不管是前者还是后者，它们都脱不了影视剧本的底本、有着剧本的深深烙印和化不掉的痕迹。

第一类是偏重于剧本的影视小说。从整体上说，这类作品想象和虚构的成分少，文学性不强，但剧本性却十分明显。近几年的代表性作品有郭宝昌的《大宅门》、朱晓平的《大栅栏》、邓一光的《江山》等。如郭宝昌的《大宅门》就是一部典型的剧本，此书的正文差不多完全是供演员表演的舞台说明和用于对白的台词。再如朱晓平的《大栅栏》尽管号称所谓"中国农村全景式的一部小说"，但事实上这不过是一部"京味儿浓郁"的、"话贫语油"的电视剧的记录。还如邓一光的《江山》，与其说是小说倒不如是电视剧本，无论是从生产方式还是文体特征上看都有着十分鲜明的影视剧性。对此，邓一光是这样解释的："这（指小说《江山》）原是一部电视连续剧的剧本，作为影视工业生产中的一环，写作时采用了接近工作台本的简捷做法，没有人物状态描写，基本没有场景描写，离着文学本很远，几乎就是一个分镜头台词本。原本未打算出版，只是试图给导演和演员们讲述一个故事，以便他们在二度创作时有所凭借。后来出版社索要这个故事，为了方便读者阅读，做了些简单的体例变动和部分场次及内容删节，成了现在这个版本。"①由此可见，偏重于剧本的影视小说大多是为配合同名影视剧的播出而写的，是影视剧生产的副产品和衍生品，在创作方式与生产机制上有着程式化的特点。

第二类是偏重于文学性的影视小说。从整体上说，这类作品想象和虚构的成分多，文学性强，虽有影视的影子与痕迹但剧本性不明显。比如刘震云的小说《手机》虽然与电影《手机》有相关联之外，但却又有许多不同的地方，真正体现了小说这种文体的美学意义。作为电影《手机》的编剧，刘震云遵循的是著名导演冯小刚的经典模式，讲述的

---

① 转引自李红秀《小说的影像阐释及其意义解读》，《贵州大学学报》（社会科学版）2007年第1期。

是一个男人和三个女人的故事，有着极强的大众文化的特点。作为小说《手机》的作家，刘震云遵循的是中国现代小说的经典范式，有着极强的审美文化的特点，强调作品的文学性与审美性。小说的内容主要来自于电影，但却增加了严守一的少年生活与严守一的先辈生活，从而拓展了小说的时空，延展了小说的历史维度。小说既描写了现代人的生活状态，也探寻了人类文明的进步历程，并以世俗男女的情感故事进行串联与勾连，从而具备了类似于大众文化的可读性、趣味性。其后，在小说《手机》的基础上改编而成的电视剧《手机》，不仅丰满立体而复杂多变，这得益于小说《手机》的故事线路、文学浸淫以及独具的文学韵味。

综观新世纪的影视小说，虽然各有个性但也有属于影视小说的共性。一是影视小说的市场性，包括效益意识渗透下的群体化生产所体现的商业性，以大众传播为主的传播方式所体现的技术性、大众性与时效性，对消费大众的主动迎合和间接控制所体现的媚俗性、内潜主导性。二是影视小说的文本影像性，包括空间化的叙事结构，造型性和动作性的语言，镜头化和多重化叙事情调。三是影视小说的娱乐性，主要包括影视文化的二度生产性，华丽外衣下的影视观众的再次娱乐性。这三性一体的影视小说，对新世纪文学来说有一定的积极效应，如丰富了文学样式与表现技巧、扩大了文学的潜在的读者队伍、冲击了知识精英的话语霸权、创建了寓教于乐的游戏情境等。孙盛涛认为："文学作为历史悠久的艺术形式有着其他艺术形式不可替代的审美价值和深厚的群众基础，以往经典的文学作品改编为影视剧常是提升艺术品位的标志，而当代由迅速蹿红的影视剧'改写'为文学作品，则明显地是文学家借助拓展审美空间、扩大文化市场的考虑；而文学家'走进'荧屏，与读者、观众直接对话，或宣讲自己的审美理念与创作情感，更是一种延伸文学影响的极佳策略。"

当然，对新世纪文学来说，影视小说也有一定的消极性与消解力。毕竟影视小说是影视与小说二者结合的产物，是影视与小说的"共生"与"混血"，是一种"跨体"文学，从本质上说属于大众文化的范畴。

从生产方式上说，影视小说是一种在文化工业生产机制下可以大量复制、批量生产的商品；从作品上说，它是一种没有多少深度或意义的平面文化；从功能上说，影视小说既是一种消费文化，也是一种娱乐文化；从传播上说，它是一种全民性的泛大众文化、具有普适性的通俗文化。所以，影视小说的消极性与消解力，如历史厚重感的缺失、审美距离感的消失、对影视剧的过度趋从等，也是需要警惕的。

（二）文学改编：新世纪文学的影像迁移

在新世纪，文学与影视的互动关系无外乎两种：一是从文学走向影视，文学是影视的"母本"；二是从影视走向文学，影像是文学的"蓝本"。前者可称之为文学改编，后者可称之为影视改编。在新世纪，由于影视的繁荣推动了文学改编的勃兴，由于影视的俗化推动了影视改编的复兴。所谓文学改编，就是将文学作品改编成影像作品，换言之，就是将文字型影像转换为镜头型影像。所谓影视改编，就是将影视作品改编成文学作品，换言之，就是将镜头型影像转换为文字型影像。无论是文学改编还是影视改编，都内含着影像的迁移与置换，或从文字到影像，或从影像到拟像，或从视像到意象，或从影像到文字。仅就文学改编而言，其影像迁移大致呈现着原本影像、剧本影像、脚本影像、拍摄影像、制作影像、播映影像的渐次递嬗。在影像迁移中，文字与影像呈现出此消彼长的态势，文字在渐次弱化与隐化，而影像却在渐次强化与显化。

1. 文本的图像层：文学改编之基因

经过"影像预置"的新世纪小说，之所以能够走向影像迁移的文化之旅，从文本结构的角度上看，就在于小说文本的结构层次与影视文本的结构层次有着相通性与相等性。应该说，小说文本与影视文本的关系是同中有异，异中有同。而正是小说文本与影视文本的"异中有同"，才有了文学改编的可能性与可行性；也正是小说文本与影视文本的"同中有异"，也有了从文学到影视的影像迁移的必要性与必需性。

在中外文论史上，有许多的理论家把文学文本的构成看成是一个由表及里的多层次的审美结构。如三国时期的经学家王弼继承了《周易·系辞》中的"书不尽言，言不尽意"和"圣人立象以尽意"的思想，提出了文学文本包括"言、象、意"三个层次并详细地论述了三者的关系。他说："夫象者，出意者也。言者，明象者也。尽意莫若象，尽象莫若言。言生于象，故可寻言以观象；象生于意，故可寻象以观意。意以象尽，象以言著。"① 再如黑格尔认为，一件艺术作品，我们首先见到的是它直接呈现给我们的东西，然后再追究它的意蕴和内容。可见，黑格尔认为文学文本包括"外在形状"与"内在意蕴"两个层次，并解释说"意蕴"是一种内在的东西，"一种内在的生气、情感、灵魂、风骨和精神"。②

当然，对文学文本的层次探讨得最为深刻的莫过于波兰现象学理论家英加登（R. Ingarden）。他把文学文本由表及里地分成四个层面：第一个层面是字音及其高一级语音组合，属于文学文本的最基本层面；第二个层面是意义单元，是由字音及其高一级语音组合所传达的意义组织，它是文学文本的核心层面；第三个层面是多重图式化面貌（Schematized Aspects），是由意义单元所呈现的事物的大略图形，包含着若干"未定点"（Spots of Indeterminacy）而有待于读者去具体化；第四个层面是再现客体（Represented Objects），即通过虚拟而生成的"世界"。③ 张首映根据英伽登的描述，在《西方二十世纪文论史》一书中把文学文本的结构层次简化为对应的四个层次：第一个层次是"语词声音层"，或称语音层次；第二个层次是"意义单元层次"；第三个层次是"被表现的对象层次"；第四个层次是"轮廓化图像层次"。④ 在这四个层次中，前两个层次属于作品本身，后两个层次则与读者发生关联，也就是与读者的"投射"、"具体化"、"填空"等阅读行为

---

① 王弼：《周易略例》，转引自童庆炳主编《文学理论教程》（修订二版），高等教育出版社2004年版，第206页。

② 参见［德］黑格尔《美学》（第一卷），朱光潜译，商务印书馆1979年版，第24—26页。

③ 参见［波］罗曼·英伽登《对文学的艺术作品的认识》，陈燕谷、晓禾译，中国文联出版公司1988年版，第30页。

④ 参见张首映《西方二十世纪文论史》，北京大学出版社1999年版，第216—217页。

相关。

综合英伽登与张首映对文本层次的探讨,如果我们把新世纪小说文本作为对象进行考察的话,我们同样可以将小说文本分四个层次:"语词声音层次"、"意义单元层次"、"被表现的对象层次"与"轮廓化图像层次"(见图 8 - 1)。

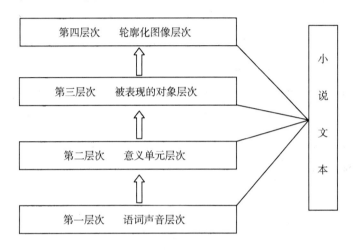

图 8 - 1 小说文本四层次图示法

从图 8 - 1 中可以看出,小说文本是一个有着层次建构的统一体,每一层在另一层的基础上呈上升式建构。第三层与第四层的关系密切,第三层与"直觉现象"有关,第四层则与概念含义相关。小说文本是被表现的客体而不是客体本身,是"投身的意向事态描绘的客体层次"。另外,从这个图表中我们还可以看出,从第一层次"语词声音层次"到第四层次"轮廓化图像层次",事实上也表征了一种"从文字到图像"的小说文本的图像生成过程与图像实存。换言之,小说文本中既有章学诚所谓的"天地自然之象",也有他所谓的"人心营构之象",而这些象都是读者借助文字通过想象和联想而在头脑中唤起的具体可感的动人的生活图景。这正是小说文本之所以能够改编为影视文本的基因与质素,换言之,小说改编为影视的可能性其实就存在于小说自身营构的"图像"。

与小说文本的结构不同,影视文本的结构一般可以分为两个层次:

一个层次是现象，即我们的感官能够直接从影像艺术现象中感受到的东西，这个层次可称为影视文本的浅层结构；另一个层次是这些现象所构成和表达出来的艺术信息的意义，这个层次可称为影视文本的深层结构。具体地说，任何影视文本都有两个基本元素，即画面与音响。一般来说，画面包括表演、环境、光和色，所构成的是"视觉化的生活世界"；音响包括语言、环境音响、音乐，所构成的是"听觉化的艺术世界"。可见，影视文本是视觉片断与听觉片断的结合，或曰影视文本是视觉镜像与听觉拟像的合体（见图8-2）。

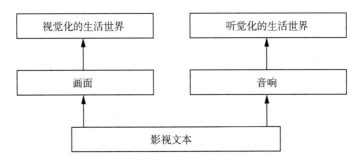

图8-2 影视文本结构图示法

从小说文本与影视文本的结构中我们可以看出，小说文本的"轮廓化图像层次"与影视文本的"视觉化的生活世界"在作用上是相等的。小说和影视都是通过具体形象来进行叙事，如果二者之间的叙事单元（人物、事件、动机、结构、背景、视点、意象等）是对等展开的，故事就可能是相同的。基思·科亨在《电影与小说——互换的动力》一文中认为："小说和电影之间最稳固的中间环节是叙事性，它是书面和视觉语言中最普通的倾向。在小说和电影中，符号群，无论是文学符号还是视觉符号，都是通过时间被连续地理解的；这种连续性引起一个展开的结构，即外叙事整体（Diegeticwhole），［外叙事（Diegesis），又称虚构故事。它指的是叙事的外延质量，即叙事体中包含的时空关系流整体。叙事元素是经过压缩、延长、省略、强化诸种建构过程，成为一个叙事体的。因此，叙事体中的叙事元素，不可能与它所包含的时空关系完全一致。例如，任何一部影片的叙事时间（Narrativetime）与它的外叙事时间（Diegetictime）显然是不一致的。]它永远不会在任一符号群中充分呈现，但总是在每个这种符号群中得到暗示。"① 这样，叙事编码总是在暗指或内涵的层次上起作用，因而在小说和影像之间存在着潜在的可比性，二者也就存在着相互转化的可能性。当然，小说文本和影视文本的差异性也是非常明显的，这在二者的结构可以清楚地看出。一般来说，影视文本是从感知的视觉化世界到表意动作的过程，是从外部的画面和音响向内部的思想、意识、情感、情绪等审美运作的过程，是从世界的特定性质向从这个世界切割出来的故事的含义运作的过程。小说文本的运作过程却不同，它是从符号（音律、语词）开始，形成所指的意义陈述，再设法发展成为被表现对象的直观感知。小说文本是人类语言的产物，它自然要探讨人类的目的和准则，设法把它们投向外部世界，用故事精心编造出一个"轮廓化图像"世界。

在厘清小说文本与影视文本的异同之后，我们不难发现：尽管小说文本的文学语言与影视文本的镜头语言是两种不同的符号系统，但是小说文本的"轮廓化图像世界"与影视文本的"视觉化的生活世界"具有相同性与相通性，二者有着等值的叙事单元，有着相似的图像叙事，有着同向的意义旨归。于是乎，小说文本的文字图像便可以转换为直观的镜头图像，小说改编的可能性因影像技术的高度发达而现实化。

2. "恋母"与"弑父"：文学改编之模式

在新世纪，从小说文本走向影视文本的变脸与变形过程，事实上也是影视文本对小说文本的影像阐释过程。所谓"影像阐释"，是指影视文本对小说文本进行影像化的创造性阅读和理解。李红秀认为："从表层意义来看，影像阐释是影像文本对小说文本的改编与转化，是平面化的文字媒介向立体化的视听媒介转变；从深层意义来看，影像阐释是编剧、导演、演员、摄影师、灯光师、化妆师等人对小说进行了一次集体性的再创造过程，这种创造过程相当复杂，既涉及社会制度、资本力

---

① ［美］基思·科亨：《电影与小说——互换的动力》，转引自达德利·安德鲁《改编》，陈梅译，《当代电影》1988 年第 2 期。

量、生产机制、文化观念等问题，又包括广告宣传、市场运作、播放效果、成本回收等问题。"① 李红秀还以《芙蓉镇》、《红高粱》、《一半是海水，一半是火焰》、《来来往往》为案例，认为小说书写与影像阐释之间有四种主要模式："忠实移植模式"、"变通取意模式"、"对位复合模式"和"文本互动模式"。"这四种主要模式在新时期发展中都是同时存在的，但主流不一样，像复调声部处于变化中一样。20 世纪 80 年代初期是以忠实移植模式为主流，80 年代中期是以变通取意模式为主流，80 年代末到 90 年代初是以对位复合模式为主流，90 年代后期至今是以文本互动模式为主流。"② 事实上，新世纪的小说改编也存在着"忠实移植模式"、"变通取意模式"、"对位复合模式"与"文本互动模式"四种模式，只是由于社会文化语境的转换、后现代主义的高涨、影视文化的泛滥以及娱乐主义的狂欢，小说改编已转变为以"文本互动模式"为主。

如果以影视文本对小说文本的忠实与否以及忠实程度为依据的话，我们可以将文学改编分为三种模式：一是"忠实于原著的改编"，二是"不忠实于原著的改编"，三是"颠覆于原著的改编"。在影视文化兴起之际，文学改编主要以"忠实于原著的改编"为主；在影视文化勃兴之际，文学改编主要以"不忠实于原著的改编"为主；而在新世纪影视文化狂欢时代，文学改编主要以"颠覆原著的改编"为主。如果说前两种模式还有着原著的或全面或片面、或整体或部分、或多或少的影子的话，那么"颠覆于原著的改编"则完全是借原著之壳而还后现代（主要是解构主义）之魂，即所谓的"戏说"、"大话"、"穿越"与"玄幻"等。张邦卫认为："改编模式的转变，体现的恰恰是文学与电视剧在大众文化原野中的文化地位的转换，也就是说，何者是主导者、何者是从属者的等级秩序。"③ 文学改编对原著的忠实、不忠实以及颠

① 李红秀：《新时期的影像阐释与小说传播》，四川大学出版社 2007 年版，第 19 页。
② 同上书，第 21 页。
③ 张邦卫：《媒介诗学——传媒视野下的文学与文学理论》，社会科学文献出版社 2006 年版，第 202 页。

覆,换一个角度就是表征着改编本对原著的血缘传承关系,即赓续抑或断裂。所以,我们可以将新世纪的文学改编概括为两种基本模式:一是"恋母":忠实于原著的改编;二是"弑父":不忠实于甚至颠覆于原著的改编。

(1)"恋母":忠实于原著的改编

忠实于原著的改编,并不意味着影视文本对小说文本的照搬,而是一种创造性的改造。盘剑认为:"从总体上说,改编自文学作品的电视剧大多坚持忠实于原著的原则,即力求在思想内涵、表现形式和艺术风格等方面都尽可能与文学原著保持一致。……当然,忠实于原著或还原式的改编并不是对原著毫无改动,也不是忽视电视艺术的独特规律,抛弃其镜头、画面的特殊功能,将电视剧这一注重语言因素的视听艺术完全等同于语言艺术的文学。"① 事实上,《今夜有暴风雪》、《蹉跎岁月》、《新星》、《围城》、《红楼梦》、《三国演义》、《西游记》、《水浒传》、《闯关东》、《天下粮仓》以及所有被认为完全忠实于原著的改编作品都既对原著进行了相应的改动,也绝不忽视电视镜头、画面的巧妙运用,只是这种改动不是改变原著的旨趣,而是遵循原著的思维逻辑对原著进一步挖掘和深化;其镜头、画面运用也是为了更好地再现原著文学描述的内容,并与"对白"或"旁白"相结合准确地还原原著的意境与意蕴。盘剑对此有着深刻的认识:"这种忠实于文学原著的改编原则显然反映了电视剧创作者对文学和观众既有的文学审美经验的尊重,正是在这种双重尊重中可能存在着文学与电视剧关系的一种状况:文学处于主导地位,电视剧从属之。"②

与此不同,还有一种忠实于原著的改编表征的并不是文学主导、影视剧从属的文化秩序,而是影视剧主导、文学从属的文化秩序,或者说是文学被他者化,更具体地说就是小说影视剧化。这些原著没有"准经典"性质,但本身就是为迎合电视剧所代表的大众文化语境、并为电视剧量身定做的文学脚本,或者说本身内含众多影视叙事的基本要

---

① 盘剑:《走向泛文学——论中国电视剧的文学化生存》,《文学评论》2002 年第 6 期。
② 同上。

素。如曹桂林的《北京人在纽约》等"新移民文学",池莉的《来来往往》、刘恒的《贫嘴张大民的幸福生活》等"新都市文学",金庸的《笑傲江湖》、《射雕英雄传》、《神雕侠侣》、《雪山飞狐》、《天龙八部》等"武侠文学"等,都是如此。相比较而言,如果从文学与电视剧的关系来看,这表现的是文学原著首先具有了电视剧的文化特征,即"文学忠实于电视剧"。在新世纪的视觉文化时代,文学从被电视剧所忠实到忠实于电视剧,这种"错位"的根源就在于文学本身的"泛化"、"弱化"与"边缘化",主动践行电视剧的文化符号与文化指令。正是因为这些文学原著先天地内在着影视剧的元素,从而在后期的改编中很容易在相似相通上进行切换变形,故而改编的对称性与忠实度很高。这种忠实于原著的改编,虽然也是一种"恋母",但只是表层的,深层的却是一种"从子"的主动迎合。

(2)"弑父":不忠实于甚至颠覆于原著的改编

不忠实于原著的改编,是影视文本摆脱小说文本的挣扎前行,是影视霸权话语彰显的必然结果。自20世纪80年代后期以来,迅猛发展的大众文化却在不知不觉中改变了文学与电视剧的主从关系——随着大众文化时代传播媒质由语言文字向影像符号、声音符号的全面转变,以及图像时代影像霸权意识的渗透,文学的主导地位便让位于视听艺术的电视剧,这一重要变化在文学名著的改编中表现为对原著的不忠实。比如电视剧《四世同堂》、《雷雨》对老舍、曹禺原著的改编。还如"红色经典"改编热中,电视剧《林海雪原》、《铁道游击队》、《红色娘子军》、《沙家浜》等对原著的改编。这种不忠实于文学原著的改编并不意味着电视剧与文学脱离关系,而只是表明电视剧已从亦步亦趋地跟随文学、尽心尽力地表现文学转向以新的艺术观念运用文学和改造文学——把文化产品(包括经典文学、艺术作品)材料化、资源化正是当代大众文化的基本特征。

颠覆于原著的改编,从本质上说是不忠实于原著的改编的一种极端表现,是新世纪小说改编的常见形式,如"借壳上市"的"戏说"与"借尸还魂"的"大话"。这种改编是因为受到后现代解构思潮的影响,是将原著搁置的一种策略。在这里，无论是经典名著也好，还是一般文学作品也好，在导演和改编者的手里，只是一个可供借鉴的素材。那种对原著毕恭毕敬、亦步亦趋的改编态度不复存在，名著或经典的神圣与权力被消解。改编不再刻意寻求对原著进行正确的理解，不再被动地去寻求作者的"原意"。综观近几年的这种类型的改编，像《雷雨》是取材式"创造性叛逆"改编的开篇之作，其后像《我这一辈子》（2002）、《日出》、《林海雪原》（2003）、《金锁记》等纷纷跟进。所谓取材式"创造式叛逆"改编，主要有两个方面的内涵：一是素材取材于原著或与原著相关；二是改编后的影视作品在故事、情节、主题、旨趣上与原著大相径庭甚至是背叛。至于"戏说"、"大话"式的改编，虽起于香港电影《戏说乾隆》、《大话西游》、《月光宝盒》等，但像《春光灿烂猪八戒》、《福星高照猪八戒》、《喜气洋洋猪八戒》对吴承恩《西游记》的改编，以及如《美人心计》、《步步惊心》、《倾世皇妃》、《后宫·甄嬛传》等对取材于历史题材的网络小说的改编，似乎都成了新世纪文学改编的成功范例与亮丽风景。本着颠覆于原著而改编的电视剧极力彰显娱乐性与大众性，虽然这些作品大都在不同程度上背离了原著，但却大受市场的青睐。比如，颇受争议的电视剧《雷雨》的改编，尽管有论者认为电视剧消解了原著的理性和思想深度，以及感情和审美的深度和力度，原著深刻的社会批判性主题消失了，分量厚重的题材变成了通俗、言情的风月故事，但是也有论者从电视剧的大众文化本性出发，认为电视剧《雷雨》"得大于失"。孟繁树认为，电视剧《雷雨》在将小众的话剧改编成大众的电视剧的过程中，较为顺畅地完成了通俗化、大众化的转换。它对原著进行了丰富、补充和拓展，电视荧屏上的繁漪形象要比话剧中更为复杂，也更为丰满。总体而言，这是一部具有独特审美价值的、既耐人寻味又能激起人们欣赏兴趣的电视剧。① 还比如改编自《西游记》的不同版本的影视剧，也预示了大众文化摆脱主流文化与精英文化的规约从而获得独立品格的可能，周星驰的《大话西游》

---

① 参见《光明日报》1997 年 4 月 16 日。

甚至在某种程度上还成了一种颠覆《西游记》的后现代经典。

从对文学改编模式的分析中，我们可以看出新世纪小说的影视改编的理念已发生了嬗变，即从忠实走向不忠实、从赓续走向断裂、从"恋母"走向"弑父"。具体地说，"小说的电视剧改编理念从由体现原著故事到倾向于体现原著精神，到用当代精神去阐述对原著的理解，再到后现代大话式的对原著的'解构'，经历了一个从简单到复杂的嬗变。"① 改编理念的丰富与发展，大大丰富了视听语言的叙事能力，提升了影视的传播效果，也带动了小说原著的畅销，展示了作为电子媒介的影视对作为纸质媒介的小说的巨大影响力。更为重要的是对普遍存在于各类题材改编影视剧创作中的对原著施以叛逆或解构的倾向，宣告了影视剧已逐渐摆脱单向依附于文学的从属地位，原著甚至是文学经典不再是影视剧奉为圭臬的"摹本"，而是变成可供影视剧创作者任意调用和改造的"素材"。

3. "媚俗"与"唯美"：文学改编之风格

假如从审美风格的角度进行考察的话，新世纪的文学改编无外乎两种：一是"媚俗"，二是"唯美"。"媚俗"与"唯美"风格的形成，首先源于改编者改编策略的选择不同所致——"审美世俗化"与"审美崇雅化"；其次源于改编者受众预设、市场定位的不同所致——"大众化"与"小众化"、"商业化"与"精品化"。因此，"媚俗"与"唯美"风格的形成，不仅与小说文本走向影视文本以及影视文本的审美元素、审美内涵、审美形态密切相关，同时也表征着新世纪小说文本走向影视文本的两种截然不同的理念与路径。

（1）"媚俗"：世俗化改编

文艺作品是适应人们的精神需要而创作出来的精神产品，它同物质产品一样，有着不同的层次和类型，如高下之分、雅俗之别。在长期的审美实践中，人们积淀了通俗与崇雅的审美趣味。在新世纪，由于大众文化特别是影视文化的勃兴与图像文化的狂欢，大众普遍存在

---

① 毛凌滢：《从文字到影像：小说的电视剧改编研究》，四川大学出版社 2009 年版，第 54 页。

着一种通俗、从俗、媚俗甚至是鄙俗的审美兴趣与审美偏好,这样生产性的受众与再生产性的影视传媒共同建构了一种审美世俗化的美学事实。所谓"审美世俗化",实质上就是对审美崇高化的一种否定陈述,这种审美选择涵括审美日常生活化与日常生活审美化两种形态,有感性主义与消费主义的命题表述,审美世俗化同现代主义与后现代主义所张扬的享乐原则如出一辙。毫无疑问,电子时代的符号制作几乎无限制地扩大了人们的感官经验,特别是电视诱导下的视觉经验。在后现代的文化里,电视并不是社会的反映,恰恰相反,"社会是电视的反映"。这样,电子传播媒介接管或者替代了大众认知世界的感官,并成为当代社会一切感官与形象、功能与符号的"生产厂家",于是感性介入的方式与纯粹的感性直观成了这个社会的唯一存在与终极目标,而图像恰恰吻合了这种畸变的文化要求,成为感性介入与感性直观的栖居之所和宏大广场。于是,审美体验让位于感官享乐,间接性让位于直接性,立体的综合丰富性让位于平面的一览无余,意义的多极化让位于感官刺激的单极化,精英性让位于大众性,崇高性让位于世俗性,语言让位于图像。

审美世俗化催生了一种极端视觉化的美学现实。于是,与人们在日常生活里的视觉满足和满足欲望直接相关的"视像"或"图像"的生产与消费,便成为我们时代日常生活的美学核心。重感性、轻理性,亲视觉满足、疏信仰沉思,近表面直观、远深层静观,成为当代美学现实的呈现。就像阅读摆脱了对文字的艰难理解而依赖于对插图的直观,日用商品的漂亮包装代替了人们对商品使用功能的关心,人在日常生活过程中的衣食住行等需要和满足逃避了理性体悟的压力,转而服从于各种报纸、刊物、电视、互联网上的图像广告。在"看得见"的活动中,对象之于人的日常生活的意义被转换成一种视像,直观地被放大在人的视觉感受面前;衣食住行等的需要和满足已不仅仅局限于实际的消费活动,它们由于视像本身的精致性、可感性,而被审美化为日常生活的一种视觉性呈现。这样,当代文化语境中"图像的狂欢",成为一种看得见、摸得着的美学现实,这种美学现实不再指向理性主义的超凡脱俗的精神理想，而是蜕变为视觉形象身体快意的享受。

事实上，新世纪小说的影视改编本身就是"走向影像"、"化身影视"的审美世俗化的佐证。至于改编之后的影视文本，其拼贴文本的媚俗元素，制作文本的媚俗主张，可以说是俯首皆是、随处可见。著名小说大师米兰·昆德拉曾经指出，"媚俗"指的是一种态度，即为了取悦别人，从而付出一切代价向大多数人讨好。这一点，只要稍加考察红遍新世纪荧屏的类型剧，如警匪剧、反腐剧、谍战剧、抗战剧、青春剧、励志剧、历史剧、穿越剧等，就能轻易捕捞。例如著名女作家池莉的小说《来来往往》被改编为同名电视剧《来来往往》之后，小说文本的媚俗元素是有增无减，而且是被直观化、扩大化与场景化。有学者尖锐地指出，《来来往往》打着伪平民立场的幌子，作品中出现肮脏下流的词汇，无限放大人的生理需求和动物本能，媚的是最广大的小市民的俗。仅从《来来往往》的语言来看，就出现了诸如："我操"、"野鸡满天飞"、"夜发廊"、"未婚先孕"、"群宿"、"崩溃"、"你这个婊子养的"、"你他妈的"、"狗日的"、"搞女人"、"玩不玩"、"妓女和嫖客"、"阴毛"、"××"等字眼几十次之多，尤其是"我操"这句最难听的骂人话更是频频出现。假如说小说《来来往往》还只是一种想象化媚俗的话，那么电视剧《来来往往》却是一种直观化、场景化、动作化的媚俗，这事实上已经是躲在鄙俗的"青楼"内而不想也不愿走向清雅的自然。对此，如果套用著名诗人北岛的诗句"卑鄙是卑鄙者的通行证，高尚是高尚者的墓志铭"的话，那就是"媚俗是媚俗者的通行证"。

（2）"唯美"：崇雅化改编

除"媚俗：世俗化改编"之外，新世纪小说的影视改编还有一种改编风格就是"唯美：崇雅化改编"。这种改编有两个关键词，一是"唯美"，二是"崇雅"，其实都是对艺术趣味与审美品位的一种表述和追求。这种改编既承传了中国古典主义的风格，也吸纳了西方唯美主义的风格。代表性作品有《贫嘴张大民的幸福生活》、《空镜子》、《大明宫词》、《橘子红了》和《金粉世家》等。从整体上说，这类作品主要是通过唯美精致的画面、典雅华美的语言、绚丽灿烂的场景、雅致高尚的主旨来再现独特的艺术个性，以此来彰显编导者的艺术风格和审美品位，而不是为了媚观众之俗与取观众之悦，用影视改编这种集体化的创作来打造编导者本人个性化的文化标牌。

例如，李少红执导的《大明宫词》，就是一部最经典的"唯美化"改编，是中国电视剧史上堪称最极致的"唯美"尝试与实践。具体地说，《大明宫词》设置了一个"权力与情感"的文化母题，然后辅之以绚丽唯美的视觉造型、瑰丽华美的视听语言（包括对白与旁白）以及婉约细致的故事叙述，特别是剧中那种非口语化、非生活化的"另类表达"，对传统电视艺术的审美规范（如大众性、通俗性、口语性、动作性）构成了极大的冲击，从而为中国当代的电视剧带来了极富创造性并且令人耳目一新、眼前一亮的话语风格。就话语风格和情节构架而言，《大明宫词》借鉴了英国古典主义的美学思想与风格，剧中高度诗化、哲理化的莎士比亚式的语言不仅成为这部特立独行的电视剧的标志性形式特征，还直接参与到叙事中并决定了作品的结构模式和艺术基调。对于《大明宫词》的标新尝试与立异试验以及全剧所呈现的唯美之风，一时议论纷纷，褒贬不一。褒扬者认为，《大明宫词》一扫戏说历史剧的浮泛与浅薄，跳出支离琐碎的日常叙事的窠臼，赋予新世纪电视剧创作难能可贵的唯美风格、深度意蕴与审美雅化。贬抑者认为，《大明宫词》是"荧屏怪胎"，大部分观众对该剧的语言风格和艺术风格难以接受，"阳春白雪"是有了，但却少了"下里巴人"，忽视了大众文化语境下观众的接受心理与接受习惯，也忽略了电视剧作为大众文化主流样式的文化属性。值得一提的是，继《大明宫词》之后，李少红后来执导的《人间四月天》和《橘子红了》等电视剧，虽然保留了深沉的情感内涵、浓郁的诗化色彩等唯美主义元素，但在情节设置和人物语言表达上则有着明显的向大众文化回归的努力，体现了对大众审美趣味的趋附与迎合。对此，毛凌滢认为："无论如何，这类电视剧作品自觉的文学化与诗化的追求与转型具有重要意义，即创作者不再把文学趣味、诗化风格视为电视剧的尖锐对立，而是尝试着在不牺牲剧作的通俗化品格和受众市场的前提下，尽可能将高雅的文化格调、唯美的艺术追求和丰富的诗化意蕴融汇其中。"①

就新世纪小说的影视改编而言，"唯美"并非不行，但"曲高和寡"则肯定不行，毕竟它损害了影视的大众性与市场性，所以如何正确处理精英话语与大众趣味、精品意识与市场份额的关系，做到雅中有俗、俗中有雅、雅俗共赏，做到艺术与市场的双丰改，依然是一个值得正视与探索的问题。

四　影视播映与新世纪文学的经典化与再经典化

影视播映，是指改编自小说文本的影视剧的播放与展映，这是新世纪小说的在图像时代最主流、最给力的传播方式。诚然，影视作为一种强势媒体确实对新世纪小说的生存空间进行了挤压，导致了新世纪小说的危机，但也启动了新世纪小说的生机。从传播学的角度来看，影视为小说生存提供了新沃土、新空间，小说凭借影视得以拓展自己的生存空间与文化场域。小说走向影视的影像迁移，从本质上说是新世纪小说的"文化迁移"，作为"文化移民"的新世纪小说似乎在视觉文化时代找到了新的栖居之所。综观中外的影视发展史，许多脍炙人口的小说名著与经典佳作被成功地改编成影视剧，以"热播"促"热销"与"热购"，以"热播"创"热读"与"热议"，这充分证明了传统艺术向现代艺术转换的成功，也充分证明了现代艺术对传统艺术接纳的成熟。我们知道，作为一种最大众化的传播媒介，影视崛起的意义绝不仅止于自身传播功能的彰显与强化，而在于以一种有别于文字符号的视听文本更大范围、更大空间地传达小说的审美质养，以切合当代人的生活方式与审美习惯。当然，基于小说的影像文本的诞生，并没有完全消除小说的文字文本的流传，它们不过是小说的并驾齐驱的"双文本"。影像文本与文字文本之间有着一种极为显在的互凭互用的"共谋"与互惠互利的"合谋"，二者互相促进、互相提升、互相传播。于是，文学传播在

① 毛凌滢：《从文字到影像：小说的电视剧改编研究》，四川大学出版社 2009 年版，第 53—54 页。

新世纪真正进入影像传播时代。

作为新世纪文学的影像传播之关键环节,影像播映不仅大大地助力新世纪文学的大众化与市场化,也大大地给力新世纪文学的经典化与再经典化。从理论上说,经典不是一成不变的,它是一个不断经典化的动态过程,即使是那些已被世人视为经典的作品,也依然存在一个再经典化的问题。所谓"经典化"(Canonization),就是经典的形成过程(Canon Formation);所谓"再经典化"(Re-canonization),就是经典的再次形成过程(Re-canon Formation)。一般来说,文学作品的经典化与再经典化至少要包括以下几个因素:①文学作品的艺术价值;②文学作品的可阐释的空间;③特定时期读者的期待视野;④发现人/赞助人;⑤意识形态和文化权力的变动;⑥文学理论和批评的观念;⑦文学作品的教与学等。事实上,处于市场与影视、网络语境中的新世纪文学改编与影视改编,总在自觉与不自觉、有意与无意地从事着对新世纪文学作品的经典化与再经典化。

例如,刘恒的中篇小说《贫嘴张大民的幸福生活》之所以渐次走进当代小说经典的行列,皆缘于两次影视改编以及与之相关的热映热播。曾获得"老舍文学奖"之优秀中篇小说奖的《贫嘴张大民的幸福生活》第一次被改编为电影《没事偷着乐》,第二次被改编为同名电视剧《贫嘴张大民的幸福生活》。两次改编都极为成功,被誉为用镜头对"凡俗人生的诗意阐释"。相比较而言,电视剧的改编比电影的改编更为出色、更为成功,先后获得过"第22届飞天奖"之优秀编剧奖、"第18届金鹰奖"之长篇电视剧优秀奖。电视剧《贫嘴张大民的幸福生活》的一系列"象征资本"与"艺术荣誉"的获得,不仅充分说明了电视剧创作的成功,也充分证明了作为电视剧"母本"的小说《贫嘴张大民的幸福生活》那种无法抹杀的优秀品质。对此,毛凌滢认为:"如果说电视剧《围城》的诞生为小说的电视剧改编提供了一种典范,那么可以说电视剧《贫嘴张大民的幸福生活》的诞生为小说的电视剧改编提供了另一种风格与典范。前者是编导用电影化的方式,将一部长篇小说经过精雕细刻、精心裁减后的再创作,体现了知识分子式的语言的'大雅',具有极强的文学性和知识含量,但又雅中有俗,成功地将精英话语与大众趣味进行了巧妙的融合，使原著从象牙塔走进了寻常百姓家。后者却是将一部容量有限的七万字中篇小说成功扩展为 20 集的长篇电视剧，充分体现了老百姓舌尖上语言的'大俗'以及形而下的磕磕碰碰、柴米人生的日常生活状态，但它又俗中带'雅'，没有止于原生态地、机械地还原生活，而是在表面的世俗与琐碎的写实背后蕴含着韵味深长的精英意识与精英思考。因此，该剧的改编使日常生活电视剧叙事在题材、表现方式、话语精神、美学追求等方面都树立了一个典范，达到了一个新的高度，形成了电视剧改编创作中一道独特的风景。"① 正是在这个意义上，《贫嘴张大民的幸福生活》的电视剧改编不仅有了人性之美、诗性之美，也有了理性之美。于是，小说《贫嘴张大民的幸福生活》与电视剧《贫嘴张大民的幸福生活》交相辉映，共同携手行走在经典化的路上。

值得一提的是，新世纪网络小说也在开启属于它自己的经典化进程。新世纪网络小说的经典化行动颇多，如文学网站的刊载与推介、向传统出版与权威评奖归附、出版集子与选本、扎堆改编为影视剧播映等。事实上，新世纪的第一个 10 年，也是网络小说迅猛发展的 10 年。2009 年 6 月 25 日，由中国作协长篇小说选刊与中文在线 17K 文学网主办的"网络文学十年盘点"揭榜了"优秀作品十佳"与"人气作品十佳"。《此间的少年》（江南）、《成都，今夜请将我遗忘》（慕容雪村）、《新宋》（阿越）、《窃明》（灰熊猫）、《韦帅望的江湖》（晴川）、《尘缘》（烟雨江南）、《家园》（酒徒）、《紫川》（老猪）、《无家》（雪夜冰河）、《脸谱》（叶听雨）荣获"优秀作品十佳"。《尘缘》（烟雨江南）、《都市妖奇谈》（可蕊）、《回到明朝当王爷》（月关）、《家园》（酒徒）、《巫颂》（血红）、《悟空传》（今何在）、《高手寂寞》（兰帝魅晨）荣获"人气作品十佳"。② 这是新世纪网络小说集中获得"象征

① 毛凌滢：《从文字到影像：小说的电视剧改编研究》，四川大学出版社 2009 年版，第 193 页。

② 参见白烨主编《中国文情报告（2009—2010）》，社会科学文献出版社 2010 年版，第 134—135 页。

资本"步入经典化的集体亮相,从而为新世纪网络小说的再经典化提供了晋升平台。

在新世纪网络小说的经典化过程中,最值得关注的是网络小说的影视改编。当然,时下网络小说所涉及的宫廷、豪门、都市家庭、情感等题材,几乎都是现代人喜欢看的电视剧的题材,这种相似性与类同性直接促使影视全神聚焦于网络小说这个巨大的"金矿"。一般来说,网络小说的读者基础好、改编难度小、戏剧化程度高,对于影视制作单位和影视投资方来说是最价廉物美的"原料"。还有,网络小说大多故事引人入胜,内容轻松活泼,语言诙谐幽默,台词时尚流行,风格后现代化,因而深受年轻人追捧与喜欢,并且易于传播,这样,网络小说也就更容易获得商业资本的青睐与倚重。近年来,像《寻秦记》、《宫》、《步步惊心》、《杜拉拉升职记》、《大丈夫》、《蜗居》等由网络小说改编而来的电视剧一次又一次的热播,便是明证。

据盛大文学统计,2011 年有三类网络小说最受影视改编青睐:一是"婚恋伦理",如《裸婚时代》;二是"穿越宫斗",如《步步惊心》;三是"偶像时尚",如《来不及说我爱你》。业内人士认为,与名著改编、经典作品改编相比,热门网络小说的改编没有职业编剧创作中的"闭门造车"等局限性,相反因为在创作过程当中与网友随时互动,使得作品与市场需求几乎"零距离",其开放性和新鲜感都是其他作品不具备的长项,因此搬上荧屏很快就吸引了观众的收看。对此,有人以电视剧热播为参照系,认为新世纪有十大必看的改编成电视剧的热门网络小说,它们分别是:《佳期如梦》、《S 女出没,注意》(电视剧为《一一向前冲》)、《何以笙箫默》、《碧甃沉》(电视剧为《来不及说我爱你》)、《步步惊心》、《未央·沉浮》(电视剧为《美人心计》)、《泡沫之夏》、《倾世皇妃》、《后宫·甄嬛传》、《千山暮雪》等。所以,我们认为改编自网络小说的电视剧的热播,对视觉文化时代的受众与大众有着深度影响与极度诱导,围观之后的认同,认同之后的追捧,追捧之后的偶像,"粉丝群"的壮大与"粉丝文化"的漫漶似乎在无形地重构着新世纪的文学秩序,从而进一步给力了新世纪网络小说的经典化进程。

在新世纪，解构主义思潮迭起，文化多元主义与异质思维蜂起，在文学领域随之而起的是"戏说经典"与"故事新编"。不管是对经典的"戏说"，还是对经典的"大话"，甚至是对经典的"新编"，既是对经典的解构，也是对经典的再经典建构。例如"戏说经典"现象：《西游》被大话，《三国》被水煮，悟空变成了好员工（《孙悟空是个好员工》），沙僧和八戒都开始写日记（《八戒日记》、《沙僧日记》），慈禧太后有了"先进事迹"（《慈禧先进事迹》），贾宝玉成为"文化大革命"时期的造反派（《宝黛相会之样板戏版》），杨子荣有了私生子，白毛女摇身一变为商界英雄（《新版白毛女》）。"戏说经典"的流行或"大话文化"的泛滥还只是大众文化冲击文学经典的一个侧面。事实上，当今世界，不是没有了文学经典，而是关心文学经典的人已经被分流于影视、读图、DVD、卡拉OK、酒吧、美容院、健身房、桑拿浴，甚至是星巴克、超市，或者远足、听音乐乃至独处。日常生活在商业霸权的宰制下也为人们提供了多种文化消费的可能。这就是文化权力支配性的分离，文学经典指认者的权威性和可质疑性已同时存在。尽管如此，我们还是要说，"戏说经典"其实依然是一种经典化的推衍与再经典化的跟进，换言之，没有经典何来"戏说"，毕竟任何解构其实也是一种建构，"破"总是建立在"立"的基础之上，并最终指向一种新的"立"。从这个角度上讲，假如说吴承恩的小说《西游记》是传统经典的话，那么改编后的电视剧《西游记》（含杨洁、张纪中两个版本）忠实于原著，是《西游记》再经典化的扛鼎之作，然而值得一提的是，那些不忠实于原著、以戏说与大话见长的如《大话西游》、《月光宝盒》、《春光灿烂猪八戒》、《福星高照猪八戒》、《喜气洋洋猪八戒》等影视剧又何尝不是《西游记》再经典化的得力之作？事实上，《大话西游》本身已成为后现代文化语境下的另一种经典，这是无法忽视的文化事实。换言之，《大话西游》是《西游记》再经典化的结晶。

第九章　审美转型：从"审美"到"泛审美"

在新世纪，电子媒介、数字媒介、通信媒介等给文学提供了一个前所未有的开阔的生长平台的同时，也给文学审美带来了新质的生长与范式的转变。麦克卢汉曾经认为："一切传播媒介都在彻底地改造我们，它们对私人生活、政治、经济、美学、心理、道德、伦理和社会各方面影响是如此普遍深入，以致我们的一切都与之接触，受其影响，为其改变。媒介即信息。"① 麦克卢汉的"媒介即信息"，从某种角度说似可推论为"媒介即美学（审美）"。尼尔·波兹曼认为："和语言一样，每一种媒介都为思考、表达思想和抒发情感的方式提供了新的定位，从而创造出独特的话语符号。"② 王一川也指出："大众媒介不只是审美现代性的外在物质传输渠道，而就是它本身的重要构成维度之一；它不仅具体地实现审美现代性信息的物质传输，而且给予审美现代性的意义及其修辞效果以微妙而又重要的影响。"③ 毕竟新世纪的媒介家族以一种不断创新的文学形式，拓宽了文学审美的新开地，抛弃了传统的只有文字的静态的"单媒式审美"，而进入到一种融音、影、文为一体的动态的"多媒式审美"。从整体上说，伴随着新世纪文学的文化生态与文本形态的生成以及语境转型、观念转型、属性转型、身份转型、场域转型、

---

① ［加］马歇尔·麦克卢汉：《理解媒介——论人的延伸》，何道宽译，商务印书馆 2000 年版，第 33 页。

② ［美］尼尔·波兹曼：《娱乐至死》，章艳译，广西师范大学出版社 2004 年版，第 12 页。

③ 王一川：《大众媒介与审美现代性的生成》，《学术论坛》2004 年第 2 期。

机制转型、话语转型，新世纪文学的审美转型也势所必然，即从"审美"到"泛审美"。具体地说，新世纪文学的审美变异主要表现在审美范式、审美形态、审美方式、审美价值、审美功能、审美意味、审美伦理、审美趣味等方面。

一 从"日常生活审美化"到"审美日常生活化"

德国美学家沃尔夫冈·韦尔施在《重构美学》一书中认为，在全球化的境遇里，人们正在经历"当代审美泛化"的质变，它包含两个方面的双向互动过程：一方面是"日常生活审美化"孳生与蔓延；另一方面是"审美日常生活化"下沉与泛滥。二者虽然共同表征的是审美与日常生活的内在关系，即"生活美学"的建构问题，但是二者的审美走向与审美取向却是截然不同的。所以，从"日常生活审美化"到"审美日常生活化"，表征的是"当代审美泛化"之后的后现代转型。

（一）"日常生活审美化"

在新世纪，日常生活审美化既是一个美学事实，也是一个美学问题。就日常生活而言，以电视和网络为典型表征的文化形态已经成型并渐成"帝国"。滚滚而来的电视剧在悉心揣摸大众的消费性想象，电视广告美轮美奂，在彰显商品审美价值的同时反仆为主，每以亮丽的包装掩饰内容的空洞。网络上游戏和文化产品的销售正日益看好，与此同时，各色人等留恋在互联网的虚拟世界里，借助各种聊天工具与各种交友软件，追逐着虚伪的激情与虚幻的爱情。购物中心、度假中心、街心公园、主题公园、电影院、健身房、美容院、浴足馆、地铁、高铁、家庭装修等，这一切都在不遗余力地悉心地打造日常生活的审美新理念。即使是那些所谓的"高大上"的花园豪宅、香车美人、时装选秀、时尚美食、泡吧品茗、休闲旅游等，尽管与普通大众有一定的现实距离，但普通大众并不陌生，一样如鱼得水游走在审美想象的生活空间之中。对于这种美学事实，费瑟斯通在《消费文化与后现代主义》一书将之称为"日常生活的审美呈现"（The Aestheticization of Everyday Life）。英国伯明翰学派的代表人物雷蒙·威廉斯所提出的"文化是普通人的文化"（Culture is Ordinary），很自然地就能让人引出日常生活，特别是日常生活审美化的话题。

最早提出"日常生活审美化"这一观点的是英国学者迈克·费瑟斯通（Mike Featherstone），他在 1988 年 4 月新奥尔良的"大众文化协会大会"上作了题为《日常生活的审美呈现》（*The Aesthetieization of Everyday Life*）的报告。在这个报告中，迈克·费瑟斯通分析了"日常生活的审美呈现"的三种含义：其一，日常生活审美化是指第一次世界大战以来产生了达达主义、先锋派和超现实主义运动等的艺术类亚文化，它们一方面消费了艺术作品的神圣性，造成经典高雅文化艺术的衰落；另一方面进而消解了艺术与日常生活之间的界限，导致艺术可以出现在任何地方、任何事物之上。其二，日常生活审美化是指与此同时生活向艺术作品逆向转化，或曰将生活转化为艺术作品，追求现实生活的艺术化。其三，日常生活审美化是指深深渗透入当代社会日常生活结构的符号和图像，这种图像世界一方面将现实生活艺术化与梦境化，另一方面又使艺术化处理的日常生活进一步强化了人们的物质欲望。① "日常生活的审美呈现"的三种含义，实质上就是"日常生活审美化"的三个维度，它们都表征了审美、艺术向日常生活大举进军的所谓"后现代现象"，它与启蒙运动以降将科学、艺术、道德等领域逐一分立出来的"现代性精神"，是适如其反的。

德国后现代哲学家沃尔夫冈·韦尔施在《重构美学》一书中也对"日常生活审美化"进行了充分的阐释。他指出："毫无疑问，当前我们正经历一场美学勃兴。它从个人风格、都市规划和经济一直延伸到理论。现实中，越来越多的要素正在披上美学的外衣，现实作为一个整体，也愈益被我们视为一种美学的建构。"② 韦尔施认为"美学的建构"存在着两种审美化：一是"日常生活审美化"，这是浅表性的审美化；

---

① 参见陆扬《日常生活审美化批判》，复旦大学出版社 2012 年版，第 137—140 页。
② ［德］沃尔夫冈·韦尔施：《重构美学》，陆扬、张岩冰译，上海译文出版社 2002 年版，第 4 页。

二是"认识论审美化",那是深层次的审美化。就"日常生活审美化"而言,韦尔施也将之分为两种审美化:一是"浅表审美化",包括"现实的审美装饰"、"作为新的文化基体的享乐主义"、"作为经济策略的审美化";二是"深层审美化",包括"生产过程的变化:新材料技术"、"通过传媒建构现实"。

(1)就"现实的审美装饰"而言,韦尔施指出:"审美化最明显地见之于都市空间中,过去的几年里,城市空间中的几乎一切都在整容翻新。购物场所被装点得格调不凡,时髦又充满生气。这股潮流长久以来不仅改变了城市的中心,而且影响了市郊和乡野。差不多每一块铺路石、所有的门户把手和所有的公共场所,都没有逃过这场审美化的大勃兴。甚至生态很大程度上也成了美化的一门分支学科。事实上,倘若发达的西方社会真能够随心所欲、心想事成的话,他们会把都市的、工业的和自然的环境整个儿造成一个超级的审美世界。"① 这就是韦尔施所重点剖析的"现实的审美装饰",即"审美化意味着用审美因素来装扮现实,用审美眼光来给现实裹上一层糖衣"②。

(2)就"作为新的文化基体的享乐主义"而言,韦尔施认为,在表面的审美化中,一统天下的是最肤浅的审美价值,那就是不计目的的快感、娱乐和享受。而这一盲目追逐快感和享受的新文化,在今日已经远远超越了日常生活中具体对象的审美表象,而成为现代人追逐时尚的文化本能。它与日俱增支配着我们的文化总体形式和全部文化经验。

(3)就"作为经济策略的审美化"而言,商品的包装反客为主,广告替代商品本身,唱起了主角。在韦尔施看来,这一过程是发人深省的。其中最引人关注的是两个位移。首先是商品和包装、内质和外表、硬件和软件的换位,如原先是硬件的商品如今成了附庸,再如原先是软件的美学赫然占了主位。其次,当今的广告策略揭示了这一事实,美学已经成为一种自足的社会指导价值,如果不说是主流的话。倘若广告成

---

① [德]沃尔夫冈·韦尔施:《重构美学》,陆扬、张岩冰译,上海译文出版社2002年版,第4—5页。

② 同上书,第5页。

功地将某种产品同消费者饶有兴趣的美学联系起来,那么这产品便有了销路,不管它的真正质量究竟如何。因为消费追求的不是物品,而是通过物品购买到广告所宣扬的生活方式与生活情调。

(4)就"生产过程的变化:新材料技术"而言,韦尔施认为,随着微电子学的崛起,古典的硬件,即材料愈益变成审美的产品。今天的审美化不再仅仅是一种"美的精神",抑或娱乐的后现代缪斯,不再是浅显的经济策略,而是同样发端于最基本的技术变革,发端于生产诸过程的确凿事实。换言之,这就是生产过程的审美化。

(5)就"通过传媒建构现实"而言,韦尔施认为,社会现实自从主要是经传媒、特别是经电视传媒来传递和塑造以来,也经历着剧烈的非现实化和审美化过程。电视的现实是可选择的,可改变的,可丢弃的,也是可以逃避的。倘若有什么东西不中观众的意,观众只需换一下频道。这种频道转换,就是电视消费者的非现实化。还有传媒的图像提供的不再是现实的纪实见证,在很大程度上,更像是安排好的、人工的东西,并且与日俱增地根据这一虚拟性来加以表现。现实通过传媒正在变成一个供应商,而传媒就其根本而言是虚拟的,可操纵的,可作审美塑造的。①

在新世纪中国,倡导日常生活审美化的"三驾马车"分别是陶东风、金元浦和王德胜,而陶东风是始作俑者。在《日常生活的审美化与文化研究的兴起——兼论文艺学的学科反思》一文中,陶东风首提话题;在《日常生活审美化与新文化媒介人的兴起》一文则梳理了日常生活审美化与大众传播媒介以及新文化媒介人的内在关系。他认为,日常生活审美化并不是一个孤立的文艺或审美现象,而是联系着整个社会文化的转型,特别是产业结构的变化和文化的市场化转型,诸如服务工业、信息工业的兴起,媒介工业、影像工业的发展,视觉文化的繁荣等。而所谓的"新型文化媒介人",则是指处于社会文化转型过程中崛起的供职于各类文化产业部门的"新型知识分子",他们热爱时尚生

---

① 参见〔德〕沃尔夫冈·韦尔施《重构美学》,陆扬、张岩冰译,上海译文出版社2002年版,第4—10页。

活，热衷于生活方式的塑造与生活品位的追求，他们既是日常生活审美化的身体力行者，也是大众在日常生活审美化方面的引路人与设计师，换言之，他们是时尚话语的制造者与打造者。① 在《日常生活审美化：一个讨论——兼及当前文艺学的变革与出路》一组讨论主持人话语中，陶东风认为生活审美化的现象我们并不陌生，它就发生在我们中间，表现为审美活动与日常生活的界限模糊乃至消失，借助大众传播、文化工业等，审美不再是贵族阶层的专利，也不再局限于音乐厅和美术馆等和日常生活隔离的高雅艺术场所，它就发生在我们的生活空间中，如百货商场、街心公园、主题公园、度假胜地以及美容院、健身房等场所。②

在《别了，蛋糕上的酥皮——寻找当下审美性、文学性变革问题的答案》一文中，金元浦认为，美曾经是艺术的"蛋糕上的酥皮"，但是现在审美已不再专属于文学和艺术，审美性、文学也不再是区别文学与非文学、艺术与非艺术的根本的、唯一的特征。社会生活出现了审美的日常生活化与文学性向非文学领域全面扩张的普遍现象。他说："审美的日常生活化是说在当今社会中，原先被认为是美的集中体现的小说、诗歌、散文、戏剧、绘画、雕塑、音乐、舞蹈等经典的（古典的）艺术门类，特别是以高雅艺术的形态呈现出来的精英艺术已经不再占据大众文化生活的中心，经典艺术所追求的审美性、文学性则是从艺术的象牙之塔中悄然坠落，风光不再，而一些新兴的泛审美/艺术门类或准审美的艺术活动，如广告、流行歌曲、时装、电视连续剧乃至环境设计、城市规划、居室装修等则蓬勃兴起。美不在虚无缥缈间，美就在女士婀娜的线条中，诗意就在楼盘销售的广告间，美渗透到衣食住行等社会生活的方方面面。"③ 在金元浦看来，审美的悄然坠落与泛审美的蓬勃兴起，是无法否认的美学现实，也是表征着消费文化的"超级实在"。泛审美在日常生活中无处不在、无所不在，甚至诚然就是一种日

---

① 参见陶东风《日常生活审美化与新文化媒介人的兴起》，《文艺争鸣》2003 年第 6 期。

② 参见陶东风等《日常生活审美化：一个讨论——兼及当前文艺学的变革与出路》，《文艺争鸣》2003 年第 6 期。

③ 金元浦：《别了，蛋糕上的酥皮——寻找当下审美性、文学性变革问题的答案》，《文艺争鸣》2003 年第 6 期。

常生活的当然构成，审美走向了日常生活化的嬗变之旅。

假如说金元浦是从消费文化与文化产业的维度来窥探日常生活审美化的话，那么，王德胜则更多是从影视传媒与新感性的维度来窥测日常生活审美化。在《视像与快感：我们时代日常生活的美学原则》一文中，王德胜明确指出日常生活审美化是一种"新的美学原则"。他认为曾经被康德鄙弃的过度追求享受的声色感官娱乐，正在日益成为当下时代日常生活的美学现实。这样一种美学现实，极为突出地表现在人们对日常生活的视觉性表达和享乐满足上。王德胜认为："对于今天的人来说，视像的存在最为具体地带来了人在日常生活中的感官享受，这种享受本身就是一种直接的身体快感。这里，视像与快感之间形成了一致性的关系，并确立起一种新的美学原则：视像的消费与生产在使精神的美学平面化的同时，也肯定了一种新的美学话语，即非超越的、消费性的日常生活活动的美学合法性。"① 在王德胜看来，作为一种"新的美学原则"，日常生活审美化表征的是看得见、摸得着、进得去、出得来的新感性主义与感觉美学。

通过上述费瑟斯通、韦尔施、陶东风、金元浦、王德胜等人关于"日常生活审美化"的论述，我们似可推论，所谓"日常生活审美化"（The Aestheticization of Everyday Life），就是直接将审美的态度引进现实生活，大众的日常生活被越来越多的艺术品质所填满。这样，在大众日常生活的衣、食、住、行、用之中，"美的幽灵"无所不在，如外套和内衣、高脚杯和盛酒瓶、桌椅和床具、电话和电视、计算机和手机、住宅和汽车、霓虹灯和广告牌、商品设计与包装、商场与展橱、街道与公园、酒吧与夜店、KTV 与咖啡屋、宾馆与酒店、浴室与澡堂、卫生间与公厕、乡村与农家乐等，都显示出审美泛化的迹象。就连人的身体，也难逃大众化审美的捕捉，从美发、美容、美甲、美胸、美腿、美臀到美体都是如此，这一点，在女性身体的展现尤其突出。可见，在新世纪消费主义、审美主义的漫漶下，审美消费可以实现在任何地方、任何时

---

① 王德胜：《视像与快感：我们时代日常生活的美学原则》，《文艺争鸣》2003 年第 6 期。

候、任何事物，这就是"日常生活审美化"的极致状态。曾几何时，高雅的艺术、神圣的审美与大众的日常生活没有任何直接的关系，但是随着本雅明所谓的"机械复制时代"的到来，随着文化工业的勃兴，曾经的"高在云端"的古典主义艺术形象通过"机械复制"的工业化生产流程"跌进尘埃"，出现在大众的日常用品上与日常起居之中。大众可以随时随地消费艺术及其复制品，曾经的高低的文化间隔、神魔的品格差距、雅俗的超味鸿沟似乎都被填平了。当然，在新世纪影像文化肆虐的语境中，"日常生活审美化"的最突出的呈现，就是仿真式"类像"（Simulacrum）在当代文化的内爆。这种由影视、摄影、摄像、广告、设计所大量生产的仿真式"类像"也可以称之为"拟像"，它与"本像"的最大不同就是它的无限复制性与大量繁殖性，以"看的方式"引导大众的图像消费。大众生活在图像之中，图像艺术的直观性、有限性让大众沉醉、依附，并内化为大众的日常生活经验。这种由审美泛化而来的文化状态，被波德里亚称之为"超美学"（Transaesthetics），也就是说艺术形式已经渗透到一切对象之中，所有的事物都变成了"美学符号"。

（二）"审美日常生活化"

所谓"审美日常生活化"（Aesthetic Turning into Everyday Life），实质上是"日常生活审美化"的另一面，就是将日常生活的态度引进审美世界，大众的审美活动被越来越多的生活叙事所牵引。如果说"日常生活审美化"更多关注"美向生活播撒"、关注美学问题向生活领域延伸的话，那么"审美日常生活化"则更多关注"生活向美进驻"、聚焦于"审美方式转向生活"，力图消抹艺术与日常生活的边界、填平审美与日常生活的鸿沟。随着"生活向美进驻"，或者说"审美日常生活化"，审美与日常生活同一。其一，从艺术实践的角度来看，从20世纪70年代始，当代西方"前卫艺术"以一种"反美学"（Anti-aesthetics）的姿态反击康德的美学原则，即审美领域与功利领域的绝缘与无涉，强调走向观念（Conceptual Art，观念艺术）、走向行为（Performing Art，行为艺术）、走向装置（Installation Art,

装置艺术)、走向环境(Environment Art,环境艺术)……一句话,就是回归到日常生活世界。可见,当代西方"前卫艺术"在努力拓展自己的边界,力图将艺术实现在生活的各个角落,从而将人类的审美方式改变。在这种"艺术生活化"的趋向中,艺术与日常生活的界限日益模糊。这也就是阿瑟·丹托(Danto)所论的"平凡物的变形"如何成为艺术的问题。其二,从哲学沉思的角度看,海德格尔、维特根斯坦、杜威等现代哲学家,皆反对主客二分和主体性的哲学思维方式,主张"走向生活"。如海德格尔主张"作为存在真理的艺术"、维特根斯坦主张"作为生活形式的艺术"、杜威主张"作为完整经验的艺术",其实都是将"艺术"视为一种回归生活的人的活动。特别是维特根斯坦的"生活形式"(Leben Form)十分值得关注,他认为:"语言的述说仍是一种活动,或是一种生活形式的一个部分。"在这个意义上,"生活形式"被认定为语言的"一般语境",也就是说,语言在这种语境的范围内才能存在,它被看作是"风格与习惯、经验与技能的综合体"。但另一方面,日常语言与现实生活契合得是如此紧密,以至于想象一种语言就是想象一种"生活形式"。由此而来,正如语言是世界的一部分,艺术也是一种"生活形式",如"欣赏音乐是人类生活的一种表现形式"。① 其三,从现象学的角度看,美与日常生活有着一种现象学的关联。所谓"日常生活",就是日复一日的、普普通通的、个体享有的"平日生活"。每个人都必定要过日常生活,它是生存的现实基础,日常生活的世界就是那个自明的、熟知的、惯常的世界。如果说,日常生活是一种"无意为之"的"自在生活"的话,那么,非日常生活则是一种"有意为之"的"自觉生活"。事实上,传统的审美生活则是一种非日常生活。两者虽有差别,但两者又有关联,那就是所谓的"直观性"、"自身明见性"(Self-evidence)、"同时生成性"(Gleichzeitigkeit),这也许就是"日常生活审美化"与"审美日常生活化"的内置驱动。

---

① 参见〔德〕海德格尔《文化与价值》,黄正东、唐少杰译,清华大学出版社1987年版,第102页。

正是如此，有学者认为："我们研究的美学对象在电子媒介时代发生着由实到虚、由实物到拟像的蜕变，我们对于美的研究也由过去的纯美学走向了审美日常化的范畴。"① 在此，我们有必要厘清一下"日常生活审美化"与"审美日常生活化"的联系与差别。鲁枢元在《评所谓的"新的美学原则"的崛起："日常生活的审美化"的价值取向析疑》一文认为，二者虽然有密切的联系，但在审美指向、价值取向上则迥然不同，甚至就像"物的人化"与"人的物化"一样几乎是悖反的。鲁枢元明确地说："在我看来，'审美的日常生活化'，是技术对审美的操纵，功利对情欲的利用，是感官享受对精神愉悦的替补。而'日常生活的审美化'，则是技术层面向艺术层面的过度，是精神操作向自由王国的迈进，是功利实用的劳作向本真澄明的生存之境的提升。二者的不同在于，一是精神生活对物质生活的依附；二是物质生活向精神生活的升华。这样说并不否定二者之间的有机联系，但其价值的指向毕竟是不同的。"② 可见，"日常生活的审美化"是指日常生活走向审美，从物性走向诗性，是一种价值提升与层次提高；而"审美的日常生活化"是指审美走向日常生活，从诗性走向物性，是一种价值堕落与层次降落。在鲁枢元看来，真正的日常生活的审美化，则是一种充满了精神愉悦的审美至境。同样，真正的审美的日常生活化，实质上是一种充满着消费主义、功利主义、实用主义的审美偏至。

假如我们从阿多诺关于"文化工业"的论述出发，我们同样可以发现，正是市场的机制，推动了审美的日常生活化的进程。阿多诺认为："整个世界都得通过文化工业这个过滤器。……今天，文化消费者的想象力和自发性之所以逐渐萎缩，这不能归罪于心理机制。文化产品本身，其中最有代表性的有声电影，抑制观众的主观创造能力。……工业社会的力量对人们发生的影响，是一劳永逸的。……社会上所有的人都接受文化工业品的影响。文化工业的每一个运动，都不可避免地把人

---

① 杨拓：《试论电子媒介时代的文学审美》，《江西社会科学》2011 年第 4 期。
② 鲁枢元：《评所谓的"新的美学原则"的崛起："日常生活审美化"的价值取向析疑》，《文艺争鸣》2004 年第 3 期。

们再现为整个社会所需要塑造出来的那个样子。"① 可见，不仅"所有的人都接受文化工业品的影响"，而且所有的审美也都接受文化工业品的影响，这是不可置疑的。审美的工业化、产业化，既是审美走向日常生活化的前提，也是审美走向日常生活化的推力。走向了日常生活的审美必然是抹平了审美距离、消弭了审美张力、淡化了审美价值的审美。对此，阿多诺深刻地指出："今天，不仅把文化与维持日常生活联系在一起看作是文化的堕落，而且也看作是强制娱乐消遣活动的理智化。实际上，人们仅从影像中，通过电影院放映的影片或无线电的广播，就已经接触到了文化，这表明文化与日常生活已经联结在一起。"② 按阿多诺的观点，"文化与日常生活联结在一起"是一种"文化的堕落"的话，那么，"审美与日常生活联结在一起"也是一种"审美的堕落"。对审美的日常生活化，阿多诺表现了深深的忧虑。阿多诺认为，是电台败坏了音乐的品位，泯灭了音乐的个性，降低了大众文化的标准，并可能促成民主的溃败。事实上，大众传媒把自己生产出来的传媒文本有意地模糊化之后，制造当下的基于技术复制的媒体艺术就是经典艺术的幻象，以强化受众对媒介现实的认同与依附。于是乎，以无聊当有趣，以绯闻当新闻，以鄙俗当通俗，以做作当本真，以虚情假意当真情实意，以缺陷当个性，以叛逆当反抗，以负能量当正能量，以投机取巧当脚踏实地等，成了当下所谓的如"中国好声音"、"中国梦想秀"、"天天向上"、"非诚勿扰"、"星光大道"、"百家讲坛"等媒体艺术的审美取向。

　　事实上，新世纪已经进入了一个消费时代，消费成了一切社会归类的基础，也成了一切文化艺术活动的基础，人们消费时装、消费别墅、消费汽车、消费明星、消费身体、消费美丽、消费历史、消费故事、消费化妆品，同时也在消费广告、消费图像、消费品牌、消费符号、消费文学（包括作家、作品），这一切都使得艺术活动日益无可救药地市场

---

　　① ［德］霍克海默、阿多尔诺：《启蒙辩证法》，洪佩郁、蔺月峰译，重庆出版社1990年版，第117—118页。

　　② 同上书，第134页。

化、商业化与产业化，而正是市场的机制，推动了新世纪审美的日常生活化的进程。但问题在于，这类通力标举身体快感的享乐主义美学，或者说，消费型的快感美学，是不是就足以构成同康德所谓的"理性主义和道德主义美学"分庭抗礼的"新的美学原则"？不仅如此，究竟谁是那只"操纵和拨弄"着审美日常化、艺术产业化的"无形的手"？究竟是一部分人的需要，还是大众的需要，还是市场开拓、资本增值的需要？费瑟斯通认为："消费社会决不能仅仅把它看作释放着某种一统天下的物质主义，因为它同样向人们展示述说着欲望的梦幻图像，将现实审美化又去现实化。波德里亚和詹姆逊正是抓住这一方面，强调了图像在消费社会中担当的新的中心角色，而使文化有了史无前例的重要性。"① 这种文化也许更多是由大众传播媒介操纵的消费文化，它持续不断地重构着当代都市的欲望。正如波德里亚在《拟像》一书中所说，我们生活的每一个地方，皆已处于现实的某种"审美"幻觉之中。

（三）新世纪文学审美的日常生活化

社会生活是文学的唯一源泉，这是为全部文学发展的历史所证明了一个客观真理。正如毛泽东所说的："一切种类的文学艺术的源泉究竟是从何而来的呢？作为观念形态的文艺作品，都是一定的社会生活在人类头脑中的反映的产物。……人民生活中本来存在着文学艺术原料的矿藏，这是自然形态的东西，是粗糙的东西，但也是最生动、最丰富、最基本的东西；在这点上说，它们使一切文学艺术相形见绌，它们是一切文学艺术取之不尽、用之不竭的唯一源泉。"② 尽管如此，文学对社会生活的反映绝不是对社会生活的翻版、复制与克隆，文学中的生活也不等同于生活本身，因为文学的生活是内蕴的、假定的、主观的与诗艺的生活。但是，在新世纪十五年里，随着审美的日常生活化与日常生活的审美化，文学中的生活更多指向生活本身，回归生活本身。它不再是对

---

① Mike Featherstone, *Consumer Culture and Postmodernism*, London: Sage Publications, 1991, p. 68.

② 毛泽东：《在延安文艺座谈会上的讲话》，《毛泽东选集》（第 3 卷），人民出版社 1964 年版，第 862 页。

生活的写意绘画,而是对生活的照相摄录。日常性、俗世性与生活化得到了前所未有的彰显。

新世纪文学表现为一种生活化的文学的新生态和新形态。由于在新现代性文化语境下日常生活中的世俗精神拥有重要价值,因此大量日常生活细节流淌在作品中成为重要表现特征。同时,建立在各自的偌大人群特有生活基础上的"打工者文学"、"80 后"文学、青春文学、身体写作、新都市文学、新农村文学以及网络生活中的网络文学,也以其特有的"身份政治",打破了自 20 世纪后 20 年所形成的专业化的作家文坛的自以为是,扩展了中国文学的新的生活领域,文学和日常生活的界限趋于模糊,这也许是新世纪文学所带来的一个最大的变化。自此以后,我们将在生活的意义来理解文学,也许哪里有生活,哪里就有文学。所谓文坛,所谓文学,都将由特定生活中的人群和社会来定义和构建,谁也无权垄断。我们在向"纯文学"的价值和创作表达应有的敬意的同时,还应提醒人们,他们也是这个偌大的中国文学生活的一部分,诸如人文精神、精神高端、灵魂等词语,都要在中国生活和经验中经过"分析哲学"式的检验才好,我们对文学的理解,应该来自中国的现实生活,如果作历史溯源的话,我们更愿意让它接通千年中国文脉中的经验与教诲,而不是来自 18 世纪或 20 世纪的欧洲,尽管我们会从欧洲的美学观念中受益匪浅。在新现代性生活的意义上,我们的人生和文学所要处理的,不是纯粹的道德律令和抽象精神,而是当下的生活及其人的处境本身,人的身体与性情本身,人的欲望与消费活动,或曰诚如马克思所说的,人的物质生活与精神生活这两个基本维度。

比如新世纪的小说、散文与报告文学就特别强调对日常生活的表达,如个人化写作、小资散文、新都市小说、"三农"文学等,都娴熟地书写出了日常生活中的人与人性。孟繁华认为:"应该说,对极端化或绝对化的生活状态的表达还相对容易些,因为那里隐含着不易察觉的、先在的道德或立场的优越。……但是,对日常生活,对每个人都熟悉的生活状态,对不因时代、环境和制度而改变的,也就是'超稳定文化结构'中的人与人性的表达,就要困难得多。这就是越是熟悉的生活，越是司空见惯的状态，越难以表达。文学是处理人类精神和心灵事务的领域，表达日常生活中的人与人性，是文学的宿命，如果不放弃或牺牲文学，不改变文学的书写对象或范畴，那么，对人和人性的表达就永远是文学的困惑和焦虑。"① 例如，毕飞宇的《青衣》、《玉米》、《玉秀》、《玉秧》等，以男性视角对女性特别是对农村女性生存状态和心理状态的状写与描摹，几乎达到了登峰造极的地步。还有须一瓜的《地瓜一样的大海》，迟子建的《第三地晚餐》，叶舟的《目击》等都提供了独特而新鲜的生活经验。所以，从这个角度来说，新世纪文学试图通过生活的表象并洞穿表象揭示出隐含于表象背后的人性或世道人心。表象不仅仅是一种只可感知的和可见的存在，同时它也是一种精神事件和现象。这样，新世纪文学不仅有了属于它的生活逻辑，也有了属于它的文化逻辑。

在新世纪，由于媒体的力量及大众文化的勃兴，文学审美走进日常生活甚至成为日常生活的构成部分。诚如列斐伏尔所指出的，文学与日常生活从来就息息相关，诗人也好，哲学家也好，神学家也好，尽管他们表面上都是日常生活的大敌，但事实上可不都是在这个处处不尽如人意的日常世界里，做着他们异想天开的白日梦。列斐伏尔认为："文学的和'精神的'19世纪，是从奈瓦尔、波德莱尔和福楼拜开始的。浪漫主义回到了卢梭，连带着他的伤感修辞，以及一种它依然可以引为自得的个人主义，因为它在自己和自然以及神圣之间没有看到障碍，也因为它还没有认真经受过孤独和痛苦的检验。司汤达也是一个18世纪的人物，对人类、自然和自然生物一派乐观、充满信心。波德莱尔和福楼拜带我们走进了一个新的时代，我们今天依然生活其间。"② 像列斐伏尔所说的生活在波德莱尔和福楼拜的文学世界之中一样，我们也一直生活在鲁迅、沈从文、茅盾、张爱玲、王安忆、金庸、莫言等的文学世界之中。这一点，在我们当下的旅游生活之中表现尤其明显。比如我们走进凤凰旅游，从某种角度说是走进沈从文笔下的"边城"与"湘西"。

---

① 孟繁华：《坚韧的叙事——新世纪文学真相》，福建教育出版社 2008 年版，第 70 页。
② Henri Lefebvre, *Critique of Everyday Life*, Vol. 1, London, Verso, 1991, p. 105.

换言之，沈从文的"边城"与"湘西"事实上已成为我们日常休闲生活的有机构成。同样，鲁迅笔下的"鲁镇"与"绍兴"、茅盾笔下的"乌镇"、张爱玲与王安忆笔下的"上海"、莫言笔下的"高密"、金庸的"江湖"等也是如此。当然，在新世纪的影像观看生活之中，"看"文学作品准确地说"看"由文学作品改编而成的影视作品，几乎更是大众日常生活的常态。对此，马大康认为："一方面，文学艺术本身诸如情景喜剧、肥皂剧、流行音乐、身体艺术、通俗文学、摇滚，等等，已成为热门畅销的商业卖点；另一方面，文学艺术又变着花样、想方设法进入日常生活并与商品联姻，广告、策划、美容、瘦身、设计、餐饮、服装、环境……其中无不渗透着文化，无不见到文学艺术的倩影。"① 文学艺术走进日常生活，并在日常生活中四溢，实质上是走向实用性与功利性，一则是让自己"解魅化"（Disenchant），二则是让自己"消费品化"，以削平深度、淡化意义的方式完成对大众趣味的献媚，并最终完成实现跟日常生活的同一与同化。对此，张颐武曾经深刻地指出："从整体上看，中国文学在一个新的全球化和市场化的环境下的'常态化'的运行，是今天和未来中国文学的基本形态。文学不再是社会活动的中心，而是其中一个不可或缺的部分。文学将会像在发达国家那样，越来越不再是宏大的叙事，而是普通的阅读生活的一部分。"②

二　从"膜拜价值"到"展示价值"

本雅明在《机械复制时代的艺术作品》一书中认为，艺术作品在原则上是可复制的，人所制作的东西总是可被仿造的。从古至今，这种复制随着社会的发展与科技的进步，似乎分为手工复制、机械复制、电子复制与数字复制四个阶段，也可分为复制文字、复制图像、复制声

　① 马大康：《从"鉴赏"到"消费"——消费文化与文艺学研究范式变革》，《文艺争鸣》2004 年第 5 期。
　② 张颐武：《重新想象中国：新世纪文学的新空间》，《文艺争鸣》2011 年第 2 期。

音、复制影像四种形态。本雅明指出："如果说石印术可能孕育着画报的诞生，那么，照相摄影就可能孕育了有声电影的问世。而 20 世纪末就已开始了对声音的技术复制。由此，技术复制达到了这样一个水准，它不仅能复制一切传世的艺术品，从而以其影响经历了最深刻的变化，而且它还在艺术处理方式中为自己获得了一席之地。"① 作为一种艺术处理方式，复制既不可低估也不可忽视。

（一）艺术原作的"膜拜价值"

尽管如此，再好的艺术复制品也无法替代艺术原作，原作始终是原作，复制品毕竟是复制品。诚如本雅明所说的，"即使在最完美的艺术复制品中也会缺少一种成分：艺术品的即时即地性，即它在问世地点的独一无二性。但唯有借助于这种独一无二性才构成了历史，艺术品的存在过程就受制于历史。这里面不仅包含了由于时间演替使艺术品在其物理构造方面发生的变化。而且也包含了艺术品可能由所处的不同占有关系而来的变化。前一种变化的痕迹只能由化学或物理分析方法去发掘，而这种分析在复制品中又是无法实现的；至于后一种变化的痕迹则是个传统问题，对其追踪又必须以原作的状况为出发点。"② 与艺术复制品相比，艺术原作最大的区别就在于受制于历史与语境的"即时即地性"，这是"独一无二"的，对此，本雅明把它称之为"原真性"（Echtheit）。本雅明说："对传统的构想依据这原真性，才使即时即地性时至今日作为完全的等同物流传。完全的原真性是技术——当然不仅仅是技术——复制所达不到的。原作在碰到通常视为赝品的手工复制品时，就获得了它全部的权威性。"③ 这种"原真性"，其实就是本雅明所谓的"光韵"（Aura）的附魅之基。

"那么，究竟什么是光韵呢？从时空角度所作的描述就是：在一定距离之外但感觉上如此贴近之物的独一无二的显现。"④ 在这里，"距

---

① ［德］瓦尔特·本雅明：《机械复制时代的艺术作品》，王才勇译，中国城市出版社 2002 年版，第 7 页。

② 同上书，第 7—8 页。

③ 同上书，第 8 页。

④ 同上书，第 13 页。

离"和"独一无二"是理解"光韵"的关键词。在本雅明看来，"光韵"的真正含义是"指作品独特的质地和由此带来的神秘感，它只属于原创的、独一无二的作品"。"光韵"使人陶醉神往，并具有某种类似于宗教仪式一样的神秘感与庄重感，毕竟最早的艺术作品大多起源于宗教的礼仪，所以本雅明认为艺术原创作品具有较高的"膜拜价值"。本雅明解释说："我们知道，最早的艺术品起源于某种礼仪——起初是巫术礼仪，后来是宗教礼仪。在此，具有决定意义的是艺术作品那种闪发光韵的存在方式从未完全与它的礼仪功能分开，换言之，'原真'的艺术作品所具有的独一无二的价值植根于神学，这个根基尽管辗转流传，但它作为世俗化了的礼仪在对美的崇拜的最普通的形式中，依然是清晰可辨的。"①

（二）艺术复制品的"展示价值"

随着复制技艺的日臻成熟，在历经机械复制、电子复制、数字复制等阶段之后，作品可以随时随地大量复制，而且复制到了可以乱真的地步，艺术作品不再是独一无二了。"艺术作品的可机械复制性在世界历史上第一次把艺术品从它对礼仪的寄生中解放了出来。复制艺术品越来越成了着眼于对可复制性艺术品的复制。"② 无数的复制品叠加累积，必然会遮蔽"这一个原作"的"光韵"。本雅明认为："在对艺术作品的机械复制时代凋谢的东西就是艺术品的光韵。这是一个有明显特征的过程，其意义远远超出了艺术领域之外。总而言之，复制技术把所复制的东西从传统领域中解脱了出来。由于它复制了许许多多的复制品，因而它就用众多的复制物取代了独一无二的存在；由于它使复制品能为接受者在其自身的环境中去加以欣赏，因而它就赋予了所复制的对象对现实的活力。这两方面的进程导致了传统的大动荡——作为人性的现代危机和革新对立面的传统大动荡，它们都与现代社会的群众运动密切相

---

① ［德］瓦尔特·本雅明：《机械复制时代的艺术作品》，王才勇译，中国城市出版社 2002年版，第 15—16 页。

② 同上书，第 17 页。

联，其最强大的代理人就是电影。"① 随着艺术作品在机械复制时代"光韵的消失"或"光韵的凋谢"，尽管其"膜拜价值"虽然受到抑制以致萎缩，但是其"展示价值"却依凭不断创新的复制技术得到强化以致张扬。这一点，在照相摄影、影视摄像以及数字媒体艺术中表现尤其明显，按本雅明的话说，就是"展示价值整个地抑制了膜拜价值"。

本雅明说："我们可以把艺术史描述为艺术作品本身中的两极运动，把它的演变史视为交互地从对艺术品中的这一极的推重转向对另一极的推重，这两极就是艺术品的膜拜价值（Kultwert）和展示价值（Ausstellungswert）。"② 人们对艺术作品"膜拜价值"的推重，一是艺术作品是巫术服务的创造物，它的存在有着一种无法抵挡的神谕；二是艺术作品的独一无二性，它的存在有关一种无法替代的"原真性"。人们对艺术复制品"展示价值"的推重，一是艺术复制品是文化工业的生产物，它的存在有着一种无法估量的传播功能与普及效应；二是艺术复制品的可复制性与多数量性，它的存在有着一种无法抹杀的"替代性"、"影子性"与"亲近感"。对此，本雅明十分推重艺术复制品的"展示价值"，他说："由于艺术品进行技术复制方法具有多样性，这便使艺术品的可展示性如此大规模地得到了增强，以致在艺术品两极之间的量变像在原始时代一样会使其本性的质得到突变，就像原始时代的艺术作品通过对其膜拜价值的绝对推重首先成了一种巫术工具一样（人们以后才在某种程度上把这个工具视为艺术品）。现在，艺术品通过对其展示价值的绝对推重便成了一种具有全新功能的创造物。我们意识到的这种创造物的'艺术'功能，人们以后便在某种程度上把它视为一种退化了的功能。现在的电影提供了达到如上这种认识的最出色的途径，这一点是绝然无疑的。"③ 可见，艺术复制品是一种具有全新功能的创造物，其功能是传播与普及、教育与娱乐、认知与审美，其价值就

---

① ［德］瓦尔特·本雅明：《机械复制时代的艺术作品》，王才勇译，中国城市出版社2002年版，第10—11页。
② 同上书，第19页。
③ 同上书，第21页。

是展示,即"面向大众的展示"。

(三) 从"静观"到"震惊"

在本雅明看来,机械复制艺术是一种面向大众的全新艺术,而绝不是一种"伪艺术",其所处的时代是"艺术的裂变时代",它对艺术审美的最大的影响就是"韵味"的消失、"距离"的消失与"独一无二"的消失。在技术复制时代与文化产业社会,由于照相、摄影、摄像、拷贝等复制技术的高度发达,任何艺术作品可以随时随地大量复制,而且复制到了以假乱真的地步,艺术作品不再独一无二了,不再具有独特的韵味。这样,艺术作品的"膜拜价值"受到抑制,"展示价值"得到加强,艺术作品被展示在公共场合,供人们观看与消费。这也就是我们为什么在许多公共场合、私人宅院、酒店宾馆、厕所俗室等都能看到诸如《蒙娜丽莎的微笑》、《沉思者》、《泉》、《清明上河图》、《富春山居图》等经典艺术作品(当然是复制品)赫然在目的原因之所在。机械复制艺术以"韵味"的匮乏甚至是消失作为代价换来了大众的参与以及自身的普及,这未尝不是一件好事。但是当代审美文化越来越标准化、模式化和简单化,也越来越容易受到操控——无论是人为抑或技术的操控,机械复制技术大量复制的不只是艺术和艺术的主体,它还复制了消费这种艺术的大众。

从"膜拜价值"向"展示价值"的转变,事实上也是审美从"静观"向"震惊"的转变。假如说艺术原作的艺术法则是"静观"的话,那么,艺术复制品的艺术法则却是"震惊"。一个无法否认的事实是,除了极少数的社会精英与文化精英之外,普通大众触手可及、张目可望、随心可读的几乎全部是复制艺术与艺术复制品。故确立艺术复制品的艺术法则变得十分重要。在《机械复制时代的艺术作品》一书中,本雅明在"光韵"消失或缺席的境况之下,把"震惊"确立为机械复制艺术的一种正式的原则。如果说"光韵"是萦绕着感知对象的完整历史经验的自由联想的话,那么,"震惊"则是因外部刺激唤起的对瞬间事件的自觉关注;如果说"光韵"是与古典艺术相连的话,那么,"震惊"则直接指向现代复制艺术,它出现在照相摄影中,出现在电影电视中，出现在多媒体艺术中。"如今，用手指触一下快门就使人能够不受时间限制地把一个事件固定下来。照相机赋予瞬间一种追忆的震惊。这类触觉经验联合在一起，就像报纸的广告版或大城市交通给人的感觉一样。……技术使人的感觉中枢屈从于一种复杂的训练。不知从什么时候开始，一种对刺激的新的急迫的需要发现了电影。在一部电影里，震惊作为感知的形式已被确立为一种正式的原则。"①

　　就复制艺术而言，何以震惊、以何震惊与如何震惊、震惊如何等，就成了不得不深思的"问题群"。以新世纪的中国大片为例，我们就可以窥出其所宗奉的感性主义与视觉美学。为了达到"震惊"以及与之相谐的高票房，新世纪的中国大片不惜刻意"走眼球路线"而打造"为了震惊而震惊"的视觉盛宴。所谓"走眼球路线"是指影片主要诉诸观众的视觉感受。节奏明快的镜头、路径诡异的拍摄、眼花缭乱的动作、赏心悦目的场面、注重外在效果的表演、宏大的气势、刺耳挠心的音乐，都是这类影片必不可少的元素。我们甚至可用"场面电影"的概念来进一步勾勒这种风格，即影片的创作围绕几个有创意的场面，而不是集中在故事上。故事只是一支黏合剂，用来将一个个充满想象力的场面合成整体。场面电影旨在呈现的不是视觉化的故事，而是场面本身，用它直观地刺激观众的眼球，制造眩目与震撼的感官愉悦。在这个方面，张艺谋的电影大片最有代表性。本着"视觉第一、故事第二"的理念，张艺谋的《英雄》、《十面埋伏》、《满城尽带黄金甲》等都是"视觉盛宴"的"菜"。除此之外，像陈凯歌的《无极》、冯小刚的《夜宴》与《集结号》等也有着无所不用其极的视觉冲击与"震惊"效应。与"走情节路线"、"走异趣路线"不同，"走眼球路线"的中国大片主要面向底层大众放送与展示，示范着影视文化的消费化、娱乐化的整体位移，显现着"文化工业"的表征，加剧了艺术成分在电影创作中的进一步流失，导致银幕与现实生活、社会焦点、百姓情怀渐行渐远。于是，膜拜阙如，静观亦不可能，随之而来的却是形形色色的

　　① ［德］本雅明：《发达资本主义时代的抒情诗人》，张旭东译，生活·读书·新知三联书店1989年版，第146页。

"戏仿"与"恶搞"，如《一个馒头引发的血案》、《满城全是女人波》等。

（四）展现"震惊"效果的新世纪文学

唐代著名诗人杜甫在《江上值水如海势聊短述》中有诗云："为人性僻耽佳句，语不惊人死不休"，其实从创作上追求诗歌语言的刻意求工，从阅读期待上追求"震惊"效果，即"语不惊人死不休"。后世文人墨客多用此法，以求"不鸣则已，一鸣惊人"。如唐代诗人王勃的《滕王阁序》就是以一句"落霞与孤鹜齐飞，秋水共长天一色"而语惊四座。再如传说中唐伯虎的祝寿诗："这个女人不是人，九天仙女下凡尘。养个儿子会做贼，偷得蟠桃供母亲。"也是在一抑一扬、一挫一拐中让"震惊"效果最大化。那么，就新世纪文学而言，对"震惊"效果的追求与展现无外乎两种情况：一是作为"外文本"的"震惊"，二是作为"内文本"的"震惊"。

1. 作为"外文本"的"震惊"

作为"外文本"的"震惊"，主要是指作品的装帧、腰封、书名、题记、宣传语以及作家的奇闻异事、绯闻官司等方面呈现出来的"震惊"。这一点，在新世纪的文学策划与打造文学畅销书上表现十分明显。在新世纪，许多文学畅销书多以美貌、情色、身体、隐私、事件等作为卖点。如2004年28岁南京女作家小意推出的新作《无爱纪》就是以征婚作为卖点的。美女作家赵波欲说还休地写道："我和张朝阳风花雪月的事。"女作家九丹打出的口号是："在《乌鸦》里把女人的衣服脱光了，在《女人床》里则把男人的衣服脱光了。"葛红兵《沙床》的推出不惜贴上"美男作家"的标签招摇过市。至于一大批新生代女作家的"另类命名书写"，如《像卫慧那样疯狂》、《床》、《热屋顶上的猫》、《遗情书》等，则更是出于吸引读者眼球的需要。由洛艺嘉、严虹、王天祥、陶思璇组成的"美女组合"的作品《说吧，你是我的情人》、《同居的男人》、《亲爱的你》、《很想做单亲妈妈》，这些书名的挑逗性与诱惑性十足，故有人称之为"粉色炸弹"。流风所及，就是一向以严肃女作家蜚声文坛的毕淑敏也把持不住，将她的原名《乳癌女人》改为《拯救乳房》出版。还有文坛中的"姓骚扰",也是屡见不鲜。如金庸名声震天响后,就有全庸的及时跟进;湖南的王跃文红火了,就有河北的王跃文的走进江湖;你写《上海宝贝》出名了,我就写《杭州宝贝》、《广州宝贝》、《北京宝贝》等。

新世纪层出不穷的文学事件,也是令人"震惊"不已。如《马桥词典》"抄袭"事件、"美女对骂"、"二王之争"、"二张之争"、"二余之争"、葛红兵的"为二十世纪中国文学写一份悼词"、顾彬的"中国当代文学是垃圾"等。可见作家们敢说敢写、敢标新立异、敢胡言乱语,敢说大话放冷言,无非都是为了造势,为了炫目夺心,为了被关注,为了出名。批评家南帆曾经这样概括媒介时代作家的"成名绝招":消息远比作品重要;在小报上亮相,在荧屏上露脸;大言不惭,故作狂傲,挑战权威;邀打成名;制作一种富有票房价值的个性;记者出场,制造新闻热点;表白自己不读书,轻蔑文学,塑造天才形象;对媒体出版商恭敬有加,对同行大加鞭挞;隐私的肆意暴露等。这真是:这次第,怎一个"俗"字了得,怎一个"惊"字了得。

2. 作为"内文本"的"震惊"

作为"内文本"的"震惊",主要是文学作品本身在内容与形式方面所呈现出来的"震惊"。对此,本雅明在《机械复制时代的艺术作品》一书中以法国著名作家波特莱尔的抒情诗为案例进行了十分精到的分析。本雅明认为,波特莱尔的抒情诗展现了现代人的惊颤经验(Schockerfahrung),他说:"波特莱尔把惊颤经验置于其艺术创造的核心。"波特莱尔的抒情诗展现了惊颤经验。而惊颤具有突发性和疏导性;因此,它的意义不是一目了然的,需要消化。本雅明指出:"对有生机体来说,消化惊颤是一个要比接受惊颤来得重要的任务",因为作为诗学原则的惊颤不再使诗的对象出现在其作为"故土"的质量中,而只是出现在"观赏"和"疏异"的质量中。在本雅明看来,波特莱尔的抒情诗展现了惊颤经验,从而使他的抒情诗对观赏者来说具有了突发性和疏导性特点,因而这样的抒情诗需要观赏者进行思索和消化。本雅明还认为,波特莱尔的抒情诗植根于当代人的经验方式中,即植根于当代人的惊颤体验中。他指出,大都市的人流就表明了这种惊颤体验,在大都市的人流中"行走对单个人来说,是以一系列惊颤和信息刺激并迅速发生一系列神经反应。"本雅明指出,波特莱尔"把注意力投向了市场,他们观察是为了找到市场,为了找到买主,即使真理也是如此。"在本雅明看来,展现惊颤经验的波特莱尔的抒情诗是与现代人惊颤体验相一致的,现代人的体验方式就是它赖以存在的社会条件。①

　　其实,以"内文本"的形式向读者展现"惊颤体验"与"震惊效果",在西方的现代派文学中表现尤其明显。如波德莱尔的《恶之花》、艾略特的《荒原》、普鲁斯特的《追忆流水年华》、乔伊斯的《尤利西斯》、福克纳的《喧哗与骚动》、卡夫卡的《变形记》与《城堡》、萨特的《恶心》、加缪的《局外人》与《鼠疫》、贝克特的《等待戈多》、马尔克斯的《百年孤独》等。在这些作品中,它们或以象征、或以异化、或以荒诞、或以意识流、或以魔幻现实的手法,通过非理性的夸张的形式,将现实生活打碎、按主观意象重新组合,或融化现实生活,或以另一形式出现,加以极度的渲染、夸大,将现实与非现实、客观的东西和主观的东西、常态心理与变态心理混合在一起,使本来荒诞的东西更加荒诞,使本来异化的东西更加异化。之所以如此,无非是追求作品最大的"震惊效果"。

　　就新世纪文学而言,展现"震惊"效果可以视之为一种审美共性。当然,有的是内容呈现,有的是形式呈现,有的是内容与形式的双重呈现。如陈忠实的长篇小说《白鹿原》开篇就写道——"白嘉轩一生中最自豪的就是娶了七个女人",这胃口可真是吊满了,可以说是一种内容上的"震惊"。而像贾平凹的《废都》在作品所涉及的大量性描写时便有"此处删去×××字"之类的卖关子手法,既是欲语还休,也是若隐还现,可以说是一种形式上的"震惊"。另外,像刘恒的《贫嘴张大民的幸福生活》的话语狂欢与话语暴力,陈应松的《马嘶岭血案》的惨不忍睹的血案现场,王跃文的《国画》对官场黑暗的披露,莫言

---

　　① 参见［德］瓦尔特·本雅明《机械复制时代的艺术作品》,王才勇译,中国城市出版社2002年版,第162—164页。

的《檀香刑》的对杀人过程与杀人心理的细致与精致的展示，六六的《蜗居》对"房事"的焦虑与挣扎，以及卫慧、棉棉、九丹、木子美等的欲望化叙事等，无不都是"震惊"有余、"静观"不足的代表性作品，是内容与形式的双重呈现。

新世纪一大批女性作家在展示"欲场"、"情场"方面可以说是到了触目惊心的程度。卫慧、棉棉、九丹、木子美等，一个比一个大胆，一个比一个开放，从上半身到下半身，从情到性，从欲到色，由夜总会到"女人床"，从思想狂放到肉体放纵，从情绪化到动作化，从场景到细节，所有这些无非都是为了展现"震惊"效果，以至于到木子美的被称为"情色实录日记"的《遗情书》更是到了登峰造极的地步，被讽为"露阴游戏"。还如九丹的代表作《乌鸦》，不仅写作风格另类，而且因大胆触及了新加坡留学生的卖淫生活，在世界华语圈引起了广泛关注与激烈讨论。故九丹不仅有"美女作家"之名，还有"妓女作家"之称，《乌鸦》也被称之为"'妓女'悔罪篇"。有论者尖锐地指出："九丹的性描写是放逐欲望的书写，实际上是将女性的隐私、身份、欲望展示于低俗的男性阅读市场，是一种精神卖淫，人文关怀的意味荡然无存、消失殆尽，女性小说意义的召唤将无从说起。"可见，九丹的《乌鸦》之所以如此，其实有一种考量是消费语境中男性读者的注意力。毕竟诚如道伦所说的："我们就是我们注意的东西（We Are What We Pay Attention to）。而注意力是一种稀缺资源，所以各种语言都会说'付出注意力'（Pay Attention）。"而且注意力是将刺激转化为商业资本的源动力。正是如此，九丹在《乌鸦》的扉页上的题辞似乎是在撩拨着男性读者的"黄色想象"与捕获着男性读者的注意力："如果把写作比作脱衣服，那么脱了衣服之后，我不会炫耀自己的乳房有多美，而只是想把我的伤口指给别人看，并且告诉他们，这些伤口首先是我个人的罪恶，其次才是他人的罪恶。"所以，九丹的《乌鸦》以大胆内容、绝对隐私在新世纪的文学市场的上空做了一次炫目耀眼的飞翔和"肉体秀"。

新世纪的官场小说在展示官场黑幕、官场生态与官场争斗上也是到了瞠目结舌的地步。白烨认为："严格意义上说，把'官场'作为一种专门的题材来写，是类型化小说的一个典型做法。现在被称之为'官场小说'的作品，大致上是由'反腐'题材作品脱胎而来，这类作品基本上是以官场为舞台，官员为主角，描写当下干部体制的矛盾所在与领导层面的生存状态，既以编织生活化的故事为主，又带有相当的纪实成分。"① 近年来，官场小说热点不断，热销不衰。早期王跃文的《国画》、《梅次的故事》，张平的《抉择》，陆天明的《苍天在上》、《大雪无痕》，周梅森的《中国制造》、《绝对权力》，杨文彬的《省委书记》，李佩甫的《羊的门》，阎真的《沧浪之水》，肖仁福的《官运》等，无不因其高仿真的官场纪实在市场上和读者中有着恒久的吸引力。以后陆续面市的田东照的"跑官"系列、张平的《国家干部》、晋原平的《生死门》、李春平的《步步高》、王晓方的《驻京办主任》与《公务员笔记》、纳川的《省府大院》、舍人的《宦海沉浮》、杨少衡的《党校同学》、邱建海的《官途》、小桥老树的《侯卫东官场笔记》、汪宛夫的《乌纱》、王敬瑞的《芝麻官悟语》、贾兴安的《县长门》以及邱华栋的《教授》、朱志荣的《大学教授》、吴茂盛的《招生办》、老悟的《招生办主任》等，更是将官场小说推向高潮。在新世纪，官场小说持续走俏，取得了令人惊叹的销售量，这是不争的事实。之所以如此，就在于这类作品纯粹以猎奇为目的，极尽想象夸张之能事，官场只是个媒介，反腐只是个幌子，夹杂情色、暴力与黑幕，以揭露凭空想象的秘闻、隐私为主要卖点，满足社会上部分人的窥私欲与猎奇癖。过分强调展示性与震惊感的官场小说，其缺陷也是十分明显的，正如学者汪涌豪所说的："他们或许在写官场，但应该非关小说；它们可以勉强地将自己的作品归为虚构类的报告，但绝够不上称为文学。""这样的写作不仅非关小说，有时简直也无益于反腐。它虽然在客观上多少揭开了官场的黑幕，有利于社会的正气，但当主观上缺乏认识的高度和道义的担当，特别是对人性深刻的洞察、同情与悲悯，其对官场黑幕的揭露就可以无关激浊扬清，并很可能因一味的展览罪恶而流于欲讽反劝的窘境。""离

---

① 白烨：《命运与时运的交响回旋——2009 年长篇小说概评》，《当代文学研究资料与信息》2007 年第 2 期。

真正的小说更远了"。①

三 从"影像"到"拟像"

在新世纪，影视等电子媒介与网络等数字媒介以一种不断创新的文学生产，不仅拓宽了文学审美的新天地，也促使文学审美范式出现了从"语言审美"向"图像审美"、从"无利害审美"向"功利化审美"、从"精神审美"向"生活审美"、从"超世审美"向"入世审美"的转变。按照托马斯·库恩在《科学革命的终结》一书中所说的，"范式"（Paradigm）就是某一个历史时期为大部分共同体成员所广泛承认的问题、方向、方法、手段、过程、标准等。落实到美学问题上，"审美范式"指的是在某一特定历史时期大部分共同体成员所广泛认同的审美方式。事实上，从古至今，审美范式先后经历了三个阶段，分别是"形象：古典阶段"、"影像：现代阶段"、"拟像：后现代阶段"。换言之，就是"形象审美——影像审美——拟像审美"。当然，一种审美范式的新生与主流化，并不意味着另一种审美范式的消亡与退场。所以，在新世纪，尽管有着图像增殖与图像霸权的客观存在，切实推进了"影像审美"与"拟像审美"的主流化与中心化，但"形象审美"依然还是生生不息，建构着属于自己的非主流化与边缘化的美学风景。

（一）"影像"的审美表征

新世纪，我们正处于一个视觉文化时代或曰图像时代。海德格尔在《世界图像的时代》一文中指出："从本质上看，世界图像并非意指一幅关于世界的图像，而是指世界被把握为图像了……世界图像并非从一个以前的中世纪的世界图像演变为一个现代的世界图像；而不如说，根本上世界成为图像，这样一回事情标志着现代的本质。"② 米歇尔在论述"图像转向"时说："……人们似乎可以明白看出哲学家们的论述中

---

① 转引自周娜《边缘化文学风景——新世纪文学热点览要》，电子科技大学出版社 2011 年版，第 197 页。

② ［德］海德格尔：《林中路》，孙周兴译，上海译文出版社 2004 年版，第 91 页。

正在发生的另一种转变，其他学科以及公共文化的领域也正在又一次发生一种纷繁纠结的转型。我想把这一次转变称为'图像转向'。"他还说："图像现在所达到的地位处于托马斯·库恩（Thomas S. Kuhn）所谓的'范式'和'变异'之间，正如语言兴起而成为人文科学的中心话题一样。也就是说，图像正成为其他事物（包括喻形的构成本身）的一种模式和喻形，一个未解的难题，甚至是自身的对象……"① 从海德格尔的"世界成为图像"，米歇尔的"图像正成为其他事物的一种模式与喻形"，我们可以推知：在图像技术高度发达、图像生产迅速扩大的新世纪，图像不仅是世界的中心，甚至从某种角度说就是世界本身。在经历了摄影、电影、电视的常规发展与电子化、数字化、网络化的飞速跃进之后，机器性视觉媒介作为人的眼睛的延伸，极大地改变了人类"观看"世界的方式，这样，"世界通过视觉性机器被编码成图像"②。我们对自身及周遭世界的认知和感受，我们在世界的交往和生存，都潜移默化地受到了视觉媒介技术的强力制约和深刻影响。从这个意义上说，图像时代就是一个机器文化时代，也是一个技术文化时代，更是一个"看"的时代。

在图像时代，占主导地位的是影像，它是视觉媒介机器的产物，也是现代科技文明的成果。作为一种审美对象，影像"意指真实世界中的事物，通过光的反射作用在胶片感光剂或电子成像装置上的显影成像"。③ 随着审美对象从传统印刷媒介的形像（而不是形象）向现代机器媒介的影像的转换，审美范式也随之转型，即从形像到影像的现代转型。周宪在《视觉文化：从传统到现代》一文中考察了视觉范式从传统到现代转变的五种表现：从不可见到可见性，从相似性到自指性，从重内容到重形式，从静观到震惊，从趋近图像到为图像所围。④ 在《模

---

① 转引自陶东风、金元浦、高丙中编《文化研究》（第3辑），天津社会科学出版社2002年版，第14—15页。

② 吴琼编：《视觉文化的奇观·序言》，中国人民大学出版社2005年版，第12页。

③ 高宇民：《从影像到拟像——图像时代视觉审美范式的变迁》，《人文杂志》2007年第6期。

④ 参见周宪《视觉文化：从传统到现代》，王岳川主编《媒介哲学》，河南大学出版社2004年版，第235—252页。

仿/复制/虚拟——视觉文化的三种形态》一文中，周宪采用了历时考察的思路，选取了镜子、相机、电脑三种视觉媒介，考察了它们对应的三种视觉范式，即模仿、复制、虚拟。周宪的三种视觉范式的归纳，准确而精到，但由于缺乏对图像时代最主流的视觉媒介——电影与电视的关注而且显得有点美中不足。事实上，影像作为一种审美对象的确立与普及，有些特征是值得关注的：一是机器化生产，使得影像这种审美对象可以批量化生产，从而导致审美过程的商业化。二是机器化传输，使得影像这种审美对象可以突破时间和空间的限制，可以使得远在千里之外的人也能同时享受到清晰而又声情并茂的影像，并让人有一种身临其境的审美体验。三是机械化复制以致数字化复制，使得影像可以轻而易举地无限复制，且复制品之间没有任何差异，原本与摹本的区别彻底消失了，膜拜价值让位于展示价值，朝圣与敬畏之心荡然无存。

（二）"拟像"的审美表征

在图像时代，当图像"不再表征现实，甚至与现实无关，它依循自身的逻辑来表征，符号交换是为了符号自身"（鲍德里亚语）之时，视觉审美对象便从影像走向了拟像，从现代走进了后现代。"拟像"（Simulacrum）是鲍德里亚创造出来的一个概念，所谓的"拟像"是一种对现实的复制，但它逐渐脱离现实而取得了独立的地位。对于拟像的发展，鲍德里亚将之分为四个阶段："①它是对一个基本现实的反应。②它掩盖和歪曲了一个基本现实。③它掩盖一个基本现实的缺席。④它与任何现实都没有关系：它是它自身的纯粹拟像。"① 在《拟像的进程》中，鲍德里亚引用《传道书》中的两句话作为篇首引言："拟像物从来就不遮盖真实，相反倒是真实遮盖了'从来就没有什么真实'这一事实。拟像物就是真实。"② 在鲍德里亚看来，拟像是一个非常宽泛的概念，不仅包括图像、形象和符号，而且包括社会事件、现实景观和生活行为。举凡一切的图像、景观、事件，只要按照拟仿的逻辑生成，就都

---

① 转引自杨拓《试论电子媒介时代的文学审美》，《江西社会科学》2011 年第 4 期。

② ［法］让·鲍德里亚：《拟像的进程》，吴琼编《视觉文化的奇观》，中国人民大学出版社 2005 年版，第 81—82 页。

是拟像。从整体上说，拟像生存于影视媒介、网络媒介、数字媒介等所建构的仿真社会与"超现实"或曰"拟现实"之中，秉承着拟仿逻辑，具有二元性和数字性之特征，是走向虚拟化的图像而具有虚拟性、欺骗性、不确定性和异质性。

我们知道，当代社会是一个由大众传播媒介所营构的一个仿真社会，"拟像和仿真的东西因为大规模地类型化而取代了真实和原初的东西，世界因而变得拟像化了"。① 在鲍德里亚看来，拟像是没有原本的东西的摹本，换言之，就是"无本之摹"，就像"无本之木、无源之水"一样不可靠、不可信。但是，拟像的最大魅力就在于虽是"无本之摹"却胜似"有本之摹"，让人在似是而非、似非而是的审美幻觉之中沉醉不知归处。事实上，在电子媒介时代，我们所生活的世界是一个由电子网络构建起来的图像化的虚拟世界，很多时候，我们无法准确辨别事物的真实或虚假。用鲍德里亚的话说，就是拟像不再是对某个领域、某种指涉对象或某种实体的模拟，它无须原物或者实体，而是通过模型来生产真实，这种真实就是所谓的"超真实"，一种完全失去终极指向的真实。杰姆逊说："事物变成事物之形象，然后，事物仿佛便不存在了，这一整个过程就是现实感的消失，或者说就是指涉物的消失。"② 也就是说，当今我们生活的社会是这样的一个社会：现实中的实物正渐渐被拟像所代替，生活逐渐由真实向超真实转变。在真实不断被消解转换的过程中，各种拟像的模型出现了，而且填补了真实的空缺。但是越来越多的这样的模型却给我们制造了一种比真实更真的幻觉——"超真实"，好像这些模型就是真实存在的。如博览会上的电子解说员、宣传片中的3D模拟交警、网络游戏中的3D人物等。

拟像作为一种审美对象的确立与扩张，从本质上说就是一种审美幻觉。这一点，鲍德里亚在1981年出版的《拟仿》（Simulation）一书中

① ［法］让·鲍德里亚：《仿真与拟像》，汪民安编《后现代性的哲学话语》，浙江人民出版社2000年版，第329页。
② ［美］杰姆逊：《后现代主义与文化理论》，唐小兵译，北京大学出版社1997年版，第224页。

就已经明确指出，当今的现实"已完全为一种与自己结构无法分离的审美所浸润，现实已经与它的影像混淆在一起了"，"我们生活的每一个地方都已经处在一种对于现实的'审美'幻觉之中。"① 可见，拟像虽与审美融合为一，但从本质上却是幻觉，而且是一种超真实化与完美化的、信以为真的幻觉。以照片为例，新技术可以对照片中人物的胖瘦、高矮、色彩、背景的明暗度以及脸上的雀斑、头上的秃顶等进行随心所欲的修改，如当下十分流行的 PS 技术、美图秀秀软件等，从而最大限度地满足创作者对文本表征完美化效果的主观想象。还如电视广告、影视明星、MTV、纪录片、宣传片等，常常呈现为拟像形态，或者说是一种"失真"的"完美"。对此，鲍德里亚称之为"完美的罪行"，正如他说："完美的罪行就是创造一个无缺陷的世界并不露痕迹地离开这个世界的罪行。"② 可见，在鲍德里亚看来，拟像的"完美"是一场罪行，是对实在（Real）的谋杀，毕竟"任何系统接近了完美操作性，也就接近了自身的死亡"。③

作为一种审美范式，拟像既会抹杀审美客体的真实性，也会谋杀审美主体的辨真力，改造审美主体的无意识，还会瓦解审美主体的审美自律让主体陷入一种"非真实化"（Derealization）处境，从而以所谓的"拟像旨趣"替代传统审美的"求真旨趣"，并以此作为一种审美定式与审美习惯。如果受众长时间沉浸于由拟像建构的超真实（仿真文化）空间，受众不仅会对拟像失去辨真能力，也会对实在界失去应有的辨真能力。最重要的是，大众在拟像文化及由拟像组构的仿真文化中会逐渐失去对实在的兴趣，大众的求真旨趣会逐渐被拟像旨趣取代。这样，实在不再重要，拟像最为重要，换言之，由媒体呈现的拟像开始成为兴趣的中心与嗜好的焦点。以周星驰和六小龄童为例，大众喜欢他们，不是喜欢他们二人的现实形象，而是喜欢二人所展示出来的媒体形象，包括

---

① ［英］丹尼·卡纳瓦罗：《文化理论关键词》，张卫东等译，凤凰出版传媒集团、江苏人民出版社 2006 年版，第 213 页。

② ［法］让·博德里亚尔：《完美的罪行》，王为民译，商务印书馆 2002 年版，第 43 页。

③ ［法］让·波德里亚：《象征交换与死亡·前言》，车槿山译，凤凰出版传媒集团、译林出版社 2006 年版，第 5 页。

他们通过媒体展示出来的行为动作、性格气质、人物扮相、对话台词以及独特配音。此时的尴尬在于，如果把这些配音改装成周星驰和六小龄童自己的声音，大众可能对这一自然真实的"真声本音"并不喜欢。因为他们喜欢并认可的周星驰与六小龄童其实并不是实在的周星驰与六小龄童，而是媒体拟像的即被媒体拟化的周星驰与六小龄童。在拟像这种审美范式之下，求真危机始终存在，这就是所谓的"表征危机"（Representational Crisis）。

（三）从"读的方式"到"看的方式"

从古至今，文学的审美方式不外乎三种基本形态：一是"听的方式"（口传文学时代），二是"读的方式"（书面文学时代），三是"看的方式"（视像文学时代）。在图像时代，随着审美范式从形像到影像、再到拟像的转变，新世纪的文学审美也随之出现变异，其中最值得置于视觉文化语境中探讨的就是从"读的方式"向"看的方式"的转变。这是一次革命性的转变，虽有回归返朴之义，却更多是一种与时俱进的创新递嬗。

看，是人类认知世界的一种方式，也是人类审美活动的一种方式。画家鲁斯金（John Ruskin）说得好："人类灵魂所做过的最伟大的事物就是睁眼看世界……能看清这个世界，既是一种诗意，也是一种预言，同时还是一种宗教。"① 从古至今，为了更好地看见、看清、看懂、看透世界以及我们自身，人类相继发明了许多看的工具和技术，不断丰富着看的方式和看的艺术，推进着视觉经验与视觉体验的嬗变。周宪认为："我以为，考察视觉文化的不同形态，就是考察视觉观念的历史。用伯格的话来说，就是所谓'看的方式'（Ways of Seeing），亦即我们如何去看并如何理解所看之物的方式。"② 当然，我们看事物的方式受到我们所知的东西或我们所信仰的东西的影响。换言之，人们怎么看和

① 转引自［美］保罗·M. 莱斯特《视觉传播：形象载动信息》，霍文利等译，北京广播学院出版社 2003 年版，第 2 页。
② 周宪：《视觉文化：从传统到现代》，王岳川编《媒介哲学》，河南大学出版社 2004 年版，第 235 页。

看到什么实际上是深受社会文化影响的，并不存在纯然透明的、天真的和无选择的眼光。在这里，周宪借用伯格的话对"看的方式"进行了很好的阐释，并进一步借用库恩的"范式"（Paradigm）提出了所谓的"视觉范式"。周宪解释说："……视觉范式，亦即特定时代人们（尤其是那个时代的艺术家和哲学家）的'看的方式'。它蕴含了特定时期的'所知的东西和所信仰的东西'，包孕了布尔迪厄所说的'作为信仰的空间的生产场'，因此塑造了特定时代和文化适应的眼光。恰如科学的革命是范式的变革一样，视觉文化的演变也就是看的范式的嬗变。视觉文化史就是视觉范式的演变史。"①

"当世界被当作视觉对象来把握的时候，它表达的并不是世界存在本身，而是体现人类主体价值和欲望的意识形态……由视像技术构成的数字图像，满足着人类实现自身价值的普遍梦想和欲望，影响着人们的生存方式和态度。"② 随着"看的方式"的推衍与"视觉范式"的演变，新世纪的审美活动发生了深刻的改变："总的说来，这种改变主要表现在审美活动中的四个相互关联的方面：①审美活动从一种维护生存的活动变成了一种把握世界整体，确证自身力量的价值活动；②审美活动从一种体验性的整体活动变成了一种分析性美学活动；③审美活动从一种教化活动变成了一种工具性活动；④审美活动从一种从容优游的活动变成了一种一味忙碌的企业活动。"③ 基于此，高宇民在《从影像到拟像——图像时代视觉审美范式研究》一书中将视觉审美的特点归纳为四点：一是"审美距离的消解与审美基础的悖论"；二是"审美创造的技术化与审美判断的计量化"；三是"审美性质的不纯粹性和审美中介的媒体化"；四是"审美对象的批量化和审美过程的商业化"。④

① 周宪：《视觉文化：从传统到现代》，王岳川编《媒介哲学》，河南大学出版社2004年版，第237页。

② 李鸿祥：《视觉文化研究——当代视觉文化与中国传统审美文化》，东方出版社2005年版，第336—337页。

③ 同上书，第196页。

④ 参见高宇民《从影像到拟像——图像时代视觉审美范式研究》，人民出版社2008年版，第32—40页。

这样，"看的方式"的扩张必然导致"读的方式"的萎缩。就新世纪文学而言，审美活动由原来的"读书"更多转向当下的"看图像"。在前图像时代即以文字为主的审美时代，人们更多的是通过阅读来进行审美。通过阅读，运用自己的抽象思维来构筑文字中的画面，虽然语言文字不能保证所表述内容之真实性，但是它会通过语言文字的叙述形成一个语境或情境，并在读者的阅读与想象中形成场景与画面，从而获得一种体悟式的审美快感。在图像时代，随着电影、电视以及互联网视频的发展，"看"逐渐取代"读"，成为大众的主要审美范式。人们每天都在观看视像、视频与视屏，更习惯于通过"看的方式"而不是"读的方式"来获取资讯与信息。语言的式微必然导致图像的狂欢，按尼尔·波兹曼的话说，"图像对语言进行了猛烈的攻击"①，"看的方式"取代"读的方式"成为最主要的审美范式。

　　在"看的方式"的主导下，新世纪文学是如何呈现它的"好看"、如何实现它的"好看"的呢？又是如何践行它的"好看法则"的呢？其一，将图像概念或"看的方式"引入文学的话语体系之中，以"好看"驱动作品的"好读"。这一点，诚如贝斯特和凯尔纳在剖析利奥塔的后现代主义时所说的："利奥塔希望使形象进入话语并改造话语，以及发展一种形像化的写作模式，即'以言词作画，在言词中作画'。因此，他推崇想象的和一词多义的诗歌转义，推崇写作中的暧昧，将诗歌标榜为一切写作为型的楷模。其目的是想以图像的话语瓦解抽象的理论话语，以那种采用越界性文学策略的新话语颠覆霸权话语。"② 可见，利奥塔并不是将图像从话语中独立出来、分立起来，而只是想把图像概念引入文学的话语体系，以凸显话语内容图像的叛逆性力量，或者文学内容话语性与图像性的对抗和冲突，并从而将文学之为文学的"文学性"规定为审美的形象性。对于利奥塔来说，文学的理想品格应当是图像性的，由于图像的解构性，文学也应该是后现代性的。其二，在

---

　　①　[美] 尼尔·波兹曼：《娱乐至死》，章艳译，广西师范大学出版社 2004 年版，第 98 页。
　　②　Steven Best and Douglas Kellner, *Postmodern Theory*, *Critical Interrogations*, New York: The Guilford Press, 1991, p. 152.

"内文本"的写作上让"图像化写作"大行其道。"图像化写作"是新世纪文学的一种内图像化策略，主要包括图像化叙事、图像化结构、图像化人物、图像化转换等。这一点，我们已在第八章中有详细的论述，在此不再赘述。由于践行了图像化写作策略，新世纪文学从某种角度上说越界成为生活图像的一份资源，文学不仅成为图像化的对象也成为图像化的结果。其三，在"次生文本"的改写上让"文学改编"呼风唤雨。"文学改编成影视"是新世纪文学的一种外图像化策略，既是文学进入影视，也是影视对文学的整编，表征的是作为"语言学转向"的对立面的艾尔雅维茨所说的"图像转向"。将文学作品改编成影视剧主要有两种改编模式：一是"忠实于原著的改编"，二是"不忠实于原著的改编"。盘剑认为："从总体上说，改编自文学作品的电视剧大多坚持忠实于原著的原则，即力求在思想内涵、表现形式和艺术风格等方面都尽可能与文学原著保持一致。……当然，忠实于原著或还原式的改编并不是对原著毫无改动，也不是忽视电视艺术的独特规律，抛弃其镜头、画面的特殊功能，将电视剧这一注重语言因素的视听艺术完全等同于语言艺术的文学。"① 影视剧不同于文学，但影视剧少不得、缺不得文学，文学毕竟是影视剧的本与源。影视对文学的整编，它们挑挑拣拣，只选取语言中能够转换出形象的那些部分。金惠敏认为："由于语言与图像的不相容性，影视对文学的整编、重组本质上并非在语言与图像之间建立一种新的张力关系，即图像从语言的压迫下解放出来并反过来统治语言，如此文学尚可卑微地奔走效劳于图像之前，而文学在被榨取之后便不再是原先意义上的文学，在影视中仅留下文学的残迹。"② 尽管如此，在影视中的"文学残迹"，依然有利于文学的大众化传播，毕竟"看"比"读"更加易于让人接受。从这个层面上讲，"看"有利于文学的传播，虽然文学的美感多被阉割，但是在当今以图像和拟像为主的时代，影视的普及对文学的普及依然有着不可低估的效用。

---

① 盘剑：《走向泛文学——论中国电视剧的文学化生存》，《文学评论》2002年第6期。
② 金惠敏：《图像增殖与文学的当前危机》，王岳川编《媒介哲学》，河南大学出版社2004年版，第220页。

四　从"审美"到"审丑"

新世纪文学所处的新世纪十五年,是一个"泛美学"(Transaesthetics)的时代,或曰"审美泛化"(Aestheticization)的时代。鲍德里亚说过:"我们的社会生产出一个普遍的审美泛化:所有的文化形式,也不排除那些反文化的形式都被提升了,所有的再现模型和反再现模型都被请入其中。"[1] 在"审美泛化"的语境中,不仅那些"反文化"、"反再现模型"可以入主审美视域,就是那些"反美学"、"反文学"也同样可以入主审美视域。由于全社会对所谓的"高大上"的审美疲劳,而那些所谓"矮矬俗"却更能带来不可企及的审美震惊效果。这样,"真善美"虽然还是审美家族的主人,但"假恶丑"在进入审美的视野之后竟然成了审美家族的新贵。这样,新世纪的文学审美出现了所谓的从"审美"向"审丑"的后现代转型。从整体上说,从"审美"向"审丑"的后现代转型有几点是值得关注的:其一,表征着表层化、感官化、断裂化的后现代哲学。其二,"泛审美"强调审美沉浸与欲望投射,迷恋于"当下"与"片刻"之欢。其三,审美主体失去了主动性和能动性,成了"时尚"、"流行"、"另类"生活方式的追逐者。其四,文学感受在"泛审美"的影响下走向"碎片化"与个性化。其五,书写"丑"、塑造"丑"、展示"丑"与张扬"丑",或者说"以丑为美",成为新世纪文学扎眼的话语狂欢。

(一)"以丑为美"的审美趣味

从理论上说,审美观念是一个时代审美风尚得以可能的前提,而审美趣味则制约着一个时代个人的审美取向。余虹认为:"审美趣味也是一种文化现象。古希腊人认为强健的人体是神性的标志,它很美,于是在奥林匹克运动会和神像雕像找那个裸露之。中世纪的基督徒认为肉体是罪性的根源,它很丑,于是在日常生活与绘画中都要深蔽之。……审

① Jean Baudrillard, *The Transparency of Evil*: *Essays on Extreme Phenomena*, trans. James Benedict, Verso, London, 1994, p. 16.

美趣味是一种引导并制约着个体如何审美的文化力量。"① 在余虹看来，作为一种文化力量，审美趣味依托于审美主体的主观性与集体约定及社会认同。美与丑，既是相对的，也是转换的，但是随着审美文化的历时性积淀，依然有着为绝大多数人认同的、可以厘清的美学向度。美与丑，虽然都是一种审美范畴，但是美的规定性与丑的规定性毕竟不同。所以，"以美为美"是常态，而"以丑为美"是异态，表征着审美趣味的病态化转变。

事实上，在西方美学史，倡导丑并让丑走向审美的圣殿早在启蒙主义那儿就得到了大力宣扬。法国的伏尔泰曾经说过："莎士比亚笔下的光彩照人的畸形人给我们带来的快感要比当今的理智、慎重大一千倍。"在这里，畸形人具有"光彩照人"的审美属性，并能引起读者的审美愉悦以致审美快感。西班牙的埃斯特万·阿特亚加也说："摹仿所摄取的只是集美丑善恶一身的远非完美的个人"，他甚至认为："艺术史的每一页都驳斥了摹仿'美的自然'的理想。"其后，莱辛在打破丑的禁令上更具影响。在《拉奥孔》中，莱辛认为，近代诗歌艺术主要不是美的艺术，而是真的艺术，它不以美为最高理想，而以真为最高法则。真实的现实，既有美，也有丑，因此丑有权利可以入诗。"丑可以入诗"有二层含义：一是描写丑的对象；二是根据真的法则，打破古典和谐美的原则，对艺术各元素作不和谐的处理。这后一条具有更本质、更深刻、更长远的意义。② 随着启蒙主义向浪漫主义的转折推进，人们已经"感觉到万物中的一切并非都是合乎人情的美，粗俗藏在崇高的背后，恶与善并存，黑暗与光明相共"，"诗人着眼于既可笑又可怕的事件上"。在近代的思想里，"滑稽丑怪都具有广泛的作用，它无处不在：一方面，它创造了畸形与可怕；另一方面，它创造了可笑与滑稽"。雨果曾经大声疾呼："现在是时候了，一切富有学识的人都应该抓住那一条总是把我们称之为美的东西和我们根据偏见称之为丑的东西联结起来的纽带。缺陷——至少我们是这样称呼的——往往是品格的一

---

① 余虹：《审美文化导论》，高等教育出版社 2006 年版，第 4 页。
② 参见［德］莱辛《拉奥孔》，人民文学出版社 1982 年版，第 18 页。

个命定、必然的、天赋的条件。"正是如此，雨果在《巴黎圣母院》中塑造了一个外形极丑而内心极美的卡西莫多和一个外形很美而内心很丑的腓比斯，特别是卡西莫多更是人们津津乐道的典型。可见，丑通过艺术的加工可以成为艺术之美，虽是病态，但同样迷人。诚如鲍桑葵在《美学史》中所说的，"即令我们被我们自己制造的丑包围起来，我们也有了更大的更敏锐的美感。"正是在这些美学观念的烛照之下，20 世纪的西方现代派更是放肆地将丑、荒诞、异化、魔幻、黑色幽默等纳入审美视野，成为一种最典型、最纯粹的美学形态与范畴。

尽管丑是与美相对的美学范畴，审丑是与审美相对的审美形态，但是，我们想要强调的是，审丑的可然律并不代表着"以丑为美"的必然律。毕竟审丑最终是为了窥探丑背后的美、粗俗背后的崇高、滑稽背后的端庄、荒诞背后的真实，是为了"以丑写美"、"以丑化美"、"以丑求美"、"以丑彰美"，则绝不是"以丑为美"、"美丑不分"。

事实上，由于美学精神的流失与缺失，新世纪似乎正迎来一个"以丑为美"的病变时代。比如，江苏卫视的相亲节目《非诚勿扰》中的女嘉宾马诺以出格的言行举止、过激的伦理价值竟然博得了无数大众的眼球和最高的人气指数，真是没有不敢说的，也没有不敢做的。还如，2010 年岁末一部充斥着暴力、脏话甚至带有点情色的电影《让子弹飞》大获成功，票房突破 5 亿元人民币。类似的电影还有诸如《色戒》、《满城尽带黄金甲》、《肉蒲团》、《赤裸特工》等则是"床战与肉搏"的最赤裸展示。在娱乐圈里，同样有着徐静蕾的镂空透视装的上演，车模兽兽的无限爆乳露体，所谓的"不以为耻，反以为荣"，节操坠地，三观尽毁。至于网络上的所谓的"网络美女"如流氓燕、芙蓉姐姐、竹影青瞳、天仙妹妹、凤姐等无不都是读图时代的红人，特别是芙蓉姐姐靠搞怪作秀成名，她通过在网络上发布视频或者图片的"自我展示"（包括自我暴露）而引起广大网民关注，进而走红。他们的"自我展示"往往具有哗众取宠的特点，他们的言论和行为通常借"出位"引起大众的关注。他们的行为带有很强的目的性，包含一定的商业目的，为了出名而在所不惜，不求"流芳百世"，但求"遗臭万年"。

这一点，契合了消费社会语境下网民的审丑、娱乐、刺激、偷窥、臆想、意淫及看客等心理，从而"丑行天下"。在近几年的网络媒介中，对丑的追捧似乎成了一种常态，"我是流氓我怕谁"，"丑到极处便美到极处"，以丑陋为美，以粗俗为美，以叛逆为美，以抹黑为美，以诋毁为美，以对抗为美，以爆乳为美，以露阴为美，以自私自利为美，以矫情为美……形形色色的恶搞让人应接不暇。在这种"以丑为美"的趣味主义的引导下，王朔曾经批判的"四大俗"，如金庸的小说、琼瑶的电视剧、成龙的电影、四大天王的歌曲等转变为新的"四大俗"如赵本山的小品、周立波的海派清口、郭德纲的相声、周杰伦的歌曲等。

比如赵本山的小品，其最大的特点是低俗，其低俗的表现有两种文化倾向：一是有"文革"的影子。赵本山的小品不尊重人，尤其是对残疾人、瘸子、盲人、哑巴、肥胖者，极尽挖苦之能事，其搞笑艺术建立在他人痛苦之上。不尊重人致使赵本山的小品充斥着愚蠢、麻木、低级、霸道、无知、肮脏、流氓气，是以自虐讨笑，又是以虐人搞笑。二是有封建的糟粕。赵本山的小品对善良的穷苦人、有生理缺陷的痛苦人、落后的农村人极尽挖苦、模仿、嘲笑、戏弄之能事，却极少鞭及贪官污吏、土豪劣绅、名流大款、伪君子、假道德等。表面上是一种幽默，一种诙谐，实质上是一种封建思想的糟粕。赵本山的小品主要有三方面的缺陷：一是缺乏时代精神。什么是先进文化，什么是落后文化，什么是文明文化，什么是丑陋文化，赵本山不得而知。中国的时代精神是什么，时代艺术是什么，时代思想是什么，赵本山不得而知。二是缺乏时代道德。赵本山的小品中很难看到平等、公平、正义、自由、民主、诚信、善良的影子。三是缺乏时代之美。赵本山的小品呈现给观众的是一种脏乱差，一种恶心，一种无聊，一种为搞笑而搞笑甚至是为搞笑而虐人，甚至是一种以丑为美，以假为美，以欺诈为美，以愚昧为美的艺术。缺乏人文关怀，缺乏文明进步，缺乏诚信善良，缺乏真正的时代之美。当然，赵本山的小品的缺陷存在与低俗呈现是表里一体的。但是，值得深思的是，这种低俗的艺术形式却是我们这么多年来央视春晚的"招牌菜"，谁之过？可见，赵本山的小品绝对不是赵本山一个人的小品,而是一个群体审美趣味的象征,一个时代审美精神的象征。

我们知道,"凡事过犹不及",当审丑走向"以丑为美"的趣味主义与反美主义歧路时,就到了该深刻反省的时候了。对此,我们认为2014年10月召开的北京文艺工作座谈会及习近平总书记的讲话,恰是阻止"以丑为美"这个"野马"狂奔的"拴马桩"。习近平总书记的讲话有十点是振聋发聩的:一是文艺不能在市场大潮中迷失了方向,不能在为什么人的问题上发生偏差,否则文艺就没有生命力。二是文艺不能当市场的奴隶,不能沾满了铜臭气。三是艺术可以放飞想象的翅膀,但一定要脚踩坚实的大地。四是低俗不是通俗,欲望不是希望,单纯感官娱乐不代表精神快乐。四是把爱国主义当作文艺创作的主旋律,要坚持正确导向,弘扬正能量。五是文艺工作者应该确立导向自信,在伟大的人民中去创造崇高的作品,也在崇高的作品中去表现人民的伟大。六是坚持洋为中用、开拓创新。七是倡导说真话、讲道理。八是精品之所以"精",就在于思想精深、艺术精湛、制作精良。九是好的文艺作品就应该像蓝天上的阳光、春季里的清风一样,能够启迪思想、温润心灵、陶冶人生,能够扫除颓废萎靡之风。十是追求真善美是文艺的永恒价值;艺术的最高境界就是让人动心,让人们的灵魂经受洗礼,让人们发现自然的美、生活的美、心灵的美。① 透过习近平总书记的讲话,我们似乎可以感受到习近平总书记对当前文艺乱象与怪状的焦虑与忧患,特别是时下泛滥的低俗之风、纵欲之风、颓废萎靡之风以及感官娱乐。习近平总书记指出,当下,过度娱乐化充斥荧屏,凶杀、打斗、色情营造的感官生理刺激冲淡乃至取代了文艺的精神美感。身为"人类进步的阶梯"的图书也未能幸免,内容"害人",封面"吓人",标题"雷人"的书籍,居然被摆放在书店的关键架位。随着互联网的发展和普及,低俗的作品更是如癌细胞一样滋生扩散。低俗泛滥,扭曲的价值观被无限放大,人人都是受害者。对此,习近平警示:"低俗不是通俗,欲望不代表希望,单纯感官娱乐不等于精神快乐。追求真善美是文艺的

---

① 参见习近平《在北京文艺工作座谈会上的讲话》,《人民日报》2014年10月28日。

永恒价值。让人动心，让人们的灵魂经受洗礼发现自然的美、生活的美、心灵的美才是艺术最高境界。"① 习近平总书记的一针见血与高屋建瓴，既是对"以丑为美"的审美纠偏，也是新世纪文艺工作的"阿拉丁神灯"。

（二）"以丑为美"的审美呈现

进入新世纪以来，由于受到消费文化和电子媒介文化的双重影响，新世纪文学不仅乱象丛生，而且诸如崇高、神圣、真善美等价值立场的退却，从而让"以丑为美"恰如洪水泛滥，甚至是见怪不怪、习以为常。当然，这里的所谓"丑"，不仅仅是指"丑陋"，而是一个相对广泛的概念，它不仅表征着审美形态，也表征着一种畸变的审美趣味、蜕变的审美价值与病变的审美倾向。事实上，在新世纪，当所谓的"崇高书写"、"主流书写"、"宏大叙事"、"英雄叙事"、"革命叙事"、"文学经典"等为许多"文坛大腕"与"网络大神"所不屑时，"以丑为美"的"乱花"必然"迷"住了广大作者与读者的慧眼。

1. "以渎圣为美"

"亵神渎圣"，也可称之为"渎圣化"。神圣，在古典美学的视域中是何等崇高的形而上词汇，有着无法抗拒、无法比拟的膜拜性。然而在新世纪的消费主义语境中，神圣同商品、身体、美丽、历史、荣誉、榜样等一样成了可以消费的对象，失去了神圣性的神圣成了可以任意拼贴、戏仿、大话、谐谑的对象。同样在新世纪的解构主义语境中，一切均可解构，包括崇高、神圣、伟大、英雄、经典、传统等，都被打入世俗尘埃，既有七情六欲，也是五花八门。

新世纪的网络文学有着最鲜明的"渎圣化"倾向。网络作为一个虚拟世界，可谓"林子大了什么鸟都有"，但有一种是无法消音的"共鸣"，那就是消解神圣。网络文学淡化意识形态与主流价值及传统伦理，更多注重娱乐、休闲性，出现了许多无主题、无思想、无倾向的作品，也出现了许多刻意"亵神渎圣"的作品。这些作品有的以自由的

---

① 习近平：《在北京文艺工作座谈会上的讲话》，《人民日报》2014 年 10 月 28 日。

心态和解构的手法对已有的价值观进行重新审视后,形成了十分鲜明的后现代表征;有的采用嘲讽、调侃的手法,通过对传统文学的颠覆和解构,反叛传统和经典;有的通过欲望化的本色表达和关注日常生活体验来解构思想的深度与厚度,从而无一例外地走向"平面化";有的以自由书写为幌子进行肆无忌惮的"抹黑"、"祛魅"与"去神圣化"。对此,诸如《大话西游》、《悟空传》、《流氓的歌舞》、《明朝那些事儿》、《成都,今夜请将我遗忘》等,似乎都可作为"渎圣化"的最好样本与最佳注释。

例如,《明朝那些事儿》的开篇以市井八卦的口吻介绍一个大明王朝的开国君主朱元璋,全然没有历史典籍中的严谨庄重和传统文学中的严肃端庄。

姓名:朱元璋,别名(外号):朱重八、朱国瑞/性别:男/民族:汉/血型:?/学历:无文凭,秀才举人进士统统的不是,后曾自学过/职业:皇帝/家庭出身:(至少三年)贫农/生卒:1328—1398/最喜欢的颜色:黄色(这个好像没得选)/社会关系:父亲:朱五四农民/母亲:陈氏农民(不好意思,史书中好像没有她的名字)/座右铭:你的就是我的,我的还是我的/

这种语言基调显然不是要给开创明史的皇帝朱元璋歌功颂德,这部小说以一个普通人的视角重塑了以往高高在上的政治家和至高无上的皇帝,讽刺了朱元璋因出身贫寒而自卑、作为弱势被欺压的窝囊,与人交往时的蝇营狗苟,所谓的雄图霸业不过是弄权者之间的尔虞我诈,和地痞无赖的争斗并无二异。

再如,《悟空传》将原著《西游记》的人物形象做了时空转换与置换颠覆,让古典名著里一心朝佛的取经师徒脱胎换骨,变成了有爱有恨、有欲有求、有苦有痛的"人",即由"神"而"人"。一篇网上的评论说:"我们生活在没有英雄的时代,一切神佛都被我们打破了。所以只有我们这一代人会对这一作品流泪。"《悟空传》打破了神佛,情节与人物发生了"天翻地覆"的变化，如唐僧从一个虔诚的朝圣者变成了一个无佛无天、放荡不羁、才华横溢的金蝉子，甚至是有点话痨、令人讨厌的"啰唆鬼"；孙悟空由一个天不怕、地不怕、敢同如来打一架的"齐天大圣"变成了一个具有分裂性人格、恶魔与天使同在的"情圣"；猪八戒为爱情牺牲一切，甘愿承受无尽的痛苦；沙悟净固执而虔诚地找回琉璃杯碎片，沦为权威的奴隶、制度的牺牲者。还有，在《悟空传》中，唐僧与孙悟空还都被塑造成了有彻底怀疑精神的人，如唐僧质疑小乘佛法、孙悟空质疑天庭对生灵统治的合法性等，都有着鲜明的"渎圣化"。当然，最能代表《悟空传》的主旨还是小说中那句传遍了网络的名言——"我要这天，再遮不住我眼；要这地，再埋不了我心；要这众生，都明白我意；要那诸佛，都烟消云散。"

2. "以叛逆为美"

叛逆，有时是创新与革命的驱动，但是无节操、无节制的叛逆却只能是一种丑行。在新世纪，一大批所谓的作家以叛逆为荣、以叛逆行世，并被树为叛逆的"偶像"，如王朔、王小波、顾城、高行健、韩寒、陈丹青、葛红兵、顾彬、卫慧、棉棉、苏菲舒、木子美等。他们不仅对现行的文学机制与体制叛逆，也对文学传统与经典叛逆，他们厚今而非古、厚己而非他，崇洋而媚外，目空一切，睥睨天下。其实，借用王小波的话，他们不过是"一只特立独行的猪"，以另类博名、以叛逆捞利，就像王朔自己所说的，"我是流氓我怕谁"，以流氓自居，让痞子话语、流氓谩骂、裸体读诗肆意张狂，不以为耻，反以为荣。

对文学传统的颠覆与重置，对文学经典的"祛魅"与"反叛"，是新世纪最典型的"叛逆"。在这中间，最有代表性的当首推对鲁迅的重新评价。2000年葛红兵在《给二十世纪的中国文学写一份悼词》一文中用质疑的口气说："鲁迅的弃医从文，与其说是爱国的表现，不如说是他学医失败的结果。""他的人格和作品中有多少东西是和专制制度殊途同归的呢？他的斗争哲学、'痛打落水狗'哲学有多少和民主观念、自由精神相同一呢？"2000年第二期《收获》开辟了"走近鲁迅"专栏，依次刊发了冯骥才的《鲁迅的功与过》、王朔的《我看鲁迅》，以及早年林语堂的《悼鲁迅》三篇具有颠覆性的文章。冯骥才认为，鲁迅的"国民性批判源于1840年以来西方传教士那里"。"鲁迅对传统文化的批判往往不分青红皂白。"王朔则认为，"我认为鲁迅光靠一堆杂文几个短篇是立不住的，没听说有世界文豪只写过这点东西的。""我坚持认为一个正经作家，光写短篇总是可疑，说起来不心虚还要有戳得住的长篇小说，这是练真本事，凭小聪明雕虫小技蒙不过去。"林语堂则以反讽给鲁迅画了两副"活形"图："不交锋则不乐，不披甲则不乐，即使无锋可交，无矛可持，拾一石子投狗，偶中，亦快然于胸中。此鲁迅一副活形也。""终不以天下英雄死尽，宝剑无用武之地而悲。路见疯犬、癫犬，及守家犬，挥剑一砍，捉狗头归，而饮绍兴，名为下酒。此又鲁迅之一活形也。"这三篇文章有一个共相，那就是对中国现代文学的旗帜——鲁迅的否定性评价，将鲁迅从中国现代文学的"神坛"上拉下。对此，朱振国点评说："可以说冯骥才的开篇是'点穴'，王朔的卖点是'抹粪'，林语堂的压卷是'漫画像'。"他认为，"宗师、奠基人、开先河者，有其不完善之处是难免的，但他们的历史地位是不可动摇的。想以对巨人的轻侮衬托自己的高明，或以为巨人已长眠地下不可能辩诬和抗争而显得猖狂，只能证明自己的愚蠢、浅薄和卑劣。"

除鲁迅被颠覆之外，20世纪中国文学史上的一大批文学大师难脱解构之厄。如2007年7月，湖南卫视请"80后"作家韩寒、著名画家陈丹青做了一档节目，二人就"阅读与小说"进行讨论时语出惊人，炮轰了一大批文学大师，其中包括老舍、茅盾、巴金、钱锺书、曹禺、冰心、余华、苏童等。之所以炮轰，无非是二人一唱一和于两点：一是这批作家的"文笔很差"、"文字相当幼稚"；二是这批作家的作品"没法读"、"也读不去"。如陈丹青附和韩寒说："还有巴金，写得很差的。冰心完全没办法看。老舍还好，不是不经读，读过可以的。钱锺书当然学问好，见解也好，但不是我喜欢的那类作家。"陈丹青还感叹说："除鲁迅一上来就很老成。还有曹禺这样的天才，20几岁写的剧本，一辈子也知道没有办法超越。老舍的《骆驼祥子》还是很好，虽然还是没有读完；巴金的小时候读过，《家》、《春》、《秋》几乎全忘了，晚年的东西完全没有办法读，什么《真话集》，完全已经没有了才华。"像余华、苏童，我看一页就放下了。"韩寒、陈丹青对文学大师的炮轰决非个案，它代表了一个时代的审美风尚，那就是以颠覆为荣、以断奶为荣、以截根为荣、以叛逆为荣、以无知为荣、以偏激为荣。对此，有一大批学者和粉丝对韩寒表示支持，认为对于文学作品的阅读，每个读者都有不同的口味，老一辈文学大师的语言确实有些"落伍"，"文学代沟"客观存在，"应该包容批评的声音，包括对权威的挑战。"在此，我们认为，假如说韩寒、陈丹青的"炮轰"还只是个人的奇谈怪论的话，那么对这种"炮轰"的"支持"与"点赞"就不能不说是一个时代的咄咄怪事了，它充分印证了我们这个时代在审美趣味上的病变与异化。

所以，新世纪以来，无论对文学大师座次的重排，如"鲁郭茅巴老曹"统统被打倒，甚至还宣称"为中国文学保持一线血脉者，唯张爱玲是也"，如以"重写文学史"为名将"三红一创、山青保林"统统被否定，还是为20世纪中国文学写下的"悼词"，以及对鲁迅地位的挑战，甚至宣称中国当代文学是"垃圾""文坛算个屁，谁也别装逼"，都表明颠覆经典与重置传统的潮流，已成为新世纪文学的一道炫目的风景。

3. "以低俗为美"

尽管我们知道低俗不是通俗，欲望不是希望。但是新世纪文学依然存在着雅俗无界，甚至是雅向俗滑行以致低俗、鄙俗的病态化气象。换言之，就是"以低俗为美"。其一，大量畅销书类型的作品，审美境界都拘囿于现实生活的具体情境与日常感触，审美观照浅层人生欲望及其病态性欲求。这种类型的作品在新世纪文坛不仅是多，而且是滥，甚至是泛滥成灾。如《当年拼却醉颜红》、《无爱再去做太太》、《花心不是我的错》、《成都，今夜请将我遗忘》、《爱你两周半》、《英格力士》、《抒情年代》、《手机》、《中国式离婚》、《蜗居》、《上海宝贝》、《棉》、《国画》、《驻京办主任》、《招生办主任》、《乌鸦》、《遗情书》等，似乎都在刻意强调欲望泛滥、人性迷失、物性狂放的社会普遍性，以连篇累牍、长年累月地演绎此类世相为能事，结果普遍地出现文学创作的"平面化"和文本价值的"浅表化"。

其二，不少深受主流文坛认可的作品，普遍地表现出对于污浊、畸形、诡异的审美兴奋与审美热情。阎连科的《日光流年》和《受活》虽是立意高远之作，但作品以"男人卖皮女人卖肉"、"残疾人绝活团"等畸形生态为关键情节加以渲染，则让人在倍感惨烈、绝望的同时，又不能不心生污秽、诡异、丑陋之感。莫言的《檀香刑》对刑场行刑的快感铺张与快意渲染，《四十一炮》对罗小通丑陋吃相和"肉神节"、"吃肉比赛"等醋畅恣肆地描述，《生死疲劳》以"牲畜六道轮回"为文本结构形态着力于人的动物性与兽性。这些作品，与《红高粱》、《丰乳肥臀》、《蛙》、《打洞》等有共同的审美取向，即"低俗"、"暴力"。余华的《兄弟》随处可见"屁股"、"粪坑"、"屎尿"、"搞"之类粗俗的语词和细节。东西的《后悔录》开头津津有味地以"狗交配"的描写来当作引人入境的噱头，则更是审美境界等而下之的"肮脏"。对此，刘起林一针见血地指出："如果说，单部作品对畸形、污秽、陈腐的生命形态的依赖也许自有其别开生面之处，但众多声誉隆盛而又颇具创造力的作家、众多被交口称誉的作品，竟不约而同地关注和痴迷于这类违背常态审美趣味的世态和生存现象，使得对于审美接受者心理乃至生理上的恐怖、丑陋乃至恶心感的刻意强化，成为了一种旷日持久的创作思维倾向，这就不能不说是一种审美病态的表现了。"①

其三，不少引人注目的作品凭借娴熟的叙事策略与技巧，沉溺于展示浑浊世相与日常琐碎。贾平凹的《秦腔》着力于描述那"鸡零狗碎的泼烦日子"，因匠气而琐碎，因迷茫而萎缩。王安忆的《长恨歌》立意刻绘生活与历史的"日常形态"，但对大千世界"琐屑"世相中底蕴"自生自长"的过分依赖，却使作者所希求的体察的丰赡与精深，不时转化成了文本世界"无边无际的汤汤水水"式的松散与疲软。《遍地枭

---

① 刘起林:《新世纪文学的审美气象病态化倾向》,《湖南社会科学》2007 年第 6 期。

雄》大量铺陈"大王"所讲述的与故事情节和文本底蕴均缺乏必要关联的"典故",从而导致文本境界漂移、整体凝聚力柔弱。至于《一地鸡毛》、《懒得离婚》、《蜗居》、《杜拉拉升职记》、《贫嘴张大民的幸福生活》等则更是将日常生活、庸俗世道进行放大化与聚焦式处理。还有轰动一时的《狼图腾》和《藏獒》,虽然前者张扬强力、后者宣扬忠诚,但两部作品呈现的生存景况、价值立场、生存背景,都是高度紧张、残忍、血腥,只能生死相搏、你死我活的暴力、决杀型生命形态,是人类负面行为的写照与负面精神的投影。

4. "以纵欲为美"

人是有欲望的动物,从心理学的角度说,欲望与需求是人行动的动机与动力。欲望无对错,只有禁欲与纵欲才是需要诟病的。按弗洛伊德的观点,作家的创作准确来说是一种"白日梦",是作家的欲望,准确地说是性欲(即力比多)的升华。纵观新世纪文学,一个显著的情态就是"文学欲望化",从欲求到纵欲,从想象肉身到肉身体验,以纵欲为美,以露肉为荣,主要有两种最集中化的写作形态:一是"美女写作",二是"肉身写作"。

其一,"美女写作"。新世纪的"美女写作"以卫慧的一路尖叫着开场,以木子美的四处遗情达到高潮。"她们被 Logo(标志)成'美女作家'或'另类作家'或'文学新人类'。她们的作品以女性意识的身体主义写作为主(源自西苏就女性文学提出的'躯体写作'的口号,指女性用自己的肉体表达思想,其叙述完全从自己的亲身体验和身体渴求出发)。即如棉棉所说'用肉体检阅男人,用皮肤写作',也如卫慧所宣称的那样'钻进欲望一代躁动而疯狂的下腹,做一朵公共的玫瑰'。"① 这些"公共的玫瑰"对外开放女人的隐私,展示肉体的细节,表达灵肉的放纵,书写欲望的贪恋和满足。卫慧的成名作《上海宝贝》"充满了物欲、肉欲、性、同居、同性恋、吸毒等疯狂极端的另类体验"。小说向我们昭示的是一种重肉轻灵、性爱剥离的另类生存哲学。

---

① 转引自周娜《边缘化文学风景——新世纪文学热点览要》,电子科技大学出版社 2011 年版,第 258 页。

木子美通过肉身叙事记录床上细节,把她喜欢的"淫乱"、"放荡"等词语演绎得活色生香。一本《遗情书》不仅达到了自我欲望的放纵,也满足了公众的偷窥欲,把文学的感官化、大众化、公共化推向了高潮。至此,肇始于张贤亮的性政治转喻体系在新世纪文学的感性叙事中也就只剩下感性甚至是性的躯壳了,换言之,性本能的核心已经只剩下了性。值得一提的是,木子美及其《遗情书》并非个体现象,它是中国社会中新兴的缺少社会责任感的群体代表。值得深思的是,著名社会学家李银河竟然把木子美及其《遗情书》视为"性革命"的里程碑,她认为这标志着"在中国这样一个传统道德根深蒂固的社会中,人们的行为模式发生了剧烈的变迁",她呼吁人们宽容以待。如此大胆的写作,如此鲜明的呼应,只能说明我们当下的审美趣味出现了揪心的病变。诚如评论家白烨所说的:"'木子美现象'所带来的影响是消极和负面的影响,而这种影响的被传播和放大,正是失却规范的网络与媒体最终促成的。从这个意义上也可以说,'木子美现象'所反映的木子美个人的道德叛逆,事实上构成了对中国网络和中国媒体的职业操守的挑战与考验。而在这样的考验面前,我们的网络与媒体交出的是并不合格的答案,这正是值得我们认真检省与深入反思的。"①

其二,"肉身写作"。新世纪的"肉身写作"从广义说包括欲望化书写、隐私书写、上半身写作、下半身写作等,从狭义上说则是指"下半身写作"。"肉身写作"的浊浪排空,很明显与新世纪的审美趣味的三种倾向有关,它们分别是娱乐性、世俗性、肉身体验。正是如此,"下半身写作"的代表人物沈浩波曾宣称:"诗歌从肉体开始,到肉体为止。"因为"只有肉体本身,只有下半身,才能给予诗歌乃至所有艺术以第一次的推动。"沈浩波的《一把好乳》、《肉体》,以及尹丽川的《为什么不能再舒服一些》等。这些诗歌正如他们所宣言的那样:"不要传统,不要西方,不要诗意,不要思想。"剩下的就只有"寻找快感,寻找肉体"的纵欲和沉醉。于是"身体在文学世界中占据了统治

---

① 转引自周娜《边缘化文学风景——新世纪文学热点览要》,电子科技大学出版社 2011 年版,第 31 页。

地位，身体的欲求和满足是至高无上的律令"。他们的诗歌创作也就变味成了一场文字上的快感游戏与意淫交媾，是满足肉体欲望的文字狂欢。对于"下半身写作"，批评与诟病似乎是理所当然，但令人颇费思量的是竟然有许多人为之摇旗呐喊，为肉体正名，为纵欲招魂。最典型的莫过于诗论者王士强的评价："与其具体诗歌文本所显示的成就相比较，'下半身'诗歌的'影响'是大于'本体'的，它的价值更在于其所彰显的文化策略的意义和开风气之先的'弄潮者'角色。固然其出场和存在不无'作秀'的成分，但其影响确是不可谓不大的，自此以后，诗歌的面貌和诗坛的格局发生结构性的变化，以粗鄙化、狂欢化为主要特征的'下半身'诗歌美学在诗歌民刊，尤其是网络诗歌中蓬勃生长、大行其道，某种意义上'下半身'的诗歌革命是'成功'的。"① 这种对"下半身写作"贴肉状态的推崇，无异于从反面印证了新世纪从某种角度上说是一个道德缺席、价值退却、伦理失序、人文不在、审美丧失的年代。

---

① 转引自周娜《边缘化文学风景——新世纪文学热点览要》，电子科技大学出版社 2011 年版，第 89 页。

第十章　批评转型：从"学院批评"到"媒体批评"

　　尽管英美新批评派的创始人之一兰塞姆（John Crowe Ransom）曾在其《批评公司》一文中不无讽喻地说过："说也奇怪，似乎还没有人告诉我们，什么是文学批评。"① 但是，如果把文学批评置于文学活动的整体中来观照的话，我们还是可以知道文学批评是对以文学作品为中心兼及一切文学活动和文学现象的理论分析、评价和判断。可见，文学批评是文学活动的内在构成之一，每个时代的文学批评都会随着批评对象、批评语境、批评方法、批评模式的不同而呈现出不同的表征。从整体上说，新世纪的文学批评呈现着多样的形态，诸如以报刊记者为主体的"自发的批评"、以大学教授为主体的"职业的批评"、以著名作家为主体的"大师的批评"，再如"学院批评"、"媒体批评"、"网络批评"，还如"主流批评"、"媒体批评"、"网络批评"等。假如借用隐含了"断裂"、"新生"与"更替"等含义的"转型"一词来审视新世纪十五年的文学批评的话，我们不难发现，曾经一直占据着绝对话语中心地位的传统文学批评——"学院批评"突然被一股新生并迅速崛起的力量所搅动，伴随着大众文化的播撒与大众传播媒介的全方位覆盖，一种新的批评形态——"媒体批评"，包括报刊批评、影视批评、网络批评、手机短信点评等，得以迅速形成，并凭借着大众传播媒介特有的

---

　　① ［英］戴维·洛奇编：《二十世纪文学评论》（上册），郑敏等译，上海译文出版社 1987 年版，第 385 页。

技术平台、信息平台、文化平台、资本平台与消费社会独特的审美及社会文化心理，一蹴而成批评界论争的焦点，并以强势炫目的前台表演占领着批评话语的中心。这样，新世纪的文学批评就出现了从"学院批评"到"媒体批评"的后现代转型。

一 学院批评的寂静与困顿

所谓"学院批评"，就是指包括以大学教授为主体的"职业的批评"、以著名作家为主体的"大师的批评"、以专门从事文学评论的评论家为主体的"专业的批评"的具有典型的知识性建构、教育性传承、学理性评析、"学院化"趋势与"学院派"风格的批评形态。法国著名的批评家蒂博代曾从批评者的身份出发，将文学批评分成三种类型，即以报刊记者为主体的"自发的批评"，以大学教授为主体的"职业的批评"和以著名作家为主体的"大师的批评"。瑞士著名的文学批评家让·斯塔罗宾斯基教授在1983年接受访问时曾经表示："蒂博代对批评形态的界定还没有过时。"[①] 按照蒂博代的观点，所谓的"职业的批评"，也被称作"教授的批评"，因为它的代表人物是一些著名的教授，他们的工具是历史、政治、道德、哲学、作家生平或"种族、环境、时代"。它最擅长的是文学史研究（包括作家作品研究），并且硕果累累，为世代学子所景仰。因此，蒂博代说，"职业的批评""属于十九世纪文学中最坚实、最可尊敬的那个部分"，"组成了一条延续最长的山脉和一块最为坚固的高原"。无论是圣伯夫的传记批评、泰纳的社会批评、布吕纳介关于文学体裁演变的研究，还是朗松的文学史研究，都在人类对文学的认识道路上树起了里程碑。所谓的"大师的批评"，指的是那些已经获得公认的作家（诗人、小说、剧作家等）的批评言说。"大师作家在批评上也有话要说。他们甚至说了许多，有时精彩，有时深刻。他们在美学和文学的重大问题上有力地表明了他们的看法。"

---

① 转引自郭宏安《读〈批评生理学〉——代译本序》，［法］蒂博代《六说文学批评》，赵坚译，生活·读书·新知三联书店2002年版，第1页。

这是一种热情的、甘苦自知的、流露着天性的批评。① 所谓的"专业的批评"，也可称之为"专家的批评"，与蒂博代所谓的"职业的批评"有相通之处，用蒂博代的话来说，这种批评是"由专家来完成的"，他们"看书"，并从书中总结出一些"共同的理论"，让不同的书之间建立"某种联系"。② 这种批评有时也称人们称为"学院批评"。所以，我们将所谓的"职业的批评"、"大师的批评"、"专业的批评"统称为"学院批评"，就在于它们均有着共同的"学院化"趋势与"学院派"风格。

在20世纪90年代，学院批评是批评的主流，应该是大体不谬的。但需要说明的是，这一印象或概括不具有价值判断的意义。也就是说，我们所谈论的"学院批评"，不是简单的"好"与"不好"的层面上谈论，而是说进入20世纪90年代以后，当代文学批评的整体面貌所具有的学院批评的品格和特征。这一现象产生的背景是复杂的。但有一点是可以肯定的，那就是与20世纪90年代的文化环境和批评家的知识背景有关。一方面，"从广场到岗位"的知识界的自我期许是否合理已不重要，重要的是它已成为事实。在20世纪八九十年代之交，当启蒙话语受挫之后，批评界离开了20世纪激进的思想立场，在寻找新的理论资源与话语资源的进程中，将目标锁定于产生于西方学院的当代思想成果并用之于文学批评实践。另一方面，20世纪90年代一批重要的批评家，几乎都是在这一时期完成了自己的学院教育，取得了学士、硕士、博士学位，他们以受规训了的思维方式、话语方式与表达方式，用"理论的武器"和"学院的眼睛"在"指点文坛，激扬文字"。诚如孟繁华所说的，"学院批评的崛起，改变了感性批评和庸俗社会学批评的盛行。学术性和学理性的强化，使庸俗社会学批评的合法性和合理性都遭到不作宣告的质疑。同时我们也被告知，那个热情洋溢、充斥着单纯的理想主义和乐观主义的时代已经终结了。20世纪90年代的知识界经

---

① 参见［法］蒂博代《六说文学批评》，赵坚译，生活·读书·新知三联书店2002年版，第76页。

② 同上书，第46页。

过短暂的犹疑之后，进入了新的相对理性的时代。"①

从 20 世纪 90 年代到新世纪，文学批评的代际递嬗尽管也给我们贡献了一大批学院批评的名家，如张炯、谢冕、王晓明、陈晓明、陈平原、陆建德、徐岱、周宪、陈思和、高建平、戴锦华、孟繁华、南帆、欧阳友权、姚文放、陶东风、程光炜、雷达、王彬彬、张清华、谢有顺、李建军、张新颖、王尧、王兆胜、黄鸣奋、杨扬、夏中义、张末民、贺绍俊、吴思敬、白烨、吴俊、黄发有、肖鹰、傅谨、赵勇、李敬泽、洪治纲、林贤治、邵燕君等，但是学院批评也越来越凸显出了它的问题。按孟繁华的观点，新世纪的学院批评主要存在两个方面的问题：一方面是西方话语的整体性覆盖，我们自身的经验几乎难以得到真正的表达；另一方面，对 20 世纪 80 年代感性的、深怀理想主义情怀的批评的抛弃，以及对充满心性或性情的表达的抛弃，从而走向一种过于理性的冷静和过于引经据典的知识谱系。按高玉的观点，新世纪的学院批评主要存在四大问题：一是"泛文学批评"。文学批评与文学无关，而是泛化为政治批评、历史批评、意识形态批评、性别批评、文化批评等。一些怪状层出不穷，一些人以文学研究为业，但实际上他们并没有认真地读文学作品。一些人根本就没有读作品或者没有认真地读作品就写评论，还强词夺理地说，"一道菜不一定非要吃完之后再下结论"。有的人批评一部小说，批评了半天其实只是批评了小说的题目。有的人根本就没有读多少作品，但却敢发高论，敢做极宏观的概括。一句话，他们批评的并不是文学，而是文学以外的东西。二是"偏重批评的工具价值"。对于学院批评者而言，批评是一种职业，与"饭碗"和"生计"挂钩。批评家当然也考虑批评的本体职能，但考虑得更多的却是批评的工具功能与实用功能。这样，批评的本体渐次弱化，而批评的附着功能却渐次强化。批评愈来愈有用，但不是对文学创作有指导、借鉴与纠偏作用，而是对批评家本人在评职称、晋级、考核上有用。为了获得特定的批评资源，批评家在对待作家、作品以及相关的文艺现象上可谓谨言慎语、好话连篇、一团和

---

① 参见孟繁华《坚韧的叙事——新世纪文学真相》，福建教育出版社 2008 年版，第 246—247 页。

气，"你好我好大家好"，甘做"好好先生"。于是，批评家不敢犯颜直谏，不敢据理力争，不敢揭露文坛中的腐败，不敢斥责抄袭、低俗与粗鄙。三是"量化病"。当今大学的科研考核体制深刻地影响了学院批评，使学院批评害了"量化病"。重数量轻质量，重形式轻内容。学院批评已经不再重视其对文学的积极影响和对社会进步的意义，而变成了一种纯粹的考核数据。四是"缺乏一种精神"。主要是缺乏一种批评精神，失却批评的鞭策和佑护。有人指出，"文学批评已经蜕变成文学表扬"，一些宣传和炒作代替了文学批评，"友情褒扬"、"红包评论"更使得文学批评面临诚信危机。批评失去了批评的本意，缺乏对作家、对作品、对文学现象的尖锐批评，被"好话主义"、"好人思想"绑架的批评就成了所谓的"若批评不自由，则赞美无意义"。①

　　正是如此，如何规避学理批评的单调枯燥、批判姿态的生硬倨傲、批评话语的佶屈聱牙、批评模式的因袭雷同、批评公信的疲软匮乏等，成了新世纪学院批评必须要淬炼和破茧的难题。概言之，学院批评有必要突破自身局限，本着批评的精神走进生动的文学现场，告别苍白单薄的书写困境，以丰富鲜活的文学经验和新鲜多维的视角为自身注入活力。正如黄薇所说的："面对鲜活的文学现场与纷纭的文学现象，当代文学批评的使命，绝不仅仅是学院内单纯的智力活动与语词组拼，而是一种有意味的文化思考与批判。……中国当代文学的建设需要这样个性鲜明富有活力的学院批评，唯其如此，文学的宏观生态才会持续不断地得以改善，人们也才能在优秀的精神创作中，切实地呼吸到这个时代美好生动的气息，感觉到社会文化生活的蓬勃生机。"②

　　二　媒体批评的喧哗与骚动

　　所谓"媒体批评"，一般也称为"传媒批评"、"媒介批评"、"传

---

　　①　参见高玉《学院批评的问题究竟在哪里》，http：//www. chinawriter. com. cn/bk/2005 - 03 - 10/19982. html。

　　②　黄薇：《学院批评需要活力》，http：//theory. people. com. cn/GB/10843026. html。

媒文艺批评"、"传媒文学批评"、"媒介文艺批评"等。概括地说，它指的是由大众传播媒介（包括报纸、杂志等传统的印刷媒体和广播电影电视等电子媒介以及互联网、手机短信等数字媒体）主导、策划或参与展开的文学批评，其主体主要是新闻记者、编辑、专栏作者和制作人，其阵地主要是在报纸、非专业性的期刊、电视、网络这些大众媒体，其形态主要是批评文章、文学事件和文学评奖。

按蒂博代的观点，"媒体批评"实际就是以报刊记者为主体的"自发的批评"，乃是一种读者的批评，当然这种读者是作为文学信息传播者的特殊读者——"媒体从业人员"，他们既是文学信息的发布者，也是文学批评的发出者。可见，"媒体批评"的主体就是报刊、电视、网站等各种媒体机构及其从业人员。媒体批评从整体上必须遵循媒体的法则与指令，特别是传播效应与商业价值等，故它常常为了商业目的、吸引眼球而制造各种各样的文学事件与文化事件。"媒体批评"在新世纪这个为媒体所覆盖与呈现的媒介时代既喧哗又骚动、既潮涌又兴盛。张邦卫认为："所谓传媒批评，或者说是媒体批评，一般是指由大众传媒展开的文艺批评，是依附于现代传播媒介的文艺权力和文化主导地位而渐成气候的一种新的批评话语。文艺批评的传媒化，或者说是传媒的文艺批评，这是现代传媒文化权力衍生与绵延的必然结果。因此，传媒批评不可避免地遗传并承载着现代传播媒介的属性。"[①] 同"学院批评"相比，"媒体批评"以文学信息传播为主旨，以轰动效应与经济效应为追求，表现出十分鲜明的感性化、世俗化、直观化、浅显化、狂欢化、产业化等特征，换言之，"媒体批评"是以形形色色的"传媒符号"建构的"传媒文本"，有着浓郁的"媒体风格"。就"媒体批评"而言，"批评"表述的诚然是一种行动，而"媒体"表述的却是一种风格。从这个角度上讲，有些"学院批评"其实也是"媒体批评"的当然构成，如葛红兵的《为二十世纪中国文学写一份悼词》、李建军主编（包括王彬彬、王兆胜、赵勇、吴俊、傅谨、肖鹰、黄发有、邵燕君、刘川鄂、

① 张邦卫：《媒介诗学——传媒视野下的文学与文学理论》，社会科学文献出版社 2006 年版，第 246 页。

李建军十位博士) 的《十博士直击中国文坛》、德国汉学家顾彬的"中国当代文学'垃圾'论"等。正是如此,蒋述卓、李凤亮在其所主编的《传媒时代的文学存在方式》一书中认为,"媒体批评"是一种"悖论的复合体","一方面,他们是在媒体的运作范围内进行的文学批评,因而首先必须遵循媒体的运作法则;另一方面,又因为是文学批评的一种,也不能失却文学批评本身的属性。这两种特性纠结在一起就使得媒体批评不再是单纯性质的单一体,而是表现出错综复杂的特质。"①

（一）批评文章:"快意表达"还是"哗众取宠"

自从 20 世纪 90 年代初王蒙在他的《文学失却轰动效应以后》一文中宣称"文学失却轰动效应以后",进入新世纪的文学与文学批评似乎总是处在"重回中心"与"重启轰动"的进程之中。对于这一点,媒体批评似乎走在"身先士卒"的前沿与"激流勇进"的前列。与学院批评不同,媒体批评的特立之处同时也是它在技术层面上颇具争议的地方,就是它的独特风格,即"媒体风格"。我们知道,学院批评总是以严肃的态度、严格的知识、严谨的话语、严密的推理,以期达到表达见解、灌输思想、传播知识、审美教化的目的,有着专业化、学术性与理论性的批评风格。而媒体批评作为大众传播媒介的附生物,也作为媒介时代的新生儿（虽是旧瓶却装着新酒）,却生就了一副叛逆的面孔,一反批评家族的传统使命与经典文风,恣意地跳起了"独步舞"。

从本质上,媒体批评是一种批评的媒体化与感性化、"眼球主义"与快乐主义的复合体。诚如张邦卫所说的,"当主流批评媚态十足地蜷进意识形态、政治话语的狭小胡同,学理批评故作高深地躲进皓首穷经、引经据典的学院阁楼时,感性化的传媒批评却恰恰迎合了后现代主义与消费主义的文化语境,依凭着现代传媒的文化权力和读者对感性之维、游牧文化的回归,占据评坛中心要津而张扬感性十足的话语霸权。"② 还如

---

① 蒋述卓、李凤亮主编:《传媒时代的文学存在方式》,广西师范大学出版社 2010 年版,第245—246 页。

② 张邦卫:《媒介诗学——传媒视野下的文学与文学理论》,社会科学文献出版社 2006 年版,第 249 页。

米兰·昆德拉所说的，"小说越来越掌握在大众传播媒介的手中……它们在全世界散步同一样的简单化和老一套的东西；而这类东西很容易被绝大多数人、被每一个人、被全人类所接受。……这种精神与小说的精神是水火不容的。"① 依此推论，新世纪的文学批评也同样"越来越掌握在大众传播媒介的手中"。被大众传播媒介所掌握的文学批评在新世纪这个媒介时代所呈现的最集中形态就是媒体批评，它不仅有着媒介主义的身影，也有着感性主义与快乐主义的烙印。

从整体上来看，媒体批评重感性介入与感官刺激，轻理性阐释与诗性价值。从价值角度来看，学院批评强调的是作品的认知价值、人文价值与审美价值，强调的是公正评判、深刻挖掘、辩证分析。媒体批评强调的是作家、作品的新闻价值，为了抓住时效，抢滩市场，哄抬舆论效应，其表达与言说讲究快意与快速，常常是片面极端、大惊小怪、小题大做、以偏概全、以点代面，以此达到哗众取宠与抓人眼球的目的。于是"哥们"、"戏说"、"棒喝"、"枪挑"甚至是"灭了他"的语言也在评论文章中司空见惯。最为典型的莫过于轰动一时的"二王之争"、"二余之争"、"二宝贝之骂"以及王朔的"炮轰"、"我看"之类的"无畏之言"、葛红兵的"悼词"、顾彬的"垃圾"等。但令人奇怪的是，正是这种为学院批评所鄙视的媒体批评，却得到了受众的广泛的认同与欢迎，在文化消费市场中拔得了头筹。究其原因，就在于媒体批评穿越了理性的屏障，以话语狂欢的状态策马于感性的平原。恰如张邦卫所说的，"批评的理性化日暮途穷，批评的感性化蒸蒸日上，传统理性的屏障显得支离破碎，渴望回归'酒神精神'、'乐感文化'与'游牧文化'的文化消费主体轻易地挣脱了理性的樊篱与屏障，在现代传统对感性符号的全力培植下重新塑造着众生狂欢的现世与此岸的风景。"②

作为媒体批评的代表作，有六部作品十分值得关注，它们分别是朱

---

① ［捷克］米兰·昆德拉：《被忽视的塞万提斯的遗产》，《小说的艺术》，孟湄译，生活·读书·新知三联书店1992年版，第18页。

② 张邦卫：《媒介诗学——传媒视野下的文学与文学理论》，社会科学文献出版社2006年版，第253页。

大可等的《十作家批判书》(陕西师范大学出版社 1999 年版)、伊沙等的《十诗人批判书》(时代文艺出版社 2001 年版)、他爱的《十美女作家批判书》(华龄出版社 2005 年版)、黄浩与小村的《十少年作家批判书》(中国戏剧出版社 2005 年版)、"文坛大佬"的《十网络作家批判书》(2006 年 5 月的网络热帖)、李建军编的《十博士直击文坛》(中国工人出版社 2004 年版)。先不说内容如何,单就书名而言,其中五部就借用了"文革"中最经典的词汇"批判书"一词,最抓人眼球,另外一部由于借用了"战争"中最热门的"直击"一词,最摄人心魄。

如《十作家批判书》,作品开篇声称:"钱锺书、余秋雨、王蒙、梁晓声、王小波、苏童、贾平凹、汪曾祺、北岛、王朔,这些充斥于教科书和报纸杂志的显赫名字或人物,毫不夸张地说,是他们亲手把一大堆读者拖进了伪文化的深渊,是他们,正在糟蹋一个民族的方块文字,以及这个民族的想象力。"这无异于是一次暴动与颠覆,不仅把一大批"经典"作家拉下了"神坛",而且还肆无忌惮地痛打群殴。至于作品章节,也是"夺眼挠心",如:①孙君的《〈围城〉:中国现当代文学中的一部伪经——钱锺书批判》;②朱大可的《抹着文化口红游荡文坛——余秋雨批判》;③吴炫的《城头变幻大王旗——王蒙批判》;④坷垃的《在失禁的道德激情中作秀——梁晓声批判》;⑤何多的《一个被误读的文坛异数——王小波批判》;⑥徐江的《苏童的穷途末路——苏童批判》;⑦吴炫的《纵万般风情,肾亏依然——贾平凹批判》;⑧徐江的《捧出来的佛爷——汪曾祺批判》;⑨徐江的《诺贝尔的噩梦——北岛批判》;⑩徐江的《蒙娜丽莎的一脸坏笑——王朔批判》。

如《十诗人批判书》,作品开篇宣称:"继《十作家批判书》之后,又一把铁扫帚横扫中国诗坛。"至于作品章节,也是颇有快意快感,如:①伊沙的《抛开历史我不读——郭沫若批判》;②沈浩波的《让该死的优美见鬼去吧——徐志摩批判》;③徐江的《谁修理了"大师"艾青——艾青批判》;④基甫的《世纪末的诗歌"口香糖"——舒婷批判》;⑤黄进进的《余光中的花儿不能这样开——余光中批判》;⑥岑浪的《丧魂落魄在异乡——北岛批判》;⑦李思的《一个虚假的诗歌话题——崔健批判》;⑧秦巴子的《史诗神话的破灭——海子批判》;⑨伊沙的《扒了皮你就能认清我——伊沙批判》;⑩也门的《一块提醒哭泣的手帕——王家新批判》。

如《十美女作家批判书》,封面俨然写着"时尚批评之经典文本,后酷评时代开路先锋",序言题为《给美女作家立个牌坊》,后记题为《我们不需要这样的作家》。至于作品章节,也是极尽挖苦讽刺之能事,如:①《盛可批判:盛可以,还有什么不可以》;②《春树批判:对不起,我要批判春树》;③《卫慧批判:卫慧文学的蝴蝶三贱法》;④《安妮宝贝批判:泛滥寂寞不过是一地鸡毛》;⑤《安妮宝贝批判:安妮宝贝,如梦令》;⑥《九丹批判:信誓旦旦的妓女情结》;⑦《尹丽川批判:半身不遂的下流叙事》;⑧《虹影批判:虹影离泡影有多远》;⑨《棉棉批判:昔日闻棉棉,今日观败絮》;⑩《木子美批判:木子美游戏的开始和结束》。

如《十少年作家批判书》,该书对韩寒、郭敬明、李傻傻、春树、孙睿等10位"80后"当红作家进行了集中批判,如:①《韩寒批判:一把破损的旧钥匙》;②《李傻傻批判:李傻傻诊断报告书》;③《张悦然批判:是你来检阅小资的忧伤吗》;④《郭敬明批判:小太监文学的末路》;⑤《春树批判:残酷青春是一面旗》;⑥《孙睿批判:〈草样年华〉是怎样炼成的》;⑦《小饭批判:人民到底需不需要小饭》;⑧《蒋峰批判:一个所谓"实力派"的幻想与笑话》;⑨《胡坚批判:胡郎从此多郁愤》;⑩《张佳玮批判:乱花虽欲迷人眼,毕竟欠了风流》。这些批评文章言语极为刻薄,其中申道飞在《问题少年李傻傻诊断报告书》中批评李傻傻,指称其病史有"下半身"遗传与"为文而造情",作品缺乏反思能力;而月千川在《文学小太监》中直指郭敬明为文学王国里的小太监,其表现症状是写作血性不足,内容骨质疏松,缺乏健壮的骨架,呈现出过分的阴柔;春树则被批评为"把自己的照片放在文本里,配上艳俗的封面,拿到市场上换银子,在商业的奴役下,乐此不疲地练着文学的摊"。

从上述例举中,我们可以清晰地感受是媒体批判在书名与标题制作上的话语风格——标题经常融情感色彩极为饱满的字眼与丰富的句式结构于一体,调侃、霸道、痞子气是其惯用手段,图片、大幅标题、粗黑线条、不规则分割等夸张、大胆的编辑手法更加强化了视觉冲击力与眼球吸引力。至于批评文章的内容,也是汪洋恣肆、快意狂欢、率性而写。如《给美女作家立个牌坊》是这样写的:"文学不是性来性去,文学不是叫春拉肚,文学更不是脱衣舞试验田,文坛更不是裸奔赛马场……新一代批评家痛击文坛假面具舞会,十位当红女作家集体被批。宣称以此书给当红女作家立牌坊。全书语言直接犀利,锋芒毕露,处处闪烁着文学语感的刀光剑影。是一部文学底气十足、生猛出击的文学批评文本。它揭开了美女作家的面纱,还其本来面目,彻底否定了文坛风起云涌的'身体写作'的浪潮。以时尚的语言开创了文学'后酷评'时代。"[1] 这段话彻底抛弃了学院批评智性沉思的一面,极尽吸引眼球之能事。"刀光剑影"、"文学底气十足"、"生猛出击"、"'后酷评'时代",句句都是激情的迸射和言语的狂欢。再如《我们不需要这样的作家》是这样写的:"从卫慧棉棉的自我暴光到九丹的乌鸦叫板并延伸到尹丽川高举'下半身'旗帜,再继续到春树的娃娃表演一直发展到木子美,性写作蔚然成风居高不下,身体上显山露水愈演愈烈,大批会写字的文学女剑客加入了魔仿和做作的飞跃与过界。"[2] 这些夸张的语言释放的是一种酣畅淋漓的情感,对语言和内容的大肆渲染,遵从的是一种自由的发挥与个性的纵横捭阖。所谓"语不惊人死不休",媒体批评的这种话语策略与学院批评对于逻辑性、概括性与学术性的倚重则截然不同。

所以,文学批评一旦与大众传媒联姻,势必受到其商业动机的影响,而能否在第一时间吸引广大受众又是"传媒宗主"首要考虑的问题。在经济利益的驱使下,媒体批评自然而然地形成了一种于第一时间抓住人眼球的批判风格。当然,好的媒体批评绝不仅止于此,它既要给读者以酣畅淋漓的感觉,又要给读者以智性的感悟,是集轻文字与重内

---

[1] 他爱:《十美女作家批判书·序》,华龄出版社 2005 年版。
[2] 他爱:《十美女作家批判书·后记》,华龄出版社 2005 年版。

容、可读性与思想性于一体的"新批评",如李敬泽在《南方周末》的开设的"新作观止"批评专栏。事实上,新世纪媒体批评内部并非铁板一块,也不是一个模子到底,而是众态纷呈、优劣并存。我们看到较多的固然是一种语言的狂欢、情感的无节制表达,但同样也不缺少那些见解独到、感悟深刻并有真知灼见的批评文章。诚如蒋述卓、李凤亮所说的,"从外在的表现形式而言,媒体批评必然遵从媒体的运作规则,在篇幅上舍弃遑遑大论,在语言上走流行路线,也即以符合吸引眼球的笔法打造夸张、调侃的语风,营造更适合广大受众接受的轻松直白的特点。但是在内涵上,有没有达到超越表层提升思想的高度就不能笼而统之地去概括。这里就牵涉到媒体批评内部的分化问题。这种分化不仅与批评主体的文学素养有关,与媒体本身的自我定位也有很大的关系。"[①]

(二)文学事件:"文学"还是"事件"

自从文学失去了"轰动效应"之后,新世纪的文学却具有了所谓的"新闻效应",文学成为新闻的"菜",如"文化新闻"、"读书频道"、"文坛热点"等都是各种媒体必不可少的结构板块与内容构成,这主要得益于大众传播媒介对文学的"事件化"处理与"商业化"炒作,公众对文学的感知往往不是来自于作品而是来自于关于文学界的新闻,或者说是作品之外的形形色色的"外文本",其中又以作家为中心以及关涉作家的次中心。媒介时代的文学事件,绝不仅仅是文学自然发生的事件,而是大众传播媒介的介入而在文学领域非自然发生的不平常的、可以围观的事件,它需要好的策划、好的组织、好的宣传、好的推进,需要的是文学活动之外的传播活动、消费活动。使某些文学活动成为文学事件的,绝不是文学的因素,而是非文学的因素。准确地说,文学事件是事件,而非文学。

一般说来,文学话题首先都是由批评界专业人士在圈内引发,训练有素的记者编辑一旦发现有可资炒作的市场价值,便即刻对其进行跟踪造势,充分利用自身的话语权与媒体的优势,将文学话题由圈内引向圈

---

① 蒋述卓、李凤亮主编:《传媒时代的文学存在方式》,广西师范大学出版社 2010 年版,第248 页。

外,并不断放大、不断强化、不断聚焦,给大众提供可以持续聚焦的话题。在这个过程中,为了增加自身的传播效应和影响力度,媒体所选择的话题都是颇具新闻效应的。即便是专业性、学术性很强的文学话题,他们也可以将其去专业化、去学术化,制造成更易于被大众所接受的形式。甚至在更多时候,这些事件或话题都是大众媒体在充分关注文坛的动态走向情况下所制造出来的,因为文学数不清像其他社会生活方面有那么多的新闻可供媒体报道,媒体参与到文学之中,一旦运作起来,必然要制造事件和话题,而不能等着事件的自然发生之后再去报道。所谓的"××之争"、"××事件"之类新概念的制造,事实上就是开拓出了一方新的意义空间,打开了一片新消费领域。没有比不断制造热点、不断生产焦点以及制造出一个有利于消费的大氛围更加有利于媒体的发展和巩固的了,准确地说是媒体的优先报道权的争抢以及市场利润配额的争夺。因而媒体批评往往把文学批评当作制造媒体景观与新闻热点的手段,其目的是谋求市场的最大化与利益的最大化。

事实上,近年来新世纪文坛此起彼伏的文学论争和不断上演的文学事件,就是媒体制造的生动注脚。林林总总、纷纷扰扰的文学事件,既眼花缭乱,却也让人记忆犹新。如《马桥词典》之争、王朔对经典作家的挑战叫阵、贾李之争、葛红兵的"悼词"事件、余秋雨与余杰之争、朱文与韩东的"断裂问卷"、余秋雨状告古远清案、虹影《K》案、郭敬明涉嫌抄袭案、作家炒作协、"精神沙化"问题争论、韩白之争、二王之争、梨花体事件、羊羔体事件、学术"超女"、顾彬的"垃圾"事件、于正抄袭琼瑶事件、莫言获诺奖事件、周小平事件……这些事件,基本上构成了关于新世纪文坛的新闻叙事的热点与焦点。对此,高小康认为:"超向'眼球经济'的文学活动从审美中心转向交流中心,在损失了审美特性的同时发展了另一种社会特性,就是社会交往作用。自20世纪90年代以来,中国的文学活动产生了一种转变:文学创作的重要性逐渐让位于文学事件五花八门的流派命名、形形色色的形象包装、作品之外的是非议论,一直到对簿公堂,诸如此类的事件成为文学传播的热点。传统上与作品密切联系的文学批评也逐渐介入到事件中而不是进入作品进行分析。"① 可见，媒体青睐文学事件已是不争的事实，但是媒体青睐的不是文学而是事件，青睐的不是作品之内而是作品之外，即使进入作品，那也是只取一点不及其余、以点代面、以偏概全、信口雌黄、夸大其词，甚至是故作惊人之论、唯恐天下不乱。

所以，新世纪文坛一波又一波的文学事件从本质上说不是文学的事件，而是媒体刻意制造（包括"放大吸眼"与"聚焦刺眼"）的文化事件和媒介事件。尽管在事件中，人们可能仍然将作者、作品、读者看作与传统的作者、作品、读者一样具有文学的身份和性质，但实际上早已他者化了，如作者的生产者化、作品的商品化、读者的消费者化。这其实都是拜大众媒体所宣扬的消费文化所赐，消费所及，传统文学的神圣与崇高顿然消解。事实上，大众媒体要消费文学，它最有效的策略就是将传媒视域下的文学进行新闻化与事件化处理。比如在"女性'个人化'写作"事件中，文化出版的商业组织以及大众媒体就开始了对文学的利用，在"70 后"事件、"80 后"事件中，更是打着文学的牌子做着非文学的事，或者是"挂着文学的羊头，卖着新闻的狗肉"。在这一过程中，商业和大众媒体将文学的各种因素进行了转化，使之成为了当今盛行着的消费文化和媒介文化的另一种表达。作为消费文化和媒介文化的文学事件，它的影响和意义就不再是文学的，而是新闻性的；不再是审美的，而是知道性的；不再是和风细雨的批评，而是剑拔弩张的批判。

当然，并不是所有的媒体批评都是媒介文学事件，这取决于不同的媒体对于自身的定位、对待文学的态度以及关切程度。只有那些以牺牲文学的审美性、意在引起轰动与消费的媒体批评才是媒介文学事件，换言之，就是那些"以消费取代了审美"的媒体批评才是媒介文学事件。正如波德里亚所说的，"消费并不是普罗米修斯式的，而是享乐主义的，逆退的。它的过程不再是劳动和超越的过程，而是吸收符号及被符

---

① 高小康：《文化市场与文学的发展》，《文艺理论与批评》2003 年第 3 期。

号吸收的过程"。① 正是如此,由于要秉承商业化的传播模式,大众媒体必然要选择周期快、具有及时性、回收循环性的文化产品作为传播的主要内容,而那些时效性长的、不适合短时消费的、需要深刻思考和长时间投入的文化产品,必然会被大众媒体所排斥。因此,媒介文学事件的传播机制决定了其时效性、及时性、轰动性,也使自己成为当代快餐文化的一种,可以迅速地被接受、被消费,并且可以循环、回收、再利用。这样,必然导致在媒体制造的文学事件中,文学退隐淡化,而事件扩大强化。

媒体制造文学事件,其动机无法变更也不值得非议。对文学的选择是媒体批评必须面对的问题,它要做的就是将具有突出意义或者说具有市场价值的文学事件从更多的文学现实中挖掘出来,告知大众,并引导大众某一时期的关注甚至是持续关注。关注和报道具有耸人听闻、声名显赫、普遍兴趣等性质的文学事件,是大众媒体在选择文学事件进行报道的"显规则"。有时候,大众媒体甚至不惜亲自出手,以"策划+炒作"的方式制造这种具有社会热点性质的文学事件。但它绝对不会是无米之炊,也不会是无中生有,它们往往是以点代面、断章取义、故意误导、夸大其词、以标题党代内容派,否则将落入千篇一律的无差别的媒体空间。所以,有学者敏锐地指出:"就文学事件而言,媒体批评能否坚守在文学的范围之内以及有无沾上哗众取宠的习气,能不能做到不遮蔽、全面公正的批评以及遵守适度原则,才是最值得区别对待的关键所在。"②

(三)文学评奖:"文本较量"还是"资本较力"

法国思想家布迪厄曾经认为,文学场就是一个遵循文学自身的运行和变化规律的空间,组成其内部结构的团体或个人包括三个部分:由文学杂志、出版社(出版商)、赞助人等组成的文学生产机构;由批评

---

① [法]让·波德里亚:《消费社会》,刘成富、全志钢译,南京大学出版社2001年版,第225页。

② 蒋述卓、李凤亮主编:《传媒时代的文学存在方式》,广西师范大学出版社2010年版,第250页。

者、文学者写作者、评奖委员会、学院、沙龙等组成的文学价值认定机构；以及作家——文学的直接生产者。① 按布迪厄的观点，评奖是文学价值的认定机构，它最大的功能在于对每一个时代的文学作品进行"象征资本"赋予与颁发。在消费社会里，特别是在物质消费走向符号消费的后现代，"象征资本"几乎是商业社会、市场化语境下文学作品的"市场资本"或"商业资本"的最大资本源。当然，不同的文学评奖依据不同的价值标准与不同的认定规则，每一种处于强势的审美价值体系与审美规则系统都会试图以自己的标准重新建立文学场的等级秩序，可以说，文学评奖是集中体现文学场内各种力量、各种在场者的争权夺利的"比武场"。尽管如此，单就评奖本身而言，它对获奖作品的"象征资本"的颁发、对获奖作品的"市场资本"的开发，其作用不可低估。

任何文学评奖，从本质上说是一种变相的文学批评，包括评奖条例、评奖标准、颁奖辞、专家访谈与获奖感言等，都是名副其实的文学批评实践及运用。比如，以传统文学体制内最有代表性的"茅盾文学奖"的评奖条例为例："弘扬主旋律，提倡多样化，坚持导向性、公正性、群众性，注重鼓励关注现实生活、体现时代精神的创作，推出具有深刻思想内容和丰富审美内蕴的长篇小说。……对于深刻反映现实生活，较好地体现时代精神和历史发展趋势，塑造社会主义新人形象的作品，尤应重点关注。"在这个评奖条例中，明确了"茅盾文学奖"的"主旋律"原则，也阐明了对思想性和艺术性完美统一的文学作品的推崇。它不仅具有作为中国作协的"专业性"职能，更具有意识形态，而后者显然是其首要职能。所以，从这个角度说，"茅盾文学奖"的评奖条例事实上就是典型的意识形态批评，同时也是毛泽东所谓的"三统一论"，即"政治和艺术的统一，内容和形式的统一，革命的政治内容和尽可能完美的艺术形式的统一"的运用。

有媒体参与的文学评奖，从本质上说是媒体批评的代表性形态。

---

① 参见［法］皮埃尔·布迪厄《艺术的法则——文学场的生成与结构》，刘晖译，中央编译出版社 2001 年版，第 262—270 页。

据《中华读书报》所刊文章《文学奖是出版商的盛宴》一文所说，在法国，文学奖正受到出版商的操控，"龚古尔奖不仅日益屈从于出版商的压力，更已成为法国各大出版商——特别是伽利玛、格拉塞和塞伊三大出版社——得奖争斗的头号舞台，出版商不仅有提名权，而且往往是安插与自己关系密切，甚至有合约关系的作家当评委。有些评委多年如一，甚至八十多岁了还不肯引退，罔顾自己的阅读口味有脱离社会大众的危险。"文章指出："当得奖的作家手捧桂冠与支票，在掌声中离去，请不要忘记，作家背后的出版商，才是此类仪式真正的发起人和受益者。"① 这篇文章说的虽然是法国的文学评奖，但同样也是当下新世纪文学评奖的写照。出版商介入文学评奖，必然带给人们促进销量的嫌疑，因着这种强烈的商业动机，人们不由得对评奖的公正性产生怀疑。但这恰恰正是"媒介法则"对商业化了的文学的打造与掌控。

有媒体参与的文学评奖，如国家图书奖、中国图书奖、"五个一工程奖"、"《大家》·红河文学奖"、《南方都市报》的"华语文学传媒大奖"、BOOK321网站和台海出版社联合举办的"十大人气最旺的作家"评选、新浪网主办的"选出你最心仪的作家"等，当然最突出的个案当属《南方都市报》所主办的"华语文学传媒大奖"了。"华语文学传媒大奖"由《南方都市报》于2003年2月斥资设立，至今已举办了十二届。此奖自创立之初至今，一直备受瞩目，不仅在文学界，更在广大民众中。比如作为"华语文学传媒大奖"终审评委召集人的谢有顺曾经说过："创办之初的评审，我们就设立了实名投票、写授奖辞等措施，这在当时的文学奖中是没有的。现在很多奖项有了这样的措施，但确实是由我们发端的。我们敬畏时间，也坚持理想，同时捍卫专业的品格，这三点为第十二届华语文学传媒大奖积累了价值的基础。"② 事实上，"华语文学传媒大奖"在创立之初，主办方就通过媒体大力宣传

---

① 康慨：《文学奖是出版商的盛宴》，《中华读书报》2004年11月3日。
② 转引自陈波、宋焘《第12届华语文学传媒大奖：余华获年度杰出作家》，http://cul.so-hu.com/20140427/n398873237.shtml。

此奖项"恢复对纯粹文字的敬畏之心"的办奖目标,"站在民间的立场"、"在庙堂之外"、"与文坛保持必要的距离"的民间姿态,以报道、访谈、评论等多种形式反复彰显"华语文学传媒大奖"的文学内涵与审美之维。观阅历届对于评选作品精致、优雅、颇具审美意蕴的授奖辞,我们就可以体会到它对文学文本的艺术魅力和精神内涵的看重,换言之,就是以评奖的方式确立了自己在新世纪文坛的一种评判标准。在此,我们特拈2014年4月举办的第十二届"华语文学传媒大奖"几个有代表性的授奖辞以窥堂奥。

例如"2013年度杰出作家"余华的授奖辞:"余华的写作,勇敢而不偏狭,幽默而不乏庄重。他的小说,不仅揭示现实,也创造一种现实,并通过不断重释小说与现实的复杂关系,续写今日的文学中国。他出版于2013年度的《第七天》,借死者的眼光看活人的世界,那些不幸、伤痛以及死无葬身之地的悲戚,那些温暖与冷漠、良善与邪恶、真实与荒诞、实有与虚无交织的生活,是关于中国经验的粗砺感知,也是余华向世界讲述中国的一种方式。他已无意探索内心的深渊,却以简单、直接的写作现象学,使我们对内心、现实甚至小说本身都有了毁灭性的认识。余华用荒诞的方式,证明了荒诞依然是这个世界不可忽视的主体力量。"再如"2013年度小说家"田耳的授奖辞:"田耳的小说,独异、饱满、气象不凡。他的语言,野性狂放,自然天成;他的叙事,既灵巧又绵实,既出人意料又步步为营;他的伦理观,有齐物之想,无善恶之差别,以平等心、同情心、好玩之心,批判一切,也饶恕一切。他发表于2013年度的长篇小说《天体悬浮》,对愚蠢、贪婪、狂妄之人性的洞察,目光如炬,入木三分。那个在物欲中建构起来的人间天堂,如何慢慢扭曲、变形、垮塌,变成一堆废墟,田耳的记录毫不留情。他以置之死地而后生的杀气和决断力,为人生之患与时代之罪留存了一份重要的文学档案。"再如"2013年度诗人"张执浩的授奖辞:"张执浩认为,写作是抵抗心灵钝化的武器,他的诗歌,正是对此最好的诠释。从纯净明亮,到芜杂混沌,再到自然随性,美学风格的流变与他对人生经验的体认同步。他出版于2013年度的《宽阔》,品质更见简朴,语意更为本然。生命落实于生活本体,服帖于宽阔的大地之上,在日常生活的尘嚣中,诗人竭力为卑微的事物正名,为物质时代的精神肌理塑形,有温情暖意,亦有失意怅然;有淡雅的乡愁,亦有难言的愤懑。生命的圆熟与诗歌的纯然互为一体,张执浩以其专注的诗歌梦想,回应了一种伟大的汉诗传统。"又如"2013 年度散文家"李辉的授奖辞:"李辉的散文一直分享着有重量的话题:文学与政治,个体与时代,以及知识分子的精神形变。沧桑岁月之中,历史话语或隐或显,虚实明暗,人性纠葛,尽在那些细节和碎片之中。李辉赋予了散文这种自由随性的文体以沉实和痛感,既探求历史本真,亦饱含理解之同情。他出版于 2013 年度的《绝响:八十年代亲历记》,以亲历者的身份,回望 20 世纪 80 年代中国文化界的风雨万象,在多重合声中,共同体味'归来者'和文艺先锋的况味人生。史料辅佐记忆,感性穿透理性,以省思之心节制情感的流散,以人类之爱倾听心灵的回声。那些来自生命的绝响,因为记录,所以流传。"还如"2013 年度最具潜力新人"赵志明的授奖辞:"赵志明运笔如风,灵魂赤裸,以虚无写实在,在散漫中见虔诚。他为俗世贴身定做的语词和叙事,带着他独有的声口,散发着令人压抑的糜废气息,也见证着命运的无情、生存的创痛和一个青年人如何越挫越勇的不屈。他出版于 2013 年度的小说集《我亲爱的精神病患者》,心怀悲悯,性情复杂,有刮骨疗伤的英雄气概,亦有嘲弄乖张人生的不羁风格。尽管赵志明的精神气度略嫌逼仄,但他拒绝自我幽闭,反抗庸常写作,执着于在黑暗里找寻亮光,在浑浊中打捞清水,这份绝望的深情,值得敬重。"①

对于这些既理性又感性、既学术又传媒的授奖辞,评论家王尧曾经说过这样一段话:"一个简单的事实是,'授奖辞'作为独特的文本便显示了当代文学批评的高度与境界。"② 这种"高度与境界"正从另一个侧面反映了"华语文学传媒大奖"对作品审美维度的考量。由是观

---

① 转引自陈波、宋焘《第 12 届华语文学传媒大奖:余华获年度杰出作家》,http://cul.so-hu.com/20140427/n398873237.shtml。

② 《第二届"华语文学传媒大奖"专辑》,《当代作家评论》2004 年第 4 期。

之，那些有着媒体良知与职业操守的媒体参与的文学评奖，并非仅仅是秀场与过场，毕竟公开的"秀"、诚实的"过"远比暗箱操作更让人信服折服。正是如此，洪治纲认为"华语文学传媒大奖"是一个透明度很高、非常有意义的大奖；张闳认为此奖的最大意义在于它的非官僚色彩，并称其为"最有影响力、最有趣的一个奖"。①

当然，"华语文学传媒大奖"毕竟是由大众媒体《南方都市报》所斥资、主办、策划、实施的文学评奖，假如从媒体运营的角度来分析的话，这中间肯定有着《南方都市报》潜在或隐在的商业考量与利益考虑。这无可厚非，也无可辩驳。我们的着眼点似乎更应该放在它是否做到了商业利益与文化效益的双赢上。事实上，作为媒体介入并掌旗的"华语文学传媒大奖"，无论是在奖项的权威性、公正性、公开性，还是在对文学审美价值的选择判断上，它都体现了不同于"官方"掌舵的文学评奖的性质。它制造了一种新的尺度，并以之去争夺文学的话语权，试图去重排新世纪文学场内的座次与封地，从而具有了更多的新特质。如为了使自己颁发的"象征资本"具有更大的影响力，在评奖标准上更多参照了广大受众的趣味而不仅仅是学院派的标准与官方的指令，在第六届评选中将安妮宝贝彻底"平反"的勇气更是无人能出其右，这无疑是媒体批评直面当下现实的一个有力注脚，在评奖过程中更多运用了媒体策划的游戏规则。尽管这些还有待时间和事实去进一步检验，但是媒体为此所做的努力却可能为促进媒体批评的良性发展开了一个不错的先例，甚至可能为媒体批评以自己的方式为文学的价值确立以及走向大众化写了一个不错的范本。

三　媒体批评的权力与价值

不可否认，媒体批评的权力建构与价值确立，既根源于生产它的大众媒体，也依托于支撑它的大众媒体。大众媒体不仅为我们提供了感知

———————————

① 转引自《第五届华语文学传媒大奖隆重颁奖》，《南方都市报》2007年4月9日。

世界的方式和内容，也引导和制约了我们认知世界的思维和判断。大众媒体不仅反映着这个世界，更参与对这个世界的构建。事实上，我们所知道的世界更多是由媒体所呈现的，媒体强大的话语权在新世纪这个最典型的媒介时代早已是无可置疑的存在。美国文艺理论家汤普森曾说过："大众传播的技术媒介的发展，进一步拓宽了社会互动的空间和时间。大众传播媒介扩展了符号形式在时间和空间中的有效性，但它是以一种特定的方式来实现的，即它容许生产者和接受者之间存在着某种特别的中介性互动。"① 在大众传媒迅速扩张的时代，媒体批评正是作为沟通文学生产者与接受者之间的媒介而存在，而且媒体批评还是科学技术与人文艺术的交融体、复合体。也正是这种特殊的身份，媒体批评总是以一种不同于学院批评的话语方式不断地向受众渗透，从而使得受众在潜移默化中获得了一种自觉的认同，这种自觉的认同反过来又强化和巩固了媒体批评的话语权力建构与存在价值确立。

（一）媒体批评的话语权力建构

法国社会学家米歇尔·福柯（Michel Foucault）在《规训与惩罚》（*Discipline and Punish*）和《性史》（*History of Sexuality*）这两本书中，采用尼采关于知识是一种权力武器的观点，对权力是如何通过话语发挥作用以及话语是如何一直深深植根于权力之中的问题进行反复的讨论："权力产生知识……权力和知识相互直接包含……没有一个相互关联的知识领域，也就没有权力关系，也就没有任何假定并构成权力关系的知识。"② 在福柯看来，权力产生知识，权力与知识有着千丝万缕的共谋关系，任何一种知识都是某种权力的表征。可见，谁在生产知识、谁在传播知识，或曰谁在说话以及如何说，才是最重要的。就新世纪的文学批评而言，既是"众声喧哗"，也是"百家争鸣"，既是"絮絮叨叨"，也是"吵吵嚷嚷"，除了学院批评在言说之外，最值得关注的也许就是媒体批评的言说了。那么，作为一种言说方式与话语形态，媒体批评又

---

① 转引自郑微波《文艺批评与传媒时代的互动》，《重庆师范学院学报》2002 年第 3 期。

② ［法］米歇尔·福柯：《规训与惩罚》，［英］约翰·斯道雷《文化理论与通俗文化导论》，杨竹山等译，南京大学出版社 2001 年版，第 130 页。

是如何建构自己的话语权的呢？

1. 以对象选择抢占"话语制高点"

陈晓明曾经撰文指出："媒体批评，主要是指发表在报刊杂志和互联网上的那些短小精悍的文学批评。"① 王一川也更客观地指出："媒体批评是指各种大众传播媒体上经常出现的文学动态、名家轶事、公众议论等新闻、轶事与批评的杂糅形态。它多出于媒体的编辑、记者或那些'职业写手'之手，往往专门投合普通公众的文学好奇心，竭力追新求异，成为数量最广大的普通市民读者的日常文学'收视指南'或'阅读导向'。它的直接目的很简单而又真实：保障并扩大媒体的收视率或发行量，并为此而竭尽全力。"② 媒体批评从公众的视角和大众的兴趣出发，密切关注当下的文艺现象，以当下最炙手可热的作家作品作为最主要的批评对象，议题自由灵活，文风通俗易懂，追求对现实的敏锐把握的新闻性、时效性与轰动性以及最广泛的针对性、传播性，这些都可视之为媒体批评的优势。当然，媒体批评也有它明显的劣势，那就是淡化学理性、有时过于追求轰动效果的庸俗性评论。当下，我们对媒体批评过多地停留在怀疑与否定层面，忽视了对媒体批评存在的合理性思考。实际上，与学院批评相比，媒体批评的最大特性就在于"新闻性"与"可读性"，其他特性如事件性、随机性、暂时性（非历史化）、青年性（亚文化性）、尖锐性（攻击性、挑衅性或批判性）、宣泄性、普通性（大众性）等都是由此衍生出来的。从此出发，我们似乎可以透视媒体批评在批评对象的选择上的独特之处。

媒体批评多以当前最炙手可热的作家作品为主要批评对象，也以过去经典的作家作品为批评对象，但是它又很少关注具体的、纯粹的、真正的作家作品，而是把视界放在作品之外、把视点放在作家之外，这可称之为"外文本"，所谓的作家作品只是批评的一个由头或缘起，是一个"符号链"的第一块"滑板"。批评者热衷追逐的对象和评头论足的根据是作家们的口号和主张，以及他们在访谈或者随笔的只言片语中流

---

① 陈晓明：《聚焦"媒体批评"》，《光明日报》2001 年 5 月 16 日。
② 王一川：《批评的理论化》，《文艺争鸣》2001 年第 2 期。

露出来的观念与思想，特别是文坛上的论争、事件之类更容易成为被关注的对象。像顾城杀妻、"《马桥词典》风波"、"二余之争"、"二王之争"、"二张之争"、"宝贝对骂"、郭敬明的抄袭事件、木子美《遗情书》事件、阿来状告"茅奖"评委、莫言获"诺奖"事件等，还有各种文坛官司与侵权官司，等等。在这里，媒体所满足的完全是公众对名人名家的窥探心理，迎合公众的窥私欲，遵循的是一种消息模式，往往是你方唱罢我登场，追求一种轰动效应。媒体为了最大程度地吸引公众，往往通过选择放大某种声音而调小甚至放弃另一个声音为代价，把公众的视线引向极端，以达到轰动效应。一句话，本着"为我所用"的炒作策略，或放大或缩小，或择取或放弃，或敞开或遮蔽。可见，依托于大众传媒的媒体批评无意于对文学深度进行挖掘，它更注重阅读的广泛性与评论效果的轰动性，以此牢牢抓住受众的兴趣点，并进而抢占话语的制高点。

媒体批语所最关注的，首当其冲的是具有新闻效应的文学事件。当然，在一些文学新作出来的时候，它也不忘通过第一时间传播资讯让自己赚个"头彩"与"满堂红"。这里所争夺的就是时间与速度。在这里，批评已不是建立在对作品的精耕细读之上，而是"知其然而不知其所以然"，奉行"知道主义"，只要略知一二便可说三道四，重要的是吸引公众的眼球。于是，许多作品一经面世甚至还没有公开出版，就有评论立马跟进，甚至是先行一步抢个早市。既有"人未到，笑先闻"与"山雨欲来风满楼"的态势，也有"如影随形"与"及时跟进"的态势。媒体批评就是这样，在第一时间就把聚光灯照射在了自己的头顶上，这一点，是学院批评所无法比拟的。

2. 以议题设置抢占"话语控制权"

周宪认为："媒介是我们感官的延伸，它可以使我们超越自己的感官限制去看和听。"[①] 媒体批评借助于大众文化与传播媒介，在文学生产者与文学消费者之间建立起一个公众可以畅所欲言的立体化的批评交

---

① 周宪：《中国当代审美文化研究》，北京大学出版社 1997 年版，第 245 页。

流平台。为了批评能产生更大效应，往往采取"议题设置"的策略。"议题设置"是媒介本身的一种功能，是美国学者马克斯韦尔·麦库姆斯（Maxwell McCombs）和唐纳德·肖（Donald Shaw）在《大众传播媒介的议题设置功能》一文中提出的。它指的是媒介的这样一种功能："通过反复播出某类新闻报道，强化该话题在公众心目中的重要程度。"① 由于传播对信息的播报具有选择性，通过报道方式、报道力度和报道频率等方面的"把关"，使得呈现在公众面前的信息不可避免地具有了媒体选择操作的痕迹，所谓的重要事件和热点问题都可以看成是媒体构建的结果。蒂姆·奥沙利文认为："媒介的议程设置指的就是这一情形，即媒介特别是新闻、时事与评论的生产有能力将公众的注意力聚焦于一系列获得解释与受到限制的、经过选择的问题，同时忽略其他的问题。其结果就是某些话题在超越媒介的公共领域得到广泛讨论，而其他的话题则被忽略。首先，议程设置说的是媒介向受众提供了什么话题这样的问题，其次，有关这些话题的信息是如何进行呈现的。这关系到报道的力度。"② 从传播学的角度来说，媒体进行议题设置是为了更好地推进"言语事件"（Speech Event），所谓的"言语事件"是指具有明确界限、依赖某些既定而公认的程序化言说的一种文化上的显著事件。所以，媒体的议题设置从本质上说就是一种程序化的言说方式，并以之抢占话语的控制权。

事实上，媒体一旦选中某个话题，媒体必然凭借自身的平台优势通过反复的报道将相关的事件放大放大再放大，并在这种密集的见报率、出镜率、点击率、刷屏率中给受众带来一种感觉——一种此事非比寻常，很值得重视的感觉，以此来引导公众的关注方向，实现自身的利益。这一点，在网络上体现得尤其明显。因为网络这个大众平台可以吸纳更多的声音，也更容易在第一时间引起反响，这种反馈的声

---

① 转引自［美］沃·赛佛林、小詹姆斯·坦卡德《传播理论——起源、方法与运用》，郭镇之等译，华夏出版社 2001 年版，第 246 页。

② 转引自［美］约翰·费斯克等《关键概念：传播与文化研究辞典》（第二版），李彬译注，新华出版社 2004 年版，第 7 页。

音会起到牵一发而动全身的作用，通过在网络上进行议题设置也因此可以获得更加广泛的影响。例如，2006 年发端于网络，继而在网络媒体、传统媒体、广电媒体上引起大范围强烈讨论的"梨花体"诗歌事件，就是一个议题设置的典型案例。一个本来是诗歌界的话题，经由网络媒体的议题设置，从网络延伸至传统文学领域，并上升为文学界的一个普遍话题，媒体特别是网络媒体的强大议题设置性以及影响力由此可见一斑。

　　我们知道，媒体以议题设置的方式关注文学与文坛，从根本上就是为了吸引大众眼球。各种网站与报刊媒体关注着文学事件与文坛官司，或者为我所用地裁剪、肢解材料。或者添油加醋、煽风点火，唯恐天下不乱。布迪厄认为："'记者们'总是戴着特殊的'眼镜'，他们运用这些眼镜'看见'某些事物，而对某事物却又'视而不见'，同时对'看见'的事物进行某种'选择'、'建构'，而这种选择、建构，其原则就是对'轰动的'、'耸人听闻的'东西的追求。"① 在这个娱乐至死的年代，一贯追求轰动效应的大众媒体，把文学批评、文学论争变成了一起又一起娱乐事件。如"韩白之争"、"玄幻之争"、"梨花体"事件等，有着鲜明的事件化、新闻化、娱乐化的症候，而这些文学事件的酿成、升级与恶化，都不难发现大众媒体在背后的推动与炒作。对此，学者赵勇认为，进入新世纪后，文坛却日渐"事件化"。之所以如此，就在于新世纪以来，大众媒体日趋"新闻娱乐化"，媒体记者开始成为"言说主体"，掌控了话语权。② 布迪厄认为，当今知识界的"独立性"、"自主性"不断遭到各种外力的蚕食与威胁，而其中最"可怕的外力"，就是"新闻业"。③ 对于中国文坛来说，如果说 20 世纪 80 年代文学场深受政治场的影响，20 世纪 90 年代深受经济场的冲击，那么，新世纪的文学场就深受新闻场的袭扰。值得一提的是，新闻场不是一个独立的

---

　　① ［法］布迪厄：《关于电视》，许钧译，辽宁教育出版社 2000 年版，第 17 页。

　　② 参见赵勇《文坛媒介化：从文坛事件看文学场的位移》，《博览群书》2008 年第 1 期。

　　③ ［法］皮埃尔·布迪厄、［美］汉斯·哈克：《自由交流》，桂裕芳译，生活·读书·新知三联书店 1996 年版，第 28 页。

场，它是被"经济场通过收视率加以控制的场"。它受制于商业资本，同时又借助其结构，对其他场施加影响力、"控制力"。① 为了增加阅读率、收视率、点击率、刷屏率，媒体批评必然得用一切可能的机会追求轰动、扩大影响，甚至不惜鼓励异端、扶持边缘、怂恿解构，正是这样的议题设置才使新世纪的"酷评"畅行评坛的原因。诚如张邦卫所说的，"感性化的传媒批评恰恰迎合了大众文化与消费主义的文化语境，依凭着现代传播媒介的文化权力和读者对感性之维、游牧文化的回归，占据评坛中心要津而张扬十足的话语霸权。"②

3. 以言说方式打造"话语最效应"

与学院批评不同，媒体批评的言说方式独标一格，毕竟媒体批评承担着两种资本的运作，一是象征资本的运作，二是货币资本的运作，而且如何将象征资本成功地转换为货币资本，这就需要大众媒体运用一系列的手段刺激象征资本的消费。这个时候，消费才是最终目的。为了最大限度地刺激消费，打造不同于学院批评的言说方式，并以一种什么样的语言风格和言说策略去表达消费诉求，换言之，就是如何说、采用什么样的方式说并让自己的话语效应最大化，成为媒体批评极为注重的方面。

其一，短小精悍与直接犀利。媒体是信息的传播者，最讲究时效性，它的特性之一就是以最快的速度向公众传递信息。有时候，速度成了传媒生存的法则之一。尤其是新闻，它突出的特性就是"新"，讲究越新越好、越快越好。所谓的"抢新闻"，抢的不仅是新闻资源与新闻内容，抢的更是新闻的发布速度。正是对新闻的发布速度的推重与追求，电视直播、网络在线、手机即时通信等已成为当下新闻发布的常用方式。这样，媒体批评也必然因其本身的介质而走上即时批评之路。它没有足够的时间来进行长篇累牍的报道，没有足够的精力去进行深思熟虑的评析，也没有足够的耐心去进行字斟句酌的挖掘。从受众的角度来看，快节奏的日常生活，公众接触大众媒体更多时候是想获取资讯，他

① 参见［法］布迪厄《关于电视》，许钧译，辽宁教育出版社 2000 年版，第 62 页。
② 张邦卫、李文平：《"后批评时代"与传媒符码》，《湘潭师范学院学报》2005 年第 3 期。

们要跟得上社会发展速度，要对大众普遍关注的话题有所了解，这不仅仅是求知心理的需要，也是求同心理的需要。所以，及时快速地获取信息与资讯是受众接触大众媒体最重要的目的之一。媒体批评必须要从整体上遵循"新闻体"的言说方式与话语风格，所以，短小精悍、直接犀利、开门见山、直陈要点就都构成了媒体批评的文体特点。当然，这在某种程度上，也必然会造成它的平面化与无深度，即所谓的"浅尝辄止"与"蜻蜓点水"。

其二，通俗易懂与通晓易明。大众媒体是面向大众的媒体，主要指向市民社会与消费社会，其接受人的数量虽然相当庞大，但接受人的专业层次与文化素养不会太高。美国学者威尔伯·施拉姆（W. Schramm）曾经说过："归根究底说来，媒体格调是由阅听大众来决定的。在大众手里，他们握着一张王牌，问题在于他们愿不愿意来参加牌局。"① 一方面，大众决定了媒体的格调；另一方面，媒体又要用大众所喜爱的格调去吸引大众。二者之间实际上是一种双向互动的关系。从市场的角度来看，受众既是媒体格调的实践者，也是媒体格调的制造者。这样，媒体批评必须以受众的需求打造自己的言说方式与话语格调，通俗易懂与通晓易明是应有之义。纵览媒体上的大小批评文章，有哪一篇是佶屈聱牙、晦涩难懂的？这种轻松随意、直白通俗的言语方式无非是面向广大受众的又一个必然选择。这种目的发展极致就是媒体批评中大量出现的"酷评"、"虐评"、"骂评"。例如余杰"骂"余秋雨为"'文革'余孽"、葛红兵"骂"20 世纪中国文学为"悼词对象"、韩寒"骂"白烨为"文坛算个屁，谁也别装逼"、顾彬"骂"中国当代文学为"垃圾"等。与这些话题相对应的，则是一系列冠之以"批判"的文章或专集，如《十作家批判书》、《十少年作家批判书》、《十美女作家批判书》、《与魔鬼下棋——五作家批判书》、《十诗人批判书》、《余秋雨现象批判》、《余秋雨现象再批判》，这种尖锐的文风以通俗的形式让普通的读者大众感同身受、心知肚明。从整体上说，媒体批评无须借助纷繁芜杂

———————

① ［美］威尔伯·施拉姆：《大众传播事业的责任》，张国良主编《20 世纪传播学经典文本》，复旦大学出版社 2003 年版，第 304 页。

的学术概念，在对文学现象即时性的捕捉中保证了它的跟进速度，也催生了它的现实意义；媒体批评没有学理性的说教，印象式的、个人感悟式的语风，使得它具备了亲切的面孔，因而也更容易被网民们所接受；媒体批评锋芒毕露、生动活泼的语言更与网络时代、"草根英雄"的语言诉求相契合。

其三，"标题党"与"重述控"。媒体批评不管是在大标题还是小标题上，都特别讲究夺人眼球、语出惊人。比如关于"余秋雨现象"的批评文章，如《余秋雨现象批判》、《余秋雨现象再批判》、《秋风秋雨愁煞人——关于余秋雨》、《文化口红——解读余秋雨文化散文》、《文坛三户——金庸、王朔、余秋雨当代三大文学论争辨析》、《"审判"余秋雨》、《艺术的敌人——余秋雨作品批判》、《石破天惊逗秋雨——余秋雨散文文史差错百例考辨》、《大师也有错——余秋雨散文知识性疏误点击》、《月冷吴天秋雨冷》、《余秋雨现象大盘点》等，无不极具挑逗诱惑之能事。再如舒晋瑜的《行走文学 走向何方》在正文中用了以下小标题来整合、组织文章："行走文学成为时尚"、"行走为什么"、"'快餐'还是'大餐'"、"行走文学如何走"。这些小标题首先以肯定句式告诉读者一个基本信息：文坛又有新鲜事了。而且每一个小标题中几乎都有"行走文学"或"行走"的字眼，通过这种仿佛无意识的强化和有意识的重述，把"行走文学"这一话题植入公众心中。可以看到，经过记者重组的文章不仅标题整饬、利落，很富有词语效果和冲击力，密集出现的词语更像一个放大镜彰显了话题或议题的重要性，很容易就吸引了公众的眼球。在内容上也以罗列事实为主，不作过多的判断。话虽如此，但是媒体批评都是有选择性的引导，而且是一种极为强大的话语引导。作者通过罗列什么不罗列什么，说什么不说什么，选择谁的话语不选择谁的话语，成了一个隐性的"把关人"，从而最大限度地展现主体的倾向性与媒体的意识形态性。在选择与舍弃之间，话语的效应得以最大化实现。可见，媒体批评的主动选择，实际上是一种非常强大的话语权力，因为拥有着极为强大的言说选择权和自如的话语言说策略，媒体批评依靠媒体这个强势的话语机器，不仅引导着公众的视线，而且规约着公众的判断。

（二）媒体批评的存在价值确认

在新世纪，媒体批评是一种事实性存在，凡存在皆合理，合理的存在就必然有它存在的价值，故而我们有必要重拾媒体批评的价值。事实上，媒体批评在大众传媒时代的兴起和繁盛既是偶然也是必然，毕竟媒体批评践行的是媒介的方式。诚如鲍德里亚所说的："铁路带来的'信息'，并非它运送的煤炭或旅客，而是一种世界观、一种新的结合状态，等等。电视带来的'信息'，并非它传送的画面，而是它造成的新的关系和感知模式、家庭和集团传统结构的改变。"① 从这个意义上说，媒介的内容固然重要，但是媒介的方式更为重要。媒介的方式决定了人类社会的交往方式，有什么样的媒介就有什么样的社会关系模式，同样也就有什么样的文学批评模式。新世纪大众传媒的迅速发展，特别是网络媒介、智能手机等，使得媒体批评拥有了广阔的发展平台和契机，而传统文学批评在大众传媒时代，面对日新月异的文学现实所表现出来的滞后和"失语"状态，又使得媒体批评具有了存在的必要性。尽管学界对媒体批评经历了一个从不屑到质疑再到批判的动态过程，但是随着媒体批评的强势发力与优势发声最终还是不得不正视并重视它，并把它纳入文学批评的视域之中。新世纪的文学批评尽管依然存在着学院批评与媒体批评的并行态势，但随着网络无处不在的影响以及网络批评的勃兴，一个显在的批评现象得以渐渐浮出文坛与批评界：那就是学院批评更多地向媒体批评借力，而媒体批评更多地强势介入学院批评。这样，在文学批评的场域内就出现了从学院批评到媒体批评的转型。

蒋述卓、李凤亮等认为："媒体批评在直接而迅速地反映不断变动着的文学现实和时代症候、捕捉新的文学现象和适应新的审美趋向等方面，具有主流批评和学院批评不可比拟的优势。从广泛的层面上看，为自己招徕了更多的读者，尤其是对文学的生产和消费产生了一定意义上

---

① ［法］让·波德里亚：《消费社会》，刘成富、全志钢译，南京大学出版社 2006 年版，第 93 页。

的促进作用。"① 这种对媒体批评的积极意义的肯定是值得肯定的。事实上，媒体依托大众传媒的传播优势，凭借自身的众多特质，与消费时代的社会节奏一致，满足了大众文化时代人们的审美文化心理、消费心理与接受心理，并在某种层面上弥补了学院批评应对当下文学现实的疏离、疲软与滞后的缺陷。从学院批评走向媒体批评的批评转型，虽有缺失与缺陷，但对新世纪文学的发展却有着不可忽视的积极作用。

媒体批评篇幅短小、疏于学理性的表达，固然是其与学院批评相较的硬伤，但这恰恰也是媒体批评的优势所在，借用当年鲁迅先生对杂文的评价就是"文艺的轻骑兵"。媒体批评在一定程度上消解了纯理论性批评晦涩难懂、篇幅冗长的弊端，扩大了读者群，使批评不再只限于专家学者之间的争鸣。这种淡化学术性，降低批评门槛的媒体批评读本，更易于读者接受，也在某种程度上为文学批评的发展拓宽了视域与领域。当然，媒体批评成也于此败也于此，如果过分忽视批评的学理性原则，只一味追求销量和名气，媒体批评无疑是自毁前程。实际上，无论是所谓的主流批评还是传统的学院式批评，与媒体批评并非对立关系，绝非泾渭分明。诚如邵燕君所说的："'主流批评'和'媒体批评'在发展的过程中都对'学院批评'的理论品格有所借鉴，而在'市场化'转型过程中，'主流批评'和'学院批评'也都不同程度地表现出'媒体化'的倾向。"② 从主流批评与学院批评的"媒体化"倾向中，我们完全可以看出，媒体批评的理论品质已得到某种程度的确立，其存在价值已得到某种程度的确认，其批评形式已得到他者的趋附。

媒体批评的领域涉及大众文化的方方面面，它早已打破文学艺术的界限，是在不违背文艺创作原则的前提下对文本价值予以基本判断的一种雅俗共享的批评样式，其集新闻性、可读性、时效性于一身，并有效指导读者的文艺消费，这些都是媒体批评值得肯定的优势。陈骏涛认

---

① 蒋述卓、李凤亮主编：《传媒时代的文学存在方式》，广西师范大学出版社2010年版，第277页。

② 邵燕君：《倾斜的文学场——当代文学生产机制的市场化转型》，江苏人民出版社2003年版，第240页。

为:"媒体批评虽然不具有专业批评那样严整的学理性,但却具有从众性,极具捕获力和煽惑力。有人曾经说过:一篇由新闻记者速成的消息或报道(更不用说稍许下功夫的文章了),远胜于由批评家苦心经营的批评文章——这并非夸张。"① 可见,批评家苦心经营的批评文章,并非胜过新闻记者速写而成的所谓文学报道,这正体现了媒体的特点,也说明媒体批评在商品社会中天然拥有的高于传统批评的优势。事实上,在全面市场化的新世纪中国,媒体批评的影响力似乎已逐渐胜过了学院批评,俨然已成为新世纪文化消费的风向标。正是如此,《人民日报》于 2005 年 1 月 20 日刊发的《为"媒体批评"辨言》,可以说从官方角度客观肯定了媒体批评对于文艺作品广为流布与传播的功用。吴俊曾经指出:"媒体批评的现象是越来越普遍了,它的势力越来越大,文学和社会的影响也越来越广泛。这既是所谓媒体时代的社会必然现象,同时也恐怕是全体社会的正常需求。"② 在媒体化语境中,人们已经习惯通过媒体批评来阅读当下流行的文艺现象和文学动态,对作家作品的实时浏览也通过媒体批评来完成,这样,人们已经接受了媒体批评这种新的批评模式。

四　媒体批评的偏至与反思

法国著名批评家蒂博代曾经指出:"没有对批评的批评就没有批评。""自由主义的形成永远离不开对自由主义的批评",并进一步提出:"批评代表一种属性,即自由的思考。"③ 法国著名思想家伏尔泰还曾把"健康的批评"列为第十个缪斯,派她把守趣味的神殿。可见,"健康的批评"对一个时代审美趣味的建构是十分重要的。那么,新世纪的媒体批评能否称之为伏尔泰所谓的"健康的批评"呢?它是否有

---

①　陈俊涛:《对 90 年代文学批评的一种描述》,《东方文化》2001 年第 1 期。
②　吴俊:《通识·偏见·媒体批评》,《文艺理论研究》2001 年第 4 期。
③　[法]蒂博代:《六说文学批评》,赵坚译,生活·读书·新知三联书店 2002 年版,第 78 页。

着它与媒体同在的、不可忽视的偏至与偏颇、缺失与缺陷、异变与病变呢？时至今日，作为一种"新说法体系"甚至是代表大众媒体的"另一种权力"，媒体批评离"健康的批评"似乎还有很长的路要走。

其一，媒体炒作，批评媚俗。媒体批评从某种角度上说，是一种挖空心思的"集体炒作"。这种炒作的策略是五花八门的，有作品讨论会，请职业的批评家开一次会，说一通好话；有新闻发布会，制作一点由头，人为地搞些热点与卖点；有制造假批判，用火药味熏染氛围，招徕顾客；还有专为重大的评奖活动"扯旗咋呼"、"摇旗呐喊"、"鸣锣开道"的研讨会；还有所谓的"骂派批评"等。比如以炒作"骂"见长的媒体批评"是对媒体与世俗趣味的迎合与谄媚，是一种在'反抗'名义下进行的外强中干的文化投降，他们以一种反向思维讨好传媒权力并渴望着拥有话语权力，他们只不过是匍匐在传媒权力之下的'逆反动物'和文化工具。"① 这种对于世俗趣味和权力的趋之若鹜必然影响到批评所应有的独立品格。还如余秋雨《山居笔记》问世时媒体的声势浩大的宣传，王朔的《看上去很美》的强大的新闻攻势，但后来却倒了读者的胃口。看来，借炒作与策划为表现方式的媒体批评是思想缺席、利益在场的浮躁化，是主观的、片面的，最多只能说是一种惹人关注的印象批评，而印象的强化指向市场的引导与消费的践行。雷达在《批评不必争当市场的宠儿》一文中认为："文学批评走向大众化、市场化，说得更直白些，就是赚钱。这恐怕并非文学批评摆脱危机的正路。我们似乎可以承认有大众化的批评与学术批评的区别，但即使是大众化的批评，也只能靠它的审美性、科学性、活泼性、通俗性、敏锐性来征服读者……文学批评固然没法背离市场，但非要充当市场宠儿的想法肯定是不现实的。"② 趋利与致用的媒体批评，不仅诱使社会欣赏主体失足失范，也诱使整个文学批评偏至落水，于是迎合文化消费、迎合低级趣味，放逐学理思考、人文关怀与社会责任，并以"负能量"挤

---

① 黄发有：《媒体制造》，山东文艺出版社 2005 年版，第 262 页。
② 雷达：《批评不必争当市场的宠儿》，转引自张邦卫《媒介诗学——传媒视野下的文学与文学理论》，社会科学文献出版社 2006 年版，第 265 页。

兑"正能量"。利益一旦成为理性的替代品,也就成了文化的新雇主,也就成了当代一切文化现象追逐的终极目标。这样,媒体炒作,批评媚俗,就成了"媒体批评"的一种写照。

其二,挂批评家的"羊头",卖媒体人的"狗肉"。作为媒体批评的主要炮制者,媒体人主要是记者与编辑,他们深知自己虽有媒体的平台优势却没有批评的学理优势。故而他们的对批评话语权的窃取,采取的策略就是挂批评家的"羊头"、卖媒体人的"狗肉"。有的记者常常以"某某评论家说"、"某某专家指出"、"此间评论界认为"或"据说"、"据悉"、"据报道"等不负责任的报道,替代评论家本人经过深思熟虑的观点或负责任的言论。在这种替代转换中,记者、编辑或所谓的"自由撰稿人"可以从自己的观点和某种目的出发,恣意夸大、歪曲、篡改、择取被仿人的看法,更有哄抬、贬低、封杀评论家观点的现象。有时还通过精心的策划、组织、综述,将微观的真实转化为宏观的失真,请君入瓮,诱人入套,以致引发各种争端。经此技巧推送之后,本是一人之言可能转换成评论界的共识,本是无名之言可以转换成权威宏论,"扯大旗做虎皮",装腔作势,虽"败絮其中",仍可"金玉其外",毕竟诚如郜元宝所说的:"人类诸多权力结构中,代表别人说话的话语权力是最重要的。"①

其三,重描述与阐释,轻体验与判断。不可否认,媒体批评对文学的生产与消费在量上的影响是有目共睹的,它为文学打通了一扇连接大众的普及之门,把文学从象牙塔中解放出来,把批评从知识库中释放出来,投放到广大民众中,在刺激文学消费、促进文学生产方面具有非同寻常的意义。但是,一旦深入到质的层面,它对于文学的影响和引导究竟停留在何种层面、处于何种档位,却是值得深思的。谢有顺曾经说过:"许多批评家,可以对一部作品进行长篇大论,但他唯独在这部作品是好是坏、是平庸还是独创这样一些基本问题上语焉不详,他拒绝下判断,批评对他来说,更多的是自言自语式的滔滔不绝,并不触及作品的本质。"② 就媒体批评而

---

① 郜元宝:《另一种文化权力》,《当代作家评论》2001 年第 2 期。
② 谢有顺:《话语的德性》,海南出版社 2002 年版,第 288 页。

言，价值判断的缺失是十分明显的。大多数媒体批评的文章都只是对文学作品的重复、转述和解释，仅仅停留在文学批评的描述和阐释阶段，甚至很多时候只是缺乏深度的信息式批评，或者顶多只是一种印象式批评与点评式批评。这种批评文章往往只交代作品的基本内容，沦为与新闻、广告相差无几的普通文本，失去了作为文学本应有的基本属性——一种基本的审美体验与价值判断。毕竟真正的文学批评都是批评主体按照一定的理论思想和批评标准，对批评对象进行分析、鉴别、阐释、判断的理论活动，表达着批评主体的立场观点和价值取向。而在这一点上，媒体批评似乎离真正的文学批评还有很大的差距与很远的距离。

其四，重感性批评，轻理性批评。从理论上说，批评作为一种话语活动，既有着根深蒂固的理性之维，也有着枝繁叶茂的感性之维。在新世纪，由于大众媒体对感性符号的大力培植，从而也培植了受众对媒体批评的感性符号的认同感。对于这种培植性，著名传媒理论家乔治·格博纳（George Gerbner）曾经指出："电视节目是一个讲授故事的集中系统，它是我们日常生活的一部分。它将戏剧、商业广告、新闻和其他节目相连贯的公共形象和信息世界带入了每个家庭。从孩提时代起，电视节目就培植了我们的偏爱和爱好，而在以前这些偏好是从其他的第一手来源获得的。电视跨越了文字和地域的屏障，成为社会化和每日信息（多为娱乐形式）的第一手来源，否则我们将还是个异质社会。成批制作电视信息和电视影像的重复帧面图像便成了一个公共象征性环境的主流。"① 在电视的"图像符号"的大力培植下，受众也乐于在这种培植中张扬着感性的狂欢。可见，依托于大众媒体的媒体批评对于感性符号的培植与光大，是十分显然的。假如在感性批评与理论批评做一个选择的话，那么，媒体批评更倚重的是感性批评而不是理性批评。在新世纪的文学消费语境中，一般读者追求的是即时消费、轻松消费、放松消费或曰休闲消费。正如托克维尔所说的："由于他们能够用于文学的时间很少，他们就想方设法充分去利用这点时间。他们偏爱那些容易到手、

---

① George Gerbner, *Mass Media and Human Communication Theory*, *in Human Communication Theory*, ed. by F. E. X. Dance, New York: Holt, Rinehan & Winston, 1967, p. 45.

读得快且无须研究学问就能理解的书。他们寻求那些自动呈现的、可以轻松欣赏到的美;顶顶重要的是,它们必得有新的、出乎意料的东西。习惯了斗争、烦恼和实际生活的单调,他们需要急遽的情感、惊人的章节⋯⋯"正是如此,任何文本的写作者就不得不重视这种现代社会的阅读诉求,托克维尔认为:"作者们将瞄准迅疾的效果,更甚于细节的完美。小册子将比大部头更常见⋯⋯作者们的目标将是耸人听闻而非使人悦乐,是搅动情感而非魅惑趣味。"① 这样,指向读者阅读与消费的媒体批评,以感性化引领文学批评"向下走低"的潮流。

---

① [德] 阿历克斯·德·托克维尔:《美国的民主》(第 2 卷),New York:Schocken Books,1961,第 10—11 页。

参考文献

［古希腊］ 亚里士多德：《诗学》，商务印书馆 1999 年版。

［德］ 黑格尔：《美学》（共三卷），商务印书馆 1997 年版。

［德］ 马克思：《1844 年经济学哲学手稿》，人民出版社 2000 年版。

［德］ 马克思、恩格斯：《马克思恩格斯选集》（共四卷），人民出版社
 1972 年版。

［美］ M. H. 艾布拉姆斯：《镜与灯》，北京大学出版社 1989 年版。

［德］ 哈贝马斯：《公共领域的结构转型》，学林出版社 2002 年版。

［美］ 丹尼尔·贝尔：《资本主义文化矛盾》，生活·读书·新知三联书
 店 1989 年版。

［美］ 詹明信：《晚期资本主义的文化矛盾》，生活·读书·新知三联书
 店 1997 年版。

［美］ 华勒斯坦等：《开放社会科学》，生活·读书·新知三联书店 1997
 年版。

［美］ 库恩：《科学革命的终结》，北京大学出版社 2003 年版。

［德］ 沃尔夫冈·韦尔施：《重构美学》，上海译文出版社 2002 年版。

［法］ 雅克·德里达：《文学行动》，赵新国等译，中国社会科学出版社
 1998 年版。

［法］ 皮埃尔·布迪厄：《艺术的法则——文学场的生成和结构》，中央
 编译出版社 2001 年版。

［英］伊恩·P. 瓦特：《小说的兴起》，生活·读书·新知三联书店1992年版。

［美］赫伯特·马尔库塞：《审美之维》，广西师范大学出版社2001年版。

［法］蒂博代：《六说文学批评》，生活·读书·新知三联书店2002年版。

［法］莫里斯·布郎肖：《文学空间》，商务印书馆2003年版。

［法］福柯等：《激进的美学锋芒》，周宪译，中国人民大学出版社2003年版。

［英］汤林森：《文化帝国主义》，上海人民出版社1999年版。

［德］瓦尔特·本雅明：《机械复制时代的艺术作品》，中国城市出版社2002年版。

［法］让·鲍德里亚：《消费社会》，南京大学出版社2001年版。

［英］特里·伊格尔顿：《当代西方文学理论》，中国社会科学出版社1988年版。

［美］麦克卢汉：《理解媒介》，商务印书馆2000年版。

［美］约翰·弗斯克：《理解大众文化》，中央编译出版社2001年版。

［美］约翰·弗斯克：《关键概念：传播与文化研究辞典》，新华出版社2004年版。

［斯］阿莱斯·艾尔雅维茨：《图像时代》，吉林人民出版社2003年版。

［英］多米尼克·斯特里那蒂：《通俗文化理论导论》，商务印书馆2001年版。

［英］尼克·史蒂文森：《认识媒介文化》，商务印书馆2001年版。

［美］马克·波斯特：《信息方式》，商务印书馆2001年版。

［美］马克·波斯特：《第二媒介时代》，南京大学出版社2000年版。

［美］约书亚·梅罗维茨：《消失的地域：电子媒介对社会行为的影响》，清华大学出版社2002年版。

［美］阿特休尔：《权力的媒介》，华夏出版社1989年版。

［美］伯格：《通俗文化、媒介和日常生活中的叙事》，南京大学出版社2000年版。

［法］R. 舍普等：《技术帝国》，生活·读书·新知三联书店1999年版。

［美］戴安娜·克兰：《文化生产：媒体与都市艺术》，译林出版社 2001 年版。

［英］约翰·斯道雷：《文化理论与通俗文化导论》，南京大学出版社 2001 年版。

［英］约翰·多克：《后现代主义与大众文化》，辽宁教育出版社 2001 年版。

［美］尼尔·波兹曼：《娱乐至死》，广西师范大学出版社 2004 年版。

［加］安德烈·戈德罗：《从文学到影片——叙事体系》，商务印书馆 2010 年版。

［美］玛乔瑞·帕洛夫：《激进的艺术：媒体时代的诗歌创作》，上海外语教育出版社 2013 年版。

［芬兰］莱恩·考斯基马：《数字文学：从文本到超文本及其超越》，广西师范大学出版社 2011 年版。

［美］约翰·杰洛瑞：《文化资本——论文学经典的建构》，南京大学出版社 2011 年版。

童庆炳主编：《文学理论教程》，高等教育出版社 1998 年版。

王一川：《文学理论》，四川人民出版社 2003 年版。

南帆：《文学理论（新读本）》，浙江文艺出版社 2002 年版。

徐岱：《边缘叙事》，学林出版社 2002 年版。

徐岱：《美学新概念——21 世纪的人文思考》，学林出版社 2001 年版。

周宪主编：《文化现代性与美学问题》，中国人民大学出版社 2005 年版。

王宁：《"后理论时代"的文学与文化研究》，北京大学出版社 2009 年版。

陶东风：《文学理论与公共言说》，中国社会科学出版社 2012 年版。

金水兵等：《当代文学理论范畴导论》，北京大学出版社 2011 年版。

姚文放：《审美文化学导论》，社会科学文献出版社 2011 年版。

黄发有：《准个体时代的写作——20 世纪 90 年代中国小说研究》，上海三联书店 2002 年版。

罗钢、王中枕主编：《消费文化读本》，中国社会科学出版社 2003 年版。

肖峰：《信息主义及其哲学探析》，中国社会科学出版社 2011 年版。

朱国华：《文学与权力——文学合法性的批判性考察》，华东师范大学出版社 2006 年版。

张末民等：《新世纪文艺学的前沿反思》，人民文学出版社 2007 年版。

陈昕：《救赎与消费——当代中国日常生活中的消费主义》，江苏人民出版社 2003 年版。

邵燕君：《倾斜的文学场——当代文学生产机制的市场化转型》，江苏人民出版社 2003 年版。

邵燕君：《新世纪文学脉象》，安徽教育出版社 2011 年版。

南帆：《双重视域——当代电子文化分析》，江苏人民出版社 2001 年版。

陈平原、山口守编：《大众传媒与现代文学》，新世界出版社 2003 年版。

王君超：《媒介批评——起源·标准·方法》，北京广播学院出版社 2001 年版。

李岩：《媒介批评——立场·范畴·命题·方式》，浙江大学出版社 2005 年版。

于洋、汤爱丽、李俊：《文学网景——网络文学的自由境界》，中央编译出版社 2004 年版。

贺仲明：《中国心像——20 世纪末作家文化心态考察》，中央编译出版社 2002 年版。

栾栋：《感性学发微——美学与丑的合题》，商务印书馆 1999 年版。

洪忠煌：《影视剧诗学》，浙江大学出版社 2002 年版。

祁述裕：《市场经济条件下的中国文学艺术》，北京大学出版社 1998 年版。

谭桂林：《转型期中国审美文化批判》，江苏人民出版社 2001 年版。

王岳川主编：《媒介哲学》，河南大学出版社 2004 年版。

张为民：《作为商品的艺术》，中国社会科学出版社 2002 年版。

陆扬、王毅：《大众文化与传媒》，上海三联书店 2000 年版。

陆扬：《日常生活审美化批判》，复旦大学出版社 2012 年版。

黄鸣奋：《超文本诗学》，厦门大学出版社 2002 年版。

黄鸣奋：《网络媒体与艺术发展》，厦门大学出版社 2001 年版。

欧阳友权：《网络文学论纲》，人民文学出版社 2003 年版。

欧阳友权主编：《网络文学概论》，北京大学出版社 2008 年版。

欧阳友权：《数字化语境中的文艺学》，中国社会科学出版社 2005 年版。

潘知常、林玮：《大众传媒与大众文化》，上海人民出版社 2002 年版。

潘知常、林玮主编：《传媒批判理论》，新华出版社 2002 年版。

蒋原伦：《媒体文化与消费时代》，中央编译出版社 2004 年版。

金惠敏：《媒介的后果》，人民出版社 2005 年版。

蒋晓丽、石磊：《传媒与文化——文化视角下的传媒研究》，华夏出版
    社 2008 年版。

蒋荣昌：《消费社会的文学文本：广义大众传媒时代的文学文本形态》，
    四川大学出版社 2004 年版。

陈晓明：《表意的焦虑：历史祛魅与当代文学变革》，中央编译出版社
    2002 年版。

陈定家：《比特之境——网络时代的文学生产研究》，中国社会科学出
    版社 2011 年版。

张邦卫：《媒介诗学导论——传媒视野下的文学与文学理论》，博士学
    位论文，浙江大学，2005 年。

张邦卫：《媒介诗学——传媒视野下的文学与文学理论》，社会科学文
    献出版社 2006 年版。

蒋述卓、李凤亮主编：《传媒时代的文学存在方式》，广西师范大学出
    版社 2010 年版。

杨守森等：《数字化时代与文学艺术》，齐鲁书社 2010 年版。

赵勇：《大众媒介与文化变迁：中国当代媒介文化的散点透视》，北京
    大学出版社 2010 年版。

周海波：《传媒时代的文学》，人民文学出版社 2007 年版。

周海波：《现代传媒视野中的中国现代文学》，中华书局 2008 年版。

王烨：《新文学与现代传媒》，学林出版社 2008 年版。

单小曦：《现代传媒语境中的文学存在方式》，中国社会科学出版社 2008

年版。

刘茂华：《媒介化时代的文学镜像》，武汉出版社 2010 年版。

孙绍先主编：《文学艺术与媒介关系研究》，中国社会科学出版社 2006 年版。

钟琛：《当代文学与媒介神话——消费文化语境中的"文学媒介事件"研究》，华夏出版社 2008 年版。

路善全：《中国传媒与文学互动研究》，中国社会科学出版社 2007 年版。

陈伟军：《传媒视域中的文学——建国后十七年小说的生产机制与传播方式》，广西师范大学出版社 2009 年版。

孟繁华：《坚韧的叙事——新世纪文学真相》，福建教育出版社 2008 年版。

孟繁华：《文学革命终结之后——新世纪文学论稿》，现代出版社 2012 年版。

周立民：《精神探索与文学叙述——新世纪文学论稿》，广西师范大学出版社 2008 年版。

彭青：《新世纪文学视野中的"三农"》，中国社会科学出版社 2012 年版。

贺仲明：《一种文学与一个阶层：中国新文学与农民关系研究》，人民出版社 2008 年版。

申霞艳：《消费、记忆与叙事——新世纪文学研究》，中国社会科学出版社 2011 年版。

杨剑龙等：《新世纪初的文化语境与文学现象》，中央编译出版社 2012 年版。

欧阳文风：《短信文学论》，中国社会科学出版社 2011 年版。

欧阳文风：《博客文学论》，中国文史出版社 2008 年版。

苏晓芳：《网络与新世纪文学》，中国社会科学出版社 2011 年版。

苏晓芳：《新世纪小说的大众文化取向》，中国社会科学出版社 2009 年版。

马季：《读屏时代的写作——网络文学 10 年史》，中国工人出版社 2008

年版。

张丽军：《谔谔之声——关于新世纪文学的理性思考》，中国社会科学出版社 2011 年版。

房伟：《中国新世纪文学的反思与建构》，中国社会科学出版社 2012 年版。

王绯：《21 世纪新媒体与文学发展》，社会科学文献出版社 2012 年版。

黎杨全：《数字媒介与文学批评的转型》，上海三联书店 2013 年版。

钟琛：《当代文学与媒介神话——消费文化语境中的"媒介文学事件"研究》，华夏出版社 2008 年版。

周娜：《边缘化文学风景——新世纪文学热点览要》，电子科技大学出版社 2011 年版。

葛娟：《亚文学生产与消费研究》，人民出版社 2013 年版。

韩晗：《新文学档案 1978—2008》，电子工业出版社 2011 年版。

范国英：《新时期以来文学制度研究——以茅盾文学奖为中心的考察》，巴蜀书社 2010 年版。

雷达主编：《新世纪小说概观》，北岳文艺出版社 2014 年版。

王先霈主编：《新世纪以来文学创作若干情况的调查报告》，春风文艺出版社 2006 年版。

白烨主编：《2005 年中国文坛纪事》，文化艺术出版社 2006 年版。

白烨主编：《中国文情报告（2007—2008）》，社会科学文献出版社 2008 年版。

白烨主编：《中国文情报告（2008—2009）》，社会科学文献出版社 2009 年版。

白烨主编：《中国文情报告（2009—2010）》，社会科学文献出版社 2010 年版。

李建军主编：《十博士直击中国文坛》，中国工人出版社 2004 年版。

管宁主编：《传媒时代的文学书写》，江苏大学出版社 2010 年版。

陈定家选编：《身体写作与文化症候》，中国社会科学出版社 2011 年版。

陈定家选编：《审美现代性》，中国社会科学出版社 2011 年版。

彭亚非选编：《读图时代》，中国社会科学出版社 2011 年版。

刘方喜选编：《消费社会》，中国社会科学出版社 2011 年版。

王德领：《重读八十年代——兼及新世纪文学》，学苑出版社 2009 年版。

李洁非、杨劼：《共和国文学生产方式》，社会科学文献出版社 2011 年版。

王本朝：《中国当代文学制度研究》，新星出版社 2007 年版。

李春雨：《出版文化与中国文学的现代转型》，北京语言文化大学出版社 2011 年版。

张捷鸿：《大众文化的美学阐释》，中国海洋大学出版社 2006 年版。

李红秀：《新时期的影像阐释与小说传播》，四川大学出版社 2007 年版。

王德胜：《视像与快感》，安徽教育出版社 2008 年版。

李明德：《仿像与超越——当代文化语境中的文学期刊》，中国社会科学出版社 2007 年版。

毛凌滢：《从文字到影像——小说的电视剧改编研究》，四川大学出版社 2009 年版。

高宇民：《从影像到拟像——图像时代视觉审美范式研究》，人民出版社 2008 年版。

高燕：《视觉隐喻与空间转向——思想史视野中的当代视觉文化》，复旦大学出版社 2009 年版。

李显杰：《电影修辞学：镜像与话语》，文化艺术出版社 2005 年版。

张冲主编：《文本与视觉的互动——英美文学电影改编的理论与应用》，复旦大学出版社 2010 年版。